사랑 그 하나의 전설

CASTLES

by Julie Garwood

사랑 그 하나의 전설

줄리 가우드

김현아 옮김

현대문화센타

프롤로그

1819년 영국

귀부인을 죽이는 데 있어 그는 명수였다.

어리석은 그 여자에겐 승산이 없었다. 그녀는 추적당한다는 사실을 몰랐고, 미지의 숭배자가 품은 속셈도 짐작하지 못했다.

그는 친절한 마음으로 여자를 죽였다고 믿었고, 그런 힘든 일을 해 낸 자신이 대견스러웠다. 잔인하게 대할 수도 있었지만 그렇게 하지 않았다. 고문을 통해 짜릿한 쾌감을 느끼고 싶은 마음도 굴뚝 같았으나, 그런 비천한 욕구에 굴하지 않았다. 그는 당당한 남자이지 동물이 아니었다. 물론 그는 자기만족을 추구하려고 했고 그 시건방진 계집은 죽어 마땅했지만, 그럼에도 불구하고 마음속에서 우러나온 동정심을 보여주었다. 그는 상당히 친절하게 행동했다 – 대체로 말이다.

어쨌든 그 여자는 미소를 머금고 죽어갔다. 급작스레 덮친지라 일이 끝나기 전에 언뜻 본 거라고는 여자의 겁먹은 갈색 눈에 스치고 지나 간 공포뿐이었다. 그는 마음씨 좋은 주인이 상처 입은 애완동물을 어 르듯이 나지막한 소리로 여자를 달래며, 여자의 목을 조르는 내내 동정 어린 목소리를 들려주었다. 살인이 끝난 뒤 여자가 그의 목소리를 들을 수 없을 때까지 위로의 찬가를 멈추지 않았다.

그는 마지막까지 자상하게 처신했다. 여자의 죽음을 확신한 후에도 조심스레 여자 얼굴을 옆으로 돌린 후에야 슬그머니 미소를 지을 정도 였다. 마침내 일이 끝났다는 안도감, 일이 너무나 순조롭게 끝난 데서 오는 만족감으로 소리내어 웃고 싶었다. 그러나 아직은 입 밖으로 소리를 낼 용기가 나지 않았다. 마음 한구석에서는 그런 점잖지 못한 행동이 자신을 극악무도한 괴물처럼 보이게 하리란 생각이 웅크리고 있었던 것이다. 그는 괴물이 아니었다. 아니, 절대 아니었다. 그는 여자들을 혐오한다기보다 오히려 숭배했다 - 어쨌든 대부분의 여자들에게는 그랬다 - 그리고 속죄해야 마땅한 여자일지라도 잔인하거나 매정하게 대하는 법이 없었다.

그러나 그는 끔찍할 정도로 영악했으며, 자신이 그 사실을 인정하면서도 전혀 부끄러워하는 기색이 없었다. 쫓고 쫓기는 추격전으로 온몸에 흥분이 쌓여가긴 했지만 여자의 반응을 처음부터 끝까지 냉정하게 예측할 수 있었다. 물론 여자의 허영심이 도움이 되기도 했다. 그 여자는 스스로가 약삭빠르다는 착각에 빠진 순진한 철부지였고, 그런 부류의 여자들에 비하여 그가 얼마나 교활한지는 이미 여러 차례 증명되지 않았던가.

무기를 선택하는 데 있어서도 운명의 장난 같은 일이 일어났다. 원래는 단도로 죽일 생각이었다. 칼날이 여자 몸 속에 푹 박힐 때의 느낌…… 칼이 부드럽고 매끄러운 여자의 살결을 힘껏 파고들 때마다 뜨거운 피가 왈칵 뿜어져 나와 손을 적시는 감촉을 꼭 느껴보고 싶었다. '살점을 저며라! 살점을 배어내!' 마음속에서 명령의 소리가 메아리쳐 울렸다. 하지만 내면의 속삭임보다 더 강한 의지를 가진 그는 이런 욕망에 굴하지 않았고, 스치는 한순간 아예 단도를 사용하지 않기로 결심했다. 그가 선물한 다이아몬드 목걸이가 여자 목 위로 축 늘어져 있었다. 그는 이 값비싼 장신구를 이용해 여자의 목숨을 빼앗았다. 이 목걸이야말로 가장 적절한 무기라는 생각이 언뜻 들었다. 여자들은 누구나 장신구를 좋아했고, 그 어떤 것보다 다이아몬드 목걸이를 탐내기 마련이었다. 이 목걸이도 함께 묻어버릴까 하는 생각이 들었지만 시체를 빨리 부패시키기 위해 절벽에서 긁어모은 석회 덩어리를 시체에 뿌릴 즈음에, 마음이 바뀐 그는 목걸이를 자기 주머니에 넣었다.

그리고 뒤도 돌아보지 않고 여자의 무덤을 빠져 나왔다. 양심의 가책이나 죄책감은 전혀 없었다. 여자는 충실히 그에게 봉사했고, 이제 그는 만족스러웠다.

짙은 안개가 땅바닥을 뒤덮고 있었다. 큰길에 나온 후에야, 부츠에 묻은 석회 가루가 눈에 들어왔다. 그는 무릎까지 오는 새 부츠가 더러워졌다는 사실에는 아랑곳하지 않았다. 그 어떤 것도 승리감으로 들뜬 기분을 망치지 못했다. 어깨에 짊어진 온갖 짐들이 훌훌 떨쳐져 나가는 느낌이었다. 그뿐이 아니었다. 그 황홀감, 여자의 몸에 손을 가져갔을 때 느끼곤 했던 엄청난 행복감을 또다시 만끽하지 않았던가. 그래, 맞아. 이번이 지난번보다 훨씬 더 좋았어.

그 여자로 인해 다시 한 번 기운이 펄펄 솟았다. 세상은 힘세고 씩씩한 이 사내에게 여러 가능성들을 제공하며 환하게 밝아졌다.

오늘밤의 기억은 아주 오랫동안 원기를 가져다주리라. 그리고 포만감이 사라져가기 시작할 무렵이면, 다시 사냥에 나서야겠지.

1

메리 필리서티 원장수녀는 항상 기적을 믿어왔다. 그러나 육십칠 년을 살아오면서, 1820년 2월 혹한의 날씨에, 영국으로부터 날아온 편지를 받아볼 때까지는 이렇다 할 기적을 실제 접해본 적이 없었다.

처음에는 마음속에 희망을 잔뜩 부풀려놓은 뒤 나중에 산산조각 내려는 악마의 장난이라는 생각이 들어 이 고마운 소식을 선뜻 믿기가 두려웠다. 그러나 메리 수녀는 장황한 문구들로 빼곡한 그 편지에 성실히 답장을 했고, 윌리엄셜 공작의 봉인이 찍힌 두 번째 확답의 편지를 받게 되자, 이 선물을 있는 그대로 받아들이게 되었다.

그건 바로 기적이었다!

마침내 이곳에서 그 난봉꾼을 떼어버리게 되었다. 원장수녀는 다음날 아침 기도시간에 이 기쁜 소식을 수녀들에게 전했고, 그날 저녁 모두 모인 자리에서 오리 수프와 갓 구운 빵을 먹으며 이 일을 축하했다. 현기증이 날 정도로 마음이 들뜬 레이첼 수녀는 저녁 미사를 보는 도중에 소리내어 웃음을 터뜨려서 두 번이나 핀잔을 들었다.

다음날 오후, 그 난봉꾼 - 다름 아닌 알렉산드라 공주 - 은 분위기가 삭막하고 간소하게 꾸며진 원장수녀의 방에 불려갔다. 공주가 수녀원에서 떠나야 한다는 소식을 전해듣고 있을 즈음, 레이첼 수녀는 분주하게 공주의 짐을 싸고 있었다.

원장수녀는 본인만큼이나 낡고 흠집투성인 책상 뒤, 등받이가 높다란 의자에 앉아 있었다. 그리고 수녀복 옆쪽으로 살짝 드리워져 있는 묵주를 멍한 표정으로 만지작거리며 공주의 반응을 잠자코 기다렸다.

알렉산드라 공주는 방금 들려준 그 소식에 소스라치게 놀랐다. 그녀는 두 손을 신경질적으로 마주잡으며, 눈에 맺힌 눈물을 원장수녀에게 들키지 않으려고 얼른 고개를 숙였다.

「알렉산드라, 자리에 앉아라. 올려다보며 얘기하고 싶지는 않구나.」

공주는 의자 한 귀퉁이에 엉덩이를 살짝 걸친 채, 원장수녀를 흡족케 하려고 등을 꼿꼿이 세운 뒤 움켜 쥔 두 손을 무릎에 올려놓았다.

「이 일을 어떻게 생각하니?」

원장수녀가 넌지시 질문을 던졌다.

「그 화재 때문이죠, 그렇죠, 원장수녀님? 수녀님은 그 사고 때문에 아직 제게 화가 안 풀리셨어요.」

「말도 안 되는 소리.」

원장수녀가 조용히 대꾸했다.

「그 철없는 행동은 한 달도 전에 용서했어.」

「레이첼 수녀님이 절 내보내라고 설득이라도 하셨나요? 그 수녀님께는 이미 죄송하다는 말씀을 드렸고, 수녀님도 예전처럼 질린 표정으로 저를 쳐다보진 않으세요.」

원장수녀는 천천히 머리를 가로 저으며, 알렉산드라처럼 얼굴을 찌푸렸다. 알렉산드라가 무심코 내뱉은 말로 인해, 그녀가 과거에 저지른 별의별 짓궂은 행동들이 떠오른 것이다.

「그 고약한 밀가루 반죽으로 주근깨를 없앨 생각을 하다니, 도무지 이해가 안 되는구나. 하지만 레이첼 수녀님도 그 실험에 동의하셨잖니. 수녀님은 너를 나무라시진 않으셔…… 너무 심하게는 말야.」

원장수녀는 거짓말이 신의 눈에 사소한 죄로 비치게 할 의도로 얼른 한마디 덧붙이더니, 말을 이었다.

「알렉산드라, 난 네 후견인께 널 데려가라는 편지를 보낸 적이 없다. 그가 먼저 편지를 보내왔어. 이게 윌리엄셜 공작의 편지니, 읽어보면 내가 한 말이 사실이라는 걸 알 수 있을 게다.」

알렉산드라는 떨리는 손으로 편지를 집어들었다. 그리고 내용을 대충 훑어보고 원장수녀에게 돌려주었다.

「얼마나 급한 일인지 알만하지, 안 그러니? 네 후견인이 말한 아이번 장군은 평판이 상당히 나쁜 사람인 것 같구나. 이 사람을 만난 기억이 있니?」

「아버지의 영토에는 몇 번 가봤지만, 아주 어렸을 때라, 그런 사람을 만난 기억은 없어요. 왜 그 사람이 저와 결혼하려고 할까요?」

「네 후견인은 대충 짐작 가는 데가 있나보더라.」

원장수녀가 손끝으로 편지를 가볍게 톡톡 쳤다.

「네 아버지의 백성들은 널 잊지 않았어. 아직도 넌 그들이 사랑하는 그들의 공주님이지. 장군은, 너와 결혼하면 백성들의 지지를 받으며 왕국을 차지할 수 있다고 생각한 거야. 약삭빠른 계획이지.」

「전 그와 결혼하고 싶지 않아요.」

알렉산드라가 나지막이 중얼거렸다.

「네 후견인도 같은 생각이지만 우리가 거절해봤자 장군은 수락할 사람이 아니라는구나. 성공만 보장된다면 강제로라도 널 데려갈 사람이래. 윌리엄셜 공작은 그런 이유로, 네 영국 여행에 경호인을 동반시키길 원하셨어.」

「여기를 떠나고 싶지 않아요, 원장수녀님. 정말 싫어요.」

알렉산드라의 애처로운 목소리가 원장수녀의 가슴을 아프게 했다. 그 한순간 원장수녀는 지난 몇 년간 공주가 저지른 온갖 해괴망측한 장난들을 깡그리 잊어버렸다.

한 여자아이와 아이의 어머니가 처음 수녀원에 도착했을 당시, 그 자그마한 아이의 겁에 질려 떠는 모습이 언뜻 뇌리를 스쳐 지나갔다.

어머니가 살아 계셨을 때만 해도 꽤 얌전한 아이였다. 겨우 열 두 살 밖에 안 된 어린 공주는 불과 6개월 전에 사랑하는 아버지를 잃은 상태였다. 그럼에도 혀를 내두를 정도로 대단한 용기를 보여주었다. 공주는 밤낮을 가리지 않고 어머니를 간호했지만, 회복될 가능성이 전혀 보이지 않았다. 병환으로 몸과 마음이 파괴되어 가더니 종국에는 고통으로 거의 미칠 지경이 되었다. 알렉산드라는 어머니의 곁에 기어 들어가서 금방이라도 부서질 듯 가냘픈 몸을 팔로 꼭 안아주었다. 그리고 몸을 살살 흔들며 조용하고 감미로운 발라드를 불러주었는데, 그 목소리는 그야말로 천사의 소리였다. 어머니를 향한 아이의 사랑은 보는 사람의 가슴을 뭉클하게 할 만큼 아름다웠다. 마침내 악마의 고문이 끝나고, 어머니는 딸의 품에 안겨 세상을 떠났다.

알렉산드라는 어머니를 잠시도 남의 손에 맡기려 하지 않았다. 그리고 밤이 찾아오면, 자기 방에서 남몰래 숨죽여 흐느꼈다. 그녀의 흐느낌은 칸막이가 된 조그만 방의 하얀 커튼을 뚫고 나가서, 수녀원 사람들의 마음을 아리게 했다.

어머니는 성당 뒤편, 가장자리를 꽃으로 장식한 아름다운 석굴에 묻혔다. 알렉산드라에게 잠시라도 어머니 곁을 떠난다는 건 생각도 할 수 없는 일이었다. 하다못해 수녀원과 바로 인접해 있는, 공주의 두 번째 고향인 스톤 헤븐조차 다니러 가는 일이 없었다.

「전 여기서 평생 살게 되리라 생각해왔어요.」

알렉산드라가 낮은 목소리로 말했다.

「이 일을 네 운명이 새로 열리는 기회로 생각해야 한다. 네 인생의 한 장이 끝나고 새로운 장이 막 펼쳐지는 거야.」

원장수녀가 엄하게 충고했다.

「전 제 인생의 모든 장을 여기서 마치고 싶어요, 원장수녀님. 수녀님이 마음만 먹으시면, 윌리엄셜 공작님의 요청을 거절하실 수 있잖아요. 아니면, 계속해서 적당히 핑계를 대시면 공작님도 언젠가는 제 일을 잊어버리시겠죠.」

「그럼 그 장군은 어쩔 셈이냐?」

알렉산드라는 그 골치 아픈 일에 대한 답을 이미 생각해놓았다.

「그 장군이 성역을 감히 침범하지 못할 거예요. 전 여기에 있는 한 안전해요.」

「권력에 눈먼 사람인데, 수녀원을 지배하는 신의 법을 어렵게 여기겠니? 애야, 그 장군은 우리의 성역을 서슴없이 침범할 게다. 그리고, 지금 나더러 네 후견인을 속이라고 말하는 게냐?」

「아뇨, 원장수녀님.」

알렉산드라는 한숨 섞인 대꾸를 했다. 휴, 이 대꾸야말로 원장수녀님이 제일 듣고 싶어하신 말이겠지.

「남을 속이는 건 잘못이겠지만…….」

은근한 바람이 담긴 그녀의 어투에 원장수녀는 고개를 설레설레 흔들었다.

「난 널 데리고 있을 수 없단다. 설령 합당한 이유가 있다 해도…….」

한 가지 가능성이 머릿속에 퍼뜩 떠올랐다.

「오, 방법이 있어요.」

알렉산드라가 불쑥 말을 꺼냈다. 그러고는 숨을 깊숙이 들이마시더니 말을 이었다.

「수녀가 되겠어요.」

알렉산드라가 서품식 대열에 낀다고! 생각만 해도 원장수녀의 등줄기가 싸늘해졌다.

「신의 가호가 저희에게 있기를.」

수녀님은 입속말로 중얼거렸다.

「그 장부 때문이죠, 그렇죠, 원장수녀님? 수녀님은 그때 제가 대수롭지 않은…… 조작을 좀 했다고 해서 여기서 내쫓으시려는 거예요.」

「알렉산드라…….」

「제가 한 일이라고는, 수녀님이 은행 대출을 받으시도록 장부를 하나 더 만든 것뿐이에요. 수녀님은 제 돈을 안 쓰려고 하셨지만 성당을 꼭 새로 지어야 했잖아요…… 화재도 났고, 이것저것 따져보면 말이에요. 그래서 결국 대출을 받으셨구요? 하느님은 분명히 제 속임수를 용서해주셨을 테고, 또 그 장부 내역을 바꾸기를 원하셨을 거예요. 안 그랬다면, 제게 숫자에 뛰어난 머리를 주셨을 리가 없잖아요, 그렇죠, 수녀님? 하느님께서 속임수를 좀 쓴 사실을 용서하셨다고 전 믿어요.」

「속임수라고? 그걸 정확히 말하면 도둑질이라는 거야.」

「아니에요, 원장수녀님.」

알렉산드라가 발끈하여 부인하고 나섰다.

「도둑질은 뭔가를 훔치는 짓이지만, 전 아무것도 훔치지 않았어요. 그냥 뭘 좀 고쳤을 뿐이에요.」

원장수녀의 잔뜩 찌푸린 얼굴을 본 알렉산드라는 수녀님의 말을 반박하거나, 아직도 민감한 그 장부 사건을 입밖에 내지 말아야 했다고 내심 후회했다.

「그 화재 말이다…….」

「원장수녀님, 그 불운한 재난에 대해 제가 얼마나 애통해 하는지는 이미 고해했어요.」

알렉산드라는 후딱 이렇게 말하고, 그 일로 수녀님의 화를 다시 돋구지 않게 하려고 얼른 화제를 바꾸었다.

「수녀가 되고 싶다고 했던 말 진심이에요. 전 제가 신의 부르심을 받았다고 믿어요.」

「알렉산드라, 넌 가톨릭 신자가 아니야.」

「개종하겠어요.」

알렉산드라는 짐짓 열의를 보이며 이렇게 다짐했다.

「날 쳐다보거라.」

원장수녀가 명령조로 말했다. 공주가 고개를 들자 말을 이었다.

「네가 왜 이러는지 그 이유를 알 것 같구나. 너에게 한 가지 약속을 하마.」

수녀님은 위로하듯 다정하고 낮은 목소리로 말했다.

「어머니 무덤은 내가 잘 보살펴 주마. 내게 무슨 일이 생기면, 저스티나 수녀나 레이첼 수녀가 대신 맡을 거고. 네 어머님은 절대 잊혀지지 않을 게다. 매일 기도시간에 올리는 기도도 계속 될 거고. 내가 약속하마.」

알렉산드라는 울컥 울음을 터뜨렸다.

「전 어머니를 떠날 수 없어요.」

원장수녀가 자리에서 일어나 알렉산드라에게 걸어갔다. 그리고 그녀의 어깨를 감싸 안고 몸을 살살 두드려주었다.

「넌 어머니를 두고 떠나는 게 아니란다. 그분은 언제나 네 마음속에 계실 거야. 그리고 어머니는 네가 너의 인생을 살아가길 바라셔.」

알렉산드라는 뺨 위에 흐르는 눈물을 손등으로 훔쳤다.

「전 윌리엄셜 공작을 몰라요, 원장수녀님. 딱 한 번 만나 봤을 뿐이고, 어떻게 생겼는지 기억조차 희미해요. 제가 그분과 잘 지내지 못하면 어떻게 하죠? 그분이 절 싫어하시면요? 전 남에게 짐이 되고 싶지 않아요. 제발 여기 머물러 있게 해주세요.」

「알렉산드라, 넌 이 문제에 있어 내게 결정권이 있다고 믿을 작정인 모양이다만, 사실은 그렇지 않아. 난 네 후견인의 요청에 따라야만 한단다. 넌 영국에 가서 잘 지낼 수 있을 거야. 윌리엄셜 공작은 자녀가 여섯이나 되니, 아이가 하나 더 늘었다고 해서 별 문제가 되지는 않을 게다.」

「전 이제 아이가 아니에요.」

알렉산드라가 수녀를 깨우쳐주었다.

「그리고 제 후견인은 지금쯤 힘없는 노인네가 되어 있을 거구요.」

원장수녀가 슬며시 웃음을 머금었다.

「윌리엄셜 공작은 네 아버지가 수년 전에 후견인으로 정하신 분이야. 그 영국인을 선택하실 때는 분명 그럴만한 이유가 있을 게다. 네 아버지의 판단을 믿으렴.」

「예, 원장수녀님.」

「넌 행복하게 살 수 있단다, 알렉산드라.」

원장수녀가 계속 말을 이었다.

「매사에 자제력을 좀 가진다면 말이다. 행동하기 전에 생각부터 하거라. 그게 중요해. 넌 정신이 건전한 아이니, 그걸 이용하도록 하고.」

「그렇게 말씀해주셔서 감사합니다, 원장수녀님.」

「얌전한 척 구는 건 관둬라. 전혀 너답지 않으니. 네게 해줄 충고가 한 가지 더 있는데, 정신을 똑바로 차리고 듣길 바란다. 앉을 때는 어깨를 꼿꼿이 세워야 한다. 공주는 구부정한 자세를 취하지 않아.」

자세를 좀더 곧추세웠다간 등뼈가 뚝 부러지리란 생각이 머리를 스쳤다. 하지만 알렉산드라는 어깨를 약간 더 뒤로 당겼고, 수녀님은 만족한 듯 고개를 끄덕였다.

「내가 늘 일렀듯이,」

원장수녀의 충고가 계속되었다.

「네가 공주라는 사실이 여기에선 전혀 문제시되지 않지만, 영국에서는 달라. 항상 몸가짐에 조심해야 한다. 그곳에선 즉흥적인 행동은 절대 허용되지 않는다. 자, 알렉산드라. 내가 마음에 깊이 새기라고 수십 번은 되풀이한 두 가지가 무엇이지?」

「위엄을 지키고 예의를 갖추는 거예요, 원장수녀님.」

「그래.」

「만일 새 생활이 마음에 들지 않으면…… 돌아와도 될까요?」

「언제든 돌아오면 기꺼이 받아주마.」

원장수녀가 선뜻 약속해주었다.

「이제 가서 레이첼 수녀님을 도와 짐을 꾸려라. 만일을 대비해서 한밤중에 떠나야할 게다. 성당에서 기다릴 테니 거기서 작별인사를 하자꾸나.」

자리에서 일어난 알렉산드라는 무릎을 굽혀 살짝 인사를 한 뒤, 방을 나갔다. 원장수녀는 방 한가운데 서서 자기에게 맡겨졌던 아이의

뒷모습을 한참동안 멍하니 쳐다보았다. 이제껏 공주가 떠난다는 사실
을 기적이라 믿어왔다. 원장수녀는 언제나 꼼꼼하게 짜여진 일정에 조
금도 어긋남 없이 생활했었는데, 알렉산드라가 나타난 이후로 그 일정
들은 온데간데없이 사라져버렸다. 무질서한 상황은 딱 질색이었지만,
알렉산드라는 그런 상황들을 몰고 다니는 듯싶었다. 그런데도 공주가
방에서 나가는 순간, 원장수녀의 눈에 눈물이 핑 돌았다. 마치 방금 시
꺼먼 구름이 몰려와 태양을 가려버린 것처럼.
　저 애에게 신의 가호가 함께 하길…….
　원장수녀는 개구쟁이 같은 그녀의 익살맞은 행동들을 그리워하게 될
것이다.

2

사람들은 그를 '돌고래'라 불렀었고, 그는 그녀를 '말괄량이'라고 불렀었다. 알렉산드라 공주는 후견인의 아들 콜린에게 돌고래란 별명이 붙은 이유를 알지 못했으나, 콜린이 자신을 말괄량이라 부른 이유는 눈감고도 알 수 있었다. 그렇게 불려도 할말이 없었다. 아주 어렸을 때 그녀는 아무도 못 말리는 말괄량이였고, 콜린과 그의 형 케인과 딱 한 번 만났을 때에도 창피스러울 정도로 고약하게 굴었었다. 워낙 어린데다 응석받이로 컸다는 점을 감안하더라도 좀 지나친 장난꾸러기였다. 하긴 외동딸인데다 친척들과 하인들의 맹목적인 사랑을 받고 살아왔으니, 어쩌면 당연한 일이었는지도 모른다. 게다가 공주의 부모는 알렉산드라가 까닭 없이 짜증 부리는 시기를 벗어나고 참는 법도 배울 때까지, 딸의 고약한 행동들을 모르는 척 내버려두었다.

부모님을 따라 잠깐 영국을 방문했을 때 알렉산드라는 조그만 꼬마였다. 윌리엄셜 공작 내외에 대한 기억은 어렴풋하고, 공작의 딸들은 아예 생각나지도 않았으며, 나이 든 두 아들에 대한 추억은 희미하게 어른거리는 정도였다. 케인과 콜린. 그 형제는 그녀의 마음속에 거인처럼 커다랗게 각인되어 있었다. 그 당시 그녀는 철부지 어린아이였고 그들은 어른이었기 때문에 어린 마음에 그들의 몸집이 과장해서 기억되었는지도 모른다. 지금 많은 사람들 속에서 그 둘 중 누구와 마주치는 일이 있더라도 알아보지 못할 것 같았다. 콜린이 지난날 그녀의 짓궂은 행동들이나, 그녀를 말괄량이라고 놀렸던 일들을 죄다 잊어버렸기를 바랐다. 콜린만 잘 사귀어둔다면 일이 수월하게 풀릴 텐데. 앞으로 견뎌내야 할 두 가지 의무는 만만치 않을 게 분명한데, 하루하루를 넘기면서 안전한 피난처를 마련해둔다는 건 상당히 중요한 일이었다.

알렉산드라는 어느 음산한 월요일 아침에 영국에 도착했고 곧바로 윌리엄셜 공작의 시골 영지로 보내졌다. 오는 내내 뱃속이 매슥거렸지만, 지나친 걱정으로 몸 상태가 안 좋은가 보다고 생각했다. 그러나 한 가족처럼 허물없이 대해주는 공작 내외 덕분에 뱃속의 울렁거림과 어색하던 심기는 말끔히 사라졌다. 그녀는 특별 대우를 받지도 않았거니와, 가끔씩은 속마음을 털어놓아도 괜찮을 정도로 주위 분위기가 편했다. 알렉산드라와 그녀의 후견인은 오로지 한 가지 주제를 놓고 열띤 대화를 나누었다. 후견인 내외는 이번 시즌(런던의 사교 계절로 초여름을 말함)을 위한 타운 하우스(시골에 저택을 가진 귀족들이 도회지에 가진 또 다른 저택)를 개방하러 런던에 갈 때 알렉산드라를 데려갈 계획이었다. 알렉산드라도 열 다섯 가지 이상의 약속 일정을 잡아두었다. 그러나 공교롭게도 런던으로 출발하기 며칠 전에 공작과 공작부인이 병에 걸리고 말았다.

알렉산드라는 혼자 가고 싶어했다. 남의 짐이 되고 싶지 않으니 따로 저택 하나를 빌려서 살겠다고 계속해서 우겼다. 공작부인은 그 말을 듣자 가슴을 콩닥거리며 기겁했지만, 알렉산드라는 도무지 고집을 꺾지 않았다. 그녀는 나도 이제 성인이니 얼마든지 스스로를 돌볼 수 있다고 큰소리쳤으나, 공작은 그런 얘기는 귀담아 들을 생각도 하지 않았다. 며칠간 격렬한 언쟁이 오고갔다. 결국 알렉산드라가 영국에 머물 동안, 케인의 집에서 머무는 걸로 의견이 모아졌다.

딱하게도 알렉산드라가 집에 도착하기로 예정된 바로 전날, 케인과 제이드는 공작 내외와 네 딸들이 현재 앓고 있는 병명도 없는 그 이상한 병에 걸리고 말았다.

이제 마지막 선택의 여지는 콜린의 집뿐이었다. 아버지 친구들과 만날 약속을 여럿 잡아놓지 않았던들, 후견인이 완쾌할 때까지 시골에 머물러 있었으리라. 알렉산드라는 콜린에게 부담을 주기 싫었다. 게다가 콜린이 지난 2년간 얼마나 끔찍한 세월을 보냈는지 그의 아버지에게서 이미 들어 알고 있지 않은가. 지금 콜린이 가장 피해야 할 일은 생활의 리듬이 깨지는 일이리라. 그러나 윌리엄셜 공작은 공주가 콜린의 집에 묶어야 한다고 막무가내로 우겼고, 후견인의 간절한 바람을 거절하는 건 공손한 처사가 아니었다. 그리고 콜린과 함께 며칠을 보낸다면, 그에게 꼭 해야 하는 요청을 하기가 훨씬 수월할지도 모른다.

알렉산드라는 저녁식사 시간이 조금 지났을 즈음에 콜린의 집 현관에 도착했다. 콜린은 이미 저녁 업무를 보러 밖에 나가고 없었다. 알렉산드라와 새로 고용된 하녀, 그리고 믿음직스런 두 명의 경호인들이 검은색과 흰색 타일이 깔린 좁다란 현관 홀로 북적대며 들어섰다. 윌리엄셜 공작이 보낸 서한을 플래네건이라는 잘 생긴 젊은 집사에게 건넸다. 집사는 아무리 많이 쳐주어도 스물 다섯 살이 채 안되어 보였다. 그녀의 예기치 않은 방문에 당황한 그는 귀밑까지 새빨개지면서 공주에게 연신 고개를 숙여대는 바람에, 알렉산드라는 그의 불편한 심기를 어떻게 가라앉혀야 할지 난감했다.

「이곳에 공주님을 모시다니 그지없는 영광입니다.」

그는 더듬대며 이렇게 인사를 했다. 그리고 숨을 힘들게 꿀꺽 삼키더니 똑같은 말을 되풀이했다.

「이 집의 주인도 집사와 같은 심정이었으면 좋겠군요. 폐를 끼치고 싶지는 않거든요.」

그녀가 이렇게 대꾸했다.

「오, 아닙니다!」

플래네건은 무슨 그런 끔찍한 말을 하느냐는 표정으로 대꾸했다.

「폐를 끼치다니 얼토당토않은 말씀이십니다.」

「그렇게 말해주니 고맙군요.」

플래네건은 좀 걱정 어린 어투로 말했다.

「그런데 알렉산드라 공주님, 여기엔 공주님 수행원들이 기거할 방이 충분치 않습니다만.」

「그거야 대충 때우면 될 거예요.」

그녀는 집사의 마음을 편하게 해줄 양으로 얼굴에 살짝 미소를 띠며 안심하라는 투로 말했다. 가여운 그 젊은이는 보기 딱할 정도로 쩔쩔 매고 있었다.

「윌리엄셜 공작께서 경호원과 시녀를 꼭 데려가라고 하셨어요. 내 시녀는 벨레나라고 하는데 공작부인께서 절 위해 직접 골라주셨죠. 벨 레나는 이제껏 영국에서 살아오긴 했지만 제 아버님 땅에서 태어났고 거기서 자랐어요. 그런 사람이 내 시녀가 되기 위해 응모하다니 정말 기막힌 우연의 일치 아니겠어요? 그럼요, 정말 기막힌 우연이죠.」

그녀는 플래네건이 말을 꺼내기도 전에 혼자 묻고 혼자 답했다.

「벨레나는 이제 막 고용되었으니, 당장 해고할 수는 없어요. 그러면 예의에 너무 어긋나잖아요, 안 그래요? 무슨 말인지 이해할 수 있죠? 이해하신 것 같군요.」

플래네건은 공주가 늘어놓는 변명의 흐름을 놓쳤으나, 그냥 기분을 맞출 양으로 계속 고개만 끄덕였다. 그리고 아름다운 공주의 얼굴에서 떨어질 것 같지 않았던 시선을 간신히 거두고서 하녀에게 고개를 숙여 인사를 했다. 그런 뒤 얼떨결에 이런 말이 튀어나와 점잖을 떨던 이제 까지의 체면을 망쳐버렸다.

「아직 아이로군요.」

「벨레나는 나보다 한 살 위예요.」

알렉산드라가 집사에게 이런 얘기를 한 뒤, 금발머리인 그 시녀에게 플래네건이 이제껏 한번도 들어본 적이 없는 언어로 뭐라고 말을 했다. 불어처럼 들렸으나, 불어가 아니라는 건 그도 알았다.

「공주님의 시종 가운데 영어를 하는 사람이 있습니까?」

집사가 그녀에게 물었다.

「하고 싶을 때는 하죠.」

알렉산드라는 가장자리에 하얀 털이 장식된 붉은 망토 끈을 풀었다. 검은 머리칼에 험악한 분위기를 풍기는, 훌쩍한 키의 몸집 좋은 경호원 한 명이 앞으로 나서서 그녀에게서 옷을 건네 받았다.

「이제 좀 쉬었으면 좋겠어요, 집사님. 비 때문에 여기까지 오는데 하루 종일이 걸린데다, 난 뼈 속까지 흠뻑 젖은 것 같아요. 바깥 날씨가 아주 끔찍하거든요.」

그녀는 고개를 까닥거려가며 경호원에게 동의를 구했다.

「비가 꼭 진눈깨비 같았죠, 그렇죠, 레이몬드?」

「네, 그랬습니다, 공주님.」

그 경호원은 놀랄 만치 부드러운 어조로 수긍했다.

「우리 모두 몹시 지쳤어요.」

이번에는 공주가 플래네건을 보며 말했다.

「어련하시겠습니까.」

플래네건이 진지하게 맞장구를 쳤다.

「저를 따라오십시오.」

그리고 공주와 나란히 계단을 오르기 시작했다.

「공주님, 이층에는 침실이 네 개 있습니다. 그리고 삼층에 있는 세 개의 방을 하인들이 씁니다. 공주님의 경호원들이 한 방에서……」

「레이몬드와 스테판은 방을 같이 사용해도 괜넘치 않아요.」

집사가 머뭇거리며 말을 잇지 못하자, 그녀가 얼른 대꾸했다.

「집사님, 우리가 여기 머무는 건, 콜린의 형님과 형수님이 병환에서 회복될 때까지로 합의한 일시적인 조처예요. 난 가능한 빠른 시일 안에 그분들의 집으로 갈 거예요.」

플래네건은 알렉산드라의 팔꿈치에 살짝 손을 대고 부축하여 계단 위까지 올라갔다. 그의 태도가 워낙 진지해서 도움이 필요 없다고 말을 할 용기가 나지 않았다. 그녀를 노인네 취급하는 게 그의 기쁨이라면, 굳이 사양할 필요는 없으리라.

집사는 층계참에 이르러서야 경호원들이 따라오지 않는다는 걸 깨달았다. 그 두 남자는 집 뒤편으로 사라졌다. 그러자 알렉산드라가 집사에게 그들은 모든 출입문을 눈에 익히려고 집 주변을 둘러보고 있으며 그 일이 끝나는 대로 위층으로 올라올 거라고 설명했다.

「하지만 왜 경호원들이 그런 것에 관심을······.」

그녀는 집사의 말이 채 끝나기 전에 대답했다.

「우리의 안전을 위해서예요.」

플래네건은 고개를 끄덕였으나, 솔직히 그녀가 무슨 말을 하는지 전혀 이해할 수 없었다.

「오늘밤에 주인 나리의 방에서 지내셔도 괜찮으시겠습니까? 그 방 시트는 오늘 아침에 새로 갈았지만, 다른 방들은 손님 맞을 준비가 되어 있지 않아서요. 실은 주인님이 경제적인 어려움을 겪고 있는 때인지라 일보는 사람이 저와 요리사뿐이고, 다른 방들의 시트를 바꿀 필요가 없었습니다. 이렇게 오실줄 몰랐기 때문에······.」

「그런 걱정은 하지 말아요.」

그녀가 얼른 말을 가로챘다.

「대충 꾸려나가면 되니까. 그렇게 해요.」

「그렇게 이해해주시니 정말 감사합니다. 내일 좀더 넓은 손님방으로 공주님 짐들을 옮겨놓겠습니다.」

「콜린은 어떡하죠? 내가 그의 침대에 있는 걸 보면 여간 화를 내지 않을 텐데.」

플래네건은 그 정반대의 상황을 머릿속에 떠올렸으나, 자신의 점잖치 못한 생각에 얼른 얼굴을 붉혔다. 그는 아직도 얼떨떨해 하며 얼간이처럼 굴고 있었다. 그러나 그의 이런 한심한 꼬락서니는 손님들이 갑자기 들이닥쳐서가 아니었다. 그 원인은 알렉산드라 공주였다. 그녀는 그가 이제껏 본 여자 중에서 가장 인상적이었다. 알렉산드라를 쳐다볼 때마다 머릿속이 텅 비면서 아무 생각도 나지 않았다. 공주의 눈은 신비스런 푸른빛을 띠었다. 그리고 그가 아는 한 가장 길고 가장 새까만 속눈썹을 가졌고, 피부색은 흰눈처럼 깨끗했다. 단지 콧등에 살짝 뿌려진 주근깨가 흠이었으나, 플래네건의 눈엔 그 흠마저 기막힐 정도로 매혹적이었다.

집사는 흩어진 생각들을 그러모을 생각으로 목청을 가다듬었다.

「오늘밤 다른 방에서 주무신다고 해도 주인님은 전혀 괘념치 않을 거예요. 어쨌든 내일 아침에나 돌아오실 가능성이 크세요. 업무 때문에 에메랄드 해운회사에 가셨는데, 그곳에서 밤을 꼬박 세우는 경우가 종종 있으니까요. 일하다가 시간이 가는 줄도 모르시고 말이에요.」

해명을 한 플래네건은 공주의 손을 끌고 복도를 따라 걸어갔다. 이 층에는 네 개의 방이 있었다. 복도에서 첫 번째 방문이 활짝 열어 젖혀져 있었는데, 두 사람이 그 문 앞에서 발걸음을 멈추었다.

「여기가 서재입니다, 공주님.」

플래네건이 정중한 어투로 일러주었다.

「좀 어수선하지만, 주인님은 제게 손도 대지 못하게 하세요.」

알렉산드라는 살짝 웃음을 머금었다. 서류 뭉치가 사방에 흩어져 있는 그곳은 좀 어수선한 정도를 넘어 있었다. 그럼에도 따뜻한 기운이 감도는, 사람의 마음을 끄는 방이었다. 마호가니 책상 하나가 문을 향해 놓여 있고, 왼쪽에는 조그만 벽난로가 있었다. 오른쪽에는 다갈색 가죽 의자와 같은 것으로 짝을 맞춘 의자 발판이 보였으며, 그 둘 사이의 공간에는 아름다운 적갈색 양탄자가 깔려 있었다. 벽에 붙은 책꽂이에는 책들이 일렬로 꽂혀 있고, 한구석에 콕 처박힌 서류보관용 목조 캐비닛 위에는 장부들이 차곡차곡 쌓여 있었다.

서재는 남성적인 분위기가 압도하는 방이었다. 브랜디와 가죽 냄새가 방안에 가득했지만, 알렉산드라는 왠지 이 향기가 좋았다. 그녀는 한술 더 떠 실내복에 슬리퍼를 끌고, 빨간 혀를 날름거리며 불가에 몸을 웅크리고 앉아 최근에 집계한 재정 회계보고서를 훑어보는 자신의 모습을 상상하기까지 했다.

플래네건이 다시 복도 쪽으로 그녀를 잡아끌었다. 두 번째 방은 콜린의 침실이었다. 그는 얼른 앞으로 걸어나와 방문을 열었다.

「주인께선 늘 그렇게 오랜 시간 일하시나요?」

「네, 그렇습니다.」

플래네건이 선선히 응답했다.

「주인님은 절친한 친구 분인 세인트 제임스 후작과 함께 여러 해 전에 그 회사를 세우셨는데, 두 분은 경쟁에서 살아남기 위해 안간힘을 써오셨어요. 경쟁이 워낙 치열하니까요.」

알렉산드라는 알만하다는 듯이 고개를 끄덕였다.

「에메랄드 해운회사가 견실하다는 소문이 자자하더군요.」

「그렇습니까?」

「오, 그럼요. 콜린의 부친께서 그 회사 주식을 좀 사셨으면 하세요. 투자가들에게는 틀림없이 이익이 되니까요. 하지만 콜린과 그 동업자 분은 단 하나의 주식도 팔려고 하지 않는다면서요.」

「두 분이 회사 운영권을 독점하시고 싶어하세요.」

플래네건은 이 말을 한 후 이를 드러내며 씩 웃었다.

「언젠가 주인님이 아버님께 같은 말씀을 하신 적이 있어요.」

그녀는 고개를 끄덕이고는, 얘기를 접은 채 곧장 침실로 들어갔다. 방안에 냉기가 느껴지자 플래네건은 허둥지둥 벽난로에 몸을 굽히고 불을 지피기 시작했다. 벨레나가 여주인 옆으로 살짝 비켜 걸어와서는 침대 옆 탁자에 놓인 초에 불을 켰다.

콜린의 침실은 서재에 질 새라 남성적인 기운이 넘치는 방이었다. 사이즈가 상당히 큰 침대가 문 쪽을 향하고 있었는데, 침대에는 짙은 초콜릿 색을 띤 갈색 누비이불이 덮여 있었다. 알렉산드라는 짙은 베이지 색 벽을 쳐다보며, 아름다운 목조 마호가니 가구 세트와 조화를 잘 이룬다는 생각을 했다.

침대 앞머리에 있는 두 개의 창문에는 베이지 색 공단 커튼이 가지런히 묶여 있었다. 벨레나가 커튼에 묶은 끈들을 풀자, 그 방은 아래 거리와 완전히 차단된 딴 세상이 되어 버렸다.

알렉산드라가 서 있는 왼편에 달린 문은 서재로 통했고, 그녀의 오른편 커다란 나무 칸막이 옆에 비밀스런, 또 하나의 문이 보였다. 방 한가운데를 가로질러 걸어가 그 문을 활짝 연 그녀는 콜린의 침실에 딸린 옆방을 보았다. 안방에 비해 침대는 훨씬 작았지만, 모든 것들을 똑같은 색상으로 꾸며져 있었다.

「이 집은 정말 멋지군요.」

그녀가 한마디 평을 했다.

「콜린이 잘 골랐어요.」

「이 집은 주인님의 소유가 아닙니다. 대리인을 통해 괜찮은 가격으로 세를 냈어요. 여름이 갈 즈음에 집주인이 미국에서 돌아오면, 우린 여기서 나가야 할 겁니다.」

알렉산드라는 터져 나오려는 웃음을 애써 참았다. 콜린이, 그가 처한 금전상의 비밀들을 하인이 남에게 속속들이 일러바치는 걸 안다면 과연 좋아할지 의아스러웠다. 플래네건은 그 누구보다도 열의에 넘치는 하인이었다. 속이 후련해질 정도로 정직한 사내여서, 알렉산드라는 단번에 그가 마음에 들었다.

「내일 저 방으로 공주님의 짐들을 옮겨 드리겠습니다.」

옆방을 기웃거리는 알렉산드라를 본 플래네건이 이렇게 소리쳤다. 그리고 벽난로 쪽으로 몸을 돌리더니, 불꽃이 막 튀기 시작하는 불 속에 땔나무 하나를 던져 넣고는 벌떡 일어섰다. 그리고 바지 옆구리에 손을 쓱쓱 문질렀다.

「이 두 개의 방이 이 집에선 상대적으로 큰 침실들입니다.」

그가 설명을 계속했다.

「이층에 있는 다른 침실 두 개는 좀 작은 편이죠. 참, 그리고 문에 자물쇠가 있습니다.」

경호원 레이몬드가 문을 두드렸다. 알렉산드라는 얼른 문으로 걸어가서 나지막한 그의 얘기에 귀를 기울였다.

「레이몬드 말로는, 아래층 응접실의 창문 하나가 빗장이 부러졌대요. 빗장을 고쳐도 괜찮은지 물어보는군요.」

「지금 말씀입니까?」

플래네건이 어리둥절한 어투로 물었다.

「그래요.」

그녀는 대답한 후 다시 덧붙였다.

「레이몬드는 전사예요. 집이 안전한지 확인하기 전까지 마음을 놓지 못하는 사람이죠.」

그녀는 집사의 허락을 기다리지도 않고 곧바로 경호원에게 빗장을 고쳐도 된다는 승낙의 표시로 고개를 까닥해 보였다. 벨레나는 여주인의 잠옷과 어깨에 걸치는 가운을 벌써 준비해 두었다. 알렉산드라가 그녀를 도우려고 고개를 돌렸을 때, 하녀는 입을 벌리고 하품을 했다.

「벨레나, 가서 쉬도록 해. 나머지 짐은 내일 풀어도 상관없으니.」

그 하녀는 고개를 숙여 여주인에게 공손히 절을 했다. 그러자 플래네건이 허둥지둥 앞으로 나오더니 하녀더러 복도 맨 끝 방을 쓰라고 일렀다. 그는 벨레나가 작지만 아늑한 그 방을 좋아하리라고 믿었다. 알렉산드라에게 인사를 한 집사는 하녀를 도와줄 양으로 그녀를 복도 끝까지 데려다주었다.

알렉산드라는 30분도 채 되지 않아 잠이 들었다. 평상시의 습관대로 서너 시간을 깊은 잠에 빠졌으나, 새벽 2시가 되자 번쩍 눈을 뜨고 말았다. 영국으로 돌아온 이후로 밤새 한번도 깨지 않고 푹 잠을 자 본 적이 없었는데, 그런 상태가 이제는 습관이 되어버렸다. 그녀는 실내복을 걸치고 벽난로에 땔나무 하나를 집어넣은 뒤, 조그만 서류 가방을 들고 침대로 돌아왔다. 일단, 그녀의 대리인이 작성한 런던 로이드 해상보험 협회의 최근 재정상태 보고서를 읽고, 그래도 잠이 오지 않으면 자신의 재산 목록에 대한 도표를 새로 작성할 작정이었다.

층계 아래쪽에서 시끄럽게 떠드는 소리에 집중력이 흩어졌다. 플래네건의 목소리가 들렸고, 그의 안절부절못하는 어투로 보아 주인의 화를 가라앉히려고 애쓰는 듯이 보였다.

호기심이 동한 알렉산드라는 슬리퍼를 신고 실내복의 허리띠를 단단히 조여 맨 뒤 층계참으로 나갔다. 그녀는 어두운 곳에 서 있었지만, 아래층 현관 홀은 촛불을 여럿 켜놓아 환하게 밝았다. 레이몬드와 스테판이 콜린의 앞을 막아선 장면에 그녀는 살며시 한숨을 내쉬었다. 콜린은 등을 돌린 위치에 서 있었으나, 어쩌다 위를 쳐다본 레이몬드의 눈에 그녀의 모습이 들어왔다. 그녀는 곧바로 자리를 뜨라는 손짓을 했다. 레이몬드는 팔꿈치로 동료를 슬쩍 밀어 제자리로 보낸 뒤, 콜린에게 고개를 숙여 인사를 하고 홀을 나갔다.

플래네건은 경호원들이 떠나는 것도, 알렉산드라가 나타난 것도 눈치채지 못했다. 그녀가 그의 말을 하나도 빠짐없이 듣고 있는 걸 알았다면, 그 집사도 끝없이 주절대는 짓은 결코 하지 않았으리라.

「그분은 제가 상상했던 바로 그런 공주님이셨어요.」

그는 지나치게 열의에 들뜬 목소리로 주인에게 말했다.

「머리칼은 칠흑 같은 풍성하고 부드러운 곱슬머리가 어깨 위에서 물결치는 듯했어요. 눈은 푸른색이었는데, 제 평생 그런 푸른색은 본 적이 없어요. 눈이 너무도 반짝거리고 맑았어요. 나리도 공주님 앞에 서시면 우뚝 솟아 보일 거예요. 저만해도, 제가 꼭 거인처럼 느껴졌거든요. 하긴 공주님이 절 똑바로 쳐다보시기만 하면, 말을 떠듬거리며 연신 실수를 하긴 했지만요. 그리고 그 분은 주근깨도 있으세요, 나리.」

말을 멈춘 플래네건은 숨을 한 번 몰아쉬기가 바쁘게 말을 이었다.

「정말 멋진 분이세요.」

콜린은 공주에 대한 하인의 말에는 별 관심을 보이지 않았다. 그는 자기 앞을 막아선 낯선 사내 한 명에게 막 주먹을 날리려던 참이었다. 그리고 나서 두 사내를 길거리로 내던지려고 생각했었다. 그런데 때마

침 나타난 플래네건이 두 사람은 윌리엄셜 공작이 보내서 온 손님들이
라고 설명했던 것이다. 콜린은 둘 중 몸집이 큰 남자의 몸을 놓아주고
는, 다시 한 번 손에 쥔 서류 뭉치들을 일일이 정돈하면서 동업자가
작성한 보고서를 찾아보았다. 보고서를 사무실에 두고 오지 않았기를
간절히 바랐다. 잠자리에 들기 전에, 반드시 숫자들을 장부에 기록해야
겠다고 마음먹었기 때문이었다.

콜린은 기분이 엉망이었다. 집사가 귀찮게 굴어 약간 짜증이 나기도
했다. 신나게 주먹질이라도 한다면 이 답답함이 좀 풀릴지도 모르지.

잃어버렸던 그 서류 한 장을 간신히 찾아냈는데, 플래네건이 또다시
입을 열었다.

「공주님은 좀 마르신 편이지만, 균형 잡힌 몸매가 눈에 띄어 안 볼
도리가 없었어요」

「이제 그만 하게.」

콜린이 딱 잘라 말했다. 부드럽긴 했지만 분명 명령조의 어투였다.

그 하인은 알렉산드라 공주에 대한 찬사를 일순간에 뚝 멈추었다.
풀 죽은 그의 표정에서 실망의 기색이 역력히 내비쳤다. 이제 막 얘기
보따리를 풀기 시작했고, 앞으로 최소한 20분은 더 지껄일 수 있었을
텐데. 쳇, 아직 공주의 미소에 대해서도 언급하지 못했다. 위엄을 갖춘
그 당당한 태도도……

「알았네, 플래네건.」

콜린이 하인의 생각에 제동을 걸며 말을 이어갔다.

「이 일의 진상을 한번 규명해보자고. 어떤 공주가 우리 집에 기거하
겠다고 왔단 말이지? 내 말이 맞나?」

「네, 나리.」

「왜지?」

「뭐가 말입니까, 나리?」

콜린이 한숨을 쉬었다.

「자네 생각엔 왜……」

「어찌 감히 제 생각을 논하겠습니까!」

플래네건이 얼른 말을 가로챘다.

「언제부터 그러지 않기로 작정했는데?」

플래네건이 피식 웃었다. 그 폼이 칭찬을 들은 사람처럼 보였다.

콜린이 길게 하품을 했다. 정말 피곤했다. 오늘밤에는 딴 사람이 떠들어대는 걸 참아낼 기분이 아니었다. 회계장부에 코를 박고 오랜 시간 일한 탓에 몸과 마음이 지쳤고, 그 망할 놈의 숫자를 합해봐도 타산을 남길 정도가 아니어서 속이 탔으며, 수많은 경쟁사들과 싸우느라 극도로 힘이 빠져 있었다. 매일 아침 눈만 뜨면, 새로운 해운 회사가 하나씩 문을 여는 듯이 보였다.

경제적인 걱정거리에 덧붙여 육체적인 통증도 참아내야 했다. 수년 전 불운했던 해상 사고로 부상당한 왼쪽 다리가 지금 참기 힘들 정도로 욱신거렸다. 따뜻한 브랜디를 마신 뒤 침대에 가서 눕고 싶은 마음이 간절했다.

하지만 피로에 굴복할 생각은 없었다. 잠자리에 들기 전에 해야 할 일이 남아 있었다. 그는 망토를 플래네건에게 홱 던져주고, 우산꽂이에 지팡이를 꽂아 넣고서, 줄곧 들고 다니던 서류뭉치를 작은 탁자에 얹어 놓았다.

「나리, 뭐 마실 거라도 갖다드릴까요?」

「서재에서 브랜디나 한잔해야겠네,」

콜린이 덤덤히 대꾸한 뒤 이렇게 물었다.

「왜 나리라고 부르지? 콜린이라고 불러도 괜찮다고 말했을 텐데.」

「그건 그 전의 일이죠.」

「그 전이라니 무슨 말이야?」

「진짜 공주님이 저희와 살러 오시기 전 말이죠.」

플래네건이 진지하게 설명했다.

「지금 제가 콜린이라고 부르면 타당한 처사가 아니지요. 홀브루크 경이라고 불러드릴까요?」

그는 콜린의 나이트작('경'이란 칭호가 허용되며, 준남작의 아래에 자리하는 당대에 한한 작위) 칭호를 언급했다.

「난 콜린이 더 좋아.」

「하지만 말씀드렸잖아요, 나리. 그건 절대 안 되는 말씀이에요.」

콜린은 소리내어 껄껄 웃었다. 플래네건의 말투가 건방져 보였다. 그의 행동이 형의 집사인 스턴스와 날이 갈수록 닮아갔다. 하긴, 전혀 놀랄 일도 아니었다. 스턴스는 플래네건의 삼촌으로서, 이 젊은이를 훈련시키려고 콜린의 집에 보낸 것이었다.

「넌 네 삼촌만큼이나 거만해져가고 있군 그래.」

콜린이 그의 의견을 말했다.

「그렇게 말씀해주니 고맙습니다, 나리.」

콜린은 또 껄껄대더니, 하인을 보며 고개를 설레설레 흔들었다.

「다시 그 공주 얘기로 돌아가 볼까? 그녀가 왜 여기 와 있지?」

「공주님은 제게 속사정을 털어놓지 않으셨어요. 그리고 여쭤보는 것도 실례가 되리라 생각했고요.」

「그래서 그냥 집안에 들여놨단 말이야?」

「나리의 아버님께서 보낸 서한을 갖고 오셨습니다.」

두 사람은 마침내 풀리지 않던 미로의 끝에 이르렀다.

「그 서한은 어디에 있지?」

「응접실에 두었어요. 아니, 식당에 두었던가?」

「가서 그걸 찾아오게. 편지를 보면, 그 여자가 왜 자객 두 놈을 몰고 왔는지 밝혀질지도 모르지.」

「그들은 공주님의 경호원들입니다, 나리.」

플래네건이 방어적인 투로 대뜸 말했다.

「나리 아버님께서 공주님과 함께 보내셨어요.」

그리고 당연하다는 듯 고개를 끄덕이며 덧붙였다.

「그리고 공주는 자객들을 데리고 여행하지 않습니다.」

플래네건의 얼굴에는 공주를 향한 우스꽝스러울 정도로 극진한 경외심이 가득 차 있었다. 공주가 이 하인의 마음을 휘어잡은 게 분명했다.

집사는 편지를 찾아 응접실을 향해 내달렸다. 콜린은 책상 위에 놓인 촛불을 '훅' 불어 끈 뒤, 층계를 향해 몸을 돌렸다.

알렉산드라 공주가 여기 온 이유를 이제야 알 것 같았다. 말할 나위도 없이 아버지가 이 음모의 배경에 계셨고, 아버지의 결혼 중매 수법은 날이 갈수록 대담해졌다. 하지만 콜린은 아버지가 꾸민 또 하나의 게임에 놀아날 기분이 아니었다.

콜린이 계단을 반쯤 올라갔을 때 비로소 그녀를 발견했다. 집사 덕분에 망신살이 뻗칠 뻔한 걸 모면했다는 생각이 퍼뜩 들었다. 난간을 꼭 쥐고 있지 않았던들, 분명 뒤로 굴러 떨어졌을 테니까.

플래네건이 허풍을 떤 게 아니었다. 그녀는 그야말로 진짜 공주처럼 보였다. 그것도 아름다운 공주! 머리칼은 어깨 위로 가볍게 찰랑거렸고, 실제 칠흑같이 새까만 머리였다. 하얀 옷을 입은 공주는, 첫 눈에 봤을 때, 신이 그의 의지를 시험하려고 보낸 환상이라는 생각이 스쳤을 정도로 매혹적이었다.

그는 신의 시험에서 졌다. 안간힘을 써 보았으나, 그녀로 인해 일어난 육체적인 반응을 제어할 힘이 전혀 없었다.

이번에는 의외로 아버지가 압승을 거두셨다. 아버지의 이번 선택에 대해 잊지 말고 찬사를 보내야 할 것 같았다 - 물론 짐을 싸서 그녀를 돌려보낸 뒤에.

두 사람은 꼼짝 않고 한참동안 물끄러미 서로를 쳐다보았다. 공주는 그가 말을 걸어오기를 기다렸고, 그는 그녀가 왜 왔는지 말해주기를 기다리고 있었다.

알렉산드라가 먼저 양보했다. 계단 맨 위층 앞까지 걸어온 그녀는 고개를 숙인 뒤 이렇게 말했다.

「안녕하세요, 콜린. 다시 만나서 반가워요.」

그녀의 목소리는 놀랄 만치 매력적이었다. 콜린은 방금 그녀가 한 말에 신경을 모으려고 애썼다. 그러기가 어처구니없이 힘들었지만.

「다시?」

그가 되물었다. 몹시 퉁명스런 목소리였다.

「그래요, 우린 내가 어린아이였을 때 만났어요. 그때 당신은 날 말괄량이라고 불렀죠.」

이 말에 어색한 웃음이 그의 입가에 번졌다. 그러나 그녀와 만난 기억이 떠오르지 않았다.

「그렇다면 당신은 말괄량이였겠군요?」

「오, 그래요.」

그녀가 선뜻 대꾸했다.

「내가 당신을 발로 걷어찼다고 들었어요 - 그것도 여러 번이나 - 하지만 아주 오래 전 일이에요. 이젠 난 나이를 먹었고, 그 별명이 어울리지 않다고 생각해요. 수년간 누구를 걷어찬 적은 없으니까요.」

콜린은 부상당한 다리의 부담을 좀 줄이려고 층계참에 몸을 비스듬히 기댔다.

「우리가 어디에서 만났었소?」

「시골에 있는 당신 아버님 댁에서요.」

그녀가 대꾸했다.

「전 부모님과 그분을 방문중이었고, 당신은 그 당시 옥스퍼드에서 집에 다니러왔었어요. 당신 형님은 학교를 막 졸업하셨을 때고요.」

콜린은 아직도 그녀를 기억해내지 못했다. 그리 놀랄 일은 아니었다. 부모님 집에는 늘 손님들로 복작거렸고, 그는 그들 누구에게도 관심이 없었다. 그가 알기로는 손님들 대부분은 운세가 기운 사람들이었고, 지나칠 정도로 인정 많은 아버지는 도움을 청하는 사람이면 누구든 거절하지 못하는 분이었다.

그녀는 두 손을 앞으로 가지런히 모았고, 느긋하게 긴장을 푼 모습이었다. 하지만 손가락 마디가 새하얗게 질려 있고, 두려움 때문인지 불안감 때문인지 두 손을 꽉 움켜쥐고 있었다. 그를 믿을 수 있을 만큼 차분한 마음 상태가 아니었다. 어느새 콜린은 자기도 모르게 불안해하는 그녀의 마음을 편하게 해보려고 애쓰고 있었다.

「부모님들은 지금 어디에 계시오?」

콜린이 자연스레 대화를 이어나갔다.

「아버지는 제가 열 한 살 되던 해에 돌아가셨어요. 어머니는 그 다음해 여름에 돌아가셨구요. 제가 서류 줍는 일을 도와드릴까요?」

그녀는 화제를 바꾸어볼 양으로, 얼른 덧붙였다.

「서류, 무슨 서류 말이오?」

살짝 머금은 그녀의 미소가 매력적이었다.

「당신이 떨어뜨린 서류들 말예요.」

아래를 쳐다보았더니 서류들이 계단 위로 흩어져 있었다. 빈주먹을 허공에 움켜쥐고 서 있는 자신의 모습이 영판 바보 같았다. 콜린은 넋을 놓고 있는 자신의 태도에 씩 웃음이 나왔다. 집사에 비해 나을 게 하나도 없지 않은가. 이제서야 플래네건의 정신 못 차리는 행동들이 수긍이 갔다. 젊은데다 경험이 전혀 없는 그로선 그냥 어찌할 바를 몰라 하는 게 당연하리라.

하지만 콜린은 더 분별 있게 처신해야 마땅했다. 나이나 연륜에서 볼 때, 그 하인보다는 더 성숙하지 않은가. 하지만 오늘은 너무 피곤했어. 그때문에 지금 숙맥처럼 행동한 거야. 그는 스스로를 위로했다.

게다가 그녀는 기가 막힌 미인이었다. 그의 입에서 저절로 한숨이 새어나왔다.

「서류는 나중에 줍죠.」

이렇게 대꾸한 그는 퉁명스럽게 따져 물었다.

「여기에 온 이유가 뭐요, 알렉산드라 공주?」

「당신 형님과 형수님이 병에 걸렸어요.」

알렉산드라가 설명했다.

「전 런던에 있을 동안 그분들과 지낼 예정이었는데, 마지막 순간에 두 분의 상태가 악화됐어요. 그래서 그분들 병이 나을 때까지 당신과 함께 있으라고 하셨어요.」

「누가 그런 지시를 내렸소?」

「당신 아버지께서요.」

「아버지가 왜 그렇게 관심을 가지는 거요?」

「그는 제 후견인이세요, 콜린.」

그는 이 짤막한 뉴스에 놀라움을 감추지 못했다. 아버지는 이에 대해 일언반구도 없으셨다. 하긴 그가 관여할 일이 아니라는 생각도 들었다. 아버지에겐 고문 변호사도 있는데다가, 여간해서는 두 아들에게 고민을 털어놓는 분이 아니셨다.

「시즌 때문에 런던에 온 적이 있었소?」

「아뇨, 없었어요.」

그녀가 얼른 대꾸했다.

「하지만 파티에 참석하고, 시내 구경도 하고 싶어요.」

콜린은 점차 호기심이 커졌다. 그는 한 걸음 더 앞으로 다가섰다.

「전 정말 당신에게 폐를 끼치고 싶지 않았어요. 제가 집을 빌리거나 아니면 당신 부모님의 런던 집에서 지내겠다고 말씀드렸지만, 당신 아버님께서는 막무가내셨어요. 안 된다고 딱 잘라 말씀하셨죠.」

그녀는 말을 하다말고 한숨을 쉬었다.

「그분을 설득하려 해봤지만, 말로는 이길 수가 없었어요.」

맙소사! 그녀는 너무나 예쁜 미소를 짓고 있었다. 그 미소에 전염되어 그도 슬그머니 웃고 말았다.

「그 누구도 말싸움으로 아버지를 이길 순 없을 거요.」

그는 맞장구를 치더니 또다시 추궁했다.

「아직 여기 온 이유를 말하지 않았소.」

「그랬죠? 상황이 아주 복잡해요.」

그녀가 고개를 끄덕이며 덧붙였다.

「전에는 런던에 올 필요가 없었지만, 이번엔 꼭 와야 했어요.」

그는 그녀를 보며 씁쓸하게 고개를 가로 저었다.

「난 지나칠 정도로 무딘 사람이라, 애매 모호한 말은 딱 질색이오.

부모님에게서 물려받은 성격이죠. 뭐, 어쨌든 그렇다고 들었소. 완벽하게 정직하기란 워낙 힘들기 때문에, 난 정직한 사람에게 찬사를 보내오. 당신이 우리 집에서 손님으로 머물 동안은 완전히 솔직했으면 고맙겠소 내 말에 동의하오?」

「네, 그럼요.」

그녀는 다시 두 손을 와락 움켜쥐었다. 그녀에게 겁을 준 게 분명했다. 그가 무슨 끔찍한 괴물처럼 보였으리라. 콜린은 솔직히 자신이 괴물 같다는 생각이 퍼뜩 들었다. 알렉산드라가 자신을 그토록 겁내는 게 안됐지만, 그의 맘대로 했다는 사실에 은근히 기분이 좋아졌다. 그녀는 그의 명령조의 말에 불평하지도 않았지만, 수줍은 척 내숭도 떨지 않았다. 내숭떠는 여자는 정말이지 정나미가 떨어졌다.

그는 애써 상냥하게 물었다.

「몇 가지 관련된 질문을 하고 싶은데, 대답해 주시겠소?」

「그러죠. 알고 싶은 게 뭐죠?」

「그 경호원 두 명은 왜 같이 온 거요? 이제 목적지에 도착했으니, 내보내야 하지 않소? 아니면, 내가 푸대접해서 당신을 내보낼지 모른다고 생각하는 거요?」

그녀는 마지막 질문부터 답했다.

「오, 당신이 절 거절하리란 생각은 안 했어요. 당신 아버지 말씀이, 당신이 친절히 대해줄 거라고 하셨어요 플래네건이 그분이 준 편지를 갖고 있어요.」

그녀는 진지하게 한마디 더 했다.

「그리고 그 분은 경호원들을 해고하지 말라고 하셨어요. 레이몬드와 스테판은 제가 있던 수녀원 원장수녀님이 이번 여행을 위해 고용한 사람들인데, 당신 아버지께서 계속 데리고 있으라고 고집하셨어요. 둘 다 그리운 가족을 고향에 두고 온 것도 아니고, 급료도 충분히 받고 있고요. 그들에 대해 걱정하실 필요는 전혀 없어요.」

그는 울화통이 터지려는 걸 간신히 참았다. 그녀의 표정이 너무나 진지했다.

「난 경호원들을 걱정하는 게 아니오.」

이렇게 대꾸한 그는 피식 웃더니, 다시 고개를 설레설레 흔들었다.

「그거 알고 있소? 당신에게 무슨 대답을 끌어내기가 정말 힘든다는 거.」

그녀는 묵묵히 고개를 끄덕였다.

「수녀님이 늘상 그런 말씀을 하셨어요. 그게 저의 가장 큰 결점 중 하나라고요. 그럴 의도는 없었는데, 혼란스럽게 해서 죄송해요.」

「우리 아버지가 이 일을 꾸미셨을 거요, 안 그렇소, 알렉산드라? 아버지가 당신을 내게 보낸 거요.」

「그렇기도 하고 아니기도 해요.」

그가 인상을 찌푸리자 그녀는 항변 조로 얼른 손을 들어올렸다.

「헷갈리게 할 뜻은 없어요. 당신 아버님이 날 보내신 건 사실이지만, 케인과 그의 부인이 병에 걸렸기 때문이에요. 전 아버님께 딴 계획이 있다고 생각지 않아요. 사실 당신 부모님들은, 병환이 나으셔서 저를 런던에 데려다주실 때까지 시골에서 저와 함께 지내기를 바라셨어요. 저도 약속을 여럿 해놓지 않았더라면 그렇게 했을 거구요.」

그녀의 말이 상당히 그럴 듯하게 들렸다. 하지만 콜린은, 아버지가 이 계획의 뒤에 있지 않다는 말엔 코웃음만 나왔다. 바로 일 주일 전에 사교클럽에서 아버지를 뵈었는데, 그때만 해도 기운이 펄펄 넘치셨다. 그리고 피할래야 피할 수 없었던 아버지와의 논쟁도 떠올랐다. 아버지는 너무도 자연스럽게 결혼 얘기를 끄집어내시더니, 일단 결혼해야 한다는 잔소리를 늘어놓으시면서 인정 사정없이 몰아붙이셨다. 콜린은 듣는 체하고 있다가, 아버지의 흥분이 좀 진정된 후에, 아직은 혼자 살 결심이라고 말씀드렸다.

알렉산드라는 콜린의 머릿속에 무슨 생각이 오가는지 몰랐으나 그의 찌푸린 얼굴을 보자 신경이 바짝 곤두섰다. 뭐니뭐니 해도 이 남자는 의심이 많은 사람이었다. 그리고 슬쩍 잘 생긴 남자라는 생각도 들었다. 숱이 많은 적갈색 머리칼에 담갈색이라기보다는 녹색에 가까운 눈을 가졌고, 웃을 땐 그 눈이 유난히 반짝거렸다. 그리고 왼쪽 볼에는 귀여운 보조개가 살짝 들어갔다. 하지만, 어휴, 찌푸린 얼굴은 몹시 사나웠다. 원장수녀님보다도 더 위협적이었는데, 알렉산드라는 그 표정을 감탄할 만한 재주라고 여겼다.

그녀는 침묵을 오랫동안 참아낼 수 없었다.

「당신 아버지는 제가 처한 상황을 당신에게 얘기할 작정이셨어요.」

그녀가 낮은 어조로 말했다.

「그분은 아주 진솔하게 말씀하실 거예요.」

「아버지와 그의 계획에 대한 거라면, 진솔한 거라곤 전혀 없소.」

그녀는 어깨를 둥글게 젖히더니 그에게 인상을 찌푸렸다.

「당신 아버님은 제가 아는 분 가운데는 가장 정직하신 분이세요. 제게 너무나 친절하시고, 진심으로 제 걱정을 해주시는 분이고요.」

그의 아버지를 옹호하는 말을 끝낼 즈음엔, 그녀의 말투가 격분해 있었다. 콜린이 피식 웃었다.

「내게 우리 아버지 역성을 들 필요는 없소. 아버지가 정직하다는 건 이미 알고 있으니까. 내가 아버지를 사랑하는 수많은 이유 중 하나가 바로 그때문이오.」

그녀는 몸에 힘을 좀 풀며 약간 편안한 자세를 취했다.

「훌륭한 분이 아버지시니, 당신은 정말 운 좋은 사람이군요.」

「당신도 나만큼 운이 좋소?」

「오, 그럼요. 우리 아버지도 훌륭한 분이셨어요.」

콜린이 계단을 마저 올라오자 그녀는 조금씩 뒤로 물러섰다. 그러다 벽에 몸을 쿵하고 부딪혔고, 그러자 뒤돌아 자기 방을 향해 복도를 천천히 걸었다.

콜린은 뒷짐을 지고 그녀와 나란히 보조를 맞추어 걸었다. 플래네건 말이 맞는다는 생각이 문득 스쳤다. 알렉산드라 옆에 서니, 자신이 우뚝 솟아 보였다. 어쩌면 내 몸집 때문에 겁을 먹었을 거야.

「날 두려워할 필요는 없소.」

알렉산드라는 퍼뜩 걸음을 멈추고 돌아서서 그를 올려다보았다.

「대체 왜 내가 당신을 두려워하리란 생각을 했어요?」

그녀가 어이가 없다는 투로 묻자, 그는 잠자코 어깨를 으쓱거렸다.

「내가 계단을 다 올라왔을 때 얼른 뒤로 물러서지 않았소.」

그가 핵심을 찔러 말했다. 하지만 알렉산드라의 눈 속에 언뜻 스친 공포심이나, 그녀가 두 손을 쥐어짰던 일은 입밖에 내지 않았다. 그녀가 겁에 질리지 않은 체하고 싶다면, 원대로 하게 둘 작정이었다.

「글쎄요, 그다지 두렵지는 않아요. 단지…… 잠옷에 슬리퍼만 신고 사람을 만나는 게 어색해서요. 콜린, 솔직히 말하면 여기 있으니 마음이 편안해요. 기분도 무척 좋고요. 최근에 좀 신경이 예민했거든요.」

알렉산드라는 이 고백을 한 게 창피했던지 얼굴을 붉혔다.

「왜 신경이 예민해졌소?」

그가 덤덤하게 물었다.

그녀는 대답을 회피하고 얘기를 다른 방향으로 돌렸다.

「제가 왜 영국에 왔는지 알고 싶나요?」

콜린은 그 자리에서 웃음을 터뜨릴 뻔했다. 방금 10분 동안이나 열심히 알아내려고 한 게 바로 그게 아니었던가?

「원한다면 말해봐요.」

「실은 두 가지 이유 때문에 왔어요.」

그녀가 얘기를 시작했다.

「제게는 둘 다 중요한 이유들이에요. 첫째는 제가 꼭 해결해야 할 어떤 미스터리 같은 일 때문이에요. 일 년쯤 전에 난 빅토리아 페리라는 한 젊은 숙녀를 만났어요. 빅토리아가 성 십자가 수녀원에서 얼마간 지내면서 서로 알게 됐죠. 그 애는 가족들과 함께 오스트리아를 여행하다가 그만 앓아 눕게 되었는데, 빅토리아의 가족들은 수녀님들의 병구완 실력이 뛰어나기로 유명한 성 십자가 수녀원에서 그 애를 요양시키기로 작정했죠. 빅토리아와 난 만나자마자 친구가 됐어요. 그 애는 영국으로 돌아간 후에도 적어도 한 달에 한번은 편지를 보내왔고, 어떤 때는 더 자주 했어요. 자기를 유혹하던 미지의 숭배자에 대한 얘기를 두세 번 적어 보냈었는데, 그 편지들을 간수하지 못한 게 후회돼요. 빅토리아는 무척 낭만적인 사건이라고 생각했어요.」

「페리라…… 그 이름을 어디에서 들었더라?」

콜린이 기억을 더듬으며 큰 소리로 중얼거렸다.

「나는 몰라요.」

알렉산드라의 말에 그가 멋쩍게 웃었다.

「당신 말을 방해했군요. 계속해봐요.」

알렉산드라는 알았다는 듯 고개를 끄덕였다.

「마지막으로 받은 편지에 9월 1일자 날인이 찍혀 있었어요. 난 즉시 답장을 보냈지만 감감 무소식이었어요. 당연히 걱정이 됐죠. 그래서 당신 부모님 댁에 왔을 때, 빅토리아를 만나야 하니 심부름꾼을 보내겠다고 아버지께 말씀드렸죠. 그 애가 요즘 어떻게 지내는지 알고 싶었어요. 빅토리아는 활기차게 사는 애였고, 그 애와 편지를 주고받았던 게 무척 즐거웠거든요.」

「그래서 그분과 만났소?」

「아뇨.」

알렉산드라가 시무룩하게 대꾸한 후, 잠자코 그를 올려보았다.

「당신 아버지께서 그 스캔들 얘길 해주셨어요. 빅토리아가 신분이 천한 남자랑 몰래 달아나, 그레트나 그린(스코틀랜드의 마을 이름, 예전 잉글랜드에서 사랑의 도피를 한 남녀들이 결혼하던 곳으로 유명함)에서 결혼을 했다는 거예요. 그런 터무니없는 말이 어디 있어요? 하지만 빅토리아의 가족들은 그 말을 믿나봐요. 당신 아버지 말씀이, 가족들이 그 애와 의절했다고 했어요.」

「이제야 기억이 나는군. 나도 그 스캔들은 들었소.」

「그건 절대 사실이 아니에요.」

몹시 화가 치민 그녀의 목소리에 콜린은 눈썹을 치켜세웠다.

「사실이 아니라고 했소?」

「그래요.」

알렉산드라가 단호하게 말했다.

「난 사람을 잘 판단해요, 콜린. 빅토리아는 절대 남자와 눈이 맞아 도망가지 않았어요. 그런 짓을 할 애가 아니에요. 그 애에게 무슨 일이 생겼는지 알아내야겠어요. 어쩌면 곤경에 처해서 내 도움이 필요할지도 몰라요.」

그녀는 곧 이런 말을 덧붙였다.

「내일 빅토리아의 오빠 닐에게 만나자는 서신을 보낼 생각이에요.」

「가족들이 딸의 추문을 자꾸 들춰내길 바랄지 않을 거요.」

「신중하게 행동하겠어요.」

그녀의 목소리가 사뭇 진지하게 들렸다. 콜린은 알렉산드라의 아름다움에 넋이 나가, 그녀의 말에 집중하기가 쉽지 않았다. 눈을 쳐다보면 그 속에 빨려 들어갈 것 같았다. 언뜻 보니 그녀가 그의 침실 문손잡이를 잡고 있었다. 콜린은 그녀에게서 풍기는 기막힌 향기 때문에 정신이 더욱 산만해졌다. 은근한 장미향이 두 사람 주변을 맴돌았다. 콜린은 그녀에게서 떨어지려고 한 걸음 물러났다.

「제가 당신 침대에서 자도 괜찮을까요?」

「난 모르는 일이오.」

「내일 플래네건이 제 소지품을 옆방으로 옮길 작정이었어요. 그는 당신이 오늘밤에 돌아오지 않을 거라고 생각했어요. 딱 하룻밤이에요. 하지만, 이제 집사가 옆방 침대 시트를 바꿀 시간이 있으니, 지금이라도 기꺼이 방을 돌려드리겠어요.」

「아침에 바꾸도록 합시다.」

「제게 줄곧 너무나 친절히 대해주셨어요. 고마워요.」

콜린은 그녀의 눈가에 거뭇한 기색을 비로소 눈치챘다. 몹시 지쳐 있는 여자를 심하게 들볶으며 잠을 못 자게 했던 것이다.

「당신도 쉬어야 할 거요, 알렉산드라. 벌써 꼭두새벽이니.」

그녀는 동의한다는 듯 고개를 끄덕이며 침실 문을 열었다.

「잘 자요, 콜린. 친절히 맞아주셔서 다시 한 번 감사드려요.」

「곤경에 처한 공주를 못 본 체 할 수는 없잖소.」

「뭐라고 했어요?」

알렉산드라는 그가 무슨 뜻으로 이런 말을 하는지 전혀 감이 오지 않았다. 어째서 내가 곤경에 처했다고 생각했을까?

「알렉산드라, 런던에 온 또 다른 이유는 뭐요?」

그녀는 콜린의 질문에 어리둥절해하는 눈치였다. 두 번째 이유는 그다지 중요하지 않은가 보다는 생각이 들었다.

「그냥 좀 궁금해서.」

콜린이 어깨를 으쓱하며 솔직히 말했다.

「두 가지 이유가 있다고 하길래 그냥 좀 궁금해서…… 신경 쓰지 말고 잠자리에 들어요. 내일 아침에 봅시다. 잘 자요, 공주님.」

「막 그 이유가 떠올랐어요.」

알렉산드라가 얼떨결에 말해버렸다. 콜린이 그녀를 돌아보았다.

「그렇소?」

「듣고 싶으세요?」

「듣고 싶소.」

그녀는 한참동안 그를 똑바로 응시했다. 망설이는 기색이 역력했다. 또한 마음이 흔들리는 것도 느껴졌다.

「제가 당신에게 솔직하기를 바래요?」

그가 고개를 끄덕였다.

「물론.」

「그럼 좋아요. 정직하게 말하죠. 당신 아버지는 당신에게 털어놓지 말라고 하셨지만, 당신이 꼭 알아야겠다고 고집하고, 난 솔직하기로 약속했으니…….」

「두 번째 이유가 뭐요?」

그가 대답을 부추겼다.

「전 당신과 결혼하기 위해 런던에 왔어요.」

퍼뜩 허기가 느껴졌다. 그 욕구가 불현듯 엄습하다니 이상한 노릇이었다. 사전에 그런 조짐이라곤 전혀 없었다. 아주 오랫동안 사냥에 대한 생각은 하지 않았는데…… 지금, 한밤중에, 존스톤 경의 서재 출입구에 서서 섭정 왕자의 근황에 대한 뒷공론을 들으며 다른 귀족들과 브랜디를 홀짝이고 있는, 그는 강한 욕구에 사로잡혀 있었다.
몸에서 힘이 서서히 빠져나가는 게 느껴졌다. 눈이 얼얼하게 쓰라리고, 뱃속이 욱신거렸다. 그는 텅 비어서, 공허하고 허탈했다.
다시 먹이가 필요했다.

3

알렉산드라는 밤새 이리저리 뒤척이며 잠을 설쳤다. 얼떨결에 영국에 온 두 번째 이유를 꺼냈을 때 콜린이 지었던 얼굴 표정을 떠올리면, 순간 몸이 움찔해지며 깜짝깜짝 놀랐다. 휴, 화가 치민 그 모습이란! 아무리 애써 봐도 눈앞에 어른거리는 콜린의 화난 표정이 도저히 지워지지 않아 잠을 청할 수가 없었다.

이게 다 그 잘난 정직함 때문이야.

문득 이런 생각이 들었다. 사실을 털어놓아서 덕이 된 게 뭐가 있냐구! 입을 꼭 다물었어야 했어. 알렉산드라는 길게 한숨을 내쉬었다. 아냐, 사실대로 말하길 잘했어. 원장수녀님이 귀에 못이 박히도록 수없이 반복했던 말이었잖아.

이제 그녀의 생각이 그의 화난 얼굴로 옮겨갔다. 볼에 그토록 귀여운 보조개가 생기는 남자가 어쩌면 그렇게 쌀쌀맞을 수 있을까? 화났을 때의 콜린은 가까이 하기에 너무 위험한 사람이었다. 그런 중요한 사실을 그의 아버지는 왜 진작 일러주지 않았을까! 자신을 그토록 곤혹스럽게 하고, 콜린을 그토록 화나게 하기 전에 말이야.

알렉산드라는 그와 만날 일이 은근히 걱정되었다. 그래서 천천히 몸단장을 하면서 일부러 시간을 끌었다. 벨레나가 옆에서 시중을 들었는데, 그녀는 알렉산드라의 머리를 빗겨주면서 끊임없이 재잘거렸다. 그녀는 공주님의 하루 일과를 빠짐없이 죄다 알고 싶어했다. 공주님이 오늘 외출하실까? 외출하시면, 자기를 데리고 나갈 생각일까? 알렉산드라는 성의껏 하녀의 궁금증을 해소시켜 주었다.

「오늘은 여기서 지내고, 곧 딴 숙소를 알아봐야 할 것 같아. 구체적인 계획이 서는 대로 네게 알려줄게.」

하녀가 알렉산드라가 입고 있는 감청색 외출용 드레스의 등에 달린 단추들을 막 채웠을 때, 노크 소리가 들렸다.

플래네건이 공주님의 준비가 끝나는 대로 응접실로 내려오시라는 주인 나리의 분부를 전했다.

알렉산드라는 그를 오래 기다리게 해서 좋을 게 없다는 생각이 들었다. 머리를 땋을 시간도 없었지만, 어쨌든 그런 성가신 일은 딱 질색이었다. 수녀원에서 살 때는 따로 하녀를 두지 않았던지라, 이런 형식에 얽매인 행동들이 영 귀찮게만 느껴졌다. 뭐든 혼자서 처리해 온 그녀가 아니었던가.

그녀는 벨레나를 방에서 내보내고 플래네건에게 금방 내려가겠다고 말한 뒤, 서둘러 여행용 손가방을 뒤적거렸다. 이윽고 후견인에게서 받은 수첩을 꺼낸 후에 머리를 어깨 뒤로 길게 빗어 내리고 방을 나섰다.

이제 알렉산드라는 성질이 만만찮은 남자와 맞설 준비가 되었다. 그는 응접실에서 기다리고 있었는데, 뒷짐을 지고 벽난로 앞에 서서 문 쪽에 시선을 두고 있었다. 그에게서 약간 짜증스런 기색이 엿보였지만 험악하게 인상을 찌푸리지는 않아 한결 마음이 놓였다.

그녀는 문간에 서서 안으로 들어오라는 콜린의 말을 기다렸다. 그는 꽤 오랫동안 가만히 서서 그녀를 뚫어져라 쳐다보기만 했다. 머릿속의 생각들을 정리하려고 애쓰는 사람처럼 보였다. 그게 아니면 성질을 죽이려고 안간힘을 쓰든가. 알렉산드라는 자신을 세세히 뜯어보는 그의 시선에 얼굴을 확 붉혔으나, 정신을 차려보니 그녀 자신도 무례할 정도로 꼼꼼히 그를 살피고 있었다.

그는 쉽사리 눈에 확 들어오는 그런 타입이었다. 매력이 넘쳐흐르는 남자였고, 단단하고 날렵한 몸매를 지녔다. 엷은 황갈색 승마용 녹비(양가죽을 누렇게 무두질한 것)바지 아래로 윤이 빤지르르 흐르는 긴 갈색 부츠를 신었고, 눈이 부실 정도로 하얀 셔츠를 입었다. 셔츠 윗단추를 풀어 헤친 거하며, 빳빳하게 풀먹인 넥타이 따위는 매지 않은 옷차림에서 그의 성격이 풀풀 배어 나왔다. 그는 보수적인 사람들이 우글대는 사회에 별종같이 끼어 있는 일종의 반항아였다. 머리 모양도 유행과는 거리가 멀었다. 머리카락이 꽤 길어서 어깨까지 내려오는 것 같았는데, 목에 맨 가죽끈에 가려 정확한 길이는 알 수 없었다.

콜린은 누가 뭐래도 독립심이 강하고 고집 센 남자였다. 키가 훤칠한데다 어깨와 허벅지는 근육질로 단단했다. 그를 보고 있으면, 언젠가 일간신문들에 실렸던, 목탄으로 그려진 험상궂은 국경 지역 개척자가 연상되었다. 콜린은 혀를 내두를 만치 잘 생긴 남자이긴 했으나, 살짝 고생에 찌든 기색도 엿보였다. 그가 접근하기 어려운 사람이라는 인상을 간신히 피할 수 있는 건 기분 좋을 때 짓는 미소 덕분이었다.

하지만 지금은 그런 때가 아니었다.

「이리 와서 앉아요, 알렉산드라. 우린 할 얘기가 있소」

「맞아요.」

그녀가 곧바로 응수했다.

플래네건이 불쑥 모습을 나타내더니, 그녀의 팔꿈치에 손을 얹고 그녀를 방안으로 안내하려고 했다.

「그럴 필요 없어!」

콜린이 버럭 소리를 질렀다.

「알렉산드라는 남의 도움 없이 걸을 수 있어.」

「하지만 공주님이십니다.」

플래네건이 주인을 탓했다.

「저희는 가능한 모든 예의를 갖추어야 합니다.」

콜린의 노려보는 눈초리에 그 집사는 입을 다물 수밖에 없었다. 그리고 마지못해 알렉산드라를 놓아주었다.

그의 자존심이 무참히 구겨진 것 같았다. 알렉산드라는 상처받은 그의 기분을 풀어주려고 곧바로 말했다.

「당신은 매우 사려 깊은 사람이에요, 플래네건.」

그녀가 집사를 칭찬했다.

집사는 알렉산드라의 말이 떨어지기가 무섭게 다시 그녀의 팔꿈치에 집착했다. 그녀는 집사의 안내를 받으며 아름다운 무늬가 새겨진 소파 쪽으로 다가갔다. 일단 그녀를 자리에 앉힌 플래네건은 무릎을 꿇더니 그녀의 치맛자락을 가지런히 정돈하려고 했다. 하지만 이번에는 알렉산드라가 그의 도움을 거절했다.

「그 외 필요하신 게 있으면 말씀하세요, 공주님. 요리사가 몇 분내로 아침식사를 준비할 겁니다」

집사는 고개를 까닥 숙이더니 한마디 덧붙였다.

「그 동안 초코릿을 한 잔 갖다 드릴까요?」

「아니에요. 그 보단 펜과 잉크병이 필요한데, 미안하지만, 갖다줄 수 있겠어요?」

플래네건이 심부름을 하려고 응접실로 급히 내달렸다.

「한 쪽 무릎을 굽히고 인사를 하지 않는 게 놀라울 정도로군.」

콜린이 비아냥거리며 느릿느릿 말했다. 그의 익살스런 말투가 알렉산드라의 웃음을 자아냈다.

「저렇게 착한 하인을 둔 당신은 운이 좋은 사람이에요, 콜린.」

그는 아무 대꾸도 하지 않았다. 플래네건이 그녀가 요청한 두 가지 물건을 들고 안으로 뛰어 들어왔다. 그는 벽에 붙여 놓은 길쭉한 탁자에 펜과 잉크병을 놓더니, 탁자를 번쩍 들어 그녀 앞에 옮겨놓았다.

「나갈 때 문을 닫아주게, 플래네건. 방해를 받고 싶지 않아.」

콜린이 지시했다.

그는 또다시 화가 난 듯 보였다. 알렉산드라는 '휴' 한숨을 쉬었다.

콜린은 그다지 싹싹한 남자는 아니었다.

　그녀는 콜린에게 온 정신을 집중시켰다.

「제가 기분을 상하게 했군요. 정말 죄송해요…….」

　그는 그녀의 사과를 끝까지 듣지 않았다.

「당신이 내 기분을 상하게 한 건 없소」

　그가 내뱉듯이 딱 잘라 말했다.

　알렉산드라는 지금 혼자였다면, 깔깔거리고 웃었으리라. 눈을 내리깔고 입을 굳게 다문 저 모습이 그의 기분을 적나라하게 말해주는 게 아니고 뭐란 말인가?

「그렇군요.」

　그녀는 그냥 비위를 맞추기 위해서 동의했다.

「하지만,」

　콜린이 간결하고도 사무적인 어조로 말을 이었다.

「우리가 지금 꼭 풀어야 할 몇 가지 문제가 있는 것 같소. 왜 내가 당신과 결혼할 거라고 생각했소?」

「당신 아버지가 그렇게 생각하시니까요」

　그는 화난 모습을 숨길 생각도 하지 않았다.

「난 다 큰 어른이오. 내 일은 스스로 결정한단 말이오!」

「물론 당신은 성인이에요. 하지만 영원히 당신 아버지의 아들이기도 해요, 콜린. 아버지가 원하는 건 뭐든 해야 하는 게 자식된 의무죠. 자식들은 아무리 나이가 들어도 아버지 말에 복종해야 하잖아요」

「얼토당토않은 얘기요」

　그녀는 어깨를 귀엽게 살짝 올려 으쓱했다. 콜린은 전혀 참을성이 없어 보였다.

「당신이 아버지와 무슨 거래를 했는지 모르지만, 아버지가 나 몰래 무슨 약속이라도 하셨다면 내가 사과하겠소. 하지만 내가 당신과 결혼할 의향이 없다는 점은 이해해주길 바라오.」

　알렉산드라는 들고 있던 수첩으로 시선을 내렸다.

「좋아요.」

그녀가 아무렇지도 않게 선뜻 동의하자, 콜린은 왠지 미심쩍었다.

「내 거절 때문에 기분이 상하지 않았소?」

「아니에요.」

알렉산드라는 힐끗 그를 쳐다보며 웃었다. 콜린은 어리둥절해졌다.

「실망은 좀 했어요.」

그녀가 솔직히 말했다.

「하지만 전혀 화나지 않았어요. 당신에 대해 거의 아는 게 없는데, 화를 낸다면 더 이상한 일이죠.」

「바로 그거요.」

콜린은 얼른 고개를 끄덕이며 맞장구를 쳤다.

「당신은 날 잘 모른다면서, 왜 나와 결혼하고 싶어…….」

그녀는 그의 말이 끝나기를 기다리지 않았다.

「당신의 결정을 받아들이겠어요.」

그는 자기도 모르게 픽 웃고 말았다. 그녀는 꼭 버림받은 사람처럼 처량해 보였다.

「당신에게 맞는 배필을 고르는 건 전혀 문제가 없을 거요. 당신은 너무나 아름다운 여성이오, 알렉산드라.」

그녀는 어깨를 으쓱했다. 그의 찬사가 별 감동을 주지 않은 게 분명했다.

「내게 그런 부탁을 하기가 쉽진 않았으리라 생각하오.」

그러자 그가 위로조로 말했다. 그의 말이 끝나기가 바쁘게 알렉산드라가 어깨를 똑바로 폈다.

「난 부탁하지 않았어요.」

그녀는 똑 부러지는 목소리로 말을 이었다.

「단지 당신 아버지의 최우선 목적이 뭔지 얘기했을 뿐이에요.」

「아버지의 최우선 목적?」

그의 말투가 비웃는 듯이 들렸다. 그녀는 곤혹스러워 얼굴을 붉혔다.

「날 비웃지 말아요. 당신이 비웃지 않아도 이런 대화를 나누는 게 내겐 무척 힘들어요.」

콜린이 고개를 가로젓더니 상냥한 말투로 말을 이었다.

「난 당신을 비웃지 않았소. 이 대화가 힘들겠지. 당신과 내가 이처럼 불쾌해 진 건 우리 아버지 책임이오. 아버지는 내가 결혼할 때까지 절대 포기하실 분이 아니거든.」

「아버지께서는 당신 앞에서 결혼 이야기는 일체 꺼내지 말라고 당부하셨어요. 그 말만 꺼내면 막무가내가 된다구요. 날 잘 알게 될 때까지 시간을 주라고 하셨어요. 그런 후에 자신의 의향을 밝히시겠다구요. 그분 생각엔…… 당신이 점차 날 좋아하게 될 거래요.」

「이봐요, 난 벌써 당신을 좋아하고 있소. 하지만 지금 당장은 어느 누구와도 결혼할 처지는 아니오. 내 계획대로라면 5년 정도 후에 재정적으로 탄탄해질 테고, 그때쯤엔 아내를 얻어도 괜찮을 것 같소.」

「원장수녀님이 당신을 좋아하겠어요, 콜린. 수녀님은 계획을 세우지 않으면 모든 게 뒤죽박죽이 된다고 믿으시는 분이세요.」

「그 수녀원에서는 얼마나 살았소?」

결혼이라는 주제를 벗어나고 싶어 안달이 난 콜린은 얼른 물었다.

「꽤 됐어요.」

그녀가 대답했다.

「콜린, 미안해요. 난 당신을 기다릴 수 없어요. 당장 결혼하지 않으면 안 되거든요. 안타까운 현실이죠.」

그녀는 한숨을 쉬면서 한마디 더 했다.

「당신이 괜찮은 신랑감이라는 걸 알아요.」

「왜 그렇게 생각하는 거요?」

「당신 아버지가 그러셨어요.」

알렉산드라의 대답에 콜린은 웃음을 터뜨리고 말았다. 어쩔 도리가 없었다. 이 얼마나 순진한 여자인가! 다음 순간, 수첩을 부서져라 꼭 움켜쥔 알렉산드라를 본 그는 즉시 웃음을 멈추었다. 안 그래도 당황하여 쩔쩔매고 있는데, 이렇게 웃어댄다면 더욱 당혹스러워 하겠지.

「내가 아버지께 말씀드리겠소. 당신이 곤란하지 않게 말이오.」

콜린이 이렇게 약속했다.

「이 모든 계획은 분명 아버지가 당신 머릿속에 주입시켰을 거요. 우리 아버지는 설득력이 뛰어나신 분이지, 안 그렇소?」

알렉산드라는 여전히 무릎을 응시한 채 잠자코 있었다. 콜린은 그녀를 실망시켰다는 이유로, 자신이 비열한 악당처럼 느껴졌다.

젠장, 내가 제정신이 아닌가봐.

그는 속으로 중얼거렸다.

「알렉산드라, 아버지와 한 이 거래에는 분명 이익관계가 얽혀 있을 텐데. 거래 액수가 얼마요?」

그녀가 정확한 액수를 대자, 콜린은 나지막이 '휘-유'하고 휘파람을 불었다. 갑자기 아버지에게 화가 치밀었다.

「당신이 실망할 필요는 없소. 아버지가 약속하셨다면, 그 엄청난 금액을 꼭 지불하실 거요. 당신은 당신이 맡은 일을 다 해냈으니…….」

알렉산드라는 조용히 하라는 듯 한 손을 들어올렸다.

영문도 모르는 콜린이 순순히 따랐다.

「잘못 생각했어요. 당신 아버지는 아무 약속도 안 하셨어요. 대신 내가 했죠. 하지만 그 분은 제 거래 조건을 수락하려 들지 않으셨고, 도리어 남편이 될 사람에게 돈을 치르겠다는 말에 기겁을 하시더군요.」

콜린은 다시 껄껄대며 웃었다. 그녀가 그를 상대로 농담하는 게 틀림없다고 생각했다.

「이건 전혀 우스운 일이 아니에요, 콜린. 난 반드시 3주 내로 결혼해야 하고, 당신 아버지는 날 도우시려는 것뿐이에요. 어쨌든 제 후견인이시니까요.」

콜린은 자리에 앉고 싶어졌다. 그는 그녀 앞에 놓인 가죽 의자로 걸어가 털썩 자리에 앉더니, 다리를 쭉 뻗었다.

「3주 내로 결혼해야 한단 말이오?」

「그래요. 바로 그때문에 당신 아버지께 도움을 요청했어요.」

「알렉산드라……」

그녀는 수첩을 위로 들어 흔들며 그의 말을 막았다.

「그분께 명단 만드는 일을 도와달라고 했어요.」

「무슨 명단 말이오?」

「신랑 후보 말이에요.」

「그래서?」

그가 다그쳤다.

「당신과 결혼하라고 말씀하시더군요.」

콜린은 무릎에 팔꿈치를 대고 찌푸린 얼굴을 앞으로 내밀었다.

「내 말 잘 들어요.」

그가 지시하듯이 말했다.

「난 당신과 결혼하지 않을 거요.」

그 말이 끝나자마자 알렉산드라는 펜을 집어 잉크를 묻힌 후 수첩 맨 위 줄에 선을 죽 그었다.

「지금 뭘 한 거요?」

「당신 이름을 지웠어요.」

「무엇에서 지웠단 말이오?」

알렉산드라는 이제 약이 바짝 올랐다.

「내 명단에서요. 혹시 템플턴 백작을 아나요?」

「알고 있소.」

「좋은 사람인가요?」

「전혀.」

콜린이 가소롭다는 듯 중얼거렸다.

「그 남자는 파렴치한이오. 누이동생의 결혼 지참금을 끌어다 도박 빚을 갚은데다, 지금도 밤마다 도박판을 헤매고 다니지.」

알렉산드라는 잉크에 펜을 적시더니, 명단에 적힌 두 번째 이름도 미련 없이 싹 지웠다.

「템플턴 백작의 도박하는 못된 버릇을 당신 아버지가 왜 모르셨는지 이상하군요.」

「아버지는 그런 클럽에 발을 끊었으니까요.」

「아, 그랬군요. 휴, 일이 생각했던 것보다 훨씬 어렵군요.」

「알렉산드라, 왜 그렇게 결혼을 서두르는 거요?」

그녀는 펜을 펜촉이 위로 향하도록 쥐었다.

「뭐라고요?」

수첩에 정신이 팔려 있던 그녀가 되물었다.

「당신은 3주 내에 꼭 결혼해야 한다고 말했잖소 이유가 뭐요.」

「교회 때문이에요.」

그녀가 머리를 숙이며 답했다.

「타운젠드 퍼챈스 후작에 대해 알아요? 그도 못된 습관이 있나요?」

그의 참을성에 한계가 왔다.

「알렉산드라, 명단을 내려놓고 내 질문에 대답부터 해주면 고맙겠소. 도대체 교회가 이 일과 무슨 관계가……..」

알렉산드라가 그의 말을 가로챘다.

「당신 어머니가 벌써 교회에 예약하셨거든요. 다른 준비도 몽땅 해두셨구요. 정말 좋은 분이세요. 일도 빈틈없이 처리하시고. 제 결혼식은 틀림없이 멋질 거예요. 당신도 참석했으면 해요. 당신 부모님들은 불만이 많으셨지만, 난 간소하게 치를 작정이에요.」

아버지는 자기 피후견인이 제정신이 아니라는 걸 알고 계신 걸까?

콜린은 너무도 어이가 없었다.

「이 일을 분명히 집고 넘어가야겠소.」

그가 확고한 어투로 말을 이었다.

「그러니까 당신은 결혼할 준비를 다 해두었단 말이오? 그런데 결혼할 남자는……..」

「난 그런 공치사를 받을 자격이 없어요 방금 말했듯이, 당신 어머니가 모든 수고를 도맡으셨어요.」

「좀 잘못된 각도에서 일을 추진하는 거 아니오? 신랑부터 찾아야 정상이잖소, 알렉산드라.」

「당신 말이 옳아요. 하지만 이건 정상적인 상황이 아니에요. 난 무슨 일이 있어도 당장 결혼해야 한다구요.」

「어째서?」

「당신은 나와 결혼하지 않겠다고 했으니 더 이상은 모르시는 편이 좋아요. 무례하다고 생각하지 말아주세요. 하지만 당신이 이 일에 도움을 주신다면 고맙겠어요. 그럴 의향이 있다면요.」

콜린은 이 문제를 중도에서 그만둘 마음이 전혀 없었다. 알렉산드라가 결혼해야 하는 이유를 알아낼 작정이었고, 그것도 오늘이 지나기 전에 꼭 밝혀내리라 마음먹었다. 하지만 지금은 적당히 딴청을 부리다가 나중에 슬쩍 그 문제를 건드려야겠다고 생각했다.

「기꺼이 당신을 돕겠소. 필요한 게 뭐요?」

「다섯 명, 아니 여섯으로 하죠. 괜찮은 신랑감 이름을 말해주시겠어요? 이번 주에 그 사람들과 면접을 해야겠어요. 그리고 다음 주 월요일에, 그 중 한 사람을 정하면 되니까요.」

휴, 정말 분통 터지게 하는 재주를 가진 여자였다.

「신랑감 자격은 어떤 것들이 있소?」

콜린이 조심스럽게 물었다.

「일단 정직해야 해요. 그리고 작위가 있는 사람이어야 하고요. 평민과 결혼하면, 무덤 속에 계신 아버지께서 통곡을 하실 테니까요.」

「난 작위가 없소.」

콜린이 그녀에게 상기시켜 주었다.

「나이트 작이 있잖아요. 그 정도면 충분해요.」

콜린이 너털웃음을 웃었다.

「가장 중요한 자격이 빠졌군. 그는 반드시 부자여야 하지 않소?」

알렉산드라가 그를 보며 얼굴을 찌푸렸다.

「당신은 방금 날 모욕했어요.」

그녀가 발끈해서 대답했다.

「하지만 나에 대해 전혀 모르고 한 말일 테니, 당신의 비꼬는 말을 용서하겠어요.」

「알렉산드라, 남편을 고르는 여자들은 대부분 결혼해서 풍족하게 살고 싶어하오.」

「돈은 내게 중요치 않아요. 당신은 농노만큼이나 가난하지만, 난 기꺼이 당신과 결혼하려고 했어요, 잊었나요?」

그녀의 솔직함에 콜린은 약이 올랐다.

「내가 부자인지 가난한지 어떻게 알았소?」

「당신 아버지에게서 들었어요. 콜린, 그거 알아요? 당신이 인상을 찌푸릴 때면, 꼭 용이 생각나요. 예전엔 메리 수녀님을 용이라고 부르곤 했어요. 물론 면전에서 부를 용기는 없었지만요. 당신 표정도 수녀님 못지 않게 무섭지만, 그 별명은 당신에게 더 적합한 것 같군요.」

콜린은 그녀가 던진 미끼에 말려들지 않았다. 또한 얘기의 주제를 살짝 바꾸려는 꾐에도 넘어가지 않았다.

「남편에 필요한 자격엔 또 뭐가 있소?」

「날 가만히 내버려둬야 해요.」

그녀는 잠시 생각에 잠기더니 대꾸했다.

「어떤 남자가…… 내 옆에서 맴도는 건 싫어요.」

콜린은 또 한 번 소리내어 웃었다. 그러다 알렉산드라의 표정을 본 뒤, 웃었던 일을 금방 후회했다. 제길, 그녀의 자존심을 건드렸던 것이다. 또한 그녀의 눈은 눈물로 얼룩져 있었다.

「나도 아내가 졸졸 따라다닌다면 썩 좋진 않을 거요.」

맞장구를 쳐주면 그녀의 기분이 좀 나아지리라 생각한 콜린이 서슴없이 이렇게 말했다.

그러나 알렉산드라는 그를 거들떠보려고도 하지 않았다.

「부유한 여자에게 마음이 끌리나요?」

「그렇지 않소」

그가 대꾸했다.

「오래 전부터 난 내 힘으로 재산을 모으겠다고 각오했었고, 지금도 그 약속을 지킬 작정이오. 형과 아버지가 나와 내 동업자를 도와주겠다고 제의했었소.」

「그런데 당신은 거절했고요.」

그녀가 맞받아 쳤다.

「당신 아버지께선, 당신이 너무 자존심이 강하다고 하셨어요.」

콜린은 대화 주제를 바꿔야겠다고 생각했다.

「남편과 침대는 함께 쓸 생각이오?」

알렉산드라는 아무 대꾸도 하지 않고 다시 펜을 집어들었다.

「이제 명단 작성을 시작하죠, 콜린.」

「그만 두겠소.」

「날 돕겠다고 했잖아요.」

「그건 당신이 제정신이 아니라는 걸 몰랐을 때 얘기요.」

알렉산드라는 조용히 펜을 탁자에 놓고 자리에서 일어났다.

「실례지만 가보겠어요.」

「어딜 가는 거요?」

「짐 싸려고요.」

콜린이 알렉산드라를 쫓아 문으로 갔다. 그리고 그녀의 팔을 붙잡아 그를 향해 돌려세웠다. 제길, 내가 이 여자의 마음을 송두리째 뒤흔들어 놓았군. 그녀의 눈에 어린 눈물도 보기가 안됐고, 자기 때문에 처지가 딱해진 그녀를 생각하니 더욱 안쓰러웠다.

「당신 일을 어떻게 처리할지 결정할 때까지 여기에 머무시오.」

「내 미래는 당신이 아닌 내가 결정해요, 콜린. 놔줘요. 날 원치 않는 곳에서 지내고 싶진 않아요.」

「당신은 여기에서 지내게 될 거요.」

그는 알렉산드라의 기를 죽이려고 눈까지 부릅뜨며 강한 어조로 말했다. 하지만 효과는 없었다. 그녀는 오히려 콜린을 노려보았다.

「당신은 날 원하지 않아요, 잊었나요?」

그녀가 당당히 맞섰다. 콜린은 슬쩍 웃음을 띠었다.

「오, 난 더할 나위 없이 당신을 원하오. 단지 결혼하고 싶은 마음이 없을 뿐이지. 지금 난 허물없이 얘길하고 있는데, 얼굴을 붉히는 걸 보니 내 말이 당황스럽나보군. 당신은 무턱대고 덤벼든 이 어처구니없는 게임을 하기엔 너무나 어리고 순진하오. 아버지께 부탁해서…….」

「당신 아버지는 너무 편찮으셔서 날 돕지 못하세요.」

알렉산드라가 말을 가로채면서 그의 손에서 팔을 홱 빼냈다.

「날 도와줄 사람들은 또 있어요. 당신이 걱정할 필요 없어요.」

왜 슬며시 모욕감이 느껴지는지 콜린은 영문을 알 수 없었다.

「아버지가 아프셔서 당신을 돌봐야 하는 의무를 다 하지 못하신다면, 내가 그 책임을 짊어져야 하오.」

「아뇨, 그렇지 않아요. 당신 형 케인이 제 후견인이 될 거예요. 그가 다음 순서니까요.」

「하지만 형 또한 편리하게도 병이 들었잖소?」

「병에 걸리는 데 편리함이 적용된다는 생각은 안 들어요, 콜린.」

콜린은 그녀와 말싸움을 하는 대신 그냥 못 들은 척 해버렸다.

「가족 모두가 병에 걸린 마당이니, 당신이 언제 어디로 갈지는 당신의 후견인인 내가 결정하겠소. 그런 눈초리로 보지 말아요, 아가씨.」

그는 명령조로 주저 없이 말했다.

「난 내 마음대로 해야 직성이 풀리는 사람이오. 당신이 결혼을 서두르지 않으면 안 되는 이유를 저녁까지는 알아내야겠소.」

알렉산드라는 고개를 가로 저었다. 콜린은 그녀의 턱에 손을 갖다대어 그를 쳐다보게 했다.

「당신은 정말 고집불통이군.」

그는 그녀의 코를 한 번 비틀어 꼬집더니, 손을 내렸다.

「몇 시간 내로 돌아오겠소. 꼼짝 말고 있어요. 집을 나가면, 곧장 뒤쫓아 갈 테니.」

　레이몬드와 스테판 두 사람이 응접실에서 기다리고 있었다. 콜린이 두 경비원 옆을 지나치다가 걸음을 멈추었다.
「공주가 집을 나가지 않게 지키시오.」
　그의 명령에 레이몬드가 재깍 고개를 끄덕이자, 알렉산드라는 눈이 휘둥그레졌다.
「두 사람은 내 경호원들이에요, 콜린!」
　그녀가 흥분하여 소리쳤다. 맙소사, 코를 꼬집힐 때는 아이 취급을 당하고 아랫사람에게 타이르듯 하는 말까지 고분고분 듣더니, 이제는 그녀 자신이 아이처럼 행동하는 게 아닌가!
「그렇소, 당신 경호원들이지.」
　콜린이 순순히 동의했다. 그리고 현관문을 열고 나서 몸을 돌려 그녀를 보았다.
「하지만 이들은 내 지시에 따르오. 자네들, 내 말이 맞나?」
　레이몬드와 스테판이 동시에 고개를 끄덕였다. 알렉산드라는 기분이 좀 상했다. 그녀의 입에서 콜린의 권위적인 태도를 꼬집는 말이 불쑥 튀어나오려고 했다.
　위엄을 지키고 예의를 갖추어라.
　그 순간, 이 말이 머릿속에서 메아리쳤다. 마치 원장수녀님이 등뒤에 서서, 어깨 너머로 자신을 쳐다보는 것처럼 느껴졌다. 수녀님은 저 머나먼 바다 건너에 계시니, 이런 기분은 어처구니없었다. 알렉산드라는 애써 평정한 표정을 지으며 알았다는 듯이 고개만 끄덕였다.
「외출이 길어지나요, 콜린?」
　알렉산드라는 꽤 차분한 어조로 물었다.
　하지만 콜린에겐 그녀의 목소리가 목쉰 소리처럼 들렸고, 표정은 그를 보고 악을 지르고 싶은 듯했다. 그는 남몰래 슬쩍 웃음을 머금었다.
「아마 그럴 거요. 섭섭하오?」
　알렉산드라는 그의 미소와 맞서는 웃음을 지었다.
「아마 그렇지 않을 거예요.」

4

알렉산드라는 콜린이 없어도 전혀 섭섭하지 않았다. 오히려 그의 간섭이 못마땅했던 그녀는, 그가 옆에 없어 고맙기까지 했다. 그 남자는 분명 간섭하기 좋아하는 타입이었다.

그녀는 잡혀진 약속 일정으로 분주한 하루를 보냈다. 아버지의 옛친구들을 접대하느라 하루가 흘러가 버렸다. 방문한 손님들은 그녀의 안부를 물었고 영국에 체류하는 동안 도와주겠다는 제의를 하기도 했다. 대부분은 작위를 받은 상류계층이었으나, 더러 예술가나 인부들도 섞여 있었다. 알렉산드라의 아버지는 사람에 대한 뛰어난 판단력을 가진 분이셨으며 다양한 부류의 친구들을 사귀셨다. 알렉산드라는 아버지의 그런 특성을 자신이 이어받았다고 믿었다. 방문한 손님들, 어느 누구 할 것 없이 마음에 쏙 들었다.

마지막 손님은 매튜 앤드류 드레이슨이었다. 배가 볼록하게 튀어나온 나이 지긋한 이 남자는 아버지의 영국 업무를 맡았던 믿을 만한 대리인이었고, 지금도 알렉산드라의 재산 일부를 관리하고 있었다. 그는 로이드 해상보험 협회에서 지난 23년간 증권업자로 자리를 굳힌, 남들이 군침을 흘릴 만한 위치를 확보한 사람이었다. 증권중개인으로서 그는 더할 나위 없이 모범적이었다. 또한 직업상의 윤리만 가졌을 뿐 아니라, 유능하기도 했다. 알렉산드라의 아버지는 자신이 죽을 경우에 드레이슨에게 금전적인 문제를 상의하라고 아내에게 일렀었고 그의 아내는 다시 딸에게 아버지의 뜻을 전했다.

알렉산드라가 그에게 저녁식사를 하고 가라고 권했다. 플래네건과 벨레나가 음식 시중을 들었다. 하지만 플래네건은 식탁에서 오가는 금융상의 대화에 귀를 기울이느라 바빠서 벨레나가 대부분의 일을 떠맡았다. 플래네건은 여자가 금융 시장에 대해 해박한 지식을 가졌다는 사실에 깜짝 놀랐고, 자신이 엿들은 내용을 주인에게 꼭 알려야겠다고 단단히 마음먹었다.

드레이슨이 장장 두 시간에 걸쳐 여러 가지 충고를 해주었다. 그리고 알렉산드라가 한 가지 의견을 제시한 후에 두 사람의 업무 처리는 끝났다. 여자가 투기에 손을 댄다는 건 상식 밖의 일인지라 그 증권중개인은 보험 인수에 필요한 전표를 쓸 때, 알렉산드라의 머릿글자만 따서 서명을 했다. 그녀가 제시한 안들이 실제 그녀의 머리에서 나왔다는 걸 안다면, 드레이슨조차 소스라치게 놀랐으리라. 하지만 여자에 대한 남자들의 편견을 잘 알고 있었던 그녀는 가족의 오랜 친구 사이라며 알버트 삼촌이란 가공의 인물을 꾸며내어서, 그 장벽을 교묘히 피해나갔다. 알렉산드라는, 그 남자와는 실제 핏줄로 연결된 친척은 아니지만 수년 전부터 그를 친척으로 여기게 되었다고 설명했다. 알버트는 아버지의 절친한 친구라는 말도 덧붙여서, 혹시나 드레이슨이 그의 뒷조사를 할 경우를 대비했다.

알렉산드라의 설명으로 드레이슨의 궁금증이 풀렸다. 드레이슨은 모르는 남자에게서 주식 매매 주문을 받는 일엔 거리낌이 없었으나, 알버트가 알렉산드라를 시켜 그녀의 머릿글자로 서명하게 하는 건 이상하다는 말을 종종 했었다. 또한 그는 그녀의 조언자이자 도의상의 친척인 이 남자를 만나고 싶어했지만, 알렉산드라는 알버트가 최근에 은둔 생활에 접어들어 남과의 교제를 원치 않는다고 둘러댔다. 드레이슨은 주식 매매를 처리할 때마다 수수료를 두둑히 챙기고 있었고 알버트 삼촌의 조언이 지금까지는 적중률이 높았던 까닭에, 알렉산드라 공주의 말에 토를 달지 않았다. 알버트가 그를 만나고 싶지 않다면 그도 관여할 바가 아니었다. 고객과의 사이가 나빠지는 건, 그가 가장 피하고 싶은 일이니까.

저녁식사를 끝낸 두 사람이 응접실로 돌아온, 알렉산드라는 드레이슨의 맞은편 소파에 앉아 런던 거래소 입회장 안을 서성대는 증권업자들에 대한 얘기들에 귀를 기울였다. 반지르르 윤이 나는 단단한 목재 바닥의 입회장 안, 그들 사이에서 '박스'라고 부르는 어수선한 목재 칸막이 틈에서 증권업자들이 업무 보는 장면이 그녀의 눈에 선하게 그려졌다. 이런 것들을 직접 볼 수 있다면 얼마나 좋을까! 드레이슨은 1710년으로 거슬러 올라가는 '거래소의 호출인'의 유래에 얽힌 기묘한 관습에 대해 말해주었다. 그의 얘기론 '키드니'라고 불리는 웨이터가 단상 비슷한 곳에 올라서서, 탁자에 앉아 술을 홀짝이는 신사들 앞에서 커다랗고 명쾌한 목소리로 신문을 읽는다는 것이었다. 하지만 여자의 런던 거래소 출입이 금지된 관계로 알렉산드라는 머릿속에 그 광경을 그려보는 걸로 만족해야 했다.

드레이슨이 막 술잔을 비웠을 때 콜린이 집에 돌아왔다. 그는 망토를 플래네건에게 획 던진 후 응접실로 성큼성큼 걸어 들어갔다. 방문객을 발견한 그는 발걸음을 뚝 멈추었다.

알렉산드라와 드레이슨이 자리에서 일어섰다. 그녀가 자신의 대리인을 집주인에게 소개했지만, 콜린은 드레이슨이 누구인지 이미 알고있었다. 그리고 해운업계에서 평판이 자자한 드레이슨과의 만남에 감명을 받았다. 개중에는 이 증권중개인을 금융계의 천재로 여기는 이들도 많았다. 이 바닥에서의 비열하고 치열한 경쟁 속에서, 드레이슨은 고객의 이익을 자신의 이윤보다 우위에 놓는 극소수의 사람들 중 하나였다. 그는 실제로 명예를 중요시하는 사람이었고 콜린은 그걸 대리인으로서의 뛰어난 장점으로 여겼다.

「제가 중요한 대화를 방해했습니까?」

「사업 얘기는 끝났습니다.」

드레이슨이 이렇게 대꾸한 후 말을 이었다.

「이렇게 만나 뵙게 되어 영광입니다. 경의 회사가 성장하는 과정을 유심히 지켜봤는데, 배 세 척에서 시작하여 5년만에 스무 척 이상을 소유하시다니 참으로 인상깊었습니다.」

콜린이 고개를 끄덕였다.

「제 동업자와 전 경쟁력을 잃지 않으려고 힘써 왔지요.」

「주식을 외부에 내다 팔 생각은 없으신지요? 그처럼 견실한 회사라면 저 자신도 투자할 마음이 있습니다.」

콜린의 다리가 참을 수 없게 욱신거렸다. 자리를 약간 옮겨보았으나, 통증 때문에 몸을 찔끔하고는 곧 체념하듯 고개를 가로 저었다. 자리에 앉고 싶었다. 그리고 아픈 다리에 뭔가를 받쳐놓고 술을 마셔서 고통을 삭이고 싶었다. 하지만 마음대로 할 수 없는 처지인지라, 다시 자리를 이동하여 소파 옆에 몸을 기댔다. 그리고는 대리인과 나누었던 대화에 정신을 집중하려고 노력했다.

「아뇨. 회사의 주식은 저와 네이선이 50대 50 비율로 되어 있어요. 우리는 외부 사람에게 주식을 넘길 생각이 없습니다.」

「혹시 생각이 바뀌시면…….」

「바뀌지 않을 겁니다.」

드레이슨이 고개를 끄덕였다.

「알렉산드라 공주님 말씀으론, 가족들의 병환으로 공주님의 임시 후견인 역할을 하신다면서요.」

「그렇습니다.」

「영광이시겠습니다.」

드레이슨이 잠시 말을 멈추더니, 알렉산드라를 보며 웃음을 지었다.

「공주님을 잘 보살펴주세요. 드문 보물이십니다.」

알렉산드라는 드레이슨의 칭찬에 당황스러웠다. 그러나 그 증권중개인이 콜린에게 아버지 증세는 어떠냐고 묻자, 그녀의 관심이 어느새 바뀌었다.

「막 아버님을 뵙고 오는 중입니다.」

콜린이 대꾸했다.

「증세가 심각한 편이지만, 점차 차도가 있으십니다.」

알렉산드라는 놀란 표정을 숨길 수가 없었다.

「당신 설마……」

그녀는 가까스로 말을 멈추었다. 콜린이 자기 말을 믿지 않았고, 아버지가 거짓말하는 장면을 붙잡으려 했다는 명백하기 짝이 없는 사실을, 얼떨결에 입밖에 내버릴 뻔했다. 그의 행동은 용납할 수 없었다. 하지만 사적인 일을 사업상의 손님 앞에서 거론할 순 없는 노릇이었다.

「설마 뭐요?」

콜린이 물었다. 웃는 얼굴을 보니, 알렉산드라가 하려던 말을 알아차린 듯했다.

그녀는 애써 침착한 표정을 지었으나, 눈초리는 쌀쌀맞았다.

「당신 아버지나 어머니 곁에 바싹 다가가진 않았겠죠?」

그녀는 콜린에게 물은 후, 드레이슨에게 설명해주었다.

「그 병은 전염성일지도 몰라요」

「일지도 모른다구?」

콜린은 큰소리로 웃다가 목이 메었다.

알렉산드라는 대리인에게 한시도 시선을 떼지 않으면서 콜린의 말을 무시해버렸다.

「콜린의 형님이 몇 일 전에 한두 시간 정도 아버님을 찾아뵈었는데, 그 이후로 부인과 함께 그 병에 걸렸어요. 당연히 제가 주의를 주었어야 했는데, 하필 그때 전 말을 타러 나가고 없었어요. 돌아왔을 땐 그는 벌써 가고 없었죠.」

드레이슨은 가족들이 처한 어려운 상황에 위로의 말을 전했다. 알렉산드라와 콜린은 그 증권중개인을 현관까지 배웅했다.

「알렉산드라 공주님, 시간이 괜찮다면 3일 후에 서명 받을 서류를 준비해서 다시 오겠습니다.」

증권중개인이 떠나자 문을 닫은 콜린이 뒤돌아봤더니, 알렉산드라가 바로 코앞에 서서 매서운 눈초리로 그를 올려다보고 있었다.

「내게 사과할 일이 있죠」

그녀가 큰소리로 따졌다.

「그렇소」

「어떻게…… 어떻게 그럴 수 있어요?」

그녀는 화가 치민 나머지 버럭 고함을 질렀다. 콜린은 잠자코 미소를 지었다.

「맞소, 그랬소」

그가 순순히 대꾸했다.

「난 형과 아버지가 동시에 병에 걸려 당신을 돌보지 못한다는 말을 믿지 않았소」

「그래서 직접 알아보셨군요, 안 그래요?」

그는 그녀의 발끈한 어투에 신경 쓰지 않았다.

「이게 모두 계획적이라고 여긴 건 인정하오. 그리고 난 아버지를 내 집으로 꼭 모셔올 생각이었소」

「무슨 이유로요?」

그는 완전히 다 털어놓기로 마음먹었다.

「당신을 내게서 떼내기 위해서요, 알렉산드라.」

그녀는 상처받은 감정을 숨기려고 애썼다.

「내가 여기 있는 게 그처럼 폐가 되었다니, 미안하군요.」

그는 한숨을 내쉬었다.

「이 일을 감정적으로 받아들이진 말아요. 단지, 지금은 사업 일로 눈 코 뜰 새 없이 바빠서 후견인 놀이를 할 새가 없소」

알렉산드라가 그의 말을 감정적으로 받아들였다고 쏘아주려는데, 콜린이 집사에게 고개를 돌렸다.

「플래네건, 마실 걸 갖다 주게. 뜨거운 걸로. 오는 길이 얼마나 추웠는지 몰라.」

「그것 참 고소하군요.」

알렉산드라가 비아냥거렸다.

「그 의심 많은 성격 때문에 언젠가는 큰 코 다칠 거예요.」

콜린은 서로 얼굴이 맞닿을 정도로 몸을 앞으로 바싹 내밀었다.

「의심 많은 성격 때문에 이제껏 살아남았소, 공주.」

알렉산드라는 이 말이 무슨 뜻인지 알 수가 없었다. 그리고 그의 찌푸린 얼굴도 마음에 걸려서 그의 비위를 건드리지 말자고 생각했다. 그녀가 몸을 돌려 계단을 오르자 콜린이 곧바로 뒤따랐다. 알렉산드라가 뭐라고 입속말로 중얼거렸으나 그의 귀에는 제대로 들리지 않았다. 정신이 너무 산만하여 그녀의 말에 집중할 수가 없었다. 살짝살짝 흔들리는 엉덩이를 쳐다보지 않으려고 안간힘을 쓰며, 엉덩이가 매혹적이라는 사실을 인정하지 않으려는 데 온 정신이 팔려 있었던 것이다.

등뒤에서 길게 한숨 쉬는 소리가 들리자, 알렉산드라는 바로 뒤에서 콜린이 계단을 올라온다는 사실을 알아챘다. 그러자 등을 돌리지도 않은 채 물었다.

「케인의 집에도 들렀나요? 아니면 형님도 병에 걸렸다는 아버지의 말을 그냥 믿기로 작정했나요?」

「형 집에 잠깐 들렀소.」

알렉산드라는 그를 노려보려고 몸을 획 돌리다가, 정면으로 부딪힐 뻔했다. 그녀가 한 층 위에 있은 탓에 두 사람의 눈이 곧장 마주쳤다.

햇빛에 검게 그을린 얼굴과 단단히 닫힌 입술, 그 굉장한 미소와 함께 파랗게 불꽃 튀는 눈이 알렉산드라의 눈에 들어왔다.

그는 그녀의 콧잔등에 박힌 매력적인 주근깨를 놓치지 않았다.

알렉산드라는 머릿속을 스치는 잡념들이 마음에 들지 않았다.

「온통 먼지로 뒤덮었군요, 콜린. 아마 몸에서는 당신 말에서 나는 냄새가 풍기겠죠. 가서 목욕이나 하시죠.」

콜린은 그녀의 어투가 영 마음에 들지 않았다.

「날 그만 좀 노려보지 그러오.」

그의 명령조의 목소리는 조금 전 그녀의 어투처럼 차고 매서웠다.

「보호받는 입장이라면, 자기 후견인에게 그런 무시하는 태도를 보이면 안 되는 거 아니오.」

틀린 구석이 없는 말에 알렉산드라는 맞받을 말이 떠오르지 않았다. 앞으로 얼마간은 콜린이 후견인이 되었으니 공손하게 대하는 게 당연하겠지. 하지만 그에게 삐딱하게 굴었고, 그것은 콜린이 자신을 원치 않는다고 노골적으로 말했기 때문이었다.

「형님은 좀 나아지셨나요?」

「반쯤 죽어 있소.」

그는 상당히 쾌활하게 대꾸했다.

「케인을 좋아하지 않나요?」

그가 와락 웃음을 터뜨렸다.

「그게 무슨 소리요. 당연히 좋아하오.」

「그럼 왜 형님이 죽어간다는 말을 하면서 즐거운 듯이 보이죠?」

「왜냐하면 형은 정말로 병에 걸렸고, 아버지와 결탁해서 그 음모를 꾸미지도 않았으니까.」

알렉산드라는 못 말리겠다는 듯이 고개를 가로 젖더니 다시 몸을 돌려 한달음에 계단을 마저 올라갔다.

「케인의 부인은 차도가 좀 있나요?」

그녀는 어깨 너머로 소리쳤다.

「형만큼 혈색이 나쁘진 않았소.」

콜린이 대꾸했다.

「다행히 어린 조카는 전염되지 않아서, 스턴스와 시골에 있소」

「스턴스가 누구죠?」

「집사인데 이젠 유모 일도 겸하죠. 케인과 제이드는 회복 될 때까지는 계속 영국에 있을 예정이오. 어머니는 차도가 있으시지만, 누이들은 음식을 입에 대지도 못하고 있소. 그런데 알렉산드라, 당신만 병에 걸리지 않았으니 이상한 노릇이 아니오?」

알렉산드라는 그를 똑바로 쳐다볼 수가 없었다. 자신에게 책임이 있다는 건 알지만, 그걸 실토하기는 싫었다.

「그러고 보니, 영국으로 오는 도중에 좀 아팠던 것 같아요.」

그녀는 능청스럽게 대꾸했다.

콜린이 껄껄 웃었다.

「케인이 당신을 '전염병'이라고 부르고 있소.」

그녀는 다시 한 번 몸을 돌려 그를 쳐다보았다.

「고의로 사람들에게 병에 옮기지는 않았어요. 케인이 정말 내 탓을 하던가요?」

「그렇다니까!」

콜린이 놀리려고 거짓말을 하자 그녀는 어깨가 힘없이 축 처졌다.

「그의 집에 갈 수 있기를 바랬는데…….」

「그럴 수가 없게 됐군.」

「이제 꼼짝없이 붙어 있게 됐다고 생각하고 있죠, 안 그래요?」

알렉산드라는 아니라는 말이 나오길 기다렸다. 설령 거짓말이라도 좋으니, 신사라면 체면상으로라도 뭔가 친절한 말을 하겠지.

「알렉산드라, 난 당신과 붙어 있게 됐소.」

그녀는 그의 솔직함에 약이 올라 그를 째려보았다.

「차라리 그냥 상황을 받아들이고, 긍정적으로 생각하는 편이 당신에게 나을 거예요.」

그녀는 허둥지둥 복도를 지나서 그의 서재로 들어갔다. 콜린은 문틀에 몸을 비스듬히 기댄 채, 벽난로 옆 탁자에 놓인 서류들을 그러모으는 그녀를 지켜보았다.

「가족이 모두 아파 누웠다는 말을 안 믿었다고 해서 설마 내게 진짜 화가 났소?」

알렉산드라는 아무 대꾸도 하지 않았다.

「당신 아버지께서 내가 처한 상황을 얘기해 주시던가요?」

그녀의 눈에 언뜻 공포가 스치자 콜린은 깜짝 놀랐다.

「긴 얘기를 감당할 만한 기력이 없으셨소」

그녀는 눈에 띄게 긴장이 풀렸다.

「하지만 당신은 그 상황을 말해주겠지, 안 그렇소?」

콜린은 짐짓 나지막하고 부드러운 어조로 물었다. 그녀는 콜린이 이번에도 호통이라도 친 듯이 반응했다.

「당신 아버지께서 말씀하시는 편이 낫겠어요」

「아버진 못 하시오. 당신이 말해주겠소」

「맞아요」

그녀가 순순히 동의했다.

「말해야 할 사람은 바로 나겠죠. 근데 콜린, 당신이 플래네건의 길을 막아섰어요」

대화가 차단되는 일이 생기자, 알렉산드라의 안도하는 모습이 역력히 드러났다.

「알렉산드라 공주님, 손님이 오셨어요. 하그레이브의 닐 페리 백작께서 공주님을 뵈려고 응접실에서 기다리세요」

「그 사람이 찾아온 용건이 뭐요?」

콜린이 대뜸 물었다.

「닐은 빅토리아의 오빠예요. 오늘 와달라는 전갈을 보냈어요」

콜린이 책상으로 다가가더니 책상 모퉁이에 몸을 기댔다.

「누이에 대해 물어볼 의향이라고 그에게 밝혔소?」

알렉산드라는 플래네건에게 서류를 건네며 방에 갖다두라고 부탁한 뒤 콜린을 향해 몸을 돌렸다.

「구체적으로 말하지 않았어요」

알렉산드라는 속임수를 쓴 것에 대해 콜린이 나무랄 틈을 주지 않으려고 서둘러 방을 나섰다. 그가 돌아오라고 소리쳤으나, 그녀는 못 들은 척 곧장 복도를 지나 자기 방으로 들어갔다. 그녀는 닐에게 질문할 목록을 만들어 두었는데, 그 질문 중 하나도 빠뜨리고 싶지 않았다. 목록이 적힌 종이는 침대 옆에 딸린 책상 속에 들어 있었다. 그녀는 그 종이를 접은 뒤 침대보를 정돈하고 있는 플래네건에게 살짝 웃음을 지어 보이고 허둥지둥 아래층으로 내려갔다.

닐은 응접실 바로 안쪽에 서 있었다. 알렉산드라가 응접실에 이르자, 닐이 돌아보더니 고개를 숙여 정중히 인사했다. 그러자 알렉산드라도 무릎을 굽혀 살짝 인사를 한 후 곧바로 말을 꺼냈다.

「이렇게 빨리 오시다니 정말 고마워요.」

「상의할 일이 긴급한 문제라고 하셨죠, 공주님. 그런데 우리가 전에 만난 적이 있던가요? 그랬다면 분명 기억이 날 텐데 말이죠.」

빅토리아의 오빠는 호감을 주려고 상당히 애쓰고 있었으나, 비웃는 것 같은 웃음을 짓고 있었다. 하그레이브 백작은 그녀보다 불과 몇 센티 더 컸으며, 자세를 꼿꼿이 세운 폼을 보아 옷에 풀을 잔뜩 먹인 것 같았다. 눈동자 색을 제외하면 그의 야윈 얼굴에서 빅토리아와 닮은 구석을 찾아보기 어려웠다. 그 남매는 똑같이 갈색 눈동자를 가졌지만, 남에게 호감을 주는 생김새를 부모님에게 이어받은 사람은 빅토리아였다. 알렉산드라가 보기에 이 남자는 매력적인 구석은 한 군데도 없는 테다, 그가 내는 콧소리가 귀에 몹시 거슬렸다.

겉모양은 전혀 중요치 않아.

알렉산드라는 스스로를 타일렀다. 그리고 꼭 성난 사람 같아 보이는 닐이, 그의 누이만큼만 상냥한 성격의 소유자이길 바랐다.

「어서 들어오셔서 자리에 앉으세요. 제 문제를 좀 상의 드리고 싶어서요. 몇 가지 질문이 있는데, 관대하게 응해주셨으면 해요.」

닐은 알겠다고 고개를 끄덕인 후에야 방안으로 걸어 들어왔다. 그리고 알렉산드라가 소파에 자리를 잡을 때까지 기다렸다가, 바로 옆에 놓인 의자에 앉았다. 그는 한쪽 다리를 꼬고는 두 손을 한 쪽 무릎 위에 겹쳐 놓았다. 언뜻 보니 손톱이 남자치고는 좀 지나치게 길었고 흠집 하나 없이 완벽하게 매니큐어가 칠해져 있었다.

「이 집에 들어오기는 처음입니다.」

닐이 방안을 둘러보더니 깔보는 투로 말했다.

「집의 위치는 더할 나위 없이 좋지만 그냥 빌린 집이라지요.」

「네, 그래요.」

알렉산드라가 인정했다.

「집이 너무 좁지 않습니까? 공주님이라면 좀더 적합한 거처에 계셔야 할 텐데.」

닐은 교만한 속물이었다. 알렉산드라는 그를 싫어하지 않으려고 애썼으나, 그러기가 쉽지 않았다. 그러나 그는 빅토리아의 오빠이고 친구의 행방을 알기 위해 그의 도움이 필요했다.

「전 이곳이 아주 마음에 든답니다.」

그녀는 애써 상냥하게 대꾸했다.

「그건 그렇고, 백작님의 여동생에 대해 얘기를 나누고 싶어요.」

닐의 얼굴에서 미소가 순식간에 싹 가셨다.

「제 동생에 대한 건 거론할 얘기가 못 됩니다, 알렉산드라 공주님.」

「백작님이 마음을 바꿔주셨으면 해요.」

그녀가 맞받아 쳤다.

「전 작년에 빅토리아를 알게 됐어요.」

알렉산드라는 말을 계속했다.

「빅토리아는 여행중 병에 걸려서, 성 십자가 수녀원에서 저와 함께 지냈어요. 혹시 저에 대해 말하지 않던가요?」

닐이 고개를 가로 저었다.

「누이와 전 좀처럼 얘길 나누지 않았습니다.」

「그래요?」

알렉산드라는 놀라움을 감출 수가 없었다. 그러자 닐이 지나치게 과장된 한숨을 휴 하고 내쉬었다.

「빅토리아는 어머니와 살았습니다. 전 제 영지가 따로 있죠.」

그의 어조에 은근히 자랑하는 기색이 엿보였다.

「물론 지금은 그 애가 어디론가 사라졌으니, 어머니는 저와 함께 살고 계시죠.」

손가락으로 무릎을 톡톡 치고 있는 그에게 초조함이 엿보였다.

「백작님이 말씀하시기 거북한 대화를 꺼냈다면 죄송해요. 하지만 빅토리아가 염려스러워요. 전 그 애가 도망가서 결혼했다는 말은 믿을 수 없어요.」

「그 애를 염려하실 필요는 없어요.」

그가 대뜸 말을 받았다.

「염려해줄 가치도 없는 앱니다. 몸을 함부로 굴려서……..」

「백작님의 냉정한 태도가 이해되지 않아요. 빅토리아가 곤경에 처해 있을 수도 있잖아요.」

「전 공주님의 태도가 이해되지 않는군요.」

닐이 곧바로 응수했다.

「당신은 영국에 산 지 얼마 되지 않아, 스캔들이 한 개인의 평판에 어떤 영향을 끼치는지 이해하지 못합니다. 저희 어머니는 빅토리아의 경솔한 행동 때문에 파괴되실 뻔하셨죠. 15년만에 처음으로 '애쉬포드 파티'에 초대받지 못하셨고 그 수모로 한 달이나 자리에서 일어나지 못하셨습니다. 제 여동생이 모든 걸 망쳐놓은 거죠. 늘 어리석은 짓만 골라서 하던 애였어요. 원하면 누구에게든 시집갈 수 있었어요. 그 애가 청혼을 거절한 귀족만 해도 제가 알기로 세 명은 됩니다. 빅토리아는 오로지 자기만 생각했어요. 어머니가 좋은 신랑감을 고르느라 신경을 쓰시는 동안, 그 애는 애인과 놀아났던 겁니다.」

알렉산드라는 치밀어 오르는 화를 참느라 안간힘을 써야했다.

「확실한 사실은 아니잖아요.」

더 참을 수 없어진 그녀가 친구의 역성을 들며 말했다.

「그 스캔들만 해도……..」

말이 채 끝내기도 전에 닐이 퉁명스레 말을 가로챘다.

「스캔들에 대해 신경 쓰지 않는 건 당신도 마찬가진가 보군요. 제

누이와 그렇게 손발이 잘 맞는 것도 무리가 아니군요.」

「정확히 무슨 말을 하고 싶은 거죠?」

그녀가 따져 물었다.

「당신은 총각하고 한 집에서 살고 있어요. 벌써 사람들이 수군대고 있죠.」

알렉산드라는 이성을 잃지 않으려고 깊게 숨을 들이마셨다.

「뭐라고들 수군대던가요?」

「콜린 홀브루크 경이 당신 사촌이라는 사람도 있고, 애인이라는 사람들도 있죠.」

그녀는 목록을 무릎에 떨어뜨린 채 자리에서 벌떡 일어섰다.

「당신 누이가 당신 얘기는 거의 꺼내지 않았었는데 이제야 이유를 알겠군요. 당신은 비열한 남자예요, 닐 페리. 빅토리아의 안부가 이렇게 걱정되지만 않았다면 당신을 밖에 내동댕이쳤을 거예요.」

「내가 그 허드렛일을 대신 맡겠소」

콜린이 문 앞에서 커다란 소리로 말했다. 그는 팔짱을 낀 채 문간에 기대서 있었다. 긴장을 푼 편안한 자세였으나, 그 눈은…… 오, 맙소사, 콜린의 눈이 분노로 부글부글 끓고 있었다. 이처럼 화난 모습은 이제 껏 본 적이 없었다. 알렉산드라는 온몸이 부르르 떨렸다.

닐은 갑작스런 콜린의 출현에 깜짝 놀란 듯 보였다. 그는 얼른 마음을 가다듬더니, 서툰 동작으로 꼰 다리를 풀고 자리에서 일어났다.

「날 보고자 하는 진의를 알았더라면, 결코 오지 않았을 겁니다. 안녕히 계십시오, 알렉산드라 공주.」

그녀는 콜린에게서 눈을 뗄 수가 없어서, 닐에게 대꾸할 여유가 없었다. 콜린이 이 남자에게 곧 덤빌 거라는 기묘한 느낌이 들었다.

그녀의 느낌이 맞았다. 플래네건이 손님이 나서도록 문을 열어놓은 채 서 있었고, 콜린이 집사 옆으로 걸어갔다. 그는 천연덕스런 표정을 짓고 있었는데 바로 그 이유 때문에, 닐은 콜린이 진짜 밖으로 내던질 의도였음을 꿈에도 눈치채지 못했다.

알렉산드라는 자신이 설령 눈을 깜빡였더라도 그 사실조차 깨닫지 못했으리라! 분개한 닐이 돼지가 울부짖을 때 내는 소리로 꽥꽥거렸다. 콜린은 그의 목덜미와 바지 허리띠 뒷부분을 움켜쥐고 번쩍 들더니, 밖으로 내동댕이쳤다. 닐은 시궁창으로 나가떨어졌다.

알렉산드라는 스커트를 약간 들어올리고 현관으로 쪼르르 달려갔다. 플래네건이 거리에 벌렁 나자빠져 있는 하그레이브 백작의 꼴을 보여 주려고 문을 열어놓은 채 서 있었다.

알렉산드라는 콜린에게 따지려고 발끈하여 뒤돌아 섰다.

「이젠 난 어떻게 해요! 그렇게 내동댕이쳤으니, 다시는 여기에 오지 않을 거예요」

「그 작자가 당신을 모욕했소. 그걸 그냥 보고 있을 수는 없었소」

「하지만 난 그에게 물어볼 게 있어요」

그가 어깨를 으쓱했다. 그녀는 콜린에게 화를 내야 할지, 그가 한 짓을 좋아해야 할지 종잡을 수 없었다.

「목록을 어디다 두었담?」

「무슨 목록 말입니까, 공주님?」

플래네건이 물었다.

「닐에게 질문할 내용을 적은 목록이요」

서둘러 응접실로 돌아간 그녀는 몸을 구부리더니, 소파 밑에서 그 종이를 찾아냈다.

플래네건과 콜린이 그녀를 지켜보았다.

「알렉산드라 공주님은 목록들을 굳게 신봉하세요, 나리.」

플래네건이 한마디 건넸다.

콜린은 이 시시콜콜한 정보에 대해 아무런 평도 하지 않았다. 그리고 그녀가 그의 곁을 스쳐 계단을 올라가자 얼굴을 찌푸렸다.

「페리를 다시 초대하는 걸 허락하지 않겠소, 알렉산드라.」

콜린이 으르렁대며 소리쳤다. 그는 그 시건방진 남자의 비열한 말 때문에 아직도 화가 가라앉지 않았다.

72

「반드시 다시 부르겠어요!」

그녀가 어깨 너머로 소리쳤다.

「당신이 내 후견인 역할을 하는 이상 여기는 내 집이기도 해요. 난 빅토리아가 무사한지 꼭 알아내야겠어요, 콜린. 그때문에 그 끔찍한 오빠를 참아내야 한다면, 기꺼이 그렇게 할 거라구요!」

콜린이 집사에게 등을 돌렸다.

「그를 집에 들이지 말게, 알아듣겠나?」

「물론이죠, 나리. 우리 공주님을 남을 헐뜯는 자들에게서 보호하는 게 우리 의무니까요.」

알렉산드라는 이미 계단을 다 올라가 모퉁이를 돈지라, 콜린이 내린 지시나 플래네건이 한 말들을 듣지 못했다. 그녀는 남자들이 진저리 쳐질 정도로 지긋지긋했고, 닐 페리는 더 더욱 그랬다. 지금 당장은 빅토리아의 오빠 생각은 떨쳐 버려야 해. 앞으로 어떻게 해 나갈지는 내일 생각해도 충분해.

벨레나가 플래네건과 함께 콜린 방에 있던 안주인의 소지품들을 옆방에 옮기고 그녀를 기다리고 있었다.

알렉산드라는 침대 귀퉁이에 앉아 신을 홱 차서 벗었다.

「우리는 여기서 며칠 더 지내야 할 것 같구나, 벨레나.」

「공주님 여행 가방들이 도착했어요. 짐을 풀기 시작할까요?」

「내일 해도 충분해. 아직 시간이 이르기는 하지만, 난 잠을 좀 청해야겠어. 너도 별일 없으니 나가도 좋아.」

벨레나가 나가자, 알렉산드라는 일부러 천천히 잘 준비를 했다. 오늘 한 면담들로 맥이 쭉 빠졌다. 많은 아버지 친구들과 대화를 나누며 아버지에 대한 훌륭한 얘기들을 들은 후라 유난히 아버지와 어머니가 보고 싶었다.

알렉산드라는 잠시 자기 연민에 빠졌다. 그녀를 진심으로 아껴주는 사람은 그 어디에도 없었다. 콜린은 그녀가 성가시다고 분명히 밝혔고, 그녀의 진짜 후견인은 아들보다는 친절하고 이해심도 많지만, 그녀를 귀찮게 여기기는 매 한가지리라.

그녀에겐 엄마가 필요했다. 가족들과 함께 했던 추억들을 떠올려도 지금은 별 위로가 되지 않았다. 도리어 외로움만 깊어져 가슴이 저며 왔다. 잠시 후 침대에 들어간 그녀는 이불을 덮고 울다가 잠이 들었다. 그러다 한밤중에 깨어났으나, 그녀 자신이나 자신의 처지를 생각하니 처량해져서 그만 또다시 눈물이 주르르 흘러내렸다.

콜린이 우는 소리를 들었다. 그 역시 잠자리에 들었으나, 잠을 잘 수가 없었다. 욱신거리는 다리 때문에 정신이 말짱하게 깨어 있었다. 알렉산드라는 별로 소리를 내지 않았으나, 그는 집안에서 나는 소리는 아무리 조그만 소리라도 놓치는 법이 없었다. 콜린은 즉시 이불을 걷어내고 침대에서 나왔다. 방을 반쯤 걸어가다가 퍼뜩 벌거벗은 자신의 몸이 의식되었다. 그는 바지를 주워 입고서 문손잡이 쪽으로 향했으나, 곧 이어 발걸음을 뚝 멈추었다.

알렉산드라를 위로해주고 싶었다. 그러나 그녀의 울음소리를 들어버렸으니 상황이 좀 난처해질 성싶었다. 이불을 덮고 숨죽여 울고 있으니 가능한 조용히 하려고 애쓴다는 게 역력했다. 남이 엿들길 원치 않는다면 그녀의 비밀을 존중해주어야 하겠지.

「제길.」

콜린이 혼잣말로 투덜거렸다. 도무지 자신의 마음을 종잡을 수 없었다. 보통 때의 그는 우유부단한 사람이 아니었다. 그의 본능은 알렉산드라에게 관심을 두지 말아야 한다고 타이르고 있었다. 그녀는 그가 함부로 덤벼들면 안 되는 말썽거리가 아닌가.

그는 뒤돌아 서서 침대로 돌아왔다. 그리고 결국은 진실을 인정하고 말았다. 그가 발걸음을 돌린 건 알렉산드라를 난처하지 않게 할 뜻만은 아니었다. 바로 자신의 음탕한 생각 때문이었다. 그녀는 침대에 누워 있었고 아마 얇은 잠옷 하나만 걸치고 있겠지. 가까이 다가간다면, 분명 그녀를 건드리고 말리라.

콜린은 이를 악물고 눈을 꼭 감았다. 옆방에 있는 순진하고 조그만 여자가 그의 속마음을 알아챘다면 경호원들을 시켜 침대 주변을 보초 세우려고 하겠지.

제길, 그녀를 갖고 싶었다.

그는 창녀 한 명을 죽였다. 실수였다. 전혀 만족스럽지 않게 끝났다. 절대적인 활력과 흥분이 한꺼번에 솟구치는 쾌감을 느끼지 못했다. 그는 몇 일간 그 문제를 골똘히 생각한 끝에 그럴 듯한 해답을 찾아냈다. 그런 쾌감은 만족스런 사냥을 한 후에야 찾아온다. 그 창녀는 다루기 너무나 쉬웠고, 그녀의 비명 소리에 흥분되긴 했으나 예전과 같지는 않았다. 맞아. 먹이를 유인할 때 짜내야 하는 영리함과 능숙한 자가 순진한 여자를 꼬여낼 때 필요한 노련함이 결여된 작업이었다. 이런 것들은 모든 걸 달라지게 하는 중요한 요소들이었다. 그 창녀는 더러운 여자였다. 다른 이들과 함께 잠들 가치도 없었다. 그래서 그는 여자를 산골짜기에 버려 야생 동물의 먹이가 되게 했다.

그에게는 귀부인이 필요했다.

다음날 아침, 알렉산드라가 아래층에 내려올 때쯤엔 콜린은 이미 외출하고 없었다. 플래네건과 레이몬드와 함께 식당 식탁에 앉은 알렉산드라는 그날 아침에 도착한 상당수의 초대장들을 분류하고 있었다. 스테판은 밤새 보초를 쓴 탓에 자고 있었다. 알렉산드라는 그들이 밤새 뜬눈으로 세울 필요는 없다고 생각했으나, 두 경호원들 중 고참인 레이몬드가 고집을 굽히지 않았다. 그는 문제가 생길 때를 대비하여 누군가가 항상 경계를 해야 한다고 주장했고 그녀는 레이몬드에게 책임을 맡긴 이상 그의 방식을 간섭할 수는 없었다.

「하지만 우린 지금 영국에 와 있잖아요.」

그녀가 다시 한 번 레이몬드를 설득하려고 했다.

「그 장군을 가볍게 봐선 안됩니다.」

레이몬드가 곧장 응수했다.

「우리도 여기에 왔잖습니까? 그 자가 부하들을 바로 다음 배편으로 여기 보냈을 지도 몰라요.」

그러자 그를 설득하기를 포기한 알렉산드라는 산더미처럼 쌓인 초대장으로 관심을 돌렸다.

「내가 런던에 온 걸 이 많은 사람들이 그렇게 빨리 알아내다니, 깜짝 놀랄 노릇이에요.」

그녀가 혼잣말처럼 말했다.

「전 놀랍지도 않아요.」

플래네건이 얼른 대꾸했다.

「전 요리사에게서 들었고, 요리사는 푸줏간에게서 들은 얘긴데요, 공주님 때문에 벌써 장안이 떠들썩하데요. 공주님이 여기 계신 것 때문에 뜬소문도 꽤 나도나봐요. 하지만, 하녀와 경호원 두 명이 같이 있어서 가시 돋친 말은 별로 없어요. 그리고 좀 재미있는 얘기도 있는데…… 물론 터무니없는 말이지만…….」

알렉산드라는 봉투 한 장에서 카드를 막 꺼내는 중이었다. 그녀는 하던 일을 멈추고 플래네건을 쳐다보았다.

「터무니없는 말이 뭐죠?」

「개중 몇몇은 공주님과 주인님께서 사촌간이라고 한대요.」

「닐 페리도 그런 말을 했어요. 또 콜린이 내 애인이라고 믿는 사람들도 있데요.」

플래네건이 소스라치게 놀라자 그녀가 그의 손을 두드려주었다.

「괜찮아요. 사람들은 자기들이 믿고 싶은 대로 믿으니까요 가여운 콜린. 내가 주변에서 얼쩡거리는 것만도 견디기 힘들텐데, 누가 날 사촌이냐고 하면 얼마나 기겁을 하겠어요.」

「왜 그렇게 말씀하십니까? 나리는 공주님을 이곳에 모셔서 얼마나 좋아하시는데요.」

플래네건이 그녀를 위로했다.

「감명 받았어요, 플래네건.」

「뭘 말입니까, 공주님?」

「그렇게 천연덕스런 얼굴로 엄청난 거짓말을 하니 말예요.」

플래네건은 그녀가 웃을 때까지 웃고 싶은 걸 참았다.

「어쨌든 주인님이 장부 때문에 골머리를 썩지만 않으시면, 공주님 모시는 걸 행복해하실 거예요.」

플래네건이 내 체면을 세워주려는군. 알렉산드라가 내심 추측했다. 그녀는 동의하는 척 고개를 끄덕인 후, 하던 일로 관심을 돌렸다. 플래네건이 일을 거들기 시작했다. 그녀는 자신의 문장(씨족, 집안, 단체 따위를 나타내는 표지로서, 도안화한 그림이나 문자)을 봉투에 찍는 일을 플래네건에게 맡겼다. 공주의 문장은 너무도 특이했다. 플래네건은 평생 그런 걸 본 적이 없었다. 윤곽이 뚜렷한 성 한 채가 있는데, 독수리나 송골매로 보이는 새가 그 성의 작은 탑에 앉아 있는 그림이었다.

「이 성에 이름이 있나요, 공주님?」

플래네건이 이 재미있는 그림에 호기심을 느끼며 물었다.

「스톤 헤븐이에요. 우리 아버지와 어머니가 거기서 결혼하셨죠.」

알렉산드라는 그녀에게 던져진 질문에 일일이 대답했다. 플래네건의 명랑한 분위기 덕에 기분이 한결 가벼워졌다. 그는 알렉산드라가 한 채도 아닌 두 채의 성을 소유했다는 말을 믿기 어려워했고, 그의 표정 때문에 그녀는 웃음을 터뜨렸다. 정말 성격 좋은 남자였다.

두 사람은 아침 내내 함께 일을 했고, 1시를 알리는 종소리가 울리자 알렉산드라는 옷을 갈아입으려고 이층으로 올라가면서 손님들이 더 오기로 되어 있으니, 아름답게 보이고 싶다고 플래네건에게 말했다.

플래네건은 공주가 몸단장을 할 이유가 없다고 생각했다. 지금도 아름답기 그지없는데, 이 보다 어떻게 더 아름다워진단 말인가!

콜린은 오후 7시쯤 집에 왔다. 장시간을 회사 사무실 책상에 앉아 있은 탓에, 몸이 뻣뻣하고 짜증이 솟구쳤다. 그는 팔에 무거운 장부책을 끼고 있었다.

집에 와 보니, 집사가 위층으로 오르는 층계에 사지를 쭉 뻗고 누워 있었다. 현관문을 열어 준 이는 레이몬드였다.

집사는 멍한 상태에서 정신을 차려 자리를 털고 일어섰다.

「오늘도 손님들이 오셨어요. 공주님이 사전에 주의를 주지 않으셨어요. 그렇다고 공주님을 탓하는 건 아니에요. 방문객들이 올 거라는 말씀은 미리 하셨는데, 전 누가 오는지 미리 알지 못했거든요. 그분이 수행원들을 이끌고 오셨을 때, 제가 차를 엎질렀어요. 그분이 떠난 후, 부두에서 일하는 인부 한 명이 문 앞에 나타났어요. 저는 그 인부가 구걸하러 온 줄 알고 뒷문으로 가면 요리사가 먹을 걸 줄 거라고 일러 줬죠. 그때 공주님이 제 말을 들으시고 참견을 하셨어요. 왜 안 그러셨겠어요? 공주님은 그 남자를 기다리고 계셨으니까요. 그리고 나리, 이거 아세요? 공주님이 그를 다른 손님과 똑같이 대접하셨어요.」

「다른 손님이 누군데?」

콜린은 하인의 황당한 설명을 이해해 보려고 애쓰며 물었다.

「섭정 왕자님이요.」

「그가 여기 왔다구? 이런 제길.」

플래네건이 다시 계단에 털썩 앉았다.

「제가 한 창피한 짓이 스턴스 삼촌 귀에 들어가는 날이면, 삼촌은 제 따귀를 때릴 거예요.」

「무슨 창피한 짓인데?」

「섭정 왕자님의 상의에 차를 엎질렀어요.」

「그건 잘한 짓이야.」

콜린이 대꾸했다.

「내 형편이 좀 피면, 자네 임금을 올려주겠네.」

플래네건이 슬며시 웃음을 지었다. 주인이 섭정 왕자를 얼마나 싫어하는지 잠시 잊고 있었던 것이다.

「그분이 오시자 전 무척 당황했었는데, 알렉산드라 공주님은 특별한 일은 하나도 생기지 않은 듯이 행동하셨어요. 아주 품위 있으셨죠. 섭정 왕자님은 평소의 건방진 태도는 사라지고, 정신을 못 차리는 남학

생처럼 행동했어요. 공주님에게 홀딱 빠지신 게 분명했어요.」

그때 알렉산드라가 층계참에 모습을 나타냈다. 콜린은 위를 쳐다본 순간 인상을 찌푸렸다. 가슴이 꽉 죄어왔는데, 알고 보니 자기도 모르게 숨을 죽이고 있었던 것이다.

그녀는 숨이 막힐 정도로 아름다웠다. 은백색 드레스를 입었는데, 움직일 때면 불빛에 반사되어 희미하게 반짝였다. 그 옷은 지나치게 파인 것은 아니지만, 목선 위로 살짝 드러난 살이 눈에 선명하게 띄었다.

머리에는 가느다란 하얀 리본을 꽂았는데, 곱슬거리는 머리칼 사이에서 리본이 언뜻언뜻 내비쳤다. 탄력 있는 머리카락이 목 언저리에서 곱슬거리며 물결쳤다.

그녀는 눈부시게 아름다워 보였다. 콜린은 신경이 바짝 곤두서는 듯했다. 그녀를 팔에 안고 싶었다. 키스를 하고, 그녀를 느끼며……

「도대체 어디에 가려는 거요?」

그가 장군이 부하에게 호령하듯 버럭 호통을 쳤다. 콜린은 화를 냄으로써 자신의 욕정을 숨겼다. 아니, 그러기를 바랐다.

알렉산드라는 그의 적개심에 찬 말에 눈이 휘둥그레졌다.

「오페라를 보러요.」

그녀가 간신히 대꾸했다.

「섭정 왕자가 오늘 밤 내가 그의 특등석에 앉아야 한다고 우겼어요. 레이몬드를 데리고 갈 거예요.」

「집에 있어요, 알렉산드라.」

콜린이 일렀다.

「공주님, 설마 제가 극장 안에 들어가서 섭정 왕자 바로 옆에 앉으리라고 생각하시는 건 아니죠?」

레이몬드는 무섭게 생긴 외모와 달리 호소하는 어투로 말했다.

「왕자는 거기에 오지 않아요, 레이몬드.」

그녀가 차분히 설명했다.

「그래도 안에 들어갈 순 없어요. 예의에 어긋나는 일이에요. 전 마차 옆에서 기다리겠습니다.」

「당신은 나 없이는 어디에도 갈 수 없소.」

콜린이 큰소리로 말했다. 매섭게 쏘아보는 눈초리에서 그의 말이 진심이라는 것을 알 수 있었다.

알렉산드라는 환하게 미소를 지었다. 그 순간, 그녀가 레이몬드를 극장 안에 억지로 끌고 갈 생각이 없음을 콜린은 알아챘다. 그녀는 콜린을 교묘히 속여서 그녀 자신의 편의를 도모할 생각이었다.

「어서 옷을 갈아입어요, 콜린. 늦으면 안되니까요.」

「난 오페라가 싫소.」

그의 어투는 꼭 채소가 먹기 싫어 투정하는 아이의 어투처럼 들렸다. 그녀는 전혀 그를 동정하지 않았다. 그녀 역시 오페라를 썩 좋아하진 않지만, 그런 사실을 실토할 생각은 없었다. 그랬다간 그는 집에 있으려고 할 테니까. 하지만 그녀는 섭정 왕자의 호의를 거절해서 왕자의 기분을 상하게 하고 싶지는 않았다.

「이럼 안 되죠, 콜린. 가겠다고 약속을 했잖아요. 어서 서둘러요.」

알렉산드라는 옷자락을 살짝 들어올리고 계단을 내려왔다. 플래네건은 입을 쩍 벌리고 그녀에게서 눈을 떼지 못했다. 그녀는 그의 곁을 스치면서 살짝 웃어주었다.

「정말 공주님처럼 걸으시네요.」

플래네건이 주인에게 속삭였다.

콜린의 얼굴에서 순간 미소가 싹 사라졌다. 드레스 위쪽이 아까 생각했던 것 보다 훨씬 많이 파여 있었다. 가까이 서니 둥글게 부푼 앞가슴이 눈에 띄었다.

「드레스를 바꿔 입기 전에는 우린 어디에도 가지 않을 거요.」

「옷을 왜 바꿔 입어야 하죠?」

그가 작은 소리로 뭐라고 투덜댔다.

「이 옷은 너무…… 눈을 자극해. 거기 있는 남자들이 모두 뻔뻔스럽게 훑어보길 바라오?」

「그렇게 될 것 같아요?」

「두 말하면 잔소리지.」

알렉산드라가 회심의 미소를 지었다.

「잘 됐군요.」

「남자들의 시선을 끌고 싶단 말이오?」

그는 못 믿겠다는 듯이 물었다.

그녀는 화가 나서 못 참겠다는 표정을 지었다.

「당연히 그들의 시선을 끌고 싶어요. 난 남편을 얻으려고 노력하는 중이에요, 잘 알잖아요?」

「옷을 갈아입어요.」

「망토를 걸치고 있겠어요.」

「바꿔 입어요.」

두 사람의 다툼이 치열해지면서, 머리를 바삐 좌우로 돌리던 플래네건은 목이 아팠다.

「당신 행동은 어처구니없어요, 콜린. 지독히 보수적이기도 하구요.」

「난 당신 후견인이오. 난 내가 하고 싶은 대로 행동할 거요.」

「콜린, 이성적으로 생각해봐요. 벨레나가 이 드레스 구김을 펴느라고 얼마나 많은 시간과 노력을 들였는지 알아요?」

그는 그녀의 말을 끝까지 들으려고 하지도 않았다.

「시간 낭비하지 마시오.」

알렉산드라는 그를 보며 고개를 흔들었다. 그가 아무리 험상궂은 얼굴로 겁을 줘도 절대 양보하지 않으리라.

콜린이 그녀 앞으로 성큼 다가섰다. 그리고 그녀가 그의 속셈을 미처 깨닫기고 전에 보디스를 낚아채어 그녀의 턱 위로 올리려고 했다.

「언제든 당신 옷이 마음에 들지 않을 때, 지금 하는 식으로 옷을 벗겨버리겠소. 어디에 있든 상관없이.」

「바꿔 입겠어요.」

「그러리라 생각했소.」

콜린이 손을 내리기가 무섭게 그녀는 계단 쪽으로 달려갔다.

「당신은 끔찍한 남자예요, 콜린.」

그는 모욕을 당해도 아랑곳하지 않았다. 방금 그는 자기 마음대로 했고, 그것만이 중요했다. 늑대 같은 놈들이 그녀에게 추파를 던지는 꼴은 절대 허용하지 않으리라.

콜린이 몸을 씻고 정장을 입는 데 별로 오래 걸리지 않았다. 그는 15분도 채 안 되어 아래층에 내려왔다.

알렉산드라는 훨씬 오래 걸렸다. 계단을 막 내려오던 그녀는 식당에서 어슬렁거리며 나오던 콜린과 마주쳤다. 그는 푸른 사과를 먹고 있었는데, 계단에 서 있는 그녀를 보고 걸음을 멈추었다. 그리고 한참동안 보디스에 시선을 두더니 허락한다는 듯 고개를 끄덕였다. 그는 내심 만족하여 미소를 지었다.

승리감으로 우쭐한 기분이 드나보지.

알렉산드라가 내심 이렇게 추측했다. 암녹색 드레스가 얌전하다고 생각한 게 분명했다. 하지만 실은 그렇지 못했다. 보디스는 깊은 V자로 파였는데, 그녀는 후견인의 기분을 맞추려고 파인 부분에 솜씨 있게 목도리를 채워 넣었으니까.

하지만 콜린을 약 올릴 목적으로 이 옷을 고르지는 않았다. 이 옷 말고는 입을 만한 게 없었다. 다른 옷들은 죄다 심하게 구겨져 있었고, 벨레나가 이 옷까지만 간신히 주름살을 펴놓았던 것이다.

콜린은 확실히 매력적이었다. 검정색 정장도 잘 어울렸다. 그는 풀을 먹인 하얀 넥타이를 잡아당기면서 사과를 우적우적 씹고 있었다. 그럼에도 그는 믿기 어려울 정도로 관능적이었다.

콜린은 목적지까지 가는 여행 내내 뭔가를 골몰히 생각하고 있었다. 조그만 마차 안에서 알렉산드라는 그와 마주보고 앉아 있었다. 알렉산드라는 그의 뻗은 다리 때문에 한쪽 구석에 몰려 있었는데, 그의 큰 몸집이 어두운 마차 속에서는 더욱 위협적이었다. 그의 침묵도 마찬가지였다.

「당신이 섭정 왕자와 친구 사이인줄은 몰랐소.」

그가 불쑥 말을 꺼냈다.

「그는 제 친구가 아니에요. 오늘 처음 만났을 뿐이니까요.」

「플래네건 말로는 왕자가 당신을 좋아한다더군.」

그녀가 고개를 가로 저었다.

「그가 좋아하는 건 내가 누구냐 하는 것 때문이에요, 어떤 사람이냐가 아니구요.」

「그 말은?」

알렉산드라는 대답하기 전에 한숨을 살짝 쉬었다.

「공식 방문이었어요. 그 왕자는 내가 공주이기 때문에 왔지, 개인적으로는 날 전혀 몰라요. 이제 이해가 되요?」

콜린이 고개를 끄덕였다.

「상류사회는 당신 지위 때문에 당신에게 웃음을 보이고 있소, 알렉산드라. 그들이 보이는 얄팍한 호의를 알아채다니 다행이요. 그건 당신이 성숙하다는 증거요.」

「성숙요? 아뇨, 냉소적이란 증거죠.」

그가 웃음을 지었다.

「그도 그렇군.」

몇 분이 침묵 속에서 흘러갔다. 이윽고 콜린이 입을 열었다.

「그를 좋아하오?」

「누구요?」

「왕자.」

「딱히 뭐라고 말할 만큼 왕자를 잘 알지 못해요.」

「알렉산드라, 대충 얼버무리지 말고 솔직히 말해봐요.」

「금방은 예의를 차려 한 말이었어요. 솔직히 말하면, 아니에요. 난 그를 별로 좋아하지 않아요. 이제 됐어요?」

「됐소. 당신에게 사람을 판단하는 능력이 있군.」

「어쩌면 왕자가 마음은 좋은 사람일 거예요.」

왕자를 좋아하지 않는다고 털어놓은 게 양심에 찔려 알렉산드라는 한마디 덧붙였다.

「그렇지 않소.」

「왜 왕자를 싫어하죠?」

「그는 약속을 어겼소. 내 동업자와 한 약속이지.」

콜린이 설명했다.

「섭정 왕자는 네이선의 아내, 사라의 재산인 엄청난 양의 보물을 보유하고 있었는데, 시간이 좀 지나자 그걸 자기가 차지했소. 비열한 짓이지.」

「창피스런 일이군요.」

그녀가 맞장구쳤다.

「당신은 왜 그를 좋아하지 않소?」

「왠지…… 자기 이익에만 집착하는 것 같았어요.」

콜린이 콧방귀를 꼈다.

「그는…….」

그는 막 떠오른 잔인한 말을 내뱉으려다 말고 다른 단어를 썼다.

「성질이 비뚤어졌소.」

마차가 한 번 세게 흔들리더니 '로얄 오페라 하우스' 앞에 멈춰 섰다. 알렉산드라는 흰 장갑을 끼면서 콜린에게 온 관심을 기울였다.

「왕자가 당신 동업자에게 한 짓을 미리 알았더라면 결코 당신 집에 들이지 않았을 거예요. 사과하겠어요, 콜린. 당신 집은 오로지 친구들만 방문해야 하는 당신의 성이에요.」

「왕자의 방문을 거절할 작정이었단 말이오?」

그녀가 고개를 끄덕이자 콜린이 한 쪽 눈을 찡긋 감았다. 순간 그녀의 심장이 미친 듯이 뛰기 시작했다. 맙소사, 어떤 여자가 그에게 빨려 들지 않을까!

마부와 함께 앉아 있던 레이몬드가 마부석에서 펄쩍 뛰어내려 두 사람을 위해 문을 열었다.

콜린이 먼저 내려 알렉산드라를 부축하려고 몸을 돌렸다. 그녀가 그의 손을 잡으려고 몸을 내미는 데 그만 망토 자락이 열어 젖혀졌다. 그때 보디스 안에 쑤셔 넣었던 목도리가 옆으로 삐져 나왔고, 그녀가 도로에 발을 내딛자 목도리가 떨어졌다.

콜린이 그것을 붙들었다. 그는 그녀의 자극적인 목선에 한 번 눈길을 주더니 그녀를 노려보았다.

그는 그녀에게 화가 났다. 알렉산드라는 험상궂은 그의 표정을 보면서 주춤거리며 뒤로 물러나다가, 말고삐에 걸려 앞으로 넘어질 뻔했다. 콜린이 얼른 그녀를 붙잡아 마차 문 앞에 돌려 세웠다. 그리고 드레스 안으로 목도리를 구겨 넣었다.

그녀는 굴욕감으로 어쩔 줄을 몰라하며, 그의 찌푸린 얼굴을 정면으로 마주보며 함께 눈살을 찌푸렸다. 한참 동안 두 사람은 서로를 노려보다가 결국 그녀가 먼저 양보하고 등을 돌렸다.

콜린이 그녀의 어깨에 망토를 덮어주더니, 그녀를 자기 옆으로 꼭 당기고 계단 쪽으로 빙 돌아갔다. 소란을 떨지 않은 것만으로도 콜린에게 고맙게 여겨야겠지. 게다가 두 사람의 사소한 충돌을 눈여겨본 사람은 없는 듯싶었다. 그가 그녀를 막고 서 있어, 오페라 하우스에 들어가는 사람들의 시선에서 벗어날 수 있었다. 그랬다, 그에게 당연히 고맙게 생각해야 했다. 하지만 전혀 그런 마음이 들지 않았다. 콜린은 꼭 노인네처럼 행동하지 않았는가.

「당신은 너무 많은 시간을 장부책에 파묻혀 살았어요, 콜린. 바깥에 더 자주 나가봐요. 그러면 내 옷이 눈에 거슬린단 생각은 전혀 안 날 거예요. 사실 상당히 얌전한 편이죠.」

알렉산드라는 어림없다는 듯 코방귀를 뀌는 그의 태도가 전혀 마음에 들지 않았다. 실은 힘껏 걷어차고 싶을 정도였다.

「당신은 제 후견인 임무를 진지하게 받아들이는군요, 그죠?」

콜린은 계단을 오를 때도 그녀의 어깨에 얹은 손을 떼지 않았다. 그녀는 끊임없이 그 손을 떨쳐 내려고 애썼다. 하지만 콜린은 강한 소유욕을 보였고, 결국 그녀가 포기할 수밖에 없었다.

「알렉산드라, 아버지는 내가 당신을 잘 돌보리라 믿고 계시오. 내가 이 일을 좋아하고 아니고는 별개의 문제지. 난 당신 후견인이고 당신은 내 말을 따라야하오.」

「당신이 아버지와 닮지 않은 게 딱한 노릇이에요. 그분은 상냥하고 이해심 많은 분인데. 아버지에게서 좀 배워봐요.」

「당신이 매춘부처럼 입지만 않으면 나도 너그럽게 대하겠소.」

그가 이렇게 약속했다. 알렉산드라는 짧게 헉하고 숨을 몰아쉬었다.

「아무도 날 매춘부라고 부르지 않았어요!」

콜린은 격분해서 소리치는 이 말에 아무런 해명도 하지 않았다. 대신 미소만 지을 뿐이었다.

두 사람은 아주 오랫동안 서로에게 말을 걸지 않았다. 이윽고 그들은 섭정 왕자의 특등석으로 안내되었고, 좌석에 나란히 앉았다.

오페라 하우스는 초만원을 이루었으나, 공연을 지켜보는 사람은 오로지 알렉산드라 뿐임을 콜린은 알아챘다. 다른 사람들은 모두 알렉산드라를 쳐다보고 있었다.

하지만 그녀는 사람들의 흘끔거리는 시선을 모른 척했고, 혀를 내두를 만큼 평정한 태도를 취해서 콜린을 무척이나 감동시켰다. 그녀는 부러질 정도로 몸을 꼿꼿이 세우고 시선을 단 한번도 무대에서 떼지 않았다. 하지만 콜린의 눈에 그녀의 손이 들어왔다. 그녀는 꽉 움켜진 두 손을 가만히 무릎에 얹어놓았다.

콜린이 좀더 가까이 붙어 앉더니, 그녀의 두 손을 손에 감쌌다. 알렉산드라는 시선을 돌리지 않았으나 그의 손을 바싹 당겨서 꼭 잡았다. 두 사람은 공연이 끝날 때까지 그 자세로 있었다.

그는 목에 단 빳빳한 흰 넥타이 때문에 미칠 지경이었다. 그걸 확 당겨 풀어 버리고 난간 위에 두 다리를 턱 올려놓은 채 눈을 감고 싶었다. 하지만 그런 남부끄러운 짓을 했다간 알렉산드라가 기겁을 하겠지. 물론 그녀를 곤혹스럽게 하지는 않을 작정이지만, 상류계 행사의 겉치레에는 신물이 났다.

섭정 왕자의 좌석에 앉아 있다는 사실도 싫었다. 네이선이 알면 일주일은 펄펄 뛰며 화를 내겠지. 그 동업자는 그들의 통치자에 대해 콜린보다 더 이를 갈았다. 그 별로 고귀하지도 않은 왕자가 아내의 상속 재산을 가로채지 않았던가.

그를 괴롭히는 끔찍한 이 오페라는 짜증이 난 그의 기분을 더 부추겼다. 그러자 그는 실제 눈을 감고서 무대에서 들려오는 날카로운 여자들의 목소리를 듣지 않으려고 애썼다.

알렉산드라는 공연이 끝날 때까지도 콜린이 잠든 사실을 모르고 있었다. 오페라가 재밌었는지 물으려고 고개를 돌려 막 말을 꺼내려는데, 콜린이 코를 골기 시작했다. 그녀는 웃음이 터져 나올 뻔했다. 얼굴 표정을 바꾸지 않으려고 안간힘을 써야 했다. 오페라는 진짜 지루하기 그지없었고, 그녀도 이 괴로운 시간 내내 잠을 잘 수 있다면 얼마나 좋을까 하고 생각했었다. 하지만, 그가 우쭐대며 좋아할 이유 하나 때문에, 절대 그 사실을 털어놓지 않을 생각이었다.

그녀는 팔꿈치로 그를 세게 쳤다. 콜린은 깜짝 놀라서 눈을 떴다.

「당신은 정말 구제불능이에요.」

그녀가 나지막이 속삭였다.

그는 졸리는 눈으로 피식 웃음을 지었다.

「구제불능이라니 기분 나쁘지 않은데.」

그를 불쾌하게 만들 방법은 없어 보였다. 차라리 포기하는 편이 낫겠어. 알렉산드라는 망토를 집어들고 자리에서 일어나 관람석을 나섰다. 콜린이 그녀 뒤를 따랐다.

휴게실에는 사람들로 북새통을 이루었다. 대부분은 알렉산드라를 좀 더 자세히 보려고 기다리는 사람들이었다. 그녀는 서로 자기 소개를 하려고 안달이 난 신사들에게 순식간에 둘러 쌓였다. 그리고 얼떨결에 콜린을 놓쳐버렸다. 간신히 발견한 콜린은 숙녀들에게 둘러 쌓여 있었다. 가슴을 노골적으로 드러내고 지나치게 멋을 낸 빨간 머리의 여자가 그의 팔에 매달려 있었다. 윗입술을 핥고 있는 그 여자는, 알렉산드라가 보기엔 길거리를 헤매다 크림 한 접시를 발견한 배고픈 고양이처럼 보였다.

그리고 콜린은 그 여자의 크림 한 접시처럼 보였다. 알렉산드라는 무슨 백작이라고 자신을 소개하는 한 신사의 말에 귀를 기울이려고 해봤으나 자꾸만 콜린 쪽으로 시선이 돌아갔다. 그는 자신에게 솟아지는 수많은 관심에 마냥 행복해 보였고, 그걸 본 알렉산드라는 좀 이상한 이유로 화가 솟구쳤다.

아, 맞아! 어처구니없는 질투심이 솟구쳐 오른 것이다. 세상에, 그건 너무도 끔찍한 감정이었다. 그 여자의 손이 콜린에게 닿는 걸 그냥 눈 뜨고 볼 수가 없었다.

알렉산드라는 콜린을 향해서가 아니라 자기 자신이 더욱 혐오스러웠다. 영국에 도착한 바로 그 순간부터, 공주라면 이렇게 하리라 생각되는 식으로 행동하려고 애를 써왔다. 위엄을 지키고 예의를 갖추라는 원장수녀님의 두 가지 충고가 머릿속에서 빙빙 맴돌았다. 또한 임의적인 행동을 피하라는 수녀님의 충고도 떠올랐다. 그때 수녀님은 그녀의 앞뒤 가리지 않는 생각이 자초한 사고를 열 가지 이상은 열거하셨다.

알렉산드라는 한숨을 길게 내쉬었다. 씩씩대며 콜린의 옆으로 가서 저 밉살스런 여자의 손을 콜린의 팔에서 떼어낸다면, 그건 임의적인 행동 범위에 딱 들어맞겠지. 게다가 내일 그 소문이 쫙 퍼지면 자신의 행동을 후회하게 될 거고.

이젠 휴게실이 점점 더 가까이 그녀를 에워싸는 듯이 느껴졌다. 서둘러 떠나는 사람은 하나도 없어 보였다. 더 많은 사람들이 휴게실에 누가 있는지 보거나 또는 자신들의 존재를 알리고 싶어 좁은 공간에 꾸역꾸역 밀려들었다.

알렉산드라는 신선한 공기를 마시고 싶어 죽을 지경이었다. 서신을 보낼 테니 면접을 허락해달라는 신사에게 실례한다고 말한 뒤, 빽빽이 들어 찬 사람들 틈을 간신히 헤치고 정문에 이르렀다.

그녀는 콜린이 뒤따라오든 말든 아랑곳하지 않고 곧장 밖으로 나갔다. 밖으로 나온 그녀는 계단에 멈춰 서서, 공기를 깊숙이 들이마신 뒤 망토를 걸쳤다. 그들이 타고 온 마차가 바로 계단 아래편에 서 있었다. 운전사와 함께 대기 중이던 레이몬드가 즉시 그녀의 모습을 발견하고 마부석에서 펄쩍 뛰어내렸다.

알렉산드라는 치마 자락을 살짝 들어올리고 계단을 내려가기 시작했다. 그때 누군가가 그녀의 팔을 움켜잡았다. 마침내 콜린이 뒤쫓아 왔다는 생각이 들었다. 그런데 붙잡힌 팔이 얼얼할 정도로 아팠다. 그녀는 팔을 빼내려고 몸을 뒤틀며, 너무 세게 쥐지 말라고 말하려고 고개를 돌렸다.

그는 콜린이 아니었다. 그녀를 움켜쥔 그 낯선 이는 모자를 이마까지 푹 눌러 쓴 탓에 남자의 얼굴이 제대로 보이지 않았다.

「당장 이 손 놔요.」

그녀가 당당한 어조로 명령했다.

「저희와 함께 당장 고국에 가셔야 합니다, 알렉산드라 공주님.」

가슴속에 냉기가 밀려들었다. 아니, 이건 아버지 나라의 말이 아닌가! 알렉산드라는 지금 무슨 사태가 벌어지고 있는지 퍼뜩 깨달았다. 그녀는 겁에 질리지 않으려고 안간힘을 썼다. 그리고 몸을 빼내서 달아나려고 해봤으나 뒤쪽에서 나타난 다른 남자에게 다시 붙들렸다. 그가 우악스럽게 몸을 붙들었으나 그녀는 갑자기 화가 치밀어 올라 아픔도 잊어버렸다. 그 남자가 같은 패거리의 도움을 받아 그녀를 빌딩 옆쪽으로 질질 끌어당겼다. 불현듯 오페라 하우스 정면에 서 있는 돌기둥 뒤에서 세 번째 남자가 모습을 드러내더니, 레이몬드의 방해를 저지하려고 계단 아래를 향해 달려 내려갔다. 레이몬드는 알렉산드라를 지키려고 전력을 다해 계단으로 돌진했다. 레이몬드가 먼저 그에게 한 방 먹이자 그 남자가 뒤로 좀 비틀거렸을 뿐 곧바로 레이몬드에게 달려들어 뭔가 날카로운 것으로 얼굴을 내리찍었다. 레이몬드의 얼굴에서 피가 솟구쳐 오르자 알렉산드라는 비명을 질러댔다.

그러자 누군가가 그녀의 입을 손으로 틀어막아, 터져 나오는 비명소리를 막았다. 그녀는 그 공격자의 손을 힘껏 물어뜯었다. 그러자 그 남자는 악을 쓰며 고함을 지르더니 손을 아래로 툭 떨어뜨렸다.

이제 그 남자는 알렉산드라의 목을 조르고 있었다. 그러면서 계속 발악을 하면 다치게 되리라는 협박을 연이어 해댔다.

알렉산드라는 잔뜩 겁에 질렸다. 숨도 제대로 쉴 수 없었다. 하지만 이 흉악범에게서 벗어나 레이몬드에게 달려가야겠다는 오직 한 가지 생각으로 연신 발버둥을 쳤다. 그를 도와줘야 했다. 피를 너무 흘리면 죽을지도 모르잖아. 이게 모두 자신의 잘못이었다. 장군의 부하들이 뒤쫓아 왔을 거라고 우기던 레이몬드의 말에 귀를 기울였어야 했다. 집에 가만히 있어야 했어…… 그리고 또…….

콜린의 모습이 눈에 띄기도 전에 그의 목소리부터 들려왔다. 분노에 차 호통치는 소리가 어둠 속에서 선명히 울려 퍼졌다. 알렉산드라를 등뒤에서 잡고 있던 남자가 갑자기 그녀에게서 홱 떨어져 나가더니, 돌기둥에 머리부터 거꾸로 처박혔다. 그는 꼭 먹다 버려진 사과 속처럼 땅에 나뒹굴었다.

알렉산드라는 마른기침을 해대면서 숨을 헐떡거렸다. 그녀의 팔을 쥐고 있던 남자가 방패로 이용하려고 그녀를 앞쪽으로 끌어당겼지만, 어림없는 짓이었다. 콜린의 동작이 워낙 민첩하여 알렉산드라가 그를 돕고 싶어도 도울 여지가 없었다. 다음 순간, 그는 그 남자의 얼굴을 힘껏 쳤다. 남자의 모자가 한 쪽으로 날아갔고 그는 계단 아래로 날 듯이 떨어지더니, 레이몬드의 발 앞에 나둥그러졌다. 한편 레이몬드는 또 다른 적의 손에 쥔 번뜩이는 칼날을 피하면서 그의 주위를 도느라 정신이 없었다.

콜린이 뒤쪽에서 다가오자, 이번에는 그 남자가 등을 돌려 콜린에게 칼을 휘둘렀다. 그러자 콜린은 그 칼을 발로 걷어차고 앞으로 걸어오더니, 그의 손을 붙들어 세게 비틀었다. 뼈가 뚝 부러지면서 그 끔찍한 소리에 이어 고통에 찬 비명소리가 울렸다. 그러나 콜린은 아직도 그의 희생자와 볼일이 남아 있었다. 그는 그 남자를 마차 뒤에 곤두박질 쳤다.

알렉산드라는 즉시 계단 아래로 달려 내려갔다. 그리고 목에 감긴 목도리를 빼내 레이몬드의 오른쪽 볼, 깊이 벤 상처의 출혈을 막았다.

다른 자들이 숨어 있는지 알 도리가 없었던 콜린은 알렉산드라가 집에 돌아갈 때까지는 안심할 수가 없었다.

「마차에 타도록 해요, 알렉산드라, 지금 당장!」

그는 화가 난 거친 어조로 명령했다. 그가 자신에게 화가 났다고 생각한 알렉산드라는 그의 말에 따르려고 서두르면서도 레이몬드를 부축하여 마차에 태우려고 했다. 그녀는 레이몬드의 팔을 어깨에 두르고 그의 몸을 지탱하려고 애쓰며 그에게 기대라고 속삭였다.

「전 괜찮습니다, 공주님.」

레이몬드가 힘들게 말했다.

「안에 들어가요. 여기는 안전하지 않소」

콜린은 알렉산드라를 경호원에게서 떼어냈다. 그리고 그녀를 번쩍 들어 던지다시피 마차에 태운 뒤 레이몬드를 부축했다.

이 경호원이 알렉산드라를 돌볼 수 있을 만치 상태가 양호했다면, 그는 뒤에 남아서 감히 그녀를 건드리려 했던 그놈에게서 몇 가지 대답을 끌어내려고 했으리라. 하지만 경호원은 출혈이 너무 심하여 금방이라도 쓰러질 듯이 보였다.

알렉산드라가 경호원 옆에 앉았다.

「왜 아무도 우릴 도와주지 않았는지 모르겠군요.」

그녀가 나지막이 중얼거렸다.

「우리가 곤경에 처한 게 눈에 보이지 않나보죠?」

「바깥에 나와 계신 분이 공주님 뿐이셨습니다.」

레이몬드가 이렇게 대답하고는, 마차 한 구석에 털썩 쓰러졌다.

「모든 게 순식간에 일어났습니다. 왜 공주님을 모시고 나오지 않으셨습니까?」

레이몬드가 콜린을 노려보며 말했다. 그의 볼에 얹혀진 목도리가 붉게 물들었다. 그는 목도리를 약간 돌려서 다시 뺨에 댄 후, 알렉산드라를 쳐다보았다.

그녀는 무릎에 두 손을 포개 얹고서 시선을 내리깔았다.

「이 모든 게 내 탓이에요. 난 조바심이 난데다, 안에는 사람들이 너무 많았어요. 신선한 공기를 마시고 싶기도 했고요. 얌전히 기다렸어야 했어요.」

「제길, 당연히 기다렸어야지!」

「제발 내게 화내지 말아요, 콜린.」

「힐먼은 도대체 어디로 간 거요?」

「당신이 날 버려 두고 가기 전에 소개시켜준 그 백작 말예요?」

「난 당신을 버려 두고 간 적이 없소.」

콜린이 투덜거렸다.

「힐먼이 그의 친구들에게 당신을 소개하고 있기에 난 잠시 사업상 아는 사람들과 인사를 나눴을 뿐이오. 젠장, 알렉산드라, 나가고 싶었으면 힐먼에게 날 데려오라고 말했으면 되잖소?」

「내게 목소리를 높여서 도움될 일은 없어요. 방금 일어난 일은 전적으로 제 책임이에요.」

그녀는 경호원에게 고개를 돌렸다.

「레이몬드, 용서해줄래요? 집에 가만히 있었어야 했어요. 내가 당신을 위험에 빠뜨려서……」

콜린이 그녀의 말을 가로챘다.

「문제를 딴 방향으로 돌릴 필요는 없소, 알렉산드라. 당신이 혼자 밖에 나가지 않았으면 아무 일 없었을 거요.」

「당신이 옆에 있었더라도 그들은 날 공격했을 거예요.」

콜린이 호기심 어린 시선으로 그녀를 쳐다보았다.

「그게 무슨 뜻인지 설명해보겠소.」

그가 명령하듯 단호하게 물었다.

「내게 고함을 지르지 않으면 말해드리죠.」

그는 고함을 지르지 않았지만, 알렉산드라는 너무 흥분하여 미처 그 사실을 깨닫지 못했다. 그녀는 흰 장갑을 벗어 네모반듯하게 접더니 콜린이 지켜보는 가운데 레이몬드에게 건넸다. 이제 목도리가 피로 흠뻑 젖었으니 장갑을 대신 쓰라는 뜻이었다.

「제길, 알렉산드라. 당신이 다칠 뻔했단 말이오.」

「당신도 마찬가지예요, 콜린.」

알렉산드라가 대꾸했다.

「레이몬드를 의사에게 데려가야겠어요.」

「집에 도착하면 플래네건을 시켜 윈터스를 데려오게 하겠소.」

「윈터스가 주치의인가요?」

「그렇소. 알렉산드라, 아까 덤빈 남자들이 아는 자들이오?」

「이름을 묻는 거라면 몰라요. 그들이 어디에서 왔는지는 알지만.」

「미친 놈들이죠.」

레이몬드가 한마디 거들었다.

알렉산드라는 콜린의 찌푸린 얼굴을 감당해낼 자신이 없었다. 그래서 좌석 쿠션에 등을 깊숙이 기대고 눈을 지그시 감았다.

「그 자들은 내 고향에서 왔어요. 날 데려가려고요.」

「이유가 뭐요?」

「그 죽일 놈의 장군과 결혼시키려고요.」

레이몬드가 대신 대답했다.

「죄송합니다, 공주님. 면전에서 이런 말을 입에 담아서요. 하지만 그 놈은 틀림없이 죽일 놈입니다.」

집에 다다랐기 때문에 콜린은 질문을 나중으로 미뤄야 했다. 그는 현관문을 열고 스테판을 소리쳐 부른 후에야 알렉산드라를 마차에서 내리게 했다. 스테판이 밖으로 나와 레이몬드를 부축했고 콜린은 알렉산드라를 맡았다.

레이몬드를 돌보는 일에 족히 한 시간은 소모되었다. 콜린의 주치의는 가까운 곳에 살았고, 다행히 그날 오후에 집에 있었다. 플래네건이 그를 콜린의 마차에 태워 데려왔다.

윈터스 경은 상냥한 목소리에 갈색 눈을 가진 백발의 남자였고 실력 있는 의사였다. 그는 이번 습격을 흉악범의 소행으로 믿었지만, 아무도 그의 오해를 풀어주려고 하지 않았다.

「불량배들이 거리를 휩쓸고 다니니, 이젠 런던 어디를 가도 안전한 곳은 찾아볼 수 없어요. 한시바삐 무슨 대책이 세워져야 해요. 안 그러면 선량한 사람들이 모두 죽음을 당할 겁니다.」

응접실 한가운데 선 의사는 레이몬드의 턱에 손을 얹고 볼의 상처를 살펴보면서, 런던 거리의 실태에 대하여 한탄을 늘어놓았다.

콜린이 레이몬드에게 식탁에 앉도록 권유했다. 플래네건은 의사가 밝은 곳에서 치료할 수 있도록 초를 몇 개 더 가져왔다.

의사는 냄새가 코를 찌르는 액체로 상처를 씻은 뒤 베인 자리를 꿰맸다. 레이몬드는 고통스런 치료를 받는 내내 몸 한 번 움찔하지 않았다. 알렉산드라가 경호원 대신 몸을 움찔거렸다. 그리고 경호원 곁에 앉아서, 윈터스 경이 살에 바늘을 댈 때마다 앞으로 몸을 내밀어 환자의 손을 잡아주었다.

콜린은 문가에 서서 이 광경을 지켜보았다. 그의 관심이 알렉산드라에게 모아졌다. 그녀는 엄청난 마음의 동요를 일으키고 있었다. 눈에는 눈물이 맺혔고 어깨를 심하게 떨고 있었다. 그는 당장 곁에 달려가 위로해주고 싶었으나 그 충동을 꾹 누르고 있었다.

알렉산드라는 참으로 상냥하고 정도 많은 여자였으며 쉽게 상처받는 예민한 성격을 지녔다. 지금도 경호원에게 무슨 말을 중얼거리고 있는데 콜린은 알아들을 수가 없었다. 앞으로 걸어나오던 그는 그녀가 하는 말이 귀에 들어오자 순간 걸음을 뚝 멈추었다.

알렉산드라는 앞으로는 어떤 일도 안 생기게 하겠다고 경호원에게 약속하는 중이었다. 그리고 아이번이 그다지 끔찍한 남편이 되지는 않을 거라고 하면서 이 문제를 곰곰이 생각해봤는데 결국은 고향으로 돌아가기로 결심했다고 했다.

레이몬드는 그녀의 결정에 전혀 달가워하지 않았고, 콜린은 화가 나서 펄펄 뛰었다.

「오늘밤에는 아무 결정도 내리지 마시오, 알렉산드라.」

그가 냉정하게 지시했다.

알렉산드라는 그의 성난 목소리에 깜짝 놀라 얼른 고개를 들어 그를 올려다보았다.

내가 무슨 결정을 하든 무슨 상관이람?

「맞아요, 공주님.」

레이몬드의 말에 알렉산드라는 다시 그에게 시선을 돌렸다.

「어떻게 할지는 내일 결정하셔도 충분합니다.」

알렉산드라는 그의 말에 동의하는 척했으나 이미 결심을 굳힌 상태였다. 자신 때문에 그 누구도 다치게 하고 싶지 않았다. 목적달성을 위해서라면 장군의 측근들이 어디까지 따라올 수 있는지를 오늘에야 비로소 알게 되었다. 콜린이 싸움에 끼지 않았더라면 레이몬드는 죽음을 당했을 게 뻔했다.

콜린도 다쳤을 가능성이 컸다. 그래, 맞아. 그녀는 이 문제에 있어 확고하게 마음을 굳혔다.

윈터스는 치료를 끝낸 뒤 몇 가지 지시를 내리고 자리를 떴다. 콜린이 레이몬드에게 브랜디 한잔을 가득 따라주었다. 그 경호원은 단숨에 술을 벌컥벌컥 들이켰다.

플래네건은 레이몬드가 이층에 자러 올라가자마자 문단속을 했다.

알렉산드라는 침실로 올라갔다. 막 문손잡이를 돌리려는데 콜린이 가로막아 서더니 그녀의 손을 잡아끌어 서재로 되돌아왔다. 그는 한마디의 말없이 그녀를 안으로 슬쩍 밀고는 방에 들어와서 문을 닫았다.

그녀는 자신의 기구한 상황을 솔직히 털어놓을 때가 왔다는 생각이 들었다. 벽난로 앞으로 걸어온 그녀는 사려 깊은 플래네건이 미리 지펴놓은 불에 손을 쬐고 있었다.

콜린은 그녀를 묵묵히 지켜볼 뿐 아무 말도 하지 않았다. 그러자 어쩔 수 없이 알렉산드라가 등을 돌려 그를 쳐다보았다. 콜린은 팔짱을 긴 채 문에 비스듬히 기대고 얼굴을 찌푸리지도 화를 내지도 않은 진지한 표정을 짓고 있었다.

「오늘 난 당신을 위험에 빠뜨렸어요. 지금 이 자리에서 모든 내막을 털어놓아야 되겠죠.」

알렉산드라가 나지막이 말을 꺼냈다. 기정 사실인 이 말에 콜린이 동의하기를 기다렸으나 놀랍게도 그는 고개를 가로 저었다.

「이 일은 내 실수이기도 하오, 알렉산드라. 당신한테 상황을 설명하라고 끝까지 추궁할 수도 있었을 텐데 내 일에 정신이 팔려 당신 일에 별 신경을 쓰지 않았소. 후견인으로서의 역할에 태만했던 거요. 하지만 이젠 그렇지 않소. 내게 모든 걸 말해 줄 수 있겠소?」

알렉산드라는 두 손을 꼭 모아 쥐었다.

「당신 잘못은 전혀 없어요. 내 문제로 당신을 귀찮게 할 정도로 여기 오래 머물리라고는 꿈에도 생각 못했어요. 특히 당신이 당분간은 결혼할 의사가 없다고 밝힌 이후로는 더욱 그랬고요. 게다가 난, 그 장군이 나의 귀국을 요청하는 특사를 보내리라고 믿었어요. 그를 잘못 본 거죠. 예의 바른 사람이라고 생각했는데, 그렇지 않았어요. 그가 결심을 굳힌 게 분명해요…… 상황은 다급해졌구요.」

그녀의 눈에 눈물이 핑 돌았다. 하지만 곧 감정을 조절하려고 깊이 숨을 들이마셨다.

「오늘 밤 사건에 대해 미안하게 생각해요.」

콜린은 그녀가 가엾게 여겨졌다.

「당신 책임이 아니오.」

「그 자들은 날 찾아서 왔어요. 레이몬드나 당신이 아니라.」

알렉산드라가 반박했다.

콜린이 책상 뒤에 놓인 의자로 다가가 의자에 앉더니, 옆에 있는 발판에 발을 올려놓았다.

「그 장군이란 자가 왜 당신을 집으로 데려가려고 하는 거요?」

「그 곳은 내 집이 아니에요.」

알렉산드라가 바로잡아 주었다.

「거기서 태어나지도 않았어요. 알다시피, 제 아버지는 어머니와 결혼하시기 전까지만 왕이셨어요. 어머니는 영국인이라는 이유로 그곳에서 이방인 취급을 받으셨죠. 그래서 아버진 왕위에서 물러나신 후에 어머니와 결혼하셨고, 아버지의 남동생이 통치자가 되었어요. 모든 게 아주 원만하게 해결됐죠.」

「그 장군이 당신이 돌아오길 원하는 이유를 알고 싶소.」

콜린이 같은 질문을 되풀이했다.

「아버지는 백성들의 사랑을 한 몸에 받으셨어요. 어머니와 결혼했다고 해서 비난받지도 않으셨죠. 사실 백성들은 두 분의 사랑이 매우 로맨틱하다고 생각했죠. 어쨌든 아버지는 어머니를 위해 왕국을 포기하셨고, 어머니를 만난 사람들은 누구나 어머니에게 호감을 가졌어요. 정말 사랑스럽고 인정 많은 분이었어요.」

「당신은 어머니와 닮았소?」

「네.」

「그럼 그분도 아름다우시겠군, 그렇소?」

콜린은 그녀에게 찬사를 보냈으나, 알렉산드라는 그 찬사를 받아들이기가 어색했다. 어머니에겐 단순히 아름답다는 말보다 훨씬 더한 무엇이 있었다.

「왜 찬사를 듣고 인상을 찡그리는 거요.」

콜린이 한마디했다.

「어머니는 아름다우셨지만, 마음도 깨끗한 분이셨어요. 나도 어머니를 닮았으면 좋겠어요, 콜린. 난 마음이 순수한 적이 별로 없었어요. 오늘밤만 해도 너무 화가 나서 그 자들을 해치고 싶었거든요.」

콜린이 처음으로 웃음을 지어 보이고, 그녀에게 일깨워주었다.

「그 일은 내가 처리했잖소. 이제 하던 얘기를 계속해봐요. 그 다음 애기가 궁금해 죽겠으니.」

「삼촌이 바로 작년에 돌아가시고, 나라가 또 한 번 혼란의 도가니에 휩쓸렸어요. 그러자 몇몇 사람이 내가 고향으로 돌아와야 한다고 의견을 모았나봐요. 그리고 그 장군은 나와 결혼하길 바랐고요. 날 아내로 맞이하면 왕위에 앉을 수 있다고 믿고 있죠.」

「장군이 그렇게 믿는 이유가 뭐요?」

알렉산드라가 한숨을 내쉬었다.

「내가 왕위를 계승할 유일한 생존자니까요. 사람들은 우리 아버지가 왕위를 포기했다는 사실을 자기들 마음대로 잊어버렸나봐요. 아버지는 백성들의 사랑을 받으셨고, 그 사랑이…….」

알렉산드라가 얼굴을 붉히면서 머뭇거리자 콜린은 호기심이 동했다.

「그 사랑이 어쨌다는 거요?」

「내게 옮겨졌나봐요.」

그녀는 얼떨결에 말을 내뱉었다.

「어쨌든 당신네 나라 보안부처의 리처즈 경이 그렇다고 했어요. 그리고 지난 수년간 충신들이 보내 온 편지를 봐도 리처즈 경의 말이 옳은 것 같고요.」

콜린이 의자에 앉은 자세를 꼿꼿이 세우더니 얼른 물었다.

「리처즈 경을 알고 있소?」

「그럼요. 날 많이 도와줬어요. 근데 왜 그렇게 놀라죠? 뭐가 잘못됐나요? 왜 그의 이름을 듣고 깜짝 놀라죠?」

콜린이 잠자코 고개를 저었다.

「영국 보안부 수뇌부가 어떻게 이 일과 연관되어 있는 거지?」

「그럼 당신도 리처즈 경을 알고 있군요.」

「그 사람 밑에서 일하고 있소.」

이번에는 알렉산드라가 소스라치게 놀랐다.

「그는 비밀 조직을 운영하는데…… 콜린, 그의 밑에서 일한다면, 분명 위험스런 일에 가담하겠군요. 부모님이 이중생활에 대해 뭐라고 말씀하시죠? 오, 당신이 결혼을 피하는 것도 무리가 아니군요. 부인은 언제나 마음을 조리며 살아야 할 테니. 그래요, 분명 그럴 거예요.」

콜린은 괜히 솔직히 말했다고 내심 후회했다.

「한때 그의 밑에서 일한 적이 있었소.」

그는 얼른 말을 돌렸다. 하지만 거짓말을 해봤자 그녀를 속일 수 없었다. 그의 눈이 진실을 말해주었다. 차갑고 매섭게 변한 그의 눈이……. 알렉산드라는 이 일로 왈가왈부하지 않기로 마음먹었다.

「리처즈 경이 어떻게, 그리고 왜 연관되었소?」

그의 초조해진 어조에 그녀는 얼른 본래의 주제로 생각을 돌렸다.

「당신 아버지가 병에 걸리시기 하루 전날, 리처즈 경이 날 만나러 왔었어요. 리처즈 경과 그와 함께 온 사람들은 - 그는 상관이라고 소개했어요 - 내가 아이번 장군과 결혼하기를 바랐어요.」

「그럼 리처즈 경이 장군을 아나 보군?」

그녀가 고개를 가로 저으며 계속 설명했다.

「그에 관해서 들었나봐요. 리처즈 경은 아이번 장군이 두 사람 중 그나마 낫다고 여겼어요.」

콜린이 나지막이 욕설을 내뱉었으나, 그녀는 못 들은 척했다.

「리처즈 경은 당신 아버지께 아이번 쪽이 통제하기 낫다고 말씀드렸어요. 영국은 우리 나라와 무역을 지속하길 원해요. 당신네 나라 지도자들이 날 설득하여 아이번과 결혼시키면, 아이번은 당신 나라를 우방으로 간주할 테죠. 그리고 왕위를 낚아채려고 눈이 벌건 사람이 또 한 명 있는데, 리처즈 경 생각으론 그가 더 무자비하대요. 무역 협정에도 협조적이지 않을 사람이라고요.」

「그럼 당신이 희생양이군, 내 말이 맞소?」

그녀는 질문에 대꾸하지 않았다.

「우리 아버지가 리처즈 경에게 뭐라고 했소?」

그녀는 두 손을 잡아 비틀기 시작했다.

「국장은 매우 설득력 있는 사람이었어요. 그의 말을 들은 당신 아버지는 한 번 생각해보겠다고 약속하셨지만 리처즈 경이 떠난 후에는 결혼에 반대하셨어요.」

「이유는?」

그녀는 시선을 아래로 떨구더니, 빨개진 손을 보고 즉시 움켜진 손을 풀었다.

「내가 울었거든요.」

그녀가 솔직히 털어놓았다.

「고백하려니까 창피하지만 울음을 터뜨렸어요. 몹시 속이 상했거든요. 당신 어머니는 당신 아버지께 화를 많이 내셨고, 나 때문에 두 분이 심하게 다투셨어요. 그 생각을 하자 더욱 비참해졌죠. 내가 이기적이어서 모든 이를 실망시켰다는 기분이 들었어요. 내 변변찮은 변명이라곤, 우리 부모님이 행복한 결혼 생활을 하셨고 나도 그렇게 행복한 결혼 생활을 누리고 싶다는 것뿐이었으니까요. 정치적인 목적으로 날 원하는 사람과 결혼해서 사랑이나 행복 같은 걸 얻으리란 생각은 들지 않았었어요. 그 장군을 만난 적은 없었지만, 레이몬드와 스테판이 그에 대해 말해주었죠. 그들의 말이 반만 사실이라도, 그는 그야말로 안하무인인가봐요.」

알렉산드라는 말을 멈추고 숨을 깊이 들이마셨다.

「당신 아버지는 정이 많으신 분인지라, 제가 속상해 하는 걸 차마 보지 못하셨어요. 게다가 제 아버지께 잘 돌봐주겠다고 약속하셨기 때문에 가슴이 더 아프셨을 거예요.」

「그래서 우리를 결혼시키기로 작정하셨군.」

「그래요. 하지만 그건 그분의 희망일 뿐이고, 별로 큰 기대는 안 하셨어요. 기대했다면, 당신 어머니가 청첩장에 당신 이름을 왜 써넣지 않았겠어요? 사랑하는 남자에게 시집가겠다고 말씀드리다니, 난 너무 비현실적이었어요. 남편을 급히 구해야 하는 지금은 그게 불가능하다는 걸 깨달았고, 그래서 난 내 결혼을 사업상의 계약으로 여기기로 했어요. 내가 가진 꽤 많은 상속 재산을 마음대로 쓰는 대가로, 남편은 자기 식대로 살고 난 나대로 살 생각이에요. 난 여행을 다니려고 해요. 아마 성 십자가 수녀원으로 돌아가겠죠. 그곳은 아주 평화스러워요.」

「빌어먹을.」

알렉산드라는 그가 불경스런 욕설을 내뱉는 의미를 알아챌 수 없었다. 그래서 그에게 인상을 찌푸린 후 계속 말을 이었다.

「난 종국에는 남편과 좋은 친구로 남게 됐으면 해요.」

「그리고 사랑하는 사람으로?」

그녀는 잘 모르겠다는 듯 어깨를 으쓱했다.

「참고 기다리면 뭔들 가능하지 않겠어요, 콜린. 하지만 난 오래 전에 내가 처한 상황을 따져볼 기회가 있었어요. 영국 신사들이 예의가 바르다는 가정 하에, 난 최소한 도덕적으로 올바른 사람을 찾고 싶었죠. 하지만 오늘밤에 이 모든 게 더 이상 중요치 않다는 걸 깨달았어요. 난 그들과 협조해서 장군과 결혼하겠어요. 머지않아 그도 태도가 바뀌어서 성질이 누그러질지도 모르잖아요.」

콜린이 가소롭다는 듯 코웃음을 쳤다.

「뱀은 언제나 스르르 기어가는 법이지, 걷지는 못하오. 그는 변하지 않을 거고, 당신은 그와 결혼하지 않을 거요. 알아듣겠소?」

콜린의 엄한 말투에 그녀는 몸을 부르르 떨었다.

「당신의 동의를 들어야겠소, 알렉산드라.」

그녀는 콜린의 말에 동의하려 들지 않았다. 머릿속에서 피를 줄줄 흘리던 레이몬드의 얼굴이 떠올랐던 것이다.

「나 때문에 남들이 더 이상…….」

「이리로 와요.」

알렉산드라가 그의 책상 앞까지 다가갔다. 콜린이 더 가까이 오라고 손짓했다. 그녀는 천천히 걸어가서 그의 바로 앞에서 걸음을 멈추었다.

「내게 남편만 있다면, 장군은 계획을 포기하고 날 괴롭히지 않겠죠. 안 그럴까요?」

그녀 목소리에 담긴 두려움과 희망의 기색이 그의 심기를 몹시 괴롭했다. 이 여자는 이런 걱정을 하기엔 너무나 어리지 않은가. 알렉산드라는 누이동생들만큼이나 정신이 산만하고 철이 없었다.

빌어먹을, 알렉산드라에겐 그녀를 위해 싸워줄 기사가 필요했다. 콜린은 앞으로 다가가서 그녀의 두 손을 잡아주었다. 알렉산드라는 또다시 무심코 두 손을 꽉 움켜쥐고 있었던 것이다. 그녀는 즉시 손의 긴장을 풀어보려고 했으나 뜻대로 되지 않았다.

「장군과의 결혼은 거론할 여지도 없어요. 내 말에 동의하오?」

콜린은 그녀가 고개를 끄덕일 때까지 손을 꼭 잡았다.

「좋아요.」

그러자 그가 말을 이었다.

「아직 못 다한 설명이 남아 있소?」

「아뇨.」

콜린이 슬쩍 웃음을 지었다.

「보안부 국장 앞에서 그 누구도 대놓고 반박하진 못 하지.」

그는 리처즈 경을 언급하면서 한마디했다.

「당신 아버지는 반박했어요」

「맞소, 아버지라면 그러고도 남았을 거요.」

그는 아버지가 너무도 자랑스러웠다.

「리처즈 경을 만나서 도움을 받을 수 있을지 알아봐야겠소.」

「고마워요.」

그가 고개를 까닥했다.

「당신은 우리 가족의 책임 하에 있어요. 그래서 난 아버지와 형이 차도가 있는 대로 가족 회의를 열 생각이오.」

「무슨 회의요?」

「당신을 어떻게 해야할지 궁리해야 하니까.」

콜린이 농담 비슷하게 한 말이었으나, 그 말을 곧이곧대로 받아들인 알렉산드라는 그에게 잡힌 두 손을 홱 빼냈다. 그의 스스럼없는 말에 마음의 상처를 받은 것이다. 그녀는 아주 민감한 여자였다. 콜린은 당신은 감정 처리에 있어 좀더 단련해야 한다고 말하려다가, 그 충고도 모욕으로 여길 것 같아 잠자코 입을 다물었다.
「난 남의 짐이 되지 않겠어요.」
「당신이 짐이라고 한 적은 없어요.」
「암시는 했어요.」
「전혀 하지 않았소. 있는 대로 말하는 건 내 습관이오.」
그녀는 몸을 돌려 문 쪽으로 걸어갔다.
「다시 한 번 상황을 따져봐야겠어요.」
「그건 벌써 했잖소.」
「다시 생각해야겠어요.」
그녀는 똑 부러지게 대꾸했다.
콜린은 울컥 매스꺼움이 느껴져서 깜짝 놀랐다. 그는 눈을 꼭 감고 숨을 천천히 들이켰다. 저녁을 거른 탓에 몸 상태가 안 좋은가 보다는 생각이 들었다.
그는 알렉산드라가 한 대꾸에 정신을 모으려고 애썼다.
「무엇을 다시 생각해본다는 말이오?」
「우리가 한 합의요. 그게 뜻대로 잘 풀리지 않는 것 같아요. 난 내일 다른 거처를 알아보겠어요.」
「알렉산드라.」
콜린은 언성을 높이진 않았으나 거친 말투 속에 신랄함이 엿보였다. 그녀는 걸음을 멈추고 뒤돌아서 가슴을 아프게 할, 그의 정직한 말을 들을 마음의 준비를 했다.
그녀의 눈에 맺힌 눈물을 보자 콜린은 기분이 말이 아니었다.
「미안하오.」
그가 퉁명스레 사과했다.
「당신은 짐이 아니오. 그러나 당신이 처한 상황은 엉망진창이지. 내 판단에 동의하오?」
「네, 동의해요.」

콜린은 얼빠진 동작으로 이마를 쓱쓱 문지르다가 땀이 맺힌 걸 깨닫고 움찔 놀랐다. 이제 그는 넥타이를 잡아 당겼다. 서재 안이 후덥지근했다. 벽난로에서 필요 이상의 열기를 품어내고 있다는 생각이 언뜻 스쳤다. 재킷을 벗어버릴까 생각했으나, 지금은 너무나 지쳐서 그 일조차 성가시게 느껴졌다.

「상황이 무척 심각해요, 콜린.」

그에게서 아무 대꾸도 없자 알렉산드라가 말을 꺼냈다.

「하지만 그런다고 세상이 끝나는 건 아니오, 안 그렇소? 당신은 완전히 겁먹은 사람처럼 보이는군.」

「사실 겁나 죽겠어요!」

그녀가 울먹이며 소리쳤다.

「오늘밤에 레이몬드는 부상을 입었어요. 벌써 잊었나요? 죽었을 수도 있다구요. 그리고 당신은…… 당신도 다쳤을 지도 몰라요.」

콜린은 묵묵히 얼굴을 찌푸렸다. 알렉산드라는 그 사건을 다시 거론한 자신이 원망스러웠다. 그리고 이렇게 불평을 늘어놓으며 하루를 마감해선 안 되겠다는 생각이 들었다.

「내가 예의 없이 굴었어요.」

그녀가 불쑥 말을 내뱉었다.

「당연히 고맙다고 해야 했는데.」

「왜 그렇게 생각했소?」

「당신이 먼저 사과했으니까요. 그러기가 쉽지 않았을 거예요.」

「왜 쉽지 않다는 거요?」

「날 무섭게 노려보며 퉁명스런 표정으로 말했잖아요. 그래요, 어려웠을 거예요. 그런데도 당신은 미안하다고 했어요. 그때문에 당신의 사과가 한결 더 마음에 와 닿았어요.」

그녀는 그의 옆으로 되돌아왔다. 그리고 용기를 잃기 전에 얼른 앞으로 몸을 내밀어 그의 볼에 입을 맞췄다.

「그래도 난 후견인으로는 당신 아버지가 더 좋아요.」

그녀는 그에게서 웃음을 자아내게 되길 바라며 이렇게 말했다.

「그 분은 훨씬 쉬웠어요…….」

그녀가 적절한 말을 찾고 있는데 콜린이 적당한 말을 골라주었다.

「손에 넣고 주무르기가 말이오?」

그녀가 깔깔 웃었다.

「맞아요.」

「여동생 넷이 이미 아버지 진을 다 빼놓아서 아버지는 그 애들 등살에 우유에 적신 토스트처럼 축 처져버리셨소.」

콜린은 힘겨운 한숨을 내쉰 뒤 다시 이마를 문질렀다. 요 몇 분간 머리가 지끈거려서 얘기를 계속하기가 어려웠다.

「가서 쉬도록 해요, 알렉산드라. 오늘은 힘든 하루였을 거요.」

알렉산드라는 막 걸음을 옮기다가 발을 멈추었다.

「어디 아픈 거 아니에요? 얼굴이 몹시 창백해요.」

「난 괜찮소.」

그가 태연하게 거짓말을 했다. 괜찮기는커녕 기분이 완전히 엉망이었다. 뱃속이 뜨거운 석탄 덩이를 삼킨 것처럼 얼얼했고, 피부는 끈적끈적하고 따끔거렸다. 오늘밤에 별로 먹은 게 없다는 사실이 그저 고맙기만 했다. 음식 생각만 해도 속이 울렁거렸으니까.

콜린은 한 숨 자고 나면 몸이 한결 나아질 거라고 생각했다. 하지만 새벽 1시쯤 되자 차라리 눈을 감고 편히 죽을 수 있다면 좋겠다는 생각이 들었다.

새벽 3시가 되자 콜린은 자신이 죽었다는 기분이 들었다.

높은 열로 온몸이 불덩이 같았고, 오페라를 보러 가기 전에 먹었던 사과 한 알 때문에 스무 번은 족히 토했으리라.

결국 뱃속에는 더 이상 개어낼 아무것도 남지 않았고 배는 딱딱하게 응어리가 졌다. 콜린은 침대에 얼굴을 묻고 몸을 웅크린 채 양 팔을 쭉 뻗었다.

그래, 차라리 죽는 편이 훨씬 낫겠군.

알렉산드라는 그를 죽게 두지 않을 것이며, 혼자 내버려두지도 않을
것이다. 콜린의 침실에서 꽥꽥거리며 토하는 소리가 들리자 잠에서 깬
그녀는 이불을 걷어내고 침대에서 나왔다.

옷차림에는 전혀 신경 쓰지 않았다. 그의 침실에 들어간다는 게 점
잖은 행동이 아닐지 몰라도 괘념치 않았다. 콜린은 그녀의 도움이 필
요했고, 그는 그 도움을 얻게 되리라.

알렉산드라가 가운을 걸치고 옆 방 문 쪽으로 걸어갈 즈음에, 콜린
은 다시 침대에 들어가 있었다. 그는 완전히 벌거벗고서 이불 위에 배
를 깔고 큰 대자로 뻗어 있었다. 그녀는 그 쪽에 눈길을 주지 않으려
고 애썼다. 콜린이 창문을 모두 열어놓은 탓에 방안이 몹시 쌀쌀해져
서 그녀의 입김이 눈에 보일 지경이었다. 길게 주름이 잡혀 있는 커튼
이 거칠고 매서운 비바람 때문에 풍선처럼 부풀어올랐다.

「맙소사, 죽기로 작정이라도 했어요?」

콜린은 아무런 대꾸도 없었다. 그녀는 서둘러 창문을 닫고 침대로
되돌아왔다. 콜린의 얼굴 한 쪽이 시야에 들어왔는데, 고통에 찬 표정
에서 그가 얼마나 비참한 기분인지 대충 읽을 수 있었다.

　힘겨운 실랑이를 벌인 끝에 결국은 그의 몸 아래에 깔린 이불을 당겨 몸 위로 잘 덮어주었다. 콜린은 자기를 내버려두라고 말했으나, 그녀는 그 명령을 무시했다. 그리고 그의 이마에 손등을 대보고 열이 있다는 걸 알자 곧장 밖으로 나가 차가운 물수건을 가져왔다.

　기력이 몽땅 빠져버린 콜린은 알렉산드라의 행동을 막지 못했다. 알렉산드라는 그의 곁에서 밤을 꼬박 세우며, 5분 간격으로 이마의 땀을 닦아내기도 했다. 콜린은 헛구역질을 계속해댔다.

　그는 물을 달라고 했으나 알렉산드라는 한 모금도 마시지 못하게 했다. 그러면서 그를 설득하려고 해봤으나 콜린은 남의 말에 귀를 기울일 기분이 아니었다. 다행히 스스로 물을 가지러 갈 기운은 없었다.

　「뭐든 목에 넘어가기만 하면 곧바로 튀어나올 거예요, 콜린. 난 이 병을 앓았었기 때문에 어떻게 해야 하는지 잘 알아요. 그러니 이제 눈을 감고 휴식을 좀 취해요. 내일은 기분이 한결 나아질 테니.」

　알렉산드라는 그에게 약간의 희망을 주고 싶어 일부러 거짓말을 했다. 만약 콜린이 병을 앓은 다른 사람들과 진행 상황이 같다면 넉넉히 일 주일은 비참하기 짝이 없는 나날을 보내야 하리라.

　그녀의 예상이 정확히 들어맞았다. 콜린은 다음 날도, 그 다음 날도 전혀 차도를 보이지 않았다. 알렉산드라가 몸소 그의 간호에 나서면서 플래네건과 벨레나는 침실에 아예 발을 들여놓지 못하게 했다. 콜린과 가까이 있다가 병에 전염될까 걱정되어서였다. 그러자 플레네건이 이의를 제기하려고 했다. 콜린은 어쨌거나 그를 돌봐야 할 사람은 다름 아닌 자기 자신이라고 하면서 주인을 위해 위험을 무릅쓰는 건 숭고한 의무라고까지 말했다.

　알렉산드라는 자신은 이미 그 병을 앓았기 때문에 콜린의 병간호에 적합한 사람은 그녀뿐이라며 플래네건을 설득했다. 그녀가 다시 그 병에 걸린 가능성은 거의 없었지만, 플래네건은 더 큰 위험 부담을 안고 있었다. 그런데 만일 그가 아파서 사람들을 챙길 수 없게 된다면 그들 모두는 어떻게 되겠는가?

  결국 플래네건은 그녀의 말에 수긍할 수밖에 없었다. 그는 집안 살림을 돌보느라 눈코 뜰 새 없게 되었고, 알렉산드라에게 온 온갖 편지에 답장을 보내는 일까지 떠맡았다. 콜린의 집엔 외부인은 일체 출입 금지였다. 의사인 윈터스 경이 레이몬드의 상처를 보러 들렀을 때, 알렉산드라는 콜린의 병에 대해 그와 상담했다. 의사는 병에 전염될 우려가 있어 콜린의 방에 들어가지는 않았으나 환자의 울렁거리는 속을 가라 앉혀줄지도 모른다면서 강장제 한 병을 꺼내놓으며, 열을 식히려면 젖은 수건으로 몸을 씻겨야 한다는 충고를 남겼다.

  콜린은 여간 까탈스런 환자가 아니었다. 그날 늦은 저녁에 몸에서 고열이 오르자 알렉산드라는 의사의 충고대로 차가운 수건으로 일단 가슴과 팔을 잘 닦아준 뒤에 다리 쪽으로 수건을 가져갔다. 콜린은 잠이 든 것처럼 보였는데 흉터 난 다리에 수건을 갖다대는 순간 그는 하마터면 침대에서 나가떨어질 뻔했다.

  「알렉산드라, 난 마음 편히 죽고 싶소 제발 여기서 나가요!」

  부상당한 다리를 본 충격으로 정신이 아찔해진 알렉산드라는 그의 호통에도 별 반응을 보이지 않았다. 무릎 뒤에서 시작하여 발꿈치에 이르기까지 그의 장딴지는 온통 흉터투성이였다. 어떻게 해서 그런 상처를 얻었는지는 모르나 그가 참아내야 할 고통을 생각하자 가슴이 찢어질 듯 아팠다.

  걷는 것만도 기적이 아닐까하는 생각이 들었다. 콜린은 이불을 홱 낚아채 다리를 가리고는 아까보다 힘없는 소리긴 하지만 다시 한 번 방에서 나가달라고 했다.

  알렉산드라의 눈에 눈물이 맺혔다. 그 눈물을 콜린이 봤으리란 생각이 언뜻 스쳤다. 눈물이 나게 한 다리를 슬쩍 훔쳐봤다는 걸 콜린이 몰랐으면 싶었다. 그는 자존심이 강하고 남에게 굽히는 법이 없는 남자였다. 그녀의 동정을 바라지도 않을 거고, 다리의 상처에 대해 상당히 민감한 게 분명했다.

  알렉산드라는 그의 관심을 딴 데로 돌리기로 마음먹었다.

「그렇게 고함을 질러대면 내 속이 얼마나 상하는지 알아요? 당신이
계속 이렇게 윽박지르면 난 아이처럼 소리내어 울지도 몰라요. 하지만
아무리 치사하게 굴어도 여기에서 안 나가겠어요. 그러니 얌전히 다리
를 내 놔요. 내가 씻겨줄 테니.」
「알렉산드라, 내 말 명심해요. 당장 여기서 나가지 않으면 번쩍 들어
창문 밖으로 던져버리겠소.」
「콜린, 어젯밤 내내 닦아주어도 가만히 있더니, 지금은 왜 이러는 거
죠? 오늘밤엔 열이 더 높아졌나요?」
「어젯밤에도 내 다리를 닦았단 말이오?」
「그랬어요.」
그녀는 능청스럽게 거짓말을 했다.
「도대체 어느 부위를 닦았단 말이오?」
그녀는 그가 뭘 묻는지 빤히 꿰뚫고 있었다. 알렉산드라는 얼굴을
붉히지 않으려고 애쓰며 대꾸했다.
「팔과 가슴과 다리. 하지만 배 쪽은 안 건드렸어요. 이제 나랑 그만
싸워요, 콜린.」
그녀는 지시하듯 말하면서 이불에 가린 다리를 홱 낚아챘다.
콜린은 어쩔 수 없어 단념해버렸다. 그는 나지막이 뭔가 욕설을 내
뱉더니 눈을 꼭 감았다. 알렉산드라는 찬물에 수건을 적셔서 두 다리
를 부드럽게 문질렀다.
알렉산드라는 전혀 표정의 동요를 일으키지 않았다. 그의 목까지 이
불로 덮어준 후에 그가 자신을 지켜보고 있다는 사실을 깨달았다.
「자, 이제…… 기분이 훨씬 좋아졌죠?」
콜린은 눈을 부릅뜨고 노려보는 걸로 대답을 대신했다. 자리에서 일
어난 알렉산드라는 웃는 얼굴을 숨기려고 얼른 등을 돌렸다. 세숫대야
를 세면대 위에 올려놓고, 물이 반쯤 담긴 유리잔을 환자에게 가져왔
다. 그녀는 물 잔을 건네주며 당분간 혼자 휴식을 취하라고 이른 뒤
방에서 나오려고 했으나, 콜린이 손을 꼭 붙잡고 놓아주지 않았다.

「지금 졸려서 방으로 가려는 거요?」

아직도 화가 안 풀린 그의 목소리는 몹시 퉁명스러웠다.

「별로 안 졸려요.」

「그럼 여기 앉아서 얘기 좀 합시다.」

콜린은 다리를 한 쪽으로 치우고, 다리를 놓았던 자리를 손으로 톡톡 쳤다. 알렉산드라가 거기에 앉았다. 그녀는 그의 가슴을 외면하려고 애쓰며 시선을 딴 곳으로 돌렸다.

「몸에 걸칠 가운 같은 건 없나요?」

「없소.」

「몸을 좀 가려주겠어요, 콜린.」

알렉산드라는 그렇게 말은 했지만 콜린의 행동을 기대하는 대신 직접 이 일을 처리하려고 나섰다.

그러자 콜린이 이불을 몸 위까지 덮으며, 길게 한숨을 내쉬었다.

「어휴, 기분이 끝내주는군.」

「머린 왜 기르죠? 어깨까지 내려오는 폼이 야만인 같아요.」

그녀는 모욕을 줄 뜻이 아니라는 의미로 살짝 웃음을 지었다.

「그러고 보니 정말 해적처럼 보이는군.」

콜린이 어깨를 으쓱했다.

「머리를 보면 잊지 못하는 사실이 하나 있소.」

「그게 뭔가요?」

「자유롭다는 것.」

알렉산드라는 그 말뜻을 알아채지 못했으나, 그는 더 이상 설명할 의향이 없어 보였다. 이윽고 콜린은 화제를 바꾸어, 자기 사업이 어떻게 돌아가고 있는지 물어보았다.

「플래네건이 볼더스에게 내 말은 전했소?」

「사업상 알고 지낸다는 그분 말이죠?」

「볼더스는 사업상 아는 사람이 아니오. 해운업에서 손을 뗀 지 오래됐지만 가끔 날 도와주고 있소.」

「네, 플래네건이 그분에게 전갈을 보내 얘기를 전했고, 지금 볼더스 씨는 당신 사업을 돌보고 있어요. 매일 저녁때면 일일 보고서를 보내 주고 있어요. 보고서들은 나중에 당신이 볼 수 있도록 책상에 챙겨두 었어요. 참, 당신 동업자에게서 온 편지가 있어요.」

그녀가 한마디 덧붙였다.

「당신네 두 사람이 바다 건너에 사무실을 하나 더 열었다는 사실을 난 까마득히 몰랐어요. 당신이 세계적인 회사를 만들 날도 멀지 않았 군요, 안 그래요?」

「아마 그럴 거요. 이제 당신 얘기를 해봐요. 설마 외출하지는 않았겠 지?」

알렉산드라가 고개를 가로 저었다.

「난 줄곧 당신 병간호만 해왔어요. 그리고 빅토리아의 오빠에게 다 시 만나달라는 편지도 보냈는데 닐은 거절한다는 짤막한 답장 한 장만 달랑 보내왔어요. 당신이 밖에 내동댕이치지 말았어야 했어요.」

「난 그 자가 또 여기 오는 게 싫소, 알렉산드라.」

그녀가 한숨을 내쉬었다. 그가 얼굴을 잔뜩 찌푸린 채 쳐다보았다.

「당신은 쓸데없이 문제만 일으키고 있소.」

「신중하게 행동하겠다고 약속했잖아요. 그냥 빅토리아가 걱정이 돼 서 그런 거예요.」

알렉산드라가 시무룩하게 대꾸했다.

「그 여자를 걱정하는 사람은 당신밖에 없을 거요.」

「알고 있어요.」

그녀가 중얼거렸다.

「콜린, 당신이 곤경에 처해도 난 몸을 아끼지 않고 돕겠어요.」

그는 진지하게 말하는 그녀의 태도에 기분이 좋아졌다.

「정말이오?」

「이제 우린 가족이나 매한가지잖아요? 당신 아버지가 내 후견인이니, 난 당신을…… 오빠로 생각하려고 해요.」

「빌어먹을.」

그녀의 눈이 휘둥그레졌다. 콜린이 몹시 화가 난 듯이 보였다.

「내가 당신을 오빠로 여기는 게 싫어요?」

「당연하지.」

그녀는 몹시 자존심이 상했다.

콜린은 기가 막혀 죽겠다는 얼굴로 알렉산드라를 물끄러미 쳐다보았다. 고열로 아무리 괴로워도 그녀를 향한 욕망은 좀체 사라지지 않았었다. 제길, 알렉산드라를 만지고 싶은, 점차 커져가는 이 욕구는 죽어서 무덤에 묻히기 전에는 어찌할 도리가 없을 것 같았다.

알렉산드라는 자신이 풍기는 매력을 눈곱만큼도 의식하지 못했다. 그녀는 정숙한 숙녀같이 딱딱한 자세로 앉아 있었고 입고 있는 새하얀 드레스는 남의 눈을 자극할 구석은 전혀 없어 보였다. 하지만 그가 보기엔 턱 끝까지 단추가 죽 채워진 모양이 너무도 관능적으로 보였다. 오늘밤엔 위로 틀어 올린 대신, 아무렇게나 풀어 헤친 머리카락을 어깨 뒤로 쓸어 넘기는 손짓조차 매혹적이었다.

날 오빠로 생각하게 내버려둔다면, 난 천하없는 머저리야.

「지금부터 일 주일도 되기 전에 당신은 날 신랑감으로 생각했었소 설마 잊지 않았겠지?」

콜린이 터무니없이 화를 내자 그녀도 발끈해졌다.

「당신이 거절했어요. 잊지 않았겠죠?」

「내게 그런 투로 말하지 마시오, 알렉산드라.」

「당신도 언성을 높이지 말아요, 콜린.」

콜린이 길게 한숨을 내쉬며 속으로 생각했다.

오늘밤에 우리 둘 다 몹시 지쳤어. 그러니 조그만 일에도 신경이 예민해지지.

「당신은 공주요」

이윽고 그가 대화를 제기했다.

「그리고 난……」

그녀가 말을 받았다.

「용이구요.」

「좋소.」

콜린이 쏘아붙였다.

「그럼 용으로 합시다. 공주는 용과 결혼하지 않소.」

「세상에, 당신 오늘밤에 정말 신경 과민이군요.」

「난 항상 신경 과민이오.」

「그럼 우리가 결혼하지 않는 게 천만다행이군요. 당신이 날 아주 비참하게 만들 테니까요.」

콜린은 다시 입을 쩍 벌리고 하품을 했다.

「그럴지도 모르지.」

그가 느릿느릿 말했다.

「이제 수면을 좀 취하는 게 좋겠어요.」

알렉산드라가 자리에서 일어나서 딱 부러지는 어조로 이르더니 몸을 앞으로 굽히고 그의 이마에 손을 짚었다.

「아직 열이 조금 있지만 어젯밤보다는 많이 내렸어요. 콜린, 당신은 '내가 뭐라고 그랬냐'고 큰소리 치는 여자들을 싫어하죠?」

「제길, 그렇소.」

알렉산드라가 잠자코 미소를 지었다.

「좋아요. 당신의 의심 많은 성격 땜에 큰 코 다칠 거라고 했던 말 기억나요? 내 말이 맞았어요, 그렇죠?」

콜린은 묵묵부답이었으나 그녀는 그의 침묵에 아랑곳하지 않았다. 너무 고소해서 딴 일은 관심 밖이었다. 곧 뒤돌아선 알렉산드라는 자신의 침실로 통하는 문으로 걸어갔다. 하지만 그의 부아를 돋구는 일을 아직은 그만둘 생각이 없었다.

「당신은 케인이 정말 아파 누웠는지 직접 봐야 직성이 풀렸어요. 그리고 지금 당신 꼴을 봐요.」

그녀는 문을 활짝 열어 젖혔다.

「잘 자요, 용 오빠.」

「알렉산드라.」

「네?」

「내가 잘못 생각했소.」

「그래요?」

알렉산드라는 그의 솔직한 고백에 짜릿한 기쁨을 느끼면서 그의 사과를 마저 들으려고 잠자코 기다렸다. 이 남자도 알고 보니 그다지 끔찍한 괴물은 아닌걸.

「그래서요?」

콜린이 말을 잇지 않자 그녀가 부추겼다.

「당신은 아직도 말괄량이오.」

콜린은 길고 긴 7일간, 밤낮없이 높은 열에 시달렸다. 하지만 8일째 되던 날 밤, 평상시의 기분으로 잠에서 깼다. 이제 열은 사라졌다. 그러나 알렉산드라가 옷을 완전히 차려입고 침대 머리맡에 어깨를 기댄 채 잠들어 있어서 깜짝 놀랐다. 머리카락은 얼굴에 달라붙어 있었고 콜린이 침대에서 나올 때도 꿈쩍도 하지 않았다. 콜린은 얼굴을 씻고 반바지로 갈아입은 후에 다시 침실로 돌아왔다. 그리고 알렉산드라를 들어 팔에 앉았는데, 허약한 현재 상태에서도 그녀의 무게가 전혀 느껴지지 않았다. 그녀는 공기만큼이나 가벼웠다. 알렉산드라가 그의 어깨에 착 달라붙으면서 여성스런 갸날픈 숨소리를 내자 콜린은 빙그레 웃음을 머금었다. 그리고 알렉산드라를 그녀의 침실로 옮겨서 침대에 눕힌 뒤 이불을 덮어주었다.

콜린은 물끄러미 그녀를 내려다보며 한참동안 그대로 서 있었다. 그녀의 눈이 쇳덩이를 얹은 듯 꼭 감겨 있었고 수면 부족으로 지칠 대로 지친 모습이었다. 그 지독한 곤욕을 치르는 동안, 알렉산드라는 그의 곁을 지키며 지성으로 간호해주었던 것이다. 참으로 고맙기 그지없는 사람이었다.

그는 알렉산드라에게 빚을 졌다는 사실을 솔직히 받아들였다. 하지만 어처구니없게도 그녀를 향한 감정은 은혜를 입었다는 고마운 마음을 훨씬 능가했다. 그녀는 이제 그의 관심사가 되어가고 있었다. 그 사실을 깨닫는 순간, 콜린은 그녀의 영향력에서 벗어날 방법을 생각하고 있었다. 지금은 어떤 여자를 사귈 때가 아니었다. 시기가 전혀 적절치 못했고, 이제 와서 여자 때문에 목표와 꿈들을 제쳐놓을 수는 없었다.

그러나 알렉산드라는 단순히 '어떤 여자'가 아니질 않은가. 얼른 그녀에게서 벗어나지 못하면 나중에 후회할 게 빤했다. 제길, 너무 복잡한 상황이었다. 서로 상충되는 감정들이 마음속에서 소용돌이쳤다. 그녀를 원치 않는다고 몇 번이고 되뇌어 보았지만, 다른 남자에게 그녀를 뺏긴다는 생각만 하면 속이 뒤집힐 만큼 화가 치밀었다.

콜린은 자신의 감정이 도무지 이해되지 않았다. 마침내 그녀의 침실에서 벗어나 서재에 이를 때까지 발길을 멈추지 않았다. 서재에는 적어도 한달 분량의 일이 쌓여 있었고 모든 수치를 장부에 옮겨놓으려면 똑같은 정도의 긴 시간이 걸리겠지. 일에 몰두하는 거야말로 알렉산드라의 생각을 떨쳐버릴 수 있는 유일한 길이리라.

누군가가 일을 죄다 해놓았다! 장부책들을 들여다본 콜린은 자기 눈을 믿기 어려웠다. 장부책엔 현재까지의 기재 사항들이 빽빽이 적혀 있었고 오늘의 선적 번호들로 마지막을 장식했다. 그는 총계가 정확한지 한 시간 동안 재확인했고, 그런 후에 수북히 쌓인 메모들을 읽으려고 의자 뒤로 몸을 깊숙이 기댔다.

케인 형이 책임을 떠맡은 게 분명해.

형에게 도와줘서 고맙다고 인사하는 걸 잊지 말아야 하리라. 장부에 옮긴 분량이 50페이지 이상이니 일 주일은 송두리째 잡아먹었겠지. 콜린 자신도 일 년 이상을 이런 식으로 일해보지 못했다.

그는 쌓여 있는 메시지들을 들여다보느라 새벽부터 늦은 오후까지 서재에 틀어박혀 있었다. 플래네건은 정오가 되자 아침식사를 담은 쟁반을 들고 나타났다. 콜린은 이미 목욕을 하고 하얀 셔츠와 검정 반바지로 갈아 있었고 플래네건이 주인의 혈색이 조금씩 돌아오고 있다고 한마디 평했다. 그 하인은 꼭 어미 닭처럼 콜린의 주위를 맴돌면서 그의 정신을 산란하게 해댔다.

오후 3시경, 플래네건은 아버지와 형의 편지를 들고 와서 또 한 번 그를 방해했다. 월리엄셜 공작이 보낸 편지에는 알렉산드라 공주의 안전을 염려하는 글로 가득 차 있었다. 오페라 하우스 밖에서 일어난 습격 사건을 들은 게 분명했다. 아버지는 알렉산드라의 장래를 결정할 가족 회의를 열자고 제안하면서, 공주를 런던에 있는 그들의 집에 데려갈 수 있게 콜린의 병이 차도가 보이면 즉시 알려달라고 적었다.

케인의 편지도 그 내용과 엇비슷했다 - 장부 정리를 도왔다는 말이 없어 좀 어리둥절하긴 했지만. 케인이 생색내고 싶지 않나 보다고 콜린은 나름대로 짐작했다.

「다들 좋은 소식들이지요, 그렇지요? 가족 분들이 모두 완쾌되셨어요. 요리사가 나리 부친 댁 정원사와 얘길 나누었는데, 정원사 말로는 모두 회복되셨대요. 나리 부친께서는 타운 하우스를 열라는 지시를 이미 내리셨고, 해질녘엔 그곳에 들어가실 수 있나봐요. 공작부인께서도 함께 가시지만, 여동생들은 시골에서 한두 주 정도 더 머물라고 이르셨대요. 나리가 회복되셨다는 소식을 누굴 통해 보낼까요?」

콜린은 정보를 죄다 꿰뚫고 있는 하인에게 그다지 놀라지 않았다. 두 집 사이를 오가는 비밀 정보망 같은 플래네건은 최근 정보들에 언제나 능통해 있었다.

「아버지께서 가족 회의를 열자고 하셨어. 아니, 이 소식도 그 정원사에게서 들어 알고 있나?」

콜린이 비아냥거리며 물었다.

플래네건이 고개를 끄덕였다.

「듣긴 했지만 구체적인 시간은 못 들었어요」

콜린이 짜증을 내며 고개를 흔들었다.

「회의를 내일 오후로 정하지.」

「몇 시에요?」

「2시.」

「나리 형님도요? 형님께도 사람을 보낼까요?」

플래네건이 물었다.

「그렇게 하게. 형도 꼭 오고 싶어할 거야.」

플래네건이 지시 받은 일을 하려고 문 쪽으로 종종걸음 쳤다. 그러나 문 앞에 이르렀을 때 다시 걸음을 멈추었다.

「우리 집을 손님들에게 개방해도 될까요? 알렉산드라 공주님 구혼자들이 한 주일 내내 문을 열어달라고 난리였어요.」

콜린이 인상을 찌푸렸다.

「그 난봉꾼들이 벌써 내 문간에서 진을 치고 설친단 말인가?」

플래네건은 격분한 주인의 목소리에 질려 몸을 움찔했다.

「미혼인 아름다운 공주님이 우리와 함께 거처한다는 소문이 불붙듯이 빨리 퍼졌나봐요.」

「빌어먹을.」

「그렇고 말고요, 나리.」

「회의가 끝날 때까지는 아무도 들여보내지 마.」

콜린이 딱 부러지게 일렀다. 그러고는 싱긋 웃었다.

「너도 알렉산드라의 구혼자들에 대해 나만큼이나 애가 타는 모양인데. 왜지, 플래네건?」

그 하인은 아무것도 모르는 체하지 않고 솔직히 털어놓았다.

「저도 애가 타긴 마찬가집니다. 공주님은 우리에게 속해 있는 분이세요, 콜린.」

그는 얼떨결에 이름을 부르는 허물없는 관계로 돌아가서 말했다.

「그런 음탕한 자들에게서 그분을 보호하는 건 우리의 임무고요.」

콜린이 당연하다는 듯 고개를 끄덕였다.

「공주님이 사업상 아는 분들에 대해선 어떻게 할까요? 드레이슨 씨가 하루도 빠짐없이 공주님과 면담을 요청하는 서신을 보내와요. 공주님 서명을 받아야 할 서류들이 있대요.」

플래네건이 한마디 더 덧붙였다.

「하지만 제가 알렉산드라 공주님 어깨 너머로 우연히 편지 한 통을 봤는데, 드레이슨 씨가 걱정스런 소식이 있다고 적어 보냈어요.」

콜린은 의자 뒤로 더 깊숙이 기댔다.

「알렉산드라가 그 편지에 대해 어떤 반응을 보였는데?」

「전혀 당황해하지 않으셨어요.」

플래네건이 대꾸했다.

「물론 제가 여쭈어봤죠. 좀 걱정되지 않으시냐고요. 그랬더니 공주님 말씀이, 드레이슨 씨가 시장 경기가 하강세로 돌아가는 걸 걱정하신대요. 난 무슨 말씀을 하시는지 알 수가 없었어요.」

「알렉산드라는 금융상의 손실을 말하는 거야.」

콜린이 하인의 궁금증을 풀어주었다.

「드레이슨에게도 서신을 보내 우리 아버지의 타운 하우스로 초대하겠다고 전하게. 거기서 알렉산드라를 만나라고 말이야. 시간은 3시로 정해. 그때쯤 가족 회의가 끝날 테니.」

플래네건은 아직도 머뭇거리며 방을 나가지 않았다.

「뭐 또 할 말이 있나?」

「알렉산드라 공주님이 우리를 떠나시나요?」

하인의 목소리엔 걱정이 역력히 배여 있었다.

「아마 우리 부모님과 함께 살게 될 거야.」

「하지만, 나리……」

「아버지는 알렉산드라의 후견인이야, 플래네건.」

「그야 그렇지만, 공주님을 보호하기에 가장 적합한 분은 주인님이에요. 너무 솔직히 말씀드려서 죄송하지만 주인님의 아버님께서는 점차 연세가 많아지시고, 형님은 돌봐야 할 아내와 자식들이 있잖아요. 그렇다면 주인님밖에 남지 않아요. 정말이지 전 우리 공주님에게 무슨 일이 생기면 가슴이 아플 겁니다.」

「알렉산드라에겐 아무 일도 일어나지 않아.」

주인의 확신에 찬 말투에 플래네건은 다소 안심이 되었다. 콜린은 꼭 보호자처럼 행동하고 있었다. 그는 천성적으로 소유욕이 강하고 고집불통이었다. 그리고 그 자신이 알렉산드라 공주와 천생 연분이란 사실을 깨닫는 데 엄청난 시간이 걸리게 될 테니, 콜린이 좀 둔감한 게 아닌가 하는 게 플래네건의 견해였다.

콜린은 장부책으로 관심을 돌렸다. 하지만 플래네건이 아직 그를 가만 놔둘 뜻이 없다는 듯 헛기침을 했다.

「아직 궁금한 게 있나?」

「말씀드려야 할 것 같아서…… 그러니까 오페라 하우스 앞에서 일어난 사건이…….」

콜린이 장부책을 아예 덮어버렸다.

「그래서?」

그가 추궁했다.

「그 사건이 공주님에게 악영향을 미쳤어요. 말씀은 안 하시지만 전 알아요. 공주님은 그 사건의 충격에서 벗어나지 못하세요. 아직도 레이몬드의 부상을 자기 탓으로 돌리고 계세요.」

「말도 안 되는 소리.」

플래네건이 맞는 말이라고 고개를 끄덕였다.

「공주님은 그 경호원에서 끊임없이 사과를 하셨어요. 오늘 아침에 보니 내내 눈물을 흘리셨는지 눈이 부어 있었구요. 제 생각엔 나리가 공주님과 얘길 해보셔야 것 같아요. 공주라면 우셔서는 안 되죠.」

플래네건은 왕족에 관한 문제에 있어선 권위자처럼 보였다.

「알았네, 나중에 알렉산드라와 얘길 해보지. 이제 날 내버려두게. 여러 달만에 처음으로 꼼짝없이 발목을 잡힌 기분이야. 오늘 총계를 정리하고 싶으니, 저녁때까지는 방해하지 말아주게.」

플래네건은 주인의 거친 말투에 아랑곳하지 않았다. 콜린이 공주님을 돌봐줄 테고, 그것만이 가장 중요한 일이었다.

집사의 즐거운 기분은 오후 내내 사람들에게 시달리면서 점차 사라졌다. 찾아온 손님들에게 문을 열어주러 현관에 나갔다가, 장차 알렉산드라의 청혼자가 될 남자들을 되돌려 보내느라 눈코 뜰 새 없었던 것이다. 정말 여간 성가신 일이 아니었다.

오후 7시, 리처즈 경이 찾아왔다. 영국의 보안부 국장인 그는 주인의 허락을 기다리기는커녕 곧장 안에 들어가겠다고 당당히 요구했다.

리처즈 경과 함께 계단을 올라간 플래네건이 그를 서재로 안내했다. 눈에 확 들어오는 출중한 얼굴에 머리카락이 희끗희끗한 이 신사는 집사가 자리를 비울 때까지 아무 말 없이 기다렸다.

「자네가 심하게 앓았다고 들었는데, 멀쩡해 보이는구먼.」

국장이 큰소리로 말했다.

「물론 자네 상태가 어떤지 궁금해서 한 번 들를 참이었어. 일 처리에 대한 치하도 하고 싶었고. 웰링턴 건은 골치 아플 뻔했는데 자네가 잘 처리했어.」

콜린이 의자 뒤로 등을 깊숙이 기댔다.

「사실 골치 아픈 일이었어요.」

그가 국장에게 상기시켜 주었다.

「그랬지, 하지만 자넨 평상시 솜씨를 발휘해서 잘 처리했어.」

콜린은 비아냥거리는 웃음이 터져 나오려했으나 가까스로 참았다. 평상시 솜씨로 처리했다구? 국장은, 영국의 적 하나를 어쩔 수 없이 해치워야 하는 임무를 이 얼마나 점잖은 말로 요약하고 있는가!

「여기 오신 진짜 목적이 뭐죠?」

「그야 자네를 치하할 목적이었지.」

이번에는 콜린이 소리내어 웃었다. 리처즈도 빙그레 웃었다.

「난 브랜디 한잔 해야겠네.」

그가 벽에 붙은 간이 바 쪽으로 손을 휘저으며 말했다.

「자네도 같이 하겠나?」

콜린은 그 제의를 사양했다. 그러나 국장의 요청을 들어주려고 자리에서 일어서는데 국장이 앉으라고 손짓했다.

「내가 직접 하지.」

국장은 술을 따르더니 책상 앞에 놓인 의자에 앉았다.

「몇 분 내로 모르건이 올 걸세. 하지만 먼저 자네와 얘기를 나누고 싶어. 사소한 일 하나가 전개되고 있는데, 모르건에게 맡기면 어떨까 싶어서 말야. 경험을 쌓을 좋은 기회가 되겠지.」

「그럼 그도 팀에 합류하게 되나요?」

「그 역시 조국을 위해 봉사하고 싶어하네.」

국장이 대꾸했다.

「자네 생각은 어떤가, 콜린? 대충 얼버무리지 말고 그 남자에 대한 직감을 말해보게나.」

콜린이 어깨를 으쓱했다. 그는 오랜 시간 장부를 들여다보느라 뻣뻣해진 목의 긴장을 풀려고 어깨를 좌우로 돌려보았다.

「모르건이 자기 아버지에게서 오래 전에 작위와 땅을 상속받은 걸로 알고 있어요. 지금은 오크마운트 백작이 되었다죠, 아마?」

「맞아.」

리처즈 경이 대꾸했다.

「하지만 자넨 반만 알고 있어. 그 작위와 땅은 삼촌에게서 받은 거야. 모르건의 부친은 수년 전에 상속인을 제한시켜 버렸거든. 그는 어린 시절을 이 친척, 저 친척에게 내돌리면서 자랐나봐. 사생아라는 말도 있고, 바로 그때문에 아버지가 아들을 포기했다고 여기는 사람들도 있어. 어머니는 그가 너덧 살 때 죽었고.」

「어린 시절이 힘들었겠군요.」

콜린의 말에 국장이 맞장구쳤다.

「그게 바로 오늘의 그를 만들었지. 그는 어릴 때부터 영리하게 사는 법을 터득했다네.」

「그의 배경을 국장님이 더 잘 아시는군요. 난 피상적인 말밖에 할 수 없어요. 그를 몇몇 행사에서 봤었는데 귀족들 사이에서 꽤 인기가 좋은가 보던데요.」

국장은 말을 꺼내기 전에 브랜디를 죽 들이켰다.

「아직 자네 의견을 말하지 않았어.」

콜린이 대꾸했다.

「적당히 돌려 말할 뜻은 없어요. 솔직히 말해, 어떤 의견을 낼 정도로 그를 잘 알지 못해요. 제가 보기엔 꽤 호감 가는 인상이었어요. 네이선은 그를 썩 좋아하지 않지만요. 언젠가 그런 말을 했어요.」

국장이 빙그레 웃었다.

「자네 동업자가 좋아하는 사람이 어디 있나.」

「맞는 말이에요. 그는 원래 그렇죠.」

「그가 모르건을 싫어하는 특별한 이유라도 있나?」

「없어요. 네이선은 그를 귀여운 남자라고 불렀어요. 미남이잖아요 - 적어도 여자들은 그렇게 말하죠.」

「그럼, 네이선이 생김새 때문에 그를 싫어한단 말인가?」

리처즈 경의 어처구니없다는 투에 콜린은 소리내어 웃었다.

「제 동업자는 바람둥이 타입을 못마땅하게 여겨요. 그들이 머릿속으로 무슨 생각을 하는지 전혀 감을 못 잡겠다고 하던데요.」

국장은 이 정보를 머릿속 한구석에 잘 기억해두었다.

「모르건은 자네만큼이나 연줄이 많은 자니 팀에 엄청난 도움이 될 거야. 그렇긴 해도 난 좀더 두고 볼 생각이야. 그의 위기 대처 능력에 아직 확신이 안 서. 그래서 여기로 불렀으니 자네가 한번 얘기를 나눠 봐. 그리고 자네가 맡고 싶어 할 만한 민감한 일이 하나 터졌어. 맡을 의향이 있다면 모르건도 합류시키고 싶어. 그가 자네에게서 배울 점이 좀 있을 걸세.」

「전 그만뒀어요, 아시잖아요?」

국장이 빙긋 웃음을 머금었다.

「나도 그만뒀잖아.」

그가 점잖을 빼며 되받아 쳤다.

「지난 4년간이나 지휘권을 넘기려고 해봤어. 이런 일을 하기엔 나도 이제 너무 늙었잖아.」

「국장님은 절대 그만두지 못하실 겁니다.」

「그건 자네도 마찬가지야.」

리처즈가 나름대로 추측했다.

「적어도 자네 회사가 추가 수입 없이도 살아남게 될 때까지는 말이야. 자, 말해보게. 동업자가 추가 자금의 출처를 궁금해하지 않던가? 자네가 보안부에 다시 발을 들여놓은 사실을 동업자에게 알리기 싫어한다는 건 나도 잘 알지.」

콜린은 두 손을 목뒤로 둘러 깍지를 꼈다.

「네이선은 알아채지 못했어요. 두 번째 사무실을 여는 데 정신이 없는데다, 아내의 첫 아기 출산 예정일이 오늘내일 하니까요. 눈치챌 겨를이 없겠죠.」

「그럼 그가 언제쯤 눈치를 챌 것 같은가?」

「제가 사실을 말해야겠죠.」

「우린 네이선을 다시 쓸 수도 있어.」

국장이 혼잣말처럼 중얼거렸다.

「그건 논의할 여지도 없어요. 그에겐 이제 가족이 있어요.」

리처즈 경은 마지못해 동의했다. 그리고 콜린이 수락해주길 바라는 임무로 화제를 돌렸다.

「그 임무 말인데…….」

국장이 서두를 꺼냈다.

「지난번 일보다 더 위험하다고 할 수는 없지만…… 어, 안녕하세요, 알렉산드라 공주님. 다시 만나 뵙게 돼서 반갑군요.」

알렉산드라는 출입구 바로 밖에 서 있었다. 콜린은 그녀가 얼마나 엿들었을지 의아스러웠다.

그녀는 국장에게 활짝 웃어 보이며 상냥하게 인사했다.

「안녕하세요, 국장님. 제가 방해가 안 됐는지 모르겠군요. 문이 열려 있어서요. 하지만 두 분이 한창 대화 중이시니 나중에 뵙지요.」

리처즈 경은 얼른 자리에서 일어나더니 그녀에게 다가왔다. 그리고 그녀의 손을 잡고 허리를 굽혀 공손히 인사를 했다.

「전혀 방해되지 않았습니다.」

그가 알렉산드라를 안심시켰다.

「자리에 앉으세요. 그렇지 않아도, 가기 전에 뵈려고 했습니다.」

그는 공주의 팔꿈치에 손을 대고 의자로 안내했다. 알렉산드라는 치마 주름을 만지작거리며 그가 앉기를 기다렸다.

「로얄 오페라 하우스 밖에서 생긴 사건에 대해 들었습니다.」

국장은 눈살을 찌푸리며 자기 의견을 밝혔다. 그는 자리에 앉으며 콜린에게 고개를 끄덕하더니, 다시 시선을 알렉산드라에게 돌렸다.

「그 충격에서 회복하셨습니까?」

「전 별로 회복할 거리도 없어요, 리처즈 경. 하지만 제 경호원이 부상당했어요. 레이몬드는 모두 여덟 바늘을 꿰맸는데 어제야 실밥을 제거했어요. 그도 이젠 많이 나았어요. 그렇죠, 콜린?」

알렉산드라는 콜린을 대화에 끌어들이면서도 리처즈 경에게 고정시킨 시선을 돌리지 않았다. 하지만 콜린은 재미있어 하는 표정을 숨기려고 애쓰는 탓에 그녀의 무관심에 신경 쓸 겨를이 없었다. 리처즈 경이 얼굴을 붉히고 있었다! 비밀 조직을 운영하는 빈틈없고 냉철한 성격의 소유자인 국장이 철부지 소년처럼 얼굴을 붉히다니!

알렉산드라가 이 남자의 마음을 송두리째 빼앗고 있었다. 과연 알렉산드라는 자신이 끼치는 영향력을 짐작이나 할까? 아니면, 알면서 모른 체 하는 걸까? 콜린은 자못 의아스러웠다. 그녀는 천진난만하고 귀여운 웃음을 머금고, 직선적이며 흔들리지 않은 시선을 국장에게 던지고 있었다. 그녀가 눈꺼풀을 깜빡인다면 그녀의 매력이 순수한 차원만은 아니라는 걸 콜린도 알아챌 텐데…….

「전에 상의했던 문제를 고려해 볼 시간은 있으셨나요?」

그녀가 대뜸 물었다.

「국장님처럼 중요한 위치에 계신 분께 그런 부탁을 하다니 저도 참 뻔뻔스럽다는 생각이 드는군요. 어쨌든 그레트나 그린으로 사람을 보내주시겠다니 얼마나 감사한지 모르겠어요.」

「그 일은 벌써 처리했습니다.」

국장이 대꾸했다.

「그렇지 않아도 제 부하인 사이몬이 어제 저녁에 막 돌아왔죠. 공주님 말씀이 옳았습니다. 로버트 엘리어트나 그의 경쟁자인 데이비드 랭은 어떤 기록도 갖고 있지 않았습니다.」

「전 진작에 알고 있었어요!」

알렉산드라가 소리쳤다. 그리고 기도를 하듯 두 손을 모아 쥐더니 콜린을 보며 인상을 찌푸렸다.

「내가 그렇다고 말했었죠?」

열의에 찬 그녀의 태도에 콜린은 머쓱하게 웃었다.

「뭘 말이오?」

「빅토리아가 남자와 눈이 맞아 도망가지 않았다고 말예요. 방금 국장님께서 제 생각이 옳다는 데 확신을 주셨어요.」

「그런데 알렉산드라, 그래도 그녀가 결혼했을 가능성이 있어요 - 막연하긴 하지만 말입니다. 엘리어트나 랭은 자신들이 몇 쌍이나 결혼식을 올려주었는지 떠버리고 다닐 필요가 있으니 정확한 수치를 기록해 두었겠죠. 그건 경쟁거리가 되니까요. 하지만 그레트나 그린에서 결혼식을 대행하는 사람들이 어디 한두 사람이겠습니까? 별로 이름 없는 장사꾼들은 기록 따위엔 관심이 없을 겁니다. 그냥 결혼 증명서를 작성해서 신랑에게 넘겨주겠죠. 그러니 어떤 식으로든 빅토리아가 남자와 도망갔을 가능성은 남아 있습니다.」

「그 애는 안 그랬어요.」

알렉산드라는 그 믿음에 있어서는 확고했다. 콜린은 고개를 설레설레 흔들었다.

「국장님, 알렉산드라는 괜히 가만있는 벌집을 쑤시고 다닌다니까요.

그 일을 잊어버리라고 누누이 일렀건만 계속 고집을 부리는군요.」
그녀가 콜린을 노려보았다.
「난 벌집을 쑤시지 않았어요.」
「아니, 그러고 있소.」
콜린이 맞받았다.
「당신이 빅토리아의 가족들을 계속 성가시게 굴면 그들의 심기만 불편해질 따름이오.」
그의 비난이 매서워 알렉산드라는 고개를 숙였다.
「내가 고의로 남에게 상처 준다고 생각했다면 당신은 날 과소평가했어요.」
「자네, 공주님에게 너무 가혹하게 굴 필요는 없잖은가.」
콜린은 격앙한 어조로 변명했다.
「가혹한 게 아니라, 솔직한 겁니다.」
국장이 자기편을 들어주자 알렉산드라는 그를 보며 웃음을 지었다.
「콜린이 내가 걱정하는 이유에 귀만 기울였어도 내 걱정을 간섭으로 단정짓지는 않을 거예요.」
국장이 못마땅한 듯 콜린을 보며 얼굴을 찌푸렸다.
「공주님이 이치를 따져 하시는 말씀을 들어보지도 않았다니? 공주님 말씀에 일리가 있어, 콜린. 사실을 파악하기 전에 함부로 판단을 내려선 안 되네.」
「명심하죠, 리처즈 경.」
콜린이 비아냥거렸다.
「이 수사에서 우리가 취해야 할 다음 단계는 뭐죠?」
이 무례한 남자를 무시해버리기로 작정한 그녀가 국장에게 물었다. 리처즈 경은 약간 어리둥절한 표정을 지었다.
「수사라고요? 이 문제를 그런 관점에서 보지는 않았는데…….」
「하지만 절 도와주시겠다고 하셨잖아요! 그렇게 쉽게 단념하시면 안 돼요.」

난처해진 리처즈 경은 콜린에게 도와달라는 신호를 보냈다. 콜린이 이를 드러내며 피식 웃었다.

「이건 포기하고 안 하고의 문제가 아닙니다.」

리처즈 경이 그녀를 설득하고 나섰다.

「단지 제가 수사할 일이라고는 생각하지 않습니다. 그 숙녀 분이 누군가와 도망간 건 명백한 사실이고, 이제 그 일은 잊어버리자는 콜린의 제안에 전 찬성합니다.」

「왜 명백한 사실이라고 하세요?」

「빅토리아가 편지를 남겼습니다.」

리처즈 경이 설명했다.

알렉산드라가 머리를 가로 저었다.

「딴 사람이 썼을 수도 있어요.」

「그건 그렇지만……」

「전 당신이 도와주시기를 간절히 바랐어요, 리처즈 경.」

그녀가 말을 가로챘다.

「당신은 제 마지막 희망이에요. 빅토리아는 어려움에 처했을지도 모르는데 나와 당신만이 빅토리아를 도울 수 있어요. 진실을 밝혀낼 사람이 있다면 오직 당신뿐이에요. 현명하신 분이잖아요.」

그녀의 칭찬 한마디에 리처즈 경은 금세 의기양양해졌다.

「제가 결혼 기록을 찾아낸다면 만족하시겠습니까?」

「찾지 못하실 거예요.」

「하지만 만일……」

「그렇게 되면, 이 문제를 더 이상 거론하지 않겠어요.」

리처즈 경이 고개를 끄덕이며 말했다.

「좋습니다. 빅토리아의 가족들부터 시작하죠. 내일쯤 부하를 시켜 그녀의 오빠를 만나게 하겠습니다. 어떤 식으로든 무슨 일이 벌어졌는지 알아내도록 노력해보죠.」

알렉산드라는 얼굴에 활짝 웃음꽃을 피우면서 나지막이 읊조렸다.

「정말 감사해요. 그런데 미리 알려드릴 게 있어요. 제가 빅토리아의 오빠에게 편지를 보냈지만, 그는 날 만나지 않겠다고 했어요. 콜린이 무례하게 굴었는데, 아직 화가 풀리지 않았나봐요.」

「절 거절하진 못합니다.」

리처즈 경이 단호하게 말했다.

콜린은 자신이 보기엔 우스꽝스럽기만 한 이 얘기를 더 듣고 싶지 않았다. 명색이 영국 보안부 국장인데, 리처즈 경이 체통머리 없이 남의 집안 일을 시시콜콜 캔다는 사실이 영 마음에 들지 않았다.

그가 딴 얘기로 말을 돌리려는데, 리처즈 경의 다음 말이 귀에 번쩍 들어왔다.

「알렉산드라 공주님, 공주님께서 협조하신다고 한 이상 이런 사사로운 일을 조사하는 것쯤이야 문제도 아닙니다. 마음을 편히 가지세요. 영국을 떠나시기 전에 궁금증을 풀어드리죠.」

콜린이 몸을 앞으로 기울였다.

「잠깐만요, 국장님.」

콜린이 거친 어투로 따져 물었다.

「알렉산드라가 정확히 무슨 협조를 했다는 말인가요」

국장은 콜린의 물음에 놀라는 듯했다.

「공주님이 말하지 않으셨나보군…….」

「그럴 필요가 없으리라고 생각했어요.」

그녀가 얼떨결에 말참견을 하더니 얼른 자리에서 일어났다.

「먼저 실례하겠어요. 두 분이 사업 얘기를 나누시도록 전 그만 나가 보겠어요.」

「알렉산드라, 자리에 앉아요.」

콜린의 어투로 보아 그와 말다툼해 봐야 이득이 없을 성싶었다. 알렉산드라는 휴 한숨을 쉬고는 그의 말에 따랐다. 하지만 감히 그를 쳐다보지는 못하고 시선을 무릎 위로 내리깔았다. 자신이 내린 결정을 털어놓느니 차라리 어딘가 달아나서 숨고 싶었다. 하지만 그건 비겁하고 무책임한 행동이겠지. 게다가 콜린도 무슨 결정이 내려졌는지 당연히 알 권리가 있었다.

위엄을 지키고 예의를 갖춰야 해.

알렉산드라의 당황스러운 속마음을 콜린은 알 턱이 없었고, 그녀는 생각이 여기에 미치자 승리감마저 느껴졌다.

「왜 리처즈 경이 당신 협조에 만족해하는지 이유를 얘기해주겠소」

「난 아버지 나라로 돌아가기로 결심했어요.」

그녀는 속삭이듯 나지막하게 말했다.

「장군과 결혼하겠어요. 당신 아버지께서도 이미 허락하셨고요.」

콜린은 그녀를 뚫어져라 쳐다볼 뿐 오랫동안 아무 대꾸도 하지 않았고, 알렉산드라는 시종 무릎에 시선을 떨구고 있었다.

「내가 아파 누웠을 때 이 모든 일이 결정되었소?」

「그래요.」

「날 쳐다봐요.」

콜린이 지시하듯 말했다.

그녀는 금방이라도 울음을 터뜨릴 기세였다. 콜린은 그녀가 몹시 곤혹스러워 한다는 사실을 눈치챘다. 그녀는 두 손을 쥐어짜면서 울지 않으려고 안간힘을 쓰고 있었다.

「누가 시켜서 결정하신 일은 아니네.」

리처즈 경이 말참견을 했다.

「잘도 그랬겠어요!」

「그건 제가 한 결정이었어요.」

알렉산드라가 우겼으나 콜린이 고개를 좌우로 저었다.

「국장님, 결정된 사항은 아무것도 없어요, 아시겠어요? 알렉산드라는 지난주에 일어났던 사건의 충격에서 아직 벗어나지 못했다고요. 경호원이 부상당했는데 그걸 자기 탓으로 여기고 있어요.」

「그건 제 책임이에요!」

그녀가 울먹이며 소리쳤다.

「아니오.」

콜린이 확고부동한 어투로 맞받아 쳤다.

「당신은 겁에 질렸던 거요.」

「이유야 어떻든 그게 무슨 상관이죠?」

「당연히 상관이 있소.」

콜린이 날카롭게 쏘아붙이더니, 국장에게 시선을 돌렸다.

「알렉산드라가 지난주에 저와 한 약속을 잊었나봅니다.」

「콜린…….」

「잠자코 있어요.」

그녀는 못 믿겠다는 듯이 눈을 커다랗게 떴다.

「잠자코 있으라고요? 우린 제 미래에 대해 얘기하고 있어요, 당신의 미래가 아니란 말이에요!」

「난 당신 후견인이오. 그러니 내가 당신 미래를 결정하오. 설마 그 사실을 잊지는 않았겠지?」

알렉산드라는 싸워봐야 소용없겠다는 생각이 들었다. 그는 전혀 분별력 없이 행동했고, 그가 계속 째려본다면 자신은 지금 당장 자리를 차고 일어나 서재를 나가게 될 테니까.

콜린이 국장에게 고개를 돌렸다.

「알렉산드라와 전 지난주에 장군과 결혼하지 않는 쪽으로 합의를 봤습니다. 그러니 국장님께서 재경부 사람들에게 그 거래가 무산됐다고 전해주십시오.」

콜린은 너무 화가 치밀어 국장이 고개를 끄덕이는 것도 알아채지 못했다.

「알렉산드라는 그 장군과 결혼하지 않습니다. 그 장군이란 자는 천하없는 악당임에 틀림없어요. 자기 신부를 납치하려고 흉악한 깡패들을 보내는 놈 아닙니까. 그 자가 영국에 왔으면 정말 좋겠군요. 놈에게 쓴맛을 보여주게요.」

콜린이 왜 이렇게 펄펄 뛰는지 도무지 이해되지 않았다. 이렇게 화내는 모습은 보지 못했다. 알렉산드라는 너무 놀란 나머지 겁먹을 여유도 없었다. 뭐라고 말해야 할지, 그를 어떻게 진정시켜야 할지 알 수가 없었다.

「장군은 포기하기 않아요, 콜린. 부하들을 또 보낼 거예요.」

그녀가 떨리는 자신의 목소리에 움찔하면서 중얼거렸다.

「그건 당신이 걱정할 일이 아니오. 내 문제니까.」

「그래요?」

그녀의 눈에 스친 공포를 본 그는 화가 다소 누그러졌다. 알렉산드라가 자신을 두려워하게 하고 싶지는 않았다. 그는 애써 상냥한 어투로 대꾸했다.

「그렇소 내 문제요.」

두 사람은 오랫동안 서로를 응시했다. 콜린의 부드러운 태도에 알렉산드라는 마음이 놓였다. 콜린은 날 영국을 떠나게 놔두지 않을 거야.

알렉산드라는 눈에 맺힌 눈물을 감추려고 애써 그를 외면했다. 그리고 다시 무릎에 시선을 떨구고 숨을 천천히 들이마시며 감정을 조절했다. 그런 후에 말문을 열었다.

「전 훌륭하게 처신할 생각이었어요. 딴 사람들이 상처 입기를 원치 않았고 무역 협정이 수월해질 가능성이 크다고 해서…….」

「내 동료들은 장군이 협정에 협조하리라 생각하지만…….」

리처즈가 말참견을 했다.

「전 그런 허튼 수작을 믿지 않습니다. 저도 콜린의 생각에 동의하는 바입니다. 그 장군은 신뢰할 만한 인간이 아닙니다, 공주님. 그러니, 공주님께서 훌륭하게 처신할 필요는 없으십니다.」

「하지만 콜린이 다치기라도 하면요?」

그녀가 얼떨결에 소리쳤다. 이 말에 리처즈 경과 콜린 두 사람이 소스라치게 놀랐다. 알렉산드라의 얼굴에 또다시 두려움이 스쳐 지났다. 콜린은 의자에 등을 깊숙이 기댄 뒤 그녀를 빤히 쳐다보았다. 자기 걱정을 해도 모자랄 판에 도리어 그를 염려하지 않는가. 스스로를 보살피는 데 아무 문제가 없는 그를 알렉산드라가 걱정하다니, 좀 모욕적인 기분이 들 수도 있었다.

하지만 그는 신이 날 만큼 우쭐해졌다.

리처즈 경이 양미간을 치켜세우고, 콜린이 어떻게 나오지는 잠자코 지켜보았다.

「난 나 자신을 돌볼 수 있소 그러니 당신이 염려할 필요는 없소, 알겠소?」

「알았어요, 콜린.」

알렉산드라가 즉시 동의하자, 콜린은 기분이 흡족했다.

「알렉산드라, 그만 나가봐요. 리처즈 경과 할 얘기가 있으니.」

그녀는 방을 나가면서 머뭇거리며 국장에게 제대로 작별 인사조차 하지 못했다. 하지만 숙녀답지 못한 자신의 행동에 전혀 신경 쓰이지 않았다. 온몸이 심하게 떨려서 문을 닫기도 힘들었다.

안도감으로 다리에 힘이 쭉 빠졌다. 그녀는 벽에 몸을 기대고 눈을 꼭 감았다. 볼을 타고 눈물이 흘러내렸다. 그녀는 마음을 진정시킬 양으로 숨을 천천히 들이마셨다.

이젠 의무감에 끔찍한 그 남자와 결혼할 필요는 없어졌다. 결정권은 그녀의 손에서 콜린에게 넘어갔고, 알렉산드라는 너무나 고마워서 그가 불같이 화를 낸 사실도 깡그리 잊어버렸다. 콜린은 이해할 수 없는 어떤 이유로 후견인의 임무에 충실할 것을 결심했다. 그는 보호자처럼 행동했고, 알렉산드라는 자신을 지켜줄 사람이 있다는 게 눈물겹게 고마워서 마음속으로 감사의 기도했다.

「알렉산드라 공주님, 괜찮으세요?」

깔깔대고 큰소리로 웃고 있는 그녀 앞에, 플래네건과 처음 보는 남자가 서 있었다. 두 남자가 다가오는 것조차 깨닫지 못했던 것이다.

다음 순간 그녀의 얼굴이 화끈 달아올랐다. 집사 뒤에 선 낯선 남자가 그녀를 보며 웃고 있었다. 날 정신 나간 여자로 생각하겠지. 알렉산드라는 간신히 웃음을 멈추고 벽에서 걸어나오면서 말했다.

「전 멀쩡해요.」
「뭘 하고 계셨어요?」
「뭘 좀 곰곰이 생각했어요.」
알렉산드라가 대꾸했다.
기도도 했고.
그녀는 마음속으로 한마디 덧붙였다. 플래네건은 그녀의 말뜻을 이해하지 못해서 어리둥절한 표정으로 빤히 쳐다보기만 했다. 알렉산드라가 손님에게 시선을 돌렸다.
「안녕하세요?」
그제야 집사가 퍼뜩 정신을 차렸다.
「공주님, 이분은 오크마운트의 모르건 엣킨즈 백작이십니다.」
알렉산드라가 반가운 표정을 지으며 활짝 웃었다.
「만나 뵙게 돼서 반가워요.」
그는 앞으로 걸어나오더니 알렉산드라의 손을 잡았다.
「저야말로 영광입니다, 공주님. 만나 뵙기를 간절히 바랐거든요.」
「그러셨어요?」
그는 깜짝 놀라는 그녀의 얼굴을 내려다보며 빙긋 웃었다.
「그럼요. 런던 안이 공주님 얘기로 시끌벅적한 걸요. 물론 알고 계시겠죠?」
알렉산드라가 고개를 가로 저으며 솔직히 말했다.
「아뇨, 전 몰랐어요.」
「섭정 왕자님께서 공주님 칭송으로 입이 마를 정도십니다.」
모르건이 상세히 말해주었다.
「인상을 찌푸리실 필요는 없으세요, 공주님. 공주님에 대한 놀랄 만한 얘기만 들었으니까요.」
「무슨 놀랄 만한 얘기인데요?」
플래네건이 감히 이렇게 물었다. 모르건은 집사의 물음에 대답하면서도 알렉산드라에게서 시선을 떼지 않았다.

「공주님이 매우 아름다운 분이라고 들었는데 실제로 뵈니 틀린 말이 아니군요. 공주님은 아름다우십니다 - 솔직히 말하면, 누구와도 견줄 수 없을 정도십니다.」

알렉산드라는 그의 찬사에 몹시 당황스러웠다. 그에게 잡힌 손을 빼내려 했으나 이 남자는 좀체 손을 놔주지 않았다.

「얼굴을 붉히는 모습이 귀여우십니다, 공주님.」

그는 이렇게 말하며 더 바싹 다가섰다. 촛불 아래서 보니 멋진 은백색 머리카락 몇 가닥이 암갈색 머리 틈으로 언뜻언뜻 비쳤다. 빙그레 웃음을 지을 때면 깊은 암갈색 눈이 귀엽게 반짝거렸다. 그는 플래네건에 비해 월등히 큰 키는 아니었으나 집사를 완전히 압도하는 힘을 지니고 있었다. 그를 둘러싼 이 에너지는 사회에서 차지하는 그의 위치의 중요성 때문일 거라고 그녀는 내심 추측했다. 작위로 인해 거만하고 자신감에 찬 태도를 지닐 수 있으리라.

그러나 이 남자는 자신에게 여자의 마음을 끄는 힘이 있다는 사실을 잘 아는 바람둥이 타입이었다. 또한 곁에 바싹 다가서서 그녀를 훑어보는 시선 아래서 알렉산드라가 쩔쩔매며 어쩔 줄 몰라 한다는 사실까지도 의식하고 있었다.

「영국에서 지내시기는 괜찮으십니까?」

모르건이 물었다.

「네, 좋아요.」

모르건이 내일 오후에 방문해도 괜찮겠느냐고 물어보는 순간에 콜린이 문을 열었다. 빨갛게 물든 알렉산드라의 얼굴이 콜린의 눈에 들어왔다. 또한 모르건이 그녀의 손을 잡고 있는 장면도 놓치지 않았다.

그는 앞뒤 가리지 않고 손을 뻗쳐 알렉산드라의 팔을 쥐더니 그녀를 옆으로 홱 잡아당겼다. 그리고 그녀의 어깨를 내것이라는 듯 꼭 감싸안으며 손님에게 눈살을 찌푸렸다.

「알렉산드라는 내일 바빠질 겁니다.」

콜린이 시원시원한 소리로 말했다.

「안으로 들어가죠, 모르건. 국장이 기다리고 있으니.」

모르건은 콜린의 짜증 섞인 목소리를 알아채지 못한 듯했다. 아니면, 그냥 무시하기로 마음먹었던지. 그는 고개를 끄덕이며 동의한 후에, 그녀를 향해 고개를 돌렸다.

「공주님, 허락만 해주신다면 당신 사촌을 설득해서 공주님을 방문하도록 노력해보겠습니다.」

그녀가 고개를 끄덕이며 허락하자, 모르건은 곧바로 고개를 숙여 인사를 한 후 서재로 들어갔다.

「손에 힘을 좀 풀어요, 콜린」

알렉산드라가 나지막이 속삭였다.

그는 웃음 섞인 그녀의 목소리에 그녀를 내려다보았다.

「저 자가 어디서 그런 소릴 주워 들었지? 나와 사촌 지간이라고 당신이 말했소?」

「아뇨, 이제 손을 놔주세요. 방에 가서 수첩을 가져와야겠어요.」

「알렉산드라, 뭐가 그렇게 행복한 거요?」

「장군과 결혼하지 않아도 될 것 같아서 행복해요.」

그녀는 이렇게 말한 후, 살짝 몸을 비틀어 그의 손아귀에서 벗어나, 허둥지둥 복도로 접어들었다.

「아, 참!」

그녀가 어깨 너머로 소리를 질렀다.

「내 명단에 새 이름을 하나 적어야겠어요!」

그녀가 복도를 달려 내려가고 있는데, 서재에서 한 걸음 밖으로 나온 모르건이 미소를 머금은 채 그녀를 지켜보았다. 그러다 콜린이 퉁명스런 투로 불러들이자 안으로 들어갔다.

유부녀들은 신의 불행한 창조물들이었다. 그 여편네들은 한결같이 남편들에게 무시당한다고 느낀다. 징징거리고 바가지를 긁어댈 줄 만 알았지, 세상의 어떤 것에도 만족하지 못한다. 오, 그들을 얼마나 많이 지켜보았고, 관찰해왔던가. 남편들 역시 대개 부인들을 무시해버리지만, 그는 남편들을 탓하지 않았다. 정부들에게 애정을 듬뿍 주고 그들을 아껴줘야 마땅하다는 걸 모르는 사람이 세상 어디에 있겠는가. 아내는 후계자 생산에 필요한, 어쩔 수 없이 있어야 할 귀찮은 존재에 불과했다. 남자들은 꼭 필요할 때만 아내의 비위를 맞추어주고, 아내가 임신할 때까지는 종종 아내를 건드리지만, 그 이후로는 새까맣게 잊어버린다.

유부녀들은 사냥에 큰 가치를 주지 않는 관계로 그는 그녀들을 무시해왔었다. 도망가지도 않는 개를 쫓아다니는 것만큼이나 충족감을 얻지 못하는 일이니까. 하지만 이번 여자는 상당히 호기심을 자아냈다. 그녀는 너무도 비참해 보였다. 지금 1시간 이상 여자를 지켜보는 중이었다. 여자는 남편의 팔을 붙잡고 매달려서 남편의 관심을 끌만한 말이나 행동을 하고 있었다. 하지만 소용없는 짓이었다. 한량인 그녀의 남편은 클럽에서 만난 친구들과 얘기를 나누느라 완전히 넋을 빼놓고 있었다. 이 조그맣고 귀여운 아내에게 완전히 무관심했다.

가여운 계집 같으니. 여자가 남편을 사랑한다는 건 누가 봐도 명백했다. 여자는 가슴이 뭉클할 정도로 불행했다. 내가 이 모든 상황을 바꿔 놓으리라. 그는 웃음을 지으며 마음을 굳혔다.

사냥이 다시 시작되었다.

그것도 빨리, 아주 빨리…… 그는 새로 얻은 이 귀여운 장난감을 비참함에서 벗어나게 해줄 것이다.

6

콜린이 리처즈 경과 모르건과 더불어 회합을 가진 후로 벌써 몇 시간이 흘렀다. 알렉산드라는 혼자 저녁식사를 했다. 그러고는 콜린이 오기를 기다리며, 졸지 않고 가능한 오래 아래층에서 버텨보려고 기를 쓰고 있었다. 자신의 미래에 관심을 보여준 데 대해 고맙다는 인사도 하고, 오크마운트 백작에 대해 몇 가지 질문도 하고 싶었다.

자정이 가까워오자 그녀는 기다리기를 포기하고 침실로 돌아왔다. 그러나 15분이 지나서 벨레나가 노크를 했다.

「공주님, 내일 아침에 외출할 준비를 하시라는 전갈을 가져왔어요. 10시 정각에 나가신답니다.」

알렉산드라는 침대에 들어가서 이불을 끌어당겼다.

「갈 곳이 어디라고 했니?」

「리처즈 경 댁으로요. 보월스 거리 19번지랍니다.」

알렉산드라가 빙그레 웃었다.

「네게 주소를 말해주던?」

「네, 공주님. 아주 자상하게 일러주셨어요. 그리고 아침에 오래 기다리게 하지 말라고 하셨어요.」

벨레나가 이렇게 말하며 눈살을 찌푸렸다.

「그리고 또 전해 달라고 하신 말씀이 있었는데…… 아, 맞아. 이제 기억났어요. 공작 내외와 약속된 모임은 취소됐다고 하셨어요.」

「왜 취소됐는지 말해주시던?」

「아뇨, 공주님. 말씀하지 않으셨어요.」

벨레나가 입을 쩍 벌리고 극적인 하품을 하더니 즉시 주인 아가씨에게 용서를 빌었다.

「오늘밤엔 정말 녹초가 됐어요.」

시녀가 조그마한 소리로 변명했다.

「피곤하겠지. 벌써 밤이 깊었구나. 하루 종일 수고했다, 벨레나. 이제 가서 쉬도록 해. 잘 자거라.」

몇 분 후에 알렉산드라는 골아 떨어졌다. 일 주일 내내 콜린을 돌보느라 지칠 대로 지쳐 있어, 단잠에 폭 빠져들었다. 다음날 아침 8시가 약간 지나서 잠을 깬 그녀는 나갈 채비를 서둘렀다. 그녀는 엷은 핑크빛 외출복을 입었다.

목선이 네모지게 파여 매우 얌전하고 딱딱해 보이는 이 복장은 분명 콜린의 마음에 들겠지.

알렉산드라는 예정 시간보다 족히 20분은 빨리 아래층에 내려갔다. 그녀는 10시가 약간 지나서야 아래층으로 내려오는 콜린의 모습이 눈에 띄자마자, 큰 소리로 외쳤다.

「벌써 늦었어요, 콜린. 서둘러요!」

「계획에 변동이 좀 생겼소, 알렉산드라.」

이렇게 말한 콜린은 식당으로 향하는 길에 그녀를 스쳐 지나면서 한쪽 눈을 찡긋해 보였다.

그녀가 그의 뒤를 따랐다.

「무슨 변동이죠?」

「모임이 취소되었소」

「리처즈 경과의 모임, 아니면 오후 모임? 벨레나 말로는……」

콜린이 식당 의자 하나를 앞으로 당기더니, 앉으라는 손짓을 했다. 그리고 이렇게 말했다.

「둘 다 취소되었소.」

「공주님, 초콜릿이나 뜨거운 홍차를 드시겠어요?」

플래네건이 식당 문간에서 큰소리로 외쳤다.

「홍차로 부탁해요. 콜린, 회의가 취소된 걸 어떻게 알았죠? 내내 응접실에서 기다렸지만 심부름 온 사람은 못 봤는데.」

콜린은 아무 대꾸도 하지 않았다. 그는 자리에 앉더니 신문을 집어들고 읽기 시작했다. 플래네건이 비스킷이 든 바구니를 내려놓았다.

알렉산드라는 화도 나고 어리둥절하기도 했다.

「리처즈 경이 무슨 이유로 만나자고 하나요? 어제 우리와 얘길 나누었잖아요.」

「아침식사나 들어요, 알렉산드라.」

「이유를 말해주지 않을 생각이죠, 그렇죠?」

「그렇소.」

「콜린, 아침에 깨자마자 무례하게 구는 건 실례예요.」

콜린이 신문을 내리더니 피식 웃었다. 그러자 알렉산드라는 자신이 바보 같은 말을 했다는 걸 깨달았다.

「그러니까 내 말은…… 무례하게 구는 건 언제나 실례라고요.」

콜린이 다시 신문으로 얼굴을 가려버렸다. 그녀는 식탁 위를 손가락으로 톡톡 두드렸다. 바로 그때 레이몬드가 식당으로 들어왔다. 알렉산드라는 즉시 자기 옆으로 오라고 손짓했다.

「심부름 온 사람이…….」

콜린이 그녀의 말을 가로챘다.

「알렉산드라, 내 말에 거역하겠다는 거요?」

「아뇨.」

그녀가 곧바로 대답했다.

「그냥 알고 싶어서 그래요. 그 신문에서 얼굴을 떼면 안 되나요?」

「당신은 아침이면 언제나 이렇게 심술궂게 행동하오?」

알렉산드라는 그와 점잖게 대화를 나누겠다는 기대를 버리고 조용히 비스킷을 하나 먹은 뒤 식탁을 물러났다. 레이몬드의 자리를 지나치는데, 그가 그녀에게 동정적인 눈길을 슬쩍 보냈다.

이층으로 올라온 알렉산드라는 아침 내내 편지 쓰는 일로 바빴다. 원장수녀님께 영국에 온 이후의 생활을 하나도 빠짐없이 알리는 긴 편지를 썼다. 그녀는 후견인과 가족에 대해 얘기한 후, 어떻게 콜린과 함께 살게 되었는지에 대해 세 장의 종이를 빽빽이 채웠다.

막 편지 봉투를 봉하고 있는데 스테판이 문을 톡톡 두드렸다.

「아래층으로 내려오시랍니다, 알렉산드라 공주님.」

「손님이 오셨나요, 스테판?」

「아닙니다. 외출하실 겁니다. 바람이 강하니, 망토를 가져가세요.」

「어디로 가나요?」

「모임에 참석하러요, 공주님.」

「간다고 했다가, 취소됐다고 하더니, 또 간단 말이죠.」

그녀가 혼잣말처럼 중얼거렸다.

「무슨 말씀이십니까? 공주님.」

알렉산드라는 잉크병을 닫고 책상을 정돈한 뒤 자리에서 일어섰다.

「그냥 혼자 중얼거린 말이에요」

그녀가 빙그레 웃으며 대꾸했다.

「콜린의 가족을 만나는 자리인가요, 아니면 리처즈 경인가요?」

「잘 모르겠습니다. 하지만 주인 나리가 빨리 가고 싶어 조바심을 하셨어요.」

스테판이 고개를 숙여 절을 한 뒤 방을 나가자, 그녀는 서둘러 빗질을 하고 옷장에서 망토를 꺼냈다. 윌리엄셜 공작의 타운 하우스로 간다면 공작 내외와 함께 명단에 적인 이름들을 일일이 따져봐야 할 거야. 명단을 가져가야겠어. 허겁지겁 책상으로 돌아온 알렉산드라는 망토 주머니에 명단을 집어넣었다.

콜린이 현관 홀에서 기다리고 있었다. 그녀는 층계참에서 잠시 멈춰서서 망토를 팔에 걸쳤다.

「콜린? 당신 아버지를 뵈러 가나요, 리처즈 경을 만나나요?」

그는 아무 대꾸도 하지 않았다. 서둘러 계단을 내려온 알렉산드라는 그 질문을 되풀이했다.

「리처즈 경을 만나러 가는 거요.」

「무슨 이유로 금방 또 만나자는 걸까요? 어젯밤에 만났잖아요.」

「그럴 이유가 있나보지.」

문 옆에 서 있던 벨레나가 여주인의 시중을 들려고 얼른 앞으로 걸어나왔다. 하지만 콜린이 한 발 빨랐다. 그는 알렉산드라의 어깨에 망토를 둘러주고 그녀의 손을 잡은 채 밖으로 걸어나갔고, 그녀는 끌려가다시피 했다. 긴 다리로 성큼성큼 내딛는 콜린과 보조를 맞추기 위해 거의 달리다시피 해야 했다.

레이몬드와 스테판이 두 사람의 뒤를 따랐다. 두 경호원은 마차에 달린 그물을 잡고 기어올라가 마부 옆에 앉았다. 콜린과 알렉산드라는 좌석에 서로 마주보며 앉았다.

그는 양쪽 문들을 잠그고 쿠션에 등을 편하게 기댄 뒤 그녀를 보며 싱긋 웃었다.

「왜 눈살을 찌푸리고 있소?」

그가 대뜸 물었다.

「왜 이상한 행동을 하죠?」

「불시에 놀라고 싶은 마음이 없으니까.」

「봐요, 이상한 대답을 하잖아요.」

콜린이 긴 다리를 쭉 뻗었다. 그녀는 치맛자락을 간추리고 그가 편안하게 앉을 수 있게 구석으로 몸을 붙였다.

「리처즈 경의 용무가 뭔지 알고 있나요?」

「우린 그를 보러 가는 게 아니오.」

콜린이 설명해주었다.

「하지만 당신은······.」

「거짓말을 했소.」

그녀가 헉하고 숨을 몰아쉬자 콜린이 싱긋 웃었다.

「거짓말이라고요?」

그녀는 어처구니없다는 표정을 지었다. 콜린이 고개를 끄덕였다.

「그렇소. 거짓말.」

「왜죠?」

화를 참지 못하고 씩씩대는 그녀의 모습에 웃음이 저절로 나왔다. 알렉산드라는 화를 낼 때 더 귀여웠다. 지금 그녀는 화가 머리끝까지 솟구쳐 있었다. 볼은 홍조를 띠어 발그스레해졌고, 좀더 곧추세우면 등뼈가 부러질 정도로 어깨를 빳빳이 세우고 있었다.

「나중에 설명할 테니 그만 좀 찌푸려요, 말괄량이 아가씨. 이렇게 화창한 날씨에 화낼 필요는 없잖소.」

그가 능청스레 충고를 했다.

알렉산드라는 그의 기분이 얼마나 유쾌한지 비로소 눈치챘다.

「왜 그렇게 기분이 좋아요?」

콜린은 대답 대신 어깨를 으쓱했다. 그러자 알렉산드라가 한숨을 내쉬었다. 이 남자가 일부러 날 혼란스럽게 하고 있군.

「지금 어디로 가는 거죠, 콜린?」

「가족을 만나 대책을 세우려고······.」

알렉산드라가 말을 가로챘다.

「내 문제 때문이겠죠?」

콜린이 잠자코 고개를 끄덕였다. 알렉산드라가 얼른 시선을 떨구었으나, 그 전에 표정을 들키고 말았다. 얼굴이 비참해 보였다. 뭔가 자존심이 상한 게 분명했지만, 무엇 때문인지 콜린은 알 수가 없었다.

그가 퉁명스럽게 물었다.

「도대체 뭐가 문제요?」

「아무 문제도 없어요.」

「거짓말하지 말아요, 알렉산드라.」

「거짓말은 당신이 했어요.」

「나중에 얘기하겠다고 말했잖소.」

그가 짜증내지 않으려고 조심하면서 말을 이었다.

「왜 금방이라도 울 것 같은 얼굴을 하는지 말해봐요.」

「나중에 얘기하죠.」

콜린이 몸을 앞으로 기울이더니 그녀의 턱에 손을 대고 고개를 들어 올렸다.

「말꼬리를 물고 늘어지지 마시오.」

알렉산드라가 그의 손을 옆으로 치우더니 순순히 대꾸했다.

「그러죠. 당신이 그렇게 신이 나 있는 이유를 알았기 때문에 기분이 상했어요.」

「알아듣게 말해주겠소, 젠장.」

마차가 윌리엄셜 공작의 타운 하우스 앞에 멈춰 서자, 콜린은 문빗장을 열면서도 계속해서 그녀를 쳐다보았다.

「뭐요?」

콜린이 재차 추궁했다.

「난 충분히 알겠는데요!」

망토를 어깨에 걸치며, 알렉산드라가 말을 받았다.

마차 문을 연 레이몬드가 그녀를 부축하려고 손을 내밀었다. 알렉산드라는 밖으로 발을 내딛더니 콜린에게 눈살을 찌푸렸다.

「마침내 날 떼어내게 됐으니 얼마나 기분이 좋겠어요!」

콜린이 반박하려고 입을 열었으나 알렉산드라는 한 손을 올려 말문을 막았다.

「신경 쓸 필요 없어요. 이젠 괜찮으니까. 자, 안으로 들어갈까요?」

그녀는 우아하게 행동하려고 했으나 콜린이 내버려두지 않았다. 그는 소리내어 껄껄 웃었고 알렉산드라는 그를 외면한 채 허둥지둥 계단을 올랐다. 레이몬드와 스테판이 그녀의 측면에 바싹 다가섰다.

「아직도 기분이 영 나빠 보이는데, 말괄량이 아가씨.」

알렉산드라가 고개를 홱 돌려 무례하기 짝이 없는 콜린에게 뭐라고 쏘아붙이려는데, 마침 집사가 문을 열었다.

「다시 한 번 날더러 말괄량이라고 부르면, 품위 없이 행동하겠어요. 난 기분이 상하지 않았어요!.」

그녀는 방금 한 거짓말을 비웃기라도 하는 목소리로 덧붙였다.

「방금 당신과 내가 친구가 됐다는 생각을 떠올리던 참이었어요. 당신은 사촌오빠 같고 난…….」

콜린은 그녀의 코앞에 얼굴을 들이밀더니 퉁명스레 소리쳤다.

「난 당신 사촌오빠가 아니오!」

집사의 임무를 대신해서 문가에 서 있던 콜린의 형 케인은 누군가가 자신의 존재를 알아줄 때까지 기다리고 있었다. 그가 서 있는 위치에서는 알렉산드라의 등만 보였다. 몸집으로 봐선 콜린과 비교도 안 되게 작았으나, 그녀는 위축되거나 주눅들어 보이는 기색이 전혀 없었다.

「모두 우리를 사촌지간이라고 믿어요.」

「남들이 뭐라든 나와는 상관없는 얘기요.」

알렉산드라가 휴 하고 한숨을 내쉬었다.

「정말 한심하기 짝이 없는 대화예요. 당신이 나와 친척이 되기 싫다면, 그렇게 해요.」

「우린 친척이 아니오!」

「그렇다고 고함을 지를 필요는 없어요, 콜린.」

「날 정말 미치게 하는군, 알렉산드라.」

「안녕하세요?」

케인은 자기 말이 들리게 하려고 소리치다시피 인사를 했다. 알렉산드라는 예기치 않은 소리에 놀라 얼떨결에 콜린의 팔을 붙잡았다.

다음 순간 알렉산드라는 퍼뜩 정신을 차렸다. 그녀는 콜린의 팔을 놓고 뒤돌아보면서 침착하고 품위 있게 보이려고 애썼다. 문간에 서 있는, 잘생긴 이 남자는 콜린의 형임에 틀림없었다. 두 남자의 미소가 거짓말같이 닮았다. 하지만 케인의 머리카락은 약간 엷은 색조를 띠었고, 눈은 콜린과 전혀 다른 색깔이었다. 회색이었는데, 그녀의 판단으로는 콜린의 녹색에 가까운 담갈색 눈보다는 덜 매력적이었다.

알렉산드라는 숙녀답게 인사하려고 했지만, 콜린이 그것을 방해했다. 그는 무례하게 팔을 붙들고 넓게 트인 실내로 데려갔다.

그녀가 팔을 놔달라고 그를 꼬집었다. 콜린이 그녀의 망토를 벗기려고 하면서 둘 사이엔 밀고 당기는 실랑이가 벌어졌다. 알렉산드라는 손을 떼내고 호주머니에서 수첩을 꺼낼 양으로, 그의 손을 계속해서 찰싹찰싹 때렸다.

뒷짐 진 자세로 동생 뒤에 선, 케인은 웃음을 참으려고 이를 악물어야 했다. 동생이 아이같이 장난치는 모습을 얼마 만에 보았는가!

알렉산드라가 간신히 수첩을 꺼냈다.

「이제 제 망토를 가져가도 좋아요, 고마워요.」

콜린이 어처구니없다는 듯 눈을 위로 굴렸다. 그리고 망토를 형 쪽으로 홱 던졌다. 형이 날아가는 망토를 가로채는 찰나, 알렉산드라가 움켜쥐고 있는 수첩이 콜린의 눈에 띄었다.

「도대체 무슨 생각으로 그걸 가져 온 거요?」

「필요할 것 같아서요. 이 명단만 보면 왜 아연질색 하는지 모르겠군요, 콜린. 무조건 싫어하다니, 정말 터무니없어요.」

알렉산드라가 콜린의 형에게 몸을 돌렸다.

「동생의 무례함을 이해해주세요. 그 동안 많이 아팠거든요.」

케인이 빙긋 웃었다. 콜린은 고개를 설레설레 흔들었다.

「당신이 내 변명까지 할 건 없소.」

그는 이렇게 말하며 형을 쳐다보았다.

「형, 형이 전염병이라고 칭한 사람이 바로 이 여자야. 알렉산드라, 내 형이오.」

그녀는 다시 다소곳하게 인사하려고 했으나, 이번에도 콜린이 체면을 구겨버렸다. 그녀가 막 허리를 구부려 드레스 자락을 잡으려는데,

콜린이 손을 낚아채어 응접실로 잡아끌기 시작했다.

「형, 형수는 어디 있어?」

「어머니와 이층에 있어.」

알렉산드라는 그의 손아귀에서 벗어나려고 손을 잡아 당겼다.

「그냥 의자에 던져놓고 가버리지 그래요? 당신은 날 떼어놓지 못해 안달난 사람이잖아요.」

「어떤 의자가 좋겠소?」

마침내 콜린이 그녀의 손을 놓았다. 하지만 그녀는 한 발 물러서다가 곧바로 케인과 부딪혔다. 그녀는 조심성 없는 행동을 용서해달라고 말한 뒤, 아버지가 어디에 계신지 물었다. 그리고 가능한 빨리 아버님을 뵙고 싶다고 덧붙였다.

알렉산드라의 표정이 워낙 진지하고 근심에 차 있어, 케인은 대놓고 웃을 용기가 나지 않았다. 참 예쁜 여자군. 이런 생각이 문득 들었다. 푸른 색조를 띤 멋진 눈에, 콧잔등의 주근깨는 아내인 제이드를 연상시켰다. 이제 보니, 알렉산드라는 아주 아름다운 여자야.

「젠킨스가 아버님께 당신이 도착했다는 소식을 전하려고 이층에 올라갔습니다, 알렉산드라 공주님. 마음 편히 기다리십시오.」

알렉산드라는 케인의 제안이 맘에 들었다. 케인은 상대방에 대한 예의와 배려가 지극했다. 아마 이 가족의 혈통에 이어진 예의를 모두 물려받은 모양이었다. 무례한 그의 동생만 상대하던 그녀에겐 기분 전환이 되었다.

콜린이 불가에 서서 그녀를 지켜보고 있었으나 알렉산드라는 그의 시선을 무시해버렸다. 그녀는 이 저택의 외형에 별 눈길을 두지 않았지만, 바깥도 분명 실내만큼이나 웅장하리라는 생각이 들었다. 상아빛 대리석으로 된 벽난로 주변으로는 소파 세 개가 반원형을 그리며 놓여 있었다. 그리고 윌리엄셜 공작이 세계 곳곳에서 수집한 보물들이 멋지게 장식되어 있었다. 그녀는 응접실을 샅샅이 훑어보다가 벽난로 선반 중간쯤에 놓인 반짝거리는 물건에 시선이 꽂혔다. 그녀는 기뻐서 숨을

몰아쉬었다. 아버지의 성을 금으로 복제한 모형이야, 결국 잊어버린 게
아니었어! 어린 시절을 보냈던 성을 그대로 재현한 그 물건은 마개가
달린 조그만 브랜디 병과 크기가 비슷했고, 세세한 부분 하나까지 진
짜 성의 모습 그대로였다.

알렉산드라의 얼굴이 기쁨으로 환해지자 콜린은 움찔하며 놀랐다.

「알렉산드라?」

그는 알렉산드라가 왜 이렇게 좋아하는지 궁금해하며 물었다.

그녀가 고개를 돌리며 방긋 웃더니 허둥지둥 벽난로 쪽으로 걸어갔
다. 알렉산드라는 떨리는 손으로 그 조그만 황금색 탑 한쪽을 조심스
럽게 만져보았다.

「이건 내가 살던 성을 복제한 거예요. 스톤 헤븐이라고 불리죠. 난
부모님과 함께 거기서 살았어요.」

「당신 부모님이 결혼하실 때 왕국을 포기하신 걸로 아는데.」

콜린의 말에 그녀는 그렇다고 고개를 끄덕였다.

「네, 그랬어요. 하지만 아버지는 어머니와 결혼하시기 전에 이 성을
사두셨죠. 장군도 거기엔 손대지 못해요. 오스트리아에 위치해 있는데,
설령 장군이 왕위에 앉더라도 성에 대한 권리는 전혀 없어요. 그곳은
언제까지고 안전하죠.」

「성의 주인은 누구죠?」

케인이 불쑥 물었다.

그녀가 아무 대꾸가 없자, 케인은 그녀가 질문을 못 들었거니 하고
여겼다. 그는 콜린과 마찬가지로 그 성에 불쑥 호기심이 동했다. 두 형
제는 알렉산드라 옆에 서서 물끄러미 성을 들여다보았다.

「성이 조목조목 참 인상적이군요.」

케인이 한마디 평을 했다.

「제 아버지께서 당신 아버님께 선물로 드린 거예요. 아버지가 약간
의 속임수를 쓰셨죠 - 물론 좋은 뜻으로요. 아버지의 시골집에서 지낼
때 이 성을 찾아보았어요. 잊어버린 줄 알았는데, 당연히 있어야 할 곳

에 있는 걸 보니 무척 기쁘군요.」

콜린이 속임수를 썼다는 게 무슨 뜻인지 물어보려는데 누군가가 그들을 방해했다.

「물론 있어야 할 곳에 있지.」

윌리엄셜 공작이 문간에서 큰소리로 말했다.

「알렉산드라, 네 아버지는 내 친구였단다.」

후견인의 목소리가 들리는 쪽으로 고개를 돌린 그녀는 방긋 웃으며 그를 반겼다. 백발인 윌리엄셜 공작은 짙은 회색 눈에, 출중한 생김새를 한 인물이었다. 그의 두 아들은 잘 생긴 얼굴과 훤칠한 키를 그에게서 물려 받았다.

「잘 지내셨어요?」

그의 아버지는 아들의 인사에 답례하면서 응접실로 들어왔다. 응접실 한 가운데에 선 그는 알렉산드라에게 두 팔을 활짝 벌렸다.

그녀는 달려가 그의 팔에 안겼다. 공작은 알렉산드라를 꼭 껴안더니 이마에 입을 맞추었다.

콜린과 케인은 자신들의 눈을 의심하며 서로 시선을 주고받았다. 아버지가 자신의 피후견인에게 보인 애정 표현에 깜짝 놀란 것이다. 이 나이 지긋한 어른은 평소에 지극히 내성적인 분인데, 알렉산드라를 오래 전에 잃어버린 딸 대하듯 하질 않는가.

「콜린이 네게 잘 대해주던?」

「네, 헨리 삼촌.」

「헨리 삼촌?」

케인과 콜린이 동시에 되물었다.

알렉산드라가 후견인의 품에서 빠져 나와서 콜린을 노려보았다.

「헨리 삼촌은 저와 친척이 되는 걸 전혀 꺼리지 않으세요.」

「하지만 아버지는 당신 친척이 아니오.」

콜린이 고집스럽게 우겼다.

그의 아버지가 미소를 지으며 설명했다.

「삼촌이라고 부르라고 내가 일렀다. 이제 알렉산드라는 우리 가족의 일원이란다, 아들아.」

이렇게 말한 그는 자신의 피후견인에게 고개를 돌렸다.

「자리에 앉아서 네 결혼 문제를 상의하자꾸나.」

알렉산드라는 바닥에 떨어진 수첩을 발견하고, 즉시 수첩을 집으러 몸을 굽혔다. 콜린은 알렉산드라가 브로케이드(아름다운 무늬를 넣어 짠 직물)를 깐 소파에 앉을 때까지 기다렸다가, 그녀 옆에 앉았다.

콜린의 커다란 몸집 때문에 알렉산드라는 구석으로 몰렸다. 그녀는 그의 단단한 허벅지를 팔꿈치로 쿡쿡 밀면서 그의 엉덩이에 깔려 있는 치맛자락을 간신히 잡아 뺐다.

「여기엔 다른 의자들도 얼마든지 있어요.」

알렉산드라는 헨리 삼촌이 자기 아들을 비난하는 소리를 듣지 못하도록 낮은 소리로 속삭였다.

「다른 자리에 앉아요, 사촌오빠.」

「한 번 더 그렇게 불러보시오. 당신 숨통을 막아버릴 테니.」

콜린이 성난 목소리로 나지막이 협박했다.

「그리고 그만 좀 꼼지락거리는 게 어떻겠소」

「아들아, 알렉산드라가 너무 비좁겠구나. 이쪽으로 오너라.」

콜린은 꼼짝도 하지 않았다. 그의 아버지는 얼굴을 찌푸리더니, 알렉산드라와 마주보는 널찍한 소파에 케인과 나란히 앉았다.

「너희 둘은 잘 지냈니?」

콜린의 아버지가 물었다.

「콜린이 일 주일 내내 아팠어요」

알렉산드라가 설명했다.

「제가 오늘 이곳으로 이사오나요, 삼촌?」

「아니.」

갑자기 콜린이 거친 어조로 반대했다.

그의 아버지는 아들을 보며 눈살을 찌푸리더니, 곧 알렉산드라에게 시선을 돌려 물었다.

「넌 여기에서 살고 싶으냐?」

「전 콜린이 그러길 원한다고 생각했어요.」

알렉산드라가 대꾸했지만 얼굴엔 어리둥절하다는 표정을 지었다.

「절 지켜야 하는 의무가 부담스러워 보였거든요. 콜린은 오늘도 무척이나 안절부절못했는데, 그 원인이 걱정거리 때문인 것 같았어요.」

콜린은 어이가 없어 눈을 천장으로 굴렸다.

「하던 얘기나 계속하죠.」

콜린이 투덜대듯 말했다. 아버지는 아들의 말을 외면해버렸다.

「콜린이 걱정하더라고?」

「그래요, 삼촌.」

그녀는 두 손을 무릎에 겹쳐 놓으며 말을 이어나갔다.

「절 떼어내지 못해 무척 걱정했어요. 이제 제가 혼란스러운 이유를 아시겠죠, 그죠? 바로 몇 분 전에 절 소파에 내동댕이치고 떠나버릴 것 같더니, 지금은 나더러 함께 있어야 한다고 말하잖아요.」

「그건 모순이군.」

케인이 한마디 참견했다.

콜린이 몸을 앞으로 내밀었다. 그리고 무릎에 팔꿈치를 얹고 아버지를 빤히 쳐다보았다.

「지금 당장 알렉산드라의 거처를 옮기는 건 좋지 못한 생각이에요, 아버지. 오페라 하우스 밖에서 사건이 터졌었어요.」

알렉산드라가 그 얘기를 못하게 하려고 팔꿈치로 그의 옆구리를 툭 쳤다. 콜린이 그녀를 쳐다보았다.

「그런 일까지 말씀드릴 필요 없어요. 염려만 끼쳐드릴 뿐이에요.」

그녀가 나지막이 주의를 주었다.

「아버지가 염려하셔야 할 일이오.」

콜린이 덤덤하게 대꾸했다.

「당신을 책임지려면, 앞에 어떤 난관이 놓였는지 아셔야 하니까.」

콜린은 알렉산드라에게 반박할 여유도 주지 않고 아버지에게 고개를 돌렸다. 그는 오페라 하우스에서 발생한 사건을 간략히 얘기하고, 리처즈 경이 전해준 몇 가지 중요한 정보도 말한 뒤, 알렉산드라가 결혼할 때까지는 위협이 계속되리라는 자신의 견해로 얘기를 끝냈다.

「아니면, 장군의 위협은 왕위찬탈 계략의 성패가 판가름나는 날에 끝나겠지.」

케인이 불쑥 한마디 참견했다.

「그러려면 일년은 더 걸릴 거야.」

콜린이 우울한 표정으로 예상했다.

「그렇겠군.」

형이 맞장구를 치더니 아버지에게 의견을 제시했다.

「콜린의 말이 맞는 것 같아요, 아버지. 알렉산드라는 콜린과 살아야 해요. 콜린은 이런 방면에는 경험도 많고, 아버지와 어머니에게도 위험 부담이 적고요.」

「엉뚱한 소리 말아라.」

아버지가 곧바로 받아넘겼다.

「내 가족을 어떻게 보호해야 하는지 정도는 나도 잘 알고 있다. 내게 닥칠 위험쯤은 막아낼 수 있단 말이다. 하지만 세상 사람들의 뒷공론은 꼭 집고 넘어 가야 할 문제야. 이제 너희 어머니와 난 건강을 완전히 회복했으니, 알렉산드라는 우리와 함께 살게 될 게다. 결혼하지 않은 남녀가 한 집에 사는 건 남 보기 흉해.」

「지난주에는 그렇게 지냈는걸요.」

케인이 아버지에게 슬쩍 상기시켜 주었다.

「그때는 우리가 병에 걸렸으니 사람들이 이해할 게다.」

아버지가 태연히 대꾸했다.

콜린은 자신의 귀를 믿을 수가 없었다. 아버지의 순진한 믿음에 할 말을 잃고 말았다. 그는 알렉산드라의 거처를 옮기는 데 반대하는 자신의 관점을 지지해달라고 형을 쳐다보았으나, 케인 역시 어처구니없다는 표정을 짓고 있었다.

「넌 사람들이 수군대는 소릴 들은 적이 있냐?」

아버지는 걱정스런 얼굴로 케인에게 물었다.

케인이 잠자코 고개만 가로 저었다. 콜린은 화를 참고 있었다.

「아버지, 지금 상황에서 험담은 중요치 않아요. 우리 가족이 처할지도 모를 위험에 비하면 사람들의 숙덕거림이 무슨 대수겠어요? 사람들이야 당연히 수군대겠죠. 하지만 알렉산드라와 전 신경 쓰지 않아요.」

「내 결정을 두고 이러니저러니 따지지 마라.」

아버지가 고집스럽게 우겼다.

「내가 내 피후견인을 잘 돌보지 못하리라 생각한다면, 넌 날 우습게 본 거다. 아내와 여섯 자식들을 이제껏 아무 탈없이 보살펴 왔는데 지금 와서 그렇게 못 할 이유가 없다.」

「하지만 아무도 어머니를 납치하려 들진 않았잖아요. 다른 식구들도 마찬가지…….」

케인이 계속 아버지에게 토를 달았다.

「그만 됐다.」

그의 아버지가 말을 잘랐다.

「이 얘기는 이제 끝났다.」

그리고 그는 한결 부드러운 어조로 말을 이었다.

「알렉산드라가 가능한 빨리 결혼해야 한다는 네 어머니 말이 맞았어. 그러면 이 어처구니없는 일이 다 해결될 텐데.」

콜린이 케인을 쳐다보았다.

「알렉산드라는 괴상한 명단을 갖고 있어.」

「그 명단은 내가 주었다, 콜린.」

콜린은 다시 한 번 할말을 잃었다.

「무슨 명단인데?」

케인이 궁금해했다.

「케인에게 꼭 얘기할 건가요?」

알렉산드라가 나지막이 속삭였다. 그녀는 너무 창피스러워 볼이 불그스레해졌다.

「당신 형은 벌써 결혼했잖아요.」

「나도 알고 있소.」

콜린이 피식 웃으며 대꾸했다.

케인은 알렉산드라의 항의를 못 들은 체 하고 다시 물었다.

「무슨 명단이야?」

「남자들.」

콜린이 짧게 대꾸했다.

「신랑감들의 이름을 적은 명단을 만들었어.」

케인은 그 말을 듣고도 눈에 띄는 반응은 보이지 않았다. 알렉산드라는 동생과 나눈 대화 때문에 몹시 기분이 언짢은 듯했다. 케인은 그녀의 마음을 편하게 해줘야겠다고 마음먹었다.

「일리 있는 생각인데.」

케인이 말했다.

「일리 있다구? 그건 야만인 같은 짓이야.」

콜린이 반대하고 나섰다. 케인은 더 이상 못 참고 웃고 말았다.

「이건 웃을 일이 아니야.」

콜린이 형에게 불쑥 쏘아붙였다.

「맞아. 이건 웃을 일이 아니지.」

케인이 맞장구를 쳤다.

「아주 심각한 일이에요.」

알렉산드라가 고개를 끄덕이며 말참견을 했다.

케인이 어깨를 똑바로 폈다.

「그럼 이 모임의 목적은 그 명단에서 괜찮은 남편감을 고르는 거죠? 제가 바르게 이해했나요?」

「맞아요.」

알렉산드라가 얼른 대꾸했다.

「지난주에 후보들을 면담하려고 했는데, 콜린이 병에 걸리는 바람에 간호하느라 시간이 없었어요.」

「당신이 콜린을 간호했단 말이죠?」

케인이 얼굴에 웃음을 띠며 물었다.

알렉산드라가 잠자코 고개를 끄덕였다.

「밤낮으로요. 콜린에겐 제가 필요했거든요.」

콜린은 약이 올랐다.

「당신이 꼭 필요하진 않았소!」

알렉산드라는 그의 퉁명스런 어투에 화가 솟았다. 그녀는 소파 등에 몸을 기대고 자그마한 소리로 꾸짖었다.

「당신은 정말 은혜도 모르는 사람이군요.」

콜린은 그녀의 말을 무시한 채 형을 쳐다보았다.

「그러고 보니 생각나는데, 날 도와줘서 고마워, 형. 일년이 넘게 지금처럼 장부책이 잘 정리된 적은 없었어.」

「무슨 장부책?」

「선적 장부 말이야. 도와줘서 고맙게 생각해.」

콜린의 설명에 케인이 머리를 가로 저었다. 알렉산드라가 콜린의 관심을 끌려고 옆구리를 툭툭 건드렸다.

「목전에 놓인 얘기를 하는 게 어때요? 난 이 문제를 한시바삐 처리하고 싶어요.」

「네 장부책은 건드리지도 않았어.」

케인이 그녀의 말에 아랑곳없이 동생에게 말했다.

「그럼 누가?」

한참동안 아무도 입을 열지 않았다. 알렉산드라는 시선을 내리깔더니 드레스에 접힌 주름살을 펴고 있었다. 콜린이 천천히 그녀에게 고개를 돌렸다.

「당신이 드레이슨이나 딴 사람을 시켜서 장부를 정리했소?」

「물론 아니에요. 당신 장부는 사적인 건데, 외부인이 보게 할 수는 없죠. 게다가, 당신이 아픈 동안 손님은 일체 출입 금지시켰어요.」

「그럼 대체 누가 했단 말이지?」

「내가 했어요.」

「농담하지 마시오, 알렉산드라. 지금 그럴 기분이 아니니까.」

「농담이 아니에요, 정말 내가 했어요. 업무일지도 모두 정리해서, 모아두었어요.」

「누가 도와주었지?」

알렉산드라는 그 말에 상당히 자존심이 상했다.

「아무도 돕지 않았어요. 난 숫자에 아주 능숙해요. 못 믿겠다면, 허락해줄 테니 원장수녀님께 편지를 써서 물어봐요. 난 수녀님을 위해 장부를 새로 만들기도 했다고요. 그래야 은행에서 수녀님께 돈을 빌려……. 오, 이런, 그 일을 말해선 안 되는데. 원장수녀님은 그걸 죄악이라고 하셨지만, 난 그렇게 생각지 않아요. 뭘 훔친 것도 아니고, 대출 받을 수 있게 숫자를 좀 조작했을 뿐이니까요.」

콜린은 깜짝 놀란 표정을 지었다. 그걸 본 알렉산드라는 콜린이 자신의 고백을 창피스럽게 여겼다고 짐작하고 변명을 뚝 멈추고 깊이 숨을 들이마셨다.

「당신 장부의 경우엔, 숫자를 옮겨 쓰고 총 합계를 내는 일이라 어렵지 않았어요. 좀 지루하긴 했지만.」

「이율은 어떻게 했소?」

콜린은 아직도 믿기 어려워하며 이렇게 물었다.

「천치가 아닌 바에야 이율 내는 건 쉽죠.」

「하지만 당신은 여자인데…….」

콜린이 장부 처리를 어떻게 배웠는지 상상도 안 된다는 말을 하려는데, 알렉산드라가 그의 말을 가로챘다.

「그 말이 언제 나오나 생각했어요!」

그녀가 분해하며 소리쳤다.

「단지 내가 여자라는 이유로, 최신 유행하는 옷 외엔 아는 게 하나도 없다고 생각하죠, 안 그래요? 그렇다면, 깜짝 놀랄 일을 말해주겠어요. 난 유행하는 옷에 대해선 눈곱만치도 관심이 없어요.」

그녀가 이처럼 화낸 적이 있었던가! 눈에서는 파르르 불꽃이 일었다. 콜린은 그녀의 입을 틀어막아 버릴까 생각했으나, 일단 키스부터 하고 싶었다.

케인이 그녀를 도우러 나섰다.

「그래서 수녀 원장님이 대출을 받으셨나요, 알렉산드라?」

「그럼요, 받았어요.」

알렉산드라의 목소리에 자부심이 어려 있었다.

「은행에서 그 두 번째 장부를 참고했다는 사실을 수녀님은 당연히 모르셨어요. 아셨으면, 신에게 한 맹세 때문에 고백하지 않고는 못 견디셨을 거예요. 수녀님들은 계율을 엄하게 따르잖아요. 원장수녀님은 성당을 새로 짓느라 돈을 다 써 버린 후에야 그 사실을 알아채셨어요. 그래서 모든 일들이 술술 잘 풀린 셈이죠.」

콜린이 코웃음을 치며 비아냥거렸다.

「당신이 떠나서 수녀님이 무척 아쉬웠겠군.」

「우리가 한 자리에 모이게 한 얘기로 돌아가는 게 좋겠어요.」

케인이 이렇게 제안하더니 일어나서 알렉산드라에게 다가왔다.

「가진 명단을 좀 보여주겠어요, 알렉산드라?」

「네, 그럼요.」

「명단이 아직 완성되지는 않았어요. 거기에 열 명의 이름이 적혀 있지만, 원하시면 한두 명 더 써넣으셔도 괜찮아요.」

「너희들 어머니는 없지만 우리끼리 시작하자꾸나.」

알렉산드라의 후견인이 큰 소리로 일렀다.

「케인, 첫 번째 이름을 읽어보아라. 그 남자에 대해 의논해보자.」

케인이 이름이 적힌 종이를 펴서 내용을 대충 훑어보더니, 동생을 쳐다보았다.

「시작하거라, 케인.」

그의 아버지가 재촉했다.

「명단에 있는 첫 이름이 콜린이에요.」

케인은 동생에게 시선을 꽂은 채 이렇게 말했다.

「그래요, 하지만 콜린의 이름은 명단에서 지웠어요. 그의 이름에 줄이 그어져 있죠? 괜찮다면, 지우지 않은 이름으로 진행하세요.」

「잠깐만요.」

케인이 제동을 걸었다.

「알렉산드라, 콜린의 이름이 삭제된 이유를 알고 싶군요. 당신이 동생 이름을 적었나요, 아니면 아버지가 제안하셨나요?」

「내가 적으라고 일렀다. 우리가 이 명단을 작성할 당시만 해도 이 애는 콜린을 만난 적도 없었다. 난 두 사람이 잘 맞는 짝이 되리라 생각했는데, 지금 보니 안 되겠어. 두 사람은 전혀 어울리지 않아.」

케인의 생각은 아버지와 정반대였다. 알렉산드라와 콜린 사이에 튀기는 불꽃은 지금 당장이라도 불붙을 듯이 강렬했고, 두 사람은 자신들이 왜 이런 좌절감을 느끼는지 그 이유를 인정하지 않으려고 안간힘을 쓰고 있었다.

「왜 두 사람이 안 어울린다고 생각하세요, 아버지?」

케인이 아버지께 슬쩍 물어보았다.

「아들아, 이 두 애들을 보거라. 누가 봐도 빤하잖니? 알렉산드라는 거북해서 어쩔 줄 몰라하고, 콜린은 자리에 앉은 후로 한번도 인상을 편 적이 없어. 그러니 두 사람 사이가 안 좋은 게 분명해. 그건 원만한 결혼 생활을 유지하는 데 아주 중요한 요소란다.」

「형, 그냥 명단이나 계속 읽는 게 어때?」

「콜린, 그렇게 안달할 필요는 없잖아요.」

콜린은 알렉산드라의 말을 무시해버렸다. 그러자 그녀는 케인에게 고개를 돌렸다.

「콜린이 줄곧 아팠거든요.」

그녀는 시무룩한 콜린을 위해 병을 핑계댔다.

「이것도 집고 넘어가야 할 얘기야.」

아버지가 콜린에게 눈살을 찌푸리며 꾸짖었다.

「콜린이 결혼하겠다고 하면 그를 받아들일 건가요, 알렉산드라?」

케인이 궁금해했다.

「콜린은 이미 거절한 걸요. 어쨌든 그는 조건에도 맞지 않아요.」

알렉산드라가 설명했다.

「왜 안 맞나요?」

케인이 끈질기게 물었다.

「그만 좀 하지 그래?」

케인이 동생의 불평을 무시해버렸다. 콜린을 무시하긴 알렉산드라도 마찬가지였다. 그녀는 인상을 찌푸리며 어떻게 답해야 할지 곰곰이 생각했다. 케인을 혼란스럽게 하고 싶지는 않았지만 그렇다고 장황하게 모든 일을 늘어놓기도 싫었다.

「콜린이 제 재산에 손도 대기 싫어하니까 조건에 안 맞아요.」

「그야 당연하지. 난 그런 것에는 손을 대지 않아.」

「보세요, 이제 이해가 되시죠?」

케인은 한 가지도 이해할 수 없었으나, 이 일을 더 이상 쑤셔대지 말라는 표정을 동생 얼굴에서 읽었다. 콜린은 당장이라도 누군가의 목덜미를 낚아챌 기세였고, 케인은 그 희생물이 되고 싶지 않았다. 어쩔 수 없게 된 케인이 이런 제안을 했다.

「이 상황을 처리할 좀더 나은 방법이 없을까? 알렉산드라가 시간을 갖고 천천히 생각해보는 게⋯⋯.」

「하지만 그럴 시간이 없다.」

아버지가 얼른 케인의 말을 막았다.

「걱정해줘서 고마워요, 케인.」

알렉산드라가 고마움을 표했다.

「케인, 계속하거라. 명단에 있는 두 번째 이름을 읽으렴.」

이제 케인도 단념했다. 두 번째 이름 역시 지워져 있어서, 케인은 세 번째 이름으로 눈길을 돌렸다.

「휘튼의 호튼 백작.」

「그를 언젠가 만난 적이 있지.」

아버지가 기억을 상기하면서 말했다.

「내가 보기엔 꽤 호감이 가는 사내였어.」

케인이 고개를 끄덕이며 아버지의 말에 동의하는데, 콜린이 머리를 흔들어댔다.

「그에게 무슨 문제가 있니, 콜린?」

형이 물었다.

「술주정뱅이야. 그는 안 돼.」

「술주정뱅이라고?」

아버지가 놀라며 되물었다.

「호튼이 그런 줄 몰랐는걸. 그를 지워버려라, 케인. 알렉산드라를 술주정뱅이에게 시집보낼 순 없지.」

「고맙습니다, 헨리 삼촌.」

콜린은 화를 참느라 안간힘을 써야 했다. 솔직히 왜 이렇게 속이 타는지 자신도 이해할 수 없었다. 알렉산드라와 결혼하지 않기로 결정한 건 바로 자신이 아니었던가! 그런데도 딴 남자가 그녀를 건드린다는 생각만 해도 속이 뒤집힐 것 같았다.

콜린은 이 세상에서 가장 자연스러운 일이라도 되는 양, 쿠션 뒤로 등을 기대고 능청스럽게 알렉산드라의 어깨에 팔을 둘렀다. 그녀는 자신도 모르게 그의 곁으로 바싹 다가앉았다. 온몸을 떨고 있는 걸로 보아, 그녀도 콜린만큼이나 이 곤란한 상황을 싫어하는 듯했다.

형 말이 맞았어. 좀더 나은 방법을 찾아야 해.

형이 다음 이름을 부르자 콜린은 퍼뜩 정신이 들었다.

「록우드의 킹스포드 백작.」

「너희 어머니가 킹스포드를 추천하셨다. 그의 예의 바른 태도에 반한 모양이더구나.」

콜린이 고개를 가로 저었다.

「예의는 바를지 몰라도 변태적인 쾌락을 추구하는 걸로도 명성이 자자한 사람이에요. 형, 그를 지워버려.」

「변태적인 쾌락이라고? 케인, 그 자도 지워버려라.」

「코린검의 윌리엄 후작.」

「내가 추천한 사람이야.」

아버지의 목소리에는 여지껏 없었던 열의로 가득 찼다.

「아주 멋진 사내야. 그 집안과는 오래 전부터 잘 아는 사이인데, 해리는 참으로 훌륭한 가문 출신이지.」

케인은 진지한 표정을 짓고 있기가 여간 고되지 않았다. 콜린이 벌써 고개를 흔들고 있었다.

「해리는 여자 뒤꽁무니나 쫓아다니는 호색가예요.」

콜린이 딱 부러지게 말했다.

「해리가 그러리라고는 생각도 못 했는걸. 네 어머니와 나도 더 자주 나다녀야겠다. 사교계 사람들과 어울리다보면 이런 얘기들을 얻어들었을 텐데. 그럼, 할 수 없구나, 해리도 안 된다. 바람둥이에게 시집보낼 수는 없지.」

케인은 명단에서 다음 이름을 부르면서 콜린을 빤히 쳐다보았다.

「웬칠의 존슨 백작.」

이 남자의 이름을 마저 부르기도 전에 콜린은 머리를 흔들어대기 시작했다.

작업은 이런 식으로 계속 진행되었다. 콜린은 이름이 불린 남자들 모두에게서 반드시 결점을 찾아내고야 말았다. 케인이 마지막 이름을 부를 때 즈음엔 백작은 손발 다 들었다는 표정으로 이마에 손을 얹고서, 소파 한 귀퉁이에 몸을 콕 처박고 있었다. 케인은 재밌어 죽겠다는 표정을 감출 재간이 없었다. 마지막 이름인 오크마운트의 모르건 엣킨즈 백작이 호명되자, 동생은 그럴듯한 결점을 찾지 못해 쩔쩔맸고, 케인은 동생이 백작에 대한 어떤 흠을 잡을지 궁금해 죽을 지경이었다.

160

「모르건을 만난 적이 있어요.」

알렉산드라가 불쑥 큰소리로 말했다.

「콜린의 집에 볼일이 있어 왔었는데 아주 친절해 보였어요.」

하지만 그녀의 목소리에는 자신감이 결여되어 있었다. 비참한 기분을 숨기기가 몹시 힘들었고, 지금 벌어지고 있는 상황이 혐오스럽기까지 했다. 자신의 미래와 운명이 완전히 자기 손에서 벗어난 것 같았고, 자선을 구걸하는 고아처럼 끔찍하기 그지없었다.

「난 모르건에 대해 할말이 없어. 한번도 본 적이 없거든.」

케인이 먼저 말했다.

「난 만나본 적이 있다.」

아버지가 그에 대한 의견을 말하기 시작했다.

「꽤 마음에 드는 젊은이였어. 사정이 허락하는 대로 그를 집에 초대해서…… 대관절 넌 왜 고개를 흔들어대는 거냐, 콜린?」

「그래, 콜린. 모르건에겐 무슨 문제가 있지?」

케인도 한마디했다.

콜린이 길게 한숨을 내쉬었다. 그의 결점을 집어내기가 무척 어려웠다. 머리를 굴려보려 했으나 케인이 방해를 했다. 형이 갑자기 소리내어 웃기 시작한 것이다.

「뭐가 그리 재미있어?」

콜린이 퉁명스럽게 내뱉었다.

「재미있잖아.」

콜린이 되받아 쳤다.

「이제 한번 얘기해볼까.」

그가 일부러 말을 길게 뺐다.

「지금까지 우린, 술주정뱅이, 탐욕, 폭식가, 질투, 타락, 욕심, 정욕 등등의 이유로 아홉 명의 신랑 후보감들을 죄다 지워버렸는데. 이번에는 모르건이 못마땅한 이유가 뭔지 난 너무나 궁금해. 일곱 가지 대죄를 몽땅 다 써먹었잖아, 콜린.」

「무슨 말을 하고 싶은 거야, 형?」

「넌 그들 전부가 못 마땅하잖아.」

「다 마음에 안 들어. 난 알렉산드라의 행복을 염두에 두고 있어. 알렉산드라는 공주야. 공주라면 당연히 더 나은 사람을 만나야 해.」

마지막 말이 케인의 궁금증을 모조리 풀어주었다. 콜린의 기분이 왜 그렇게 엉망인지 이제야 알 만했다. 동생은 분명 알렉산드라를 원하고 있으나, 자신이 그 정도로 훌륭하지 않다고 단정 지은 것이다. 오, 그래. 바로 그거야. 케인은 이 점에 있어 확신이 생겼다. 콜린은 둘째 아들이라서 땅과 작위를 물려받지 못했다. 자신의 제국을 건설하리라는 집착 역시 자기 힘으로 남의 인정을 받겠다는 각오에 기인했다. 케인은 독립심이 강한 동생을 자랑스럽게 여겨왔다. 하지만 그 놈의 자존심 때문에 동생은 알렉산드라를 놓쳐버릴 딱한 처지에 놓여 있었다.

물론 그녀와 결혼할 수밖에 없는 상황에 놓인다면, 얘기는 달라지겠지만…….

「대체 모르건이 어떻다는 거냐? 그에게 무슨 문제가 있지?」

아버지가 다시 질문했다.

「문제는 없어요」

콜린이 딱 잘라 말했다. 그의 말에 아버지의 얼굴에 웃음이 감돌기 시작했다.

「자식이 안짱다리라도 알렉산드라가 괘념치 않는다면 말이죠」

「어이쿠…….」

아버지가 맥이 빠져 소파 뒤로 몸을 털썩 던졌다.

「모르건이 안짱다리예요?」

케인이 알렉산드라에게 능청스레 물었다. 그는 스스로가 대견스러울 정도로, 표정 하나 바꾸지 않고 이 질문을 할 수 있었다.

「솔직히 말해 그의 다리를 잘 보지 못했어요. 하지만 콜린이 안짱다리라면, 분명 그렇겠죠. 내가 자식을 낳아야 하나요?」

「당연하지.」

콜린이 성큼 대답했다.

「그럼 그 사람은 안 되겠어요. 난 아이들이 안짱다리가 되기를 원치 않아요.」

그녀는 콜린을 올려다보았다.

「안짱다리 환자는 상태가 아주 딱한가요?」

그녀가 콜린에게 살짝 물었다.

「그렇다니까.」

콜린이 거짓말을 둘러댔다.

케인과 아버지는 신랑 후보의 이름들을 번갈아 입에 올렸고, 콜린은 어떡하든 그들의 결점을 집어냈다.

케인은 이 일을 한껏 즐기고 있었다. 콜린은 시간이 흐를수록 더 안절부절못했다. 결국 알렉산드라의 어깨에 걸친 팔을 내리더니, 몸을 앞으로 내민 채, 아버지가 다른 후보자의 이름을 생각해낼 때까지 기다렸다.

얘기가 점점 길어지자 알렉산드라는 더욱더 속이 상했다. 아무렇지 않은 척 하긴 했으나 무릎 위에 놓인 두 손은 주먹을 꽉 움켜쥐고 있었다. 후보자가 한 명만 더 거론되어도 못 참겠다는 생각을 하고 있는데 콜린이 소파 뒤로 등을 기대더니 그녀의 손 위에 손을 살짝 올렸다.

알렉산드라는 그의 위로를 기대하지 않았음에도 불구하고 콜린의 손을 와락 붙잡았다.

「알렉산드라, 어떻게 했으면 좋겠어요?」

케인이 다시 물었다. 하지만 알렉산드라는 사랑하는 남자와 결혼하는 거야말로 그 무엇보다 간절한 바람이라는 말이 창피스러워 입에서 떨어지지 않았다.

「수녀가 되고자 생각했지만, 원장수녀님이 허락하지 않으셨어요.」

그녀의 눈에 눈물이 글썽이는 탓에 아무도 소리내어 웃지 못했다.

「왜 허락하지 않으셨죠?」

케인이 진지하게 물어주었다.

「난 천주교인이 아니에요. 그건 아주 중요한 조건이거든요.」

그제야 케인이 빙그레 웃었다.

「수녀가 됐더라면 별로 행복하지 않았을 겁니다.」

알렉산드라는 지금도 별로 행복하지 않았다.

「알렉산드라, 이제 그만 구애니스 숙모를 만나보지 그러니?」

그녀의 후견인이 점잖은 어투로 제의했다.

「그리고 제이드도 아직 만나보지 못했지? 가서 사랑스런 케인의 아내에게 네 소개라도 하려무나.」

그녀는 사형 집행 유예를 받은 사람처럼 행동했다. 그녀의 얼굴에 갑자기 퍼져 가는 안도감을 놓친 사람은 하나도 없었다.

알렉산드라는 콜린의 손을 잡고 있다는 사실도 깨닫지 못한 채 벌떡 일어섰다가, 얼른 그의 손을 빼낸 뒤 응접실을 나섰다.

세 남자는 그녀가 응접실을 나갈 때까지 서 있다가 다시 자리에 앉았다. 콜린이 발판 위에 다리를 뻗고 등을 뒤로 기댔다.

「알렉산드라가 견디기엔 너무 힘든 상황이에요.」

「당연히 그럴 게다.」

아버지가 맞장구를 쳤다.

「달라진 상황에 저 애가 적응할 시간이 좀 있으면 좋으련만. 시간이 너무 촉박하구나, 콜린.」

케인이 화제를 바꾸기로 마음먹었다.

「아버지, 궁금해서 그러는데요, 알렉산드라의 아버님과는 어떻게 알게 되셨어요?」

「애쉬포드 파티에서 만났는데 너새니얼과 난 한 눈에 서로에게 호감을 가졌었지.」

「그래서 그분의 딸을 책임지시려는 거구요.」

아버지의 표정이 갑자기 확 달라졌다. 너무도 슬퍼 보였다.

「아니다, 그건 아니야. 너희들이 모르는 일이 있는데, 지금이 너희들 앞에서 고백할 때인 듯 싶구나. 어쨌든 조만간 알게 될 일이니까.」

아버지의 진지한 목소리에 두 아들은 예사로운 일이 아님을 추측할 수 있었다.

긴 침묵이 흐른 뒤에야 아버지가 다시 입을 열었다.

「케인, 네 어머니가 죽은 직후에 난 말썽을 부리고 다녔다. 그때만해도 구애니스를 만나기 전이었는데, 난 술을 마시기 시작했어 - 솔직히 말하면 술독에 빠져 살았지.」

「아버지가요? 하지만 술은 한 모금도 입에 안 대시잖아요?」

콜린이 놀라며 물었다.

「지금은 마시지 않지만 그 당시는 상당히 마셨지. 도박에도 손을 댔었다. 당연히 빚이 산더미처럼 쌓여갔지만 어리석었던 난, 이겨서 잃은 돈을 꼭 따겠다고 생각했었지.」

콜린과 케인은 너무나 놀란 나머지 말을 잃어버렸다. 그리고 아버지를 생판 처음 보는 낯선 사람처럼 빤히 쳐다보기만 했다.

「이런 고백을 하자니, 무척 힘드는구나…… 아들들 앞에서 자기 죄를 떠벌리고 싶어하는 아버지는 이 세상에 없을 테니 말이야.」

그러자 콜린이 얼른 말했다.

「과거는 과거일 뿐이에요. 그냥 잊어버리세요.」

아버지가 고개를 가로 저었다.

「그게 그렇게 단순하지 않아. 난 너희들이 모든 걸 다 알기를 바란다. 난 거의 파괴될 뻔했었다. 알렉산드라의 아버지를 만나지 못했다면 분명 그렇게 됐을 게다. 상속받고 내 손으로 힘들게 일군 모든 것들이, 빌린 돈에 대한 담보로 대금업자들의 손에 넘어가 버렸거든. 난 그때 모든 걸 다 잃었을 게야.」

「그래서 어떻게 됐어요?」

아버지가 아무 말이 없자 케인이 다그쳐 물었다.

「너새니얼이 날 살려줬단다. 그때 난 술집에 있었다고 생각했었는데, 어느새 집에 와 있었어. 취해서 클럽 탁자에 엎드려 정신을 잃었다는구나. 눈을 떠보니 너새니얼이 옆에 서 있었는데, 몹시 화를 냈었어.

아직 술이 깨지 않아 괴로웠던 나는, 날 두고 가버리라고 말했지. 하지만 그는 가기는커녕 으름장을 놓기까지 했어.」

「어떻게 하셨는데요?」

백작의 뜻밖의 고백에 케인은 몸을 앞으로 내밀어 귀를 기울였다.

「네가 아래층에 있다고 말하더구나.」

아버지가 다시 얘기를 계속했다.

「너는 감수성이 예민한 어린애였는데, 너새니얼이 아버지 꼴이 어떤지 널 데려와서 보여주겠다고 윽박지르는 거야. 난 말할 나위 없이 그 말에 정신이 번쩍 들었지. 그런 창피스런 모습을 네게 보이느니 차라리 죽는 편이 나았으니까.」

아무도 말 한마디하지 않은 채 몇 분이 흘러갔다. 케인은 아버지가 술에 젖어 살았던 시절에 대한 기억이 없었다.

「제가 몇 살 때였나요?」

「다섯 살쯤 됐을 게다.」

「그 정도로 어렸다면, 아버지의 술 드시는 모습을 봤더라도 기억하지 못했겠네요.」

「내가 널 얼마나 사랑하는지 너새니얼은 알았던 게야. 참 현명한 사람이었지. 그때가 내 암흑기였고 동시에 일대 전환기였어.」

「그 빚은 어떻게 처리하셨나요?」

아버지가 빙그레 웃었다. 이 얼마나 콜린다운 질문인가! 이 둘째 아들은 가족들 가운데 누구보다도 실리적인 성격을 가졌다. 또한 자제력이 뛰어나기도 했고.

「너새니얼이 대금업자들을 일일이 찾아다니면 각서를 모조리 사들였단다. 하루만에 난 빚을 완전히 청산했어. 그가 각서들을 돌려주려고 했으나 난 그가 베푸는 자비를 거절했고, 각서를 찢지도 못하게 했어. 나중에 갚을 수 있을 때까지 각서들을 갖고 있으라고 말했었지. 이자까지 계산하라고 하면서 말이야.」

「그래서 빚을 다 갚으셨나요?」

이번에는 케인이 물었다.

「아니, 못 갚았어. 너새니얼은 아내를 데리고 스톤 헤븐으로 돌아갔단다. 돌아가기 전에 저 아름다운 보물을 내게 주었지.」

아버지는 벽난로 위에 다소곳이 놓여 있는 성을 가리키며 말했다.

「그 모든 걸 다 해준데다 선물까지 주었다는 게, 상상이나 할 수 있니! 그 후로 우리는 물론 편지로 서로의 안부를 묻게 되었고, 그가 아내와 함께 영국에 돌아왔을 때는 알렉산드라를 데리고 왔었다. 난 내 재산의 반을 주겠다고 했으나 받으려 하지 않았어. 그땐 참으로 난처했었다. 그의 행동이 워낙 훌륭해서, 그 각서들이 어디 있는지 물어볼 용기도 없었어. 그 다음 해에 그는 세상을 떠났지. 휴우, 지금도 그의 죽음이 가슴에 사무치는구나. 내겐 가장 절친한 친구였는데.」

두 아들은 충분히 수긍이 갔다. 너새니얼은 참으로 좋은 친구였다.

「그 각서들은 지금 누구 손에 있나요?」

케인이 물었다.

「그게 바로 딜레마란다. 나도 각서가 어디 있는지 모른단다.」

「알렉산드라에게 물어보셨어요?」

콜린이 궁금해했다.

「아니. 그 애가 그 거래에 대해 뭘 알겠니. 난 후견인 자격으로 언젠가 그 애의 예금 계좌를 접할 기회가 있었다. 그 애의 대리인인 드레이슨이 투자에 관한 일을 돌보고 있더라만, 아마 그도 각서에 대해선 아는 바가 없을 거야.」

「그 각서와 이자에 대한 상환 청구서가 오늘 날아온다면, 총 금액을 갚을 능력이 있으세요?」

케인이 물었다.

「모두 갚지는 못할 게다. 하지만 이제는 경제적 기반이 탄탄한 상태이니, 각서들이 돌아온다면 필요한 돈을 빌릴 수는 있을 게다. 너희들이 내가 고민에 빠져 있으리라고 생각하지 말았으면 좋겠구나. 너새니얼은 매사에 확실하고 빈틈없는 사람이었으니 각서들은 안전한 곳에 두었을 게야. 난 단지 어디에 있는지 궁금할 뿐이다.」

「저도 궁금한데요.」

케인이 아버지와 의견을 같이 했다.

「내가 이 일을 털어놓는 데는 두 가지 의도가 있단다.」

아버지가 계속 말을 이으셨다.

「첫째는, 너희 둘 다 알렉산드라의 아버지가 어떤 분인지 알고, 내가 그분에게 어떤 빚을 졌는지 알았으면 해서야. 둘째는, 그의 딸에 대한 내 감정을 알아주길 바라기 때문이란다. 그 애는 의지할 데 없는 외톨이가 되었고, 그 애를 위험에서 지켜주는 게 내 의무거든.」

「우리들의 의무이기도 해요.」

케인이 불쑥 던진 말에 콜린이 고개를 끄덕였다. 이제 세 남자는 다시 침묵을 지키며 각자 자신들의 생각에 빠져들었다. 콜린은 여기서 파생될 결과들을 찬찬히 따져보려고 애썼다.

그는 알렉산드라에게 줄 것이 없었다. 자신의 제국을 세우는 일이 급선무인지라, 아내에 대해 생각할 여유 같은 건 전혀 없었다.

알렉산드라는 내 정신을 산만하게 할 거야.

하지만 갚아야 할 빚이 있었으며 이 세 사람은 명예를 걸고 알렉산드라를 지키지 않으면 안 될 상황이었다.

아버지는 연세가 많으셔서 그녀를 지켜주기엔 힘드실 거야. 게다가 그런 악당들을 상대해본 경험도 없으셨다.

그리고 또 한 사람, 케인이 있었다. 하지만 형은 결혼했으니 돌봐야 할 가족이 있었다.

그렇다면 딱 한 사람.

콜린이 흘깃 고개를 들고 봤더니, 아버지와 형이 자신을 뚫어져라 쳐다보고 있었다. 그는 길게 한숨을 내쉬었다. 아버지와 형은 진작부터 모든 걸 알고 있었다. 단지 그가 같은 결론에 도달할 때까지 기다렸을 뿐이었다.

「젠장, 내가 알렉산드라와 결혼할 수밖에 없는 거죠, 안 그래요?」

7

콜린은 결정된 사항을 전해야 할 사람은 자신뿐이라고 생각했다.

콜린의 아버지는 이 소식을 알렉산드라에게 직접 전하고 싶어했으나, 그의 의견은 달랐다.

「콜린, 내가 충고 하나 해도 될까?」

케인이 동생에게 말했다. 콜린이 고개를 끄덕이자 말문을 열었다.

「내 생각엔, 우리끼리 한 얘기는 말하지 않는 편이…….」

아버지가 중도에서 말을 가로챘다.

「그 애도 알 권리가 있다, 케인.」

케인이 빙그레 웃었다.

「물론 그렇죠. 하지만 여자에 대한 제 변변찮은 경험으로 미루어 보면, 여자들에게 모든 걸 얘기해서 좋을 리 없어요. 콜린이 정식으로 구혼하는 편이 나을 거예요.」

「그럼 식당에서 말하거라.」

아버지 제안에 콜린이 잠자코 웃음을 머금었다.

「언제, 어디서 할지는 제가 결정합니다.」

그가 딱 부러지게 말했다.

「그럼 오늘 안으로 결말 짓겠다고 약속해주면 좋겠구나.」

아버지가 단호하게 요구했다.

「난 네가 허락하기 전엔 입도 벙긋 하지 않을 수 있는데, 네 어머니가 결혼 준비를 시작하려면 서둘러야 하니 말이다.」

「어머니는 벌써 다 챙겨놓으셨어요.」

「내가 얼마나 기쁜지 그 누가 알겠냐! 알렉산드라도 보나마나 무척 좋아하겠지.」

의기양양해 하시는 아버지를 본 콜린과 케인은 조금 전에 아버지가 두 사람의 결혼을 극구 반대했다는 사실을 차마 입밖에 꺼낼 수가 없었다. 아버지는 두 사람이 결코 어울리지 않는다고 믿지 않으셨던가.

케인은 콜린을 따로 불러 얘기를 나누려 했으나, 하필 그때 어머니가 계단을 내려오시는 바람에 모든 사람이 그 쪽을 쳐다보았다.

윌리엄셜 공작부인은 금발 곱슬머리에 담갈색 눈을 가진, 몸집이 단아한 여자였다. 어머니 곁에 서면 남편과 두 아들은 엄청 커 보였다. 세월은 이 사랑스런 여인에게 아주 친절했다. 부인은 주름살도 거의 없었고 머리엔 흰머리가 약간 희끗거릴 뿐이었다.

구애니스는 사실 케인의 계모였으나, 아무도 그 사실에 신경 쓰지 않았다. 그녀는 케인을 친자식처럼 대했고, 케인도 오래 전부터 그녀를 어머니로 받아들였다.

「제이드와 알렉산드라는 곧바로 내려올 게다. 모두 식당으로 가자구나. 음식이 다 식겠어. 애들아, 엄마에게 키스 해주렴. 세상에, 케인, 넌 살이 좀 빠졌구나, 그렇지? 콜린, 애야, 다리는 어떠니? 많이 아프니?」

사실 어머니는 자식들의 대답을 기대하지는 않으셨다. 또한 어머니가 자식들을 애 취급하길 좋아한다는 사실을 잘 알고 있는 두 아들은 어머니가 보이는 지나친 배려를 묵묵히 참아냈다.

구애니스는 콜린의 다리에 대해 감히 캐물어도 괜찮은 유일한 사람이었다. 그 불행한 일을 입에 올리면 안 된다는 사실을 모르는 사람은 아무도 없었다.

「케인, 알렉산드라 공주님은 정말 매력적이에요.」

케인의 아내가 응접실로 천천히 걸어 들어오며 남편에게 말을 걸었다. 그녀는 남편 쪽으로 오는 길에 시아버지에게 입을 맞추고, 또 한 번 멈춰 서서 콜린의 볼에 입을 맞췄다.

「알렉산드라 공주님께 홀딱 빠지셨나요, 돌고래 씨?」

콜린이 바다에 나가 있을 때에 얻은, 별명을 부르며 그녀가 물었다.

「알렉산드라는 어디에 있어요?」

콜린이 물었다.

「아버님 서재에 있어요.」

제이드가 대꾸하더니, 재미있는 듯이 녹색 눈을 유난히 반짝였다.

「아버님 책들이 눈에 띄자, 알렉산드라는 좋아서 어쩔 줄을 몰라했어요. 서재를 나올 때 보니까 최신 선적 혁신에 대한 정기 간행물을 뒤적이고 있더라고요.」

그러자 구애니스가 곧바로 집사에게 고개를 돌렸다. 그녀는 이층에 올라가서 알렉산드라에게 저녁식사가 준비됐다고 전하라고 일렀다.

제이드는 남편의 팔에 팔짱을 꼈다. 그녀는 가족회의에서 결정된 사항들이 궁금해 죽을 지경이었으나, 콜린과 시부모님들이 너무 가까이 계셔서 물어볼 수가 없었다. 케인은 아내의 붉은 머리카락을 뒤로 쓸어 넘겨주며 허리를 굽혀 키스를 했다.

「다들 안으로 들어가자꾸나.」

구애니스가 큰소리로 일렀다. 부모님 뒤를 따라가는 콜린을, 케인이 불러 세웠다.

「나중에 나랑 따로 얘기 좀 하자.」

콜린은 형의 제안에 퇴짜를 놓았다.

「할말 없어.」

형의 표정으로 봐서 알렉산드라에 대한 얘기가 분명했다.

「할 얘기가 있어.」

케인이 다시 맞받았다. 바로 그때 제이드가 말참견을 했다.

「두 분 말씀 중에 죄송하지만, 방금 아주 괜찮은 신랑감 한 명이 머리에 떠올랐어요. 존슨을 어떻게 생각해요? 존슨이 누군지 알잖아요, 콜린. 라이언의 절친한 친구 말예요.」

「존슨이 누구인지는 저도 알아요.」

콜린이 형수의 말에 대꾸했다.

「그래서요?」

콜린에게서 별 반응이 보이지 않자, 제이드가 재촉했다.

「그건 내가 지금 바로 답해줄 수 있는데, 그는 안 돼.」

케인이 점잖을 빼며 대꾸했다.

「왜 안 되죠? 난 그 사람이 좋던데.」

제이드가 의아해하자, 케인이 대꾸했다.

「나도 그래. 하지만 콜린은 반드시 그의 결점을 찾아낼 거야. 게다가, 그 문제는 벌써 해결됐어.」

제이드가 불만을 토하려고 하자 케인이 고개를 가로젓더니, 아내의 기분을 상하지 않게 하려고 살짝 윙크를 했다. 그리고 '나중에'라고 말하여, 둘이 있을 때 모든 걸 알려주겠다는 뜻을 전했다.

콜린이 몸을 돌려 응접실에서 나갔지만, 식당에 들어가지 않고 곧장 계단으로 올라갔다.

「우리 신경 쓰지 말고 먼저 식사해. 난 알렉산드라와 잠깐 얘기를 나눠야겠어.」

'알렉산드라에게 당신과 결혼하겠어'라고 말하는 데 시간이 걸려봐야 얼마나 걸리겠는가! 그래, 그 일을 알리는 데는 1분도 채 걸리지 않으리라. 그 나머지 시간은 알렉산드라와 일의 실마리를 풀어 나가는 데 소요되겠지.

서재는 쭉 뻗은 복도 맨 끝에 위치해 있었다. 알렉산드라는 창문 앞에 서서 바깥을 내다보고 있었는데, 손에는 두꺼운 책을 끼고 있었다. 콜린이 방안에 들어서자 그녀가 등을 돌렸다. 콜린은 문을 닫고 비스듬히 기대어 콜린은 눈살을 찌푸리며 그녀를 쳐다보았고, 그녀는 미소를 띠며 그를 바라보았다. 알렉산드라가 물었다.

「회의는 다 끝났나요?」

「끝났소」

「그랬군요.」

그가 더 이상 말을 하지 않자, 알렉산드라가 멋쩍게 중얼거리며 팔에 끼고 있던 책을 거래 장부 위에 올려놓았다.

「어떻게 결정이 났죠?」

그녀는 별 관심이 없는 듯이 말하려고 애쓰며 물었다.

콜린은 결정을 알리는 식으로 결혼하겠다고 말하려다가, 케인의 충고를 받아들여 구혼하는 식으로 마음을 바꾸었다.

「나와 결혼해주겠소, 알렉산드라?」

「아뇨.」

그녀는 속삭이듯 작은 소리로 대꾸했다.

「하지만 제의해줘서 고마워요」

「결혼식이 끝나면, 당신과 난…… 아니, 아뇨라니, 그게 무슨 뜻이지? 벌써 그렇게 결정된 일인데.」

「아뇨, 당신은 나와 결혼하지 않아요.」

그녀가 당당히 맞섰다.

「인상 좀 그만 찌푸려요, 콜린. 이제 곤란한 처지에서 벗어났어요. 당신이 청혼했고 내가 거절했으니 이젠 안심해도 괜찮아요.」

「알렉산드라…….」

그의 경고하는 듯한 목소리를 알렉산드라는 무시해버렸다.

「아래층에서 무슨 일이 벌어졌는지 안 봐도 뻔해요.」

알렉산드라가 다 안다는 듯 자랑스럽게 말했다.

「당신 아버지가 당신을 살살 꼬셔서 결혼에 동의하게 만드셨죠. 우리 아버지가 드렸던 선물 얘기도 했을 거구요, 아닌가요?」

콜린이 빙그레 웃었다. 그녀는 그야말로 한치의 빈틈도 없었다.

「그건 선물이 아니었소. 빌려준 돈이었지.」

그가 문에서 발걸음을 떼더니 그녀를 향해 다가왔다. 알렉산드라가 즉시 뒷걸음질쳤다.

「당신 아버지 눈에만 빌려준 돈으로 보인 거예요.」

그녀가 변명을 하자 콜린이 고개를 흔들었다.

「돈 얘기는 관두고 이성적으로 생각해봐. 제길, 당신은 꼭 결혼해야 하고, 난 당신 남편이 되는 데 동의했소 근데 왜 그렇게 까다롭게 구는 거지?」

「당신은 날 사랑하지 않으니까요.」

알렉산드라는 미처 자제하기도 전에 속마음을 불쑥 털어놓았다. 콜린이 아연 실색한 표정을 지었다. 그녀는 너무나 창피스러워 곧장 창문을 열고 밖으로 뛰어내리고 싶은 심정이었다. 어떡하든 감정을 조절하지 않으면 안 돼. 그녀는 몰래 다짐했다.

「사랑이 이 일과 무슨 관계가 있소? 솔직히 말해봐요, 그 명단에 적힌 남자들 중 당신을 사랑하는 사람이 한 명이라도 있다고 생각하는 거요? 제길, 당신이 누굴 선택하든, 그는 당신에 대해 한마디도 못할 만큼 아는 바가 없소.」

「물론 그 남자는 날 사랑하지 않겠죠. 나도 그랬으면 좋겠어요. 순전히 돈이 걸린 계약이니까요. 하지만 당신은 내 돈에 절대 손대지 않겠다고 말했잖아요. 스스로 성공할 각오라고 말이에요, 잊었나요?」

「잊지 않았소.」

「그럼 마지막 순간에 마음이 바뀌었나요?」

「아니.」

「호, 그럼 이제야 이해되나요? 나랑 결혼해서 이익도 없고, 결혼해야 할 또 하나의 이유인 사랑도 없으니, 숭고하게 당신을 희생시킬 이유가 전혀 없어요.」

콜린은 책상 모서리에 몸을 기대고 그녀를 빤히 쳐다보았다. 이윽고 그가 중얼거렸다.

「분명히 짚고 넘어갈 일이 있소 당신은 진짜 돈으로 남편을 살 수 있다고 믿는 거요?」

「당연하죠!」

그녀는 화를 내며 소리를 빽 질렀다.

「여자라면 누구나 그렇게 해요!」

「당신은 날 돈으로 살 수 없소!」

콜린은 격분한 어투로 말했다. 그녀는 한숨을 내쉬며 화를 내지 않으려고 애썼다.

「당신을 살 수 없겠죠. 그리고 그렇게 되면, 난 이 거래에서 약점이 잡히게 되고요. 난 그런 걸 허용할 수 없어요.」

콜린은 그녀를 설득시킬 필요를 느꼈다.

「우린 사람 고용하는 계약이 아니라 결혼 애기를 하는 거요.」

그가 딱 잘라 말했다.

「당신은 남편과 잠자리를 할 생각이오? 그리고 아이들은 어떡할 작정인데?」

그는 그녀가 대답하기 꺼려지는 질문들을 하고 있었다.

「때가 오면…… 그러겠죠. 오, 모르겠어요.」

그녀가 나지막하게 중얼거렸다.

「어쨌든 당신과 상관없는 일이에요.」

다음 순간 콜린이 성큼 다가섰다. 그리고 알렉산드라가 의도를 눈치 채기 전에 그녀를 품에 앉았다.

콜린은 한 손으로 그녀의 허리를 휘감고, 다른 손으로는 턱을 들어올려 그를 올려보게 했다.

「난 아무 때고 당신 몸을 건드릴 거요.」

그가 거칠고 나지막한 소리로 자신의 의도를 알렸다.

「어째서요?」

콜린은 소스라치게 놀라는 알렉산드라의 표정에 괘념치 않았다.

「내가 얻을 이익쯤으로 생각하면 되겠지.」

그가 능청스럽게 대꾸했다.

콜린은 결혼을 꼬투리로 가벼운 키스를 할까 생각했으나 싫다고 거절하는 그녀의 말에 은근히 부아가 났다.

「해야 돼!」

콜린이 되받아 속삭이더니, 곧장 그녀의 입술을 더듬어 찾았다. 키스로 고분고분하게 만들 작정이었다. 그의 키스는 거칠고, 철저했으며, 더 많은 것을 요구했다. 두 사람의 입술이 처음 닿는 순간, 알렉산드라는 즉시 입을 떼려고 했다. 하지만 콜린은 몸부림치는 그녀를 더 단단히 끌어당겼다. 그리고 그녀의 턱을 아래로 당겨 입을 벌린 뒤, 그녀를 굴복시키려고 입 속에 혀를 재빨리 집어넣었다.

그 키스는 전혀 부드럽지 않았다. 하지만 말도 못하게 강렬한 것이었다. 알렉산드라는 자신이 저항을 하는지 안 하는지조차 알 수 없었다. 어떤 생각을 떠올리기도 어려웠다. 콜린의 입술이 구석구석 비집고 들어오자 그의 동작이 멈추기를 바라던 마음이 싹 사라졌다. 이제껏 키스해 본 적이 없었으며, 따라서 열정을 경험한 적도 없었다. 그런 그녀가 지금 열정에 휩쓸려 버렸다. 하지만 콜린은 여자 경험이 많은 게 분명했다. 그는 한 번, 두 번…… 계속해서 입술을 포갰고, 은밀한 사랑의 행각 속에서 혀와 혀를 부딪혔다.

콜린은 그녀의 야한 신음 소리를 듣자 여기서 멈춰야겠다는 생각이 퍼뜩 들었다. 그는 목구멍에서 그렁거리는 소리를 내며 다시 키스를 했다. 제길, 그녀를 갖고 싶었다. 둥근 젖가슴이 손에 스쳤고, 드레스에서 전해오는 열기와 풍만함이 느껴지자, 그녀와 사랑을 나누고 싶은 마음이 간절해졌다.

그가 간신히 몸을 떼어내자, 알렉산드라는 그의 품에 털썩 쓰러졌다. 알렉산드라는 방금 일어난 일 때문에 너무나 혼란스러워, 무슨 말, 무슨 행동을 해야할지 알 수 없었다. 그에게서 물러나려고 해보았으나, 몸이 덜덜 떨려와 땅에 다리를 버티고 설 힘도 없었다.

콜린의 미소가 그녀의 정신을 완전히 흔드는 데 커다란 효과를 발휘했지만, 다른 한편으론 오만하기 짝이 없었다.

「처음 한 키스였어요.」

알렉산드라는 자신의 한심한 행동을 더듬거리며 변명했다.

콜린은 유혹을 이겨낼 수 없었다. 다음 순간 그녀를 팔에 끌어당겨 다시 키스를 했다.

「그럼 이건 두 번째 키스겠군.」

「실례합니다만.」

젠킨스가 문간에서 소리쳤다.

「공작부인께서 식당으로 내려오시라고 재촉하십니다.」

알렉산드라는 경련을 일으키듯 그에게서 홱 떨어져 나갔다. 꼭 불에 데인 사람처럼 행동했고, 당혹감으로 볼이 빨갛게 물들었다. 곧이어 그녀는 콜린의 몸 주위로 살짝 집사를 엿보았다. 집사가 그녀를 보며 웃고 있었다.

「지금 내려가겠네, 젠킨스!」

콜린이 소리를 질렀다. 그는 창피해서 쩔쩔매는 알렉산드라를 내려다보며 빙긋 웃었다. 그녀는 그를 비켜서 걸어가려 했으나, 콜린이 손을 붙들고 놓아주지 않았다.

「저녁식사를 하는 동안 이 소식을 발표할 생각이오.」

「안 돼요, 콜린. 키스했다고 달라진 건 없어요. 당신과 결혼해서 당신이 신중하게 세워놓은 계획들을 망치고 싶지 않아요.」

「알렉산드라, 난 항상 이겨. 알아듣겠소?」

그녀는 숙녀답지 못하게 '홍'하고 코방귀를 뀌었다. 콜린이 그녀의 손을 꼭 쥐고 층계를 내려갔다. 그녀는 그와 보조를 맞추기 위해 달리다시피 했다.

「언제나 자기가 옳다고 우기는, 오만한 남자는 딱 질색이에요.」

그녀가 투덜대듯 말했다.

「나도 마찬가지오.」

「당신을 두고 한 말이었어요!」

세상에, 그녀는 비명을 지르고 싶은 지경이었다.

「난 당신과 결혼하지 않아요.」

「두고 보시지.」

그는 호락호락 포기할 사람이 아니었다. 죄가 될 정도로 지나친 고집쟁이였다. 흥, 하지만 나도 만만치 않아, 알렉산드라는 내심 마음을 다졌다. 헨리 삼촌이 마음대로 남편감을 선택해도 된다고 하셨는데 콜린이 아무리 협박 전술을 써봤자 무슨 상관이 있겠어.

저녁식사는 몹시 피곤한 행사였다. 긴장한 탓에 뱃속이 잔뜩 죄어와서 목구멍으로 뭘 삼키기도 힘들었다. 배가 고플 만도 했지만, 알렉산드라는 전혀 허기를 느끼지 못했다. 콜린에게서 무슨 얘기가 나오기를 기다리면서도, 한편으로는 그가 입을 열지 않기를 간절히 기도했다.

제이드가 말을 걸었다.

「섭정 왕자님이 당신을 방문했다는 말을 들었어요.」

「그랬어요. 하지만 왕자가 콜린 동업자의 아내 재산을 가로챈 사실을 알았다면, 그를 집안에 들여놓지 않았을 거예요.」

「콜린의 동업자는 제 오빠예요.」

이렇게 대꾸한 제이드는 고개를 돌리더니, 이 대화 내용을 공작부인에게 대략 설명했다.

「두 집안에서 싸움이 계속되는 동안 제 올케가 물려받은 재산을 섭정 왕자가 잠시 관리했었는데, 일단 분쟁이 가라앉자 왕자가 재산을 가로챘어요. 꽤 많은 돈이었죠.」

「정말로 섭정 왕자를 집안에 들이지 않겠습니까?」

케인이 슬쩍 떠보았다.

「네, 그럼요.」

알렉산드라가 자신 있게 말했다.

「왜 그렇게 놀라세요? 콜린의 집은 그만의 성이에요. 친구들만이 집에 들어 올 자격이 있어요.」

알렉산드라가 이렇게 말한 후 제이드에게 고개를 돌리는 바람에, 형제가 서로를 보며 피식 웃는 장면을 놓쳤다.

「혹시 빅토리아 페리라는 숙녀를 아세요?」

알렉산드라의 질문에 제이드는 고개를 가로 저었다.

「들어 본 기억이 없는데, 왜 그래요?」

「그 애가 걱정이 돼요.」

알렉산드라는 빅토리아를 어떻게 만났는지, 그리고 그 친구의 마지막 편지를 받은 이후에 들은 얘기들을 장황하게 늘어놓았다.

「세상에, 그 문제는 더 들춰봐야 좋을 성싶지 않구나.」

공작부인이 의견을 말했다.

「그 애 어머니가 얼마나 속을 끓였을까! 그 일을 다시 쑤셔대는 건 어머니에게 잔인한 짓이야.」

그러자 알렉산드라가 답답한 심정을 토로했다.

「콜린도 똑같은 말을 했어요. 아마 숙모님 말씀이 맞을 거예요. 이 일을 더 이상 거론하지 말아야겠죠. 하지만 전 그 애 걱정이 머리에서 떠나지 않아요.」

공작부인이 큰딸 얘기로 화제를 돌렸다. 올해는 캐서린이 사교계에 첫 발을 내딛는 해여서, 딸의 첫 무도회에 대해 온갖 계획을 세워놓고 있었다.

케인은 식사가 끝날 때까지 한마디도 하지 않으면서 줄곧 동생에게 시선을 던졌지만, 콜린은 속마음을 전혀 내비치지 않았다. 마치 돌에 새긴 조각상처럼 무표정한 얼굴로 앉아 있었다.

디저트가 나올 때쯤 되자 알렉산드라는 긴장이 한결 풀렸고, 콜린은 여전히 결혼에 대한 얘기를 꺼내지 않았다. 맞아, 이제야 제정신을 차린 거야. 알렉산드라는 내심 이렇게 결론을 내렸다.

「알렉산드라와 얘기는 나눠봤니, 아들아?」

윌리엄셜 공작이 뜬금 없이 물었다.

「예. 저희는 결정했습니다.」

「결혼하지 않기로요.」

알렉산드라가 툭 말을 내뱉었다.

「그게 무슨 말이냐? 콜린, 다 결정된 걸로 알고 있었는데.」

그의 아버지가 불평을 터뜨렸다.

「결정했어요.」

콜린은 이렇게 말하면서 알렉산드라의 손위에 자기 손을 포갰다.

「저희는 결혼합니다. 알렉산드라는 제 아내가 되겠다고 했어요.」

그녀는 아니라고 고개를 흔들기 시작했으나, 아무도 그녀에게 관심을 두지 않았다.

「얘들아, 축하한다. 여보, 축배를 들어야 할 일이오.」

공작이 아내에게 말했다.

「알렉산드라가 먼저 동의해야 하잖아요?」

시아버지가 잔을 막 들어올리려는데, 제이드가 제동을 걸었다.

콜린이 의자 뒤로 몸을 기대면서 대꾸했다.

「물론 그래야겠죠. 알렉산드라는 저와 결혼할 겁니다.」

그의 목소리가 퉁명스럽고 굽힐 줄 몰랐다.

「당신이 숭고한 희생을 하게 내버려둘 수는 없어요. 앞으로 5년간은 결혼할 의향이 없잖아요, 안 그래요?」

알렉산드라는 콜린이 대답하는 대신 헨리 삼촌에게 고개를 돌렸다.

「삼촌, 전 콜린과 결혼하고 싶지 않아요. 제가 원하는 사람을 골라도 된다고 약속하셨잖아요.」

그녀의 후견인이 천천히 고개를 끄덕였다.

「그래, 신랑감을 직접 골라도 된다고 허락했었다. 콜린을 거절한 어떤 특별한 이유라도 있느냐?」

「그는 돈은 필요 없대요. 그리고 딴 이익을 원했어요.」

「이익?」

퍼뜩 호기심이 동한 케인이 되물었다.

「어떤 이익인가요?」

알렉산드라는 순간 얼굴을 붉혔다. 그리고 콜린이 설명해주길 기대하며 쳐다보았지만, 그는 고개를 가로 저을 뿐이었다.

「당신이 시작한 일이니 당신이 끝내는 게 좋겠소.」

그의 눈이 웃음을 참지 못해 유난히 반짝거렸다. 알렉산드라가 어깨를 꼿꼿이 세웠다.

「좋아요.」

그녀가 단호히 말하긴 했으나, 차마 케인을 정면으로 보진 못하고 그의 뒤쪽 벽을 응시하며 대꾸했다.

「콜린이 요구한 건…… 은밀한 관계였어요.」

그녀의 고백에 식탁에 앉은 사람들이 갑자기 할말을 잃었다. 그녀의 후견인은 완전히 넋이 나간 표정이었다. 그는 무슨 말을 하려고 입을 열었으나, 곧이어 다물어버렸다.

「결혼이란 게 대개 은밀하잖아요?」

케인이 그녀를 떠보았다.

「그러니까 당신 말은, 부부간의 동침을 의미하는 거죠, 그렇죠, 알렉산드라?」

「네.」

「그런데요?」

케인이 말을 재촉했다.

「제 결혼 생활에는 은밀한 관계는 없을 거예요.」

그녀는 단호하게 말한 후, 주제를 바꾸려고 이렇게 덧붙였다.

「콜린은 아버지와 얘기를 나누기 전까지는 저와 결혼하길 원치 않았어요. 신의를 지켜야 한다는 이유로 지금 이러는 거구요. 말할 나위 없이 의무감 때문에 한 결정이에요.」

그녀의 후견인이 길게 한숨을 내쉬며 말했다.

「난 네게 분명히 약속했다. 콜린과 결혼하기 싫다면 굳이 강요하지는 않으마.」

공작부인이 냅킨을 흔들며 부채질을 했다.

「애야, 알렉산드라와 스스럼없이 얘기할 사람은 너뿐인 것 같구나. 넌 젊은데다 나만큼 생각이 경직되지 않았으니. 게다가 이런 얘기는 여자들끼리 해야 하니까. 알렉산드라는…… 부부 동침에 대해 겁을 먹은 듯한데…… 나는 적임자는 아니야. 그걸 설명하기가…….」

공작부인은 며느리에게 제대로 일러줄 수 없었다. 그녀는 얼굴이 불이 붙은 듯이 화끈거려 더 세차게 부채질을 해댔다.

「어머니는 자식들을 두셨잖아요. 그 정도면 적임자가 되고도 남죠.」

콜린이 어머니에게 건의했다.

제이드는 웃고 있는 남편에게 조용히 하라고 옆구리를 콕콕 찔렀다.

「모르건이면 적합할 거예요!」

알렉산드라가 얼떨결에 소리쳤다.

「그가 내 재산을 원한다면 계약 조건들을 받아들이겠죠. 그러면 난 안짱다리 아이를 가져도 괜찮아요. 그래요, 전혀 괘념치 않겠어요.」

「당신이 남편과 은밀한 관계를 안 가지겠다면, 도대체 어떻게 애들을 가지지?」

콜린이 그녀의 말을 반박했다.

「나중을 생각한 거예요.」

알렉산드라가 더듬거렸다. 자신의 말이 모순 투성이였지만, 어떻게 바로잡아야 할지 방법을 몰랐다. 무엇 때문에 알지도 못하는 남자와 은밀한 관계를 갖겠는가? 생각만 해도 뱃속이 뒤집힐 만큼 역겨웠다.

「제이드, 식사가 끝나는 대로 알렉산드라와 얘기를 하도록 해라.」

공작부인이 불쑥 대화에 끼여들었다.

「그럴 게요, 어머니.」

제이드가 약속했다.

「이제껏 당신에게 결혼에 대해 얘기해 준 사람이 있었나요?」

케인이 궁금해하며 물었다.

알렉산드라의 볼이 식탁보를 태워버릴 정도로 뜨겁게 달아올랐다.

「당연히 있었죠. 원장수녀님께서 제가 알아야 할 모든 내용을 말씀해주셨어요. 제발 부탁인데, 딴 얘기를 하면 안 될까요?」

그녀의 후견인이 알렉산드라에게 연민을 느꼈다.

「그럼 네가 선택한 남자가 모르건이냐?」

그녀가 고개를 끄덕이자 다시 말을 이었다.

「그럼 됐다. 언제 그를 저녁식사에 초대해서 사람 됨됨이를 보도록 하자꾸나.」

「저도 그와 만나서 얘길 하고 싶어요. 그도 알아야 하니까요.」

콜린이 태연하게 말했다.

「뭘 말이냐?」

그의 아버지가 물어보았다.

케인은 벌써 이를 드러내며 웃고 있었다. 동생은 무슨 꿍꿍이속이 있는 게 분명한데, 아직은 그게 뭔지 모를 뿐이었다. 케인의 마음속에 한 가지 확신이 생겼다. 콜린은 알렉산드라와 결혼할 결심을 했고, 그런 이상 그녀를 남에게 넘겨주지 않으리라.

「그래, 모르건이 알아야 될 일이 뭐냐?」

그의 어머니가 되물었다.

「알렉산드라와 제가 함께 잤다는 사실이요.」

공작부인은 냅킨을 떨어뜨리면서 나지막하게 비명을 질렀다. 제이드는 벌린 입을 다물지 못했고, 케인은 소리내어 웃기 시작했다. 콜린이 그 놀라운 일을 말했을 때, 윌리엄셜 공작은 물을 한 모금 삼키던 참이었다. 그는 지금 물이 목에 걸려 캑캑거리고 있었다.

알렉산드라가 터져 나오려는 비명을 참으려고 눈을 지그시 감았다.

「저 애와 잠을 잤단 말이냐?」

아버지가 목 메인 소리로 고함을 치며 따졌다.

「그렇습니다, 아버지.」

콜린의 어투는 상당히 상냥했고, 사실 아주 신이 나 있었다. 그는 펄펄 뛰며 화내는 아버지의 태도에 전혀 주눅들지 않았다.

「사실은 여러 번 그랬어요.」

「어쩌면 그런 뻔뻔스러운…….」

알렉산드라는 채 말을 잊지 못했다.

「내가 감히 어떻게 거짓말을 하겠소?」

콜린이 알렉산드라를 보며 말했다.

「당신이 더 잘 알고 있잖소. 난 절대 거짓말은 하지 않아요. 우리가 같이 잤다는 건 사실 아니오, 안 그렇소?」

모든 사람들의 시선이 알렉산드라에게 고정되었다.

「잤어요.」

알렉산드라가 나지막이 중얼거렸다.

「하지만 우리는…….」

「어떻게 이런 일이!」

그녀의 후계인이 버럭 고함을 질렀다.

「헨리, 진정하세요. 그러다가 병나겠어요.」

그의 안색이 하얗게 질리자 그의 아내가 조심스레 충고했다. 그런 후, 공작부인은 마음을 가라앉히려고 다시 냅킨을 들고 미친 듯이 부채질을 했다.

사방에서 불꽃이 튀기든 말든 아랑곳없이 콜린은 의자 뒤로 깊숙이 몸을 기댄 채 따분하다는 표정을 짓고 있었다. 케인은 이 상황을 마음껏 즐기고 있었다. 제이드는 끊임없이 남편의 옆구리를 찔러대면서 사태를 좀더 신중히 여기게 하려고 애썼다.

「콜린, 이 오해를 풀 수 있는 무슨 말을 해야 하잖아요?」

알렉산드라는 케인의 큰 웃음소리 때문에 거의 소리치다시피 따져 물었다.

「알았소.」

콜린이 묵묵히 대답했다.

알렉산드라는 안도감과 고마움으로 몸에서 힘이 쭉 빠졌다. 하지만 그런 기분은 오래 가지 않았다.

「우리가 지난주를 어떻게 보냈는지 말해줘도 모르건이 당신을 원한다면, 그는 나보다 잘난 사내야.」

「그에게 아무 말도 할 필요 없어요.」

알렉산드라는 화를 참으려고 무진 애를 썼다. 체통을 잃기 싫었다. 하지만 콜린이 체면을 차리게 내버려두지 않았다! 그녀는 냉정함을 거의 다 잃었고, 고함을 참고 있자니 목구멍이 아렸다.

「오, 하지만 난 설명해줄 의무가 있소.」

콜린이 태연하게 말을 이었다.

「명예를 아는 사람이라면 당연히 그래야 하지 않겠어. 형, 내 말이 틀렸어?」

「옳은 말이구말구. 명예를 아는 사람이라면 당연히 그래야지.」

케인이 장난스레 맞장구를 쳤다. 그리고 아내를 쳐다보았다.

「여보, 이제는 알렉산드라와 부부의 동침에 대한 애기를 나눌 필요가 없어 보이는데.」

그 말을 들은 알렉산드라가 케인을 노려보았다. 피식 웃는 모습으로 보아 그가 아내에게 농담을 하고 있었다.

「하느님 맙소사, 너새니얼이 이 일을 알면 뭐라고 하겠니? 하늘에서 내려다보면서, 딸을 내게 맡긴 걸 가슴을 치며 후회하겠지.」

「헨리 삼촌, 우리 아버지는 전혀 후회하지 않으세요.」

알렉산드라가 얼른 그를 위로했다. 자신의 아버지를 이토록 가슴아프게 한 콜린에게 화가 치밀 대로 치밀어, 입을 열자 목이 메인 소리가 튀어나왔다.

「저희는 나쁜 짓을 하지 않았어요. 제가 콜린의 방에서 같이 자긴 했지만, 그건 콜린이 절 필요로 했고, 저도 너무 지쳐서……」

공작이 이마에 손을 대며 나지막이 신음을 토해냈다. 알렉산드라는 엉망으로 변명했다는 사실을 깨닫고 처음부터 다시 시작하려고 했다.

「전 옷을 입고 있었어요. 그리고 콜린이……」

콜린이 아파서 간호해줘야 했다고 말하려는데, 말을 꺼내기도 전에 방해를 받았다.

「난 발가벗었죠.」

콜린이 명랑한 투로 아버지에게 고했다.

「그만 해!」

아버지가 호통을 치고서 주먹으로 식탁을 쾅 하고 내리쳤다. 크리스털 잔들이 덜거덕거리며 흔들렸다.

알렉산드라는 놀라서 몸을 움찔하더니, 곧 콜린을 매섭게 노려보았다. 이처럼 화가 난 적이 예전에 있었던가! 콜린이 자기 편의상 사실을 왜곡하는 바람에 공작이 그녀를 몸을 함부로 굴리는 여자로 생각하게 되었다. 이제 단 1초도 여기 앉아 있을 수 없었다. 알렉산드라는 냅킨을 식탁에 탁 던지고 자리를 뜨려고 했다. 하지만 걸상을 뒤로 빼기도 전에 콜린은 그녀의 어깨에 팔을 두르고 자기 곁으로 바싹 당겼다.

「너희 둘은 정확히 3일 내에 결혼하거라. 케인, 법적 절차는 네가 알아서 밟도록 해. 그리고 콜린, 넌 이 일에 대해 입을 꼭 다물어라. 네 욕정 때문에 알렉산드라의 명성에 먹칠할 수는 없으니.」

「3일이라구요, 헨리?」

구애니스가 놀라며 되물었다.

「교회는 다음 주 토요일로 예약이 되어 있어요. 다시 생각해볼 순 없나요?」

남편이 단호히 고개를 가로 저으며 되풀이했다.

「3일이야.」

그리고 콜린이 알렉산드라의 어깨를 감싼 모습을 보고는 이렇게 덧붙였다.

「보다시피 알렉산드라에게서 아예 손을 떼지를 못하잖소.」

「하지만, 헨리…….」

아내가 애원하다시피 부탁했다.

「여보, 내 마음은 정해졌소 꼭 필요하다면, 가까운 친구 몇 명을 초대하구려. 하지만 그 이상은 양보할 수 없소」

「안 돼요, 아버지.」

콜린이 끼여들었다.

「일이 끝날 때까지 결혼 소식이 밖에 알려지면 안 돼요 그런 편이 알렉산드라의 안전에 도움이 됩니다.」

아버지가 고개를 끄덕였다.

「내가 깜빡했구나. 맞아, 그 편이 더 안전하겠어. 그럼 좋아, 가족들 만 참석하도록 해라.」

공작은 알렉산드라를 쳐다보며 다짐시켰다.

「콜린과 결혼하겠다고 해라. 지금 당장 말이다.」

「나와 결혼해주겠소?」

콜린이 물었다.

그가 이겼다! 콜린은 그 사실을 직감적으로 알았다. 이윽고 알렉산드 라가 고개를 천천히 끄덕이자 그가 머리를 숙여 키스를 했다. 알렉산 드라는 그의 노골적인 애정 표현에 소스라치게 놀라서 얼떨결에 키스 를 받고 말았다.

「그만하면 충분하다.」

헨리는 아들을 못마땅해하며 퉁명스레 내뱉었다.

「결혼할 때까지 알렉산드라에게 손끝 하나 대지 말아라.」

이윽고 그녀가 콜린을 노려보며 톡 쏘아붙였다.

「나와의 결혼을 후회하게 될 거예요.」

콜린은 그럴 가능성에 대해 썩 걱정하는 눈치가 아니었다. 정말 걱 정이 되었다면, 윙크를 하진 않았을 테니까.

젠킨스가 문간에 모습을 나타냈다.

「나리, 저, 방문객이 오셨습니다. 리처즈 경이 콜린 도련님을 즉시 만나시겠다고 전하랍니다.」

「응접실로 안내하게, 젠킨스.」

콜린이 큰소리로 외쳤다.

「국장이 왜 너를 만나려는 게냐? 그곳 일을 그만뒀다고 했잖니.」

공작의 근심 어린 목소리에 알렉산드라는 어리둥절해졌다. 그래서 공작에게 뭐 때문에 걱정하시냐고 물으려는데, 콜린이 어깨에 얹은 손 에 힘을 주었다. 알렉산드라가 위를 올려보았으나 그는 태연한 표정을 짓고 있었다. 아, 콜린은 조용히 하라는 무언의 지시를 하고 있었다. 그리고 그 사실을 깨달은 사람은 오로지 그녀 자신뿐이었다.

「다리까지 다치고선, 왜 그 사람 밑에서 계속 일하려는지 그 이유를 모르겠구나.」

콜린의 어머니가 답답해하며 물었다.

「국장님은 제 다리 다친 거랑 아무 상관도 없어요.」

「다 지나간 일이잖아요.」

제이드가 공작부인을 안심시키려 했다.

「맹세코, 저 애는 스파이 활동에서 손을 뗐어.」

아버지가 큰소리로 일렀다. 케인이 콜린 쪽으로 몸을 기울였다.

「리처즈가 방문한 진짜 목적이 뭐니?」

「도움을 청한 일이 있어. 그리고 국장이 날 위해 뭘 좀 알아봐 줄 일도 있고.」

콜린이 묵묵히 대꾸하자 케인이 다시 추궁했다.

「그게 뭔데?」

「알렉산드라에 대한 일이야.」

아들의 말에 아버지가 마음을 놓았다.

「그럼 문제 될 것 없다. 맞아, 장군에 대해 알아보려면 리처즈가 적격이지. 이제 응접실로 가서 그의 말을 좀 들어볼까?」

「우리를 빼고 가실 생각은 마세요.」

공작부인이 당당히 말했다. 그리고 자리에서 일어나 남편의 얼굴을 정면으로 쳐다보았다.

「제이드, 이리 오너라. 알렉산드라 너도. 우리 가족 중 한 명과 연관된 일이라면, 결국 우리 모두의 일이에요. 내 말이 맞죠, 헨리?」

이윽고 공작부인은 딴 사람들을 거느리고 식당에서 나갔다.

콜린이 알렉산드라를 놓아주자, 그녀는 자리에서 발딱 일어났다.

「당신 아버지는 날 천한 여자로 생각하세요. 오해를 풀어주었으면 고맙겠어요.」

콜린이 그녀의 귀에 대고 속삭였다.

「결혼한 후에 모든 사실을 말씀드리겠소.」

따뜻한 그의 숨결이 목덜미에 닿자, 짜릿한 쾌감이 목을 타고 흐르면서 정신이 멍해졌다. 바로 한 시간 전 열정적인 키스를 받기 전까지는, 그를 친구로…… 아니면 사촌으로 생각하려고 안간힘을 썼다. 물론 자신을 속이는 짓이었으나, 그럭저럭 효과가 있었다. 하지만 그의 손길이 몸에 닿으면서 사태는 완전히 바뀌었다. 그와 바짝 붙어 있는 지금, 심장이 터질 듯이 빨리 뛰었다. 그의 체취는 너무나 남성적이며 엄청난 효력을 발휘했다. 휴, 정신을 단단히 차리지 않으면 큰일나겠어.

「당신은 불한당이에요, 콜린.」

「그렇게 말해주니 고맙군.」

그를 화나게 할 방도가 없었다.

「국장을 위해 일한다는 사실을 왜 식구들에게 숨기려고…….」

콜린이 중도에서 말을 막았다. 그녀의 입술에 짧고 힘있게 입술을 꾹 눌렀다. 그가 입술을 떼자, 알렉산드라가 살짝 숨을 내쉰 뒤에 같은 질문을 되풀이했다. 그가 다시 키스를 했다.

결국 그의 의도를 눈치챈 알렉산드라는 더 이상 묻지 않았다.

「결혼 한 후에는 말해줄 건가요?」

「그렇게 하지.」

제이드가 식당으로 되돌아왔다.

「콜린, 알렉산드라와 따로 얘길 하고 싶어요. 잠깐이면 돼요.」

콜린이 식당을 나가자 알렉산드라가 제이드 옆에 다가섰다.

「콜린과 결혼할 생각을 하면 정말 끔찍한가요?」

「아니에요.」

알렉산드라가 분명한 어조로 대답했다.

「하지만 바로 그게 문제이기도 해요.」

「그게 어떻게 문제가 되죠?」

「콜린은 저와 억지로 결혼하게 됐어요. 의무감 때문이죠. 그리고 전 그에 대해 어찌 할 도리가 없어요.」

「무슨 말인지 모르겠군요.」

제이드가 어리둥절해했다.

알렉산드라는 안절부절못하며 머리카락을 뒤로 쓸어 넘겼다.

「전 이 상황을 스스로 통제할 수 있으면 좋겠어요.」

그녀는 속삭이듯 중얼거렸다.

「결혼하지 않으면 안 된다는 사실을 처음 깨달았을 때, 난 무척 화가 났었어요. 너무 무기력한 기분이 들었죠. 공평하지 않다는 생각도 들었고요. 하지만 결혼을 사적인 남녀 관계가 아니라 사업상의 거래라고 생각하면서, 제 상황을 체념하고 받아들이게 됐죠. 남편을 선택한 후에 조건을 제시할 생각이었고, 그럼 남편을 사랑하지 않아도 별 상관없잖아요. 사업상의 합의일 뿐 그 이상은 아니니까요.」

「하지만 콜린이 그런 조건을 받아들일 리가 없어요, 내 말이 맞죠? 놀랍지도 않군요.」

제이드가 납득이 간다는 투로 말했다.

「콜린은 독립심이 강한 남자예요. 가족이나 친구들의 도움 없이, 자기 힘으로 살아가는 데 긍지를 갖고 있죠. 호락호락한 남자는 아니지만, 당신도 시간이 흐르면 그 점을 오히려 다행으로 여길 거예요. 그를 믿으세요, 알렉산드라. 콜린이 당신을 잘 돌봐줄 거예요.」

알렉산드라도 그럴 거라고 생각은 했다.

잘 돌봐 줄 거야. 그리고 난 그의 짐이 될 테지.

콜린은 그녀의 돈에는 관심이 없었고, 거기에 손끝하나 대지 않겠다고 자기 입으로 말까지 했었다. 그렇다고 그녀의 사회적 지위에 관심이 있지도 않았다. 공주와 결혼해봐야 일년 내내 중요한 행사들마다 참석해야 하는 고역을 치러야 하니 부담스럽기만 하겠지. 또한 섭정 왕자와도 어울릴 수밖에 없는데, 그것도 끔찍하게 싫을 테고.

콜린은 그녀가 제공하는 것은 모조리 거절했다.

아냐, 이건 공정한 거래가 아니야.

8

　모인 사람들과의 인사를 막 끝마친 리처즈 경이, 응접실로 들어서는 두 숙녀에게 눈길을 돌렸다. 그는 제이드에게 다시 만나 반갑다는 인사를 한 뒤에, 알렉산드라에게 관심을 돌렸다.

「공작께 희소식을 들었습니다. 축하합니다, 공주님. 참으로 훌륭한 남자를 선택하셨습니다.」

　알렉산드라는 억지 웃음을 지었다. 그리고 답례를 한 뒤, 국장도 결혼식에 참석하는지 여부를 물었다.

「그럼요. 제가 빠질 수야 없죠. 세상에 알릴 수 없어 유감이긴 하지만 공주님도 충분히 이해하시리라 믿습니다. 자, 이리 와서 자리에 앉으세요. 관심 가지실 만한 얘깃거리를 가져왔습니다.」

　리처즈 경이 그녀를 소파로 안내했다. 제이드와 케인이 그녀와 마주보고 앉았고, 공작과 공작부인은 세 번째 소파를 차지했다.

　콜린은 벽난로 앞에 혼자 서 있었는데 공작이나 가족들에게는 전혀 관심이 없어 보였다. 그는 모인 사람들에게서 등을 돌린 채 벽난로 선반에 놓인 모형을 들여다보고 있었다. 그가 그 조그만 성을 집어들어 꼼꼼히 살피고 있을 때, 알렉산드라가 그를 언뜻 쳐다보았다. 속마음을 감춘 무표정한 얼굴을 보자, 알렉산드라는 그가 무슨 생각을 하는지 궁금해졌다.

공작부인은 결혼식에 대해 얘기하느라 정신이 없었다. 그러나 남편이 소리질러 콜린을 부르는 바람에 중도에서 말을 멈춰야 했다.

「콜린, 조심해서 다루도록 해라. 돈으로 살 수 없는 귀한 물건이다.」

콜린은 고개를 끄덕이긴 했으나, 고개는 돌리지는 않았다. 그는 아주 정교한 사슬에 매인 조그만 도개교(배가 통과할 수 있도록 다리의 한 끝 또는 양쪽이 들리게 된 구조의 다리)에 정신이 팔려 있었다.

「정말 기막힌 솜씨군.」

그는 중얼거리며 고리를 벗기고 도개교를 조심스레 끌어올리자 즉시 문이 열렸다. 콜린은 성안을 자세히 들여다보려고 성을 위로 올렸다.

다음 순간 그는 깜짝 놀라더니 슬그머니 미소를 지었다. 알렉산드라도 덩달아 살짝 웃었다. 수년 전, 아버지가 친구를 상대로 쓴 잔꾀를 콜린이 방금 알아낸 것이다.

그는 케인에게 머리를 비스듬히 움직여 이리 와 보라는 신호를 보냈다. 케인이 자리에서 일어나 벽난로 쪽으로 다가왔다. 콜린은 아무 말 없이 성을 형에게 건네준 뒤 곧장 걸어와 알렉산드라 옆에 앉았다.

공작과 국장은 최대한의 인내심을 발휘해 공작부인의 예식에 관한 얘기를 듣고 있었으나 부인의 얘기는 이제 맛보기에 지나지 않았다.

케인이 갑자기 너털웃음을 터뜨렸다. 당연히 모든 사람들의 시선이 그에게 쏠렸다.

케인이 알렉산드라에게 고개를 돌렸다.

「이것에 대해 알고 있었나요?」

그녀가 고개를 끄덕였다.

「어머니가 얘기해주셨어요.」

「나중에 아버님과 단 둘이 있게 되면 그걸 보여드릴 거예요?」

「그럼요, 물론이죠.」

192

「그걸 내려놓거라.」

그의 아버지가 명령했다.

「다루는 폼을 보니 불안하기 짝이 없구나. 그게 얼마나 귀중한 건지 알고나 있는 거냐?」

「그럼요, 아버지. 얼마나 귀중한지 잘 알고 있죠.」

그는 도개교를 닫은 후, 성을 원래 있던 곳에 내려놓았다.

「어머니, 국장님은 결혼 준비에 별 관심이 없으실 거예요.」

콜린이 점잖게 참견했다.

「그나마 예의를 지키시느라 오래 참으셨어요. 이제 여기 오신 목적을 말씀하시도록 해주세요.」

구애니스가 국장을 돌아보았다.

「예의상 참고 계셨나요?」

「그야 당연하지, 구애니스.」

남편이 얼른 끼여 들어 아내의 손을 톡톡 두드리며, 솔직하게 털어놓은 데 대해 위로를 해주었다.

케인도 자리로 돌아와 아내 옆에 앉더니, 아내의 어깨 뒤로 팔을 두르고 자기 옆으로 끌어당겼다.

알렉산드라는, 공작과 큰아들이 아내들에게 보이는 솔직한 애정 표현을 눈여겨보았다. 케인은 부인의 손을 얼빠진 동작으로 툭툭 두드리고 있었고, 헨리 삼촌은 아직도 부인의 손을 꼭 쥐고 있었다. 알렉산드라는 서로를 사랑하는 이 두 부부가 은근히 부러웠다. 공작 내외는 진실한 사랑으로 맺어진 한쌍이었고, 제이드와 케인은 서로를 쳐다보는 시선만 봐도 깊은 사랑에 빠져서 결혼한 게 분명했다.

알렉산드라와 콜린의 관계와는 완전 별개의 문제였다. 알렉산드라는 콜린이 결혼하면서 포기해야 되는 부분에 대해 알고나 있는지 의아해하다가, 즉석에서 그 질문을 할 뻔했다. 하지만 리처즈 경이 자리에서 일어서는 덕분에 겨우 창피당할 뻔한 상황을 모면했다.

「콜린이 몇 가지 실험을 하면서 제 도움을 청해왔어요. 콜린은 공주님의 하녀인 벨레나가, 공주님을 납치하려던 그 악당들과 한패라는 근거를 잡았던 겁니다.」

국장의 설명에 알렉산드라는 소스라치게 놀랐다. 그녀는 콜린을 돌아보았다.

「그 상냥한 애를 신뢰하지 못할 무슨 근거가 있길래……」

콜린이 중도에서 말을 가로챘다.

「국장님 말씀을 끝까지 들어요, 알렉산드라.」

「콜린이 맞았어요.」

리처즈 경이 이렇게 말하며, 집주인에게 미소를 지었다.

「보안부에서 일하는 동안, 전 공작님의 두 아드님보다 직감이 뛰어난 사람은 만난 적이 없었습니다.」

헨리는 뿌듯함에 얼굴이 환해졌다.

「내게서 물려받았다고 생각하고 싶군요.」

「그럼요.」

구애니스는 남편을 절대적으로 신뢰하고 있었다.

「헨리는 언제나 사자만큼이나 교활하죠.」

콜린은 웃지 않으려고 애썼다. 아버지는 사자라기보다는 양에 더 가까웠지만, 그의 눈엔 그게 결점으로 보이지 않았다. 솔직히 아버지의 순진함이 부러웠다. 그 자신은 그런 성격을 잃은 지가 벌써 수년은 지났으리라. 아버지는 세상의 어두운 쪽에 대해 항체를 가진 보기 드문 분 같았다. 특히 젊은 시절 겪으신 어두웠던 삶에 대한 고백을 들은 후론, 놀라운 분이라는 생각이 더욱 굳어졌다. 그는 속마음을 솔직히 털어놓지 않고는 못 배기는 분이셨다. 콜린 자신에게 부드러운 성격이 조금이나마 남아 있다면, 분명 아버지에게서 물려받은 것이리라.

「좀 전에 말했듯이.」

국장이 하던 말을 계속했다.

「콜린은 그 하녀에게 제 타운 하우스에서 모임이 있다는 말을 공주님께 전하라고 했죠. 약속 시간은 다음날 아침 10시로 잡았고요. 벨레나는 그날 밤, 집을 몰래 빠져 나와 패거리들에게 그 소식을 알려주었어요. 다음날 아침, 멀쩡하게 회복된 그 자들 네 명이 공주님을 납치하려고 제 집 근처에 잠복해서 기다리고 있었어요.」

「그럼 모두 넷이었군요?」

콜린이 되물었다. 그는 그 소식에 놀라워하는 기색도 없었다. 알렉산드라는 할말을 잃어버렸다. 사람에 대한 판단력이 뛰어나다고 늘 자부해왔건만, 벨레나에 대해선 잘못 생각했다는 사실을 인정해야 했다. 그러자 빅토리아가 머리를 스치며, 혹시 그 애에 대해서도 착각이 아니었는지 의구심이 들었다.

「이 일을 어쩌나, 벨레나는 내가 고용했는데.」

공작부인이 어쩔 줄 몰라했다.

「날 직접 찾아와서 좀 이상하다는 생각은 했지만, 알렉산드라 부친의 땅 근처에서 태어났다고 하길래 마음에 들었어요. 고향 사람이 옆에 있으면, 알렉산드라가 한결 마음이 놓이리라 생각했죠. 벨레나는 그곳 말도 할 줄 알더라고요. 이력서도 자세히 들여다봤어요. 하긴 지금 생각해보면, 그때 좀더 꼼꼼히 살폈어야 했는데.」

「아무도 어머니를 원망하진 않아요.」

콜린이 어머니를 위로했다.

「의심스럽다는 말을 제게 왜 하지 않았죠?」

알렉산드라가 콜린에게 물었다. 그녀의 질문이 콜린에겐 의외인 듯이 보였다.

「그건 내가 해결해야 할 내 문제였어, 당신이 아니라.」

콜린의 표정으로 보아, 진심으로 그렇게 믿는 듯했다. 오만하기 그지없는 그의 믿음에 대꾸할 말이 떠오르지 않았다.

「그럼 그 사실은 어떻게 알았어요? 의심하게 된 동기가 뭐였죠?」

「창문 빗장 하나가 레이몬드가 확인한 1시간 후에 열려 있었소. 우리가 오페라에 참석한다는 얘길 누군가가 그 자들에게 알렸다는 말이지.」

「섭정 왕자가 사람들에게 말했을 지도…….」

콜린이 말을 가로챘다.

「그럴 수도 있었겠지만, 그가 창문의 빗장을 열지는 않았겠지.」

「그들 모두를 붙잡았습니까?」

헨리가 국장에게 물어보았다.

「네, 그랬습니다. 넷 다 안전한 곳에 가둬두었어요.」

「내일 아침 일찍 제가 만나봐야겠어요.」

콜린이 단호한 어조로 말했다.

「내가 같이 가도 될까요」

알렉산드라가 물었다.

「안 돼.」

콜린이 가차없이 잘라 말했다. 공작도 아들의 결정을 지지했다.

「그건 거론할 가치도 없는 말이다, 알렉산드라.」

모임은 끝났다. 리처즈 경이 몇 분 후에 자리를 털고 일어났고, 콜린이 국장을 배웅하러 따라나갔다. 거의 같은 시각에 제이드와 케인도 작별 인사를 했는데, 공작과 공작부인이 아들 내외를 현관까지 바래다 주었다. 알렉산드라는 서로 얘기를 나누거나 함께 웃는 이들의 모습을 벽난로 옆에 서서 물끄러미 바라보며, 문득 서로 사랑하고 끈끈한 정으로 맺어져 있는 이 가족의 일원이 되고 싶은 열망이 마음속에 밀려왔다. 하지만 곧 머리를 가로 저으며 그런 기대를 떨쳐버렸다. 콜린은 그녀를 사랑해서 결혼하려는 게 아니었다. 그 사실을 절대 잊어선 안 된다고 또 한 번 다짐했다.

콜린도 가고 없다는 사실을 제이드와 케인의 등뒤로 문이 닫힌 후에야 퍼뜩 깨달았다.

얼마나 귀찮았으면 작별 인사도 하지 않았겠어. 알렉산드라는 그의 무례함에 깊은 상처를 받았다. 그녀는 글썽이는 눈물을 후견인에게 보이지 않으려고, 얼른 등을 돌려 벽난로만 뚫어져라 보았다.

위엄을 지키고 예의를 갖춰라.

알렉산드라는 끊임없이 이 말을 되새겼다. 결혼식이 끝날 때까지 태연함이라는 가면을 몸 전체에 두르고 있어야지. 콜린이 무지할 정도로 숭고하게 자신을 희생할 작정이라면, 그렇게 하라지 뭐.

갑자기 그 성이 그녀의 시선을 확 끌었고, 그러자 고압적으로 자신의 동의를 끌어낸 콜린에게 치밀어 오르던 화가 일순간에 사라졌다. 그리고 부모님에 대한 그리움이 솟구쳐 가슴이 아팠다.

오, 하느님! 그녀는 몹시 비참해졌다. 수녀원을 떠나오는 게 아니었어. 이제서야 실수를 저질렀다는 후회가 마음속에 파고들었다. 그곳에선 보호를 받았고, 어머니와의 추억이 남아 있었다.

알렉산드라는 가슴속을 서늘케 하는 끔찍한 공포심을 가라앉히려고 숨을 깊숙이 들이마셨다. 왜 이토록 두려운지 빤히 알고 있었다. 어쩜 이럴 수가. 자신이 그 용에게 홀딱 빠져버린 것이다!

도저히 용납할 수 없는 일이었다. 짝사랑하는 속마음을 그에게 들켜서는 절대 안 돼. 날 사랑하지도 않는 남자에게 담쟁이덩굴처럼 칭칭 달라붙는 신세는 되지 않으리라. 아무리 곁에 있고 싶어 애가 타도 주변을 맴돌지 않아야 하며, 이 결혼은 거래일 뿐이라는 생각을 억지로라도 되새겨야 했다. 좀 멍청한 이유긴 하지만, 콜린에게는 그녀와 결혼해야 하는 자신만의 이유가 있었고, 알렉산드라는 그의 아내라는 허울을 얻고 보호를 받는 대가로, 콜린이 뭘 하든 내버려둬야 했다. 그녀는 그의 일정을 일체 간섭하지 않아야 하며, 콜린은 그녀의 그런 배려에 대한 대가로, 그녀가 살아가는 방식에 일체 간섭하지 않아야 했다.

알렉산드라는 손등으로 흐르는 눈물을 닦았다. 그나마 실행 가능한 계획들이 떠오르자 기분이 한결 나아졌다. 내일 콜린을 만나서 지금 구상한 계획들은 몽땅 털어놓으리라.

약간의 타협이라면 응해줄 마음도 있었지만…… 물론 사소한 내용에 한해서였다.

「알렉산드라, 네 경호원들이 곧 소지품을 가져다줄 게다.」

헨리 삼촌이 응접실로 되돌아오면서 일러주었다. 그때 그는 알렉산드라의 눈에 맺힌 눈물을 보고 눈살을 찌푸렸다.

「왜 그러니? 내가 정해준 신랑감이 마음에 들지 않아서…….」

그녀가 고개를 가로 저었다.

「저 성을 보고 있으니 고향 생각이 나서 그래요.」

그 말에 공작은 한결 안도하는 듯했다. 공작이 옆에 다가와 섰다.

「이걸 시골 영지에 갖다 둬야 할 거 같구나. 누가 이걸 만지는 걸 보면 영 마음이 놓이지 않아. 콜린과 케인은 잠시도 여기서 손을 떼지 못했잖니, 너도 봤지?」

그는 이렇게 말하면서 피식 웃었다.

「그놈들은 어떨 때는 우리 속에 가둬 놓은 황소들 같다니까. 난 이 보물이 망가지는 꼴을 절대 못 본다.」

그는 몸을 돌리더니 그 모형을 자세히 들여다보았다.

「넌 이 선물에 얽힌 얘기들을 알고 있니?」

공작이 불쑥 물었다.

「어머니 말씀이, 아버지께서 삼촌에게 드린 거라고 하셨어요.」

알렉산드라가 다소곳이 대꾸했다.

「이 성은 선물로 받았다만.」

헨리 삼촌이 차근히 설명했다.

「내가 묻고 싶은 건, 네 아버님이 내게 빌려주신 돈 얘기를 들은 적이 있냐는 말이다. 넌 당연히 들을 권리가 있어. 그리고 어떻게 해서 네 아버지가 날 도우셨는지도 알아야 하고.」

공작은 감정이 격하여 목소리가 갈라졌다. 알렉산드라가 고개를 가로 저었다.

「그건 빌려준 돈이 아니었어요, 삼촌. 그리고 맞아요, 그 일은 들어 알고 있어요. 어머니께서는, 아버지가 삼촌에게 장난을 치신 방법이 재미있고 재치 있다고 생각하셔서서 제게 얘기해주셨어요.」

「너새니얼이 내게 장난을 쳤다고? 어떻게 말이냐?」

알렉산드라가 그 성을 선반에서 들어올리려는데, 후견인이 조심하라고 주의를 주었다. 그리고 공작이 지켜보는 가운데, 고리에서 도개교를 살짝 벗겨 올린 뒤 성을 그에게 건네주었다.

「각서들은 이제껏 그 안에 있었어요. 헨리 삼촌, 한 번 들여다보세요. 안에 있으니까요.」

그는 알렉산드라의 말이 도무지 이해되지 않는 모양이었다. 경악을 금치 못하는 표정으로 그녀를 물끄러미 쳐다볼 뿐이었다.

「그 오랜 세월 동안……」

그의 눈에는 눈물이 어려 있었다.

「아버지는 늘 자기 식대로 하고 싶어하셨어요.」

알렉산드라가 자초지종을 얘기했다.

「아버지는 선물이라고 우기셨고, 삼촌은 빌린 돈이라고 우기셨죠. 어머니 말씀으론 각서에 서명해달라는 삼촌의 요구에 아버지가 수긍하셨다고 했어요. 하지만 삼촌, 아버지는 그 성을 삼촌께 선물로 드렸을 때 결국 최후의 승리자가 되셨어요.」

「성에 그 각서들을 넣고서 말이지.」

알렉산드라가 그의 팔에 손을 얹으며 말했다.

「삼촌이 각서들을 보유하고 계시니 빚이 청산됐다는 사실을 받아들이셔야 해요.」

공작이 성을 높이 쳐들고 안을 들여다보았다. 꼬깃꼬깃 접은 종이가 눈에 띄었다.

「네가 내 아들과 결혼할 때 그 빚을 갚으마.」

공작이 중얼거렸다. 하지만 자신의 말이 알렉산드라에게 어떤 충격을 줬는지는 짐작도 못했다. 시선을 그 성에만 고정시킨 탓에 그녀의 얼굴에 스쳐간 감정을 읽을 틈이 없었던 것이다.

알렉산드라는 말없이 뒤돌아 서서 응접실을 빠져 나갔다. 그리고 홀에서 구애니스 숙모와 마주쳤지만 자신의 목소리에 자신이 없어 아무 말도 하지 못했다.

알렉산드라가 계단을 달려 올라갈 때쯤, 구애니스는 허둥지둥 거실로 발을 옮겼다.

「헨리, 저 아이에게 무슨 말을 했어요?」

헨리는 아내에게 가까이 오라는 손짓을 했다.

「알렉산드라는 괜찮아, 구애니스. 그냥 집이 좀 그리워서 그런 것 뿐이야. 잠깐 혼자 있게 내버려둬요. 그리고 이것 좀 봐요.」

그리고 다시 보물 속에 숨겨둔 각서에 정신이 빨려 들어갔다.

그 얼마간, 알렉산드라는 모든 사람의 관심 밖이었다. 아무도 뒤따라 계단을 올라오지 않아 고마울 따름이었다. 그녀는 헨리 삼촌의 서재로 들어가서 등뒤로 문을 닫고 곧바로 울음을 터뜨렸다. 자신의 신세가 너무도 딱해서 최소한 20분은 실컷 울었다. 자기 행동이 유치하고 처량해 보였지만, 무슨 상관이 있을까.

흐느낌은 그쳤지만 기분은 전혀 나아지지 않았다. 걱정과 혼란스러움으로 신경이 예민할 대로 예민해졌다.

1시간 후에 드레이슨이 방문했다. 알렉산드라는 그가 준비해 온 서류들에 서명을 하고, 아버지 고향에서 가져온 자금을 영국 은행 계좌로 옮기는 일과 관련된 긴 설명을 들었다.

알렉산드라는 금전상의 문제에 정신을 집중하기 어려웠다. 그냥 일찍 잠자리에 들어서 다가올 3일간을 무사히 넘길 힘을 달라고 기도하고 싶었다.

하지만 시간은 지루할 만큼 느리게 흘렀다. 구애니스 숙모는 결혼 준비로 알렉산드라를 잠시도 가만두지 않았다. 그녀는 가족들이 눈치 채지 못하게 몇몇 가까운 친구들을 행사에 초대했다 - 정확히 서른 여덟 명이었다. 결혼식 전까지 준비할 일들이 산더미같이 쌓여 있었다. 실내 탁자들을 장식할 신선한 꽃들을 주문해야 했고, 모든 손님들에게 정식 만찬을 접대하기 위해 많은 음식을 준비해야 했으며, 까탈스런 성격이지만 매우 독창적인 밀리선트 노튼에게 드레스를 주문했다. 그 양재사와 세 명의 조수는 삼층에 있는 커다란 방을 차지하고 앉아서, 밀리선트 노튼이 따로 아껴둔 수입 레이스 천에 한땀 한땀 밤을 꼬박

새우며 열심히 바느질을 했다.

알렉산드라는 가족과 목사님, 그리고 리처즈 경만 참석하는 결혼식을 두고 야단법석을 떠는 이유를 알지 못했다. 그녀는 숙모에게 왜 번잡하게 이 모든 수고를 치르는지 물었고, 알렉산드라의 아버지가 가족에게 베푼 은혜에 보답하는 뜻이라는 말을 숙모에게서 들었다.

마침내 결혼식 날이 다가왔다. 햇빛이 반짝반짝 빛났고 봄치고는 꽤 따뜻한 날씨였다. 화창한 날씨는 구애니스를 기쁘게 해주었다. 결국 정원을 이용할 수 있어 보였다. 공작부인은 하객들이 외투를 걸치지 않아도 되겠다고 판단하고, 하인들에게 좌우로 열리는 유리문들을 활짝 열고 돌들을 깨끗이 치우라고 일렀다.

행사는 그날 4시로 예정되었다. 정오가 되면서부터 꽃들이 도착하기 시작했고, 메신저들의 행렬이 끝도 없이 이어졌다. 알렉산드라는 아무도 드나들지 않는 식당에 콕 박혀 있었다. 구애니스 숙모가 완전히 자제력을 잃었군. 엄청나게 큰 꽃 항아리 두 개가 이층으로 옮겨지자 알렉산드라가 속으로 중얼거렸다. 서재 역시 장식될 모양이었다.

알렉산드라가 드레스를 입으러 이층으로 올라가려는데, 마침 콜린의 여동생들이 도착하여 잠시 일이 지체되었다. 겨우 열 살인 막내딸 메리언 로즈는 파티에 참석하게 되자 너무 흥분하여 잠시도 차분히 있지 못했다. 메리언은 부모님을 행복하게 해준 기대치 않았던 선물이었다. 셋째 딸이 태어난 지 4년 가까이 지났으므로, 공작 내외는 부인의 임신 가능한 나이가 이미 지났을 거라고 믿었었다. 당연히 이 막내는 부모님과 오빠들의 사랑을 흠뻑 받아 왔지만, 언니들에게까지 완전한 응석받이로 자랄 수는 없었다. 엘리슨은 열 네 살이고, 제니퍼는 열 다섯, 그리고 캐서린은 이제 열 여섯이 막 되었으니까.

알렉산드라는 콜린의 누이들 모두가 좋았으나, 그 중에서 캐서린이 가장 마음에 들었다. 하지만 다른 누이들의 감정을 상하게 하지 않으려고, 이런 마음을 조심스레 감추었다.

캐서린은 즐거움 그 자체였다. 알렉산드라와는 완전히 상반되는 여

자였고, 어쩌면 그 이유로 그녀에게 반했는지도 모른다. 알렉산드라는
솔직히 이 콜린의 여동생이 부러웠다. 캐서린은 어처구니없을 만치 거
리낌이 없었다. 그녀의 머릿속에 무슨 꿍꿍이속이 있는지 그 누가 알
겠는가. 또한 아주 엉뚱한 구석이 있어서, 절친한 미셸 마리와 끊임없
이 짓궂은 장난을 했다. 캐서린은 속박이란 걸 몰랐다. 위엄을 지키고
예의를 갖춘다는 게 뭔지 알 것 같지도 않았고, 알렉산드라가 전에 본
적이 없는 놀라우리 만치 정직한 사람이었다.

캐서린은 진한 갈색 머리카락에 담갈색 눈을 가진 아름다운 아가씨
였다. 키는 알렉산드라보다 족히 5센티미터는 더 컸다.

콜린의 여동생들은 이유도 모른 채 런던에 불려왔는데, 어머니가 그
들 모두를 모아놓고 결혼식 소식을 전하자, 제일 먼저 캐서린이 날카
롭게 고함을 지르며 기뻐했다. 그녀는 알렉산드라의 품에 몸을 던지다
시피 하며 꼭 끌어안았다.

「미셸 마리는 자기 계획을 망쳐놨다고 당신을 죽이려 할지도 몰라
요.」

그녀가 쾌활한 어조로 알려주었다.

「그 애는 콜린과 결혼할 작정이었어요. 그 계획을 얼마나 오래 전부
터 세워놓았는지 아세요!」

구애니스가 당황해서 고개를 가로 저었다.

「콜린은 네 친구를 만난 적도 없는데 어째서 콜린이 자기와 결혼하
리라고 생각했다는 거니? 게다가 네 나이 또래면 콜린과는 나이 차이
가 너무 나잖니. 세상에, 거의 두 배는 되겠구나.」

엘리슨과 제니퍼가 앞으로 뛰어나오더니, 알렉산드라를 끌어안았다.
세 누이동생이 우르르 매달리는 바람에 알렉산드라는 몸의 균형을 잡
고 있기도 힘들었다. 아니나 다를까, 이윽고 그들이 한꺼번에 조잘대기
시작했다. 사태는 혼란스럽기 그지없었고, 알렉산드라가 주체할 수 있
는 경지를 넘어버렸다.

메리언이 끼여 들 여지는 전혀 없었다. 그러자 그 애는 뒤로 주춤

물러섰지만, 그도 잠깐이었다. 사람들의 관심을 끌려고 발을 쿵쿵 굴러도 별 효과가 없자 소름끼칠 정도로 날카롭게 비명을 질러댄 것이다. 놀란 사람들이 즉시 뒤돌아보았고, 메리언 로즈는 그 틈을 타 알렉산드라에게 와락 덤벼들었다.

레이몬드와 스테판이 비명 소리를 듣고 즉시 달려왔다. 구애니스는 딸의 행동을 사과하고 메리언 로즈에게 조용히 하라고 타이른 뒤 경호원들에게 창고로 내려가 포도주 잔이 담긴 나무 궤짝들을 더 날라 오라고 지시했다.

레이몬드가 알렉산드라에게 잠깐 보자는 신호를 보냈다.

「공주님, 저희가 유리문들을 닫아놓기만 하면 공작부인께서는 곧바로 열어놓으세요. 집 뒤쪽이 열려 있으면 안전하지 못해요. 공주님께서 부인께 좀 말씀드려 주시겠어요? 주인 나리가 문과 창문들이 모두 열려 있는 걸 아시면 무척 화내실 거예요.」

「내가 말씀드려 보죠. 하지만 내 말에 귀 기울이실 것 같지 않군요. 모든 일이 잘 풀리리라고 믿을 수밖에 없죠. 몇 시간만 지나면 그 격정도 사라질 테니까.」

레이몬드는 잠자코 공주에게 머리를 숙여 절했다. 하지만 가만히 앉아서 일이 잘 되길 바랄 성질이 아니었다. 그와 스테판은 꽃이나 선물을 들고 타운 하우스에 거침없이 발을 내딛는 많은 방문객들을 감시할 작정이었다. 하지만 사람들의 신분을 일일이 확인하기란 사실상 불가능했다. 이윽고 레이몬드가 부엌으로 들어갔다. 그는 하인 한 명을 붙잡고 콜린에게 메모를 전해달라고 부탁했다. 공작부인이 경호원의 말은 안 들을지 모르지만, 아들의 말은 분명 들을 테니까.

레이몬드는 거기서 만족하지 않았다. 이번에는 윌리엄셜 공작을 만나 앞으로 있음직한 위험에 대해 넌지시 알려주었다.

밀리선트 노튼과 조수들이 아래층으로 내려오다가, 위층으로 올라가던 알렉산드라를 붙들었다. 그 재단사는 옷장 앞에 웨딩 드레스를 걸어두었다고 하면서 자신이 만든 것 중 가장 멋진 드레스라고 떠벌렸다.

알렉산드라는 재단사의 노고에 입이 닳도록 칭찬을 해준 뒤, 그 고운 드레스를 입을 때 세심하게 주의하겠다는 말도 잊지 않았다.

밀리선트와 조수들이 나간 뒤, 구애니스가 허겁지겁 홀로 들어왔다.

「어휴, 알렉산드라, 벌써 3시인데, 준비를 하나도 안 했구나. 목욕은 한 거니?」

「네, 숙모님.」

「딸 애들은 준비가 다 끝나간단다.」

구애니스는 알렉산드라의 손을 이끌고 이층으로 올라갔다.

「제니트가 메리언 로즈의 머리를 땋는 대로 널 도우러 갈 게다. 어때, 가슴이 두근거리니? 무척 떨리겠지만, 걱정할 필요는 없단다. 만반의 준비를 끝냈으니까 말야. 멋진 결혼식이 될 거야. 자, 어서 서둘러야지, 결혼식 구경을 하고 싶으면 말야.」

공작부인은 이런 농담을 해놓고 자기 딴엔 재미있었던지 깔깔대며 웃었다. 그리고 자기 침실에 이르자 애정 어린 손길로 알렉산드라의 손을 한 번 꼭 쥐어주고는 문을 열고 안으로 들어갔다. 메리언 로즈가 머리를 풀어달라고 하녀에게 칭얼대는 소리와 잠자코 있으라는 구애니스의 꾸짖는 소리가 알렉산드라의 귓전을 스치고 지나갔다.

알렉산드라의 침실은 복도 맨 끝 방이었다. 문을 열고 안으로 들어갔다. 시간이 촉박한지라 어서 옷을 갈아입어야겠다는 생각밖에 없었다. 알렉산드라는 방문을 미처 닫기도 전에 옷에 달린 단추부터 죄다 열었다. 옷을 다 벗은 후 다시 한 번 머리에서 발끝까지 깨끗이 씻고, 품이 낙낙한 하얀색 면 가운을 입었다. 허리에 벨트를 매고 있는데, 뒤에서 문이 열렸다. 하녀가 도와주러 왔거니 하고 뒤돌아보려는 순간 누군가가 뒤에서 거칠게 붙들었다. 비명 소리가 터져 나오려 하자, 그 사람이 입을 손으로 꽉 틀어막았다.

문빗장 걸리는 소리가 들리자, 그제야 최소한 두 명의 남자가 방안에 들어와 있다는 사실을 깨달았다.

알렉산드라는 마음을 가라앉히려고 안간힘을 써야 했다. 속으론 겁에 질려 있었으나, 도망 칠 기회가 생길 때까지 참고 기다려야 한다고 스스로에게 다짐했다. 비명을 지르고 싶은 충동이 아무리 강해도 절대 그래선 안 되리라. 그랬다간 콜린의 여동생들이 달려올 텐데, 어떡하든 그 애들을 다치게 해선 안 되었다.

머릿속에 실행 가능한 계획 하나가 떠오르자, 즉시 마음이 가라앉았다. 이 집에서 충분히 멀어질 때까지는 이 자들이 시키는 대로 해야 해. 그럼 이 집 식구들을 위험에 빠뜨리게 하진 않겠지. 그런 후에 겁도 없이 자기를 건드린 이 자들이 후회할 정도로 힘껏 비명을 지르고, 물고 때리며 싸워야지.

문에서 노크 소리가 들렸다. 뒤에 서 있던 불한당이 그녀의 몸을 더 힘껏 끌어당겼다. 그리고 노크 한 사람을 가게 하라고 나지막한 소리로 지시했다.

알렉산드라가 순순히 고개를 끄덕이자 그 자가 입을 막았던 손을 뗐다. 두 번째 남자가 문의 빗장을 열 때 알렉산드라는 그의 얼굴을 자세히 보았다. 검은 머리칼에 눈썹이 짙고 기름기가 번지르르한 피부를 가졌다. 그의 험상궂은 표정에 등골이 오싹해졌다. 인상으로 봐선 사람을 해치고 털끝만큼도 양심의 가책을 느낄 것 같지 않았다.

뒤에 선 남자가 얼굴 앞으로 나이프를 휘두르며, 고함치는 날엔 죽여버리겠다고 으름장을 놓았다.

이 남자의 겁주려는 속셈을 빤히 아는지라, 알렉산드라는 그의 협박에 눈도 깜짝 하지 않았다. 장군이 필요한 건 살아 있는 신부지, 죽은 신부는 아니잖은가. 그녀는 겁나지 않는다고 쏘아줄까 생각했으나 마음을 고쳐먹었다. 대들지 않는 편이 더 영리하겠지. 자기들에게 순순히 협조한다고 믿게 되면 감시의 눈초리를 다소 늦출지도 모르니까.

그 자들은 문을 몇 센티미터 이상은 열지 못하게 했다. 제이드가 방긋 웃으며 복도에 서 있었다.

「어머, 알렉산드라, 아직 드레스도 안 입었군요. 좀 도와줄까요?」

알렉산드라가 고개를 흔들었다.

「캐서린, 제의는 고맙지만 사양하겠어요. 그냥 아래층에 내려가셔서 남편과 함께 기다리시지 그래요? 당신 남편 헨리는 당신과 나란히 서서 하객들을 맞이하고 싶어하실 거예요.」

제이드는 전혀 동요하는 기색이 없었다. 그녀는 문이 다시 닫힐 때까지, 얼굴에 계속 웃음을 띄고 있었다. 그러다가 빗장이 제자리에 걸리는 소리를 듣자마자 뒤돌아 서서 복도를 따라 내달렸다.

제이드가 이층 층계참에 이르렀을 때 콜린은 홀 안으로 걸어 들어오는 중이었다. 메리언 로즈가 응접실에서 달려나오더니 오빠의 품에 뛰어들었다. 콜린은 막내 동생을 번쩍 들어올려 볼에 입을 맞춘 뒤, 허리를 굽혀 케인의 딸 올리비아를 다른 팔로 휘감아 안았다. 네 살배기 올리비아가 삼촌의 볼에 침을 묻혀가며 뽀뽀를 했다.

제이드가 계단을 허둥지둥 뛰어내려 왔다. 케인이 아내의 엉덩이를 간신히 붙잡았다.

「제이드, 천천히 걸어. 그러다가 뼈라도 부러지면……」

그때 겁에 질린 아내의 얼굴을 본 그는 가슴이 철렁 내려앉았다.

「무슨 일이야?」

「알렉산드라가 나더러 캐서린이라고 불렀어요.」

형수의 말에 콜린이 조카를 내려놓고 앞으로 걸어왔다. 바로 그때 정원으로 나가는 유리문이 활짝 열려 있는 게 눈에 띄자, 그는 못마땅해서 눈살을 찌푸렸다. 사전에 조심해야 한다는 사실을 부모님은 이렇게도 모른단 말인가?

「알렉산드라가 정신이 좀 없어서 그래.」

케인이 아내에게 말했다.

「결혼하는 날이니 신경이 예민해질 수밖에.」

제이드가 머리를 가로 저으며 콜린에게 자초지종을 말했다.

「알렉산드라가 나더러 아래층에 내려가서 남편 헨리와 손님을 맞으라고 했어요. 누군가가 방에 있었어요. 분명 장담할 수 있어요. 알렉산드라는 내게 위험을 알리려 했던 거예요.」

콜린은 벌써 계단 쪽으로 걷고 있었다.

「레이몬드와 스테판에게 알렉산드라 방 창문 아래에서 지키고 있으라고 전해 줘. 그리고 형은 뒤쪽 계단을 지켜. 놈들이 그 쪽으로 알렉산드라를 데려가려고 할 거야.」

콜린은 말을 채 마치기도 전에 층계참에 이르렀고, 계단을 막 내려오던 어머니와 아버지를 말없이 지나쳐서 복도를 따라 계속 걸었다.

그는 자신의 앞에 놓인 일에 대해 무서울 정도로 냉정해졌다. 속에선 분노가 솟구쳤으나, 분노에 휩싸여 판단을 흐려서는 안 된다. 알렉산드라가 무사할 때까지는 화를 지그시 누를 도리밖에.

알렉산드라의 침실 앞에 이른 그는 일단 문이 잠겼는지 확인하려고 문을 조용히 건드려 본 후에, 온 힘을 다해 어깨로 문을 부딪혔다. 문이 우지끈 부서져 돌쩌귀에서 이탈되면서 나사들이 툭툭 튀어나왔고, 나무 조각들이 침실 안으로 날아들었다.

알렉산드라는 조심하라고 고함치려 했으나, 그녀를 붙잡은 남자가 다시 입을 틀어막았다.

두 번째 남자가 손에 칼을 쥐고 콜린에게 와락 덤벼들었다. 그가 칼을 홱 낚아챌 때까지 영문도 모르던 그 남자는 뒤늦게 정신을 차렸다. 콜린은 칼을 뺏은 후에도 남자의 손을 놔주지 않았다. 이번에는 손을 등뒤로 비틀더니 어깨뼈가 빠질 때까지 위로 가차없이 틀어올렸다. 그 남자는 고통스럽게 울부짖었지만, 콜린은 인정사정 없었다.

콜린은 분노로 인해 사내 넷의 힘을 합친 것보다 더 강한 힘이 생겼다. 악당들이 겁에 질려 쩔쩔매는 알렉산드라를 거칠게 다루는 걸 보자 분노로 이성을 잃을 지경이었다. 알렉산드라가 입은 가운이 제멋대로 헝클어져 속살이 그의 눈에 들어왔다.

「내 신부에게서 손을 떼!」

콜린은 우레같이 호통을 치고는 앞으로 다가왔다. 알렉산드라를 붙들고 있는 놈은 궁지에 몰린 걸 깨닫고, 콜린이 자신을 덮칠 때까지 기다렸다가 알렉산드라를 앞으로 밀어내고 방을 빠져나가려고 했다.

콜린이 눈 깜짝할 사이에 알렉산드라를 침대에 훌쩍 던져놓고, 등을 돌려 그놈의 목을 움켜쥐었다.

이 망할 놈의 목을 부러뜨리고 말겠다고 생각했으나 알렉산드라가 지켜보고 있었다. 젠장, 그녀를 더 이상 겁먹게 하고 싶지 않았다.

「계단을 이용하는 것보다 더 빠른 방법이 있지.」

·콜린의 어투가 워낙 침착하고 태연해서 알렉산드라는 그가 취할 행동을 상상도 못하고 있었다. 콜린은 그 남자를 무릎으로 살짝 걷어올리더니 창 밖으로 휙 내던져버렸다.

창문은 닫혀 있었다. 유리 조각들이 벽과 바닥에 산산이 흩어졌다. 떨어져 나온 창틀 중, 남자의 어깨에 박히지 않은 한 귀퉁이가 벽에 붙은 선반으로 나가 떨어졌다.

콜린은 얼굴 한 번 찡그리지 않았다. 그냥 바지에 묻은 먼지를 보더니, 투덜대며 한숨을 쉬고 그녀를 향해 등을 돌렸다.

알렉산드라는 정신이 얼떨떨했다. 콜린은 방금 전까지도 옆 사람을 겁줄 만큼 펄펄 날뛰더니, 지금은 아무 일도 없었던 양 능청스레 행동하고 있었다.

그 남자를 죽였을지 모른다는 사실을 깨닫기나 할까? 아니면, 알고 있으면서 신경을 쓰지 않는 걸까?

내 눈으로 확인해야겠어. 알렉산드라는 침대에서 펄쩍 뛰어내려 창문 쪽으로 내달렸다. 하지만 깨진 유리 조각을 맨발로 밟으려 할 때 콜린이 앞을 막아섰다. 그는 그녀는 침대로 끌고 와서 거친 동작으로 끌어안았다.

「하느님 맙소사, 콜린, 당신이 그 남자를 죽였나요?」

알렉산드라의 목소리는 겁에 질려 있었다. 콜린은 싸움 현장을 보인 게 무척 마음 아팠다. 지옥행이 나은 사람이 있다는 사실을 이해하기엔 알렉산드라는 너무나 어리고 순진하지 않은가. 그의 품속에서 떠는 폼으로 보아, 알렉산드라는 그를 두려워하고 있었다.

「아니, 죽지 않았소.」

그는 나지막하고 퉁명스런 어투로 말했다.

「레이몬드가 밑에서 붙잡았을 테니까.」

콜린은 자못 자신이 자랑스러웠다. 그런 얼토당토않은 거짓말을 웃지도 않고 말할 수 있다니!

한편 알렉산드라는 어처구니없었다. 이런 말도 안 되는 소리를 내가 믿으리라 생각했단 말이야? 하지만 콜린도 몸을 떨고 있었고, 아직도 난폭한 싸움의 충격에서 벗어나지 못하는 듯했다. 그녀는 콜린을 위로해주기로 마음먹었다.

「당신이 그렇다면, 정말 그랬겠죠.」

그녀는 순순히 동의한 뒤, 울적한 기분을 담은 한숨을 내쉬고는 편안하게 그에게 기댔다.

「창문을 연다는 걸 깜빡한 거죠, 그렇죠?」

「그래요. 깜빡 잊어버렸소.」

그가 거짓말을 했다.

알렉산드라는 그의 어깨 너머로 바깥을 흘깃 쳐다보았다.

「레이몬드가 정말 그를 붙잡았을까요?」

장난기 어린 어투를 콜린은 눈치채지 못했다.

「그렇고말고.」

콜린은 그녀를 더욱 단단히 끌어안더니, 앞이마에 키스를 하려고 몸을 굽혔다.

「놈들이 당신을 거칠게 다루었소?」

「아뇨.」

그녀가 나지막이 속삭였다. 그리고 다음 순간, 콜린의 주변을 눈가로 슬쩍 훑어보았다.

「다른 남자는 기어서 도망갔나봐요.」

「케인이 그를 기다리고 있을 거요.」

콜린은 다시 고개를 숙여 키스를 했다. 그녀도 동시에 얼굴을 들어올렸다. 저항하기엔 유혹이 너무 컸다. 콜린이 부드럽게 입을 맞추었지만, 그걸로 충분치 않았다. 그가 더 진한 키스를 했는데 억지로 그녀의 입을 열 필요가 없어 내심 흐뭇했다. 그의 혀가 그녀의 입 속으로 미끄러져 들어가자 나지막하고 원초적인 신음 소리가 그의 목구멍에서 새어 나왔다.

알렉산드라는 키스로 넋이 빠져버렸다. 이런 황홀한 기분을 마음껏 맛보고 싶었으나 경험이 없는 탓에 어떻게 반응해야 할지 몰랐다. 그녀는 그의 향취! 놀라울 만큼 남성적인 이 향취에 극도로 흥분되었다.

그녀의 노골적인 반응에 콜린은 이성을 잃어버릴 지경이었다. 지금 멈추지 않으면 안 돼. 그는 몸을 뒤로 빼려 했으나, 알렉산드라가 그의 고귀한 뜻에 협조해주지 않았다. 그녀는 그의 목을 팔로 휘감더니, 더 진한 키스를 하려고 그의 머리를 앞으로 잡아당겼다.

콜린은 그녀가 하는 대로 내버려두었다. 알렉산드라는 어색하게 혀를 밀어 넣었다. 콜린은 정욕을 누를 힘을 완전히 상실했다. 그는 계속 입을 맞추며 더 강렬하게 그녀를 원했다.

「다들 무사한…… 휴, 세상에…… 결혼식이 끝날 때까지 미루면 안 되는 거야, 콜린!」

케인의 목소리가 이 남녀를 둘러싼 황홀하고 몽롱한 상태에 찬물을 끼얹었다. 콜린이 천천히 뒤로 물러섰다. 알렉산드라가 제정신을 차리는 데는 좀더 오래 걸렸다. 콜린이 목뒤에 감겨 있는 손을 떼고, 가운의 벨트도 단단히 조여주어야 했다. 알렉산드라는 넋을 놓고서 콜린이 자기 목 주변의 옷깃을 꼼꼼히 가려주는 모습을 멍하니 지켜보았다.

「빨리 웨딩 드레스를 입어야겠소」

콜린이 나지막한 어조로 일러주고는, 그녀의 어리벙벙한 표정에 싱긋 웃었다. 알렉산드라는 아직도 충격에서 헤어나지 못했고, 그런 모습은 가슴 벅찰 정도로 그를 기쁘게 했다.

「내 말이 안 들리는 거요?」

그녀가 움직일 기색을 보이지 않자 콜린이 재차 물었다.

당황하지 말고 정신 차려. 알렉산드라는 스스로를 꾸짖으며, 이 어리둥절한 상태에서 벗어나려고 한 걸음 물러났다.

「그럼요, 당장 옷을 입어야죠.」

하지만 그녀는 즉시 머리를 가로 저으며 상반된 말을 했다.

「옷을 입을 수 없어요. 그 사람들이…….」

「내가 도와주겠어요.」

제이드가 선뜻 나섰다. 콜린의 형수는 안쓰러움과 걱정으로 얼굴을 찌푸렸다.

「금방 입을 수 있을 거예요.」

제이드가 그녀를 안심시키려 했다.

알렉산드라는 뒤돌아 서서 애써 웃음을 보였다. 그러나 바로 코앞에 케인과 제이드가 서 있자 소스라치게 놀랐다. 그들이 방에 들어오는 기척을 전혀 알아채지 못했던 것이다.

콜린의 키스로 완전히 정신이 나갔었나봐. 이 일을 어쩌지! 콜린에게 매달려 있는 걸 봤을까? 알렉산드라는 그런 상상을 하자 얼굴이 발갛게 달아올랐다.

순간 너무 당혹스러워 머릿속이 꽉 막혀버렸다. 뭔가 할말이 있었는데 도무지 떠오르지 않았다. 그녀는 얼빠진 동작으로 머리카락 속에 손을 넣어 머리를 쓸어 넘겼는데, 그 동작으로 가운의 앞자락이 약간 벌어졌다. 그러자 콜린이 옷을 가지런히 모아주었다. 꼭 소유욕 강한 남편처럼 행동했다. 그가 못마땅한 듯 눈살을 찌푸리지만 않았더라도 그의 행동을 참으로 사랑스럽다고 생각했으리라.

「옷을 갖고 장난할 생각이오. 수녀들에게서 배운 것도 없소?」

그의 어투에는 전혀 장난기가 없어 보였다. 그녀는 목에 얹은 그의 손을 찰싹 쳐서 떼내고, 몇 걸음 물러섰다.

「계단으로 달아난 남자들을 잡으셨나요?」

그녀가 대뜸 케인에게 물었다.

「잡았습니다.」

「잘 됐군요. 그들이 꽃을 들고 집에 숨어 들었어요.」

그녀가 조그만 목소리로 중얼거렸다.

「진작에 알아야 했는데…… 그들이 꽃병을 이층으로 날렸죠. 그런데 난…….」

다들 알렉산드라가 자초지종을 설명하길 기다렸으나, 더 이상 아무 말도 안 하리란 사실을 몇 분 후에야 깨달았다.

「다른 놈은 어떻게 됐나요?」

케인이 물었다.

「콜린이 창 밖으로 던져버렸어요.」

「레이몬드가 놈을 밑에서 잡았어.」

콜린이 얼른 말을 받았다.

동생이 알렉산드라 쪽으로 머리를 기울여 신호를 보내자, 케인은 가까스로 웃음을 삼켰다.

「그것 참 다행이군.」

「다른 자들이 딴 방에 숨어 있진 않을까요?」

알렉산드라가 묻자 콜린이 즉시 대꾸했다.

「없소. 경호원들이 벌써 집안을 철저히 수색했거든.」

콜린은 그녀가 겁먹지 않게 하려고 덧붙였다.

「한 놈도 남아 있지 않아.」

제이드가 나지막이 '헉'하고 숨을 삼키자, 케인이 아내에게 눈길을 돌렸다. 그녀의 눈에 눈물이 그렁거렸다.

「제이드, 왜 그래?」

그가 속삭이듯 조심스레 물었다.

제이드가 옷장 앞, 땅바닥을 손으로 가리켰다. 케인이 시선을 돌려 웨딩 드레스를 보더니 낮게 욕설을 내뱉었다.

알렉산드라의 관심이 콜린에게 집중돼 있었다. 뭔가가 분명히 달라졌는데, 그게 뭔지 꼭 집어낼 수가 없었다.

「10분 안에 결혼식이 진행될 거요, 알렉산드라. 계속 그 가운만 입고 있을 작정이면, 그것만 입고 식을 치를 수밖에 없소. 형, 재킷을 바꿔 입었으면 좋겠는데. 내 옷이 찢어졌어.」

「오늘 식을 올리지 않았으면 좋겠어요.」

알렉산드라가 중얼거렸다.

「10분 후야.」

콜린이 되풀이했다.

그의 단호한 표정으로 보아 설득해봤자 씨도 먹히지 않을 성싶었다. 어쨌든 마지막으로 한번 더 시도해 보았다.

「못 하겠어요.」

그녀는 단호한 표정으로 똑 부러지게 말했다. 그러자 콜린이 얼굴이 맞닿을 정도로 바싹 몸을 내밀었다.

「해야 돼.」

알렉산드라는 한숨을 내쉬고 고개를 끄덕였다. 콜린은 결국 고집을 꺾고 고분고분 말을 들어준 그녀에게 흡족해서 힘껏 입을 맞추어주었다. 그러고는 뒤돌아 서서 문으로 향했다.

「그들이 웨딩 드레스를 망쳐놓았어요, 콜린.」

제이드가 콜린에게 그 사건을 알렸다. 갑자기 알렉산드라가 울음을 터뜨렸다. 물론 모인 사람들은 드레스 때문이라고 생각했으나, 그녀의 가슴을 아프게 한 이유는 딴 데 있었다. 콜린에게서 달라진 점을 방금 알아낸 것이다.

「당신 머리를 잘랐군요!」

격분한 그녀의 어투에 콜린은 소스라치게 놀랐다. 고개를 돌려보니, 알렉산드라가 눈물을 줄줄 흘리고 있는 게 아닌가! 콜린은 그녀를 위로하고픈 충동이 일었다. 하지만 그가 앞으로 걸음을 옮기자마자, 알렉산드라가 뒷걸음질치기 시작했다. 콜린은 그녀를 더 이상 움직이지 못하게 하려고 걸음을 뚝 멈추었다. 실수로 유리조각을 밟을까 걱정이 되어서였다. 또한 금방이라도 공포에 떨 것 같아 보이는 그녀를 겁줄 의향이 없기도 했다.

결혼식을 코앞에 둔 신부이니 자연히 신경이 예민해진데다, 방금 겪

은 끔찍한 시련까지 겹치자 이상한 행동을 하는 거야. 콜린은 나름대
로 짐작했다.

우선 마음을 가라앉혀야겠어. 안 그러면, 아래층으로 데려가기도 힘
들 테고, 결혼식을 치르기는 불가능하겠지. 화나게 한 진짜 이유는 접
어두고 내 머리를 갖고 트집을 잡고 싶다면, 그렇게 하게 둬야지 뭐.

「그런데.」

콜린이 가능한 상냥한 목소리로 대꾸했다.

「머리를 잘랐소. 이것 때문에 기분이 좋지 않은 거요?」

「그럼 당연하죠. 기분이 안 좋은 정도가 아니라, 솔직히 화가 나서
미치겠어요.」

그녀의 목소리가 분을 참지 못해서 가늘게 떨렸다.

자신이 왜 이토록 화가 났는지 콜린은 전혀 이해 못하는 눈치였다.
머리를 기르는 이유를 물어봤을 때 그가 대꾸한 말조차 기억하지 못하
고 있었다.

자유. 그랬다. 콜린이 그렇게 말했었다. 그가 했던 말이 한 마디도
빠짐없이 떠올랐다. 어깨까지 내려오는 머리를 보면 자신이 자유로운
인간이라는 사실을 잊지 않는다고 했었다.

알렉산드라는 그의 발을 내려다보았다.

「왜 쇠고랑을 차려는 거예요, 콜린?」

「도대체 무슨 소릴 하는 거요?」

콜린은 터져 나오려는 분통을 참을 재간이 없었다.

「알렉산드라는 드레스 때문에 속이 상한 거요.」

케인이 나름대로 판단했다.

「이 일에 참견하지 말아요」

알렉산드라가 단호히 일렀다.

케인이 눈썹을 치켜올렸다. 지금 알렉산드라는 진짜 공주처럼 굴면
서 그를 신하쯤으로 취급하는 게 아닌가. 그가 재미있어 하는 걸 알면
그녀의 화만 부추기게 될 터라, 감히 웃지도 못했다. 그녀는 몹시 화가

나 있었고 비참해 보였다.

「오, 하느님, 당신 때문에 제가 무슨 짓을 하고 있는지 보세요.」

알렉산드라는 팔짱을 끼고 그를 쩨려보더니, 곧 그의 형에게 시선을 돌렸다.

「그렇게 쏘아붙여서 죄송해요. 보통 때는 남에게 화난 모습을 안 보이는 편인데, 저 남자가 원장수녀님의 황금률을 잊어버리게 만들어요. 콜린이 머리를 자르지만 않았어도 이런 꼴은 보이지 않았을 거예요.」

「저 남자?」

케인이 비씩 웃으며 되풀이했다.

「어떤 황금률이죠?」

제이드가 궁금해하며 물었다.

「기분 상한 게 드레스 때문이 아니었소?」

「위엄을 지키고 예의를 갖추라는 규율이죠.」

알렉산드라는 제이드의 질문에 대꾸한 후, 콜린에게 시선을 돌렸다.

「아뇨, 꼭 드레스 때문만은 아니었어요.」

그녀가 딱 잘라 말했다. 그리고 마음을 가다듬으려고 숨을 깊숙이 내쉬면서 스스로를 타일렀다. 우둔한 바보로 생겨먹은 걸 콜린 자신도 어쩌겠어. 자진해서 자유를 포기한다는데 난들 어떡하겠냐구!

「아무럼 어떻겠어요. 물론, 드레스 땜에 속이 상해요. 당신 어머니께서 얼마나 상심하시겠어요. 저 옷을 준비하느라 엄청난 돈을 지불하셨는데, 저렇게 망가진 걸 아시면 실망이 이만저만 아니시겠죠.」

「그럼 우리 어머니가 심려하실까 걱정했단 말이오?」

콜린은 이 문제의 본질을 파악하려고 애쓰며 질문했다.

「그렇다고 방금 말했잖아요? 콜린, 이런 상황에서 어떻게 웃을 수 있어요? 난 입을 옷이 전혀 없다구요.」

「물론…….」

알렉산드라가 그의 말을 가로챘다.

「당신 어머니께는 비밀로 하겠다고 약속해줘요.」

그녀가 계속 다그쳤다.

「꼭 당신 약속을 받아야겠어요. 혹시라도 알아채시면 그분의 결혼식을 망쳐버리게 될 거예요.」

「이건 어머니가 아니라 당신 결혼식이오, 알렉산드라.」

그녀는 막무가내였다.

「대답해줘요.」

「어머니께 말하지 않겠소.」

하지만 당신이 그 옷을 입고 있지 않는데, 어머니가 잘도 못 알아채시겠냐고 비아냥거리지는 않았다. 그녀가 그런 사실도 못 깨달을 만큼 흥분해 있는데, 굳이 실랑이를 벌이고 싶지 않았다.

알렉산드라는 제이드와 케인에게도 약속하라고 다그쳤다. 모두들 재빨리 그렇게 하겠다고 말해서 그녀를 진정시켰다. 콜린은 그녀의 별스러운 행동에 잠자코 고개만 흔들더니, 그녀를 가까이 끌어당겨 키스를 해주었다. 그리고 그녀를 놔두고 방을 나왔다.

「알렉산드라가 좀 예민해 보이지?」

콜린이 곧 뒤따라 나온 형에게 한마디했다. 형이 갑자기 웃음을 터트렸다.

「나도 왜 그런지 정말 이해가 안 되는데.」

케인이 비꼬듯이 대꾸했다.

「네 신부는 흉악범 두 놈에게 무례한 꼴을 당하고 납치까지 당할 뻔했어. 지금도 혼비백산해 있잖아. 그리고 너와 결혼하고 싶지 않다고 자기 입으로 분명히 말한데다, 입어야 할 웨딩 드레스는 갈기갈기 찢어져 버렸어. 알렉산드라가 왜 예민해졌는지 이유를 모르겠군.」

콜린이 어깨를 푹 수그렸다.

「정말 힘겨운 하루였어.」

「하지만 이제부터는 좋은 일만 생길 거야.」

케인은 정말 그렇게 되길 내심 바랐다.

두 형제는 홀에 이를 때까지 아무 말도 없었다. 그들은 계단을 내려오면서 상의를 바꾸어 입었다. 상대방의 옷이 각자에게 꼭 맞았다. 콜린은 지난 수년간 어깨에 살이 많이 붙은 관계로, 지금은 형만큼이나 단단한 근육을 자랑할 수 있었다.

응접실에 사람들이 많이 모인 걸 본 콜린이 그 안으로 발을 들여놓으려다가 돌연히 걸음을 멈추고 케인을 돌아보았다.

「형이 틀렸어.」

「그럼 상황이 좋아지지 않는단 말이야?」

콜린이 고개를 가로 저었다.

「알렉산드라가 나와 결혼하기 싫어한다고 말했지? 형이 틀렸어. 알렉산드라는 나와 결혼하고 싶어해.」

케인이 빙그레 웃었다.

「그럼 이제 알렉산드라가 널 사랑한다는 사실을 깨달은 거야?」

케인은 기정사실로서 그 말을 했지만, 콜린은 질문으로 여겼다.

「아니, 아직은 날 사랑하지 않지만 앞으로는 그렇게 될 거야. 5년 내로, 그러니까 내가 돈을 모은 후에는 나와의 결혼이 실수가 아니라는 걸 알게 되겠지.」

어쩌면 저렇게 무딜 수가.

그는 동생의 무감각함이 믿어지지 않았다.

「알렉산드라는 이미 부자야, 콜린. 알렉산드라가 원하는 건…….」

「결혼이야.」

콜린이 형의 말을 대신 끝내주었다.

「사람들이 왜 여기 모여 있지?」

그는 일부러 얘기의 주제를 바꾸었다. 지금 여기에서 알렉산드라의 결혼 동기에 대한 열띤 논쟁을 벌이고 싶지는 않았다. 또한 그녀와 결혼하는 자신의 동기는 더 더욱 생각하고 싶지 않았다.

결혼식은 1시간 후에 시작되었다. 콜린은 형과 나란히 목사 앞에 서 있었다. 신부를 기다리는 일이 여간 고역이 아니었고, 태연한 척 하고 있기도 힘들었다. 자제력에 있어서는 자신을 따라 올 사람이 없다고 철석같이 믿어온 그인지라, 이런 초조한 기분은 딱 질색이었다. 이제껏 그 어떤 것도 내 마음을 뒤흔들어 놓지 못했잖아. 이렇게 스스로를 격려해봤으나, 지금 그는 분명 흔들리고 있었다. 이런 감정은 자신의 성격과 너무나 상이하여 대처하기가 막막하기만 했다. 알렉산드라에 한해서는 도무지 절제가 안 되는 자신이 원망스러웠다. 그녀가 자기 삶에 들어오기 전까지는, 결혼은 생각만 해도 몸이 움츠러드는 일이었다. 그런데 지금은 그 정반대의 이유로 초조해진 것이다. 뭔가 일이 잘못되기 전에 한시라도 빨리 결혼식을 치르고 싶었다.

아직도 알렉산드라를 잃을 가능성은 얼마든지 있었다.

「하느님 맙소사, 콜린, 지금 넌 결혼식을 하려는 거야, 장례식이 아니라 말야! 얼굴 좀 그만 찌푸려.」

콜린은 형의 충고를 들을 기분이 아니었다. 일이 잘못 풀릴 가능성을 생각하느라 머릿속이 바쁘게 움직였다.

바로 그때 윌리엄셜 공작이 알렉산드라의 손을 이끌고 응접실로 들어왔다. 콜린은 시선은 자신의 신부에게 고정되었다. 그녀가 가까이 다가오면 올수록, 점점 더 냉정을 되찾았다. 만족감이 커지면서 근심은 점점 줄어들었고, 그녀가 바로 옆에 다가설 때엔 찌푸린 표정은 말끔히 사라졌다.

알렉산드라는 곧 내것이 되리라.

알렉산드라는 심한 긴장 탓으로 온몸을 덜덜 떨었다. 스타일은 단순했으나 우아한 상아색 공단 드레스를 입고 있었다. 이 드레스는 목선이 심하게 파이진 않았지만, 여전히 보는 사람의 시선을 자극했다. 보석은 전혀 달지 않았고 손엔 꽃도 들지 않았으며, 머리에는 핀 하나도 꽂지 않았다. 걸음을 걸을 때 어깨 위로 부드럽게 물결치는 검은 곱슬머리만이 그녀에게 필요한 장식품의 전부였다.

오, 하느님! 그녀의 모습이 무척 마음에 들었다. 콜린은 수줍어하는 그녀를 내려보며 빙긋 웃었다. 알렉산드라는 줄곧 시선을 떨군 채 그를 쳐다볼 엄두도 내지 않았다. 심지어는 자신의 후견인이 볼에 입을 맞추어줄 때도, 눈을 들지 못했다. 또한 그녀는 후견인에게서 떨어질 줄을 몰랐다. 그가 억지로 그녀의 손을 떼어 콜린의 팔에 얹어야 할 정도였다.

가족들과 친구들이 두 사람 주위로 모여들었다. 그 순간 알렉산드라는 어디론가 내빼고 싶었다. 궁지에 몰린 기분이었고, 사람들에게 압도 당한 것 같았으며, 자신과 콜린이 실수했다는 두려움에 사로잡혔다. 몸의 떨림이 점점 심해지더니 급기야는 가만히 서 있기도 힘들었고, 숨을 편히 쉴 수도 없었다. 그때 콜린이 손을 꼭 쥐어주었다. 묘하게도 그의 손길이 닿자, 떨림이 한결 가라앉았다.

알렉산드라는 케인의 네 살배기 딸 아이 덕분에 두려움을 싹 씻어낼 수 있었다. 그 꼬마는 구경거리를 볼 수 없게 되자, 뒤뚱대며 군중들을 헤치고 나와 알렉산드라 바로 옆에 섰다. 그리고 자기 어머니가 미친 듯이 고개를 흔드는 걸 못 본 척 하면서 알렉산드라의 손을 잡으려고 발돋움을 해서 손을 내밀었다.

막 성경책을 펼치려던 목사가 아래로 흘깃 시선을 던졌다가 우연히 그 아이를 보았다. 그는 웃음을 참으려고 헛기침을 했다.

알렉산드라는 목사님에 비해 참는 능력이 떨어졌다. 검은 머리칼의 녹색 눈을 한 요정을 쳐다본 그녀는 갑자기 웃음을 터뜨렸다. 올리비아는 분명 일생의 추억이 될 멋진 경험을 하고 있었고, 그 애를 돌보기로 한 사람이 누구인지는 몰라도 분명 자신의 의무를 소홀히 하고 있었다. 아이의 꼴이 말이 아니었다. 치맛자락이 흙으로 얼룩진 걸로 보아 정원에서 한바탕 신나게 뛰어 논 게 분명했고, 공작부인이 행사 후에 대접하려고 준비한 붉은 펀치(레몬즙, 설탕, 포도주 등의 혼합 음료) 도 지저분하게 묻어 있어 한차례 부엌 나들이도 했으리라. 허리에 매는 장식 띠가 엉덩이에 비딱하니 걸쳐져 있었으나, 알렉산드라가 저도 모르게 웃음을 터뜨린 이유는 다름 아닌 두툼한 핑크 빛 머리띠 때문이었다. 머리띠는 올리비아의 오른쪽 눈 위에 아슬아슬하게 매달려 있었는데, 이 아이는 알렉산드라에게 방긋 웃는 와중에도 머리띠를 줄곧 머리 위로 홱 쳐서 올리고 있었다.

제이드는 올리비아의 꼴을 보고 혼비백산했으리라. 케인이 콜린과 알렉산드라 뒤쪽에서 몸을 굽히고 올리비아를 붙잡으려 했으나, 그 애는 몸을 뒤흔들며 뒤로 내빼고는 깔깔거리며 좋아했다.

알렉산드라가 사태 수습에 나섰다. 올리비아의 옷에 묻은 얼룩은 어쩔 도리가 없지만 외모는 손을 좀 볼 수 있었다. 콜린에게서 손을 빼낸 그녀는 올리비아의 허리띠를 고쳐 주고 머리띠를 다시 꽂아주었다. 올리비아는 자기를 두고 괜한 소란을 떠는 게 좀 귀찮았지만 알렉산드라가 일을 끝내자 다시 그녀의 손을 잡았다.

그녀는 등을 꼿꼿이 세우고 서서 목사 쪽으로 몸을 돌렸다. 아직도 콜린을 볼 엄두가 나지 않았지만, 옆으로 다가가서 손가락으로 그의 손을 살짝 스쳤다. 암시를 눈치챈 콜린이 다시 그녀의 손을 잡았다.

이제 알렉산드라는 안정을 많이 되찾았다. 목사의 물음에 답할 때도 목소리가 별로 떨리지 않았다. 그녀가 콜린의 아내가 되겠다고 동의하자마자 콜린의 표정이 한결 느긋해졌다. 바로 그때 위로 고개를 든 알렉산드라는 자신을 보며 빙그레 웃는 콜린의 모습을 발견했다. 그의 눈에서 불꽃이 튀기자 그녀의 가슴도 콩닥콩닥 뛰었다.

마침내 식이 끝났다. 콜린이 그녀를 조심스레 돌려세운 뒤 키스를 하려고 고개를 숙였다. 모든 사람들이 격려의 박수를 쳐주었다. 하지만 두 사람이 입술을 대기가 바쁘게 사람들이 그의 등을 가차없이 두드리면서 축하해주려고 잡아끌었다.

콜린은 알렉산드라의 허리에 팔을 휘감아 가까이 끌어당겼다. 그의 눈이나…… 손길에서 절대 못 벗어나게 할 생각이었다.

알렉산드라는 꼭 안개 속을 걸어 다니는 기분이었다. 만찬을 하기 전과 후, 그리고 만찬 중에 끊임없이 건배를 들었지만, 무슨 말들이 오갔는지도 통 떠오르지 않았다. 콜린의 가족들과 친구들에게 줄곧 둘러쌓여 있었고, 그들이 두말없이 자기네 일원으로 인정해주는 게 기쁘기도 하고 감격스럽기도 했다.

리처즈 경이 콜린과 그의 형에게 따로 좀 보자고 끈질기게 추근댔으나 콜린이 계속해서 나중으로 미루었다. 하지만 결국 국장의 요구가 받아들여져서, 알렉산드라가 경호원들의 시야에서 벗어나지 않겠다는 약속을 받아낸 후에야 콜린이 그 미팅에 동의했다. 그는 케인과 함께 국장을 따라 이층으로 올라갔다. 그리고 15분도 채 되지 않아 그들은 면담을 마치고 아래층으로 내려왔다.

콜린은 응접실에서 자기 신부를 찾아냈다. 그녀는 세 사람이 동시에 해대는 얘기들을 듣느라 애를 먹고 있었다. 메리언 로즈는 그녀와 함께 집에 가게 해달라고 졸라댔고, 캐서린은 언제 다시 새 언니를 보게 되는지 물었다. 그리고 콜린의 아버지는 두 아들의 어린 시절 얘기에 귀 기울일 사람이 있다면 청취자가 누구든 상관없이 흐뭇한 마음으로 추억을 더듬어내셨다.

이 모든 일들이 알렉산드라에겐 좀 벅차 보였다. 콜린은 그녀를 데리고 집으로 돌아가야겠다고 생각했다. 그녀는 콜린의 결정에 반대는커녕 솔직히 안도하는 기색이었다.

고맙다는 인사와 잘 가라는 말들이 오고 간 지 20분이 되면서 콜린의 참을성이 한계에 다다랐을 때, 두 사람은 콜린의 집으로 향하는 마차에 몸을 실었다.

마차 안에 감도는 침묵은 그들이 뒤에 남겨놓고 온 아수라장과 현저한 대조를 이루었다. 콜린은 긴 다리를 쭉 뻗고 눈을 감은 채 피식 웃었다.

그는 결혼식을 생각하고 있었다.

알렉산드라는 그와 마주보고 앉았다. 그녀는 자세를 곧게 세우고 꼭 움켜쥔 두 손을 무릎 위에 얹어두었다.

그녀 역시 결혼식 생각에 골똘히 잠겨 있었다.

콜린이 눈을 떠보니 알렉산드라의 찌푸린 얼굴이 확 들어왔다. 동시에 두 손을 있는 대로 힘껏 쥐어짜는 모습도 놓치지 않았다.

「무슨 문제가 있소?」

콜린은 대충 짐작은 했으나 이렇게 물었다.

「저, 오늘밤에……」

「오늘밤에?」

「잠자리를 같이 해야 한다고 고집부릴 건가요?」

「당연하지.」

알렉산드라의 어깨가 축 처졌다. 꼭 버림받아서 절망에 빠진 사람처럼 보였다. 콜린은 웃음을 터뜨릴 뻔했으나 가까스로 참았다. 괴로워하는 사람을 보고 재미있어 하면 자신이 천박해 보이리란 생각이 들었다. 순진한 알렉산드라가 알지 못하는 어떤 것에 대해 겁에 질렸을 뿐인데, 두려움을 극복하도록 도와주지는 못할 망정 더 겁을 줘서는 안되지 않겠는가.

콜린이 몸을 앞으로 내밀어 그녀의 손을 꼭 잡았다.

「전혀 걱정할 필요 없소.」

그의 목소리는 나지막하고 허스키했다. 하지만 알렉산드라는 그를 믿지 못하겠다는 표정을 지었다.

「그럼 재협상할 생각은 없나요?」

「뭘 재협상한단 말이지?」

「당신에게 돌아가는 이익 말이에요.」

콜린이 천천히 고개를 흔들었다. 알렉산드라는 그의 손아귀에서 손을 빼냈다.

「알렉산드라, 모든 일이 잘 풀릴 거요.」

「그건 당신 말이죠.」

그녀는 속삭임이나 다름없는 가냘픈 소리로 응수했다.

「당신 말이 옳다고 증명해주는 어떤 정보도 내겐 없어요. 혹시 이것과 관련된 자료 가진 것 없어요? 침실에 가기 전에 읽었으면 해요.」

콜린이 등을 뒤로 기대고 다리를 반대편 좌석에 턱 걸치더니, 그녀를 빤히 쳐다보았다. 놀랍게도 그는 웃지도 않았다.

「어떤 종류의 자료 말이오?」

「지침서라든가…… 뭐 그런 걸 갖고 있나 해서요.」

알렉산드라가 설명을 해보려고 애썼다. 그리고 불안한 자신의 심정을 들키기 싫어서, 두 손을 쥐어짜던 행동을 멈춰보려고도 했다.

「어떤 일이 벌어지는지 설명해주는 책 말이에요.」

그녀는 의식적으로 어깨를 으쓱해 보이며 덧붙였다.

「알겠지만…… 그냥 호기심이 좀 동해서요.」

하지만 그녀는 완전히 겁에 질려 있었다. 콜린은 그녀의 거짓말을 믿는 척 하려고 고개를 끄덕이면서 천연덕스럽게 물었다.

「원장수녀님이 알아야 할 것들을 다 가르쳐줬다고 하지 않았소?」

알렉산드라는 한참동안 잠자코 있었고 콜린은 참을성 있게 그녀의 대꾸를 기다렸다. 곧이어 알렉산드라가 창 밖을 내다보았다. 바깥은 어둠이 짙었으나, 환한 달빛이 지금 달리는 거리를 비춰준 덕에 집에 곧 도착하리라는 사실을 알 수 있었다. 절대 겁에 질리면 안 돼. 난 성숙한 여자인데, 당황해서 쩔쩔맨다면 얼마나 창피스럽겠어!

「알렉산드라, 대답해요.」

콜린이 단호히 물었다.

알렉산드라는 곤혹감을 감추고 무관심한 척 하려고 애쓰면서 마지못해 입을 열었다.

「수녀님과 그런 얘기는 나누었지만, 지금 생각해보니 만족할 만한 얘기는 아니셨어요.」

「수녀님이 구체적으로 뭐하고 하셨지?」

그녀는 이 얘기를 계속할 마음이 없었고, 괜히 얘기를 꺼냈다고 내심 후회했다.

「그냥 이런저런 얘기였어요.」

콜린은 얼렁뚱땅 넘어갈 생각이 없었다.

「이런저런 얘기가 정확히 어떤 거요?」

그때 마차가 타운 하우스 앞에 멈추었다. 알렉산드라가 황급히 문빗장으로 몸을 옮겼다. 콜린이 그녀의 손을 홱 낚아채면서 말했다.

「아직 대답하지 않았소.」

그녀는 자기 손 위에 얹힌 그의 손을 빤히 쳐다보았다. 자기 손의 두 배는 족히 되었다. 세상에, 왜 이제까지 그의 몸집에 신경 쓰지 않았을까? 함께 잠자리를 하게 되리란 생각을 하지 않아서 그랬겠지. 수년이 지나서, 그런 생각에 익숙해졌을 때까지는 말이야…… 얼마나 어리석은 생각이었나! 갑자기 자신이 완전한 멍청이라는 기분이 들었다.

마음껏 느껴보고 싶었으나 어떤 식으로 해야 할지 몰랐다. 수녀가 되겠다는 고집을 굽히지 말았어야 했어.

「원장수녀님은 내가 수녀로서 적합하지 않다고 하셨어요.」

알렉산드라는 얼떨결에 큰소리를 지르더니, 곧 한숨을 내쉬었다.

「난 별로 겸손하지가 않다고 하셨죠.」

그녀는 얘기를 슬쩍 돌리려고 했다. 물론 콜린은 그녀의 꿍꿍이속을 빤히 꿰뚫었다.

「그럼 수녀님이 부부간의 동침에 대해선 뭐라고 하셨지?」

알렉산드라는 다시 그의 손을 보더니 마지못해 대꾸했다.

「수녀님 말씀이 여자의 몸은 성전과 같대요. 그렇게 들었어요. 이제 날 놔주겠어요? 밖으로 나가고 싶어요.」

「아직은 안 돼.」

다정한 그의 어투에 당혹감이 약간 가라앉았다.

「모든 걸 다 말하게 만들 생각이죠, 그렇죠?」

그는 불만에 찬 그녀의 얼굴을 내려다보며 빙긋 웃었다.

「맞소. 모든 걸 다 털어놓게 할 작정이오.」

「콜린, 아직 눈치채지 못한 것 같은데, 난 이런 얘기가 무척 당황스러워요.」

「벌써 눈치챘소.」

알렉산드라는 그의 말에서 번지는 장난기를 눈치챘으나 그를 쳐다볼 엄두는 나지 않았다. 그의 웃는 모습을 보면 즉시 비명이 터져 나올 것 같았으니까.

「당신도 당혹스러워요?」

「아니.」

알렉산드라는 다시 한 번 손을 빼내려 했으나 콜린이 꼭 쥐고 놓아주지 않았다. 정말 못 말리는 고집불통이야. 자초지종을 털어놓을 때까지 결코 못 내리게 하겠지.

「남자들이 거기에서 숭배하려 한다고 하셨어요.」

「어디 말이오?」

콜린이 어리둥절한 어투로 물었다.

「성전 말이에요.」

그는 웃지 않았다. 그냥 알렉산드라의 손을 놔주더니 뒤로 몸을 기댔다. 그리고 알렉산드라가 달아날 경우를 대비해 쭉 뻗은 다리로 문을 막아놓았다.

「그랬군.」

콜린은 가능한 무관심한 어투로 말하려고 애썼다. 태연한 척 하면 알렉산드라의 괴로운 심정이 좀 해소되지 않을까 해서였다.

알렉산드라의 얼굴에 진한 홍조가 떠올라 꼭 햇볕에 탄 사람처럼 보였다. 그녀의 순진함이 믿기 어려울 만치 그를 기쁘게 했다.

「수녀님이 또 무슨 얘기를 했소?」

「남자들에게 절대 허락하지 말라고요.」

「숭배 말이오?」

그녀가 말없이 고개를 끄덕였다.

「결혼하기 전까지는 아무도 못 건드리게 하라고 하셨어요. 하지만 결혼한 후에는, 두 사람의 결합이 가치 있고 숭고한 결실을 낳기 때문에 괜찮다고 하셨죠.」

그의 반응을 살피려고 흘깃 올려다본 알렉산드라는 콜린의 어처구니 없어 하는 표정을 자신의 말뜻을 이해하지 못한 걸로 단정지었다.

「아이가 가치 있는 결실이에요.」

「당연히 그렇겠지.」

알렉산드라는 의자에 깊숙이 앉더니 드레스의 구김살을 펴기 시작했다. 한 동안, 둘 사이에는 지루하게 느껴지는 침묵이 흘렀다. 이윽고 콜린이 말문을 열었다.

「수녀님이 몇 가지를 빼먹었군, 그렇지?」

「그래요.」

알렉산드라가 속삭이듯 말했다. 마침내 콜린이 자신의 무지함을 이해한 것 같아 한결 마음이 놓였다.

「책이나 지침서 같은 게 있으면 읽을 수 있을……」

「내 서재에는 그런 종류의 서적은 없소. 사실 그런 게 출판되어 나오는지도 모르겠는걸.」

「하지만 분명히……」

「물론 그런 책들이 있긴 하겠지만, 당신이 읽어도 괜찮은 책이 아니오. 게다가 공공연히 드러내놓고 팔지도 않을 거요.」

콜린이 손을 뻗쳐 빗장을 홱 젖히더니 문을 열었다. 그러면서도 얼굴을 붉히고 있는 자신의 신부에게서 시선을 떼지 않았다.

「내가 어떻게 했으면 좋겠어요?」

알렉산드라는 무릎에서 시선을 떼지 않은 채 질문을 던졌다. 콜린은 팔꿈치로 그녀의 턱을 슬쩍 건드려서 고개를 들게 했다. 그녀의 푸른 눈에 근심이 가득 차 있었다.

「날 믿어봐.」

이 말이 제안이라기 보단 명령처럼 들렸지만 그를 믿을 수밖에 별다른 도리가 없다는 생각이 들었다. 다른 선택의 여지가 없지 않은가.

「그럼 좋아요, 당신을 믿겠어요.」

알렉산드라가 순순히 동의하자 콜린은 은근히 흐뭇해졌다. 앞으로 벌어질 일들을 상세히 알려는 그녀의 의도는 충분히 헤아릴 수 있었다. 그건, 그녀의 입장에서 상황을 대처해 나갈 수 있는 일종의 수단이었다. 더 많이 알수록 두려움은 덜해질 테니까.

다 큰 처녀들은 필요한 정보를 어머니에게서 얻는 게 통상적이었다.

적어도 콜린은 그렇게 알고 있었다. 그의 어머니도 누이동생 캐서린에게 부부생활에 대해 알려줬으리라. 그렇지만 알렉산드라의 어머니는 딸이 그런 걸 알아야 할 만큼 자라기도 전에 돌아가셨고 수녀 한 분이 어머니의 역할을 대신 했었다.

「그 원장수녀란 분이 나이가 어떻게 되셨지?」

「여든은 되어 보이지만, 아마 그 보단 젊으실 거예요. 감히 물어볼 생각은 꿈에도 못했어요. 근데 왜 수녀님 나이를 묻는 거죠?」

「별 뜻은 없소」

콜린은 이렇게 말하며 그녀의 걱정거리로 얘기를 돌렸다.

「알렉산드라, 당신이 알아야 할 것들을 내가 설명해주겠소」

그의 다정한 어투가 부드러운 애무처럼 기분을 가라앉혀 주었다.

「정말이에요?」

「정말이오.」

콜린은 얼빠진 표정으로 대꾸했다. 그는 꼬부랑 노파가 된 수녀가 '성전'과 '숭배'라는 비유적인 말을 써가며 알렉산드라에게 성교육을 시키는 장면을 머릿속에 그려보느라 정신이 없었다. 세상에, 그 은밀한 대화를 직접 들을 수 있었다면 얼마나 재미있었을까.

콜린의 반짝이는 눈을 들여다본 알렉산드라는 그가 자신의 순진함을 신기해한다고 순간적인 결론을 내렸다.

「미안해요, 내가 너무…… 경험 없는 것처럼 행동해서요.」

「당신은 실제로 경험이 없잖소.」

그가 점잖은 어투로 깨우쳐주었다.

「그래요, 그래서 미안해요.」

콜린이 웃음을 터뜨리며 말했다.

「난 괜찮은데?」

「내 질문에 몽땅 대답해줄 건가요? 정말 하나도 빼놓지 않고 말해줄 거예요? 난 나중에 놀라고 싶지는 않아요.」

「모조리 다 얘기해주겠소.」

알렉산드라는 안도의 숨을 내쉬었다. 콜린의 약속으로 두려움을 이겨내기가 한결 쉬워졌던 것이다. 당황해하는 자신을 보며 그가 재미있어 해도 별로 괘념치 않았다. 콜린이 꼭 필요한 얘기를 해준다고 했고, 그게 가장 중요한 문제였다. 안도감이 생기자, 그에 대한 고마움으로 마음이 좀 뭉클해졌다.

「좋아요, 그럼 별문제 없겠어요. 이젠 마차에서 내려도 되겠죠?」

콜린이 먼저 훌쩍 뛰어내리더니 알렉산드라를 부축했다. 두 경호원은 공주에 대한 염려로 눈살을 찌푸렸다. 그녀를 자물쇠로 꼭꼭 채워 독방에 가둬놓고 싶은 게 분명했다.

플래네건은 새 안주인을 맞이하려고 현관에서 서성대며 기다렸다. 그는 알렉산드라에게서 망토를 받아들어 팔에 잘 걸친 뒤, 진심에서 우러나오는 축하의 말을 전했다.

「지금 이층으로 올라가실 생각이시면, 제가 목욕물을 준비하겠습니다, 공주님.」

플래네건이 제안을 했다.

스트레스의 연속이던 하루를 마감하면서 뜨거운 물 속에서 느긋하게 목욕할 생각을 하니 마음이 혹했다. 원장수녀님께선 청결이 돈독한 신앙심과 견줄 만큼 중요하다고 하셨으니, 오늘 벌써 두 번째 목욕이긴 했으나 자신이 그다지 퇴폐적이란 기분은 들지 않았다.

「콜린에게 들을 말이 있으니까 목욕은 나중에 하겠어요.」

그녀와 플래네건이 하는 대화를 들은 콜린이 선뜻 제안했다.

「목욕부터 하는 게 좋겠소. 난 서류를 좀 정리해야 하니.」

물론 거짓말이었다. 결혼식날 밤에 일할 생각은 전혀 없었지만, 목욕을 하면 그녀의 긴장이 많이 완화되리라는 생각이 들었다. 알렉산드라에겐 기분 전환이 필요했다.

그녀에겐 참으로 끔찍한 결혼식 날이었다. 비록 지금은 걱정도 줄었고 감정 조절도 잘하는 듯이 보이지만, 아직도 신경이 날카로워 있다는 걸 그가 모를 리 없었다.

「그렇게 하죠.」

알렉산드라가 순순히 동의한 뒤 집사를 따라 계단을 올라갔다. 콜린이 곧장 뒤따라왔다.

「멋진 결혼식이었나요?」

플래네건이 물었다.

「그럼요.」

알렉산드라가 열의에 가득 찬 목소리로 얼른 대꾸했다.

「모든 일이 순조롭게 진행되었어요. 그랬죠, 콜린?」

「당신이 납치당할 뻔했지.」

콜린이 그녀를 깨우쳐주었다.

「하지만 그 외에는 멋졌잖아요, 안 그래요?」

「그리고 협박도 당했고.」

「그래요, 하지만……」

「그놈들이 웨딩 드레스를 다 찢어놓았고.」

알렉산드라는 층계 맨 위층에서 갑자기 멈추더니, 뒤로 홱 돌아서 그를 쏘아보았다. 그 사건들을 다시 생각하기는 정말 싫었다.

「신부라면 누구나 자기 결혼식이 완벽하길 바라죠.」

콜린이 그녀에게 살짝 윙크를 하며 말했다.

「그럼 우리 결혼식은 완벽했었나?」

그녀가 만족하여 방긋 웃었다.

플래네건은 결혼식의 세세한 부분까지 캐물으려고 알렉산드라와 단둘이 침실에 남게 될 기회를 노리고 있었다. 레이몬드와 스테판은 김이 모락모락 나는 뜨거운 물을 날라다 타원형의 물통에 부었다. 집사는 그녀의 옷가지들을 정성껏 끄른 뒤에 하얀 잠옷과 실내복을 침대 위에 올려놓았다.

알렉산드라는 여유 있게 목욕을 즐겼다. 뜨거운 물이 몸에 닿자 마음이 느긋해졌고, 어깨에 뭉친 긴장도 많이 풀렸다. 그녀는 장미향 나는 비누로 머리를 감은 뒤 벽난로 가에 앉아 젖은 머리를 말렸다. 서

두를 염려는 없었다. 콜린은 일하느라 바빠서 언제 시간이 흘렀는지도 모를 테니.

한 시간은 족히 지난 후에, 콜린의 일을 중단시키기로 작정했다. 머리는 다 말랐지만, 가운을 걸친 뒤 곱슬머리에 빗질을 하느라 10여 분 정도가 더 흘러갔다. 그녀는 수시로 하품을 했다. 따뜻한 물로 목욕한 데다 벽난로에서 쬔 불의 열기로 무척이나 졸렸지만, 콜린이 설명을 하는 동안 꾸벅꾸벅 졸고 싶진 않았다.

알렉산드라는 복도를 지나서 서재로 향했다. 서재 문에 노크를 한 뒤 안으로 들어갔는데 책상에 앉아 일하고 있어야 할 콜린이 보이지 않았다. 침실로 갔는지 아래층에 갔는지 확신이 서지 않았다. 콜린이 서재에서 얘기하고 싶어할 거라고 추측한 그녀는 그냥 서재에서 기다리기로 마음먹고 종이 한 장을 가지러 책상으로 걸어갔다. 바로 그때 콜린이 침실로 통하는 문에서 모습을 나타냈다.

알렉산드라는 그를 본 순간 헉 하고 숨을 몰아쉬었다. 머리카락이 축축이 젖은 걸로 봐서, 방금 목욕한 게 분명했다. 옷을 제대로 갖춰 입기는커녕 검정 바지 하나만 달랑 입고 있었다. 그리고 바지엔 단추가 채워 있지 않았다.

그의 체격은 상당히 좋았다. 살결은 멋진 갈색으로 잘 그을려져 있고 미끈한 살결에 불끈 튀어나온 단단한 힘줄이 그야말로 퓨마를 떠올리게 했다. 몸을 움직일 때면 밧줄처럼 팽팽히 얽힌 근육이 아주 악하게 물결쳤다. 가슴을 덮은 곱슬거리는 털이 허리로 내려가면서 V자 형태로 점점 좁아졌다.

알렉산드라는 그 밑으로는 쳐다보지 못했다.

콜린은 팔짱을 끼고 문간에 기대서서 그녀를 보며 싱긋 웃었다. 알렉산드라는 손에 쥔 종이를 접었다 폈다 하면서 태연한 척 하려고 필사적으로 애를 썼고, 볼에는 엷은 홍조가 살짝 돌았다. 콜린은 그녀를 겁주지 않으려면 천천히 신중하게 진행해야겠다고 생각했다. 하지만 이전에 순결한 처녀와 자 본 적이 없었고, 하얀색 잠옷과 가운을 걸친 알렉산드라의 모습은 보기만 해도 짜릿한 흥분이 느껴지는 터라, 그러기가 쉽지 않을 성싶었다. 쳐다보기만 해도 벌써 성적 자극이 느껴지니 말이다! 콜린은 그녀의 입술을 뚫어져라 쳐다보며, 저 달콤하고 도톰한 입술로 뭘 해줬으면 좋을지를 골똘히 생각해보았다.

「콜린, 무슨 생각을 그렇게 해요?」

사실을 말해서 별 도움이 안 되리라고 생각한 그는 대신 거짓말을 둘러댔다.

「그 종이로 뭘 하려는지 궁금해하던 중이었소.」

신경이 극도로 날카로워져 집중력까지 산산이 흩어진 탓에, 알렉산드라는 손을 내려다본 후에야 그가 묻는 의도를 이해할 수 있었다.

「메모를 하려고요.」

「메모?」

「그래요. 당신이 설명하는 동안 메모를 하면 요점을 놓치지 않겠죠. 그렇게 해도 괜찮죠, 콜린?」

근심 어린 그녀의 어투에 콜린의 장난기가 약간 수그러들었다.

「준비가 철두철미한 사람이군.」

「고마워요. 정리의 중요성은 아버지가 처음으로 가르쳐주셨어요. 그 후에는 원장수녀님께 배웠고요.」

휴, 알렉산드라, 제발 두서없이 지껄이지 좀 마!

그녀는 속으로 중얼거렸다.

「몇 살 때 아버지가 돌아가셨는데?」

「열 한 살.」

「그런데도 그런 일을 기억하고…….」

「오, 그럼요, 아버지가 가르쳐주신 건 뭐든 기억해요. 그건 아버지를 기쁘게 해드릴 수 있는 나만의 방법이었죠. 아버지와 함께 한 시간은 내게 너무 행복했어요. 아버지는 곧잘 사업 얘기를 들려주셨고, 난 그런 일에 낄 수 있어 무척 좋았죠.」

알렉산드라가 종이를 완전히 구겨서 공처럼 만들었다. 도대체 이 여자는 자기가 무슨 짓을 하는지 알기나 할까?

「요점만 골라서 적을 거예요.」

「적을 필요 없소. 내가 하는 말을 모두 기억하게 될 테니까.」

콜린이 장담했다. 그는 스스로가 대견스럽기 짝이 없었다. 웃음이 터져 나오려는 충동에 압도당할 지경이지만, 용케 참아내고 있질 않은가.

「그럼 좋아요.」

알렉산드라는 종이를 제자리에 두려고 책상으로 걸음을 옮겼다. 발을 내딛는 순간, 그제야 엉망으로 구겨진 종이가 눈에 들어왔다. 그녀는 종이를 쓰레기통에 던져버리고 고개를 돌려 그를 째려보았다.

따뜻하게 반짝이는 그의 눈 속을 들여다보니 온몸이 떨릴 만치 희열을 느꼈고, 한쪽 입술이 위로 살짝 올라가며 웃는 웃음에 맥박이 미친 듯이 뛰었다. 그녀는 숨을 힘껏 들이마신 후 이성을 되찾으라고 스스로를 꾸짖었다.

너무나 멋진 남자야. 알렉산드라는 자기도 모르는 사이에 생각을 입 밖에 내어 말해버렸다.

그는 알렉산드라의 칭찬에 껄껄거리며 웃었다. 하지만 그녀는, 즐거워하는 그의 모습에 약이 오르기는커녕 자기도 모르게 마주보며 미소를 지었다.

「용치고는 말이에요.」

알렉산드라가 짓궂게 놀렸다.

그녀는 자신을 쳐다보는 묘한 시선 때문에 가슴이 콩닥콩닥 뛰었다. 손에 뭔가를 쥐어야겠어. 알렉산드라는 그런 생각이 들자마자 얼른 두 손을 움켜쥐었다.

「이제 얘기를 시작할까요?」

「중요한 일부터 먼저 하지. 막 생각났는데, 아직 당신에게 정식으로 결혼 키스도 하지 않았소.」

「안 했었나요?」

고개를 끄덕인 콜린은 손가락을 구부려 앞으로 다가오라는 신호를 보냈다. 알렉산드라는 방을 가로질러 걸어와 그와 마주 섰다.

「지금 키스할 건가요?」

그녀의 입에서 숨죽인 속삭임이 흘러나왔다.

「그렇소」

콜린이 점잔을 빼며 말했다. 문틀에 기댄 몸을 천천히 펴자 그의 몸집이 우뚝 솟아 보였다. 그 순간 알렉산드라는 본능적으로 뒷걸음질치다가, 곧바로 그 자리에서 멈춰 섰다. 난 콜린이 두렵지 않아. 게다가 그가 키스해주기를 진정으로 원하고 있잖아. 알렉산드라는 다시 앞으로 다가섰다.

「난 당신이 해주는 키스가 좋아요」

그녀가 속삭였다.

「알고 있소」

피식 웃는 그의 미소가 거만하기 짝이 없었다. 콜린은 그녀가 초조해한다는 사실을 꿰뚫고 있었고, 짓궂게도 당황해 하는 모습을 즐기고 있었다. 알렉산드라는 그 점에 있어 추호의 의심도 없었다.

「어떻게 알았죠?」

그가 대답하면 뭔가 재치 있게 받아칠 생각으로 그녀가 물었다.

「당신 반응을 보고 내 애무를 좋아한다는 걸 알았지.」

그녀는 재치 있는 대꾸가 떠오르지 않았다. 솔직히 말하면, 어떤 생각에도 정신을 집중하기가 어려웠다. 이런 상태가 된 건 물론 전적으로 콜린의 책임이었다. 그의 따뜻한 시선을 대하자 머리가 아찔해지며 현기증이 난 것이다.

그의 손이 허리에 닿자 알렉산드라는 얼른 시선을 아래로 내렸다. 콜린이 가운의 벨트를 풀고 있었다. 멈추게 하려고 했으나 그의 손을 붙잡기도 전에 콜린은 자신의 어깨에서 가운을 벗겨내고 있었다.

「왜 이러는 거예요?」

「당신이 더워 보여서.」

가운이 바닥에 스르르 떨어졌다. 투명한 잠옷 천을 통해 매끄러운 몸의 굴곡이 아련하게 내비쳤다. 알렉산드라는 앞가슴을 가릴 양으로 옷자락을 한데 그러모으려 했다. 하지만 콜린이 그럴 여유를 주지 않고, 곧바로 앞으로 끌어당겼다.

「알렉산드라, 키스할게. 내 몸을 꼭 안아 줘.」

알렉산드라가 목에 팔을 휘감는 것과 동시에 그는 고개를 숙여 그녀의 입술을 살짝살짝 깨물기 시작했다. 그의 혀가 아랫입술을 훑어 내리자 알렉산드라의 온몸에 전율이 흘렀다. 더 진한 키스를 갈망한 그녀는 발꿈치를 들어 그에게 바싹 매달렸다. 젖가슴이 그의 몸에 닿았다. 서로의 살이 맞닿자 그녀는 묘한 기분을 느끼며 짤막하게 한숨을 내쉬었다. 갑자기 가슴이 묵직하고 단단해지면서, 젖꼭지가 오똑 솟아올랐다. 불쾌하기는커녕 왠지 묘하고 놀라운 느낌이었다. 이번에는 콜린이 알아채지 못할 정도로 가볍게 그의 몸을 살짝 비벼봤다. 콜린이 자신을 대담한 여자로 여기게 하기는 싫었지만, 왠지 대담하게 행동하고 싶어졌다. 콜린에게서 발산되는 열기가 성욕을 자극하는 약 같은 효력을 가졌고, 알렉산드라는 더 가까이 매달리려는 헛된 몸부림을 멈추지 않았다.

콜린이 혀와 이로 그녀의 입술에 짓궂게 장난을 치자 알렉산드라는 이성을 잃을 지경이었다. 감질나는 이 고문을 더 이상 견딜 수가 없었다. 그녀는 조바심이 나서 그의 머리카락을 잡아당기며 더 많은 것을 요구하는 무언의 호소를 했다.

마침내 애정이 듬뿍 담긴 입술이 그녀의 입술에 살짝 닿더니 그녀의 입안으로 혀가 미끄러져 들어갔다. 그는 세상의 시간을 몽땅 다 가진 사람처럼 굴었다. 그녀의 입 속에 정열의 불꽃을 슬쩍 넣을 때도 전혀 힘을 들이지 않는 여유 있고 유유자적한 모습이었다.

그의 행위가 주는 만족의 정도를 말해주듯 그녀의 입에서 가냘픈 신음 소리가 흘러나왔다. 콜린은 약간 뒤로 물러나서 정열에 불타는 그녀의 눈을 들여다보았다. 자신의 눈 역시 이 눈을 그대로 반영한 듯 이글거리고 있겠지. 이번에는 콜린이 나지막이 신음을 내뱉었다.

「정말 달콤해!」

그가 그녀의 입에 대고 이렇게 속삭였다.

「입을 열어봐.」

콜린은 알렉산드라가 입을 열 때까지 기다리는 대신 손가락으로 그녀의 턱을 내리더니, 혀를 깊숙이 넣었다 꺼내기를 되풀이했다. 알렉산드라는 맥이 쭉 빠지면서 그에게 필사적으로 매달렸다. 이 순진한 반응에 콜린은 속도를 늦추려던 의도를 깡그리 잊어버렸고, 강한 욕망이 솟구치면서 속도 조절이 불가능해졌다. 키스는 거칠어지고 다급해졌다. 그의 대담함과 그녀의 주저함 속에서 두 사람의 혀가 벌이는 사랑의 놀음은 이 남녀를 강한 욕망의 늪에 빠뜨렸다. 그의 혀가 퍼뜨린 불꽃에 휩싸인 알렉산드라는 앞에 닥칠 일을 걱정할 겨를이 없었다. 생각은 할 수가 없었고, 그저 반응을 보일 뿐이었다. 마음이 붕 떠서 자신이 뭘 하고 있는지, 그에게 무슨 짓을 하는지 전혀 깨닫지 못한 채 그에게 몸을 들이밀기만 했다. 알렉산드라가 콜린의 머릿속에 손가락을 넣고, 단단히 솟은 남성에 몸을 붙인 채 매혹적으로 몸을 흔들며 흐느낌을 토해내자, 콜린은 이성을 완전히 잃어버렸다. 그가 원초적인 소유욕에 사로잡힌 키스를 해대자, 정열은 곧이어 욕정의 불을 질렀다. 그의 갈증이 곧바로 그녀에게 번져갔다.

끝없이 이어질 것 같던 키스가 어느 순간 뚝 멈추고 말았다. 콜린이 입을 떼 내자, 알렉산드라의 입술이 불그스레해졌고 축축이 젖어 있었다. 입술에 그녀의 감촉이 남아 있었으나, 콜린은 그걸로 만족하지 못했다.

그녀는 콜린의 가슴에 털썩 쓰러지며 그의 턱 아래에 얼굴을 파묻었다. 고르지 않은 숨결이 그의 가슴 위로 쏟아져 내렸다.

콜린은 그녀를 팔에 번쩍 안아들어 자기 방으로 가서 침대 한가운데에 조심스레 내려놓은 뒤 침대 옆에 서서 뚫어져라 내려다보았다. 알렉산드라는 그의 뜨거운 시선에 몸이 달아올랐다.

한차례 키스 세례를 받은 직후라, 알렉산드라는 졸리기라도 한 듯이 정신이 멍해 있었다. 하지만 콜린이 바지 허리띠에 손을 가져가서 바지를 벗어 내리자 번쩍 정신이 들었다. 그녀는 눈을 꼭 감고 그에게서 벗어나려고 몸을 움직였다. 하지만 콜린의 동작은 민첩했다. 바지를 벗어 던진 그는, 그녀가 침대 구석으로 옮겨가기 전에 침대 안으로 들어왔다.

어느새 알렉산드라의 몸에서 잠옷은 벗겨져 나갔고, 콜린의 알몸이 그녀의 몸을 꼭 감싸고 있었다.

알렉산드라는 나무만큼이나 뻣뻣하게 굳어 있었다. 그가 무릎으로 그녀의 다리를 살짝 벌리더니, 그녀 위에 엎드렸다. 그녀를 처음 본 그 때부터 꿈속에서 그려왔던 바로 그 순간이었다. 단단히 솟은 남성이 그녀의 허벅지 사이의 부드러운 부분을 누르자, 낮은 신음 소리를 터뜨렸다.

하지만 꿈속에서 그렸을 땐 그녀의 피부가 이처럼 기막히게 부드럽고 매끈한지 상상할 수도 없었으므로, 아무래도 현실이 공상보다 훨씬 나았다. 젖가슴도 생각보다 훨씬 풍만했으며, 온몸을 떨며 자기 밑에 누워 있는 그녀로 인해 생긴 이 강렬한 반응을 어찌 상상 속에서 맛볼 수 있겠는가! 그야말로 천국이 따로 없었다.

「콜린, 지금 얘기를 해야 하는 거 아니에요?」

그는 팔꿈치로 몸을 받치고 그녀를 쳐다보았다. 알렉산드라의 눈에 근심의 빛이 역력했다. 반면 그의 눈 속에 승리감이 가득 차 있었다.

「물론이지.」

그는 알렉산드라의 얼굴을 두 손으로 받쳐들고 오랫동안 진한 키스를 했다. 알렉산드라는 자신도 모르게 팔로 그의 허리를 휘감아 따뜻한 몸을 꼭 끌어당겼다. 그녀의 손길이 그의 등을 따라 쭉 더듬어 올라가더니, 다시 팔을 타고 내려왔다.

나비가 날개 짓을 하듯 언뜻언뜻 살을 스쳐 지나가는 애무였으나, 콜린은 전에 느끼지 못한 성적 쾌감을 맛보았다. 그가 이로 귓불을 살짝 깨물자 한 줄기 쾌감이 굽이쳐 흘러 발끝까지 전해졌고, 그의 혀는 생각할 힘조차 마비시켜 버렸다.

알렉산드라는 더 많은 것을 요구했다. 콜린의 입술이 아래로 내려가 가슴 사이의 옴폭 파인 곳에 이르렀다. 장미향과 여자의 체취가 풍겨 왔다. 정신을 아찔하게 하는 향기였다. 콜린은 이 달콤한 향기를 흠씬 들이마시며, 이번에는 혀로 그녀를 맛보았다.

알렉산드라는 그의 손길이 멈춘다면 이대로 숨이 멎을 것만 같았다. 그가 젖가슴을 두 손에 모아 쥐자, 그녀는 더 많은 것을 향해 목말라 했다. 알렉산드라는 풀리지 않는 좌절감이 가슴속에 쌓여 가는 이유를 알 수 없었다. 자기 몸이 바늘로 꿰매놓은 천 조각인 듯했고, 꿰맨 솔 기들이 지금 하나하나 터져 나가는 느낌이었다. 이윽고 콜린의 혀가 젖꼭지를 스쳐 지나갔다. 그녀의 입에서 두려움과 즐거움이 섞인 비명 이 새어 나왔다. 견디기 힘들 만큼 강렬하면서도 놀라운 기분이었다.

「콜린!」

콜린이 가슴에 입을 가져다대자 알렉산드라가 그의 이름을 흐느껴 부르며 그의 몸 밑에서 이성을 잃어가고 있었다. 몸 구석구석을 그의 손이 스치고 지나갔고, 알렉산드라는 숨을 거칠게 헐떡이더니 결국 울 먹이기 시작했다. 그는 입술과 입술을 포개면서, 그녀의 처녀성을 덮고 있는 부드러운 털 속으로 손을 밀어 넣었다. 알렉산드라가 저지하려 했으나 어림도 없었다.

그는 알렉산드라가 모든 것을 잊고 완전히 충족될 때까지 손가락으 로 사랑을 나누었다. 콜린은 이처럼 숨김없는 반응을 보이는 여자를 일찍이 본 적이 없었다. 이런 여자와의 관계에서 자신을 절제하기란 거의 불가능했다.

「당신 몸이 꽉 조여 있어.」

그가 목 쉰 소리로 속삭였다.

알렉산드라는 그의 말에 정신을 모을 수가 없었다.

「당신이 날 아프게 해요. 제발……」

콜린은 알렉산드라가 자신을 받아들일 준비가 되었기를 간절히 바랐다. 그는 시트를 움켜쥔 그녀의 손을 떼내어 자기 목에 휘감았다. 그리고 그녀의 허벅지를 무릎으로 슬쩍 밀어 벌리게 하고는, 그녀의 엉덩이 아래로 손을 넣어 몸을 위로 끌어올렸다. 불끈 솟은 남성의 끝이 축축이 젖은 그녀의 열기에 둘러싸였다. 그는 알렉산드라의 몸 속에 천천히 들어가다가, 처녀막이 느껴지자 잠시 동작을 멈추었고, 다시 조심스럽게 처녀막을 뚫고 지나가려 했다. 그 막은 쉽게 뚫어지지 않았다. 콜린은 방금 먼길을 달려온 사람처럼 이를 꽉 물고 거칠게 숨을 헐떡였다. 벌써 쾌감이 솟구쳐 별로 남지 않은 자제심을 지탱해내기도 힘들어졌다. 콜린은 그녀를 아프게 하고 있었다. 그의 입술에 닿은 그녀의 입술에서 비명 소리가 터져 나왔고, 그녀는 동시에 그를 밀어내려고 안간힘을 썼다.

콜린이 달콤한 말들로 그녀를 살살 달랬다.

「사랑하는 사람, 곧 괜찮아질 거야. 아픈 것도 오래 가지 않아. 날 꼭 잡아. 오, 그렇게 움직이지 마…… 아직은 안 돼.」

이런 배려가 오히려 그녀의 고통을 연장시키는 결과밖에 되지 않았다. 또한 그를 죽도록 괴롭혔다. 지금 그녀의 몸 속에 깊이 들어가지 못한다면 완전히 돌아버릴 지경이었다.

콜린이 자세를 좀 바꾸더니, 그녀의 엉덩이를 올린 후 한번 힘껏 힘을 주어 속으로 들어갔다. 알렉산드라가 날카로운 비명을 질렀다. 그의 쾌감만큼이나 그녀의 고통이 엄청났고, 그녀는 다시 그를 밀어젖히려고 해보았다. 하지만 그 큰 몸집은 끄덕도 하지 않았다. 이제 콜린은 알렉산드라를 완전히 차지했고, 두 사람의 몸이 자로 잰 듯이 딱 맞았다. 콜린은 알렉산드라에게 적응할 여유를 주기 위해, 잠시 뺐다가 다시 깊숙이 넣고 싶은 충동을 애써 참았다. 그녀의 손가락이 그의 어깨뼈 속으로 파고들면서, 알렉산드라는 그에게서 벗어나려고 안달을 했다. 콜린은 또 한 번의 열렬한 키스를 퍼부으려고 그녀의 입술을 찾았으나, 알렉산드라는 고개를 돌려 외면했다. 그러자 그는 그녀의 귀와 볼에 입을 맞추면서, 얼마 남지 않은 이성마저 잃기 전에 그녀의 가슴속에 정열을 불지르려고 안간힘을 썼다. 눈물이 그녀의 볼을 타고 줄줄 흘러내렸고, 나지막한 흐느낌이 입에서 띄엄띄엄 터져 나왔다.

그녀의 마음속에서 즐거움과 고통이 서로 실랑이를 벌였다. 그녀는 이 상반된 두 감정이 혼란스러워 어찌할 바를 몰랐다. 그를 저지하고 싶기도 했고, 그와 함께 이대로 있고 싶기도 했다. 그의 뜨거운 숨결이 귓가를 스쳤다. 거칠기도 한 이 숨소리가 그녀를 흥분시켰다. 알렉산드라는 자신에게 벌어지는 현상들을 도무지 이해할 수 없었다. 그녀의 육체는 해소하고픈 갈망을 느꼈으나, 도대체 뭘 해소한단 말인가? 정말 알 수 없었다. 갑자기 몸을 움직이고 싶은 충동을 느꼈고, 몸 속의 신경들이 어떤 기대감으로 잔뜩 곤두섰다.

「몸을 움직이고 싶어요」

어리둥절해진 그녀는 속삭임에 불과한 작은 목소리로 말했다.

콜린은 팔꿈치로 자기 몸을 받친 후 그녀를 바라보았다. 알렉산드라의 눈 속엔 정열이 물결치고 있었으나, 이제 울음을 멈추었다는 점이 그에겐 더욱 중요했다.

「나도 움직이고 싶어. 당신 몸에서 나왔다가 다시 힘껏 들어가고 싶다구.」

콜린의 목소리가 감정으로 격해 있었다. 알렉산드라가 본능적으로 그의 몸을 꽉 끌어당겼다. 1분 전 까지만 해도 몸이 찢어지는 게 아닌지 걱정되었는데, 지금은 몸 안에 있는 그의 남성이 심하게 고동치지도 않았고, 자신이 몸을 뒤척거려도 별로 아픈 지 몰랐다. 황홀한 기분이 그녀를 휩쓸었다.

「기분이…… 좋아지고 있어요」

이 말이 그가 원하는 허락의 전부였다. 다음 순간 콜린의 다잡았던 마음이 와르르 무너졌다. 알렉산드라의 입술에 탐욕스럽게 키스를 하자 마음속에 갇혀 있던 열망이 고삐가 풀려 제멋대로 날뛰었다. 이윽고 그는 그녀의 몸 속에서 천천히 나왔다가 다시 깊숙이 들어갔다. 성행위가 그를 압도해갔다. 알렉산드라가 다리 사이에 힘을 주면서 밀쳐 올라오는 그와 박자를 맞추어 엉덩이를 치켜들자, 콜린은 그녀의 목언저리에 얼굴을 묻고 나지막한 신음을 내뱉었다. 몸 속에 쌓여가는 압박감이 고통스러울 만치 아름다웠다. 이제껏 이런 경험을 한 적은 없었다. 알렉산드라는 그의 팔에 안긴 불덩어리 같았고, 야성적이고 노골적인 반응으로 그의 정신까지 송두리째 흔들어놓았다. 그녀는 전혀 거리낌이 없었고, 그런 헌신적인 행동이 그에게도 전염되었다. 콜린이 그녀의 몸 속으로 들어갈 때마다 침대가 요란하게 삐걱거렸다. 그는 다른 어떤 것도 유념치 않으면서 오로지 두 사람의 만족을 채우는데 몰두해 있었다.

두 사람에게 그것이 갑자기 찾아왔다. 알렉산드라가 먼저 갈증을 해소하면서 본능적으로 힘을 주어 그를 향해 몸을 둥글게 휘자, 콜린에게도 오르가슴이 찾아왔다.

알렉산드라가 현실로 돌아오는 데는 꽤 오랜 시간이 걸렸다. 그녀는 남편의 몸에 매달려, 더없이 행복한 항복의 물결에 휩싸여 있었다. 마음 한 구석에서는, 콜린 곁에 있는 한 자신은 안전하다는 사실을 새삼 이해하게 되었다. 그가 돌봐줄 거야. 알렉산드라는 눈을 꼭 감고 경이로웠던 사랑 행위를 떠올리며, 딴 생각들은 말끔히 잊어버렸다.

이처럼 편안하고 자유로워 본 적은 없었다.

한편 콜린에겐 정반대의 반응이 나타났다. 그는 방금 자신에게 벌어진 일 때문에 마음이 심하게 흔들렸다. 자제력을 완전히 잃어버린 적은 이제껏 한번도 없었다. 정말 딱 한번도! 그 생각을 하자 겁이 덜컥 났다. 매끄러운 알렉산드라의 허벅지가 그의 넋을 송두리째 앗아가버렸다. 순진한 쪽은 알렉산드라이고 경험은 자신이 많았는데, 그녀에게는 자신이 쌓아놓은 방어벽을 가차없이 부술 능력이 있었던 것이다. 콜린은 자제심을 일부 상실했으며, 절정으로 향하던 종말에 가자, 알렉산드라가 그에게 몸을 내맡겼듯이 그 역시 그녀의 뜻에 모든 걸 맡기고 말았다. 오, 맙소사, 전에 이처럼 좋았던 적은 없었다. 그때문에 가슴이 섬뜩해질 정도로 겁이 났다.

생전 처음 약점이 잡히고 덫에 걸린 느낌이었다.

두 사람의 몸이 아직도 얽혀 있었다. 콜린은 또다시 흥분될까 두려워 천천히 몸을 빼냈다. 그리고 바로 그 순간에 불쑥 솟구친 쾌감을 참느라 이를 악물어야 했다. 아직 그녀에게서 벗어날 힘은 없었지만, 이대로 있으면 알렉산드라가 그의 무게에 짓눌리게 되리라. 그녀는 그의 목에 팔을 휘감고 있었다. 몸을 일으킨 콜린은 그녀의 팔을 조심스레 벗겨냈다. 그리고 그녀의 목 언저리에 살짝 키스를 했는데, 목의 맥박이 미친 듯이 뛰는 게 느껴지자 은근히 남성으로서의 만족감을 맛보았다.

1분쯤 후에 콜린이 몸을 굴려 알렉산드라에게서 벗어났다. 그는 진저리를 치듯 떨리는 한숨을 토해내며 눈을 꼭 감았다. 사랑의 행위가 남긴 성적인 냄새가 방안에 은근히 퍼져나갔다. 그녀의 체취가 아직도 입술에 남아 있었고, 어처구니없게도 그의 남성이 또다시 커졌다

알렉산드라는 마침내 달콤한 자신만의 생각에서 벗어나 그를 향해 몸을 돌렸다. 그녀는 팔꿈치로 몸을 일으키며 그를 쳐다보았다.

그러나 오만상을 찌푸리고 있는 콜린을 보고 깜짝 놀랐다.

「콜린, 당신 괜찮아요?」

그녀의 나지막한 목소리에 콜린이 고개를 돌려 그녀를 쳐다보았다. 그는 자신의 약점을 보여줄 생각은 없었다. 그가 빙긋 웃더니 그녀의 볼에 손등을 갖다대려고 손을 뻗쳐왔다. 알렉산드라는 그의 애무를 받으려고 몸을 기대왔다.

「당신이 괜찮은지 내가 먼저 물어봐야 되는 거 아닌가?」

알렉산드라는 이제 괜찮은 정도를 넘어 보였다. 눈은 아직도 정열로 흐릿하게 반짝였고, 입술은 수 차례의 키스로 잔뜩 부풀어 있었으며, 머리카락은 어깨 위에 늘어져 있었다. 이 여자는 세상에서 가장 관능적인 여자야.

「내가 당신을 아프게 했소?」

알렉산드라가 천천히 고개를 끄덕였다. 콜린은 그 사실에 대해 별로

염려하는 눈치가 아니었다.

「난…….」

「흥분했었다구?」

그녀가 얼굴을 붉혔다. 콜린이 소리내어 웃더니, 알렉산드라를 팔에 안고 얼굴을 자기 가슴에 얹었다.

「창피해하기엔 좀 늦었잖소? 아니면 불과 몇 분전에 당신이 얼마나 정열적이었는지 벌써 잊은 거요?」

물론 그녀는 잊지 않고 있었다. 방종했던 자신의 행동을 생각하니, 얼굴이 화끈거렸다. 콜린은 웃음을 애써 참느라 가슴을 들먹거렸다. 하지만 그가 비웃어도 알렉산드라는 아랑곳하지 않았다. 방금 세상에서 가장 멋진 일을 경험했는데, 그 무엇이 이 기분을 망쳐놓겠는가. 아직도 훈훈한 만족감에 취한 그녀는 더없이 행복했고 나른해졌다.

「내가 좀 품위 없이 행동했죠, 그렇죠?」

「날더러 제발 멈추지 말라고 애원할 때 지닌 품위 말인가?」

콜린이 대답을 기다리며 천천히 그녀의 엉덩이를 주물렀다.

「정말 내가 그랬어요, 그죠?」

그녀의 신기하다는 어투에 콜린이 빙긋 웃었다.

「맞소」

콜린이 점잖을 빼며 대꾸했다.

알렉산드라가 '휴' 한숨을 쉬었다.

「우리 좋았죠?」

콜린이 껄껄대며 웃었다.

「좋았던 것 이상이었지.」

침묵 속에서 몇 분이 지나갔다. 콜린이 입을 쩍 벌리고 하품을 하면서 평화롭던 잠깐의 휴식을 깨뜨렸다.

「콜린? 내가…… 그러니까 내가…….」

알렉산드라는 채 말을 끝맺지 못했다. 자신이 만족스러웠는지 묻고 싶었으나, 상처받는 말을 들을까봐 지레 겁이 났다. 하지만 콜린은 그녀가 뭘 원하는지 훤히 꿰뚫고 있었다.

「알렉산드라?」

그녀의 이름을 속삭이는 어투가 애무를 하듯이 따뜻했다.

「예?」

「당신은 완벽했소」

「그렇게 말해주니 고마워요」

알렉산드라는 그의 가슴에 편히 기대고 눈을 감았다. 그의 맥박 뛰는 소리와 나지막한 웃음소리가 어우러져 마음을 편하게 해주었다. 콜린은 한 손으로 그녀의 등을 토닥거리며, 다른 손으로는 목을 어루만졌다. 알렉산드라가 깜빡 선잠이 들었을 때 콜린이 불렀다.

「으-음?」

「당신이 듣고 싶어 한 설명을 지금 해줄까?」

콜린은 한참이 지난 후에야 그녀가 잠에 빠졌다는 사실을 깨달았다. 그는 그녀의 머릿속에 손을 쑤셔놓고, 이마에 키스를 하려고 자세를 약간 바꾸었다.

「여자의 몸은 성전과 같아.」

그가 나지막이 중얼거렸다. 그리고 이불을 끌어당겨 덮고, 자신의 신부를 팔에 꼭 안고서 눈을 감았다.

언뜻 잠에 빠지기 전에 한 가지 생각이 떠오르자 슬쩍 웃음이 나왔다. 남자들이 숭배를 좋아한다고 한 그 수녀님의 말은 정말 옳은 말이었어. 콜린은 전혀 의심하지 않았다.

그는 화가 나서 날뛰지도, 이성을 잃지도 않았다. 아직 양심은 남아 있었다. 단지 양심의 소리를 듣지 않기로 작정했을 뿐이다. 그랬다, 자신이 하는 짓이 잘못됐다는 건 알고 있었다. 아직도 양심에 가책을 느꼈으니까. 아니, 그게 아니면, 적어도 처음에는 그랬다. 그를 거부한 그 여자는 죽어 마땅했던 것이다. 분노가 그의 손과 단검을 인도했고, 그의 목적은 그녀를 죽이는 데 있었다. 그때는 확 치밀어 오르는 쾌감을

기대하지도 않았고, 자신이 얼마나 강한 남자이며 얼마나 천하무적인
지 느끼지도 않았다.

　지금 그만둘 수도 있었다. 그는 술잔을 들고 길게 쭉 들이켰다. 그만
둬야겠어. 그가 맹세했다.

　홈집투성이가 된 장화가 방 한구석에 있었다. 그는 한참동안 장화를
노려본 후에 내일 갖다버려야겠다고 마음먹었다. 탁자에 꽃들이 놓여
있었다…… 준비를 갖춘 채…… 기다리며…… 그를 힐책하고 있었다.

　그는 술잔을 벽난로에 세게 집어던졌다. 술잔이 땅바닥에 떨어지며
산산조각이 났다. 그는 술잔을 향해 손을 뻗으며 자신과의 약속을 줄
기차게 되뇌었다.

　난 그만둘 거야.

9

알렉산드라는 다음날 아침 늦게 잠에서 깨어났다. 콜린은 이미 침실에서 나가고 없었다. 이런 한심한 꼴을 보이고 싶지 않았는데 오히려 다행이지 뭐. 온몸이 뻣뻣하고 욱신거렸다. 어련하겠어. 알렉산드라는 시트에 얼룩진 핏자국을 보며 생각했다. 사랑을 나누면 피를 흘린다고 미리 주의를 준 사람은 한 명도 없었다. 피를 흘리는 게 흔한 일일까? 흔한 일이 아니라면 어떻게 하지? 아니면, 콜린의 실수로 몸 어딘가에 상처가 난 건 아닐까, 영원히 고칠 수 없는 곳이라면 어떡한담?

알렉산드라는 공포에 질리지 않으려고 애썼고 목욕을 할 때까지는 그런 대로 참아냈다. 하지만 움직일 때마다 몸이 쑤시는데다, 수건에 계속 피가 묻어 나오자 더럭 겁에 질렸다. 또한 창피하기도 했다. 플래네건이 시트를 정리하는 게 싫었던, 그녀는 직접 시트를 벗겨냈다.

옷을 입으면서도 여전히 안절부절못했다. 그녀는 연푸른 드레스를 입고, 부드러운 가죽신을 신었다. 드레스의 목선과 긴 소맷부리에는 하얀 줄로 테가 둘러져 있었다. 이 옷은 아주 여성스러웠으며, 알렉산드라가 좋아하는 옷 중 하나였다. 그녀는 곱슬머리가 부석부석해질 때까지 빗질을 한 뒤, 남편을 찾으러 나섰다.

함께 은밀한 밤을 보낸 다음날, 첫 대면을 하자니 어색하기 짝이 없었고, 가능한 빨리 그 순간을 넘기고 싶었다. 그리고 노력을 좀 기울인다면 곤혹스러움을 어떡하든 감출 수도 있으리라.

콜린은 서재의 책상에서 일을 보고 있었다. 문간에 선 그녀는 말을 걸어야 할지 말지 잠시 망설였다. 하지만 콜린이 자신에게 꽂힌 시선을 의식했던지 갑자기 고개를 들었다. 지금 읽고 있는 편지에 골몰한 탓에 아직도 얼굴을 찌푸리고 있긴 했으나, 그의 표정이 금세 바뀌었다. 얼굴에 웃음을 머금었고 눈에는 다정함이 어려 있었다.

그녀는 자신도 덩달아 웃었다는 생각이 들었지만 확신은 서지 않았다. 그와 같이 사는 데 익숙해질 날이 과연 올까? 그는 오늘따라 어깨가 더 넓어 보였고, 머리카락은 더 검었으며, 살결은 더욱더 잘 그을린 듯했다. 입고 있는 하얀 셔츠가 그의 매력을 한층 더 돋보이게 했다. 셔츠는 그의 살색과 완전히 상충되었다. 그녀의 시선이 그의 입술로 옮겨가면서, 키스를 받았을 때 느낀 온갖 기억들이 밀려 들어왔다. 그녀의 몸 구석구석을 훑어 내리던 그 키스들……

알렉산드라는 그의 턱 쪽으로 얼른 시선을 내렸다. 당혹스러운 속마음을 내보이고 싶지 않았다. 품위 있고 세련되게 굴 생각이었다.

「잘 잤어요, 콜린?」

그녀의 목소리가 심하게 갈라졌고, 얼굴은 불이 붙은 듯 화끈 달아올랐다. 지금은 물러나는 게 상책일 듯싶었다. 나중에 좀더 침착해졌을 때 얼굴을 마주하리라.

「지금 바쁜가 본데, 아래층에 먼저 가 있겠어요.」

알렉산드라는 뒤로 물러서면서 허둥지둥 말을 내뱉고 몸을 돌리더니 밖으로 발을 내딛었다.

「알렉산드라?」

「네?」

「이리로 와요.」

그녀가 문간으로 되돌아오자 들어오라는 손짓을 했다. 알렉산드라는 어깨를 꼿꼿이 세우고 들어오며 억지 웃음을 지었다. 이윽고 책상 앞에 이르러 걸음을 멈추었지만, 콜린이 그걸로 만족하지 않았다. 재촉에 못 이긴 알렉산드라는 끝끝내 천연덕스런 표정을 지으면서, 책상을 빙 돌아 그의 옆에 섰다. 마음속으로 당황스런 마음을 절대 들켜선 안 된다고 다짐했다.

콜린은 오랫동안 묵묵히 쳐다보기만 했다.

「무슨 고민이 있는지 말해주겠소?」

그녀가 어깨를 떨구며 중얼거렸다.

「당신은 속이기에 여간 어려운 사람이 아니에요.」

「앞으로 당신은 절대로 날 속이지 않을 테니, 그렇더라도 걱정할 이유가 없잖아, 안 그렇소?」

「그래요.」

잠시 기다렸으나 아무 대꾸가 없자 콜린이 다시 물었다.

「뭐가 걱정되는지 어서 말해봐.」

알렉산드라가 바닥을 뚫어져라 보았다.

「그게…… 내 입으로 말하기가 좀 거북해요, 그런 다음에 당신을 보니까…….」

「그런 다음이라니?」

「어젯밤 말이에요.」

그녀의 볼에 홍조가 돌아 볼이 불그스레해졌다. 그녀의 수줍은 모습에 콜린은 몹시 흐뭇해졌고, 다시 흥분되었다. 그는 알렉산드라를 무릎에 앉히고 턱을 살짝 올린 후 미소를 지었다.

「그래서?」

그가 재촉했다.

「우리가 함께 했던 일들을 한낮에 떠올리기가 좀 창피하군요.」

「그 일들을 떠올리니 당신을 다시 갖고 싶어지는데.」

퉁명스럽게 털어놓는 그의 말에 알렉산드라는 눈이 휘둥그레졌다.

「하지만 그럴 수는 없어요.」

「그럴 수 있소」

콜린이 쾌활하게 응수했다. 알렉산드라가 고개를 흔들었다.

「난 못 해요」

「왜 못 한다는 거지?」

그녀는 화끈거릴 정도로 얼굴을 붉혔다.

「못 하겠다고 말하는 걸로 충분하잖아요?」

「그 말로는 충분하지 않소」

그녀는 무릎으로 시선을 떨구었다.

「당신이 일을 어렵게 끌고 가는군요. 어머니가 살아 계시다면, 어머니게 말씀드렸을 텐데……」

그녀는 차마 말을 잊지 못했다. 슬픔에 젖은 아내의 말투에 콜린은 짜증스럽던 기분이 싹 사라졌다. 알렉산드라는 뭔가를 걱정하고 있었다. 그게 뭔지 꼭 알아내야 했다.

「내게 말해도 돼. 난 당신 남편이니까, 알지? 우리 사이엔 비밀이란 없소, 알렉산드라. 당신도 우리가 나눈 사랑을 좋아했잖소」

콜린이 고개를 끄덕여가며 설득했다. 그의 어투가 어처구니없을 만치 오만하게 들렸다.

「어쩌면요」

그녀의 이 대답이 그의 성질만 부추겼다.

콜린은 분통터지는 모습을 감추려하지 않았다.

「어쩌면이라고? 당신은 내 팔 안에서 완전히 무너져 내렸소」

그가 나지막이 중얼거렸다. 다시 어젯밤 일이 떠오르자 목소리가 거칠어졌다.

「그렇게 금방 잊어버렸나?」

「아뇨, 잊지 않았어요. 콜린, 당신이 날 아프게 했잖아요」

「당신을 아프게 한 건 알고 있소」

그의 열띤 어투가 너무나 남성적이고 거칠어서 알렉산드라의 전신이 부르르 떨렸다. 그녀가 무릎 위에서 몸을 뒤척이자 콜린은 즉시 그녀의 엉덩이를 꽉 잡아 움직이지 못하게 했다. 이 대화가 그에게 어떤 영향을 미치는지 알렉산드라가 알 턱이 없었다. 게다가 그녀의 매력적인 엉덩이가 은밀히 살에 닿자 살며시 욕망이 일었다.

이제 알렉산드라는 조금도 곤혹스럽지 않았다. 도리어 냉담한 태도를 취하는 남편에게 화만 솟구쳤다. 그는 진심으로 뉘우치는 기색이 전혀 없었다.

시무룩해 있는 그녀의 얼굴에 대고 콜린은 싱긋 웃고 말했다.

「알렉산드라, 다시는 그렇게 아프지 않을 거요.」

알렉산드라가 고개를 흔들었다. 그리고 그를 쳐다보는 대신 시선을 그의 턱에 고정시켰다.

「당신은 몰라요. 무슨 일이…… 생겼단 말예요.」

「무슨 일?」

「피를 흘렸어요. 시트에 묻어 있었는데, 난…….」

아, 그랬구나. 그는 알렉산드라를 가슴에 끌어안았다. 그녀에게 웃는 모습을 보이고 싶지 않아서였다. 그랬다간, 틀림없이 비웃는다고 생각할 테니까.

그녀는 그의 포옹이 전혀 달갑지 않았다. 본인이 원하든 말든 상관없이 위로해주려고 하겠지. 알렉산드라가 체념하고 품에 안기자, 그는 한숨을 내쉬며 그녀의 머리 위에 턱을 얹더니 손으로 턱을 문질렀다.

「그래서 뭔가 잘못됐을 거라 생각했단 말이지? 진작에 설명해줬어야 했는데, 내 잘못이야. 당신은 쓸데없는 걱정을 했소.」

그의 다정한 목소리에 걱정이 다소 사라졌다. 하지만 아직도 그의 말을 전적으로 믿을 수가 없었다.

「당신 말은, 피가 나오는 게 당연하다는 거예요?」

그녀는 의심스럽다는 어투로 되물었다. 그런 생각만 해도 소름이 끼쳤다. 콜린은 웃는 대신, 진지하게 대꾸했다.

「피가 나오는 건 자연스런 일이오.」

「하지만…… 너무 야만적이잖아요.」

콜린이 동의하기는커녕 그 말에 기분이 좋아지고 다시 흥분된다고 말하자 알렉산드라는 그 역시 야만인 같다고 반격했다.

알렉산드라는 수녀들에게 둘러 쌓여 세상에서 격리된 채 살아왔기 때문에 자기 몸에서 벌어지는 변화와 그런 변화로 인해 느끼는 감정을 누구와 의논할 상대도 없었다. 콜린은 그녀의 성욕이 완전히 파괴되거나 손상되지 않았다는 점에 대해 고맙게 여겨야 할 정도였다. 원장수녀는 남녀간의 은밀한 관계에 대해 논하기 꺼려했는지는 모르지만, 알렉산드라를 겁나게 할 허튼 말들을 세뇌시키지는 않았다. 오히려 '성전'이나 '숭상', 심지어는 '숭고하고 가치 있다'는 표현을 써 가며 고상하게 미화시켰고, 원장수녀의 그런 태도 덕분에 알렉산드라는 남녀간의 은밀한 관계를 저속하다고 여기진 않게 되었다.

그의 귀여운 신부는 외딴 섬에서 날아온 나비 같았다. 그녀 자신의 성욕과 열정적인 반응을 접하면서 얼마나 두려웠을까!

「수녀들이 당신 머리에 두려움을 주입시키거나 판단을 흐려놓지 않아서 얼마나 다행인지 몰라.」

콜린이 덤덤하게 말했다.

「수녀님들이 왜 그랬겠어요?」

알렉산드라가 무척 어리둥절해 했다.

「우리는 신성한 결혼 서약을 했어요. 그 서약을 비웃는다면 큰 죄가 될 거예요.」

콜린은 알렉산드라가 너무 사랑스러워서 품에 꼭 안아주었다. 그리고 쓸데없이 걱정을 끼친 것에 다시 사과한 뒤, 왜 그녀가 피를 흘려야 하는지 상세하게 설명해주었다. 그는 거기서 끝내지 않았다. 그는 임신이 되는 방법도 알기 쉽게 일러주었다. 처음엔 곤혹스러워 하던 알렉산드라도 그의 덤덤한 태도에 부끄러움이 많이 사라졌다. 이젠 그의 육체에 대한 호기심이 부쩍 동해서 집요하게 질문들을 해댔다. 콜린은 하나도 빼놓지 않고 일일이 대답해주었다.

그가 말을 끝냈을 때 알렉산드라는 커다란 안도감을 느꼈다.

「당신은 정말 우리가 다시는 관계를 갖지 못하리라고……..」

알렉산드라가 중도에서 말을 가로챘다.

「관계를 가질 수 없을까봐 걱정했어요.」

「당장 당신을 갖고 싶소.」

「만지면 아직 아파요. 그리고 며칠이 지나야 나아진다고 당신도 말했잖아요.」

「그렇게 말고도 즐길 수 있는 방법은 많소.」

알렉산드라는 호기심에 귀가 쫑긋해졌다.

「많다고요?」

그녀가 숨가쁜 소리로 속삭였다. 콜린이 맞장구쳤다.

「아주 많지.」

알렉산드라는 자신을 뚫어져라 쳐다보는 야릇한 그의 시선에서 울컥 욕망이 솟구쳐 몸둘 바를 몰랐다. 훈훈한 열기가 뱃속에서 퍼지면서 불현듯 그에게 다가가고 싶어졌다. 그녀는 그의 목을 팔로 휘감고 그의 머리카락 속에 손을 파묻으며 방긋 웃었다.

「얼마나 많은 가요?」

「수백 가지.」

그가 허풍을 떨었다.

웃는 얼굴로 보아 콜린은 장난을 치고 있었다. 그녀도 같은 식으로 응답했다.

「그럼 당신이 설명하는 것들을 받아 적어야겠어요. 안 그러면 한 두 가지를 빼먹을지 모르잖아요.」

콜린이 웃음을 터뜨렸다.

「시범을 보이는 편이 받아 적는 것보다 훨씬 나을 거요.」

「나리, 실례입니다만, 아래층에 손님이 찾아오셨어요.」

플래네건의 목소리가 귓가를 스치자 알렉산드라는 기겁을 하며 일어서려고 했지만 콜린이 꼭 붙들었다. 그는 하인에게 말을 하는 중에도 신부에게서 눈을 떼지 않았다.

「누구지?」

「리처즈 경입니다.」

「제길!」

「그분을 좋아하지 않나요?」

알렉산드라가 궁금해하자 콜린이 한숨만 내쉬었다. 그리고 알렉산드라를 들어 땅에 내려놓고 자리에서 일어났다.

「좋아하고말고.」

콜린이 말을 이었다.

「문제는, 그는 따돌릴 수 있는 사람이 아니라는 거지. 만나 볼 수밖에. 플래네건, 그를 이리 들여보내게.」

집사는 국장을 데려오려고 즉시 방을 나섰고, 알렉산드라도 나가려고 몸을 돌렸다. 콜린이 그녀의 손을 잡아 되돌려 세웠다. 그리고 허리를 팔로 휘감더니 고개를 숙여 긴 키스를 했다. 그의 뜨거운 입술은 촉촉하고 열정적이었고, 그가 입술을 떼내자 알렉산드라는 욕망으로 온몸을 떨었다. 그녀의 숨김없는 반응이 그를 만족시켰다.

「나중에.」

그는 이렇게 속삭인 후에 그녀를 보내주었다.

알렉산드라는 그의 눈에서 읽어낸 은근한 기대감에서 그 말뜻을 충분히 짐작할 수 있었다. 아직 목소리에 자신이 없었던 터라 잠자코 머리를 끄덕인 그녀는 뒤돌아 서서 서재를 나섰다. 머리를 뒤로 쓸어 넘기는 손이 가늘게 떨렸고, 복도로 들어서려고 몸을 돌리다 그만 벽에 쿵 하고 몸을 부딪혔다. 자신의 한심한 태도에 한숨이 나올 뿐이었다. 어떤 남자든 눈길 한번만 주면, 자신은 양상추처럼 맥이 빠져버리리라.

황당한 생각이긴 했으나 모두가 사실인 걸 어떡하랴. 어쩌면 남편이 생겼다는 어색한 느낌이 사라져가면서 콜린에게 익숙해질지도 모르지. 남은 생을 벽에 부딪히며 멍한 정신으로 헤매고 다니기는 싫었으므로, 그렇게 되길 간절히 바랐다.

콜린의 침실로 들어간 알렉산드라는 창문 앞에 서서 바깥을 내다보았다. 활짝 갠 멋진 날이었다. 콜린이 날 원하기 때문에 이 모든 게 아름답게 보이는 거야. 콜린은 날 원해. 어젯밤에 내가 완벽했었다고 한 건 그냥 인사 치레는 아닐 거야. 그랬다면, 오늘 그렇게 빨리 또 나를 원했을 리가 없어.

여자를 원하는 것과 사랑하는 건 별개의 문제였다. 알렉산드라도 그 사실은 충분히 인지하고 있었다. 자신은 현실주의자가 아닌가. 콜린은 의무 때문에 그녀와 결혼했고, 그 사실을 바꿀 도리는 없었다. 지금 당장 자신을 사랑하게 만들 수는 없겠지만, 언젠가는 그의 마음을 차지하게 되리라고 굳게 믿었다. 벌써 친구 정도는 되지 않았나?

우리는 안정되고 탄탄한 결혼 생활을 해 나갈 거야. 두 사람 모두, 죽음이 갈라놓을 때까지 남편과 아내로서 살겠다고 신과 증인들 앞에서 서약하지 않았던가. 정직하기 그지없는 콜린이 약속을 깨뜨릴 리는 없었고, 시간이 흐르다 보면 점차 그녀를 사랑하게 되겠지.

그녀 자신은 이미 그와 사랑에 빠져 있었다. 알렉산드라는 곧바로 고개를 흔들었다. 감정을 따져보기에는 아직 마음이 너무 어수선했다.

알렉산드라는 흔들리는 자신의 마음이 걱정되었다. 결혼이란 건, 상상도 못할 만큼 복잡한 일인가봐.

「알렉산드라 공주님, 침대에 새 시트를 깔아드려도 될까요?」

그녀는 플래네건에게 고개를 돌려 웃어 보였다.

「나도 돕죠.」

집사는 그녀에게서 심한 욕을 들은 것 같은 반응을 보였다. 소스라치게 놀라는 태도에 알렉산드라는 깔깔대며 웃었다.

「플래네건, 나도 시트를 바꾸는 정도는 할 줄 알아요.」

「공주님이 손수……」

그는 놀란 나머지 말을 끝맺지 못했다. 알렉산드라에게는 그의 태도가 이해되지 않았다.

「영국에 오기 전에는 내 옷이나 침실 정리는 내가 전적으로 책임졌어요. 깨끗한 시트에서 자고 싶으면 내 손으로 직접 갈았죠.」

「누가 공주님께 그런 걸 시킬 수 있나요?」

「원장수녀님이요. 수녀원에서 살았거든요. 난 특별 대우를 받지도 않았고, 남들과 같은 대접을 받는 편이 좋았어요」

플래네건이 고개를 끄덕였다.

「공주님이 버릇없는 분이 아닌 이유를 이제야 알겠군요」

그는 얼떨결에 내뱉더니, 말을 더듬거리며 덧붙였다.

「제, 제 말은, 칭찬 할 뜻이었어요」

「고마워요」

그녀가 얼른 대꾸했다.

집사가 성급히 침대로 다가오더니 리넨 천을 펼치기 시작했다.

「공주님 침대에는 벌써 새 시트를 깔아두었습니다. 저녁식사 후에 곧바로 개놓을 게요」

그의 말이 알렉산드라를 어리둥절하게 했다.

「왜 괜한 수고를 하려는 거죠? 난 남편과 함께 남편 침대에서 자리라고 생각했는데.」

플래네건은 걱정 어린 그녀의 어투를 눈치채지 못했다. 그는 지금 솜씨를 발휘하여 시트의 끝자락에 마무리 접기를 하는 중이었다.

「나리 말씀이, 공주님은 공주님 침실에서 주무실 거라고 하셨어요」

이 어설픈 설명에 그녀는 더욱더 얼떨떨해졌다. 알렉산드라는 플래네건에게서 표정을 숨기려고 몸을 돌려 창 밖을 내다보는 척했다. 상처받은 감정을 숨길 자신이 별로 없었다.

「그랬군요.」

달리 할말이 없었다.

「콜린이 그 이유를 설명하던가요?」

「아뇨.」

플래네건이 묵묵히 대답했다. 그리고 등을 쭉 펴더니 침대 다른 쪽으로 빙 돌아갔다.

「영국에선, 대부분의 남편과 부인들은 각 방을 사용하죠. 여기서는 늘 그런 식으로 해왔어요.」

알렉산드라의 기분이 약간 나아졌다.

「물론 콜린 나리의 형님은 그 관습을 따르지 않아요. 후작 댁에서 일하는 스턴스가 제 삼촌이죠.」

집사의 마지막 말속에 자랑스런 기색이 은근히 섞여 있었다.

「언젠가 삼촌이 주인 나리와 마님이 각 방을 쓴 적이 한번도 없다는 귀뜸을 해주었거든요.」

알렉산드라는 다시 비참해졌다. 케인과 제이드는 당연히 한 침대에서 자겠지. 그 부부는 다행히도 서로 사랑하는 사이니까. 그리고 서로에 대한 애정이 지극한 공작과 공작부인도 한 침대를 쓸 거라는 데 그녀는 내기라도 걸 수 있었다.

알렉산드라는 어깨를 꼿꼿이 세웠다. 콜린에게 침대를 같이 쓰지 않는 이유가 뭐냐는 질문은 하지 않으리라. 자신도 자존심이란 걸 갖고 있었다. 이 남자는 그들의 결혼에 대해 분명히 자기 의사를 밝히고 있지 않은가! 처음에는 머리를 자르더니, 이제는 그녀를 혼자 자게 할 작정이었다. 그럼 그렇게 하라지 뭐. 마음의 상처를 받거나 기분이 상할 필요는 없어. 맞아, 그럴 이유가 어디 있겠어. 남과 침대를 같이 쓰면 성가실 뿐이지. 그의 따뜻한 온기 없이도 밤새 잘 잘 수 있고, 그의 품을 그리워하지도 않을 거야.

하지만 이런 거짓말들이 전혀 위로가 되지 않았다. 알렉산드라는 결국 기분을 전환시키려는 시도도 단념했다. 차라리 바쁘게 움직여 딴 일에 신경 쓰는 편이 나으리라.

그녀는 침대 정리를 끝낸 플래네건을 따라 복도로 나갔다. 서재 문이 닫혀 있었다. 서재 문을 스쳐 지난 후에, 알렉산드라는 콜린과 국장과의 대화가 얼마나 더 길어질지 집사에게 물어보았다.

「국장님이 서류 뭉치를 들고 오셨어요. 얘기를 끝내시려면 한 시간은 족히 더 있어야 할 겁니다.」

하지만 플래네건의 판단은 서너 시간은 잘못된 것이었다. 요리사가 준비한 음식 쟁반을 집사가 이층으로 날랐을 때는 벌써 오후 2시를 넘긴 후였다. 계단을 내려온 그는 두 사람이 아직도 서류를 붙들고 열띤 토론을 벌인다는 말을 전했다.

드레이슨이 3시에 방문하기로 예정되어 있는지라, 알렉산드라는 그날 아침에 도착한 남편과 자신 앞으로 온 우편물들을 정리하느라 눈코 뜰 새 없었다. 오십여 장이 넘는 축하 편지와 그와 비슷한 분량의 초대장들을 분류했다. 거절해야 할 초대장 뭉치를 플래네건에게 넘겨주고, 닐 페리에게 여동생 문제를 의논할 수 있는 시간을 내달라는 짧은 간청의 글을 썼다.

「공주님의 하녀와 전임 비서를 고용하는 문제에 대해 주인님께 말씀드려야겠어요.」

플래네건이 무심결에 말했다.

「괜찮아요, 플래네건.」

알렉산드라가 곧바로 그의 말을 반박했다.

「당신이 가끔 날 도와줄 수만 있다면 하녀나 비서는 필요 없어요. 콜린은 회사를 성장시키기 위한 일로 고심하고 있는데 추가 비용을 부담하는 일에 신경 쓰게 할 수는 없잖아요.」

그녀의 진지한 어투 속에는 집사가 그녀 몰래 일을 꾸민다면 화를 내리라는 뜻이 내포되어 있었다. 집사가 고개를 끄덕였다.

「바깥 분의 재정 문제를 그토록 배려하시다니, 공주님은 정말 좋으신 분이세요. 우리는 한동안은 가난해지지는 않을 거예요.」

집사가 미소를 지으며 말을 끝냈다.

지금도 가난하진 않을 거야.

알렉산드라는 속으로 중얼거리더니, 조건을 붙였다.

콜린이 내 돈을 쓰기만 한다면 말야.

「그 사람은 말도 못할 고집 불통이에요.」

플래네건은 그녀가 왜 이런 말을 하는지 영문을 몰랐다. 문에서 노크 소리가 들리자, 집사가 자리에서 벌떡 일어났다.

모르건 엣킨즈가 객실 안으로 들어왔다. 그는 식당에 있던 알렉산드라를 보고 빙긋 웃었다.

「축하합니다, 공주님. 결혼하셨단 소식을 방금 들었어요. 행복하시기를 바랍니다.」

알렉산드라가 자리에서 일어서려는데 모르건이 그냥 앉아 있으라고 손짓했다. 그리고 콜린과 국장과의 면담에 이미 늦었다고 변명했다.

모르건은 그야말로 매력이 넘치는 신사였다. 그는 공손히 인사를 한 뒤, 플래네건을 따라 이층으로 올라갔다. 그녀는 그가 시야에서 사라질 때까지 물끄러미 지켜보다가, 머리를 설레설레 흔들었다. 콜린이 잘못 알았어. 모르건 엣킨즈는 안짱다리가 아니었다.

또다시 20분이 흐른 후, 리처즈 경과 모르건이 함께 아래층으로 내려왔다. 그들은 알렉산드라와 의례적인 인사를 나눈 뒤 작별을 고했다. 국장과 그의 밑에 새로 들어온 그 요원이 떠나자마자 드레이슨이 문간에 모습을 나타냈다.

「공주님, 큰일이 터졌습니다.」

드레이슨은 인사말이 끝나자마자, 다급하게 말했다.

「따로 조용한 곳에서 얘기를 나눴으면 좋겠습니다만.」

레이몬드와 스테판은 플래네건과 함께 응접실에 서 있었다. 이 경호원들은 손님이 현관에 들어서기만 하면 재빨리 뛰어나왔다. 이제 알렉산드라도 결혼하여 장군의 손길에서 벗어났으므로 그들의 경호가 필요 없어졌지만, 이 경호원들은 이 집에서 쫓겨날 때까지는 자기들의 의무를 다할 것이다. 알렉산드라는 이들이 런던에서 할 만한 일을 찾을 때까지는 내보내지 않을 생각이었다. 레이몬드와 스테판이 런던에서 살고 싶다는 의사를 밝혔고, 그녀는 이들의 일터를 직접 찾아주리라 마음 먹은 것이다. 그들이 보여준 충성심에 비하면 그나마 할 수 있는 가장 변변찮은 보답이 아니겠는가.

「응접실로 들어가는 게 어때요?」

알렉산드라가 자신의 대리인에게 말했다.

드레이슨이 고개를 끄덕이고 나서 플래네건에게 물었다.

「홀브루크 경은 집에 계신가?」

플래네건이 고개를 끄덕이자, 그는 한결 안도하는 눈치였다.

「가서 내가 좀 뵙자고 말씀을 드려주겠나? 내가 가져온 골치 아픈 얘기를 꼭 듣고 싶어하실 걸세.」

그의 말이 끝나자마자 집사는 급히 계단을 올라갔다. 드레이슨은 응접실로 들어가서 알렉산드라 근처에 자리를 잡았다.

「울상을 짓고 계시네요.」

그녀는 두 손을 무릎에 포갠 채 대리인에게 웃음을 지었다.

「그렇게 안 좋은 얘기인가요?」

「나쁜 뉴스가 두 가지 있습니다.」

드레이슨이 솔직히 털어놓았다. 그의 목소리가 몹시 지쳐 있었다.

「결혼한 지 겨우 이틀 밖에 지나지 않았는데 신경 쓰게 해드려서 죄송합니다.」

그는 말을 잇기 전에 한숨을 길게 내쉬었다.

「방금 제 연락망이 알려온 얘긴데, 공주님의 기금 중 엄청난 액수 ― 실은 고향 계좌에 있는 돈 모두 ― 를 찾을 수 없게 됐어요. 아이번 장군이 그 엄청난 금액을 몰수할 방법을 찾아낸 게 분명해요.」

알렉산드라는 이 소식에 별 반응을 보이지 않았다. 단지 그의 설명이 잘 이해되지 않았다.

「그 돈은 이미 오스트리아의 은행 계좌로 옮겼다고 알고 있어요. 그렇지 않나요?」

「옮겨진 건 사실입니다.」

드레이슨이 대답했다.

「아이번 장군은 그곳에서 아무런 법적 권한이 없어요.」

「하지만 그의 촉수는 생각보다 훨씬 멀리까지 뻗칩니다, 공주님.」

「장군이 그 은행에서 실제 돈을 몰수했나요, 아니면 계좌가 동결되어 있나요?」

「그 둘이 다를 게 뭐가 있겠습니까?」

「제 말에 대답해주세요. 그럼 질문한 이유를 말씀드리겠어요.」

「은행에 묶여 있습니다. 은행에선 아이번 장군이 그 돈에 손을 못 대게 하겠지만, 은행원들이 그 파렴치한에게 협박당해서 기금을 영국의 은행으로 옮기지는 않을 겁니다.」

「그야말로 진퇴양난이군요.」

「진퇴양난이라구요? 공주님, 이건 엄청난 비극이에요. 얼마나 많은 돈이 은행에서 썩고 있는지 알기나 하세요? 그건 공주님의 재산 대부분입니다.」

드레이슨은 금방이라도 흐느껴 울 것처럼 보였다. 알렉산드라는 그를 위로했다.

「전 아직도 걱정 없이 살 만한 돈이 있어요. 당신이 투자를 잘 해준 덕택에, 평생토록 제 남편이나 남에게 폐를 끼치지 않아도 된다구요. 그런데 좀 이해가 안 되는 점이 있어요. 장군은 제가 그와 결혼하리라고 믿었다면, 무엇 때문에……」

「공주님이 수녀원을 떠난 사실을 알아냈겠죠.」

드레이슨이 천천히 말했다.

「공주님이 그를 피해 달아난 사실도 말입니다. 자기를 거부한 공주님에게 화가 나서 복수를 하러 나섰겠죠.」

「복수는 범죄의 멋진 동기죠.」

콜린이 문 앞에서 큰소리로 말하자, 알렉산드라와 드레이슨이 동시에 고개를 돌렸다. 대리인이 자리에서 일어섰다. 콜린이 문을 닫고 알렉산드라 옆에 앉았다. 그리고 드레이슨에게 앉으라고 손짓했다.

「복수하는 데 멋질 이유가 어디 있어요, 콜린.」

알렉산드라가 퉁명스레 말하며 드레이슨에게 시선을 돌렸다.

「그 기금을 찾을 방법은 제가 알고 있어요. 원장수녀님에게 편지를 보내겠어요. 그 입금된 총 금액에 대한 각서와 함께 말이죠. 은행원들이 장군의 위협을 받고 있는지 모르겠지만, 수녀님이 돈을 찾아가겠다고 나타나면 아마 놀라서 까무러칠 걸요. 그래요. 그 방법이 안성맞춤이에요, 드레이슨. 그 돈은 제가 아니라 성 십자가에서 필요해요.」
콜린이 고개를 가로 저었다.
「당신 아버지께서 힘 들여 모은 재산이오. 난 당신이 그걸 포기하지 않았으면 좋겠소.」
「그 돈이 내게 왜 필요하죠?」
알렉산드라가 반박했다. 드레이슨이 문제가 된 돈의 액수를 얼떨결에 말하자 콜린의 안색이 눈에 띄게 창백해졌다. 알렉산드라가 잠자코 어깨를 으쓱거렸다.
「그 돈은 유용하게 쓰일 거예요. 아버지도 찬성하실 거구요. 원장수녀님과 다른 수녀님들이 어머니가 병환으로 누워 계실 때 어머니를 지극 정성으로 돌봐주셨어요. 그래요, 아버지는 분명 허락하실 거예요. 매튜, 당신이 가기 전에 편지를 쓰고 각서에 서명을 하겠어요.」
알렉산드라가 고개를 돌려 남편의 눈치를 살폈다. 그는 아내의 결정에 아직도 불만이 있는 듯 보였으나, 아무런 반박도 하지 않았다.
「그리고 공주님, 그 배 건인데요.」
드레이슨이 불쑥 말을 꺼냈다.
「그 사람들이 공주님의 계약 조건과 도착 날짜에 동의했습니다.」
알렉산드라는 서둘러 화제를 바꾸려고 했다.
「나쁜 소식이 한 가지 더 있다고 했죠, 매튜?」
「드레이슨 씨는 그 배 얘기부터 하실 거요.」
콜린이 고집을 피웠다.
「그건 나중에 깜짝 놀래주려고 숨겨놓은 일이었어요.」
알렉산드라가 주저하며 중얼거렸다.
「알렉산드라!」
콜린은 양보할 생각이 없었다.
「전에 당신 아버지 서재에 갔을 때, 놀라운 발명품에 관한 책자를 우연히 읽었어요. 콜린, 그건 증기선이라고 하는데 대서양을 건너는 데 불과 26일밖에 안 걸린데요. 정말 놀랍지 않아요?」

알렉산드라는 얼른 덧붙였다.

「그거 아세요, 원장수녀님에게 편지를 부치면 적어도 석 달은 지나야 도착한다구요. 아마 더 오래 걸릴지도 몰라요.」

콜린이 고개를 끄덕였다. 물론 그 새로운 발명품에 대해선 잘 알고 있었다. 그도 그 배를 한 척 살까 하고 동업자와 얘기를 나눈 적도 있었지만 터무니없이 비싼 가격 때문에 지금까지 보류 중에 있었다.

「그래서 그 배를 한 척 샀다는 거로군?」

화가 솟구쳐 그의 목소리가 떨렸다. 그는 아내에게 변명할 여유도 주지 않고 그 대리인에게 찌푸린 얼굴로 단호하게 일렀다.

「당장 주문을 취소해주십시오.」

「설마 정말 그럴 생각은 아니겠죠!」

알렉산드라가 속이 상해 소리를 질렀다. 갑자기 화가 치밀면서 콜린을 발로 걷어차고 싶어졌다. 그 증기선이 있으면 수입이 엄청나게 증가할 게 뻔한데, 단지 그녀에게서 돈이 나왔다는 이유로 고집을 부리는 게 아닌가.

「정말 그럴 생각이오.」

콜린이 매몰차게 쏘아붙였다. 그녀의 돈에는 일체 손대지 않겠다고 분명히 말했었는데도 그의 결정을 겁도 없이 무시해버린 아내에게 불같이 화가 나 있었다.

턱을 아래로 내린 표정으로 봐서 지금 그와 옳고 그름을 따져봐야 입만 아플 것 같았다. 알렉산드라가 드레이슨에게 주문을 취소하라는 말을 하려는데, 그 대리인이 먼저 말을 꺼냈다.

「전 도무지 이해할 수가 없군요, 홀브루크 경. 그러니까 알버트 삼촌의 결혼 선물을 거절하시겠단 말씀입니까? 선물을 받는 건 통례상 당연한 일이지 않습니까?」

「알버트 삼촌이 누구지?」

콜린이 알렉산드라에게 물었다. 그녀는 어찌해야 할지 곤혹스러웠다.

알버트는 존재하지 않는 인물이라고 사실대로 말하면 드레이슨을 모욕하는 결과가 된다. 뿐만 아니라 그녀와는 더 이상 거래하지 않으려 들지도 모르는데, 그와의 관계를 악화시키기는 싫었다. 그렇다고 남편에게 거짓말하기도 싫었다.

그녀의 입에서 진실이 튀어나왔다.

「그는 삼촌이 아니에요.」

드레이슨이 열을 내며 그녀의 말에 끼어 들었다.

「그렇긴 해도 그분은 삼촌이라고 믿고 싶어하세요. 공주님 가족의 친구이니까요. 물론 저도 그분을 수년간 알고 지내왔고요.」

이렇게 말한 그는 우쭐대며 한마디 덧붙였다.

「그리고 그분의 투자 덕택에 짭짤한 수입도 챙길 수 있었고요. 알버트 씨는 부인의 자금 일부도 관리하시는데, 선물을 받지 않으시면 분명 매우 불쾌해하실 겁니다.」

콜린이 알렉산드라를 뚫어져라 바라보았지만, 아주 태평한 표정을 짓고 있어서 얼굴에서는 어떤 대답도 끌어낼 수 없었다. 하지만 손은 또 다른 얘기를 해주고 있었다. 그녀는 두 손을 쥐어짜듯 움켜쥐고 있었다. 뭔가 숨기고 있다는 냄새를 풍겼으나, 그것이 무엇인지 콜린은 꼭 집어낼 수 없었다.

「알버트 삼촌에 대해 왜 진작 말하지 않았지? 그리고 그는 왜 결혼식에 참석하지 않았소?」

결국 별 수 없이 거짓말을 해야 했다. 사실을 말해서 덕 볼 사람은 한 명도 없었으니까. 원장수녀님이 못마땅하여 머리를 흔드는 모습이 머릿속에 떠올랐다. 그녀는 억지로 그 영상을 지워버렸다. 나중에 시간이 있을 때 실컷 죄책감을 느끼지 뭐.

「알버트 씨 얘기를 당신한테 한 줄 알았어요.」

그녀는 거짓말을 하면서 콜린의 턱 위로는 시선을 올리지 못했다.

「그분은 결혼식에 오려고 하지 않으셨어요. 바깥출입을 일체 안 하니까요.」

그녀는 고개를 숙이며 말을 이었다.

「집에 손님을 들이지도 않으시구요.」

「알버트 씨는 실은 은둔 생활을 하세요.」

드레이슨이 끼여들었다.

「그분에겐 공주님이 바깥 세상과의 유일한 연결책이죠. 가족도 없는 홀홀 단신이세요. 제 말이 맞죠, 공주님? 혹시 선물 가격 때문에 꺼려지신다면, 마음 푹 놓으세요. 그분은 그런 비용을 감당할 능력이 충분하니까요, 홀브루크 경.」

「그 사람을 수년간 알고 지냈다고 하셨죠?」

콜린이 드레이슨에게 물었다.

「그럼요.」

콜린이 소파에 등을 기댔다. 성급하게 오해한 데 대해 알렉산드라에게 사과를 해야 했다. 나중에 단 둘이 있을 때까지 사과를 미루기로 마음 먹었다.

「다음 편지에 감사하다고 전해주십시오.」

「그럼 선물을 받아들이는…….」

알렉산드라는 콜린이 머리를 젓자 묻던 말을 뚝 멈추었다.

「친절한 분이긴 하지만 선물이 터무니없이 비싸. 난, 아니 우리는 그 선물을 받아들일 수 없소. 뭔가 딴 걸 주시라고 말씀드려봐요.」

「이를 테면요?」

콜린이 어깨를 으쓱거렸다.

「당신이 생각해봐요.」

아내에게 말한 후 이번에는 드레이슨에게 질문을 던졌다.

「의논해야 한다는 딴 문제는 뭐죠?」

드레이슨이 엉덩이를 들썩이면서 뭐라고 말을 하더니 곧 입을 다물어버렸다. 이윽고 그는 얼마 남지 않은 머리카락 사이에 손을 쑤셔 넣으며 목청을 가다듬었다. 그리고 다시 말을 시작했다.

「좀 예민한 상황이 전개되고 있어요. 미리 말씀드리는데, 아주 고약한 일이에요. 두 분은 '1774 생명보험법'에 대해 들어본 적이 있나요?」

그는 콜린이나 알렉산드라가 대답하기도 전에 말을 이었다.

「요 근래에는 그 판결에 관심을 가지는 사람은 거의 없어요. 아주 오래 전에 통과된 법이니까요.」

「그 법의 취지가 뭐죠?」

알렉산드라는 이런 얘기를 꺼내는 이유를 궁금해하며 물었다.

「창피스런 일들이 일어났거든요. 부도덕한 사람들이 남의 생명에 보험을 들어놓고 살인청부업자를 고용했어요. 이윤을 챙기려는 짓이었죠. 그래요, 창피스런 짓이지만, 실제 그런 일들이 있었어요.」

「그 일이 저희와……」

콜린이 그녀의 말을 가로챘다.

「그에게 말할 시간을 줘요, 알렉산드라.」

그녀가 고개를 끄덕이더니 중얼거렸다.

「그래요.」

드레이슨이 콜린에게 시선을 돌렸다.

「지금은 그 법에 관심을 가지는 회사들이 별로 없어요. 그 법이 쓸모 있을 때도 있긴 했어요. 한때는 말이죠. 그런데, 당신 부인의 생명이 보험에 들어 있는 걸 알아냈어요. 시작 날짜가 어제 오후로 되어 있고 금액이 상당히 높아요.」

콜린이 낮게 욕설을 내뱉었다. 알렉산드라가 그에게 몸을 기대왔다.

「누가 그런 짓을 한단 말이에요? 그리고 왜죠?」

「거기엔 약정도 있고 지급기한도 정해져 있어요.」

드레이슨이 고개를 끄덕이며 말했다.

「나폴레옹의 생명이 한 달 간 보험에 들었단 말을 들은 적이 있어요.」

알렉산드라가 나지막이 말했다.

「그리고 웨스트민스터 공작은 자기 말에 보험을 들었고요. 지급기한

이란 게 바로 이런 뜻인가요, 매튜?」

「그래요, 공주님. 바로 그런 말입니다.」

「누가 그 증서를 샀습니까?」

콜린이 따지듯 물었다. 성이 난 어투가 역력했다.

「런던 로이드였나요?」

알렉산드라가 궁금해했다.

「아닙니다.」

매튜가 대꾸했다.

「그 해상보험 협회는 워낙 평판이 좋은 곳이라 야비한 내기에는 손을 대지 않아요. '모튼사'에서 보험을 계약했죠. 그들은 말할 나위 없이 파렴치한 범죄 조직이에요. 액수만 크면 어떤 거래든 닥치는 대로 맡는 치들이죠. 물론 전 그들과는 일체 거래를 하지 않지만, 그들과 거래하는 제 친구에게서 이 애기를 들었습니다. 우연히 그를 만난 게 얼마나 다행인지 모릅니다.」

「자세히 말해보세요. 지급기한은 얼마나 됩니까?」

콜린이 지시하듯이 물었다.

「한 달.」

「알렉산드라가 죽으면 누가 덕을 보게 되는 거죠?」

「그 계약서를 인수한 사람이 익명으로 했답니다.」

「그렇게도 계약이 되나요?」

알렉산드라가 물었다.

「그럼요. 공주님의 삼촌인 알버트 씨도 서명을 이용해서 같은 식으로 거래를 하잖아요. 사실, 원치 않는다면 서명도 할 필요 없어요. 보험업자들은 비밀을 지키겠다고 선서를 해야 하거든요.」

대리인이 콜린에게 시선을 던졌다.

「제 친구와 저는, 이 못된 음모 뒤에 숨은 자의 정체를 아직까지 알아내지 못했습니다. 하지만 장담하건대 부인의 기금을 차단시킨 바로 그 악당임에 틀림없어요.」

「아이번 장군? 그럴 리 없어요.」

알렉산드라가 반박했다.

「우린 겨우 어제 결혼했으니, 아직 그 사실을 모를 거예요.」

「미리 손을 썼겠죠.」

드레이슨이 추측한 말을 내뱉었다.

콜린은 이 중개업자가 알렉산드라에게 무엇을 깨우쳐주려는지 알 수 있었다. 그는 애정 어린 손길로 아내를 꼭 끌어안으며 말했다.

「당신을 잡으러 보냈던 그 부하들에게 지시를 내렸을 거요. 놈은 지금쯤 좋아서 낄낄대고 있겠지. 딱할 정도로 멍청한 놈이야. 당신이 자기와 결혼하기 싫어한다는 사실을 벌써부터 눈치챈 게 분명해. 당신이 한밤중에 달아났으니까.」

「정말 잔인한 사람이군요.」

콜린은 그를 훨씬 잘 묘사할 만한 표현을 수백 가지라도 떠올릴 수 있었다. 하지만 그녀의 기분을 맞춰주려고 맞장구를 쳤다.

「그래, 잔인한 놈이야.」

「매튜, 그러니까 당신 말은, 모튼사에서는 어떤 증서든 상관없이 발행해준단 말인가요?」

「증서가 아니라 계약이에요, 공주님.」

드레이슨이 바로잡아 주었다.

「그 둘이 뭐가 다른가요?」

「이를테면 당신 남편께서 배를 보험에 들 수 있어요. 그러면 재난 발생 시 보호받을 수 있는 보증서를 받게 되죠. 하지만 계약은 완전히 별개의 문제죠. 적어도 모튼사에서 발행하는 증빙서류는 그래요.」

그가 못마땅한 듯 내뱉더니 말을 이어나갔다.

「그건 노름에 불과하지만 1774 생명보험법에 위배되지 않으려고 보험으로 둔갑시킨 거죠. 그리고 공주님 질문에 대답을 하자면 그래요, 그들은 어떤 노름꾼이든 닥치는 대로 상대하고 있어요. 한 가지 구체적인 예가 떠오르는군요. 런던에 사는 사람이면 누구든 입에 담는 일이었죠. 커빙험 후작 부인이 아들을 출산했는데, 아기가 태어나자마자 신생아의 생명에 1년간의 계약이 체결되었어요. 엄청난 금액으로 들은 그 계약은 아기가 죽게 되면 지불하는 조건이었죠.」

「그럼 정반대 상황에서도 계약서가 발행될 수 있단 말인가요? 아기가 살아 있다면 지불하는 조건으로요?」

「맞습니다, 공주님.」

드레이슨이 그녀의 말에 동의한 후 말을 이었다.

「누구 할 것 없이 그 사실에 기겁을 하며 놀랐어요. 후작도 펄펄 뛰며 화를 냈고요. 계약할 당시에 계약자가 정체를 밝히지 않았기 때문에 온갖 뜬소문들이 무성했었지만, 그가 자기 몫의 금액을 찾으러 올 때는 정체가 밝혀지게 되죠. 본인이 직접 모튼사에 와서 증서에 서명을 해야 하니까요. 딴 사람을 보낼 수 없게 되어 있어요.」

「그럼 우리도 한 달만 있으면, 아이번 장군이 그 증서의 구입자인지 알 수 있겠군요.」

알렉산드라가 중얼거리자 콜린이 고개를 저었다.

「당신이 죽어야만 돈이 지불되는 거요, 잊었소? 당신은 멀쩡하게 살아 있을 테니 그 장군이 찾아갈 돈은 한푼도 없어. 영국에 올 이유가 전혀 없는 거지.」

알렉산드라가 고개를 끄덕였다.

「정말 그렇군요, 그런데 매튜? 그 아들이 살았나요, 죽었나요?」

아직도 커빙험 후작 얘기에 정신이 빠져 있던 알렉산드라가 무심결에 이렇게 물었다.

「살았습니다.」

「누가 그 계약을 체결했나요?」

「오늘날까지도 아는 사람이 없어요. 공주님께서 이 일에 대해 이토록 차분하게 받아들이시니 제가 한결 마음이 놓입니다.」

콜린은 웃음을 터뜨릴 뻔했다. 속마음을 숨기는 데는 알렉산드라를 따라갈 사람은 없으리라. 알렉산드라는 그의 품에서 덜덜 떨고 있었으나, 표정은 전혀 동요되지 않았다. 상당히 태연해 보이기까지 했다. 하지만 콜린을 속일 수는 없었다.

「알렉산드라는 걱정할 이유가 없습니다. 제가 보호하리란 걸 알고 있으니까요. 매튜, 이 음모 뒤에 숨은 자를 계속해서 알아봐 주시겠어요. 그 장군일거란 짐작은 가지만, 확증을 찾아내야겠습니다.」

「당연하죠. 제가 계속 알아보겠습니다.」

「이 계약에 대한 소문이 벌써 런던 사람들 사이에 퍼졌는지 궁금하군요. 그렇다면, 혹시 자랑삼아 떠들고 다니는 자가…….」

알렉산드라가 궁금해하자 드레이슨이 그녀를 안심시켰다.

「뜬소문이 돌고 있다면, 제가 놓칠 리 없어요. 하지만, 요즘 새로 등장한 스캔들로 온통 떠들썩하니까, 이 일이 큰 화젯거리가 되리란 기대는 별로 안 합니다.」

「무슨 스캔들인가요?」

호기심이 발동한 알렉산드라가 얼른 물었다.

「그야 탈볼트 자작 문제죠. 자작부인이 스캔들의 주인공인데, 글쎄 남편을 버리고 집을 나갔답니다. 정말 놀랍지 않습니까?」

콜린은 이처럼 어처구니없는 일은 들어본 적도 없었다. 남편과 부인은 결혼 생활이 아무리 힘들어도 반드시 함께 사는 법이다.

「뭔가 말하지 못할 사연이 있을 겁니다.」

콜린이 한마디했다.

「당신 그 자작을 알아요?」

알렉산드라가 남편을 보며 물었다.

「형과 함께 옥스퍼드 대학을 다녔지. 그는 좋은 사람이오. 로버타 부인은 아마 시골 영지에 다니러 갔을 거요. 사교계 사람들은 늘 남의 흉을 잡지 못해 안달이잖소」

드레이슨이 수긍이 간다는 듯 고개를 끄덕였다.

「서튼 경에게서 그 소문을 들었는데, 그가 험담에 선수라는 건 인정합니다. 하지만 이 소문에 믿을 만한 면도 있어요. 로버타 부인이 자취도 없이 사라져버렸거든요. 자작은 지금 제정신이 아니에요.」

알렉산드라의 팔에 스르르 한기가 돌았다.

「사라졌다고요?」

그녀가 나지막이 중얼거렸다.

「자작부인은 곧 돌아오실 겁니다.」

공주의 근심에 찬 얼굴을 본 드레이슨이 허겁지겁 말을 쏟아냈다.

「장담컨대, 사소한 부부 싸움을 하신 뒤에 부인이 남편을 혼내줄 작정으로 하루 이틀 어디 숨어 있다가 집에 들어가시겠죠.」

증권중개인이 자리에서 일어섰다. 콜린이 그와 홀까지 걸어갔다. 그때 알렉산드라가 소리쳐 부르자, 두 남자가 발걸음을 멈추었다.

「매튜, 계약이 아무리 어처구니없는 경우라도 금액이 높기만 하면 모튼사는 거래를 한단 말이죠?」

「그렇습니다, 공주님.」

알렉산드라가 콜린을 보며 미소를 지었다.

「콜린, 당신이 진정으로 날 보호할 생각이라는 걸 증명해줬으면 좋겠어요.」

아내는 그런 모욕적인 말을 한 후에도 간 크게 얼굴에서 웃음을 지우지 않았다. 아내에게 무슨 꿍꿍이속이 있는 게 분명했으나, 이번에도 그게 뭔지 알아낼 수가 없었다.

「무슨 생각으로 하는 말이오?」

그가 묻자 알렉산드라가 남편 곁으로 걸어왔다.

「당신이 수령인으로 해서 나에 대해 계약을 한 건 체결하세요. 똑같은 금액에 똑같은 지급기한으로요.」

콜린은 아내의 말이 끝나기도 전에 머리를 흔들고 있었다.

「이건 멋진 계획이에요. 그러니 머리는 그만 흔들어요.」

「그럼 언제 돈이 지급되지, 알렉산드라? 당신이 살았을 때? 아니면 죽었을 때?」

알렉산드라가 시무룩한 표정으로 그를 쳐다보았다.

「물론 살았을 때죠.」

그리고 그녀는 드레이슨에게 몸을 돌리며 물었다.

「모튼사와 거래하기 싫어하는 건 잘 알지만, 이 사소한 업무를 봐주실 수 없을까요?」

「당신 제안에 난 아직 동의하지…….」

「매튜, 부탁이에요.」

알렉산드라가 남편의 말을 무시하면서 말을 가로챘다.

「누구나 알 수 있게 남편의 이름을 증서에 기입할 생각입니까?」

드레이슨이 물었다.

「물론 그렇게 해야죠.」

알렉산드라가 열의를 보이며 대꾸했다.

「계약 보증금을 많이 내놓으셔야 할 겁니다. 그리고 당신 서명 옆에 서명할 보험업자가 과연 있을지 의문이군요.」

드레이슨이 콜린을 보며 말했다.

「런던 로이드는 가격만 맞으면, 가라앉는 배에도 보험 계약을 한다고 언젠가 말했잖아요. 그러니, 비열한 내기에 손대는 걸로 유명한 모튼사라면, 돈 벌 기회를 보면 좋아서 펄쩍 뛰겠죠.」

「글쎄요…… 공주님이 홀브루크 경이 아닌 딴 사람과 결혼했다면, 지당하신 말씀입니다. 하지만 남편의 평판 때문에 그 계획에는 지장이 있을 거예요. 아무도 남편 분을 상대로 내기하려 들지 않을 겁니다.」

「그게 무슨 말이죠?」

알렉산드라가 어리둥절해 하자 드레이슨이 빙긋 웃었다.

「당신 남편은 전설 같은 존재입니다. 대부분의 업계에서 두려워하는 분이에요. 아시다시피 보안부에서 하시는 일이…….」

「그 정도면 됐습니다, 드레이슨.」

콜린이 말을 막았다.

「아내를 걱정하게 할 뿐이에요.」

드레이슨이 즉시 사과했다.

「보험을 계약해줄 업자를 찾아볼까요, 홀브루크 경?」

「있는 그대로 부르세요. 그건 내기니까요.」

콜린이 대꾸했다.

「당신이 날 지켜줄 자신이 별로 없다면, 어렵게 번 돈을 내놓기 꺼려지는 건 충분히 이해가 돼요.」

「내가 당신을 지켜주리라는 사실은 당신 자신이 잘 알고 있잖소.」

콜린이 퉁명스럽게 쏘아붙였다.

「솔직히 알렉산드라, 보통 여자들이라면 자기 목숨에 계약이 걸린 걸 알면 겁이 나서 울고불고 난리가 날텐데, 당신은……..」

「나는요?」

콜린이 고개를 좌우로 흔들었다. 썩 유쾌한 일은 아니지만, 패배를 인정할 수밖에 없었다.

「그럼 그렇게 하지. 내 아내가 자기 목숨에 증서 두 장이 체결됐다는 걸 런던 사람 모두에게 알리고 싶어한다면, 아내 뜻대로 하게 돼야겠지.」

알렉산드라가 만족하여 방긋 웃었다.

「콜린, 이거 아세요? 당신은 실제로는 당신 능력에 내기를 걸었어요. 정말 스릴 있는 내기잖아요.」

그리고 그녀가 덧붙였다.

「그리고 당신에게 꽤 많은 이윤이 돌아가잖아요? 이 일에 대해 너무 못마땅해하지 말아요. 난 당신을 전적으로 믿어요. 그러니 안달할 이유가 전혀 없잖아요.」

알렉산드라는 남편의 대답은 들을 생각도 않고, 곧바로 드레이슨에게 작별 인사를 하고 이층으로 가버렸다.

플래네건이 불쑥 모습을 나타내더니 드레이슨을 배웅한 뒤, 주인에게로 급히 다가왔다.

「공주님은 전혀 걱정하지 않으시죠, 그렇죠, 나리?」

「얼마나 엿들었나?」

「전부 다요.」

콜린이 고개를 저었다.

「자네 삼촌이 들으면 좋아하겠네. 그의 고약한 버릇은 죄다 배운 것 같으니.」

「고맙습니다, 나리. 나리의 공주님이 보여준 믿음 때문에 흐뭇하시겠 어요.」

콜린이 피식 웃으며 이층 서재로 올라갔다. 플래네건의 말이 머릿속 에서 맴돌았다.

나의 공주라!

이제 알렉산드라는 그의 공주였고, 그녀는 그야말로 그를 흐뭇하게 해주었다.

10

콜린은 그녀를 참을 수 없을 만큼 화나게 했다. 알렉산드라는 일찍 잠자리에 들었으나 도무지 잠을 이루지 못해, 다음날 해야 할 일들의 목록을 작성하기 시작했다. 물론 그녀는 자신의 침실에서 일했다. 플래네건이 말하지 않았던가, 그녀가 그곳에서 자길 콜린이 바란다고…….남편이 감정도 없는 멍청이라고 해서, 그에게 화를 내면 뭐 하겠는가? 알렉산드라는 이런 생각을 하며 마음을 진정시키려고 악착같이 애썼다. 남편이 그 모양이 된 걸, 콜린 자신이 어쩌겠는가? 게다가 그들은 서로 사랑해서 이뤄진 부부도 아닌데, 콜린이 각 방을 쓰려고 한다고 해서 성을 낼 수는 없는 노릇이었다. 하지만 화가 났다. 자꾸 마음이 흔들리고 두려움도 생겼다. 그리고 자신이 왜 이런 기분에서 헤어나지 못하는지 이해할 수 없었다.

알렉산드라는 자신에게 벌어지고 있는 일들을 이해하려고 노력해보았다. 콜린과의 협상에서 무력한 위치로 밀려났기 때문에 자신이 없어진 거야. 그러자 그런 엉뚱한 생각에 고개를 저었다. 그녀에게 협상할 만한 근거가 어디 있었는가? 무슨 제의를 하기만 하면 남편은 퇴짜를 놓았으니까.

그녀는 자신이 불쌍해지기 시작했다. 원장수녀님은 세상의 남녀들은 자신들이 절대 가질 수 없는 것을 원하는 경우가 종종 있다고 했었다. 그런 소유욕은 순간 질투의 감정으로 바뀌고, 일단 죄스런 그 감정의 촉수에 휘말려 들면 곧바로 비참함이 따라온다고 하셨다. 질투심에 불타게 되면 즐거움이나 사랑, 행복함 같은 감정이 찾아들 여지가 없게 되니까.

「하지만 난 질투하진 않아.」

알렉산드라는 혼잣말로 중얼거렸다. 그러나 벌써부터 콜린 형의 행복한 결혼생활을 부러워하는데, 그렇다면 머지않아 자신은 질투의 화신이 되어 평생을 비참하게 살아야 하는 건 아닐까? 이런 솔직한 생각이 들자 걱정스런 한숨이 새어나왔다.

결혼은 복잡한 일이라는 생각이 들었다.

콜린은 그런 골칫거리에 신경을 쓸 여유가 없었다. 그는 저녁식사를 마치자마자 장부를 정리하러 서재로 사라져버렸다. 아내가 생겼다고 해서 일상 생활이 변하지는 않을 것이다. 그는 자신의 제국을 세우는 중이었고 그 누구도, 특히 원치도 않는 신부가 그의 계획을 방해하지는 못하리라. 콜린이 자리라도 잡고 앉아서 자신의 견해를 그녀에게 자세히 일러줄 필요는 없었다. 행동이 모든 걸 말해주니까.

알렉산드라는 그의 태도에 화가 나지는 않았다. 도리어 일에 강한 애착을 보이는 남편을 지지했다. 또한 그를 믿고 있었다. 콜린은 스스로 세운 목표는 뭐든 달성하고 말 사람이었다.

남편의 일을 방해할 생각은 추호도 없었다. 콜린이 가장 정나미 떨어져 할 일은 그에게 매달려 떨어지지 않으려는 아내일 테니까. 하지만 둘만의 시간을 보낸 밤에는…… 그가 자신과 함께 있기를 바랐으면 싶었다. 그의 팔에 안겨서, 그와 살을 맞대고서 잠이 든다면 행복할 텐데. 자신을 어루만지던 그 손길, 키스할 때 느꼈던 그 감촉이 그리웠다.

그녀는 옅은 한숨을 쉬었다. 남편에 대한 공상을 당장 그만 두지 않으면, 목록 작성에 정신을 집중할 수 없으리라. 그녀는 정신을 차리려고 머리를 한번 힘껏 흔들고 억지로 일에 몰두했다.

콜린이 두 침실을 연결하는 문을 지나 그녀의 침실에 들어왔을 때는 자정이 다 된 시간이었다. 그는 검정색 반바지 차림이었는데, 침대로 다가오기도 전에 바지를 벗어버렸다.

그는 발가벗은 몸에 전혀 아랑곳하지 않았고, 알렉산드라도 덩달아 태연한 척했다.

「장부 정리는 끝났어요?」

알렉산드라는 침대에 시선을 두면서 물었다. 얼굴에는 발그레한 홍조가 돌았고, 꼭 목 졸린 사람 같은 목소리로 말했다.

콜린이 씩 웃더니 대답했다.

「끝냈소. 난 꼼짝달싹할 수 없이 붙잡혔지.」

「무엇에 붙잡혔나요?」

콜린은 웃음을 억지로 참고 있었다.

「알렉산드라, 우리 사이에 창피해 할 건 없소.」

「난 창피하지 않아요.」

그녀는 빤히 들여다보이는 거짓말을 하면서도 용감하게 그의 눈을 똑바로 쳐다보았다. 많이 향상되었군. 콜린이 속으로 이렇게 중얼거리며 이불을 제키고 침대로 들어갔다. 그러자 알렉산드라는 얼른 종이를 치워 그에게 자리를 내주었다.

콜린은 침대 머리맡에 등을 기대고 앉아 길게 한숨을 쉬었다. 그리고 알렉산드라가 마음을 가라앉히도록 한참을 기다렸다. 그녀의 얼굴이 조금만 더 빨개진다면, 얼굴에 불이 붙어버릴 것만 같았다. 조금 전에 종이를 집을 때도 손이 떨리고 있었다. 그에게 왜 이렇게 신경을 곤두세우는지 콜린은 이해가 되지 않았으나, 묻고 싶은 질문들은 나중으로 미뤘다. 지금 물어봤자 상태만 더 악화될 테니.

「당신 추운 거요?」

「아뇨.」

「손을 떨고 있소.」

「한기가 있는지 몸이 오싹해요. 목욕한 후에 젖은 머리를 제대로 말리지 않았거든요.」

그는 앞으로 몸을 내밀어 그녀의 목덜미에 손을 가져갔다. 그리고 긴장을 풀어주려고 뻣뻣해진 목을 주물러 주었다. 알렉산드라는 눈을 꼭 감고 편안한 한숨을 내쉬었다.

「무슨 일을 하는 중이었소?」

「각자 해야 할 일에 대한 목록이에요. 플래네건에게 한 장, 요리사에게 한 장, 레이몬드와 스테판에게 각기 한 장씩, 그리고 내가 할 일을 적은 게 여러 장 있어요. 참, 종합 목록도 방금 만들었어요.」

알렉산드라는 그만 그를 쳐다보는 실수를 저지르고 말았다. 머릿속에 있던 생각들이 순식간에 창문 밖으로 날아가버렸다. 방금 하던 얘기를 끝냈는지조차 기억나지 않았다.

이 모두가 그의 탓이었다. 눈이 이토록 아름답지 않다면, 웃는 모습이 이토록 멋지지 않다면, 그리고 너무도 새하얀 이를 가지지 않았다면, 지금처럼 넋이 나가 다른 일을 몽땅 잊어버리진 않았으리라. 눈을 감아도 별 도움이 되지 않았다. 여전히 그의 체온이 느껴졌고, 상큼한 그만의 체취가 그녀를 자극했으며, 여전히…….

「종합 목록은 뭐지?」

「뭐라고요?」

그가 피식 웃으며 질문을 되풀이했다.

「종합 목록 말이오.」

알렉산드라의 신경이 바짝 곤두서 있는 걸 그가 눈치채버렸다. 또한 웃는 폼으로 보아, 편치 못한 그녀의 감정에 대해 재미있어 하고 있었다. 그 사실을 깨닫자, 그녀는 어느 정도 마음의 평정을 되찾을 수 있었다.

「내 목록들을 정리한 목록이에요.」

「목록들의 목록을 만들었단 말이오?」

「그럼요.」

콜린이 온몸을 흔들며 웃는 통에 침대가 흔들릴 정도였다. 알렉산드라는 그의 태도에 발끈 화가 났다.

「콜린, 체계적으로 제대로 일하려면 목록은 필수예요.」

그녀의 목소리에는 권위자의 위엄이 배어 있었다. 워낙 진지하게 구는 게 딱해서 콜린은 웃음을 참으려고 노력했다.

「그렇겠군.」

그는 말을 느릿느릿 빼면서 장단을 맞추었다.

「그런데 이 중요한 사실을 누구에게서 배웠소?」

「원장수녀님이 조직체계에 관한 모든 걸 가르쳐주셨어요.」

「그분이 그것도 그 정도로 완벽하게 가르쳐주셨소? 그러니까 그 은밀한……」

그녀가 그의 말을 홱 가로챘다.

「그분은 철두철미한 분이에요. 단지…… 그건 말씀하시기 곤란한 일이었어요. 어찌됐든 수녀님인데다가, 수십 년 전에 순결의 서약을 하신 분이에요. 말씀을 삼가시는 거야 이해가 되잖아요? 별로 경험이 없으실 테니까.」

「그래, 수녀님이 경험이 많으리라고는 생각되지 않는군.」

콜린이 침대를 조금씩 장악해 갔다. 그녀는 콜린에게 다리 뻗을 공간을 더 주려고 침대 끝으로 조금씩 밀려갔고, 그는 사지를 편하게 펼 때까지 계속 자리를 넓혀갔다. 그리고 손발을 쭉 뻗으며 하품을 하더니, 결국은 침대를 다 차지해버렸다.

콜린은 알렉산드라가 만든 목록들을 손에 쥐었다. 그리고 그것들을 바로 옆 탁자 위에 올려놓더니 두 개의 초를 후 불어 끄고 그녀를 향해 몸을 돌렸다.

알렉산드라는 손을 무릎 위에 가지런히 놓고 제발 초조해하지 말라고 스스로를 다독였다.

「조직적으로 일을 하지 않으면 질서가 안 잡힐 거예요.」

어리석기 짝이 없는 말이지만, 달리 할말이 떠오르지 않았다. 실은 왜 이 방에 왔는지 묻고 싶은 걸 애써 참고 있는 중이었다. 매일 밤 이 방에 와서 잘 생각일까? 아니지, 그건 이치에 맞지 않았다. 그의 침대가 훨씬 컸고 더욱 편하기도 했다.

알렉산드라는 잠자리 문제를 수월하게 끌어내기로 작정했다. 이제는 마음이 가라앉았고 자신감도 생겼다. 어쨌든 그는 남편인데, 아무리 사적인 얘기라도 물어보지 못할 이유가 어디 있겠는가?

그때 멀리서 천둥 치는 소리가 쿵 하고 울려왔다. 알렉산드라는 깜짝 놀라서 그만 침대에서 나가떨어질 뻔했으나 넘어지려는 찰나에 그가 몸을 붙잡더니, 옆으로 끌어당겼다.

「천둥 때문에 신경이 예민해졌소?」

「아뇨. 콜린, 궁금한 게 있는데…….」

「알렉산드라, 잠옷을 벗어요.」

그가 동시에 이렇게 지시했다. 알렉산드라는 그의 지시에 정신이 번쩍 들었다.

「왜요?」

「당신을 느끼고 싶소」

그녀는 그대로 굳어버렸다.

「알렉산드라?」

「이해가 안 되요.」

그녀가 나지막이 말했다.

「내 생각엔, 당신이 원하는 것은…… 그리고 플래네건의 말로는…… 그러니까, 난 모르겠어요.」

자신의 말은 전혀 앞뒤가 맞지 않았다. 그녀는 따지기를 포기하고 대신 남편이 한 지시를 곰곰이 생각했다. 그가 그만 처다보았으면 싶었다. 그리고 방안도 좀더 어두웠으면 좋을 성싶었다. 활활 타오르는 난롯불이 침대 위로 붉은 빛을 내던지고 있었다. 이렇게 쩔쩔매선 안 되겠지. 콜린은 내 남편인데다, 벌써 몸 구석구석을 다 보았지 않은가. 알렉산드라는 부끄럼을 타고 있는 자신이 못마땅했다. 콜린처럼 태연할 수 있다면 얼마나 좋을까!

그렇지만 그들은 결혼한 지 48시간도 채 지나지 않았다. 차라리 내가 얼마나 어색한지 솔직히 얘기하고 수줍음을 없앨 수 있는 몇 가지 방법을 얻는 게 낫겠어.

바로 그때 콜린이 그녀의 엉덩이에서부터 잠옷을 위로 끌어올리는 바람에 정신이 번쩍 들었다. 알렉산드라는 그의 손등을 찰싹 때려 손을 떼내고 싶은 걸 꾹 참았다.

「무슨 짓을 하는 거죠?」

그녀는 숨이 거칠어지자, 완전히 바보가 된 것 같은 기분을 느끼며 물었다. 물론 그가 무슨 짓을 하려는지 빤히 알고 있었다.

「당신을 돕고 있소」

「오늘밤 내가 얼마나 초조해하는지 눈치챘나요?」

「아직도 날 대하기가 좀 수줍은 거 아니오, 알렉산드라?」

좀 수줍다고? 지금도 정신이 아찔할 정도로 곤혹스러운데…….

콜린이 잠옷을 머리 위로 벗겨 침대 옆으로 던져버렸다. 알렉산드라는 몸을 가리려고 이불을 끌어당겼지만 콜린은 그녀의 몸을 시야에서 가리기 싫었다. 그는 이불을 그녀의 허리 아래로 내려 꼭 감싸주었다.

알렉산드라는 완벽한 몸매를 지녔다. 풍만한 가슴은 관능적이며 아름다웠고, 분홍빛 젖꼭지는 벌써 딱딱하게 긴장되어서 그를 맞을 준비가 되어 있었다. 콜린은 그런 반응이 자신 때문이라는 오만한 생각에 젖어 있었다. 그녀의 몸은 이미 반응을 보이고 있었다. 아직 손도 대지 않았는데!

그는 한참 뜸을 들이며 그녀를 훑어보았다. 알렉산드라는 잠자코 이불만 응시했다.

「잠옷을 벗고 자 본 적이 없어요」

「우린 잠들지 않을 거요」

알렉산드라는 처음으로 웃음을 지으며 속삭였다.

「알아요.」

그녀는 어색하게 굴지 말아야겠다고 굳게 마음 먹고 그를 돌아보았다. 따뜻하고 애정이 넘치는 눈을 들여다보니 한결 수월했다. 그녀는 콜린의 목에 팔을 휘감고 그의 가슴에 몸을 묻었다.

은밀하게 꼭 껴안는 기분이 정말 좋았다. 콜린의 입에서 낮은 신음소리가 흘러나왔다. 그가 두 손으로 그녀의 엉덩이를 받쳐들더니 꼭 끌어당겼다. 그리고 그녀의 입술을 향해 고개를 숙였다.

처음엔 이마에, 그리고 콧잔등에 키스를 한 콜린은 그녀의 아랫입술을 당겨 입을 벌려놓고는, 입술에 대고 가볍게 장난을 했다. 그녀의 입술은 놀랄 만큼 부드러웠고, 그 달콤한 맛에 이끌린 콜린은 더 많은 것에 목말라 했다. 그의 혀가 입 속으로 천천히 들어가자 그녀의 온몸이 떨리는 것을 느낄 수 있었다. 그가 혀를 꺼냈다가 다시 더 깊숙이 넣자 알렉산드라의 입에서 들릴 듯 말 듯한 흐느낌이 새어 나왔다. 그의 머리가 비스듬히 내려가면서 그 키스는 끝없이 이어졌고, 사랑의 행위는 계속되었다. 행복함에 헐떡이는 그녀의 숨소리가 그의 쾌감을 한층 더 높여주었다. 그녀의 관능적인 모습이 그를 도취시켰다. 어젯밤, 처음으로 그녀를 취할 때까지도 남녀 사이에 이런 열정이 존재하리라고는 상상도 못했다. 조금도 주저하지 않는, 솔직한 그녀의 반응에 콜린은 마음의 벽을 허물 수밖에 없었다.

콜린은 그녀를 침대에 눕히고 한 번 더 키스를 하더니, 그녀의 목덜미로 고개를 가져갔다. 그녀의 귓가로 거친 그의 숨소리가 스쳤다.

「당신은 너무나 빨리 달아올라 날 미치게 만들어.」

콜린은 욕망으로 거칠어진 목소리로 속삭였다.

「당신이 만지기만 하면…… 나도 어쩔 수가 없어요……」

콜린이 오똑 솟은 젖꼭지 하나를 입에 넣고 빨기 시작하자 그녀의 애기가 나지막한 흐느낌으로 끝났다. 그는 그녀의 허벅지 사이로 손을 밀어 넣고 불같이 뜨거운 속살을 톡톡 두드렸다. 아픔과 쾌감을 동시에 느낀 알렉산드라는 외마디 비명을 지르면서, 그의 손을 잡으려고 손을 아래로 내렸다. 아직도 속살이 워낙 예민한 지라 남편의 손을 밀쳐낼 작정이었는데, 어찌된 셈인지 그럴 수가 없었다. 또한 그의 품에서 뒤틀던 몸의 동작을 멈출 재간도 없었다. 그는 그녀의 허벅지 사이, 부드러운 털 주변을 엄지손가락으로 애무했다. 그의 손가락이 더 깊숙이 파고들어, 포개져 있는 매끈한 살점 사이에 숨겨진 뜨거운 봉오리를 스쳐 지났다.

「콜린, 이러면 안 돼요…… 이러면 안 돼…… 이러지 말아요.」

그의 손가락이 다시 한 번 깊숙이 파고들자 그녀는 비명을 질렀다.

「아파요. 오, 하느님, 멈추지 말아요!」

알렉산드라는 서로 모순되는 말을 하는 와중에도 몸을 남편의 팔에 꼭 밀착했다. 앞뒤가 안 맞는 말이긴 하지만, 이런 기분을 꼭 집어 설명할 딴 말이 떠오르지 않았다. 콜린은 키스로 그녀의 항의를 막아버렸다. 두 사람의 키스는 끝없는 욕망에 허덕이게 했고, 마음을 온통 빼앗아 가버렸다. 그가 입을 떼냈을 즈음엔, 욕망에 사로잡힌 그녀는 아픈 것도 잊어버렸다.

사실 그 어떤 것도 생각할 수 없었다.

콜린은 팔에 안겨 있는 아름다운 여인을 빤히 내려다보면서 그 눈 속에 깃든 정열에 넋이 나갈 지경이었다. 열정적인 키스로 불그스레하게 부풀어 오른 입술이 또다시 그를 손짓하고 있었다. 콜린은 그 욕구에 넘어가 다시 한 번 키스를 했다.

「사랑을 하는 데 여러 방법이 있다고 한 말 기억나?」

콜린이 격한 감정으로 목소리가 걸걸해졌다.

알렉산드라에게는, 그의 말에 귀를 기울이기가 말도 못하게 힘들었다. 콜린의 모든 것이 그녀를 사로잡았다. 알렉산드라는 달아오른 그의 살결에 정신없이 몸을 비비며 그에게 더욱더 매달리려고 몸부림을 쳤다. 남성의 체취와 섹스의 열기가 뒤섞인, 성적인 향기가 마법의 손길인양 그녀의 성욕을 자극했다. 그녀는 손을 뻗쳐 그의 단단한 팔을 어루만졌다. 그는 펄펄 끓고 있는 강철같았고, 손가락 끝에 닿은 강인한 근육은 그 자체로도 그녀를 취하게 만들었다. 콜린은 참으로 강한 사내이면서도 그녀를 놀랄 만큼 부드럽게 다루었다.

콜린은 그녀의 대꾸를 기다리지도 않았다. 그녀의 몸을 샅샅이 알고 싶은 욕구가 딴 생각들을 가로막고 있었다. 그는 그녀의 배에 입을 맞추었다. 곧이어 축축한 혀가 배꼽을 훑어 내려가더니, 의도를 알아채기도 전에, 두 손으로 허벅지를 벌리고 천천히 아래로 내려가 그녀의 뜨거운 액체를 맛보았다.

「안 돼요, 절대 이러면 안 돼!」

콜린이 하고 있는 짓은 명백히 금지된 일이므로, 그녀는 그를 막으려고 흐느끼며 말했다. 이건 기절초풍할 일이기도 했지만…… 굉장히 멋진 경험이었다! 알렉산드라는 그의 혀가 가장 은밀한 살점을 스칠 때마다, 점점 더 자제심을 잃어버렸다. 강렬한 쾌감이 온몸을 휩쓸며 회오리쳤다. 이 달콤한 고문으로 곧 죽어버릴 것만 같았다. 그의 거친 혀가 예민해진 정열의 덩어리를 조금씩 건드려 그녀를 광란에 빠지게 했다. 알렉산드라는 그만두라는 말을 하면서도 그를 그곳에 고정시키고, 더욱더 색정적인 행위를 요구하며 몸을 위로 둥글게 휘었다.

그녀의 반응이 콜린을 흥분시켰다. 일단은 그녀를 절정에 올려놓은 뒤에 그를 만족시켜줄 방법을 가르치려 했으나, 그녀의 노골적인 태도에 이성을 잃어버렸다. 귀에 야한 신음 소리가 스치자 그녀 몸 속으로 들어가고 싶은 생각뿐이었다. 자신이 지금 뭘 하는지조차 알 수 없었다. 그 충동이 그를 사로잡으며 딴 생각들은 허공으로 사라졌다. 그의 동작이 갑자기 거칠어지고 몸에 힘이 들어갔다. 그는 그녀의 매끈한 허벅지 사이에 무릎을 꿇고서 자기 목에 팔을 두르게 한 뒤, 그녀의 몸 속으로 힘껏 들어갔다. 이마에 땀방울이 맺히고 숨결이 고르지 못하게 헐떡였으며, 남성을 단단히 죄고 있는 여체의 놀라운 감촉을 느끼며 이를 악 물었다. 그녀의 몸은 자로 잰 듯 그와 딱 어울렸고, 남성을 둘러싼 촉촉한 열기에 콜린은 온몸을 떨며 황홀한 쾌감을 느꼈다. 그녀의 비명 소리가 귓전을 스쳤다. 그는 잠시 움직임을 멈추고, 이 달콤한 고문을 가하는 여자를 흘깃 내려다보았다.

「내가 아프게 했소?」

알렉산드라가 설령 대꾸를 하고 싶었더라도, 그의 입술이 입을 틀어막아 말이고 생각이고 모두 차단해 버린 탓에 아무 대꾸도 할 수 없었다. 걱정스런 그의 말이 아련한 정열의 소용돌이를 뚫으며 귀를 스치자, 알렉산드라는 그래요, 당신이 날 아프게 해요라고 말하고 싶었으나, 이제는 아무것도 중요치 않았다. 콜린이 가져다주는 쾌감은 그런 아픔에 비해 훨씬 강렬했고, 훨씬 더 큰 갈망을 느끼게 했던 것이다. 이제 알렉산드라는 그 갈증을 해소하고 싶어 몸부림쳤다. 그러나 콜린은 만족할 만큼 빨리 움직이지 않았다. 그러자 알렉산드라는 그의 허벅지에 다리를 휘감고 그를 향해 몸을 활처럼 휘며, 더 많은 것을 원하는 무언의 암시를 했다.

콜린이 즉시 그 암시를 알아챘다. 그는 그녀의 목덜미에 얼굴을 파묻고 다시 움직이기 시작했다. 이제 조절할 능력을 완전히 잃은 지라, 무조건 힘껏, 더욱더 빨리 움직이기만 했다. 불덩이 같은 그녀의 속살이 그를 마구 끌어들이고 있었고, 그는 더 가까이 다가가고 싶었고 또 그렇게 할 수밖에 없었다.

콜린은 이런 열정과 환희를 쉽게 끝내고 싶지 않아 계속해서 아래위로 열심히 움직였다. 그러나 알렉산드라가 세게 조여오면서 그의 이름을 소리쳐 부르자 그녀의 절정이 시작됐다는 걸 알았다. 그는 마지막으로 힘껏 몸을 움직이며 뜨거운 액체를 그녀의 몸 안에 솟아 부으면서 신음 소리와 함께 절정을 받아들였다.

자신이 죽어버린 듯이 느껴졌다. 그래서 지금은 천국에 와 있고……. 그녀의 가슴에 얼굴을 파묻은 그는 숨을 꿀꺽 삼켰고, 다시 한 번 신음 소리를 토했다. 너무도 만족하여 웃음이 터져 나올 것 같았으나, 그럴 수가 없었다. 손 하나 까딱할 기력이 없었으니까.

알렉산드라는 바로 정신을 차리지 못했지만, 다정한 남편의 품이 더없이 포근하고 편안했다. 조금 전에 느꼈던 공포감이 콜린이 내뱉는 거친 숨소리와 함께 차츰 사라져갔다.

「제길, 당신 정말 좋았어.」

이 남자는 근사한 말로 여자 비위를 맞추는 재능은 없어. 알렉산드라는 웃음을 머금으며 속으로 중얼댔다. 그게 무슨 상관이람. 그를 만족시킨 자기 자신이 대견하기만 했다. 남편에게도 약간의 칭찬을 해줘야겠지? 그녀는 비스듬히 누워 남편을 바라보면서, 격렬하게 맥박이 뛰고 있는 가슴에 손을 얹으며 속삭였다.

「솔직히, 당신은 이제껏 만난 남자 중에서 최고예요.」

그는 눈을 떠 그녀를 바라보았다.

「난 당신이 경험한 최초의 남자야, 잊었소?」

그의 목소리가 그녀를 향한 애정으로 걸걸해졌다.

「그래요.」

「앞으로 어떤 남자도 당신을 건드리지 못해. 당신은 내 거니까.」

알렉산드라는 남편의 소유욕이 신경 쓰이지 않았다. 솔직히 말하면, 남편이 자기를 아끼는 게 분명하다는 생각이 들어 기분이 좋았다. 이제 그녀는 그의 것이었고, 방금 자신이 한 행동을 딴 남자와 한다는 생각만 해도 소름이 끼쳤다. 그녀에겐 오로지 콜린 밖에 없었고, 그는 자신의 것이었다.

알렉산드라는 남편의 어깨에 얼굴을 비스듬히 기댔다.

「당신이 아닌 딴 남자를 원하는 일은 없을 거예요.」

콜린은 아내가 진지하게 속마음을 털어놓자 자못 흐뭇해져서 이마에 입을 맞춰주었다.

몇 분 동안 두 사람 사이에 침묵이 흘렀다. 알렉산드라는 방금 자신에게 일어난 일들을 생각하면서 자기 행동을 합리화시키려고 애써 보았다. 하지만 남편에게 보인 자신의 행동은 전혀 이치에 맞지 않은지라, 그런 노력 자체가 여간 힘들지 않았다.

「콜린?」

「음?」

「당신이 애무를 할 때 난 이성을 잃었었나봐요. 꼭 마음이 몸과 따로 노는 것 같았거든요. 이해가 안 되는 일 아니에요?」

그리고 그가 대꾸를 하기 전에 얼른 덧붙였다.

「무섭기도 하고 정신이 얼떨떨하고, 그리고…… 굉장히 근사한 기분이었어요.」

콜린이 어둠 속에서 묵묵히 미소를 지었다. 알렉산드라는 무척 곤혹스러워했고 걱정스러워 보였다. 그가 나지막이 말했다.

「알렉산드라, 사랑을 나누면 으레 기분이 좋아지는 거야.」

「원장수녀님이 그런 말씀은 해주지 않으셨어요.」

「그랬겠지. 수녀님이 그랬을 리 없겠지.」

콜린이 수긍했다.

「이 기묘한 사랑 의식의 의미를 따져보고 싶어요.」

「따져보다니?」

「그래야 이해할 수 있잖아요.」

알렉산드라는 이렇게 대꾸한 후 그를 올려다보았다. 눈을 꼭 감은 그의 모습이 평화스러워 보였다. 막 잠이 들려는 모양이었다. 그녀는 이 문제를 거론하지 않기로 작정하고, 남편의 품속에 웅크리고 눈을 감았다. 하지만 머릿속이 어지러워지면서 이런 저런 생각들이 꼬리를 물고 떠올랐다.

「콜린?」

그가 으-음하며 희미하게 중얼거렸다.

「다른 여자와 잠자리를 한 적이 있었나요?」

그가 바로 대답하지 않자 알렉산드라가 옆구리를 꾹 찔렀다. 콜린은 한숨을 내쉬었다.

「그래.」

「아주 많이요?」

「어느 편에서 세어보느냐에 따라 다르겠지.」

알렉산드라는 이 대꾸가 몹시 언짢았다. 둘이란 말인가, 아니면 스물은 된다는 말인가? 콜린이 한 여자하고 은밀한 관계를 가졌대도 속이 뒤집힐 판이었다. 물론 이런 반응은 전혀 온당치 못했다. 그의 과거가 이제 와서 무슨 상관이 있겠는가? 그런데도 신경이 쓰였다.

「여자들과 잔 게 정욕 때문인가요, 사랑해서인가요?」

「알렉산드라, 왜 그런 질문을 해대는 거요?」

그는 짜증스런 어투로 말했다. 그걸 깨닫자 그녀도 은근히 부화가 났다. 지금 마음이 몹시 심난해 있는데, 눈치도 없고 둔한 남편은 자기 심정을 전혀 몰라주었다.

하지만 솟구쳤던 화가 눈 깜짝할 사이에 사라졌다. 나 자신도 내가 이해가 되지 않는데 콜린이 내 심정을 어떻게 이해하겠어? 이건 남편에게 공평치 않았고, 이치에 맞지도 않은 행동이었다.

「그냥 좀 궁금해서요. 그 여자들 중 누구를 사랑한 적이 있어요?」

그녀가 나지막이 물었다.

「없소」

「그럼 욕정이었군요?」

그가 또다시 한숨을 쉬었다.

「그렇소」

「나하고도…… 욕정 때문이었나요?」

아니면 사랑인가요? 이렇게 묻고 싶었다. 하지만 듣고 싶은 대답을 못 듣게 될까 겁이 나서 입밖에 내지는 못했다. 오, 하느님. 난 정말 말도 안 되는 생각을 하고 있어. 콜린은 날 사랑하지 않아. 그 사실을 잘 알면서도, 왜 사랑한다는 말을 듣고 싶은 욕구가 생기는 걸까?

도대체 이 여자가 왜 이러는 거지?

콜린은 끈질긴 아내의 추궁을 여기에서 멈추게 하고 싶었다. 아내는, 아직 생각해 볼 마음의 준비도 안된 일을 대답하라면서 그를 괴롭히고 있었다. 제길, 그랬다. 그녀와 잠자리를 할 때 분명 욕정을 느꼈다. 아내를 처음 본 순간부터 침대에 끌어들이고 싶었다.

그렇긴 하나, 알렉산드라를 과거에 동침한 여자들과 같은 범주에 넣는 건 너무 잔인한 일이었다. 알렉산드라와의 성행위는 완전히 달랐으며, 더 많은, 훨씬 더 많은 충족감을 맛보았다. 그 어떤 여자와의 관계에서 이처럼 불타오른 적이 있었던가! 그 어떤 여자와의 관계에서 이처럼 완벽하게 몰두한 적이 있었던가!

알렉산드라와는 욕정 이상의 어떤 것이 있었다. 그걸 인정할 수밖에 없었다. 그녀에겐 늘 마음이 쓰였다. 그녀는 이제 그의 책임하에 있었고 남편이 아내를 보호하려는 심리야 자연스러운 게 아닌가?

사랑? 솔직히 알렉산드라를 사랑하는 건지, 사랑하지 않는 건지 확신이 서지 않았다. 어쨌든 사랑이 뭔지 알 만한 어떤 뼈아픈 경험을 한 적은 없었으니까. 그녀의 집요한 질문을 받으면서 직감적으로, 누군가를 사랑할 능력이 자신에게는 없으리란 생각이 들었다. 친구이자 동업자인 네이선이 아내와 사랑에 빠지면서 괴로워하던 모습이 떠올랐다. 감정적으로 그 자신이 네이선보다 강하다는 자신이 서지 않자, 식은땀이 흐를 정도로 겁이 났다. 냉철한 사내가 그토록 심하게 빠져들다니…… 상상도 되지 않는 일이었다. 하지만 네이선은 사랑으로 인해 큰 홍역을 치렀고, 쉽게 마음이 약해지는 성향을 보이기도 했다.

콜린은 이 끔찍한 생각을 애써 떨쳐버린 뒤 아내에게 손을 내밀었다. 그러자 그를 피하고 싶었던, 알렉산드라는 침대 한 귀퉁이로 달아나려고 했다. 어림도 없는 일이었다. 콜린은 그녀를 자기 가슴으로 끌어당겨서 침대에 눕히더니 그녀를 자기 몸으로 완전히 덮었다. 그는 팔로 자기 몸무게를 지탱하면서 그녀를 빤히 내려다보았다. 그리고 그녀의 눈에 맺힌 눈물을 보고 걱정이 되어 얼굴을 찌푸렸다.

「내가 당신을 또 아프게 했소? 당신 몸으로 들어갈 때 정신이 차릴 수가 없었소 난……」

그의 목소리가 흥분으로 젖어 있었다. 알렉산드라가 몸을 약간 일으키더니 그의 볼을 살짝 어루만졌다.

「나도 정신이 없었어요. 살이 따끔거리던 것도 잊어버렸거든요」

그녀가 솔직히 털어놓았다.

「그렇다면 왜 기분이 언짢은 거지?」

「몇 가지 생각을 정리하던 중이었어요.」
「사랑과 욕정의 정의라도 내렸던 거야?」
알렉산드라가 고개를 끄덕이자 그가 빙긋 웃었다.
「난 아주 오랫동안 당신에게 욕정을 품어왔소. 그리고 당신도 내게 같은 감정을 느꼈잖소.」
콜린은 이 고백이 그녀를 기쁘게 해주리라 믿었다. 하지만 놀랍게도 알렉산드라는 눈살을 찌푸렸다.
「욕정은 죄악이에요. 난 당신이 매력적이란 생각은 했지만, 함께 잠자고 싶은 적은 없었어요.」
「대체 이유가 뭐지?」
그의 못마땅한 반응에 알렉산드라는 잠시 어리둥절했다. 아, 이 남자는 자존심이 상했어. 무심결에 내가 건드린 모양이야. 알렉산드라는 내심 추측했다.
「무슨 일이 벌어질지 몰랐으니까요. 사랑을 나눈다는 게 얼마나 황홀한 건지 그땐 몰랐잖아요. 이젠 알지만.」
그가 좀 멋쩍은 표정으로 피식 웃었다.
「콜린, 당신 알아요? 골칫거리가 막 풀렸어요. 내 마음이 왜 이렇게 불안한지 이해가 되지 않았었는데, 막 그 이유를 알아내서 기분이 한결 좋아졌어요.」
「내게 말해주겠소.」
「그야 남자와의 은밀한 관계가 낯설었기 때문이죠. 그게 이처럼 멋진 건지 꿈에도 몰랐고, 내가 감정적으로 이처럼 폭 빠지리라고 상상도 못했으니까요.」
그녀는 잠시 말을 멈추고 그를 보며 환히 웃었다.
「나도 당신처럼 경험이 있었다면 지금처럼 불안하진 않았겠죠.」
「결혼한 여자가 그런 감정을 느끼는 건 이상한 일이 아니지만 당신 상황에선 이해가 안 되는데.」
「왜 이해가 안 되죠?」

「내가 당신을 잘 돌봐주리란 걸 알고 있을 테니, 불안해할 필요는 전혀 없잖소」

「정말 오만하기 짝이 없군요.」

콜린이 어깨를 으쓱거렸다.

「난 오만한 남자요」

「남편들도 가끔 불안해지기도 하나요?」

「아니.」

「하지만 콜린, 만약에……」

콜린은 그녀가 계속 따지도록 내버려두지 않았다. 키스로 그녀의 입을 막으면서 모든 대화를 차단해버렸다. 콜린은 이 엉뚱한 얘기들을 아내로 하여금 잊게 할 목적으로 키스했으나, 알렉산드라가 그의 혀를 찾아 입술을 벌리면서 그의 목에 팔을 휘감자, 그는 갑자기 제어할 수 없는 욕망에 사로잡혔다.

그는 아내를 살살 다루며 느긋하게 진행시키려 했으나, 이 숭고한 의도는 대담하게 반응해 오는 그녀가 망쳐놓았다. 어떻게 가능한지는 의문이나, 그들의 사랑은 매번 더욱더 황홀해졌고 더 큰 충족감을 안겨주었다. 콜린은 절정에 오르면서 거의 죽을 것만 같았다. 하지만 어깨를 축축이 적신 아내의 눈물이 느껴지자 그녀를 아프게 했나보다는 생각이 들었다.

콜린은 촛불을 켜고 침대로 돌아와 아내를 팔에 안고 달콤한 말로 위로해주었다. 알렉산드라는 그가 아프게 하지 않았다고 단호히 말했지만, 왜 울었는지는 설명하지 않았다.

그는 더 이상 따져 묻지 않았다. 알렉산드라가 하품하는 폼이 매우 피곤한 게 틀림없었다. 기묘하게도 그의 정신은 말짱했다. 그녀에게 상처를 줬다는 생각에 정신이 번쩍 든 모양이다. 몇 분 지나면 마음이 편안해지겠지. 그는 촛불을 끄려고 몸을 돌리다, 알렉산드라가 작성한 목록들을 발견했다. 첫 장에 이름 두 개가 쓰여 있었다. 첫 이름은 빅토리아였고, 그 이름과 나란히 레이디 로버타라고 쓰여 있었다. 그리고 각각의 이름 뒤에 물음표를 달아놓았다.

콜린은 호기심이 발동했다. 알렉산드라가 잠에 빠질 듯 말 듯 하는데 그가 몸을 찌르며 깨웠다.

「이게 다 뭐요?」

그녀는 눈을 뜨지 않았다. 콜린이 그 이름들을 읽어주며, 자초지종을 물었다.

「아침에 얘기하면 안 될까요?」

그녀가 잠결에 중얼댔으나 콜린은 그냥 넘어가려 하지 않았다.

「그 두 여자 사이에 어떤 연관성이 있을지도 몰라요. 결국 둘 다 자취를 감췄잖아요. 로버타 부인 남편과 얘기를 나눈 후에 자세히 알려드리죠. 잘 자요, 콜린.」

「당신은 자작을 만나면 안 돼.」

그의 어투가 졸려서 몽롱한 그녀의 의식을 깨워놓았다.

「안 된다구요?」

「그렇소. 만나면 안 돼. 그 남자는 그렇지 않아도 고통 속에 헤매고 있소. 당신까지 괴롭혀선 안 된다구.」

「콜린, 난 그저……」

그가 아내의 말을 가로챘다.

「알렉산드라. 자작을 괴롭히지 않겠다고 지금 약속해.」

알렉산드라는 남편의 화난 태도에 깜짝 놀랐다. 그녀는 무슨 문제를 처리하는 데 부모님의 허락을 받아야 할 어린아이가 아니었다. 게다가 머리란 것도 달고 다니니 가끔 머리를 쓸 수 있다는 것쯤은 콜린도 알게 아닌가.

「알렉산드라.」

콜린이 다시 요구하고 나섰다.

「못 하겠어요.」

그는 자기 귀를 의심했다.

「못 하겠다고?」

그의 턱 아래에 얼굴을 파묻고 있으니 내 표정을 살피지는 못하겠지. 알렉산드라는 마음 편하게 인상을 찌푸렸다. 그의 목소리는 퉁명스러웠고, 그녀를 안은 팔에 힘이 들어가 있었다. 좋은 아내라면 남편을 달래려고 노력해야겠지.

하지만 자신은 좋은 아내는 못 될 성싶었다. 어떤 사람도, 설령 콜린이라도, 자신에게 이래라 저래라 명령하지는 못할 테니 말이다.

흥, 자기 허락을 받으라구! 그녀는 콜린을 홱 밀치고 일어나 앉았다. 얼굴로 머리카락이 쏟아져내렸다. 그녀는 머리를 뒤로 쓸어 넘긴 뒤, 노려보는 그의 눈을 마주 노려보았다.

「당신에게 결혼 생활은 처음이에요, 콜린. 그러니 내가 말하면 그 말을 받아들여야……」

「내 말이 틀렸으면 틀렸다고 말해주겠소. 우리가 같은 기간 동안 부부로 살고 있지?」

「그래요…….」

「그럼 당신도 결혼은 처음이지?」

알렉산드라가 고개를 끄덕였다.

「알렉산드라, 신혼이든 아니든 결혼 서약은 변함이 없어. 아내는 남편에게 복종해야 하는 거요」

「우리 경우는 보통 부부와는 달라요.」

그녀가 날카롭게 맞받아쳤다.

「당신과 난 결혼 서약을 하기 전에 일종을 계약을 맺었어요. 당신은 그 사실을 잊고 있는 모양이고, 바로 그 때문에 당신이 어처구니없는 명령을 해도 화를 내지는 않겠어요. 하지만 분명히 말해 두는데, 우리 두 사람은 서로에게 참견하지 않기도 합의를 봤어요」

「그런 적 없소.」

「우린 암암리에 약속했어요. 난 내 주위에서 맴도는 남편은 원치 않는다고 말했고, 당신도 그런 아내는 싫다고 했었어요」

「그게 이 일과 무슨 상관이 있지?」

「내가 주위에서 맴돈다고 말한 건, 내 일에 간섭하는 사람을 이른 말이었어요. 당신은 몇 번이고 내게 말했어요. 당신 사업에 있어 내 도움이나 참견은 싫다고요. 그러니 이번 기회를 빌어 주장하고 싶은 건, 당신도 내 일에 참견하지 말아달라는 거예요.」

알렉산드라는 그의 눈을 정면으로 보고 있을 수 없었다. 어처구니없어하는 남편의 표정에 마음이 불안해졌다. 그래서 그의 턱 쪽으로 시선을 내렸다.

「우리 아버지는 어머니에게 어떤 것도 금지시키지 않으셨어요. 두 분의 결혼 생활은 상호간의 신뢰와 존경 속에서 이루어졌어요. 때가 되면 우리도 그런 식의 합의에 이를 거라 믿어요.」

「하고 싶은 말은 다 했소?」

그의 어투에 화난 감정이 배어 있지 않아 알렉산드라는 내심 마음이 놓였다. 콜린은 이 문제를 이성적으로 풀 작정이었다. 그래서 자신의 오만한 성질을 죽이며 그녀의 말에 귀를 기울였던 것이다.

「그래요.」

「날 쳐다봐.」

알렉산드라는 말이 떨어지기가 바쁘게 그의 눈을 똑바로 쳐다보았다. 그는 한참동안 입도 뻥끗하지 않았지만, 알렉산드라는 자신에게 못 박힌 그의 시선이 은근히 걱정되었다. 대체 무슨 꿍꿍이속인지 표정으로 봐선 그 기미도 알아챌 수 없었고, 생각이나 기분을 철저하게 숨기는 그의 놀라운 재능에 혀를 내두를 지경이었다. 그녀는 좀 부럽기도 했다. 나도 저 정도로 감정을 조절할 수 있다면…….

「내게 할말이 있나요?」

이 침묵을 단 일초도 견딜 수 없었던 그녀가 먼저 입을 열었다.

콜린이 고개를 끄덕였고, 그녀가 웃음을 지었다.

「자작에게 아내에 대한 얘기를 꺼내지 않는 게 좋겠소.」

두 사람은 다시 원점으로 되돌아왔다. 콜린은 그녀의 말을 단 한 마디도 듣지 않았던 것이다. 알렉산드라는 이 고집불통인 남자를 발로 힘껏 걷어차고 싶었다. 물론 실행에 옮기지는 못했지만.

콜린 정도면, 원장수녀님조차도 욕설을 내뱉게 할 수 있으리라.

콜린은 애써 웃음을 참았다. 이 문제는 웃어넘기기엔 너무 진지한 문제였으나, 그녀의 얼굴은 혼자 보기 아까울 정도로 걸작이었다. 그야말로 그를 죽이고 싶다는 표정을 짓고 있지 않는가!

「약속을 해요, 알렉산드라.」

「좋아요! 당신이 이겼어요. 그 자작을 귀찮게 하지 않겠어요.」

「이건 이기고 지는 문제가 아니오.」

콜린이 맞받아 쳤다.

「자작은 머릿속이 말할 수 없이 복잡한 사람이야. 당신이 그의 비참함을 가중시킬 필요는 없잖소.」

「당신은 내 판단력을 전혀 믿지 않는군요, 그렇죠?」

「그렇소.」

그의 냉정한 대답에 알렉산드라는 등을 돌려 그를 외면하려 했으나, 콜린이 손을 내밀더니 턱을 붙잡았다.

「당신은 내 판단을 믿소?」

콜린은 아니라는 말을 들으리라 믿어 의심치 않았다. 그를 잘 알지도 못하는데 어떻게 완전히 믿겠는가? 하기야, 서로가 각자의 방식을 조금씩 이해할 때가 되면 알렉산드라도 차츰 그를 믿게 되겠지.

「그럼요, 물론 당신의 판단을 믿어요.」

그는 놀라움과 흐뭇함을 숨길 수가 없었다. 그는 곧바로 그녀의 어깨에 손을 얹어 앞으로 끌어당기더니, 힘있게 입을 맞추었다.

「벌써 직감적으로 날 신뢰할 생각을 하다니, 기분 나쁘진 않군.」

알렉산드라가 몸을 뒤로 빼며 얼굴을 찌푸렸다.

「직감적이진 않아요. 당신은 이따금 옳은 판단을 한다는 걸 증명해 보였잖아요.」

「언제?」

「나와의 결혼이요. 그때 당신은 올바른 결정을 내렸어요. 이제서야 깨달았는데, 당신은 내가 모르는 사실을 알고 있었던 거예요.」

「내가 뭘 알았는데?」

「당신을 원하는 여자가 없으리란 사실.」

아직도 화가 풀리지 않은 알렉산드라는 그의 부아를 돋구려고 일부러 이런 말을 골랐지만, 콜린은 조금도 불쾌해하지 않았다. 그의 오만함에 전혀 타격을 준 것 같지 않았다. 방금 모욕을 받았다는 사실조차 모르는 건지, 아니면 모욕 따위엔 아랑곳하지 않는 건지 둘 중 하나겠지. 그녀는 콜린이 웃음을 터뜨리자 내심 이렇게 짐작했다.

「기분이 좋은 얘기요.」

「당연히 좋겠죠. 방금 내가 양보했으니까요.」

알렉산드라는 베개를 톡톡 쳐서 부풀려놓고, 침대에 누워 이불을 덮었다.

「결혼 생활이란 게 생각보다 훨씬 복잡한가봐요. 언제나 내가 당신에게 져줘야 하나요?」

그녀가 풀이 죽은 어투로 물었다. 알렉산드라의 모습은 버림받은 여인의 모습 바로 그것이었다.

「아니, 당신이 항상 져줄 필요는 없소.」

그녀는 그의 말을 전혀 믿지 않는다는 듯 코방귀를 뀌었다.

「결혼이란 건 서로 주고받는 일종의 합의요.」

「아내가 주는 쪽을, 남편은 받는 쪽을 도맡는단 말인가요?」

콜린은 아무 말도 하지 않고 몸을 옆으로 돌려 그녀를 끌어안았다. 그녀의 어깨가 가슴에 닿았고, 엉덩이는 그의 가랑이 사이에 단단히 부딪혔다. 부드럽고 매끄러운 허벅지 살이 그의 허벅지 위 부분을 덮었다. 그는 턱을 그녀의 머리 위에 얹고 눈을 꼭 감았다.

한참동안 두 사람은 아무 말도 없었다. 알렉산드라가 곤히 잠들었다고 생각한 콜린이 그녀에게서 조심스럽게 몸을 빼내고 있는데 알렉산드라가 나지막이 말했다.

「난 '복종'이란 말을 정말 싫어해요, 콜린.」

「나도 그 정도는 짐작했소.」

「공주는 딴 사람에게 복종해선 안 되잖아요.」

「그렇지만 당신은 나의 공주요. 그러니까 내가 최선이라고 생각하는 대로 따라야 해. 당신이나 나나 전에 결혼해 본 경험이 없으니, 우리 둘은 당분간은 관습에 머리를 조아릴 수밖에. 내가 강요한 건 아니지만, 당신이 복종하겠다고 약속한 건 틀림없는 사실이잖소? 당신이 결혼 서약을 낭독하는 걸 특별히 귀를 기울여 들었다구.」

「당신이 좀더 이성적으로 생각했으면 좋겠어요.」

「난 항상 이성적이오.」

「제발 잠이나 자요.」

콜린은 그녀의 말을 잠자코 들었다. 그리고 꽤 한참 기다렸다가 그녀가 잠들었다는 확신이 들자 침대에서 일어나 자기 방으로 돌아왔다.

방을 나가는 그의 기척을 느낀 알렉산드라는, 왜 내 곁에 있지 않고 나가느냐고 고함을 지를 뻔했으나 자존심이 상해서 꾹 참았다. 눈물이 핑 돌았고 남편에게 버림받았다는 기분이 들었다. 둘이서 그토록 정열적인 사랑을 나눈 후이기 때문에 이런 반응은 더욱더 어처구니없었지만, 몹시 지친 상태라 냉철하게 생각을 정리할 수 없었다.

알렉산드라는 깊이 잠들지 못하고 이리저리 뒤척였다. 그러다 한 시간 정도 지나자 콜린의 방에서 뭔가 긁는 소리가 나서 번쩍 눈을 떴다. 무슨 일인지 알아보려고 이불을 걷어내고 일어났다. 그의 방에 몰래 들어갈 뜻이 없었던지라, 실내복을 걸치거나 슬리퍼를 신을 생각은 하지도 않았다.

그녀가 살짝 문을 열고 안을 빠끔히 들여다보는데, 안에서 나지막이 투덜대는 소리가 들려왔다. 콜린은 벽난로 앞에 서 있었다. 그리고 그녀가 지켜보는 가운데, 발판을 앞에 당겨 다리 하나를 그 위에 올려놓았다. 그리고 부상당한 다리를 두 손으로 주무르고 있었다.

문간에 서서 물끄러미 지켜보는 알렉산드라를 콜린은 전혀 눈치채지 못했다. 그의 표정에서 그 사실을 확신할 수 있었다. 얼굴엔 경계심이 완전히 풀어져 있었고, 얼굴에서 괴로워하는 그의 심정이 훤히 들여다 보였다.

방안으로 당장 뛰어들어가서 조그만 도움이라고 되고 싶은 마음이 간절했다. 그러나 이건 그의 자존심이 걸린 문제였으므로 알렉산드라 는 있는 힘을 다해 꾹 참았다. 그녀가 몰래 지켜보고 있다는 사실을 안다면 그가 불같이 화를 내리라.

빈약한 왼쪽 다리 장딴지의 비틀린 근육뭉치를 풀어보려고, 부상당 한 다리에 전신의 힘을 한꺼번에 모으자, 순간적으로 확 일어난 통증 이 가슴으로 쫙 퍼졌다. 꼭 온몸에 전기 고문이라도 당한 것 같이 고 통스러워 허리를 반으로 접을 만큼 몸을 앞으로 푹 구부렸다. 하지만 콜린은 이런 어려움에 굴복하지 않았다. 이를 꽉 물고 숨을 깊이 들이 마신 뒤, 다시 발을 떼었다. 계속해서 이렇게 걷다보면 경련이 난 근육 도 결국은 풀린다는 걸 경험을 통해 알고 있었다. 어떤 밤은 단 한 시 간이면 족하고, 또 어떤 밤에는 그보다 훨씬 많은 시간이 걸렸다.

콜린은 알렉산드라의 방으로 통하는 문으로 걸어갔다. 문손잡이로 손을 뻗쳤다가 다음 순간 동작을 멈추었다. 아내가 잘 자는지 들여다 볼 생각이었으나, 잠을 깨우고 싶지 않았다.

알렉산드라에게도 휴식이 필요해.

콜린은 뒤돌아 서서 다시 왔다 갔다 하기를 시작했다.

그녀는 살금살금 걸어 자기 방으로 돌아와 가만히 이불 속으로 들어 갔다. 고뇌에 찬 콜린의 표정이 떠올라, 머릿속에서 도무지 지워지지 않았다. 콜린 때문에 마음이 저렸다. 오늘밤까지는 그가 어떤 고통을 겪고 있는지 눈치채지 못했지만, 이제 그 사실을 안 이상, 도울 방법을 반드시 찾아야겠어.

퍼뜩 머리에 그를 위해 해야 할 일이 떠올랐다. 알렉산드라는 촛불 을 켜고 자신이 해야 할 일들을 적어보았다. 손에 넣을 수 있는 문헌 은 뭐든지 찾아볼 것, 의사인 윈터스 경에게 남편의 상태를 몰래 귀뜸 해준 뒤 의사의 충고를 부탁할 것…… 지금 당장은, 이 외의 다른 묘

안은 생각나지 않았고 몹시 피곤하기도 했다.

그래, 잠을 충분히 잔 후면 다른 계획들이 생각나겠지.

그녀는 목록을 탁자 위에 놓고 촛불을 껐다. 눈물이 흘러 볼이 축축이 젖었다. 그녀는 이불로 눈물을 닦은 뒤, 눈을 감고 다시 잠을 청하려고 애썼다.

막 잠에 빠지려는 순간에 갑자기 어떤 깨달음이 찾아왔다. 콜린이 자기와 동침하길 꺼렸던 이유는 다리 때문이었다. 자신의 고통을 알리고 싶지 않아서였다. 그래, 바로 그거야. 물론 자존심 문제겠지만, 아마도 그녀에 대한 배려도 그 이유 중 하나이리라. 매일 밤 방안을 걸어야한다면, 그녀를 깨우게 될 테니까. 맞아. 그것도 이유였어. 알렉산드라는 길게 안도의 숨을 내쉬었다.

결국 콜린은 날 거부한 게 아니었어.

11

다음날 이른 아침에 콜린이 알렉산드라를 흔들어 깨웠다.

「알렉산드라, 나가기 전에 할말이 있소」

그녀는 간신히 자리에 일어나 앉았다.

「어딜 가는 거죠?」

「일하러.」

알렉산드라의 몸이 다시 이불 속으로 스르르 기어 들어가고 있었다. 침대 머리맡에 선 콜린이 몸을 굽히더니 그녀의 어깨를 붙들었다. 곱슬머리가 얼굴을 가리고 있어서 그녀가 눈을 떴는지 감았는지 식별할 수가 없었다. 그는 흘러내린 머리카락을 쓸어 넘겨주었다. 이런 자신이 낯설기도 하고, 다른 한편으로 우습기도 했다.

「이제 잠이 좀 깼소?」

「그런 것 같아요.」

「내가 돌아올 때까지 집안에 있어요. 스테판과 레이몬드에게는 이미 지시를 내려놓았소」

「왜 집안에 있어야 하죠?」

「30일간의 지급기한이 명시된, 그 보증서 일을 벌써 잊었소?」

맞아, 그걸 잊고 있었군.

「나더러 한 달 내내 꼼짝없이 집안에 갇혀 있으란 말이에요?」

「일단 하루씩만 생각하자고.」

「콜린, 지금 몇 시나 됐어요?」

「이제 날이 막 밝아오고 있소.」

「하느님 맙소사.」

「내 말 알아들었소?」

알렉산드라는 아무 대꾸도 없이 침대에서 일어나더니, 가운도 걸치지 않고 그의 방으로 들어갔다. 남편이 뒤에서 따라왔다.

「지금 뭘 하는 거야?」

「당신 침대에 누우려고요.」

「왜?」

「여기가 내가 잘 곳이니까요.」

그녀는 이불 속에 얼굴까지 폭 파묻고 1분도 안 되어 스르르 잠이 들었다. 그가 이불을 내리고 몸을 숙여 이마에 입을 맞추었다.

플래네건이 복도에서 기다리고 있었다. 콜린이 아내에게 했던 지시를 되풀이했다. 이 집은 앞으로 30일간 요새로 바뀌고, 가족을 제외한 그 누구도 출입이 금지되리라.

「손님들을 일체 집안에 들이지 않는 거야 일도 아니지만 공주님을 집안에 모셔두기는 무척 어려울 거예요, 나리.」

플래네건의 예상이 정확히 맞아 떨어졌다. 그날 늦은 아침부터 그 싸움이 시작되었다. 집사가 콜린의 방에 들어가 보니, 안주인이 방바닥에 앉아 남편의 신발 더미에 둘러쌓여 있었다.

「뭘 하세요, 공주님?」

「콜린에게 새 부츠가 있어야 해요.」

「하지만 한번도 신어보지 않은 신발만 해도 최소한 다섯 켤레는 될 겁니다. 주인 나리는 지금 한창 유행하기 시작한 웰링턴 부츠보다는 구식인 헤션 신발을 유달리 좋아하세요.」

알렉산드라가 부츠 바닥을 유심히 쳐다보고 있었다.

「왼쪽 부츠 굽이 거의 닳지 않았다는 거 알고 있었나요?」

집사는 안주인 옆에 앉아서 그녀가 치켜든 신을 바라보았다.

「새것처럼 말짱한데요. 근데 나리는 이걸 신고…….」

「그래요, 콜린은 이 부츠를 신고 다녔어요.」

알렉산드라가 말을 가로챘다. 그리고 오른쪽 신발을 들어올렸다.

「이건 많이 닳았죠?」

「무슨 말씀을 하는 겁니까, 공주님?」

「우린 지금 비밀 얘기를 하고 있어요, 플래네건. 이 대화가 콜린의 귀에 들어가면 안 돼요. 그는 다리에 대해 민감하거든요.」

「한마디도 하지 않겠어요.」

「콜린의 부상당한 다리가 다른 쪽보다 약간 짧은 것 같아요. 그래서 구둣방에 이 신들을 약간 고쳐달라고 할 생각이에요.」

「한 쪽 굽을 좀 높게 하겠다는 말씀이세요? 나리의 눈에 띌 겁니다, 공주님.」

그녀가 고개를 흔들었다.

「난 신 안에 일종의 안창을 몇 겹 덧댈 생각이에요. 부드러운 가죽 같은 걸 길이대로 붙이는 거죠. 콜린의 부츠를 누가 만드나요?」

「하비가 그 신을 만들었어요. 사교계 신사 분들이 많이 주문을 하는 사람이죠.」

「그럼 그는 안 돼요. 남에게 알리고 싶지 않거든요. 딴 사람을 찾아봐야겠어요.」

「커티스가 있어요.」

플래네건이 한참 생각해보더니 말했다.

「예전에 콜린 나리의 아버님 신발을 만든 사람인데, 지금 영국에 살고 있으니 잘 설득하면 도와줄지도 몰라요.」

「지금 당장 가서 그를 만나야겠어요. 신 하나만 가져가겠어요. 운이 좋다면, 콜린은 신이 없어진 사실도 눈치채지 못하겠죠.」

플래네건이 맹렬히 고개를 흔들었다.

「외출하시면 안 됩니다. 제가 기꺼이 심부름을 해드리죠.」

알렉산드라가 뭐라고 따지려하자, 집사가 서둘러 말을 이었다.

「커티스에게 부탁할 말씀을 적어주시면…….」

「좋아요. 그에게 제안할 내용들을 적어주겠어요. 정말 좋은 생각이군요. 오늘 오후에 갈 수 있나요?」

집사가 즉시 가겠다고 했다. 알렉산드라가 부츠를 건네주며 자리에서 일어섰다.

「커티스에게 짧은 장화를 하나 만들게 해야겠어요. 콜린이 바지 밑에 신도록 말이죠. 그리고 부탁할 일이 한 가지 더 있어요.」

「네, 공주님.」

「윈터스 경에게 심부름을 좀 갔다 오겠어요? 오늘 오후에 우리 집에 좀 오셨으면 해요.」

「외람되지만, 의사 선생님을 만나시려는 이유가 뭔가요?」

「오늘 오후에 내가 아플 거예요.」

플래네건이 멍하니 있다가 뒤늦게 무슨 말인지 깨달았다.

「그래요? 그걸 어떻게 알고…….」

알렉산드라가 한숨을 휴 내쉬었다.

「내가 전부 다 얘기해주고 비밀을 지켜달라고 부탁하면, 당신은 주인에게 거짓말을 해야 해요. 그러면 안 되잖아요, 안 그래요?」

「그럼요, 지당하신 말씀입니다.」

「이제 알겠죠, 플래네건. 모르는 게 최선이에요.」

「이 일도 주인 나리와 연관된 거죠, 그렇죠?」

알렉산드라가 살짝 웃으며 말했다.

「그럴지도 모르죠.」

그녀는 방으로 돌아와서 구두 기술자에게 주문할 내용을 적었다. 그에게 보낼 부츠는 낙낙한 검정색 송아지 가죽으로 만든 것인데, 만들어야 할 안창을 수월하게 집어 넣으려면 부츠의 통을 좀 늘여야 하리라는 부탁도 잊지 않았다.

그런 후, 알렉산드라는 윈터스 경에게 4시에 만나고 싶다는 짧은 편지를 보냈다.

의사는 시간을 정확히 지켰다. 스테판이 그를 객실로 안내했다. 그는 의사를 집에 들이려는 알렉산드라에게 무엄하게 눈살을 찌푸렸다. 그러자 그녀가 경호원에게 웃음을 지어 보였다.

「남편께서 가족 외의 외부 사람은 안에 들이지 말라는 특별 지시를 내리셨어요.」

스테판이 나지막이 말했다.

「윈터스 경은 가족이나 매한가지예요. 게다가 난 몸이 영 안 좋아요, 스테판. 진찰을 꼭 받아야겠어요.」

스테판이 즉시 자신의 잘못을 깊이 뉘우쳤다. 알렉산드라는 거짓말을 한 게 양심에 좀 찔렸다. 하지만 이 모두가 콜린을 위해서라고 스스로를 북돋우며 죄책감을 지워버렸다.

그녀는 응접실로 들어가는 유리문을 닫고 그 경호원을 바깥에 머물게 했다. 알렉산드라는 윈터스 경을 소파로 안내했다.

「몸이 편찮으시면 자리에 누워 계셔야 합니다, 공주님?」

그녀가 의사에게 잠자코 웃음을 지었다.

「전 아프지 않아요. 목이 약간 따끔거리지만, 그뿐이에요.」

「브랜디를 한 방울 떨어뜨린 뜨거운 차를 마시면 효과가 있죠.」

의사의 태도가 너무나 진지했고 또 진심으로 자기를 걱정하는 것 같아, 알렉산드라는 차마 거짓말을 계속 할 수가 없었다.

「여기 오시게 한 데는 또 다른 이유가 있어요.」

그녀가 솔직히 말했다.

「콜린에 대해 상의를 하고 싶어서, 선생님을 여기 오시게 하는데 속임수를 좀 썼어요.」

알렉산드라가 마치 대죄라도 속죄하는 듯한 태도로 솔직히 털어놓았다.

「실은 저는 별로 아프지 않아요. 솔직히 말하면, 고집불통인 남편에게 소리를 지르고 난 후에나 아프겠죠. 실제로 그럴 수야 없지만.」

윈터스 경이 빙그레 웃었다.

「콜린의 고집이 만만치 않지요, 안 그래요?」

「그래요.」

그녀가 속삭이듯 얌전히 말했다.

「그럼 콜린이 아픈가요?」

의사는 자신이 불려온 진짜 의도가 궁금해서 이렇게 떠보았다.

「그의 다리 때문이에요. 남편이 부상한 다리에 대해선 일체 입을 안 열어요. 아시다시피, 콜린은 그 문제에 있어 무척 예민하잖아요. 하지만 통증이 끔찍한가봐요. 남편의 상태를 좀 완화시킬 무슨 처방이 있는지 알고 싶어요.」

의사가 소파 쿠션에 등을 편하게 기댔다. 공주의 근심에 찬 얼굴에서 진심으로 남편 걱정을 하고 있음을 읽을 수 있었다.

「그가 어떻게 부상을 당했는지 알고 계신가요?」

「아뇨.」

「상어가 다리를 물어뜯었어요. 제가 그의 치료를 맡았는데, 다리를 절단할 생각도 했었죠. 그런데 콜린의 동업자인 네이선이 말렸어요. 아시겠지만, 콜린은 상태가 워낙 나빠 무슨 의견을 낼 처지가 아니었죠. 다행히 그는 최악의 순간들을 수면상태에서 보냈어요.」

문을 두드리는 노크 소리에 두 사람의 대화가 잠시 중단되었다. 알렉산드라와 윈터스 경은 집사가 뜨거운 차를 내려놓고 객실을 나갈 때까지 입을 다물고 있었다. 윈터스 경은 쟁반에 담긴 비스킷 하나를 입에 넣고 차를 한 모금 삼켰다.

「콜린은 자기 몸을 놓고 우리가 얘기를 나눈 걸 알면 불같이 화를 낼 거예요. 그리고 전 남편의 자존심을 상하게 한 것 같아 죄책감이 느껴져요.」

「말도 안 되는 소리.」

윈터스 경이 그녀를 타박했다.

「남편을 생각해서 하시는 일이잖아요. 우리가 한 얘기는 그에게 일체 말하지 않겠습니다. 자, 그럼 공주님이 궁금하신 문제에 대해서 얘기하죠. 남편을 도울 방법이 없냐고요? 통증이 가시지 않으면 아편이나 브랜디를 쓰면 되지만, 그는 그런 걸 쓰려고 하지 않을 겁니다.」

「자존심 때문일까요?」

윈터스가 고개를 저으며 설명했다.

「의존성 때문이죠. 아편은 중독성이 있는데, 항간에는 정신까지 중독시킨다는 말이 있어요. 그는 모험을 하지 않으려는 거죠. 그리고 철 교정기를 달자고 말해봤으나, 딱 잘라 거절했어요.」

「그는 자존심이 강한 사람이에요.」

알렉산드라의 말에 윈터스가 동의한다는 듯 고개를 끄덕였다.

「또한 그는 나보다 나은 선견을 가졌어요. 난 콜린이 보조기 없이 걷게 되리라고는 꿈에도 생각지 못했어요. 그런데 내가 잘못 봤어요. 왼쪽 다리에 남은 근육으로 몸을 지탱할 만큼 근육 힘이 강했던 거예요. 이제는 별로 절지도 않아요.」

「밤에 몸이 지쳤을 때는 다리를 절어요.」

「그럼 뜨거운 물수건으로 찜질을 해주세요. 그런다고 다리가 강해지진 않겠지만, 통증은 완화시켜줄 겁니다. 마사지도 효과가 있고요.」

남편이 이런 처방에 따를 거란 생각은 안 들었지만 그건 그녀의 걱정거리이지 윈터스 경의 문제는 아니었다. 의사가 떠난 뒤 어떻게 처리해야 할지 생각해봐야겠어.

「그밖에는요?」

「통증이 심해지면 반드시 신발을 벗어야 합니다. 견디지 못할 정도로 아플 때까지 기다려선 안 됩니다.」

윈터스 경의 충고에 알렉산드라는 이루 말할 수 없이 실망했지만, 그런 마음을 전혀 눈치채지 못한 의사의 얼굴을 봐서 태연한 척 하고 있었다. 의사가 내린 처방들은 기껏해야 피상적인 것들뿐이었다.

「선생님은 증상을 호전시킬 의견을 주셨는데, 전 근본적인 치료가
될 만한 처방을 기대했어요.」

「공주님, 당신은 기적을 바라는 겁니다. 그 다리를 완전히 고칠 방법
은 전혀 없어요.」

윈터스 경의 어투에는 동정심이 넘쳐흘렀다.

「맞아요. 제가 기적을 바랐는지도 모르죠. 어쨌든 선생님이 내린 처
방들은 무척 도움이 될 거예요. 언제든 딴 방법이 생각나시면 제게 알
려주세요. 선생님이 시키시는 건 뭐든 하겠어요.」

윈터스 경은 쟁반에 마지막 남은 비스킷을 집었다. 의사는 콜린의
건강 상태를 골똘히 생각하느라 쟁반에 담긴 과자를 몽땅 먹어치운 사
실도 깨닫지 못했다. 알렉산드라가 그의 컵에 홍차를 가득 따랐다.

「남편들은 누구나 고집이 센 편인가요?」

그녀가 묻자, 윈터스 경이 빙그레 웃었다.

「남편들은 너나 할 것 없이 그런 경향이 있는 것 같아요.」

윈터스 경은 의사의 치료를 끝끝내 거부하던 신사들에 얽힌 재미난
얘기 몇 가지를 해주었다. 그 중 그가 제일 좋아하는 얘기는 에커먼
후작과 관련된 거였다. 이 후작은 결투 건에 휘말렸다가 어깨에 총을
맞았는데, 누구에게도 상처를 보이려 들지 않았다. 그러자 그의 형이
윈터스에게 치료를 부탁했다.

「우리는 '화이트 클럽' 도박장에서 후작을 찾아냈어요. 친구 세 명이
달려들어 후작을 간신히 밖으로 끌어냈죠. 상의를 벗겨봤더니, 글쎄 온
통 피투성이였어요.」

「그 후작은 회복됐나요?」

「죽기엔 너무 고집불통이었죠. 상처가 별 거 아니라고 계속 우기더
니 결국 정신을 잃었어요. 전 후작 부인에게 남편이 회복될 때까지 침
대에 묶어두라고 일렀어요.」

그 장면을 머릿속에 그려보던 알렉산드라의 입에서 웃음이 흘러나
왔다.

「콜린도 고집에 있어선 그 사람 못지 않을 거예요.」

그녀는 이렇게 말하며 한숨을 내쉬었다.

「우리 얘기는 제발 비밀에 부쳐주세요. 아까도 말씀드렸지만, 콜린은 자기 다리에 대해 매우 예민하거든요.」

윈터스 경은 찻잔을 쟁반에 내려놓고 진료가방을 들더니, 돌아가려고 자리에서 일어났다.

「걱정하지 마세요, 공주님. 오늘 방문은 일체 입밖에 내지 않겠습니다. 남편 일로 제게 상담해오시는 부인들이 얼마나 많은지 아시면 아마 놀랄 실 겁니다.」

의사가 문손잡이로 손을 막 뻗치는데 문이 활짝 열렸다. 의사의 길을 막지 않으려고 콜린이 옆으로 비켜섰다. 그리고 의사에게 고개를 까닥하며 인사를 나눈 후 아내에게 고개를 돌렸다.

「당신이 아프다고 플래네건이 그러더군.」

그는 그녀에게 대답할 여지를 주지 않고 윈터스에게 고개를 돌렸다.

「알렉산드라는 괜찮은가요?」

알렉산드라는 의사에게 거짓말을 시키고 싶지 않았다.

「목이 좀 간지러웠는데, 지금은 한결 나아졌어요. 윈터스 경이 뜨거운 차를 마시라는 충고를 해주셨어요.」

「네, 그렇게 말씀드렸지요.」

콜린은 뭔가 수상쩍은 기색이 느껴졌으나, 딱히 꼬집어 낼 수 없었다. 알렉산드라는 그의 눈을 똑바로 쳐다보지도 못했다. 아내는 분명 무언가를 숨기고 있었다. 또한 아파 보이지도 않았다. 볼이 불그스레하게 홍조를 띤 걸로 보아, 당혹해하는 듯했다. 콜린은 좀 기다렸다가 둘만 남게 되면 캐봐야겠다고 마음 먹었다.

콜린이 의사와 잠시 얘기를 나누는 동안 알렉산드라는 남편 옆에 서 있었다. 그러다 얼떨결에 남편의 어깨 너머로 흘깃 봤더니, 몇 발자국 뒤에 서 있던 플래네건이 눈에 띄었다. 그 집사는 동정 어린 시선으로 그녀를 쳐다보았다.

그렇지 않아도 거짓말을 한 것 때문에 죄책감을 느끼고 있었는데, 플래네건을 보자 더욱 양심에 찔렸다.

내 동기는 순수해. 그녀는 즉시 자신에게 타일렀다. 그리고 짧게 숨을 내쉬었다. 원장수녀님을 도우려고 새로 장부를 작성했을 때도 바로 이 변명을 써먹었었다.

그래도 죄는 죄였다. 시시콜콜한 그 속임수를 들켰을 때 수녀님께서 엄한 어조로 하신 말씀이셨다. 죄가 크고 작고는 중요치 않았다. 맙소사, 온 세상의 남자들과 여자들이 지은 모든 죄들을 일일이 정확하게 늘어놓으시며 충고하실 때 원장수녀님의 그 권위적인 목소리란! 그리고 수녀님의 추측으로는, 알렉산드라가 지은 죄를 죽 늘어놓으면 바다 밑바닥에 닿을 만큼 길 거라고 하셨다.

알렉산드라는 자신이 그토록 많이, 또 종종 죄를 지었다는 생각은 들지 않았다. 이제껏 지은 죄를 합쳐놓으면, 지금쯤은 자신의 그림자 정도 길이가 되지 않을까? 조물주가 종이에 그녀를 위해 두 줄 정도를 배려해놓았으리란 생각을 해보았다. 한 줄은 그녀가 지은 경범죄를 다루며, 다른 줄은 더 과중한 죄를 적으려고 말이다.

윈터스 경의 말이 귀에 스치자 그녀는 퍼뜩 현실로 되돌아왔다.

「다이아몬드를 잃으셨다니 유감입니다, 콜린. 운이 나빴어요.」

「다이아몬드를 잃었다고요?」

알렉산드라가 영문을 몰라하며 물었다. 콜린이 고개를 흔들었다.

「그건 배 이름이오, 알렉산드라. 배가 화물을 잔뜩 싣고 물 속에 가라앉았어. 윈터스, 그 소식을 어디서 그렇게 빨리 들었습니까? 난 어제서야 겨우 알아냈는데.」

「제 친구 하나가 오늘 로이드에서 일을 보다가, 대리인 한 명에게서 그 얘기를 들었답니다. 배는 당연히 보험에 들어 있겠죠?」

「네.」

「그게 당신과 네이선이 올해 잃은 두 번째 배라는 게 사실입니까?」

콜린이 대답대신 고개를 끄덕였다.

「왜 진작 말하지 않았어요?」

알렉산드라는 화를 내지 않으려고 애를 썼으나, 뜻대로 되지 않았다.

「당신까지 걱정하게 하고 싶지 않아서.」

그는 완전한 설명을 하지 않았다. 그래, 걱정 끼치고 싶지 않은 것도 사실이겠지. 하지만 더 중요한 이유는, 그의 짐을 함께 나누고 싶지 않아서겠지. 알렉산드라는 기분이 상하지 않으려고 노력하고 있었다. 콜린은 오래 전부터 고문 변호사를 두고 있었으니, 자기 비밀을 남에게 털어놓기가 쉽지는 않았으리라. 그것이 설령 자기 아내일지라도.

참을성을 갖고 기다리자고 마음 먹었다. 함께 지내는 데 어느 정도 익숙해지면 속마음을 편하게 털어놓게 되겠지.

윈터스 경과 콜린이 대화가 계속되는 중에, 알렉산드라는 자기 방으로 돌아왔다. 윈터스가 콜린의 다리 통증을 완화시키기 위해 충고해준 내용들을 하나하나 적어 나갔다. 하지만 이 일에 정신이 집중되지 않았다. 그 배에 대하여 내게 말했어야 했어. 그에게 고민이 생겼다면, 그녀도 알 권리가 있었다. 남편과 아내라면 문제가 생겼을 때 함께 고민해야 당연하지 않은가?

플래네건이 저녁식사 준비가 되었음을 알리러 왔다. 아래층으로 내려오는 도중에 집사에게 부탁 하나를 더 했다.

「탈볼트 자작 사건을 알고 있나요?」

「그럼요. 모든 사람들의 입에 오르내리는 얘긴 걸요. 로버타 자작부인이 남편을 떠났잖아요.」

「콜린이 나더러 자작과 얘기를 못하게 했고 난 남편 뜻에 따를 수밖에 없어요. 남편 생각엔, 내가 그분을 속상하게 할 거래요.」

「왜 그분과 얘길 나누시려고 하세요?」

「그분 부인과 내 친구 빅토리아가 돌연히 사라진 데는 어떤 연관성이 있다고 믿어요. 빅토리아도 사라졌거든요. 플래네건, 당신이 그 자작의 하인들과 얘기를 좀 했으면 좋겠어요. 로버타 부인이 미지의 숭배자에게서 어떤 선물이라도 받은 적이 있는지 알아내야 해요.」

「어떤 선물 말씀입니까, 공주님?」

그녀가 어깨를 으쓱거렸다.

「꽃이나, 아니면 뭐 초콜릿 같은 거요. 그런 선물이 오면 하녀들이 눈치챌까요?」

「그럼요, 당연하죠. 자기네들끼리 쑥덕거리기도 할 걸요. 물론 내게는 입을 다물겠지만, 내일 요리사가 시장에 나가면 한두 가지는 주워들을 수 있을 겁니다. 요리사에게 부탁해놓을까요?」

「그래주겠어요.」

「두 사람, 거기서 뭐라고 소근대는 거요?」

콜린이 식당 문 앞에서 물었다. 그리고 아내가 깜짝 놀라자 슬쩍 웃음을 지었다. 알렉산드라는 족히 30센티미터는 펄쩍 뛰어올랐다.

「당신 오늘밤에 좀 긴장했나보군.」

알렉산드라는 대꾸할 말이 얼른 떠오르지 않았다. 그래서 그냥 플래네건을 따라 식당으로 들어갔다. 콜린이 그녀에게 의자를 빼준 뒤, 바로 옆 식탁 상석에 앉았다.

「한 달 내내 꼼짝 못하고 집안에 있어야 하나요?」

알렉산드라가 남편에게 물었다.

「그렇소」

콜린은 한 뭉치의 우편물을 정리하고 있었는데, 일에 너무 골몰한 나머지 음식을 제대로 씹을 정신도 없어 보였다.

「캐서린의 첫 무도회는 어떻게 하죠? 이제 일주일밖에 안 남았는데, 꼭 참석하고 싶어요」

「다녀와서 모두 얘기해주겠소」

「날 두고 혼자 가겠단 말이에요?」

그녀는 상처받은 듯한 어투로 물었다. 콜린이 피식 웃었다.

「어쩔 수 없잖소 난 꼭 참석해야 하니까.」

그리고 그는 한마디 주의를 주었다.

「이건 함부로 생각해선 안 될 일이오.」

그의 꼭 다문 입으로 보아 양보할 기색은 전혀 없었다. 알렉산드라는 초조한 동작으로 식탁 위를 손가락으로 톡톡 치기 시작했다.

「식탁에 앉아서 편지를 읽는 건 예의에 어긋나는 행동이에요.」

콜린은 동업자의 편지에 정신이 빠져 아내의 꾸지람을 듣지 못했다. 그는 그 긴 편지를 다 읽은 뒤 식탁 위에 올려놓았다.

「네이선의 아내가 딸을 낳았다는군. 이름은 조안나고, 벌써 석 달이 되었다는 내용이오. 아내의 건강이 어느 정도 회복되면, 아내와 아기를 데리고 런던에 잠깐 다니러 오겠대. 그가 간 사이에는 짐보가 사무실을 봐줄 거고.」

「짐보가 누구예요?」

알렉산드라는 그 괴상한 이름이 재밌어 미소를 지었다.

「절친한 친구. 우리 배 중에 에메랄드 호라는 배가 있는데, 그 배 선장이지, 지금은 배에 문제가 있어서 수리 중이기 때문에 짐보는 시간이 좀 있다는군.」

「모두가 좋은 소식뿐이잖아요, 콜린.」

「그렇지.」

「그런데 왜 인상을 찌푸리죠?」

콜린은 아내가 물을 때까지는 자신이 얼굴을 찌푸린 사실을 알지 못했다. 그는 의자 뒤로 몸을 기댄 채 아내를 지그시 쳐다보았다.

「네이선은 10내지 20주의 주식을 팔고 싶어해. 나는 그러기 싫고 네이선도 내심 생각이 같겠지만 어쩔 수가 없게 됐소. 이제 그에게도 가족이 생겼으니 보금자리를 마련해야 하지. 이제 아기가 생겼으니 좀더 영구적인 곳으로 옮겨가고 싶을 거구.」

「당신네 둘은 주주들에 대해 왜 그리 질색을 해요?」

「우리가 운영권을 잡고 싶으니까.」

「10내지 20주 정도를 판다 해도 당신과 네이선이 대주주일 테니, 운영권은 당신들 손에 있잖아요.」

그는 아내의 논리에 별 감동을 받지 못한 듯 여전히 인상을 찌푸렸다. 알렉산드라는 다른 쪽으로 실마리를 풀어나가려 했다.
「가족들에게 주식을 팔면 어떨까요?」
「그건 안 될 말이오.」
「도대체 왜 안 된다는 거죠?」
콜린이 한숨을 내쉬었다.
「그건 빚을 지는 거나 마찬가지 아니오.」
「그렇지 않아요. 케인과 아버님은 결국엔 상당한 이윤을 얻게 될 거예요. 아주 괜찮은 투자잖아요.」
「윈터스는 왜 부른 거요?」
콜린이 일부러 딴 얘기로 슬쩍 돌렸지만 알렉산드라는 이 얘기를 중단할 마음이 없었다.
「주식을 파는 데 있어 네이선의 허락은 받았나요?」
「받았소.」
「그럼, 언제 결단을 내릴 생각인데요?」
「결정은 벌써 했소. 드레이슨에게 이 일을 맡길 생각이오. 자, 이 얘기는 이제 그만하고 내 물음에 대답해봐요 무슨 이유로 윈터스를 불렀소?」
「벌써 말했잖아요. 내 목이…….」
「알아, 목이 좀 긁혔었지.」
알렉산드라가 냅킨을 접었다 폈다 했다.
「사실은 목구멍이 좀 간질거렸어요.」
「그랬겠지.」
콜린이 순순히 동의했다.
「이제 사실을 말해주겠소. 내 얼굴을 똑바로 보고.」
그녀는 무릎에 놓인 냅킨을 떨어뜨리더니, 겨우 고개를 들어 그를 쳐다보았다.
「내가 거짓말을 했다는 의미 같은데 좀 무례한 거 아니에요?」
「거짓말이었소?」

「그래요.」

「왜지?」

「솔직히 말하면, 내게 화를 낼 테니까요.」

「앞으론 거짓말을 해선 안 돼, 알렉산드라. 약속하는 거요.」

「당신도 내게 거짓말을 했어요.」

「언제?」

「이젠 리처즈 경 밑에서 일하지 않는다고 했잖아요. 근데 난 장부에
서 현금 기입 사항도 봤고, 국장이 당신에게 새 임무를 지시하는 얘기
도 들었어요. 당신도 내게 거짓말을 했어요. 앞으로 내게 거짓말하지
않는다고 약속하면, 나도 기꺼이 약속하겠어요.」

「알렉산드라, 그건 별개의 문제요.」

「그 말도 맞아요.」

그녀는 남편에게 불쑥 성질이 솟구쳤다. 그래서 식탁 위에 들고 있
던 냅킨을 탁 던졌는데, 바로 그때 플래네건이 음식을 담은 쟁반을 들
고 식당으로 들어왔다.

「난 위험한 짓은 하지 않아요, 콜린. 하지만 당신은 달라요. 당신은
내 생각은 눈곱만치도 안 하잖아요?」

그녀는 남편이 대꾸할 여유도 주지 않고 막 퍼부었다.

「당신은 자발해서 위험한 일에 뛰어들었어요. 난 절대 그런 짓은 안
해요. 이제 당신과 부부가 됐기 때문에, 난 내 한 몸 뿐 아니라 당신의
안전도 걱정이 돼요. 당신에게 무슨 일이 생기기라도 하면 내 신세도
끝장이니까요. 하지만 내게 무슨 일이 생겨도, 당신은 약간 귀찮을 뿐
이겠죠. 싫더라도 내 장례식에 참여하느라 몇 시간 일을 못하게 될 테
니까요. 이만 먼저 일어나겠어요. 안 그러면 나중에 후회할 말이 튀어
나올 거 같으니까요.」

그녀는 자리를 떠도 좋다는 남편의 허락을 기다리지 않았다. 그리고
자리에 앉으라는 지시도 무시해버리고 방까지 한달음에 달려갔다. 문
을 쾅 닫으면 화난 마음이 좀 풀릴 것 같았지만 그 충동을 지그시 참

았다. 그런 행동은 모양새가 좋지 못하니까.

다행히 콜린이 곧장 뒤쫓아오지 않았다. 알렉산드라는 혼자 방에 앉아서 끓어오르는 감정을 다소 진정시켜야 했다. 솔직히 그렇게 빨리, 그렇게 심하게 화를 낸 자신에 대해 어안이 벙벙해졌다. 난 콜린의 감시자가 아니잖아, 그녀는 스스로를 타일렀다. 콜린이 리처즈 밑에서 일한다고 해서 그만두라고 타이를 수도 없었고, 타이를 이유도 없었다.

그래도 그가 그런 위험한 일에 뛰어들어선 안 된다는 생각에는 변함이 없었다. 그녀를 조금이라도 걱정한다면, 어떻게 자진해서 그녀를 위험에 빠뜨린단 말인가.

화가 난 알렉산드라는 10분 가량을 벽난로 앞에서 서성이며 줄곧 입속말을 중얼거렸다.

「원장수녀님은 무슨 일이 있어도 위험한 일은 하지 않으셨을 거야. 내가 수녀님께 얼마나 의지하고 사는지 잘 알고 계셨으니, 결코 모험은 하지 않으셨을 거라고. 그 분은 날 사랑하신단 말야, 제길.」

알렉산드라는 천주교 신자는 아니었지만 신을 모독하는 말을 중얼거린 것 때문에 얼른 성호를 그었다.

「리처즈가 수녀님에게 일을 맡기리란 생각은 안 드는데.」

콜린이 문 앞에서 한마디 툭 던졌다. 그녀는 씩씩대며 고함을 지르는데 정신이 팔려 문 열리는 소리를 듣지 못했다. 뒤돌아봤더니, 남편이 팔짱을 낀 채 문 앞에 느긋하게 기대고 서 있었다. 얼굴에는 웃음을 머금었고, 눈초리가 너무 다정해서 자칫하면 거기에 넘어갈 뻔했다.

「당신의 웃는 얼굴을 보니 불쾌하군요.」

「난 당신 행동을 보니 불쾌하군.」

콜린이 곧장 맞받아쳤다.

「리처즈와의 거래에 화가 났단 사실을 왜 진작 말하지 않았지?」

「화가 났다는 사실을 미처 깨닫지 못했으니까요.」

그는 그 이상한 고백에 어리둥절해 눈썹을 치켜올렸다.

「내가 관뒀으면 좋겠소?」

그녀는 고개를 끄덕이려다가, 마음이 바뀌어 고개를 가로 저었다.

「당신 스스로 그만두고 싶었으면 좋겠어요. 거기엔 큰 차이가 있어요, 콜린. 만약 신의 뜻이라면, 언젠가는 당신도 이해하게 되겠죠.」

「날 지금 이해시켜봐.」

그녀는 벽난로 쪽으로 몸을 돌린 후에야 비로소 말문을 열었다.

「내가 지금도 수녀원에 살았다면, 절대로 위험한 일은 안 했을 거예요. 적어도 그때 톡톡히 당한 후로는 말이죠. 언젠가 수녀원에 불이 났었고, 난 안에 갇혀 있었어요. 지붕이 막 무너져 내릴 때 간신히 안에서 빠져 나왔죠. 원장수녀님은 거의 제정신이 아니셨어요. 흐느껴 울기까지 하셨으니까요. 그리고 제가 무사한 걸 확인하자 다행스러워 하시면서도, 한편으론 펄펄 뛰며 화를 내셨어요. 당연히 기도해야 할 시간에 난 빅토리아의 편지를 읽으려고 촛대에서 초 한 개를 몰래 꺼냈거든요. 나 때문에 원장수녀님 심기를 괴롭혀드려서 정말 가슴이 아팠어요. 불이 난 건 사고였죠. 하지만 난 다시는 어리석은 짓을 안 하겠다고 굳게 맹세했어요.」

「불이 났던 게 사고라면서, 어떤 어리석은 짓을 했다는 말이오?」

「수녀님들이 모아놓은 그림들과 자질구레한 조각상들을 꺼내오려고 계속 안으로 들어갔거든요.」

「정말 어리석은 행동을 했군.」

「그랬어요.」

「원장수녀님은 당신을 딸처럼 사랑하셨군?」

알렉산드라가 고개를 끄덕였다.

「당신도 수녀님을 사랑했고.」

「맞아요.」

두 사람 사이에 한동안 아무 말도 오가지 않았고, 알렉산드라가 먼저 입을 열었다.

「사랑을 하는 데는 책임이 따라요. 너무나 속상해하시는 수녀님의 모습을 보기 전까지는 난 그 사실을 깨닫지 못했죠.」

「날 사랑하오, 알렉산드라?」

콜린이 얘기의 핵심을 찔렀다. 그녀가 몸을 돌려 그를 마주보려는 순간, 콜린이 문에서 몸을 떼어내서 그녀를 향해 걸음을 옮기기 시작했다. 알렉산드라는 뒷걸음질을 쳤다.

「당신을 사랑하지 않았으면 좋겠어요.」

그녀의 겁에 질린 목소리도 그의 걸음을 멈추게 하지는 못했다.

「날 사랑하느냐고 물었소?」

그가 다시 물었다.

오늘밤 벽난로에 불을 지피지 않은 게 얼마나 다행스러운지 몰랐다. 알렉산드라는 곧장 벽난로에 몸을 기댔기 때문에. 그렇지 않았다면 옷에 불이 그대로 붙어버렸으리라.

알렉산드라가 날 피하려는 걸까, 아니면 꼬치꼬치 파고드는 질문을 피하려는 걸까? 콜린은 확신할 수 없었다. 하지만 꼭 대답을 끌어내려는 결심에는 전혀 변함이 없었다. 그 사실을 인정하는 말을 듣고 싶었다. 아니, 반드시 들어야만 했다.

「알렉산드라?」

그를 피하려던 알렉산드라가 갑자기 그 자리에 멈춰 섰다. 그녀는 팔짱을 끼고 앞으로 걸어와 그의 앞에 정면으로 섰다. 앞으로 걸어오는 내내 그의 눈을 똑바로 응시했다.

「그래요.」

「뭐가 그렇다는 거요?」

「당신을 사랑한다구요.」

만족한 듯 씩 웃는 그의 표정이 모든 걸 말해주었다. 조금도 놀라워하지 않는 표정을 보고, 알렉산드라는 어안이 벙벙해졌다.

「내가 당신을 사랑한다고 벌써부터 믿고 있었군요?」

콜린이 천천히 고개를 끄덕이자 알렉산드라가 고개를 가로 저었다.

「내가 사랑한다는 걸 어떻게 알 수 있었죠?」

콜린이 알렉산드라를 안으려고 하자, 그녀가 한 걸음 물러섰다.

「안 돼요. 키스하려는 거죠? 당신이 키스를 하면 내 머릿속은 백지 장처럼 하얗게 돼서 하던 생각들을 모두 잊어버려요. 그러니 내 질문에 대답부터 해요, 콜린.」

그에겐 어림도 없는 소리였다. 콜린은 그녀를 팔에 안고 턱을 올리더니, 길고 진한 키스를 했다. 그의 혀가 입 속으로 들어갔고 서로의 혀가 부딪혔다. 그가 간신히 고개를 들자 알렉산드라는 긴 한숨을 내쉬더니, 그의 가슴에 기대어 눈을 감았다. 그는 그녀의 허리를 팔로 휘감고 꼭 껴안았다.

알렉산드라를 이렇게 안고 있는 기분이 참으로 좋았다. 이제는 집에서 알렉산드라가 그를 기다리고 있었기 때문에, 일이 끝날 때쯤이면 간절히 기다려지는 무엇인가가 생겼다.

아내를 얻어 행복하다는 생각이 머리를 스쳤다. 그것도 다른 여자가 아닌 사랑스런 알렉산드라였다. 보통 밤이 되면 다리의 통증이 참기 힘들 만치 심해져서, 언제나 밤이 두려워지곤 했었다. 하지만 그의 상냥하고 귀여운 신부가 통증을 잊게 해주었다. 알렉산드라는 그를 성나게 하기도 했고 사로잡기도 했지만, 대개는 그녀의 행동에 일일이 반응을 보일 여지도 없었다. 어떤 생각을 머릿속에 담고 있을 겨를도 없었으니까.

게다가 알렉산드라가 날 사랑하지 않는가!

「이제 당신 질문에 대답하겠소」

그의 쉰 목소리가 그녀를 강하게 끌어당겼다.

「무슨 질문이요?」

콜린이 소리내어 웃었다.

「정말 내가 만지기만 하면, 하던 생각을 모두 잊어버리는 거요?」

「그런 창피스런 일을 갖고 너무 좋아할 필요는 없잖아요. 당신은 나 같은 행동은 이미 경험했겠죠, 안 그래요? 그러니까, 내게 키스할 때에도 머릿속에 오만 생각들로 가득 차 있겠군요.」

「맞는 말이오. 그 생각들은 당신에게 무슨 짓을 할까 궁리하는데 온통 집중되어 있지. 내 입과 내 손을 가지고, 그리고 내……」

그의 입에서 뭔가 상스러운 말이 튀어나올 것 같아, 그녀는 얼른 손을 뻗어 그의 입을 막았다. 그러자 콜린이 다시 큰소리로 웃었다. 그리고 그녀의 손을 떼어놓으며 말했다.

「당신이 날 사랑한다는 걸 언제 눈치챘는지 방금 궁금해 했잖소.」

「그래요, 그랬어요.」

「결혼식 날 밤이었소. 당신의 태도에서 날 사랑한다고 확신했지.」

「난 당신만큼 확신이 서지는 않는군요.」

「알렉산드라, 그건 빤한 사실이야. 당신은 전혀 거리낌이 없었어. 반응 하나하나가 너무나 노골적이었거든. 날 사랑하지 않았다면 그렇게 완전히 자신을 내맡길 수 없는 노릇이지.」

「콜린? 당신은 그 건방진 태도에 대해 무슨 수를 좀 써야 할 거예요. 이젠 고삐가 완전히 풀렸어요.」

「당신은 내 건방진 태도를 좋아하잖소.」

터무니없는 말에 알렉산드라는 할말을 잃었다.

「당신 계획을 절대 방해하지 않겠어요, 콜린. 약속하죠.」

「당신이 내 일을 방해하리라고 생각해본 적은 없는데.」

콜린은 너무도 진지한 그녀의 말투에 웃음을 지으며 대꾸했다.

「계획을 아직 변경하진 않았겠죠? 아직도 5년이 지나야만……..」

그녀는 말을 계속 잇지 않았다.

「5년이 지나야 뭐지?」

당신 아내에게 관심을 돌려 사랑하게 되는 거 말이에요, 이 멍청이!

그녀는 내심 이렇게 중얼거렸다.

그리고 아이들도.

콜린도 5년이 되면 아이를 가지려 할지 몰라. 하지만 그때쯤이면, 그녀 자신은 애를 낳기엔 너무 늙어버릴지도 몰랐다.

지금 알렉산드라에겐 아기란 생각할 수도 없었다. 아기가 태어나면 콜린에게 엄청난 스트레스가 되리라. 당연하지 않은가, 동업자인 네이선이 어떻게 변해버렸는지 봤을 테니까. 전에는 절대 용납하기 어려운 일을 지금은 기꺼이 하려 들고 있었다. 주식을 내다 파는 일은 최후의 수단이었는데, 딸이 태어나자 그의 마음이 바뀐 것이다.

「알렉산드라, 5년이 지나면 뭐란 말이오?」

그는 무언가 애절히 바라는 듯한 그녀의 어투에 호기심이 동했다.

「당신의 목표를 이룬단 말이에요.」

그녀가 얼떨결에 이렇게 말해버렸다.

「그래. 아직 5년이 남았지.」

콜린이 침대로 걸음을 옮기며 말했다. 그는 침대에 걸터앉더니 허리를 굽히고 신발을 벗었다.

「내가 리처즈 밑에서 일하는 걸 두고 당신이 걱정하리라고 미처 생각지 못했는데, 진작에 말하지 그랬소.」

콜린은 신발과 양말을 벗어 휙 던지고는 셔츠로 손을 가져갔다.

「그리고 우리 둘이 각자에게 책임이 있다고 한 당신 말은 틀린 게 아니오. 당신 기분을 배려해야 했는데, 사과하겠소.」

알렉산드라는 남편이 허리춤에서 셔츠를 끄집어내 머리 위로 올리는 모습을 물끄러미 쳐다보았다. 그에게서 시선을 뗄 자신이 없었다. 그녀는 그가 하는 말에 귀를 쫑긋 세우며, 자신에 대한 그의 마음을 듣기를 간절히 바랐다. 날 사랑하느냐고 물을 정도의 적극성은 없었다. 콜린은 아무 거리낌없이 그 질문을 했다는 생각이 퍼뜩 들었다. 하지만, 그는 그녀의 대답을 미리 알고 있었다.

알렉산드라는 그의 대답을 짐작하지 못했다.

그녀는 이런 부질없는 공상을 떨쳐내려고 머리를 세차게 흔들었다. 남자들은 사랑을 두고 머리를 싸매고 고민하지 않는다. 어쨌든 알렉산드라의 생각엔 그랬다. 콜린이 리처즈 밑에서 위험한 일을 하면서도 자신의 감정 따위를 배려할 시간이 없었는데, 대체 뭐가 아쉬워 따로 시간을 들여 그녀를 사랑하는지 아닌지에 대해 고민하겠는가? 그의 머릿속이 회사를 멋진 제국으로 바꿀 계획으로 가득 차 있는 마당에, 다른 어떤 일을 생각할 여지가 있겠는가!

알렉산드라는 어깨를 꼿꼿이 세우면서 결심을 굳혔다. 그리고 일에 대한 남편의 헌신적인 태도를 존중해줘야 한다고 스스로를 타일렀다. 어떻게든 참아야 한다. 5년 정도의 시간이 흐르고 나면, 콜린도 어떤 식으로든 가까이 다가와 있겠지.

콜린이 말을 꺼내는 바람에 알렉산드라는 골몰히 파묻혀 있던 생각에서 퍼뜩 깨어났다.

「서류 몇 장을 건네주기로 리처즈와 약속을 했었소.」

그는 셔츠를 의자 위에 던지고 자리에서 일어섰다.

「그가 내게 맡기려던 일이 하나 있었는데 모르건에게 넘겨줄 생각이오. 사실대로 말하면, 그 임무를 받아들이지 않기로 이미 마음 먹었소 그 일을 하려면 적어도 2주 아니면 3주 정도는 영국을 떠나 있어야 하거든. 볼더스가 사무실 일을 처리할 수는 있겠지만, 당신을 혼자 두고 가고 싶지 않아서 그렇게 했소.」

이제껏 그에게 들은 말 중 가장 듣기 좋은 말이었다! 내가 보고 싶어질까봐 그런 걸까. 그녀는 이 말을 직접 들어야겠다고 마음먹었다.

「날 혼자 두고 떠나고 싶지 않은 이유가 뭐예요?」

「그야 그 증서 때문이지.」

그녀의 어깨가 축 처졌다.

「스테판과 레이몬드가 날 지켜줄 거예요.」

「당신은 내 책임이오, 알렉산드라.」

「당신에게 부담을 주고 싶지 않아요. 당신은 몸이 둘이라도 모자라는 사람인데 나까지 짐이 될 수는 없잖아요.」

그녀가 불평하듯이 중얼거렸다.

콜린은 이 시시콜콜한 말에 대꾸도 하지 않고 그냥 바지 단추를 끄르고 바지까지 벗어 던졌다.

알렉산드라의 생각이 산산이 부서져버렸다. 도무지 남편에게서 눈을 뗄 수가 없었다. 그녀의 시선은 계속해서 그를 따라다녔다. 그는 침대에 등을 세우고 앉더니, 그녀더러 가까이 오라고 손짓을 했다.

알렉산드라는 조금도 주저하지 않았다. 그녀는 앞으로 걸어가서 정면으로 그와 마주섰다. 두 손을 앞으로 가지런히 모으고 태연한 표정을 지었지만, 콜린은 그녀의 속마음을 훤히 꿰뚫고 있었다. 알렉산드라의 목덜미의 맥박이 미친 듯이 뛰고 있었기 때문에.

알렉산드라가 옷을 벗기 시작했다. 콜린이 코르셋에 가져간 그녀의 손을 살며시 옆으로 제쳐내었다.

「내가 하겠소.」

콜린의 옷 벗기는 솜씨가 그녀보다 훨씬 민첩했다. 하지만 손길은 별로 조심스럽지 않았다. 그는 그녀의 알몸에 손을 대려고 조바심을 했다. 슈미즈의 목선을 따라 달려 있는 레이스 달린 리본을 푸는 그의 손이 가늘게 떨렸고, 자제력을 잃은 자신의 상태에 콜린은 슬그머니 웃음이 나왔다.

그녀를 향해 이렇게 빨리 반응을 보이다니, 그저 놀랍기만 했다. 그의 숨결은 이미 거칠어졌고, 가슴에선 맥박이 빠르게 뛰고 있었다. 아직 그녀에게 손도 대지 않았는데 말이다 - 적어도 자신이 원하는 식으로는……. 다가올 일들에 대한 기대감으로 그의 남성이 단단해져서 욕망에 허덕이고 있었다.

반면, 알렉산드라는 어느 정도 정신이 집중되어 있었다. 만약 그가 그 임무를 맡았더라면, 집을 떠난 뒤 그녀를 보고 싶어할지 어떨지를 꼭 물어봐야겠다는 결심이 섰던 것이다.

몸에 남은 마지막 한 조각의 옷이 떨어져 나갈 때, 알렉산드라는 남편의 턱 쪽에 시선을 두고 그의 이름을 나지막이 불렀다.

「콜린? 만약 런던을 떠나게 되면, 내가 그리울 것 같아요?」

그는 알렉산드라의 턱을 올려 자신을 쳐다보게 했다. 그의 얼굴엔 다정한 웃음이 가득 찼다.

「그리울 거야.」

그의 대답에 마음이 뿌듯해진 그녀는 짤막한 숨을 내쉬었다. 콜린이 허리를 굽혀 그녀의 입술을 살짝 스치고 지나갔다.

「내가 당신을 그리워할지 안 할지 궁금하지 않아요?」

「아니.」

「왜 아니죠?」

콜린은 아내의 손을 떼내어 자기 목뒤로 감았다. 그리고 그녀의 귓불을 깨물기 시작했다.

「당신이 날 그리워하리란 건 의심할 여지가 없으니까. 날 사랑하잖소, 안 그래?」

차분한 그의 말을 알렉산드라는 탓할 수가 없었다. 남편은 자만심에 있어선 아무런 문제가 없었다. 이 말을 해줄까 생각했으나, 그의 달콤한 키스로 인해 그녀의 생각이 산산이 부서버린 탓에 키스가 멈출 때까지 기다려야 했다.

콜린이 그녀의 목선을 따라 달콤한 키스를 하자 그녀의 맥박이 미친 듯이 뛰기 시작했다. 출발이 멋지군, 그는 속으로 이렇게 중얼거렸다.

그는 능숙한 솜씨로 그녀를 조금씩 달아오르게 했다. 콜린은 자신의 능력을 빤히 꿰뚫고 있었다! 이 사실이 뇌리에 스치자, 알렉산드라는 그의 품에서 몸을 떨쳐냈다. 콜린은 그녀를 가게 내버려두었으나, 영문을 모르겠다는 표정을 지었다.

「왜 그러는 거요? 당신도 날 원하잖소, 그리고 내가 당신을 얼마나 많이 원하는지 잘 알면서⋯⋯.」

남편과의 관계에서 주객을 전도시키기로 다짐한 알렉산드라는 침대 가운데로 들어가 무릎을 꿇고 남편을 마주보았다. 얼굴이 화끈 달아올랐지만, 창피스러움 때문에 여기서 물러설 마음은 없었다. 내가 사랑하는 사람에게, 내가 하고 싶은 거라면 뭔들 못 하겠어!

알렉산드라는 손가락을 굽혀 자기 쪽으로 까닥거렸다. 그는 아내의 대담한 몸짓에 기분이 좋아 소리내어 웃었다. 이윽고 콜린이 침대에 들어와 그녀를 향해 손을 뻗자 그녀가 고개를 가로젓더니 침대에 누우라고 그의 어깨를 밀었다.

「대담한 내 행동에 흡족해요?」

「좋은데.」

알렉산드라는 그의 어투에서 이 유희를 계속할 용기를 얻었다. 그녀는 콜린의 가슴을 따라 손가락을 훑어 내려갔다.

「당신이 만질 때마다 난 이성을 잃을 것 같았어요. 하지만 오늘밤엔……」

그녀는 말을 멈추더니, 손끝으로 그의 배꼽 주변에 천천히 원을 그렸다. 그녀의 손이 아래쪽으로 내려가면서 콜린이 헉 하고 숨을 몰아쉬자, 알렉산드라는 빙그레 웃음을 지었다.

「오늘밤은?」

그는 욕망이 가득 찬 목소리로 물었다.

「내가 이성을 잃기 전에 당신이 먼저 정신을 못 차리게 되겠죠. 내 도전장을 받겠어요, 콜린?」

콜린은 대답 대신, 머리 뒤로 깍지끼고 눈을 감았다.

「알렉산드라, 내가 이길 텐데. 당신이 내 경험을 따라올 순 없지.」

그녀는 우쭐대는 남편의 말에 깔깔대며 웃었다. 좀 이상한 일이긴 하나, 남편이 쥔 고삐에서 풀려난 기분이 솔직히 무척 좋았다. 그녀는 마음껏 날뛰며 제멋대로 하고 싶은 충동을 느꼈고, 정숙한 척 하는 것 따위엔 이제 관심이 없었다. 완전히 알몸인 상태에서 위엄을 부린다는 게 사실 가능한 일은 아니지 않은가!

「내가 당신을 사랑한다고 말할 수 있게 해줘서 고마워요, 콜린.」

「천만에.」

그의 몸이 기대감으로 빳빳이 굳어졌고 거칠어진 목소리로 말했다.

「용기를 내는 일은 대충 끝난 거요?」

「어떻게 공격할 지 전략을 세우는 중이에요.」

이 말에 콜린은 빙그레 웃음을 지었다.

알렉산드라는 그의 몸에 부쩍 관심이 많아졌다. 그가 자신에게 했듯이 그녀도 그를 음미하고 싶었다. 그의 몸을 어떻게 요리할지 생각하다 보니 얼굴이 새빨갛게 물들었지만, 콜린이 눈을 감고 있으니 창피함을 숨길 걱정은 할 필요가 없었다.

「콜린, 저…… 무슨 짓이든 해도 괜찮아요? 내가 하면 안 되는 일이라도 있나요?」

「못 할 일은 아무것도 없소. 두 사람의 몸은 서로의 것이니까.」

「오, 그것 참 좋은 말이군요.」

알렉산드라는 무릎을 꿇고 몸을 약간 뒤로 젖히며, 어디서부터 시작할지 생각해보았다. 그의 목덜미가 군침이 돌았지만, 흥미를 돋구는 곳은 그 외에도 많았다.

「알렉산드라, 당장 시작하지 않으면 난 잠들어버릴 거요.」

콜린이 재촉했다.

알렉산드라는 꾸물거리지 않고 가장 호기심을 자아내는 곳부터 공략했다.

콜린이 눈을 뜨고 있는 편이 나았으리라. 그녀의 입술이 우뚝 선 그의 남성 끝에 닿자, 그의 입에서 거친 신음 소리가 흘러나왔다.

그의 몸이 풀릴 대로 풀려버렸고 솟아져 나오려는 뜨거운 액체를 참기 위해서 의지력을 몽땅 짜내야 했다. 그가 미칠 듯한 황홀감 속에서 절정에 오를 수밖에 없을 때까지, 그녀의 혀는 그 민감한 살결을 쉴 새 없이 맛보고 있었다.

그는 이 고문을 더 견뎌낼 자신이 없었다. 콜린은 갑자기 나지막한 신음을 내뱉더니 알렉산드라의 어깨를 두 손으로 움켜쥐고 그녀의 얼굴을 위로 올렸다. 그리고 그녀의 허벅지를 무릎으로 벌리자, 알렉산드라는 그의 몸 위에서 다리를 벌리고 엎드린 자세가 되었다. 콜린은 그녀의 목뒤로 손을 감싸서 얼굴을 숙이게 하고, 그녀의 입술에 입을 대고서 힘껏 그녀의 몸 속으로 들어갔다. 축축이 젖은 그녀의 몸은 이미 달아올라 있었다. 콜린은 그녀의 엉덩이를 두 손으로 잡고 몸을 위로 받쳐 올리면서 다시 한 번 그녀 속으로 들어갔다. 이제 콜린은 이성을 잃어버렸고, 죄어오는 그녀의 몸이 직감적으로 느껴지자 욕망을 제어할 힘조차 잃어버렸다.

남편의 몸을 은밀히 접하며 그의 노골적인 반응을 지켜보노라니, 알렉산드라의 쾌감도 고조되었다. 그녀는 온몸을 불사르는 쾌감이 사지로 쭉 뻗쳐 내리는 걸 느끼며, 그를 향해 몸을 활처럼 휘었다.

그 전율이 끝이 없을 듯 한참을 이어지면서 그녀를 강렬하게 휩쓸었다. 정열의 폭풍이 가라앉을 때까지 콜린은 그녀를 꼭 안고서 따뜻하게 감싸주었다.

두 사람이 나눈 아름다운 사랑의 행위는 알렉산드라가 감당하기에 벅찼다. 방금 일어난 일로 몹시 마음이 동요된 그녀는 콜린의 목덜미에 얼굴을 묻고 흐느껴 울었다.

콜린도 그녀 못지 않은 마음의 동요를 일으켰다. 그는 겨울 바람처럼 거친 목소리로 다정한 위로의 말을 해주고 등을 가볍게 두드리면서 알렉산드라가 냉정을 되찾도록 힘이 되어주었다.

「매번 더 좋아지는군요.」

그녀가 속삭이듯 말했다.

「그렇게 대단했어?」

「난 일 주일 내에 죽을 거예요. 내 심장이 얼마나 심하게 뛰는지 못 느꼈어요? 이런 일이 내 몸에 전혀 좋을 리 없어요.」

「당신은 죽더라도 행복하게 죽을 거야.」

그가 으쓱대며 말했다.

「이 경기는 내가 이겼죠?」

그의 웃음소리가 방안에 가득 퍼졌다. 콜린이 솔직히 시인했다.

「맞아.」

남편의 말에 만족감을 느낀 알렉산드라는 눈을 꼭 감고 남편의 품에 폭 파묻혔다.

「저녁 먹는 걸 깜빡 했어요.」

「나중에 먹으면 돼. 내 차례가 끝난 뒤에.」

알렉산드라는 남편의 말뜻을 이해하지 못했다.

「당신 차례라니 무슨 말이에요?」

콜린은 그녀를 침대에 눕히고 몸으로 그녀를 덮었다. 그는 팔꿈치로 체격을 지탱하면서 그녀를 내려다보며 씩 웃었다.

그의 입이 그녀의 입술에서 약간 떨어졌을 때 콜린이 대꾸했다.

「내가 이길 차례 말이야.」

12

콜린을 사랑하는 것과 좋아하는 것은 별개의 문제였다. 뭘 설득하기
엔 불가능한 남자였으나, 키스하기에는 더할 나위 없이 좋은 사람이었
다.

자기 유산을 회사에 투자하자고 해봐야 남편은 들은 척도 않을 테
니, 알렉산드라는 구닥다리 속임수에라도 의지할 수밖에 없다는 결정
을 내렸다. 그녀는 아버지가 썼던 방법을 그대로 따르기로 했고, 콜린
은 이해하지 못해도 하느님은 이해하실 거라고 몇 번이고 자신에게 되
뇌었다. 언젠가는 남편이 고집을 꺾을 날이 오겠지만, 지금 고집을 꺾
지 않는 남편 때문에 외부 사람들이 회사의 주주가 되도록 그녀마저
손놓고 구경만 할 수는 없었다.

주식은 수요일 아침 10시에 시장에 공개되었다. 공개된 지 2분만에
거래가 완결되었고 20주가 전부 팔려버렸으며, 가격은 어처구니없을
정도로 높았다.

콜린은 팔린 액수에 기겁을 하며 놀랐다. 한편 의심스런 마음이 슬
쩍 고개를 들어 드레이슨에게 새 주주들의 이름이 뭐냐고 물었으나,
그는 20주 모두 단 한 사람에게 팔렸다는 말만 전하면서 구매자의 이

름을 마음대로 밝힐 처지가 못 된다고 딱 잘라 말했다.

「한 가지는 꼭 대답해주세요.」

콜린이 단호하게 말했다.

「아내가 주주로 등록되어 있습니까?」

드레이슨은 그의 말이 끝나기도 전에 고개를 흔들었다.

「아닙니다, 홀브루크 경.」

그는 있는 그대로 대답을 할 수 있었다.

「공주님이 주주는 아닙니다.」

증권 대리인이 사실을 말하고 있음을 콜린은 믿어 의심치 않았다. 그러자 또 하나의 그럴듯한 가능성이 머리를 스치고 지나갔다.

「그럼 알렉산드라의 조언자라던 알버트 삼촌이란 사람입니까? 그가 주주예요?」

「아뇨. 알버트 씨는 그런 기회를 놓칠 분은 아니지만, 주식들이 눈 깜짝할 사이에 팔리는 바람에 알릴 시간이 없었습니다.」

어쩔 수 없어진 콜린은 그 문제를 더 거론하지 않았다. 남편이 더 꼬치꼬치 캐묻지 않자 알렉산드라는 남몰래 감사의 기도를 올렸다.

알렉산드라는 속임수를 쓴 사실 때문에 심한 양심의 가책에 시달렸다. 남편을 속인 건 잘못이지만, 자기 죄를 남편 고집 탓으로 돌리면 그만이라고 생각했다. 하지만 남편을 속였다는 이유로 시간이 가면 갈수록 점점 더 비참해졌다. 그래서 혼잣말로 투덜대거나 불평하는 일이 늘었다. 다행히 콜린은 밤낮없이 해운 회사에 처박혀 있는 관계로 아내의 이런 태도를 눈치채지 못했다. 플래네건은 안주인이 화를 내며 투덜거리는 소리를 들었으나, 너무 오래 집안에 갇혀 있어 짜증이 난 게 틀림없다고 나름대로 짐작했다.

그 달은 사실상 눈 깜짝 할 사이에 흘러갔다. 캐서린의 무도회가 성황리에 마쳤다는 전갈을 받았고, 알렉산드라가 파티에 참석하지 못한 걸 유감으로 생각한, 공작부인과 제이드가 그 사건을 생생하고 자세하게 설명해주었다.

다음날 오후, 캐서린이 무도회 얘기를 직접 해주려고 들렀다. 그녀는 자신이 몇 명의 남자들과 벌써 사랑에 빠졌다는 자랑을 늘어놓았다. 그리고 그 신사들이 집을 방문하도록 허락해달라는 편지를 아버지를 통해서 전해오리라는 간절한 기대에 한껏 들떠 있었다.

콜린이 거의 하루종일 일만 했기 때문에 알렉산드라는 부부가 함께 하는 시간을 소중히 여겼고, 가능하면 골치 아픈 얘기들은 입밖에 꺼내지 않으려고 노력했다. 하지만 그런 얘기를 하지 않으면 안 될 때도 있었다. 부동산 중개인이 플래네건에게 전한 말에 따르면, 집주인이 외국에서 살게 되어 타운 하우스를 팔고 싶어한다고 했다. 이 집에 점차 정이 들어버린 알렉산드라는 집을 샀으면 싶어서, 저녁 식사를 하면서 이 일을 자연스럽게 꺼냈다.

그녀의 유산에 대한 콜린의 태도는 여전히 변하지 않았다. 그는 알렉산드라가 그 돈으로 뭘 하든 괘념치 않는다고 말했다. 그러자 알렉산드라가 좀더 구체적으로 얘기를 꺼냈다.

「난 이 타운 하우스를 사고 싶어요.」

그녀는 콜린에게 거절할 틈을 주지 않고 허겁지겁 변명을 해댔다.

「당신네 영국 법이 워낙 이상해서, 결혼한 여자가 직접 계약을 할 수 없게 되어 있잖아요. 이 문제로 당신에게 부담을 주고 싶진 않지만, 서류에 당신 서명을 해야만 해요.」

「그 법이 생긴 근거는 충분히 납득이 가는데.」

콜린이 대뜸 반박했다.

「남편은 자기 아내가 손을 대려는 사업이라면 뭐든 법적으로 책임을 져야 하니까.」

「알아요, 하지만 지금 논의하고 있는 얘기의 요점은…….」

「그런 일은 해줄 수 없다는 게 내 요점이오.」

그가 곧장 퇴짜를 놓았다.

「지금 당신을 부양할 내 능력을 의심하는 거요?」

「아뇨, 당연히 아니죠.」

콜린은 내심 흡족해서 고개를 끄덕였고, 알렉산드라는 한숨을 쉬었다. 이 일이 먹혀들 리가 있겠어? 내 서명을 이용해서 알버트 삼촌이 집을 사주었다고 꾸며댈까 하는 생각이 퍼뜩 스쳤으나, 곧 그 생각을 접어버렸다. 콜린은 금방이라도 발작을 일으킬 듯이 난리법석을 떨겠지. 게다가, 이런 속임수는 철두철미한 거짓말이고, 거짓말의 동기가 이기심에서 유발되었으니 신이 용서해줄 성싶지는 않았다. 콜린과 그의 동업자를 위해 속임수를 좀 써서 가족이 소유할 주식을 매입하는 거야 그럴 수도 있지만, 원하는 집을 사고 싶다고 남편을 속여 일을 꾸미는 건 좀 다른 문제였다. 문득 콜린과 결혼한 이후로 저지른 죄악들이 일사천리로 부풀어간다는 생각이 들었다. 하지만 이제껏 저지른 죄악은 대부분 신이 가진 경범죄 명부에 기록될 만한 것들이었다. 하지만 자기 욕심을 채우려고 새빨간 거짓말을 한다면, 말할 나위 없이 중죄로 분류되겠지.

알렉산드라는 그를 속일 수가 없었다.

「알았어요, 콜린. 하지만 이 일에 대한 당신 태도가 지나치게 터무니없다는 사실을 잊지 말았으면 좋겠어요.」

「그 말 잊지 않도록 하지.」

이번에는 아내의 말이 끝나기도 전에 비아냥거리며 대꾸했다. 하지만 콜린은 이렇듯 아내의 요구에 무신경하게 반응하는 것과는 달리 남들에게는 거의 상반되게 대했다. 경우에 따라서는 남을 상당히 배려할 줄도 알았다. 콜린은 스테판과 레이몬드가 알렉산드라의 경호를 맡을 필요가 없게 될 경우를 염려해서, 이 두 남자에게 자기 회사에서 일하기를 권유했었다. 이들은 배에서 일하면서 세계를 여행할 수 있게 된 것에 아주 만족해했다. 콜린은 이들을 제대로 훈련시킬 양으로 친구인 짐보의 감독 아래에 둘 생각이었다.

콜린은 여전히 정열적인 연인이었다. 매일 밤 그녀의 침대에서 사랑을 나누었고, 그녀가 잠들 때까지 꼭 껴안고 있다가 자기 방으로 돌아가곤 했다.

알렉산드라는 다리에 관한 얘기라면 일체 입을 열지 않는 남편의 성격을 잘 알았기에, 그 부분에 대해 뭐라고 말하기가 두려웠다. 그는 자신에겐 전혀 문제가 없는 것처럼 행동했다. 알렉산드라는 남편을 이해할 수 없었다. 콜린은 자신의 약점을 인정하면 열등감이 드는 걸까? 그리고 그녀를 사랑한다면, 즐거움이든 슬픔이든 함께 나눠야 마땅하지 않을까?

하지만 콜린은 날 사랑하지 않아 — 적어도 아직은 말이야. 알렉산드라는 이 사실을 스스로에게 주입시켰다. 그렇다고 크게 낙담할 일은 아니었다. 그녀는 남편에 대한 강한 믿음을 가지고 있었다. 콜린은 때가 되면 태도가 누그러질 테고 그녀가 좋은 아내임을 깨닫게 되리라. 설령 5년 후, 남편에게 아무런 변화가 일어나지 않더라도 상관없었다. 얼마든지 더 기다릴 수 있으니까. 또한 그의 일에 일체 간섭하지 않겠다고 약속했던 말도 지킬 생각이었다.

그러나 알렉산드라의 판단으론 남편의 신발 안에 뭔가를 덧댄 것이 그에 대한 간섭이란 생각은 들지 않았다. 도리어 특별 주문한 웰링턴 부츠를 남편이 매일같이 신고 다니는 걸 보고 매우 흐뭇해졌다. 그 구두 기술자는 가죽 안창을 두 개 만들어 보냈는데, 하나는 좀 두터웠던지 콜린은 그 부츠를 신어보더니 몇 분 지나서 벗어 던지고 다른 부츠로 바꾸어 신었다. 하지만 부츠 속에 끼워 둔 두 번째 안창은 훨씬 효과적이었다. 콜린은 부츠가 길이 들어서 편해졌다고 믿고 있었다. 물론 알렉산드라는 진짜 이유를 알고 있었지만, 입도 뻥긋 하지 않았다. 그 점에 있어선 플래네건도 마찬가지였다. 집사가 알렉산드라에게 귀띔하길, 주인님이 일을 마치고 집으로 돌아왔을 때 예전처럼 심하게 절룩거리지 않는다고 했고, 알렉산드라도 그런 것 같다고 맞장구를 쳤다. 자기 계획이 성공하자 너무나 기쁜 나머지, 알렉산드라는 즉시 안창 두 개를 더 주문했다.

사람들 눈에 콜린은 세상에 걱정이라곤 없는 사람처럼 비쳤다. 늘 천하 태평한 웃음을 머금고 있는 그는 런던에서 두 번째라면 서러워할

인기 좋은 남자였다. 그가 모습을 나타내면 눈 깜짝 할 사이에 친구들이 그를 에워싸곤 했다. 물론 여성들도 예외는 아니었다. 그가 유부남이란 사실 때문에 달리 보는 숙녀들은 거의 없었다. 그들은 예나 지금이나 그의 주변에 떼지어 모여들었다. 콜린은 여자들을 끄는 매력이 있긴 했으나, 바람둥이는 아니었다. 사교 모임에 참석할 때는 대개 아내와 부부 동반해서 다녔다. 콜린은 지성적이고 영리한 남자였다. 그는 해운업 거래 대부분을 무도회장에서 성사시켰다. 그 사실을 눈치챈 후로 알렉산드라는 그가 밤늦도록 집에 돌아오지 않아도 괘념치 않았다.

알렉산드라는 요즘 들어 틈만 나면 꾸벅꾸벅 졸았다. 그녀와 콜린은 두 달간을 거의 매일 밤 각종 파티에 참석했고, 따라서 지나친 피로감이 축적된 알렉산드라는 몇 차례 구역질까지 하고 말았다.

하지만 알렉산드라는 오늘밤, 앨런버러 백작이 개최하는 파티를 손꼽아 기다려왔다. 콜린의 가족들이 참석하기로 되어 있기 때문이었다.

앨런버러 백작은 이 무도회를 위하여 '해리슨 하우스'를 전세내었는데, 대리석과 석재로 지어진 웅장한 이 영지는 섭정 왕자의 궁전만큼이나 컸다.

알렉산드라는 상아색 드레스를 입었다. 낮게 파인 목선이 못마땅했던지 콜린이 혼잣말로 뭐라고 투덜댔다. 그녀가 한 유일한 장식품인 사파이어로 장식된 아름다운 목걸이가 목에 딱 달라붙어 있었다. 느슨하게 걸쳐진 목걸이 줄 중앙에 유일하게 달려 있는 사파이어는 2캐럿은 족히 될 성싶은 값비싼 것이었고, 흠집하나 없이 완벽해보였다. 콜린의 어림짐작으로도 분명 엄청나게 비싼 목걸이였는데, 알렉산드라가 이걸 목에 건 게 영 못마땅했다.

「내가 아끼는 목걸이예요.」

두 사람이 일단 마차 안에 자리를 잡고 마차가 무도회를 향해 출발하자 알렉산드라가 불쑥 말을 꺼냈다.

「하지만 인상쓰는 걸 보니, 전혀 마음에 안 드나 봐요. 콜린?」

「그 목걸이를 좋아하나보군?」

그녀가 손끝으로 목걸이를 살짝 건드렸다.

「제 어머니 유품이거든요 이걸 목에 걸 때마다 어머니 생각이 나요. 아버지에게서 받은 선물이었대요.」

콜린의 태도가 눈에 띄게 부드러워졌다.

「그럼 당연히 하고 다녀야지.」

「근데 왜 기분이 나빠졌죠? 목걸이를 처음 보자마자 인상을 찌푸렸잖아요.」

콜린이 어깨를 으쓱거렸다.

「내가 사준 게 아니어서 그랬소.」

그녀는 남편의 말을 어떻게 해석해야 할지 몰랐다. 목뒤로 손을 돌린 그녀는 목걸이를 벗겨내려고 고리를 끄르기 시작했다. 콜린이 그녀의 동작을 막았다.

「내 생각이 짧았소. 그냥 걸고 있어. 목걸이 색깔이 당신 눈 색깔과 잘 어울리는데.」

남편의 얼굴을 바라본 그녀는 콜린이 비아냥거린 게 아니라 칭찬하는 말임을 눈치챘다. 이윽고 그녀는 두 손을 무릎에 포개 얹고 남편에게 미소를 던지며 화제를 돌렸다.

「당신의 동업자가 오늘 내일이면 돌아오겠네요?」

「그렇소.」

「내가 그분을 좋아하게 될까요?」

「언젠가는.」

「그의 아내는 좋아하게 될까요?」

「그렇게 될 거요.」

남편의 짤막짤막한 대답에 그녀는 전혀 화가 나지 않았다. 표정을 보니 남편은 몹시 괴로운 모양이었다. 다리의 통증이 또 재발했나봐. 콜린이 옆 좌석 쿠션에 다리를 턱 걸쳐놓는 폼으로 봐서 그녀의 짐작이 빗나가지 않았다.

얼른 손을 뻗어 그의 다리를 만져보고 싶은 충동을 참느라 알렉산드라는 안간힘을 써야 했다.

「오늘 행사에 꼭 참석할 필요는 없어요. 몹시 피곤해 보이는데.」

그녀가 남편의 동정을 살폈다.

「난 괜찮소.」

콜린이 허튼 소리 말라는 듯 퉁명스럽게 딱 잘라 말했다. 얘기해 봐야 아무 소용없겠어.

알렉산드라는 다시 화제를 돌렸다.

「네이선과 사라에게 출산 기념으로 선물을 하면 좋을 거예요.」

콜린은 소파 뒤로 몸을 기대고 눈을 꼭 감고 있었기 때문에 남편이 자기 말에 귀를 기울이고 있는지 가늠하기 어려웠다. 그녀는 시선을 아래로 떨구고 드레스의 주름을 만지작거렸다.

「그런 사소한 일에 신경 쓰고 싶지 않을 테니, 그 일은 내가 알아서 처리할게요. 당신과 네이선이 해운 회사를 하고 있으니 배 모형을 하나 만들어 선물하면 어떨까 싶어요. 당신 생각은 어때요? 그 부부가 새로 산 집의 벽난로 위에 그 모형을 올려놓으면 괜찮을 거예요.」

「사라가 분명히 좋아할 거요. 뭘로 정하든 난 괜찮소.」

「서재에서 당신 배들의 설계도 몇 장을 봤었는데, 당신만 괜찮다면 에메랄드 배의 설계도를 공예가에게 갖다주겠어요.」

마차가 해리슨 하우스 앞에서 급정거했다. 콜린은 마부가 문을 열어줄 때도 반쯤은 잠에 빠진 멍한 상태에 있더니, 갑자기 태도가 바뀌었다. 그는 아내를 밖으로 부축한 뒤에 손을 잡고 계단을 오르기 시작했다. 바로 그때 그들 쪽으로 걸어오는 형과 형수를 발견하고는 즉시 얼굴에 활짝 웃음꽃을 피웠다.

콜린의 다리가 기적적으로 호전되어서가 아니었다. 억지로 웃음을 짓고 있었지만 실은 엄청난 고통을 견디고 있었고, 그의 괴로움을 아는 사람은 오로지 알렉산드라뿐이었다. 의사 말로는 통증이 오면 즉시 다리를 쉬게 해야한다고 했었다. 하지만 콜린은 다리가 괜찮다는 걸 증명해 보이기 위해 밤새 춤이라도 능히 출 남자였다.

밤 공기는 축축하고 으스스하게 차가웠다. 알렉산드라는 불현듯 현기증이 돌았다. 속도 메슥거렸지만, 그간 누적된 피로 때문에 지금 몸이 안 좋은가보다고 생각했다.

제이드가 그녀의 창백한 혈색을 눈치채고 '몸이 안 좋으냐'고 물어보았다. 그러자 케인과 콜린이 그녀의 얼굴을 들여다보았다.

「몸이 안 좋다고 왜 말하지 않았소?」

「그냥 좀 피곤해서 그러니, 그만 좀 찌푸려요, 콜린.」

그녀가 허겁지겁 변명을 했다.

「매일 밤 외출하는 게 습관이 되지 않아서 좀 피곤한가봐요. 솔직히 가끔씩은 집에서 쉬는 편이 낫겠어요.」

「모임에 나가기 싫었던 거요?」

남편이 놀랍다는 표정을 지었다. 알렉산드라는 어깨를 올리며 으쓱거렸다.

「꼭 해야 할 일이니 하는 거예요.」

「알렉산드라, 무슨 말인지 차근차근 얘기해주겠소.」

그는 이 문제를 대충 넘어갈 성싶지 않았다.

「좋아요, 그럼…… 난 파티를 썩 좋아하지는 않아요.」

「왜 진작에 그렇다고 말하지 않았던 거요?」

그는 알렉산드라에게 버럭 화를 냈으나, 그녀는 고개를 흔들었다.

「모임에 참석하면 당신과 네이선은 사업 기회를 얻게 되잖아요. 가기 싫은 건 당신도 마찬가지고요.」

그리고 한마디 더 했다.

「그래서 꼭 해야 할 일이니 한다고 말한 거예요. 언젠가는 한마디 할 참이었어요.」

아내는 빈틈없는 여자였다. 파티에 참석하는 자신의 동기뿐 아니라, 그녀를 이 모임 저 모임으로 끌고 다니는 자신의 기분까지도 정확히 꿰뚫고 있었다.

「언젠가는?」

그가 피식 웃으며 되풀이했다.

「정확히 언제 불평을 털어놓으려고 했던 거요?」

「난 절대 불평을 하지 않아요. 내가 그럴 거라고 말한 건, 당신이 사과해야 할 거예요. '언젠가는'이라고 한 건 지금부터 정확히 5년 후예요. 그때는 집에 있고 싶다는 말을 할 작정이었어요.」

케인이 알렉산드라에게 빙긋 웃으며 말했다.

「알렉산드라, 친구인 알버트 씨에게 그 투자에 대해 충고해주셔서 고맙다고 전해줘요. 주식이 벌써 세 곱절로 뛰었어요.」

알렉산드라가 고개를 끄덕였다.

「무슨 투자 말이야?」

콜린의 질문에 케인이 대답했다.

「지난번에 너희 집에 갔을 때 투자할 기회를 찾고 있다고 말했었잖아. 그때 알렉산드라가 말하길, 알버트 씨가 '캠턴 유리'의 주식을 권하더라는 거야. 그 회사 주식이 얼마 전에 공개됐어.」

「난 당신이 켄트 의류 공장에 투자한 줄 알았어요.」

제이드가 대화에 끼여들었다.

「아직 어떡해야 할지 결정 못했어.」

케인이 아내에게 말했다. 알렉산드라는 은연중에 고개를 저었다.

「케인, 그 문제는 좀더 신중히 생각하고 결정하셨으면 좋겠어요.」

콜린의 시선이 따갑게 느껴졌지만, 알렉산드라는 남편에게 눈길을 주지 않았다.

「알버트 씨도 그 의류 공장에 관심이 많아서 대리인인 드레이슨 씨에게 공장에 직접 가서 조사하라고 일렀어요. 드레이슨이 보고하기를, 그곳은 비상구 등 화재대비 시설이 전혀 되어 있지 않고, 운영도 엉망이래요. 수백 명의 여자들과 아이들이 일하고 있는데, 그 실태가 눈뜨고 못 볼 정도로 비참하대요. 알버트 씨는 그런 곳에 투자를 해서 사장을 부자로 만들어 주거나, 자신이 부자가 될 생각은 전혀 없대요. 왜 안 그렇겠어요? 사장이 딴 사람들을 착취하여 이윤을 남기니까요 - 어쨌든 알버트 씨가 그런 내용의 편지를 제게 보내왔어요.」

해리슨 하우스의 홀로 들어가면서 이들이 하던 얘기는 중단되었다. 공작 내외가 캐서린과 함께 홀 근처 구석진 곳에서 두 아들 내외를 기다리고 있다가 이들이 눈에 띄자 손짓을 했다. 업무 얘기는 일단 미루어졌다. 캐서린이 제이드를 반갑게 꼭 껴안은 후 알렉산드라를 끌어안았다. 곧바로 사파이어 목걸이를 알아본 시누이는 목걸이가 너무 부러워서 자기는 기절해버릴 것 같다고 허풍을 떨었다. 캐서린은 한 줄로 된 진주 목걸이를 하고 있었는데, 멍한 표정으로 진주 목걸이를 만지작거리며, 아버지가 사파이어 목걸이를 주셨다면 입고 있는 보랏빛 드레스가 훨씬 멋질 거라고 중얼거렸다.

노골적이기 짝이 없는 이 암시를 두고 알렉산드라는 깔깔대며 웃었다. 그리고 아무도 자기들에게 눈길을 주지 않은 틈을 타서, 재빨리 목걸이를 벗어서 캐서린의 손안에 쥐어주었다.

「이건 제 어머니 거니까 각별히 조심해야 해요.」

알렉산드라는 콜린이 엿듣지 못하게 나지막이 일렀다.

「고리가 안전하니까 고리만 잘 잠그면 잃어버릴 염려는 없어요.」

캐서린은 사양하는 척 하다가 곧 자기 목걸이를 알렉산드라에게 건네주었다.

콜린은 한동안 목걸이가 바뀐 사실을 눈치채지 못했다. 리처즈 경이 잰걸음으로 다가오더니 콜린의 가족과 인사를 나누었다. 그리고 케인이 아버지의 물음에 대답하느라 바쁜 틈을 타, 콜린에게 따로 할 얘기가 있다는 신호를 보냈다. 그의 표정으로 봐서 뭔가 심각한 얘기임에 틀림없었다.

콜린의 아버지가 알렉산드라에게 춤을 신청하고는 무도회장 중앙으로 걸음을 옮기자마자 콜린이 국장에게 다가갔다. 국장은 현관 구석진 곳에 서서 사람들을 지켜보고 있었다.

두 남자는 몇 분간 아무 말 없이 나란히 서 있었다. 그러다 홀을 가로질러 걸어가는 닐 페리를 알아본 콜린이 못마땅하여 눈살을 찌푸렸다. 알렉산드라가 이 남자를 알아본다면 보나마나 그의 누이동생에 대해 꼬치꼬치 캐물을 게 틀림없었다. 그럼 닐은 말할 나위도 없이 무례하게 굴 테고, 콜린은 그의 얼굴을 정통으로 한방 먹이게 되겠지.

그런 가능성을 떠올리자 슬그머니 웃음이 나왔다.

이윽고 누이동생이 시선에 들어왔다. 누이동생은 모르건과 춤을 추고 있었다. 콜린은 뒷짐을 지고 그 한쌍을 물끄러미 쳐다보았다. 모르건이 콜린을 알아보고 고개를 끄덕였다. 콜린도 인사 치레로 고개를 끄덕였다.

리처즈 경도 부하에게 고개를 끄덕여주었다. 얼굴에 미소를 머금고 있었지만, 국장의 어투는 화가 나 있었다.

「그 임무를 모르건에게 맡긴 게 화근이었어. 저 자가 일을 완전히 망쳐놓았다네. 데빈스 기억나나?」

콜린이 고개를 끄덕였다. 리처즈가 언급한 이 남자는 정보를 가끔 물고 오는 운반책으로 일하는 요원이었다.

「그가 죽었어. 내가 알아낸 바로는, 그가 살벌해진 싸움 한가운데에 휘말렸었나봐. 모르건 말로 데빈스는 공포에 질려 벌벌 떨었다는군. 그들은 연락망이 오기를 기다렸는데, 데빈스의 딸이 그곳으로 왔었나봐. 운이 지독히도 없었지. 그녀는 사방에서 솟아지는 공격을 받고 죽었어. 제길, 콜린, 아주 순조롭게 진행될 줄 알았던 일이 모르건의 지나친 야심과 경험 부족으로 참패로 끝났어. 운이 따랐든 안 따랐든 상관없이, 저 자는 이런 종류의 일을 할 재목은 아니야.」

「다시는 그에게 일을 맡기지 마세요.」

콜린이 화난 어투로 일렀다.

「데빈스는 공포에 질릴 사람이 아니에요. 성미가 급한 건 사실이지만, 판단력만은 신뢰할 수 있는 냉철한 사람이었어요.」

「맞아, 정상적인 상황이라면 자네 판단에 동의하네만, 그 역시 딸을 보호하고 싶어하는 아버지라네, 콜린. 위험에 처한 딸을 보면 판단이 흐려질 수도 있어.」

「제 생각에, 아버지라면 그 정반대로 반응했을 겁니다. 공포에 질리기보다는 훨씬 냉정하게 대처했겠죠.」

리처즈가 고개를 끄덕였다.

「모르건에게 팀에서 빼겠다고 전했네. 물론 내 결정에 언짢아하더군. 그리고 일을 망친 점을 유감으로 생각하고, 자기가 과민 반응을 보인 것도 인정했어. 자네 원망도 하더군. 함께 손잡고 일하면서 - 말하자면 한 수 가르쳐 주길 기대했는데 안 그랬다고 말야.」

콜린은 고개를 가로 저었다. 그런 변명을 받아들일 수 없었다. 국장의 표정으로 봐서, 그 역시 모르건의 변명에 찬성하지 않는 눈치였다.

「국장님 의견이 맞아요. 그에겐 재능이 없어요.」

「딱한 노릇이야. 그는 남의 눈에 띄고 싶어 안달이 난데다가, 돈도 절실히 필요하거든. 어쨌든 결혼 하나는 잘 할 거야. 숙녀들한테 인기가 아주 많거든.」

콜린이 무도회장으로 시선을 돌리자 모르건이 눈에 들어왔다. 그는 웃음을 머금고 캐서린을 내려다보며 그녀를 빙글빙글 돌리고 있었다. 캐서린은 깔깔거리며 이 순간들을 한껏 만끽하고 있었다.

콜린은 비로소 캐서린이 목에 건 목걸이를 보았다. 그리고 다음 순간 그의 시선이 알렉산드라를 찾아 사람이 많은 쪽으로 옮겨갔다. 아버지가 먼저 눈에 띄었고 곧 아내를 보았다. 그녀는 캐서린의 진주 목걸이를 하고 있었다. 걱정이 된 콜린이 얼굴을 찌푸렸다. 목걸이를 바꾸어서가 아니라 아내의 얼굴이 입고 있는 드레스 색만큼이나 창백했기 때문이다. 그녀는 지금 당장이라도 기절할 듯이 보였다.

콜린은 국장에서 실례한다고 말한 뒤 아내에게 걸어갔다. 그는 아버지의 어깨를 톡톡 쳐서 알렉산드라를 인도 받은 후 그녀의 허리를 팔로 휘감았다. 그녀는 억지 웃음을 지으며 남편에게 몸을 기대왔다.

왈츠가 막 끝났을 때 콜린은 아내를 데리고 앞뜰로 나갔다.

「당신, 병이라도 난 거 아냐?」

바깥으로 통하는 문 옆에 케인과 제이드가 서 있었다. 케인은 알렉산드라의 얼굴을 본 즉시 한걸음 물러섰다. 그녀의 얼굴엔 핏기가 하나도 없었다. 무슨 병에 걸렸는지는 몰라도, 전염병이 아니기를 바랐다.

알렉산드라는 쓰러질 것 같기도 하고 구역질이 날 것도 같았지만, 신선한 공기를 마시고 나니 기분이 나아진 듯했다.

「무도회장을 계속 돌아서 그런가 봐요.」

알렉산드라가 남편에게 변명을 했다.

케인이 안도의 숨을 내쉬더니 그녀를 도우려고 앞으로 걸어나왔다. 알렉산드라를 형에게 잠시 기대게 하고 안으로 들어간 콜린은 작별 인사를 한 뒤 그녀를 데리러 돌아왔다. 그는 상의를 벗어 어깨에 걸쳐준 뒤, 계단을 내려가 밖에서 대기 중인 마차로 걸음을 옮겼다.

기분이 나아진 것도 잠시였다. 마차가 덜컹대면서 좌우로 흔들리자 또다시 속이 울렁대기 시작했다. 그녀는 무릎에 얹은 두 손을 꼭 움켜쥐고, 속을 가라앉히려고 몇 번 깊숙이 숨을 들이마셨다.

콜린이 그녀를 무릎에 앉히고, 그녀의 머리를 턱 아래로 끌어당겨 꼭 안았다.

집에 도착하자마자 콜린이 그녀를 번쩍 안아 곧장 침실로 옮겼다. 아내를 침대에 앉혀놓은 그는 그녀가 부탁한 찬물 한잔을 가지러 아래층으로 내려갔다.

알렉산드라는 침대보 위에 누워 눈을 감았다. 그리고 1분도 지나지 않아 그대로 깊은 잠에 빠져버렸다.

콜린이 아내의 옷을 벗겼다. 걱정이 된 플래네건이 문 밖에서 서성대고 있었으나 콜린은 그의 도움을 받을 생각이 없었다. 아내가 입은 옷을 모두 벗기고 이불 속에 눕혔다. 그야말로 녹초가 된 듯했다. 꼭 아기처럼 새근새근 잠이 든데다, 이불을 당겨 빼내려고 번쩍 들어올렸을 때도 눈 한 번 뜨지 않았으니 말이다.

콜린은 오늘은 밤새 곁에 있어줘야겠다고 결심했다. 갑자기 그에게도 피곤이 밀려왔다. 콜린은 침대로 들어가 그녀 옆에 누웠다. 알렉산드라는 무의식적으로 그의 품속에 파고들었다. 콜린은 아내의 이마에 입을 맞추고 안아주면서 눈을 감았다.

새벽이 되기 조금 전, 콜린이 잠에서 깨어나 보니 그녀의 엉덩이가 몸에 밀착되어 있었다. 아내는 아직도 잠에 빠져 있었다. 콜린은 자신이 뭘 하는지 깨닫지도 못할 만큼 잠에 취해 있었다. 그는 아내와 사랑을 나누었고, 둘 다 만족을 느낀 후 다시 잠이 들었다.

다음날 아침, 잠에서 깨어난 알렉산드라는 언제 그랬냐는 듯이 몸이 개운했다. 그날 오후, 캐서린이 목걸이를 돌려주려고 집을 방문했다. 사교계에 진출한 이후로 즐거운 나날을 보내고 있는 캐서린이 아버지에게 접수된 구혼 건들을 몽땅 알렉산드라에게 털어놓았다.

캐서린은 알렉산드라의 팔짱을 끼고 그녀를 응접실로 이끌었다.

「이렇게 화창한 일요일 오후에 오빠는 어디에서 뭘 하는 거죠?」

「콜린은 일하고 있어요. 저녁때쯤에나 집에 와요」

캐서린이 소파 옆 의자에 자리를 잡았다. 플래네건은 안에서 시킬 일이 있을 때를 대비해 문간에 대기하고 있었다.

「그 남자들을 하나하나 떠올리지도 못할 지경이에요」

캐더린이 허풍을 떨자 알렉산드라가 한마디 충고해주었다.

「관심 있는 남자들의 목록을 만들어봐요. 그럼 그리 혼란스럽진 않을 거예요」

캐서린이 괜찮은 착상이라고 말하자, 알렉산드라는 즉시 플래네건을 시켜 종이와 펜을 가져오도록 했다.

「아버지에게 몇몇 남자는 싫다고 말씀드렸더니, 선뜻 제 말을 들어주셨어요. 날 서둘러서 시집 보낼 생각이 없으신가봐요」

「일단은 거절할 사람 명단부터 작성해야 할 거예요. 혹시 마음이 변하거나 거절한 이유를 잊을 경우를 대비해, 각 이름 뒤에 거절한 이유도 달아놓아야 해요」

「그렇군요, 정말 좋은 생각이에요」

캐서린이 환호성을 질렀다.

「이렇게 도와주다니, 새 언니는 정말 친절해요」

도움이 됐다는 말에 알렉산드라는 몸이 짜릿할 정도로 신이 났다.

「조직적으로 일하는 건 필수예요.」

「뭘 하는 데 필수라는 거죠?」

알렉산드라는 입을 열었으나, 정확한 대답이 떠오르지 않았다.

「균형 잡힌 행복한 생활을 위해서죠.」

그녀가 큰소리로 말했다.

플래네건이 부탁한 물건들을 가지고 돌아왔다. 알렉산드라는 그에게 고맙다고 말한 뒤 캐서린에게 고개를 돌렸다.

「거절할 목록부터 시작해볼까요?」

「닐 페리를 첫 번째에 적어줘요. 그가 어제 청혼해 왔는데, 그 남자는 정말 밥맛이에요.」

알렉산드라는 명단의 제목을 적은 후 페리의 이름을 적었다.

「나도 그 남자는 달갑지 않아요. 거절하다니 판단을 잘했어요.」

「고마워요.」

캐서린이 대꾸했다.

「그의 이름 옆에 무슨 이유를 달까요?」

「밥맛 떨어진다고.」

알렉산드라가 깔깔대며 웃었다.

「바로 그거예요. 그는 자기 누이동생과는 그야말로 정반대예요. 빅토리아는 정말 사랑스런 아가씨거든요.」

캐서린은 빅토리아가 누군지 몰라 찬성도 반대도 할 수 없었다. 그녀는 마음에 안 드는 남자들의 이름을 빠르게 열거했다. 마음이 끌리는 후보들에 대해 꼼꼼히 따져보고 싶어 안달에 났으므로 이 일은 빨리 해치우고 싶었다. 게다가 알렉산드라에 알려주고 싶어 입이 간질거리는 화젯거리도 있었다.

「그럼 됐어요. 이제 두 번째 목록을 시작해야죠.」

캐서린이 네 명의 이름을 불러주었다. 네 번째 이름은 모르건이었다.

「그가 아직 구혼하지는 않았지만, 어젯밤에 처음 만났으니까 그랬겠죠. 하지만 새 언니, 모르건은 정말 매력적인 남자예요. 그가 미소를 지을 때면 내 심장이 멈춰버릴 것 같다니까요. 하지만 그를 차지할 가능성이 있을지는 의심스러워요. 숙녀들 사이에서 그 사람의 인기가 하늘을 찌르니까요. 그렇지만, 날 찾아와도 되는지 아버지께 여쭤본다고 했어요.」

「나도 모르건을 만난 적이 있어요.」

알렉산드라가 대꾸했다.

「정말 매력적인 남자더군요. 콜린도 그를 좋아하는 것 같았어요.」

「결혼 상대로는 더할 나위 없는 사람이겠죠. 그렇긴 한데…… 좀 고려해보고 싶은 사람이 있어요.」

「이름을 말해요. 목록에 적을 테니까.」

그러자 캐서린이 얼굴을 붉히기 시작했다.

「이건 정말 로맨틱한 일이에요. 아버지 생각은 틀리지만요. 새 언니, 아무에게도 말하지 않겠다고 약속해줘요.」

「뭘 말예요?」

「일단 약속부터 해요. 그러면 얘기를 해줄게요. 손을 가슴에 얹어요. 그래야 이 약속이 좀더 강제성이 있어 보이니까요.」

캐서린이 워낙 진지해서 알렉산드라는 감히 소리내어 웃을 수 없었다. 시누이의 기분을 다치게 하고 싶지 않았기 때문에 시키는 대로 가슴에 손을 얹고 굳게 맹세를 했다.

「이제 얘기해줄 건가요?」

「아직 그분의 이름은 몰라요. 하지만 어젯밤 무도회에 온 건 확신해요. 물론 멋진 남자라는 것도요.」

「만난 적이 없었다면 멋진 남자인지 아닌지를 어떻게 알아요? 아, 그를 만나봤군요, 그렇죠? 바로 그거야, 내 말이 맞죠? 단지 이름을 아직 모르고 있군요. 어떻게 생긴 사람인지 말해봐요. 어쩌면 전에 본 사람인지도 모르니까.」

「오, 아직 만나지 못했어요.」

「무슨 말인지 도무지 모르겠군요.」

캐서린이 소리내어 웃었다.

「그에게 이름이 있으니 목록에 적어보세요.」

알렉산드라가 잉크에 펜촉을 적셨다. 캐서린은 얌전히 기다리다가, 알렉산드라가 병에서 펜을 꺼내자 이렇게 속삭였다.

「미지의 숭배자.」

그녀는 이렇게 말한 후 행복한 듯 긴 숨을 내뱉었다. 순간, 알렉산드라는 헉 하고 숨을 들이마시며 펜을 무릎에 떨어뜨렸다. 분홍 드레스가 잉크 물로 얼룩졌다.

「어머, 세상에, 이 일을 어떻게 해!」

캐서린이 소리를 질렀다.

「새 언니 옷이…….」

알렉산드라가 고개를 가로 저었다.

「옷은 신경 쓰지 말아요.」

딱 잘라 말하는 그녀의 어투에는 근심이 어려 있었다.

「그 미지의 숭배자란 사람에 대한 얘길 들어야겠어요.」

캐서린이 얼굴을 찌푸렸다.

「난 잘못한 게 전혀 없는데 왜 화를 내는 거예요?」

「화내는 게 아니라…… 어쨌든 아가씨에게 화난 건 아니에요.」

「방금 고함을 질렀잖아요.」

「고함 지를 생각은 없었어요.」

캐서린의 눈에 눈물이 맺혀 있었다. 시누이는 신경이 극도로 곤두서 있었고 쉽게 마음의 상처를 받았다. 시누이가 성숙한 여자이기보다는 아직 어린아이에 가깝다는 생각이 퍼뜩 스쳤고, 그러자 염려스런 점을 말하지 말자고 마음먹었다. 일단 콜린과 상의부터 해봐야겠어. 그라면 미지의 숭배자에 대해 어떻게 대처해야 할지 알겠지.

「속상하게 해서 미안해요. 날 용서해줘요.」

알렉산드라는 애써 상냥한 어투로 말했다.

「이 미지의 숭배자에 대한 게 궁금해요. 그에 대해 말해주겠어요?」

캐서린은 눈을 깜빡여 눈물을 떨쳐냈다.

「뭐 별로 할 말도 없어요. 오늘 아침에 카드와 함께 선물을 받았어요. 내용은 없었고, 그냥 서명만 했던데.」

「뭐라고 적혔던가요?」

「미지의 숭배자로부터. 무척 로맨틱한 일이라고 생각했는데…… 언니가 왜 이렇게 이상하게 행동하는지 이해가 안 되요.」

「세상에!」

알렉산드라는 입속말로 이렇게 속삭이더니 소파 뒤로 몸을 털썩 던졌다. 두려움 때문에 머릿속이 전속력으로 회전했다. 콜린은 무슨 일이 있어도 내 말에 귀를 기울여야 해. 뜻을 관철시키기 위해 잠든 사이에 그를 침대에 꽁꽁 묶어두는 한이 있더라도.

「새 언니, 몸을 떨고 있어요.」

캐서린이 불쑥 말했다.

「약간 한기가 있어서 그래요.」

「어머니가 새 언니가 임신했다고 큰 올케에게 말했어요.」

「내가 뭐라고요?」

물론 고함 지를 뜻은 없었지만, 캐서린이 던진 말에 그녀는 비명에 가까운 소리를 질렀다.

「두 분 생각에는 새 언니가 오빠의 아기를 가진 것 같대요. 그게 정말인가요?」

캐서린이 차근차근히 말했다.

「아니에요, 당연히 아니죠. 불가능해요. 아직 너무 이르잖아요.」

「결혼한 지 벌써 석 달이 지났는걸요. 언니가 구역질하는 게 그 증상이라고 하던데요. 임신이 아니면 어머니가 무척 실망하실 텐데. 임신이 아닌 게 확실해요?」

「그럼요, 확실해요.」

그녀는 캐서린에게 사실을 말하고 있지 않았다. 솔직히 그 어떤 것도 전혀 확신할 수 없었다. 마지막으로 월경을 했던 게 벌써 오랜 전 일이었다. 석 달이 훌쩍 넘었으니까. 알렉산드라는 확실히 하려고 되짚어 계산해보았다. 그래, 틀림없어. 결혼하기 2주 전에 월경을 치렀지만…… 그 이후로는 전혀 없었다. 그럼, 속이 울렁댔던 게 피로 때문이 아니란 말인가? 그러고 보니 원래 낮잠을 자는 성격도 아닌데, 요즘에는 오후에 한숨 자지 않고는 하루를 배겨내기도 힘들었다. 물론, 콜린과 하루도 빠짐없이 외출했었고 늦게까지 잠을 못 자니 잠깐씩 잘 필요가 있다고 굳게 믿긴 했었다.

알렉산드라는 배를 보호하려는 듯 손을 배에 가져갔다.

「나도 콜린의 아이를 갖고 싶어요. 하지만 콜린이 세워둔 계획들을 방해하고 싶지 않아요.」

「계획이랑 아기가 무슨 상관이 있단 말이에요?」

알렉산드라는 냉정을 찾으려고 애썼다. 갑자기 안개 속을 헤매는 기분이었다. 머릿속을 정리할 수 없었다. 그 가능성을 왜 깨닫지 못했을까. 당연히 일어날 수 있는 일이라고는 딱 한가지…….

그래, 임신한 거야.

「새 언니, 제발 설명 좀 해봐요.」

캐서린이 끈질기게 물었다.

「5년 동안 계획이 있거든요. 그때가 되면 아이를 가질 거예요.」

알렉산드라가 얼떨결에 털어놓았다.

캐서린은 새 언니가 농담하는 줄 알고 갑자기 깔깔대며 웃었다. 잠시 후에 시누이가 자리를 털고 일어날 때까지 알렉산드라는 침착함을 잃지 않으려고 애를 썼다. 하지만 시누이가 떠나자마자, 침실로 뛰어들어와 방문을 잠그고 울음을 터뜨렸다.

마음속에서는 상반되는 두 가지 감정이 격렬히 부딪히고 있었다. 콜린의 아이를 가졌다니, 온몸이 짜릿할 정도로 감격스러웠다. 귀중한 한 생명이 몸 속에서 자란다니 그야말로 기적같이 느껴졌고 행복함으로 가슴이 부풀어올랐다. 하지만 양심의 가책도 그만큼 컸다.

콜린은 이 소식을 전혀 기뻐하지 않을 수도 있었다. 그가 좋은 아버지가 되리라는 점에는 추호도 의심치 않았지만, 이 시기에 아기가 태어나면 짐만 하나 더 느는 결과가 아닐까? 오, 하느님, 남편이 날 사랑한다면 얼마나 좋을까! 그리고 내 재산에 대한 고집을 좀 꺾는다면!

이런 죄책감을 느끼기가 싫었다. 이렇듯 격한 행복감과 끔찍한 두려움을 동시에 느끼다니, 도대체 어떻게 된 거지!

플래네건은 뜨거운 차를 가지고 이층으로 올라왔다. 막 방문을 노크하려는데 안에서 울음소리가 들렸다. 그는 어찌해야 좋을지 몰라 잠시 제자리에 서 있었다. 무슨 일인지 알아내어 안주인을 돕고 싶었지만, 방문이 잠겨 있는 걸로 보아 혼자 있고 싶은 듯했다.

현관문 열리는 소리가 들려, 그는 뒤돌아 서서 아래층으로 향했다. 층계참에 막 이르렀을 때 콜린이 집안으로 들어오고 있었다. 그는 혼자가 아니었다. 동업자인 네이선이 주인 나리를 뒤따라 들어왔는데, 워낙 키가 커서 아치형 문간에서 고개를 숙여야 했다.

손님이 계신 자리에서 걱정거리를 털어놓으면 안 된다는 것쯤은 플래네건도 알고 있었다. 그는 얼른 계단을 내려가서 주인 나리에게 고개를 숙인 후 손님에게도 인사를 했다. 콜린이 집사에게 말했다.

「우린 응접실에 있겠네. 케인 형과 형수님도 곧 오실 거야. 알렉산드라는 어디에 있지?」

「공주님은 이층에서 쉬고 계십니다.」

플래네건이 공손히 대답했다. 그는 근엄하게 보이려고 무진 애를 쓰고 있었다. 전에 몇 번 만난 적이 있었지만, 왠지 네이선 앞에서는 주눅이 드는 걸 어쩔 수가 없었다.

「형이 올 때까지 쉬시도록 그냥 두게.」

지시를 내린 후 콜린은 네이선에게 고개를 돌렸다.

「우린 어쩔 수 없는 일로 거의 매일 밤 외출했었다네. 알렉산드라는 지금 기진맥진해 있어.」

「부인이 매일 밤 나가는 걸 좋아하나보군?」

네이선의 질문에 콜린이 빙긋 웃었다.

「아니.」

콜린과 네이선이 응접실로 향하는 데 현관에서 노크소리가 들렸다. 플래네건은 콜린의 가족들이 왔나보다고 짐작했다. 얼른 문을 연 그는 공손히 절을 하려는데, 언뜻 보니 그 방문객은 몸을 움츠리고 선 심부름 온 아이였다. 그 꼬마는 빨간 리본이 묶인 하얀색 선물 상자를 플래네건 앞에 쑥 내밀었다.

「이 상자를 알렉산드라 공주님께 전해드리라는 심부름을 왔어요.」

플래네건은 상자를 받아든 뒤 문을 닫았다. 그는 싱긋 웃음을 머금으며 이층으로 가려고 몸을 돌렸다. 이제 공주님을 방해할 좋은 이유가 생겼으니, 방에 들어가면 뭐 때문에 속상하신지 여쭤봐야지.

그때 또다시 현관에서 노크 소리가 들렸다. 플래네건은 상자를 보조탁자에 올려놓고 현관으로 몸을 되돌리며 심부름꾼이 되돌아왔나 보다고 생각했다.

하지만 현관에 서 있는 사람들은 콜린의 형과 형수였다. 제이드는 플래네건에게 상냥한 웃음을 지었지만 케인은 집사에게 별 관심이 없었고 아내에게 인상을 찌푸리는 데만 열중하고 있었다.

「어서 오십시오.」

플래네건이 문을 활짝 열어 젖히며 인사를 했다.

제이드가 얼른 안으로 들어오더니 집사에게 인사를 했다. 케인은 짧게 고개만 까닥했다. 뭔가 딴 생각에 골몰히 빠져 있는 듯했다.

「하던 얘기가 아직 끝나지 않았어.」

그는 딱딱하고 냉정한 어투로 아내에게 말했다.

「여보, 당신이 지금 얼마나 한심해 보이는지 알아요?」

제이드가 대뜸 반박하고서 집사에게 물었다.

「플래네건, 콜린과 네이선은 어디에 있죠?」

「지금 응접실에서 두 분이 오시기를 기다리고 계십니다.」

「난 이 일의 진상을 철저하게 밝혀야겠어, 제이드.」

케인이 퉁명스럽게 내뱉었다.

「시간이 얼마나 걸리든 상관없어.」

「당신은 터무니없는 질투를 하고 있어요, 케인.」

「그래. 당신 말이 맞아.」

그는 아내를 따라 응접실로 들어오며 소리를 질렀다.

네이선과 콜린은 제이드가 응접실로 들어오는 즉시 자리에서 일어났다. 네이선이 누이동생을 팔에 꼭 끌어안았다. 그리고 누이에게 목소리를 높인 매제를 노려보며 꾸짖었다.

「어떤 남편이 아내에게 그렇게 목소리를 높이나?」

케인이 갑자기 웃음을 터뜨렸고, 콜린도 덩달아 웃었다.

「처남은 변했군요. 늘상 고함 지르던 모습이 아직도 눈에 선한데.」

케인이 한마디했다.

「완전히 바뀌었지. 그리고 이 생활에 만족하고 있어.」

네이선이 덤덤한 어투로 말했다.

「그럼 고함 지르는 일은 온통 사라 몫이겠군.」

콜린이 알겠다는 듯이 말하자, 네이선이 웃으며 대꾸했다.

「몸집은 자그마해도 우리 집사람 성깔이 보통은 아니지.」

제이드가 오빠 옆자리에 앉았다. 그러자 오빠도 자리에 앉으며 케인에게 시선을 돌렸다.

「자네 두 사람 의견 차이라도 있는 거야?」

「아니에요, 오빠.」

「있어요.」

케인과 제이드가 동시에 대꾸했다.

「지금 그 얘기를 하고 싶지 않아요.」

이렇게 말한 제이드는 일부로 화제를 돌렸다.

「오빠, 난 아기가 보고 싶어 죽겠어요. 아기가 오빠를 닮았나요, 아니면 언니를 닮았나요?」

「내 눈과 사라의 발을 닮았어, 정말 다행이야.」

「모녀는 지금 어디에 있지?」

콜린이 궁금해했다.

「아기 자랑을 하게 장모님에게 데려다줬어.」

「런던에 계실 동안 장인 댁에 머물 생각인가요?」

케인이 물었다.

「어림도 없는 소리!」

네이선이 진저리를 치며 말했다.

「그분들과 같이 있으면, 난 정신이 나가서 누굴 죽이게 될지도 몰라. 우린 자네와 함께 있을 걸세.」

케인이 고개를 끄덕이며 미소를 머금고 있었다. 요청하는 대신 지시를 내리다니, 이 얼마나 네이선다운 행동인가! 제이드는 이 소식을 듣고 온몸이 떨릴 만큼 신이 났다.

「자네 부인은 어디에 계신가?」

네이선이 콜린에게 물었다.

「플래네건이 이층에 데리러 갔어. 1분내로 내려올 걸세.」

1분이 10분이 되었다. 알렉산드라는 잉크 묻은 실내복을 벗고 예쁜 보라색 드레스로 갈아입은 지 오래였지만, 현재 글쓰는 테이블에 앉아서 콜린이 할 일을 적은 황당한 목록을 만들고 있었다. 죄다 명령법으로 쓰여진 이 목록은 콜린에게 보여주기에는 영 부적합했다. 남편을 다룰 땐 슬쩍 제안하는 편이 훨씬 효과적이란 게 경험으로 터득한 지혜였다. 콜린을 비롯한 남편들 대부분이 부인의 지시를 받는 건 질색을 하니까.

그렇긴 하지만 척 하는 거야 무슨 상관이 있겠는가. 게다가 남편에게 바라는 일들을 종이에 적다보니 기분도 한결 좋아졌다. 목록 맨 위 줄에 콜린의 이름을 적었다. 그리고 지시 사항들을 써 내려갔다.

첫째, 빅토리아와 스스로를 미지의 숭배자라 지칭하는 남자가 연류된 놀랄 만한 우연의 일치에 대해 아내가 얘기를 해주면, 콜린은 반드시 아내의 말에 귀를 기울여야 한다. 그녀는 옆에 괄호를 열고 캐서린의 이름을 적어 넣었다.

둘째, 아내의 유산과 관련하여 콜린은 태도를 바꾸어야 한다. 옆에 괄호를 쳐서 '고집불통'이라는 말을 적었다.

셋째, 콜린은 그가 아내를 사랑한다는 사실을 깨닫는 데 5년이나 기다릴 필요는 없다. 지금 당장 그 사실을 깨닫고 아내에게 사랑한다고 말해야 한다.

넷째, 곧 아버지가 되는 데 있어, 콜린은 당연히 행복하게 생각해야 한다. 계획을 방해한다고 아내를 탓해선 결코 안 된다.

알렉산드라는 이 목록을 죽 읽어본 후 길게 한숨을 내쉬었다. 콜린의 아기를 가졌다니, 한편으론 감개무량했지만 다른 한편으론 그가 싫어할까봐 걱정이 되어 울고 싶기도 했다.

그녀는 또다시 길게 한 숨을 내쉬었다. 이렇게 머릿속이 복잡하고 감정적이 되다니, 전혀 그녀답지 못했다.

알렉산드라는 목록에 질문 하나를 적었다.

임신한 아내들도 수녀가 될 수 있을까?

그녀는 아직도 못마땅하여 또 다른 문장을 적었다.

원장수녀님은 날 사랑하셔.

그러자 이 중요한 사실이 기분을 한결 가볍게 해주었다. 차츰 마음이 가라앉자, 그녀는 그 목록을 찢어버리려고 집어들었다.

그때 플래네건이 나타나서 그녀를 방해했다. 집사가 때마침 문을 두드렸고, 알렉산드라가 들어오라고 하자 즉시 방안으로 들어왔다.

공주가 울음을 그치신 걸 본 그는 마음이 놓였다. 눈은 아직 좀 부어 있었으나, 집사는 일체 그런 언급은 하지 않았다.

「공주님, 아래층에……」

그녀가 플래네건의 말을 가로챘다.

「말을 막아서 미안하지만, 잊어버리기 전에 꼭 물어볼 말이 있어서요. 요리사가 그 자작의 저택에 가서 뭐 들은 말이 없다고 하던가요?

귀찮게 해서 미안해요. 하지만 꼭 알아야 할 중요한 이유가 있어서 그
래요, 플래네건. 날 좀 이해해줘요.」

「요리사가 시장에 갔을 때 그 쪽 하인을 만나지 못했나봐요.」

플래네건이 말을 이어갔다.

「공주님, 제가 한 가지 제안을 해도 될까요?」

「그럼요, 해봐요.」

「요리사를 자작님의 타운 하우스로 보내면 어떨까요? 몰래 뒷문으로
들어간다면 자작님도 눈치채지 못할 거예요. 그리고 그 댁 하인들은
자작님에게 고해바치지는 않을 거구요.」

알렉산드라는 즉시 고개를 끄덕이며 찬성했다.

「정말 좋은 생각이에요. 너무 중요한 일이라 더 미룰 수가 없군요.
요리사에게 지금 가라고 일러요. 마차를 타고 가라고 해요.」

「오, 아닙니다. 공주님, 마차를 타라고 하면 불편해할 거예요. 예의에
어긋나잖아요. 자작님의 저택은 돌 던지면 닿을 거리에 있으니 기분
좋게 걸어갔다 올 겁니다.」

「정 그렇다면 그렇게 해요.」

알렉산드라 대꾸했다.

「내가 말을 막기 전에 하려던 말이 뭐죠?」

「손님들이 오셨습니다. 주인님의 동업자와 형님과 형수님께서 함께
계세요.」

알렉산드라는 자리에서 일어서려다가, 곧 생각을 바꾸었다.

「조금만 더 기다려요. 당신에게 줄 목록을 만들어놓았어요.」

플래네건은 기대에 부풀어 얼굴에 웃음을 잔뜩 흘렸다. 알렉산드라
가 자신을 아끼기 때문에 자기 일을 도와주려 한다는 걸 알고 있었던
플래네건은 언제부턴가 그녀의 목록을 좋아하게 되었다. 알렉산드라는
할 일을 알려줄 때마다 약간의 칭찬을 잊지 않았다. 그의 공주님은 언
제나 고마움을 표시했으며, 칭찬을 아끼지 않는 인자한 분이었다.

알렉산드라가 잔뜩 쌓여 있는 종이들을 들척이는 모습을 플래네건이

물끄러미 지켜보았다. 그녀는 마침내 플래네건의 이름이 적힌 목록을 찾아내어 그 종이를 집사에게 건네주었다.

그는 목록을 호주머니에 집어넣으며 안주인을 모시고 층계를 내려왔다. 그리고 응접실 탁자에 놓인 포장한 상자가 눈에 띄자 그제야 마님에게 전해줘야 한다는 사실을 깨달았다.

「몇 분전에 저 상자가 도착했어요. 지금 열어보시겠어요?」

「나중에 보지 뭐. 난 콜린의 동업자를 빨리 만나고 싶어요.」

콜린이 아내를 데려오려고 자리에서 일어날 때 알렉산드라가 응접실로 들어왔다. 응접실에 있던 남자들이 곧바로 자리에서 일어섰다. 알렉산드라가 제이드에게 다가가서 만나서 반갑다는 인사를 했다.

「제길, 자네 선택 한 번 기막히게 잘했구먼, 콜린.」

네이선이 나지막이 그를 칭찬했다. 간신히 용기를 낸 그녀는 웃음을 머금은 채 그 거구의 사내에게 다가가서 그를 올려보았다.

「공주님께 고개를 숙여 인사해야 할까요?」

네이선이 물었다.

「그렇게 해주시면, 제가 감사의 뜻으로 당신 볼에 입을 맞출 수 있겠네요. 그렇게 하지 않으면, 사다리라도 있어야 할 거예요.」

네이선이 너털웃음을 웃었다. 그는 고개를 숙여 알렉산드라의 키스를 받은 후 어깨를 쭉 폈다.

「고맙다니, 무슨 뜻인지 말씀해보세요.」

네이선이 지시하는 어투로 물었다.

세상에, 그는 정말 잘 생긴 남자였다. 게다가 살살 녹을 듯이 다정한 목소리까지 겸비했다.

「그야 물론 콜린의 성질을 참아주셔서 감사하죠. 두 분이 동업 관계를 잘 유지하는 이유를 이제야 알 것 같군요. 회사에서 콜린은 막무가내인 쪽이라면, 당신은 분명 평화의 사도쯤 되시겠죠.」

콜린이 머리를 뒤로 젖히고 마음껏 웃어댔다. 네이선이 좀 멋쩍은 표정을 지었다.

「알렉산드라, 지금 잘못 알고 계시는 거예요. 네이선이 고집쟁이고 콜린이 중재자인 셈이에요.」

케인이 나서서 말했다.

「이 사람은 나더러 용이라고 하더군.」

콜린이 서슴없이 말했다. 알렉산드라는 그 비밀을 누설한 남편에게 얼굴을 찌푸리더니 남편 옆에 가서 앉았다.

「형, 형수님을 그만 좀 노려봐.」

콜린이 형에게 타박을 주었다.

「저 사람은 내게 머리끝까지 화가 나 있어요. 물론 얼토당토않은 이유예요. 난 누구를 유혹하려고 애쓴 적이 없다구요.」

「당신이 그랬다고 말한 적 없어.」

케인이 변명을 하자 제이드가 콜린에게 하소연을 하기 시작했다.

「글쎄, 저 이가 제 앞에서 꽃을 내팽개치지 않겠어요? 그게 상상이나 되세요?」

콜린이 어깨를 으쓱거렸다. 그는 알렉산드라의 어깨에 팔을 두르고 다리를 앞으로 쭉 뻗었다.

「두 사람이 무슨 말들을 하는지 전혀 모르겠군요.」

「사라와 조안나를 데려가기 전에 두 사람이 이 논쟁을 해결하는 게 좋겠어. 딸들은 좋은 환경에서 지내야 하거든.」

네이선이 단호하게 말했다. 케인과 콜린이 그를 물끄러미 쳐다보았다. 그들은 어처구니없다는 표정을 지었으나, 네이선은 시치미를 뚝 떼고 모르는 척했다.

「아버지가 되신 걸 아셨을 때 기쁘셨나요?」

알렉산드라가 별 관심이 없는 듯 태연한 어조로 네이선에게 물었다. 하지만 무릎에 놓인 손을 꽉 움켜쥐고 있었다.

설령 좀 이상한 질문이라고 생각했을지 몰라도, 네이선은 전혀 표시를 내지 않았다.

「그럼요, 아주 기뻤습니다.」

「하지만 당신의 5개년 계획은 어떻하구요?」

「그게 어쨌는데요?」

네이선이 어리둥절한 표정으로 되물었다.

「아기 때문에 목표에 지장은 없나요?」

「전혀요.」

알렉산드라는 그의 말을 믿지 않았다. 아기가 안 생겼다면 결코 회사 주식을 팔 생각은 안 했겠지. 가족을 위해 집을 사고 싶어한다고 콜린도 말하지 않았던가.

하지만 알렉산드라는 그런 예민한 얘기는 끄집어내지 않았다.

「그렇군요. 당신은 자신의 목표에서 돌발 사태가 생길 여지를 남겨 놓는군요.」

「콜린, 자네 부인이 무슨 말씀을 하시는 거지?」

「내가 알렉산드라를 처음 만났을 때, 5년 내에는 결혼하지 않을 거라고 말했거든.」

「아이도 낳지 않구요.」

알렉산드라가 고개를 끄덕이며 말참견을 했다.

「그래, 아이도 낳지 않구.」

그는 그녀와 맞장구를 쳐줄 양으로 그냥 되풀이했다.

케인과 제이드가 서로 시선을 교환했다.

「정말 빈틈없구나.」

알렉산드라는 케인이 한 말을 칭찬으로 해석했다.

「맞아요, 이 사람은 철저하게 계획대로 살아요.」

그녀가 열성적으로 남편을 지지했다.

「계획이란 건 변동이 있기 마련이에요.」

제이드가 조용히 대화에 끼여들었다. 그녀는 말하는 외중에 알렉산드라를 빤히 쳐다보았다. 갑자기 제이드의 얼굴에 동정심이 가득 찼고, 알렉산드라의 표정은 비참하게 일그러졌다. 제이드는 그 이유를 가히 짐작할 수 있었다.

「아기를 갖는다는 건 축복 받을 일이에요.」

알렉산드라가 무심결에 말을 내뱉었다.

「그래요, 계획은 변동이 있기 마련이란 말도 일리 있어.」

네이선이 고개를 끄덕여가며 자신의 의견을 피력했다.

「콜린과 나도 국왕이 집사람에게 하사한 돈으로 회사를 좀 키울 생각이었지만, 섭정 왕자가 가로채는 바람에 딴 해결책을 찾지 않을 수 없게 됐거든요.」

「그래서 5개년 계획이란 말이 나오게 된 거고.」

콜린이 부연 설명을 했다.

알렉산드라는 금방 울음을 터뜨릴 듯한 표정을 지었다. 케인은 목을 비틀고 싶을 만큼 동생이 괘씸했다. 아내의 얼굴을 한번만 쳐다봐도 뭔가 잘못됐다는 걸 알 수 있으련만, 동생은 아무 기색도 눈치챘지 못했다. 케인은 자신이 참견할 일은 아니라고 믿었다. 아직까지는 말이다.

알렉산드라는 자기 생각에 골몰히 빠져 있었다. 네이선이 별 뜻 없이 던진 말 때문에 점점 화가 치솟았다. 그의 말에 따르면 그와 콜린은 사라의 재산을 쓰는 데 있어 조금도 주저함이 없었다. 그런 콜린이 자기 재산을 쓰라는 데는 왜 그토록 완강히 거절했을까?

콜린이 말문을 터는 바람에 알렉산드라는 퍼뜩 정신이 들었다.

「형, 형수에게 그만 좀 찡그리면 안 돼?」

「이이는 날 원망하고 있어요.」

제이드가 시동생에게 고자질하자 케인이 또 변명했다.

「당신을 원망하지 않았어.」

「뭐 때문에 원망하죠?」

콜린이 물었다.

「오늘 아침에 꽃 한 다발을 선물 받았거든요. 메모도 없고 그냥 서명이 적힌 카드와 함께 말이죠.」

네이선과 콜린이 일제히 인상을 찡그렸다.

「외간 남자에게서 꽃을 받았단 말이니?」

네이선이 이번에는 처남을 째려보았다.

「자네 가만 보고만 있을 셈인가? 저 애는 자네 처야. 외간 남자가 꽃을 보내도록 방관할 건가? 그 작자 목이라도 졸라버리는 게 어때?」

케인은 자기편을 들어준 네이선이 고마웠다.

「그놈이 누군지 알아내기만 하면 당장에 죽여버릴 겁니다.」

콜린이 고개를 가로 저으며 무슨 소리냐는 투로 말했다.

「사람을 죽일 수는 없어. 냉정하게 생각해, 형. 꽃을 보낸다고 해서 큰 죄는 아니잖아. 아마 혼자 열을 내고 있는 얼빠진 풋내기일 거야.」

「너야 얼마든지 냉정할 수 있겠지. 제이드가 네 처는 아니니까.」

「누가 알렉산드라에게 꽃을 보내더라도 난 냉정히 대처할 거야.」

콜린이 계속 우겼으나 케인이 고개를 흔들었다.

「그 자의 이름을 말해, 제이드.」

네이선이 동생을 추궁했다.

아무도 알렉산드라에게 관심을 두지 않았다. 알렉산드라는 사람들의 무관심을 다행으로 여겼다. 그녀의 머릿속은 여러 가지 생각으로 빠르게 움직였다. 콜린이 열을 내는 얼빠진 풋내기라고 말했을 때 그녀는 머리를 가로 저었다.

「그렇게 하세요. 누가 꽃을 보냈죠?」

이제는 콜린도 합세했다.

「그 남자는 모든 카드에 '미지의 숭배자로부터'라고 서명해요.」

모든 사람들의 시선이 말을 꺼낸 알렉산드라에게 모아졌다. 제이드는 입을 다물지 못했다.

「내 말이 맞아요, 제이드?」

제이드가 고개를 끄덕였다.

「그걸 어떻게 알았죠?」

네이선이 의자 뒤로 몸을 깊숙이 기대며 말을 이었다.

「여기엔 숭배 이상의 뭔가가 있죠, 그렇죠?」

한참동안 그 누구도 입을 열지 않았다. 알렉산드라는 상자 하나가 배달되어 왔었다는 플래네건의 말이 떠올랐다. 상자를 가져오려고 밖으로 나가려고 했으나 콜린이 가로막았다. 그가 어깨에 손을 얹더니, 붙잡고 놓아주지 않았다.

「그가 내게도 뭘 보냈을지 몰라요. 소포가 하나 와 있거든요.」

알렉산드라가 자초지종을 말했다.

「그놈이 그랬군. 플래네건!」

콜린이 우레 같은 소리로 집사를 불렀다. 알렉산드라의 귀가 남편의 호통소리에 얼얼해졌다. 플래네건이 후다닥 달려왔다. 손에 그 소포가 들려 있는 걸로 보아, 집사는 이 대화를 죄다 엿듣고 있었던 모양이었다. 그는 던지다시피 상자를 콜린에게 넘겼다.

알렉산드라가 소포 쪽으로 몸을 돌렸다. 그러나 콜린의 굳은 표정을 보고, 얼른 생각을 바꾸어 소파 뒤에 몸을 기대고 두 손을 겹쳐 모았다. 콜린이 그 상자를 살피려고 앞으로 다가섰다. 그는 리본을 잡아뜯으면서 뭐라고 투덜대더니, 곧 뚜껑을 열어 안을 들여다보았다. 알렉산드라는 뭐가 들어 있는지 궁금해서 남편의 어깨 너머로 슬쩍 쳐다보았다. 콜린이 뚜껑을 탁 하고 세게 닫아버리기 전에 화려하게 채색된 부채가 언뜻 눈에 들어왔다.

「개자식!」

콜린은 상스런 욕설을 두 번이나 내뱉었다. 네이선은 욕설을 들을 때마다 고개를 끄덕였다. 그도 콜린과 같은 심정인 게 틀림없었다.

콜린이 들고 있던 카드를 뚫어져라 쳐다보았다.

「이 일에 냉정하게 대처할 수 있겠어?」

케인이 동생의 심기를 긁어댔다.

「제길, 못 해.」

「바로 그렇다니까!」

케인이 투덜댔다.

「이런 일이 한번만 더 있으면 교수형 시키자고 외치고 다닐 폭도가 따로 없겠군요.」

　제이드가 한마디 쏘아붙였다.

「우리 남편들을 봐요, 알렉산드라. 두 분은 이 일을 터무니없이 부풀리고 있어요. 질투도 이런 질투는 세상에 없을 거예요.」

　제이드는 알렉산드라가 맞장구치리라 생각했으나, 고개를 흔드는 모습에 깜짝 놀랐다.

「콜린과 케인은 질투를 할 게 아니라 걱정을 해야할 거예요.」

　그녀가 나지막이 말했다.

「알렉산드라, 카드에 쓰인 내용을 어떻게 알았던 거죠? 다른 선물도 받은 적이 있나요?」

　네이선이 대뜸 물었다. 그러자 콜린이 쌀쌀한 표정으로 그녀를 쳐다보았다. 그의 어투도 쌀쌀하긴 마찬가지였다.

「다른 선물을 받았다면 말을 했을 거야. 그렇지 않소, 알렉산드라?」

　콜린의 말에 동의할 수 있는 상황이 그저 고맙기만 했다. 그는 옆에 있는 것조차 겁날 정도로 화가 나 있었다.

「맞아요, 그랬다면 당연히 얘길 했겠죠. 하지만 아니에요, 난 아무런 선물도 받지 않았어요.」

　콜린이 잠자코 고개를 끄덕였다. 그리고 뒤로 등을 젖히고 그녀의 어깨를 휘감더니 바짝 끌어당겼다. 알렉산드라는 남편의 집착하는 태도에 왠지 위안을 느꼈고, 그래서 남편이 무심코 숨이 막힐 정도로 꼭 껴안는 데도 괘념치 않았다.

「방금 말씀하신 내용 이상의 것을 알고 있군요.」

　네이선의 질문에 알렉산드라가 고개를 끄덕였다.

「그래요. 난 내 말에 귀를 기울여줄 사람을 꽤 오랫동안 찾고 다녔어요. 리처즈 경에게까지도 도움을 요청했으니까요.」

　이렇게 말한 그녀는 남편을 보며 인상을 찡그렸다.

「이제는 내가 하려는 말을 들을 준비가 됐나요?」

　콜린은 그녀의 말에 좀 당황하긴 했다.

「무슨 말을 하려 했다는 거요?」

「빅토리아가 미지의 숭배자로부터 선물을 여러 번 받았어요.」

콜린은 그 말에 당황해서 몸을 움찔거렸다. 알렉산드라가 몇 번이나 친구를 걱정하는 이유를 말하려고 했으나, 귀를 기울이지 않았었다.

「빅토리아가 누구죠?」

케인이 물었다.

알렉산드라가 빅토리아를 어떻게 만났는지를 설명했다.

「그 애가 영국에 간 이후로 적어도 한 달에 한 번은 편지를 보내 왔어요. 물론 난 편지를 받는 대로 답장을 썼죠. 빅토리아는 참으로 밝은 아이였어요. 그런데 마지막 편지 몇 장부터는 선물들을 보내오는 숭배자 얘기를 했어요. 빅토리아는 그 일을 낭만적이라고 생각했었죠. 난 9월초에 마지막 편지를 받았어요.」

「그 편지에 뭐라고 쓰였던가요?」

케인이 궁금해했다.

「그 남자를 만나기로 했다고 적혀 있었어요.」

알렉산드라가 대꾸했다.

「물론 난 소스라치게 놀라서 곧장 답장을 썼어요. 그 숭배자를 만나고 싶으며 오빠를 데리고 가라고 충고해주었어요.」

알렉산드라가 갑자기 몸을 부르르 떨었다.

「빅토리아가 그 편지를 받아보았는지 여부는 모르겠어요. 어쩌면 편지가 도착하기 전에 가버렸는지도 모르죠.」

「갔다니? 어디로 말이에요?」

제이드가 물었다.

「빅토리아가 그레트나 그린으로 달아났다고 알려져 있지만 알렉산드라는 믿으려 하지 않았어요.」

콜린이 대신 대답했다.

「결혼했다는 아무런 증명도 없었으니까요.」

알렉산드라가 반박했다.

「그분에게 어떤 일이 생겼다고 생각하나요?」

네이선이 알렉산드라에게 물었다. 그녀는 바로 이 순간까지는, 자신이 진짜 두려워하는 일을 입밖에 낼 자신이 없었다. 알렉산드라는 잠시 숨을 고른 뒤, 남편의 동업자에게 시선을 돌렸다.
「빅토리아는 살해당했어요.」

그는 분노에 사로잡혀 서재 안을 서성거렸다. 내겐 그 어떤 잘못도 없어. 그 어떤 잘못도! 난 그만두었었어. 그 미칠 것 같은 욕망도 무시했고, 충동에서 굴복하지 않았다고. 그건 내 잘못이 아니야. 아냐, 그건 그 자식 책임이야. 다시는 죽이지 않으려 했었는데…… 그 충동에 결코 굴복하지 않으려 했었는데…….
복수의 시작이야. 그놈에게 보여줘야 해. 앙갚음을 해야겠어. 그를 파괴시키고 말 거야. 그놈이 소중히 여기는 것들을 차례대로 빼앗겠어. 그놈에게 쓰린 고통을 안겨주리라.
그는 기대감에 사로잡혀 빙그레 웃었다.
그 여자들부터 시작해야지.

13

이 말은 즉각적인 반응을 일으켰다.

「저런.」

케인이 중얼거렸다.

「그런 일이 가능할까요?」

네이선이 물었다.

「어쩜 그런 일이…….」

제이드가 조그맣게 중얼거리더니 가슴에 손을 얹었다.

콜린이 마지막으로 입을 열었고 가장 논리적으로 대응했다.

「왜 그렇게 생각하는지 얘기해보겠소.」

「플래네건, 이층에 가서 내 목록을 가져다주겠어요?」

「친구가 살해당했다고 의심하는 근거들을 목록으로 만들었단 말씀이에요?」

케인이 의아해했다.

「이 사람은 모든 것들에 대해 목록을 만들어.」

콜린이 하는 말에 은근히 멸시하는 태도 따위는 엿보이지 않아 알렉산드라는 기분이 좋았다.

「그래요, 목록을 만들었어요. 빅토리아의 행방불명에 대한 제 생각도 정리해야겠고, 일종의 해결책도 만들고 싶었거든요. 그 애가 남자와 눈이 맞아 도망갔다는 말을 듣고, 전 뭔가 잘못됐다는 생각이 들었어요. 빅토리아는 그런 짓을 할 애가 아니에요. 그 애는 사랑보다는 체면을 중요시했고, 자신보다 사회적 지위가 낮은 사람과는 함부로 사랑에 빠질 애가 아니었어요. 생각이 그다지 깊지 않다는 게 유일한 단점일 정도니까요. 빅토리아는 마음이 따뜻한 애였어요.」

「그는 신분이 꽤 높은 사람인가 보군요.」

네이선이 큰소리로 단정지었다.

「그래요, 제 생각도 같아요.」

알렉산드라가 동의했다.

「그리고 제 생각에는 그 남자가 빅토리아더러 어디에서 만나달라고 간청했을 테고, 빅토리아는 호기심이 동해서 경계심이 좀 풀렸을 거예요. 남자가 관심을 보이자 좀 우쭐해졌겠죠.」

「굉장히 순진한 여자인가봐요.」

제이드가 한마디했다.

「캐서린도 마찬가지예요.」

「캐서린? 내 동생이 이 일과 무슨 관계가 있단 말이오?」

「비밀을 지켜 달라고 했지만, 캐서린의 안전이 걸린 문제라서 약속을 깰 수밖에 없군요. 캐서린도 오늘 아침에 꽃을 받았어요.」

「제길, 브랜디를 좀 마셔야겠어.」

케인이 투덜댔다.

그때 플래네건이 알렉산드라에게 줄 목록을 가지고 돌아왔다. 그는 그것을 콜린에게 건네며, 가서 브랜디를 가져오겠다고 말했다.

「병째 가져오게.」

케인이 지시했다.

「우리가 섣불리 잘못된 판단을 내린 거라면 좋을 텐데!」

네이선이 하소연하듯 말했다.

「우리가 자세히 알고 있는 편이 좋겠어요.」

케인이 반박했다.

「그 작자가 우리 집안의 여자 세 명에게 군침을 흘리고 있어요. 최악의 경우를 생각하고 계획을 세워야겠죠.」

그는 딱딱하게 고개를 끄덕이며 덧붙여 말했다.

콜린이 지금 진행 중인 대화에 맞는 목록을 찾으려고 종이들을 뒤적였다. 그러다가 맨 윗줄에 자기 이름이 적힌 어떤 종이를 보고 잠시 손길을 멈췄다.

알렉산드라는 남편의 일을 깡그리 잊어버린 채, 케인에게 시선을 고정시키고 있었다.

「케인, 저희 세 명뿐이라고 짐작할 만한 근거는 없어요. 이 남자가 선물을 보낸 여자들이 런던 각지에 수십 명이 될지도 몰라요.」

「알렉산드라 말이 맞아.」

네이선은 그녀의 말에 찬성했으나, 케인은 고개를 가로 저었다.

「내 직감으론 그놈이 우리 식구들에게 눈독을 들이고 있어.」

바로 그때 콜린은 알렉산드라의 목록을 다 읽었고 아무런 반응을 보이지 않으려니 여간 힘든 게 아니었다. 방금 읽은 목록을 다른 종이들 밑에 밀어 넣는 그의 손이 가늘게 떨렸다. 내가 머지않아 아버지가 된다고! 너무 신이 나서 당장에 알렉산드라를 끌어안고 키스를 해주고 싶었다. 기막힌 순간에 알아냈군. 그는 속으로 중얼거렸다. 물론 그 목록을 읽은 사실을 아내에게 모르는 척 할 작정이었다. 오늘밤까지 여유를 줘야지. 그리고 둘이서 침대에 들어가면…….

「웃고 있는 거니, 콜린? 지금 상황에서는 좀 별난 반응 아냐?」

케인이 말했다.

「딴 생각을 좀 하고 있었어.」

「이 일에 신경 좀 써요.」

알렉산드라가 남편에게 주의를 주었다.

콜린이 따스한 눈빛으로 그녀를 쳐다보았다. 무슨 생각을 했길래 저

런 태도를 보이는지 의아스러워진 알렉산드라가 이유를 물으려 하자,
콜린이 먼저 고개를 숙이더니 아내에게 키스를 했다.
　갑작스런 키스에 알렉산드라는 어떤 반응을 보일 여지가 없었다.
「어이쿠, 제발 참아, 콜린.」
케인이 투덜거렸다.
「신혼이잖아요.」
알렉산드라가 남편의 애정 표시에 대한 변명으로 얼떨결에 말했다.
　플래네건이 술잔 몇 개와 마개가 달린 커다란 브랜디 병을 쟁반에
담아 들어왔다. 그는 쟁반을 알렉산드라의 옆 탁자에 놓고 몸을 굽혀
그녀의 귀에 속삭였다.
「요리사가 돌아왔어요.」
「무슨 얘기를 들었대요?」
플래네건이 열심히 고개를 끄덕였다. 케인은 직접 잔에 술을 따르더
니 단번에 쭉 들이켰다.
「나도 한 잔 할 수 있을까요?」
알렉산드라가 청했다. 평상시엔 쓴 술맛을 좋아하지 않았지만, 따뜻
한 술기운으로 몸의 한기가 좀 가실지도 모른다고 생각했다. 그리고
지금도 뱃속이 느글거렸는데, 그 이유를 살인자에 대한 처참한 얘기
탓으로 돌렸다.
「플래네건, 알렉산드라에게 물을 좀 갖다 주게.」
콜린이 집사에게 지시하자 그녀가 반박했다.
「브랜디를 마시고 싶어요.」
「안 돼.」
남편의 단호한 거절에 알렉산드라의 놀라는 기색이 역력했다.
「왜 안 된다는 거죠?」
콜린은 얼른 대꾸할 말이 생각나지 않았다. 브랜디가 임산부에게 안
좋다고 말하고 싶었지만 알렉산드라가 아기에 대한 언급을 하지 않았
으니 그런 식으로 대꾸할 수는 없었다.

「왜 웃어요? 콜린. 당신은 정말 사람을 헷갈리게 하는군요.」
할 수 없어진 그는 은근슬쩍 눈앞에 닥친 문제 해결에 나섰다.
「당신이 술 마시는 게 마음에 안 들어서 그렇소.」
「난 술 마신 적 없어요.」
「옳은 말이야. 그럼 지금 와서 술을 배울 필요는 없겠군.」
플래네건이 알렉산드라의 어깨를 톡톡 두드리며 아까 전해준 전갈을
생각나게 해주었다.
「잠깐 실례해도 될까요?」
남편에게 이렇게 물은 알렉산드라는 그제야 그의 손에 쥔 목록들을
알아보았다.
「왜 내 목록들을 갖고 있는 거예요?」
「당신에게 주려고 잠시 들고 있었어. 내가 빅토리아에 대해 만들었
다는 목록을 찾아볼까?」
「아뇨, 됐어요.」
알렉산드라는 남편의 말을 일축시킨 후, 빅토리아 목록이 맨 위에
놓인 것을 보고 자리에서 일어나려고 했다. 콜린이 머리를 가로 저으
며 그녀를 도로 앉혔다.
「요리사와 꼭 할 얘기가 있어요.」
「요리사의 질문에는 플래네건도 대답해줄 수 있어.」
「당신은 몰라요.」
알렉산드라가 나지막이 속삭였다.
「요리사가 내 심부름을 좀 했는데 어떻게 됐는지 알아봐야 해요.」
「무슨 심부름?」
알렉산드라는 잠시 망설이다가 조심스럽게 말했다.
「당신이 들으면 화를 낼 거예요.」
「아니, 화내지 않겠소.」
하지만 그녀는 그의 말을 전혀 못 믿겠다는 표정을 지었다.
「알렉산드라!」

그는 엄한 투로 아내의 이름을 부르면서 이젠 대답할 거라고 생각했으나, 그를 쳐다보며 배시시 웃는 아내를 보며 자신의 말이 별 효과가 없음을 깨달았다.

「화내지 않겠다고 맹세하지 않았소. 자 말해봐요.」

이번에는 남편이 지시가 아닌 사정 조로 말하자, 알렉산드라는 마음을 바꾸고 즉시 대꾸했다.

「요리사를 탈볼트 자작의 저택으로 보냈어요. 먼저 화부터 내지 말고 얘기를 들어요, 콜린. 당신이 그 자작과 얘기하지 말라고 했잖아요. 난 당신 말을 따랐어요.」

그의 머릿속이 완전히 혼란스러워졌다.

「난 아직도 뭐가 뭔지 모르겠소.」

「로버타의 몸종과 애길 해보라고 요리사를 보냈어요. 행방불명되기 전에 무슨 선물을 받았는지 알아보려고요. 콜린, 로버타 부인이 남편을 버리고 도망가지 않았다는 건 우리 둘 다 아는 얘기잖아요? 그건 생각할 가치도 없는 황당한 구실이에요.」

「부인이 선물들을 받았답니다.」

플래네건이 거들었다.

「자작님은 시도 때도 없이 역정을 내고 있고요. 하인들은 모두 자작 부인이 애인과 달아났다고 생각한대요. 자작님은 입을 꼭 다물고 계시지만, 하인들이 한 말에 따르면 자작님도 아내가 달아났을 거라고 믿고 있답니다. 그리고 이층 담당 하녀 말로는 괴로움을 달래려고 밤낮으로 술을 벗삼아 지내신대요.」

「지금 대체 무슨 말들을 하는 거죠?」

케인이 의아해했다.

「그 두 여자 사이에 연관성이 있단 말인가요?」

「둘 다 사라졌잖아요. 그 정도면 연관성은 충분하지 않아요?」

제이드가 남편을 일깨워주었다.

「난 그런 뜻으로 한 말이 아니야, 여보.」

「희생자를 닥치는 대로 골랐는지도 모르지.」

네이선이 의견을 냈다.

「언제나 동기는 있는 법이야.」

콜린이 반박하며 말했다.

「첫 번째 사건의 경우엔 그랬겠지.」

네이선이 이렇게 말하자, 알렉산드라는 말뜻을 이해하지 못했다.

「왜 첫 번째는 동기가 있는데, 두 번째는 없었을까요?」

네이선이 대답하기 전에 콜린을 쳐다보자, 그가 얘기해도 괜찮다는 듯 고개를 끄덕였다.

「처음 살인했을 땐 동기가 있었을 거예요. 그 다음부터는 살인 자체에 맛을 들인 거죠.」

네이선의 설명에 케인이 덩달아 말했다.

「그런 작자들도 가끔 있지.」

「맙소사!」

제이드가 놀라며 중얼거렸다. 그녀는 눈에 띄게 떨고 있었다. 그러자 케인이 자리에서 일어나 아내 곁으로 다가가 가만히 안아주었다.

「그가 살인을 즐기게 됐다는 말씀인가요?」

알렉산드라가 묻자 네이선이 대답했다.

「그럴 가능성이 있어요.」

또다시 뱃속이 울렁거렸다. 알렉산드라는 콜린에게 몸을 기울이면서 그의 온기를 느끼려고 했다. 그의 옆에 있으면 마음이 편해졌다. 이게 바로 진실된 사랑이 아닐까 하는 생각이 문득 들었다.

「앞으로 얻어내야 할 정보가 상당하겠는걸.」

케인이 단호하게 말했다.

「전 빅토리아의 오빠와 얘길 해보려 했지만 전혀 도움이 되지 않았어요.」

알렉산드라가 말하자 콜린이 퉁명스럽게 내뱉었다.

「내가 얘기를 하면 그 자도 도와줄 거야.」

「그가 당신에게 협조해야 할 이유가 있을지 모르겠군요. 지난번에
그 사람을 길에 집어던졌잖아요.」
　알렉산드라가 남편에게 핀잔을 주었다.
「리처즈에게 도움을 청해보면 어떨까?」
　네이선이 이런 제안을 했다.
　알렉산드라는 눈을 지그시 감고 그들의 대화에 귀를 기울였다. 콜린
은 아무 생각 없이 그녀의 손을 만지작거리고 있었다. 알렉산드라는
남편의 손길에 믿지 못할 만큼 마음이 편해졌다. 남자들은 나지막한
목소리로 해야 할 일들을 정하고 있었고, 마침내 남편의 협조를 이끌
어낸 그녀는 더할 나위 없이 기분이 좋았다. 콜린은 빅토리아에게 일
어난 사건의 진실을 반드시 밝혀낼 거야. 왜 그랬는지도 그녀는 남편
이 그 죄인을 잡아내리라는 데 전혀 의심치 않았다. 콜린은 원하는 답
을 얻을 때까지 결코 포기하지 않을 남자였다.
「그 외에 할 일이 또 뭐가 있을까?」
　케인의 물음에 알렉산드라가 목록을 들여다보더니 말문을 열었다.
「빅토리아가 죽으면 득을 볼 사람이 누구인지 알아내야 할 거예요.
그리고 콜린, 혹시 어떤 보험에 가입되었는지도 확인해봐요. 드레이슨
이 기꺼이 도와줄 거예요.」
　세 남자가 일제히 미소를 지었다.
「자고 있는 줄 알았소.」
　알렉산드라는 콜린의 말을 못 들은 척 했다.
「그리고 다른 동기가 있는지도 확인해야 해요. 일반적인 측면에서
말이죠. 질투심이나 거절당한 것도 동기가 되겠죠. 닐이 말하기를, 동
생이 청혼자 몇 명을 거절했대요. 그 남자들 중 하나가 싫다는 말을
좋아하지 않는 사람일지도 모르죠.」
　알렉산드라가 매우 빈틈없는 여자라는 생각이 언뜻 제이드의 머리에
떠올랐다. 그러자 콜린이 아내의 영특함은 이미 알고 있었다는 뜻으로
제이드를 보며 씩 웃었다. 네이선과 케인은 영문을 모르는 듯했다.

「맞는 말씀이에요. 가능한 모든 동기를 철저히 살펴야겠죠.」

케인이 동의했다.

「다만 단서가 좀 있으면 좋았을 텐데.」

「오, 단서가 있어요.」

알렉산드라가 얼른 대꾸했다.

「이 집안의 여자 세 명이 선물을 받았다는 자체가 단서잖아요, 케인. 막 떠오른 생각인데, 집안의 남자들이나 여자들 중 하나가 그 남자의 비위를 거슬렸을 수도 있어요.」

콜린이 고개를 끄덕였다.

「나도 그 점을 생각해봤어. 놈은 점점 경솔하게 행동하고 있어.」

「아니면, 점점 더 대담해지던가.」

네이선이 한마디 거들었다.

「다들 중요한 사실 한 가지를 잊은 건 아니겠죠?」

제이드가 불쑥 이렇게 말하자, 남편이 물었다.

「그게 뭔데?」

「시체가 없잖아요. 우리가 성급하게 판단했는지도 몰라요.」

「정말 그렇게 생각해요?」

알렉산드라가 되묻자 제이드는 한참 생각하더니, 자신이 없는 목소리로 대꾸했다.

「아뇨.」

그러자 콜린이 일의 책임을 맡았다. 그는 알렉산드라를 제외한 모두에게 임무를 하나씩 맡겼다. 제이드에게는 사교계 숙녀들을 가능한 많이 만나서 선물을 받은 여자가 있는지 알아내라고 일렀다. 그는 좀 어리석은 여자들이 이 일을 경쟁이 붙은 일종의 내기로 생각할지 모르니, 그녀와 캐서린, 그리고 알렉산드라가 선물을 받았다는 얘기는 비밀로 붙이라는 주의도 잊지 않았다.

사무실 업무는 콜린이 사건 해결에 신경 쓰는 동안 네이선에게 맡겨졌다.

「형, 알렉산드라 말이 옳아. 닐은 나와는 얘기를 하려 들지 않을 거야. 그러니 형이 닐을 좀 맡아줘.」

「그렇게 하지.」

케인이 순순히 동의하면서 이런 제안을 했다.

「탈볼트와도 얘기를 해야겠어. 우리는 함께 옥스퍼드를 다녔으니 내가 얘기하면 기꺼이 귀를 기울일 거야.」

「난 아버지와 얘기를 나누겠어.」

케인의 말을 끝나자 콜린이 자기 역할을 얘기하기 시작했다.

「그 작자가 붙잡힐 때까지 캐서린을 잘 감시하시라고 말이야.」

알렉산드라는 자신에게 맡겨질 일이 뭔지 듣기 위해 얌전히 기다리고 있었다. 한참이 지나자 인내심이 한계에 도달했다. 그녀는 남편을 쿡 찔러서 그의 시선을 끌었다.

「날 잊어버렸어요?」

「아니오.」

「내 임무는 뭐죠, 콜린. 내가 뭘 했으면 좋겠어요?」

「당신은 그냥 쉬어야 하오.」

「쉬라고요?」

그녀는 발끈 화가 치밀었다. 하지만 콜린은 그녀에게 반박할 여지를 주지 않았다. 떠날 준비를 끝낸 케인과 제이드가 자리에서 일어났다. 네이선 역시 일어서더니 문을 향해 걸어갔다.

「자, 알렉산드라. 당신은 낮잠 잘 시간이오.」

난 낮잠 잘 필요가 없어. 알렉산드라는 속으로 중얼거렸다. 이처럼 피곤하지만 않았다면 남편에게 한마디 쏘아주었겠지만, 우울한 대화 덕에 기운이 죄다 빠져버려서 그럴 기력이 전혀 남아 있지 않았다.

케인이 그녀를 보며 웃고 있었다. 알렉산드라는 병약하여 골골하는 여자로 보이고 싶지 않았지만, 콜린이 쉬어야 한다고 우기던 말을 케인도 이미 듣지 않았는가. 그녀는 케인의 손에 그 목록을 쥐어주었다.

「제가 적어놓은 동기가 몇 가지 더 있으니, 한 번 생각해보세요.」

그리고 그녀는 케인이 고맙다는 말을 하려는데 먼저 말했다.

「내가 좀 피곤한 건 사실이지만, 그건 콜린과 매일 밤 외출했기 때문이에요. 콜린도 지쳐 있긴 마찬가지죠.」

그녀는 열성적으로 고개까지 끄덕이며 말했다.

케인이 그녀에게 한쪽 눈을 찡긋 감아 보였다. 케인의 태도에 어리둥절해 있는 알렉산드라를 콜린이 옆구리를 슬쩍 찔러대며 이층으로 데려갔다. 플래네건이 떠나는 손님들을 배웅하는 일을 맡았다.

「왜 날 환자 취급하는 거죠?」

알렉산드라가 자신의 침실에서 이렇게 물었다. 콜린은 그녀의 옷 단추를 열고 있었다.

「지쳐 보여서 그렇소. 게다가 난 당신 옷을 벗겨주는 게 좋거든.」

그의 손길이 지나칠 정도로 다정다감했다. 알렉산드라가 하얀 실크 속옷만 달랑 걸치게 되자, 콜린은 고개를 숙여 그녀의 목덜미에 붙은 머리칼을 떼어내고 목에 입을 맞추었다.

그는 이불을 들쳐내고 그녀를 눕힌 후 이불을 덮어주었다.

「잠시만 눈을 붙이겠어요. 깊이 잠들면 안 되니까요.」

콜린이 침대로 몸을 굽혀 그녀의 이마에 입을 맞췄다.

「깊이 잠들면 왜 안 된다는 거지?」

「지금 깊이 잠들면, 밤새 푹 잘 수 없을 거예요.」

콜린이 문 쪽으로 걷기 시작했다.

「그럼 그렇게 하지, 일단 좀 쉬는 게 좋겠소 .」

「당신도 쉴 생각이에요?」

콜린이 소리내어 웃었다.

「아니, 난 할 일이 있소.」

「미안해요.」

「뭐가 미안하지?」

「항상 나 땜에 일에 방해가 되는 것 같아서요.」

콜린은 고개를 끄덕이며 문 밖으로 발을 내딛다가, 곧 마음이 바뀌었다. 그는 침대 옆으로 되돌아왔다. 방해했다고 사과하다니 참으로 어처구니없는 말이었고, 그 점을 아내에게 말해주고 싶었다. 알렉산드라는 남의 집에 찾아와서 귀찮게 구는 먼 친척이 아니라 바로 자신의 아내가 아닌가.

하지만 그는 단 한마디도 꺼내지 못했다. 무슨 말을 하고 싶어도, 아내가 귀를 기울일 수 있을 때까지 기다려야 했다. 지금은 깊은 잠에 빠져 있으니까. 이렇게 빨리 잠들다니……. 매일 밤 여기저기 끌고 다녔던 일이 생각나 마음이 아팠다. 제길, 알렉산드라는 너무도 섬세하고 연약해 보였다.

아내를 얼마나 오래 들여다보고 있었는지 콜린 자신도 알 수 없었다. 그녀를 보호하고픈 충동에 마음을 온통 빼앗겨버렸다. 이렇게 강한 소유욕을 일찍이 느껴본 적이 있었던가! 그게 아니면, 이런 행복한 기분을? 그는 문득 이 사실을 깨달았다.

알렉산드라는 자신을 사랑했다.

그리고 나는 이 여자를 얼마나 사랑하고 있는가! 이 사실이 마음속에 불현듯 밀려들었다. 비록 지금까지 끝끝내 인정하려 들진 않았으나, 자신이 그녀를 사랑한다는 사실을 이미 오래 전부터 깨닫고 있었다. 사랑에 빠진 남자에게 있음직한 증상들을 모조리 가졌던 걸 하느님만은 아실 게다. 아내를 처음 만난 순간부터 지금까지, 믿지 못할 정도의 강한 소유욕과 보호욕구를 보여왔다. 아내에게서 손을 떼어낼 재간이 없었지만, 자신이 단순한 욕정에 사로잡혔을 뿐이라고 오랫동안 믿어왔다. 하지만 시간이 흐르자 차츰 깨닫게 되었다. 그건 욕정과는 다른 느낌이라는 것을.

그래, 맞아. 자신은 아주 오랫동안 알렉산드라를 사랑해왔었다. 문득 아내가 왜 자신을 사랑하는지 이해되지 않았다. 아내가 지금 깨어 있다면, 그 질문을 던졌으리라. 딴 남자를 만났더라면 형편이 훨씬 나았을 텐데. 작위를 가졌거나 땅과 유산을 소유한, 멀쩡한 육체를 가진 그 누군가라면……

콜린은 자신이 낭만적이란 생각은 들지 않았다. 열심히 일한다면 성공할 수 있다는 사실을 몸소 체험하며 살아온, 논리적이고 실리를 추구하는 남자였다. 그리고 마음속 어두운 곳에선, 신이 자신을 버렸다는 비틀린 생각을 품고 살아왔다. 어처구니없는 생각이긴 하지만, 다리를 완전히 포기할 뻔했던 바로 그때부터 못된 생각의 뿌리가 자리를 잡고 있었다. 다리를 절단해야 한다던 의사의 나지막한 목소리와 그럴 수 없다고 격렬하게 반대했던 친구의 외침이 지금도 귀에 생생했다. 네이선이 다리에는 손도 대지 못하게 했음에 불구하고, 눈을 뜨면 다리가 없어진 게 아닌가 하는 두려움으로 잠들기가 무서웠던 나날들을 보내야 했었다.

기적은 다른 사람들의 몫이라고 늘 믿어 왔었다. 알렉산드라가 그의 인생에 뛰어 들어오기 전까지는…… 그의 공주님은 그를 사랑하고 있었다. 그녀의 사랑에는 어떤 식의 제약이나 조건 같은 건 없었다. 콜린은 이 사실을 진심으로 믿었다. 설령 다리가 하나뿐인 남자를 만났더라도, 알렉산드라는 지금 그에게 하듯 지극 정성으로 그 남자를 사랑했으리라. 알렉산드라는 연민은 보일지언정 불쌍히 여기지는 않겠지. 알렉산드라가 이제껏 보인 행동 하나하나에서 그를 돌보려는 용기와 결심을 보여주지 않았던가.

알렉산드라는 언제나 내 곁에서 잔소리를 해대고 말싸움을 해도, 그리고 무슨 일이 있어도 날 사랑하겠지.

그건 틀림없는 기적이었다.

신은 결국 그를 버리지 않았다.

알렉산드라는 남편의 곁을 떠나고 싶었다. 분별없는 생각인 줄 알았지만, 너무 화가 나서 뭘 어떻게 해야 할지 판단이 서지 않았다. 네이선이 우연히 내뱉은, 콜린과 그가 사라의 유산에 의지하여 회사를 키우려 했다던 말이 계속해서 머릿속을 맴돌더니, 금방이라도 울음이 터질 듯이 마음이 울적해졌다.

콜린은 내 제의라면 모조리 거절했어. 회사 장부 정리를 돕겠다는 말도 거절했고 내 유산도 거절했었어. 특히 내 사랑을 원하지도 않거니와 내 사랑이 필요한 남자도 아니야. 그는 자신이 세운 마음의 벽 속에 꽁꽁 둘러 쌓여 있는 사람 같아서, 알렉산드라가 아무리 발버둥을 쳐도 평생 그의 사랑을 받아볼 성싶지 않았다.

자신의 꼴이 처량하기 그지없었다. 하지만 오늘 아침 도착한 원장수녀의 편지를 읽느라 정신이 팔려, 그다지 괘념치는 않았다. 알렉산드라는 그 편지를 벌써 열 번도 넘게 읽고 또 읽었다.

집에 가고 싶었다. 수녀님들도 그리웠고, 그분들과 살았던 그곳도 너무나 그리워 그만 울음을 터뜨렸다. 이렇게 서럽게 울어도 괜찮을 거야. 지금 혼자 있는데다, 콜린은 문을 닫고 서재에 처박혀 일하고 있을 테니 이 소리가 들릴 리가 없겠지.

오 하느님, 요즘은 감정의 변화가 부쩍 심해졌다. 어떤 일에도 논리적으로 대처하기가 힘들어졌다. 알렉산드라는 잠옷 위로 가운만 걸친 채 창가에 서서 바깥을 하염없이 바라보았다. 머릿속이 온갖 걱정으로 얽혀 있어 문 열리는 소리도 듣지 못했다.

「알렉산드라, 무슨 일이오? 어디 아픈 거요?」

콜린의 목소리에 근심이 가득 차 있었다. 그녀는 깊고 침착하게 숨을 몰아쉬고는 그에게 머리를 돌렸다.

「집에 돌아가고 싶어요.」

콜린은 황당한 이 말에 어떻게 대꾸해야 할지 몰랐다. 곧 정신을 차린 그는 문을 닫고 그녀를 향해 걸어왔다.

「당신 집은 여기요.」

그녀는 남편을 설득하려다가 그만두었다.

「물론 여기가 내 집이죠. 하지만 난 당신 허락을 받고 성 십자가 수녀원을 방문하고 싶어요. 수녀원에서 조금만 걸어가면 스톤 헤븐이에요. 부모님의 집에도 가보고 싶구요.」

콜린이 책상 쪽으로 걸어갔다.

374

「도대체 뭐 때문에 이러는 거지?」

그는 대답을 기다리면서 책상 모퉁이에 몸을 기댔다.

「원장수녀님께 편지를 받고, 갑자기 심한 향수병에 걸렸어요.」

콜린은 아내의 애원에 눈에 띄는 반응은 보이지 않았다.

「지금 당장은 시간을 낼 수 없는데…….」

「스테판과 레이몬드를 데리고 가면 돼요.」

그녀가 얼른 말을 가로챘다.

「같이 가줄 거라는 기대는 안 했어요. 워낙 바쁜 사람이잖아요.」

콜린은 점차 화가 솟구쳤다. 아내가 자기 없이 혼자 여행한다는 생각만 해도 아찔했다. 하지만 아내가 이처럼 심란해하는 걸 일찍이 본 적이 없었던 지라, 가지 말라는 말이 차마 떨어지지 않았다. 임신 중인 아내의 이런 태도가 무척이나 걱정스러웠다.

혼자 여행 가도록 허락하리라 생각했다면 분명 아내는 제정신이 아니리라. 하지만 콜린은 이런 생각도 입밖에 내지 않았다.

콜린은 아내를 합리적으로 설득해야겠다고 결심했다.

「알렉산드라…….」

「콜린, 당신에겐 내가 필요 없어요.」

「당신이 필요 없다니, 그런 엉터리 같은 말이 어디 있소?」

그녀가 콜린에게서 등을 돌리며 나지막이 중얼거렸다.

「당신에게는 내가 필요했던 적이 한번도 없었어요.」

「알렉산드라, 일단 자리에 앉아.」

「앉고 싶지 않아요.」

「내가 얘기하고 싶은 건, 당신이 어떻게 이……..」

그의 입에서 아내의 이런 '어처구니없는 생각'에 대해 얘기하고 싶다는 말이 튀어나올 뻔하다가, 간신히 입을 다물었다.

알렉산드라는 남편을 무시한 채 창 밖만 계속 응시했다.

책상 위에 흩어져 있는 종이 뭉치가 콜린의 눈에 띄었고, 그 순간 그는 자신이 해야 할 일을 깨달았다. 그는 목록들을 재빨리 뒤적거리더니 자신의 이름이 적힌 종이를 찾아냈다.

알렉산드라는 그에게 전혀 관심이 없었다. 그는 그 종이를 반으로 접어 호주머니에 넣고, 아내에게 자리에 앉으라고 일렀다. 이번에는 훨씬 단호하고 집요한 어투였다.

알렉산드라는 한참 뜸을 들인 다음 남편의 말에 복종했다. 손등으로 눈물을 훔친 후 침대 쪽으로 걸음을 옮겼다. 그리고 침대맡에 앉아서 두 손을 무릎에 얹고 고개를 숙였다.

「날 사랑하는 마음이 갑자기 사라졌소?」

그의 목소리가 근심에 차 있었다. 알렉산드라는 남편의 이런 질문에 놀라 그를 올려다보았다.

「아니에요, 지금도 사랑하는 마음은 한결 같아요.」

그는 진지한 아내의 대답에 기쁘기도 하고 안도감도 들어 고개를 끄덕였다. 그리고 책상에 기댔던 몸을 펴고는 곧장 앞으로 다가왔다.

「알버트 삼촌이란 사람은 원래 없었어, 그렇지?」

대화가 갑자기 다른 방향으로 바뀌자 그녀는 어리둥절해졌다.

「집에 가겠다는 내 부탁과 알버트가 무슨 상관이 있어요?」

「제길, 여기가 당신 집이라고 했잖소.」

그녀가 다시 다소곳이 고개를 숙이자, 콜린은 벌컥 화를 낸 걸 후회하며 마음을 가다듬으려고 숨을 깊숙이 들이마셨다.

「나를 위해서 잠깐만 참고 묻는 말에 대답해주겠소.」

알렉산드라는 사실대로 말해야 할지 여부를 머릿속으로 한참 따져보았다.

「그래요, 알버트 삼촌이란 사람은 없어요.」

「그럴 거라고 생각했소.」

「왜 그럴 거라고 생각했죠?」

「우리 집에 그에게서 온 편지가 단 한 통도 없었는데, 당신은 그의 전갈을 받았다고 형에게 말했잖소. 그는 당신이 만들어놓은 가상 인물이었지. 그리고 난 그 이유를 알 것 같소.」

「정말이지 난 이 얘기를 하고 싶지 않아요. 오늘밤엔 몹시 피곤해요. 그리고 밤이 늦었어요, 10시가 다 되어 가잖아요.」

알렉산드라가 슬쩍 발뺌하려고 했으나 콜린도 호락호락 넘어가지 않았다.

「오늘 낮잠을 네 시간이나 잤을 텐데.」

「부족했던 수면을 보충했을 뿐이에요.」

그녀가 톡 받아쳤다.

「드레이슨이 여자 지시를 받고 주식 거래를 하지는 않았겠지? 그래서 당신은 알버트를 만들어낸 건가. 서명도 우연의 일치로 당신과 같고 은둔 생활을 하는 편리한 사람으로 말이야.」

알렉산드라는 더 반박할 말이 없었다.

「그래요.」

콜린이 고개를 끄덕였다. 그리고 뒷짐을 지고 찌푸린 얼굴로 그녀를 지그시 내려다보았다.

「알렉산드라, 당신은 자신의 재능을 숨겼소? 분명 당신은 주식 시장에 대한 뛰어난 재능을 가졌는데, 그 재능을 자랑하기는커녕 가공의 인물을 만들어 그에게 모든 공을 돌린 거 아니오.」

그녀는 남편에게 눈살을 찌푸리며 분명한 어조로 말했다.

「남자들은 같은 남자들 얘기에만 귀를 기울여요. 여자가 그런 일에 관심을 가지는 건 허용이 안 되잖아요. 숙녀답지 않다고 생각하죠. 콜린, 그리고 난 뛰어난 재능을 가지지도 않았어요. 그냥 간행물들을 읽고 드레이슨의 충고에 따랐을 뿐이에요. 그 사람의 충고를 받아들이는 데 명석한 두뇌가 필요하진 않아요.」

「그럼 당신이 머리가 꽤 좋은 편이고, 일을 논리적으로 분석하는 재능이 있다는 데는 동의하겠소?」

알렉산드라는 대체 이런 대화를 왜 해야 하는지 영문을 알 수가 없었다. 남편의 행동이 그녀를 몹시 불편하게 만들었다. 그의 속마음을 전혀 짐작할 수 없었다.

「네, 내가 꽤 영리하다는 데는 동의해요.」

「그럼 빤한 사실들을 모두 분석해보면 내가 당신을 사랑한다는 것쯤
은 쉽게 알아챌 수 있었을 텐데, 왜 이제껏 모르고 있었소?」

그녀의 눈이 휘둥그레지면서 엉거주춤 물러섰다. 무슨 말을 하려고
입을 열었으나, 할말이 퍼뜩 떠오르지 않았다.

「당신을 사랑해, 알렉산드라.」

아내에게 속마음을 털어놓기가 여간 힘들지 않았으나, 일단 그 말을
입밖에 내고 나니 놀랄 만큼 속이 후련해졌다.

알렉산드라가 침대에서 펄쩍 뛰어내리더니 매서운 눈초리로 그를 올
려보았다.

「당신은 날 사랑하지 않아요.」

그녀가 톡 쏘아붙였다.

「사랑한다니까!」

그가 아내를 설득하며 나섰다.

「조금만 이성적으로 생각해보면…….」

「이성적으로 생각해봤어요, 그리고 그 반대 결론에 도달했죠.」

콜린이 그녀에게 손을 뻗자, 알렉산드라는 그를 피해 다시 자리에
앉았다.

「오, 난 이 일을 생각하고 또 생각하고 또 생각해봤어요. 내 결론을
말해줄까요?」

그녀는 남편에게 대꾸할 틈을 주지 않았다.

「당신은 내가 주겠다고 한 모든 것을 물리쳤어요. 그러니 당신이 날
사랑한다고 믿는다면 그게 이상한 일이죠.」

「내가 뭘 어쨌다는 거요?」

콜린은 아내의 격렬한 목소리에 어리둥절해하며 물었다.

「당신은 모든 걸 거절했어요.」

그녀가 나지막이 되풀이했다.

「도대체 내가 뭘 거절했다는 거야?」

「내 직위와 사회적 신분, 내 성과 유산 - 심지어는 회사를 돕겠다는 내 부탁도요.」

아, 그랬구나. 콜린은 그녀의 몸을 일으켜 세워 팔에 안았다. 알렉산드라가 벗어나려고 몸부림을 치다가, 두 사람이 함께 침대에 쓰러졌다. 콜린은 아내가 자기 몸에 눌리지 않도록 팔꿈치로 몸을 받치고 아내를 내려다보았다.

베개 위로 흐트러진 머리카락이 눈물이 그렁그렁한 눈을 가린 모습이 참으로 애처로워 보였다. 오 하느님, 얼마나 아름다운 사람인가 - 노려보는 저 모습까지도……

「알렉산드라, 당신을 사랑해.」

그가 속삭이듯 말했다.

「그리고 난 당신이 준 모든 것을 받았소.」

그녀가 곧바로 이의를 제기하려 했으나, 콜린이 손으로 아내의 입을 가리고 자기 말을 방해하지 못하게 했다.

「난 가치 있는 건 하나도 거절하지 않고 받았소. 당신은 남자라면 누구나 원할 만한 것들을 모두 내게 주었지. 사랑과 신뢰, 나를 향한 충성심, 그리고 당신의 마음과 애정, 육체까지 모두 주었어. 이 어떤 것도 물질적인 건 아니잖소? 그리고 설령 당신이, 당신에게 따라오는 금전적인 겉치레들을 몽땅 잃는 데도 내겐 전혀 중요치 않아. 내가 원하는 건 오직 당신뿐이니까. 이제 내 말뜻을 이해하겠소?」

이 아름다운 말들에 알렉산드라는 완전히 도취되었다. 남편의 눈에 희미하게 눈물이 어려 있었다. 남편이 이런 속마음을 털어놓기가 얼마나 어려웠을지 그제야 짐작이 되었다. 콜린은 진정 날 사랑해. 그녀는 행복감에 사로잡혀 울컥 울음을 터뜨렸다.

「울지 말아요, 나의 공주님. 당신이 이처럼 괴로워하는 걸 차마 못 보겠소.」

알렉산드라는 울음을 그치고 전혀 괴롭지 않다고 말하려 했다. 콜린이 입을 가리고 있던 손을 내리고 자상하게 눈물을 닦아주었다.

「당신과 결혼은 했지만, 난 당신에게 내 보일 만한 게 전혀 없었소. 그런데도…… 결혼식 날 밤에 당신이 날 사랑한단 사실을 눈치챘지. 처음에는 그 사실을 받아들일 수가 없었소. 당신에게 너무 불공평해 보였거든. 섭정 왕자를 두고 당신이 했던 말을 그 당시 기억했더라면 상황이 좀 나았겠지. 그 말을 떠올렸다면, 우리 둘 다 쓸데없는 걱정은 많이 덜었을 텐데.」

「내가 뭐라고 했었는데요?」

「내가 섭정 왕자가 당신을 좋아하는 것 같다고 말했을 때 당신이 뭐라고 대꾸했는지 기억나?」

그녀는 분명히 기억해냈다.

「그가 좋아하는 건 내가 누구냐이지, 어떤 사람이냐가 아니라고 했어요.」

「이제 알겠소?」

「뭘 말예요?」

알렉산드라는 활짝 웃음을 지었다. 이제야 이해할 수 있었다.

「당신이 꽤 똑똑한 여자인 줄 알았는데?」

콜린이 점잖을 빼가며 물었다.

「당신은 날 사랑해요.」

「그렇소.」

그가 아내에게 키스를 했다. 콜린이 입술을 떼고 보니 아내는 한결 확신에 찬 표정이었다.

「그럼 그 사실도 결국은 이해하게 됐나요?」

콜린은 아내가 던지는 질문의 요지를 이해하지 못했다. 아내의 잠옷 단추들을 여느라 딴 생각을 할 여지가 없었다.

「뭘 말이오?」

「내가 당신에게 빠지게 된 건, 겉모양이 아니라 사람 됨됨이 때문이라는 사실 말이에요. 난 당신이 가진 힘과 용기에 끌렸어요. 그 두 가지가 내겐 절실했거든요.」

콜린은 다시 키스를 하고 싶었으나, 그녀는 대화를 나누고 싶었다.

「콜린, 당신은 회사를 성공시키려고 고전하는 모습을 세상에 보이고 있어요.」

「난 회사를 성공시키려고 고전하고 있소.」

그는 아내의 옷을 더 빨리 벗기려고 옆으로 몸을 돌려 누웠다.

「당신은 영세민자가 아니에요.」

알렉산드라가 이렇게 말하며 침대에 앉더니, 어깨에 걸쳐 있는 가운을 벗으려고 잡아당기기 시작했다. 콜린이 그녀를 거들었다.

「당신 장부를 자세히 들여다본 적이 있었잖아요, 당신도 알죠? 당신은 이미 상당한 이윤을 내고 있어요. 그리고 그 돈을 한 푼도 빠짐없이 재투자 한 결과로 회사의 재정 상태가 상당히 튼튼해요. 당신은 커다란 제국을 세울 꿈을 꾸고 있지만, 한 걸음만 물러나서 자세히 들여다보면, 이미 당신 꿈을 다 이루었다고요. 당연하잖아요? 20척에 가까운 배를 보유하고 있고 선적 주문을 내년 몫까지 따 놓았으니, 누가 봐도 당신 회사는 살아남으려고 발버둥치는 회사가 아니에요.」

그에겐 아내의 말이 거의 귀에 들어오지 않았다. 가운을 벗어버린 알렉산드라는 이제 잠옷을 조금씩 머리 위로 끌어올렸다. 콜린은 목구멍이 꽉 잠겨 침을 넘기기 힘들었다. 그녀가 잠옷을 벗기가 바쁘게 콜린이 손을 뻗어왔다. 하지만 그녀는 고개를 흔들었다.

「일단, 내 질문에 대답부터 해줘요, 콜린.」

그는 자신이 고개를 끄덕인 것 같긴 했으나, 확신은 서지 않았다. 몸속에서 불꽃이 활활 타올랐고, 그저 아내의 몸 속에 자신을 파묻고 싶은 마음뿐이었다. 아내를 만지고 싶어 안달이 난 그는 셔츠를 벗으려고 허둥대다가 그만 셔츠를 찢어먹고 말았다.

「콜린, 언제쯤이면 만족하겠어요?」

그녀의 질문은 머리를 좀 굴려봐야 대꾸할 성질의 것이었다. 하지만 그의 머릿속엔 딴 생각할 여유가 전혀 없었다.

「절대 당신에게 충분히 만족할 수는 없을 거요.」

「나도 마찬가지예요, 하지만 내가 물은 건 그게 아니라…….」

콜린이 입술로 그녀의 입을 막았다. 알렉산드라는 이제 단 한순간도 그의 유혹에 저항할 자신이 없었다. 그녀는 남편의 목에 팔을 휘감고 그의 황홀한 열정과 사랑에 순순히 몸을 내맡겼다.

콜린의 애무는 허기진 듯 거칠면서도 동시에 부드럽기 그지없었다. 알렉산드라가 황홀함에 도취되어 마술 같은 손길에 몸을 내맡긴 동안, 콜린은 사랑의 고백을 하고 또 했다.

그녀 역시 사랑한다는 말을 하고 싶었으나, 입을 열 약간의 힘도 남아 있지 않았다. 그녀는 눈을 꼭 감고 신선한 바람이 뜨겁게 달은 살결을 식혀주는 가운데, 쿵쾅대는 자신의 맥박소리를 듣고 있었다.

콜린도 옆으로 눕더니, 두 손을 머리 뒤로 넣어 머리를 받치고 아내를 보며 씩 웃었다. 그는 만족스런 표정이었다.

「알렉산드라, 내게 뭐 하고 싶은 말 없소?」

그녀는 달콤한 만족감에 휩싸여 딴 생각은 할 겨를이 없었다.

콜린은 아내가 아기 얘기를 꺼낼 때까지 끈덕지게 물고 늘어질 생각이었으나, 플래네건이 침실 문을 쿵쿵 두드리는 바람에 자신의 뜻을 이루지 못했다.

「나리, 형님이 와 계십니다. 지금 서재에 계십니다.」

「당장 서재로 가겠네.」

콜린이 버럭 소리를 질렀다. 그리고 형이 타이밍을 제대로 못 맞춘다고 투덜댔다. 그러자 알렉산드라가 깔깔대며 웃더니, 눈을 뜰 생각도 않으며 말했다.

「10분전이라면 타이밍이 나빴겠지만, 지금은 형님이 우리를 많이 배려해줬다고 해야 옳지 않아요?」

아내의 평에 맞장구를 친 후 콜린은 침대에서 일어나려다 말고 몸을 돌렸다. 그리고 몸을 숙여 아내의 목덜미에 입을 맞추려는데, 알렉산드라가 눈을 떠서 그를 쳐다보았다. 남편의 어깨에 손이 닿았다. 목덜미에 늘어져 있던 머리카락이 그녀의 손끝을 스치며 물결쳤다.

콜린이 다시 머리를 기르기 시작했다! 그 사실이 머리를 스치자, 알렉산드라는 너무나 기뻐 울음을 터뜨릴 뻔했다. 그녀는 결혼이 남편을 구속하진 않았다는 사실을 알았고, 지금은 그 사실만이 중요했다.

콜린은 아내의 표정에 어리둥절해졌다.

「알렉산드라?」

「당신은 지금도 자유로워요, 콜린.」

그 말에 그는 눈을 동그랗게 떴다.

「별 이상한 말을 다 하는군.」

「형님이 기다리겠어요.」

그가 고개를 끄덕였다.

「형과 얘기를 나누는 동안, 내가 한 질문을 생각해봐. 내 사랑?」

「무슨 질문이요?」

콜린이 침대에서 나와 바지를 주워 입었다.

「내게 뭐 할말이 없는지 물어봤잖소.」

그가 아내의 기억을 상기시켜주었다.

그는 맨발에 신을 신고 새 셔츠를 가지러 자기 방으로 들어갔다. 입었던 옷은 갈기갈기 찢어져 있었다.

「잘 생각해봐.」

이렇게 말한 그는 재킷을 들고 살짝 윙크를 하더니 방을 나갔다.

케인은 벽난로 옆, 가죽 의자에 사지를 쭉 뻗고 편히 앉아 있었다. 콜린은 고개를 까닥 하더니 책상 앞에 앉았다. 그리고 펜과 종이를 집으려고 손을 뻗었다.

케인은 동생을 한 번 보더니 입을 벌리고 빙그레 웃었다.

「내가 방해한 모양이군. 이거 미안해서 어쩌지.」

콜린은 형의 웃음 섞인 목소리를 못 들은 척 해버렸다. 자신의 모양새가 단정치 않다는 것쯤은 알고 있었다. 셔츠의 목 언저리엔 아무 것도 매지 않았고, 머리도 단정하지 않았다.

「신혼 재미가 아주 좋은가 보구나, 콜린.」

형의 얼굴을 올려다보는 그의 얼굴에는 진실이 그대로 담겨 있었다.

「난 사랑에 빠진 남자야.」

케인이 큰 소리로 웃었다.

「그걸 깨닫는 데 꽤나 시간이 걸리는군.」

「형이 형수를 사랑한다는 사실을 깨닫는 데도 시간이 만만치 않게 걸렸어.」

케인은 틀린 말은 아니라는 듯 고개를 끄덕였다. 콜린이 종이에 뭘 쓰려고 책상으로 고개를 돌렸다.

「뭘 하려는 거야?」

콜린이 목록을 만들 생각이라는 말을 털어놓으며 씩 웃었다.

「일을 빈틈없이 하려는 알렉산드라의 집착이 전염됐나 봐. 자작과는 얘기해봤어?」

케인의 얼굴에서 웃음이 조금씩 사라졌다. 그는 넥타이를 느슨하게 풀면서 대꾸했다.

「해럴드는 엉망진창이야.」

그는 그 자작을 일컬으며 얘기하기 시작했다.

「제정신이 아니더라구. 부인이 집을 나가기 전에 말싸움을 했었나봐. 부인에게 거친 말을 했다고, 두고두고 자신을 괴롭히고 있어. 보고 있으면 가슴이 아플 정도야.」

「안됐군.」

콜린은 고개를 가로 젖더니 다시 물었다.

「무슨 일로 다투었는지 물어봤어?」

「애인이 생겼다고 굳게 믿고 있었어. 선물을 받았다는 걸 알고는 부인이 딴 남자와 사귄다고 성급하게 판단한 것 같아.」

「제길.」

「그는 아직도 상황 파악을 못 하고 있어, 콜린. 집사람과 제수 씨도 선물을 받았다고 말해줬지만, 술에 너무 취해 내가 무슨 말을 하는지도 모르더라구. 자기가 화를 냈기 때문에 로버타가 애인과 함께 달아났다는 말만 계속 중얼거리고 있었어.」

콜린이 의자 뒤로 등을 기댔다.

「뭐 도움이 될만한 딴 얘기는 하지 않았어?」

「아니.」

형제가 각자 자기 생각에 골똘히 잠긴 사이에 몇 분이 소리 없이 흘러갔다. 콜린이 의자를 뒤로 쭉 빼더니 허리를 굽혀 신발을 벗었다. 벗은 신발을 왼쪽부터 차례로 집어던지고는 허리를 쭉 펴는데, 왼쪽 신발에서 안창이 삐어져 나온 게 보였다.

「에잇.」

신고 다니기에 가장 편한 신이 벌써 닳아버린 것을 본, 그는 혼잣말로 투덜댔다. 신발을 수선할 수 있을지 보려고, 콜린은 신을 집어들었다. 그러자 덧대놓은 두툼한 가죽 조각이 손안에 툭 떨어졌다.

이런 건 일찍이 본 적이 없었다. 그는 오른쪽 신발도 집어들고 안을 자세히 살폈다. 하필 그때, 플래네건이 혹시 콜린이 마시고 싶어할까 싶어 새 브랜디 병을 서재로 날라왔다. 집사는 콜린이 손에 들고 있는 물건을 흘깃 보더니 즉시 고개를 돌려 방을 나가려고 했다.

「이리로 돌아오게, 플래네건.」

콜린이 지시했다.

「뭘 좀 드시겠습니까, 나리?」

「그래. 하지만 술이 아니라 물을 좀 주게. 오늘 해럴드를 보고 나니, 독한 술은 생각만 해도 속이 메스껍구먼.」

「즉시 물을 가져오겠습니다.」

방을 나가려고 하는 플래네건을, 콜린이 불러 세웠다.

「나리도 물을 드시겠습니까?」

집사가 주인 나리에게 물었다.

콜린이 신발에 덧대져 있던 가죽 조각을 집어들었다.

「아는 게 있으면 말해보게.」

플래네건은 안주인과 바깥주인을 향한 충성심이라는 갈림길에 놓여,

몹시 곤란해졌다. 그는 콜린의 하인이니 당연히 그에게 충성을 받쳐야 하겠지만, 그 구두 기술자에 대해선 일체 비밀을 지키기로 공주님과 약속했었다.

플래네건의 침묵이 유죄를 증명하고도 남았다. 케인이 크게 웃음을 터뜨리기 시작했다.

「이 사람 얼굴을 보니, 뭔가 많이 알고 있나 본데. 콜린, 손에 쥐고 있는 게 뭐야?」

그는 가죽 안창을 케인 쪽으로 휙 던졌다.

「이게 신 안에 깔려 있었어. 왼쪽 신발에만.」

이렇게 말한 그는 집사에게 시선을 고정시켰다.

「알렉산드라가 꾸민 거지, 맞나?」

플래네건이 목청을 가다듬었다.

「나리께서 이 신발을 가장 좋아하시게 됐잖아요.」

그가 서둘러 요점부터 말했다.

「신에 댄 가죽 때문에 발뒤꿈치도 훨씬 편해지셨구요. 그러니 이 일로 너무 화를 내지 않으시기를 바랍니다.」

콜린은 전혀 화가 나지 않았으나, 자기 걱정에 사로잡힌 순진한 집사는 그런 사실을 깨닫지 못했다.

「우리 공주님께서 생각하시길, 나리가 다리에 대해 좀…… 민감하신 터라, 몰래 방법을 강구하셨어요. 공주님을 심하게 꾸짖지는 마세요.」

콜린이 빙긋 웃었다. 플래네건이 알렉산드라의 편을 드는 모습에 기분이 좋아졌다.

「'우리의 공주님'께 좀 오시라고 전해주겠나? 문을 조용히 노크하게, 플래네건. 즉시 응답하지 않으면 잠이 들었을 테니까.」

플래네건이 허둥지둥 서재를 빠져 나왔다.

케인이 그 가죽 조각을 동생에게 도로 던졌다.

「그걸 끼우니 효과가 있어?」

「응, 미처 알지는 못했지만……」

콜린이 대꾸했다. 왠지 침착함을 읽은 콜린의 기색에 케인은 흥미가 동했다. 남 앞에서 웃음 외의 감정은 절대 보이지 않는 평상시의 동생과는 딴판이었다. 콜린이 마음의 문을 열자, 케인은 동생이 무척 가깝게 느껴졌다. 그는 몸을 앞으로 내밀어서 무릎에 팔꿈치를 댔다.

「뭘 미처 깨닫지 못했는데?」

콜린이 발뒤꿈치에 깐 두툼한 조각을 뚫어져라 쳐다보며 말했다.

「왼쪽 다리가 오른 쪽보다 짧다는 거 말야. 그럴 수도 있겠어. 근육이 많이 없어졌으니…….」

그가 억지로 어깨를 으쓱해 보였다. 그러자 케인은 무슨 말을 해야 할지 몰랐다. 동생이 다리의 상태를 인정한 게 이번이 처음이었는데, 케인은 어떻게 이 얘기를 진행시켜야 할지 확신이 서지 않았다. 너무 무관심한 척 하면 형이 관심이 없나보다고 생각할 테고, 진지한 목소리로 꼬치꼬치 캐물으면 앞으로 한 5년 정도는 이 얘기를 입밖에 꺼내지도 않을 테니까.

무척 거북한 상황이었다. 결국 케인은 아무 말도 하지 못했고, 그 대신 다른 얘기로 화제를 돌렸다.

「아버지께 캐서린에 대해 말씀드렸니?」

「응, 그 애를 감시하겠다고 하셨어. 하인들에게도 주의를 주셨고. 누가 뭘 배달해 오면, 일단 아버지가 먼저 보실 거야.」

「아버지가 캐서린에게도 말해주신대?」

「캐서린을 겁주고 싶진 않으신가봐. 여러 차례 말씀드렸어. 이 일이 보통 심각한 게 아니라는 걸 그 애도 알아야 한다고 말야. 캐서린은 좀…… 철딱서니가 없잖아?」

케인이 조용히 웃었다.

「아직 어려서 자라서 그래, 콜린. 시간이 지나면 괜찮을 거야. 그리고 그 애가 다 자랄 때까지는 우리가 보호해줘야지.」

「맞아.」

그때 알렉산드라가 플래네건과 나란히 문 앞에 나타났다. 그녀는 턱

에서 발끝까지 질질 끌리는 푸른 가운을 걸쳤다. 서재로 들어온 그녀
는 케인에게 활짝 웃어 보이고는 남편에게 시선을 돌렸다. 콜린이 가
죽 조각을 그녀에게 번쩍 들어 보였다. 그러자 얼굴에서 웃음이 싹 가
신 알렉산드라는 즉시 뒷걸음치기 시작했다.

겁에 질려 있지는 않았으나 경계하는 눈초리였다.

「알렉산드라, 이것에 대해 아는 게 있소?」

그의 표정만 봐선, 화가 많이 났는지, 아니면 약간 짜증난 정도인지
읽을 수가 없었다. 알렉산드라는 불과 몇 분전에 남편이 사랑의 맹세
를 했다는 사실을 떠올리면서 용기를 내어 한 걸음 앞으로 나왔다.

「그래요.」

「뭐가 그렇다는 거요?」

「그 조각에 대해 아는 바가 있어요. 케인, 안녕하세요. 다시 만나서
반가워요.」

그녀가 얼른 케인에게 관심을 돌렸다. 알렉산드라는 일부러 머리가
둔한 척 행동하고 있었다. 그러자 콜린이 고개를 옆으로 흔들었다.

「알렉산드라, 방금 내가 질문을 했소」

「참, 이제야 뭘 묻는지 알겠군요.」

그녀가 얼떨결에 이렇게 말하더니, 또 한발 앞으로 내딛었다.

「방에서 나가기 전에 뭐 할말이 없냐고 묻더니, 이제 보니 이 가죽
을 발견했다는 얘기였군요. 그럼, 좋아요. 다 말하겠어요. 내가 당신 일
에 참견한 건 사실이에요. 하지만 당신이 잘 되기를 바라는 마음에서
한 짓이었어요, 콜린. 당신이 다리에 대해 과민 반응을 보이지만 않았
다면 안창을 만들려고 플래네건을 보내기 전에 먼저 상의했겠죠. 플래
네건은 그 누구보다 당신에게 충실한 사람이에요.」

남편이 플래네건에게 배신했다고 탓할까봐 얼른 이렇게 덧붙였다.

「아닙니다, 공주님,」

플래네건이 반박하며 나섰다.

「제가 그 임무를 떠맡겠다고 자청했잖아요!」

콜린이 눈을 천장 쪽으로 굴리더니 물었다.

「어떻게 이런 생각을 하게 됐소?」

그녀는 남편의 질문에 깜짝 놀란 표정을 지었다.

「밤이면…… 다리를 절잖아요. 피곤할 때면 약간씩 저는 것도 같고. 콜린, 당신이 오른쪽 다리에 많이 의지하는 거 알고 있나요?」

그는 웃음이 나올 뻔했다.

「그래, 알고 있어.」

「당신이 꽤 똑똑한 남자라는 데 동의하나요?」

그녀는 그가 했던 말을 역으로 써먹었다. 콜린이 인상을 찌푸렸다.

「그렇소」

「그럼 왜 다리를 저는지 알아보려고 노력하지 않죠?」

그는 어깨를 올려 으쓱해 보였다.

「상어가 다리를 물어뜯었어. 당신은 나보고 멍청하다고 할지 모르지만, 내가 저는 이유는 그때문이라고 보는데.」

그녀가 고개를 가로 저었다.

「그건 다리를 다친 이유예요. 당신 신발 바닥을 살펴봤더니, 어떤 신이든 왼쪽 발꿈치는 거의 닳지 않았더라구요. 그래서 내가 해야 할 일을 알았어요.」

그녀가 말하는 도중에 한숨을 쉬었다.

「이 일에 대해 너무 예민하게 받아들이지 않았으면 좋겠어요.」

그녀는 이번에는 고개를 돌려 케인을 쳐다보았다.

「그렇지만 제 남편은 예민해요. 혹시 그걸 눈치채셨나요?」

케인이 고개를 끄덕였다.

케인의 동의를 얻자 그녀는 살짝 웃었다.

「콜린은 그 일에 대해선 입도 벙끗하려 들지 않아요.」

「지금은 얘길 하고 있잖아요.」

케인이 이렇게 말하자, 알렉산드라는 몸을 휙 돌리더니 남편을 쳐다보았다.

「당신이 그 일을 얘기하고 있어요!」

그녀가 몹시 감동한 표정으로 외쳤다. 콜린은 이 일을 어떻게 해석해야 할지 몰랐다.

「그랬소.」

그가 순순히 동의했다.

「그럼 내가 매일 밤 당신 방에서 자도 되나요?」

케인이 소리내어 웃었지만, 그녀는 그를 애써 무시했다.

「난 당신이 당신 방으로 돌아가는 이유를 알고 있어요. 다리가 아파서 움직여야 하기 때문이잖아요. 내 말이 맞죠, 그렇죠, 콜린?」

그는 아무 대꾸도 하지 않았다.

「제발 무슨 말이라도 해봐요?」

「고맙소.」

그녀는 완전히 어리둥절해졌다.

「뭐가 고맙다는 말인가요?」

「안창 말이오.」

「화나지 않았어요?」

「아니.」

그녀는 남편의 태도에 소스라치게 놀랐다.

그는 아내의 지극한 배려에 미안한 마음이 들었다. 그들은 한참동안 서로를 물끄러미 쳐다보았다.

「플래네건에게도 화나지 않았죠, 그렇죠?」

이윽고 그녀가 물었다.

「화나지 않았소.」

「왜 내게 화내지 않아요?」

「날 진심으로 걱정해서 한 일이니까.」

콜린이 소리내어 웃었고 알렉산드라가 말없이 미소지었다. 플래네건이 서재 안으로 들어오더니 물 한 잔을 케인에게 불쑥 내밀었다. 그의 온 신경이 알렉산드라에게 집중되었다. 걱정 어린 표정을 본 알렉산드라가 집사에서 속삭였다.

「콜린은 화나지 않았어요.」

케인이 돌아가겠다고 했지만, 콜린은 형에게 작별 인사를 하는 와중에도 시선을 아내에게서 떼지 않았다.

「알렉산드라, 여기 있어. 플래네건이 케인을 배웅할 거요.」

「당신 뜻대로 하죠, 콜린.」

「당신이 겸손할 때면 내 기분은 하늘을 날 듯이 좋소.」

「왜죠?」

「그런 일이 극히 드무니까.」

그녀가 어깨를 으쓱하자 그가 다시 소리내어 웃었다.

「당신 내게 하고 싶은 말이 또 있을 텐데?」

그녀의 어깨가 축 늘어졌다. 이 남자는 교활하기 그지없었다.

「좋아요, 그럼.」

그녀가 나지막이 투덜댔다.

「윈터스 경에게 다리 얘길 하고 그분의 충고를 들었어요. 물론 우리는 비밀리에 얘기를 나누었구요.」

콜린의 눈썹이 치켜 올라갔다.

「무슨 충고를 들었어?」

「다리 상태를 나아지게 할 여러 가지 방법들이죠. 전 그 분 충고에 따라 목록을 한 장 만들었어요. 지금 가져올까요?」

「나중에. 자, 이제, 그거 말고 하고 싶은 딴 얘기는 없소?」

이 질문에서 벗어날 수 있는 화제가 과연 몇이나 있을까? 콜린은 알렉산드라의 꿍꿍이속을 확인하기 위해서라도 앞으로 일 주일마다 한 번씩은 이런 질문을 해야겠다는 생각을 언뜻 했다.

알렉산드라는 콜린이 알고 싶어하는 게 뭔지 알아 낼 때까지는 또다시 섣불리 고백하지 않을 작정이었다.

「좀더 구체적으로 말해줄 수 없나요?」

이렇게 묻는 걸 보면, 분명 아직 말하지 않은 비밀이 많은가 보군.

「안 돼. 내가 뭘 묻는지 빤히 알잖소.」

알렉산드라는 머릿속에 손가락을 쓸어 넣으며 책상 옆에 다가섰다.

「드레이슨이 말했군요, 그랬죠?」

그는 잠자코 고개를 옆으로 저었다.

「그럼 어떻게 알아냈어요?」

「당신 말을 들은 후에 말해주지.」

그가 이렇게 약속했으나, 알렉산드라가 곧바로 반박했다.

「다 알고 있으면서 죄책감을 느끼게 하려고 이러는 거죠, 안 그래요? 하지만 이젠 어쩔 도리가 없어요. 주문했던 증기선은 취소하지 않았고, 당신이 간섭하기엔 이미 늦었어요. 게다가 난 내 재산을 마음대로 쓰겠다고 이미 얘기했잖아요. 난 그 배를 내가 쓰려고 주문했어요. 정말이에요. 그런 배를 꼭 갖고 싶었거든요. 하지만 당신과 네이선이 가끔 쓰고 싶다면 얼마든지 빌려줄 용의가 있어요.」

「그 주문을 취소하라고 드레이슨에게 일렀잖소!」

그가 그때 일을 일깨워주었다.

「그에게 다시 말해줬어요, 알버트가 배를 갖고 싶어한다고요.」

「이 일 말고 또 숨기는 게 뭐가 있지?」

「그럼 이 일은 몰랐었나요?」

「알렉산드라…….」

「화를 잘도 돋구는군요, 콜린. 당신이 내 자존심을 얼마나 건드렸는지 아직도 모르겠어요?」

알렉산드라가 단호하게 말을 이었다.

「당신들이 사라의 돈으로 회사를 키우기로 작정했다는 네이선의 말을 들었을 때, 내 기분이 어땠는지 알아요? 내 재산엔 절대 손대지 않을 거라고 그렇게 난리를 치더니…….」

콜린이 아내를 무릎 위에 앉혔다. 그 즉시 알렉산드라가 팔로 남편의 목을 휘감고 미소를 지었다.

그는 인상을 찡그리며 아내를 차근히 타일렀다.

「그 돈은 네이선과 사라를 위해 왕이 따로 챙겨둔 거야.」

「우리 아버지도 나와 내 남편을 위해 돈을 남겨주셨어요.」

어이쿠, 한방 맞았군. 그는 이런 생각을 했다. 그녀도 자신이 이겼다는 사실을 직감했다.

「당신 아버님께선 왜 아직도 내 돈을 맡으셔야 하는지 의아해 하세요, 콜린. 그건 낯 뜨거운 일이에요. 당연히 당신이 그 일을 넘겨 받아야죠. 제가 돕겠어요.」

그는 애정이 넘쳐흐르는 웃음을 지어 보였다.

「당신이 돈을 관리하고 내가 옆에서 도우면 어떨까?」

「그러면 너무나 좋죠.」

그녀가 남편에게 몸을 기대왔다.

「당신을 사랑해요, 콜린.」

「나도 그래. 내게 말하고 싶은 일은 또 없소?」

그녀는 아무 대꾸도 하지 않았다. 그러자 콜린이 주머니에 손을 넣더니 그녀가 적은 목록을 꺼내들었다. 알렉산드라는 그에게 몸을 더욱 파고들었다.

콜린이 목록을 펼쳤다.

「바로 이 순간 이후로, 당신은 내게 뭐든 편하게 얘기해도 돼.」

그녀가 품에서 벗어나려고 했으나 그가 더욱 꼭 껴안았다.

「내 다리에 대해서 말을 못 꺼내게 한 사람은 바로 나요, 그렇지?」

「그래요.」

「그 점에 대해 사과하겠소. 이제 당신이 묻는 말에 대답할 테니 가만히 있어요, 알았지?」

「난 질문할 게 없는데요?」

「쉬, 내 사랑.」

그가 이렇게 이르더니 한 손으로 그녀의 몸을 끌어안고 다른 손으로 그 종이를 들었다. 그는 아내의 첫 지시를 눈으로 읽더니 말했다.

「빅토리아를 걱정하는 당신 얘기를 들어줬잖소?」

「그랬어요, 근데 왜……」

콜린이 그녀를 다시 힘껏 앉았다.

「더 기다려 봐요.」

이렇게 명령한 그는 두 번째 지시를 읽었다.

「당신 유산과 관련한 내 태도도 바꾸겠다고 약속하겠소」

옆에 친 괄호에 '고집불통'이라는 말이 적혀 있었다.

「그리고 이 일에 대해 무조건 고집을 부리지 않겠소.」

세 번째 지시를 본 그는 묵묵히 웃음을 지었다. 콜린이 아내를 사랑한다는 사실을 깨닫는 데 5년이나 기다릴 필요가 없다는 지시였다.

그 지시에는 이미 복종했기 때문에 다음 지시로 넘어갔다. 그가 곧 아버지가 된다는 사실을 행복하게 생각해야 하며, 그의 계획을 방해했다고 아내를 탓해선 안 된다는 것이었다.

임신을 한 아내들도 수녀가 될 수 있을까? 콜린은 이 마지막 질문에 먼저 대답해야겠다고 생각했다.

「알렉산드라?」

「네?」

그가 아내의 이마에 입을 맞추었다.

「안 돼.」

그가 속삭이듯 말했다. 남편의 웃음 섞인 어투에 그녀는 당황스러웠다. 그리고 뭐가 안 된다는 말인가?

「안 된다니, 뭐가 말예요?」

「임신한 아내들은 수녀가 될 수 없어.」

그가 꼭 붙들지 않았던들 알렉산드라는 남편의 무릎에서 펄쩍 뛰어내릴 뻔했다. 그는 그녀가 진정할 때까지 껴안아주었다.

알렉산드라는 펄펄 뛰며 소리를 질렀다.

「다 알고있었군요…… 처음부터 줄곧 말예요…… 오, 맞아. 그 목록이야! 당신 그 목록을 찾아냈죠? 그리고 그걸 봤기 때문에 나더러 사랑한단 말을 했군요.」

콜린이 그녀의 입술에 힘껏 키스를 해주었다.

「난 그 목록을 읽기 전부터 당신을 사랑한다는 사실을 깨달았소. 내 말을 믿어야 해, 알렉산드라. 그리고 당신 자신도 믿어.」

「그래도…….」

그의 입술이 반항하려는 그녀의 입을 막았다. 입술을 떼냈을 때 그녀의 눈에는 눈물이 맺혀 있었다.

「마지막으로 묻겠는데, 정말 내게 하고 싶은 말이 없소?」

알렉산드라가 천천히 고개를 끄덕였다. 콜린은 오만해 보일 정도로 흡족한 표정을 지었다. 오, 하느님, 난 이 남자를 얼마나 사랑하는가! 자신을 쳐다보는 그의 시선을 보니, 콜린도 그녀에게 폭 빠져 있었다.

그래, 맞아. 콜린은 아기를 가진 사실에 대해 기뻐하고 있었다. 그 점에 있어 의심할 여지가 없었다. 그는 알렉산드라의 배에 손을 얹고 가볍게 톡톡 쳤다. 남편은 자신이 하는 행동을 깨닫지 못하는 듯했지만 행동이 대신 말해주었다. 그는 아직 태어나지 않은 자신의 아들 내지는 딸에게 애정을 솟고 있었다.

「대답해봐.」

그는 나지막하고 걸걸한 목소리로 명령했다. 표정으로 보아, 온 정신을 이 일에 빼놓고 있었다. 콜린은 언제나 진지했고 감정을 절제하려고 노력하는 사람이었다. 알렉산드라는 그런 그의 성격을 좋아했다. 그러나 때로는 그로 하여금 자신을 잊게 만드는 상황이나 짓궂게 놀린 뒤 당황하는 그를 보는 일을 은근히 즐기기도 했다.

콜린의 참을성에 한계가 왔다.

「이젠 대답해주겠소, 알렉산드라.」

「알았어요, 콜린. 할 얘기가 있어요. 난 수녀가 되기로 했어요.」

그는 당장이라도 그녀의 목을 비틀 것 같아 보였다. 알렉산드라는 남편의 험상궂은 표정을 보고 깔깔대며 웃었다. 그리고 다시 그의 목에 팔을 감고, 귀에 살며시 입을 대며 속삭였다.

「우리에게 곧 아기가 생길 거예요. 그 얘길 아직 않했던가요?」

14

그후 2주간, 끝없이 이어지는 방문객들 때문에 콜린은 정신없이 바빴다. 리처즈 경은 워낙 자주 들락날락해서 차라리 침대를 가져와 이 집에서 기거하는 편이 나을 정도였다. 케인은 매일 오후에 찾아왔고, 네이선도 마찬가지였다. 알렉산드라는 낮 동안은 남편을 볼 시간도 없었으나, 밤이 되면 그를 독차지했다. 콜린은 저녁식사가 끝나는 대로 조사 과정을 낱낱이 알려주었다.

드레이슨이 아주 큰 도움을 주었는데 빅토리아가 실종되기 불과 넉 달 전에 그녀에게 생명 보험이 들어진 사실을 알아낸 것이었다. 계약 증서에 적힌 수령자의 이름은 빅토리아의 오빠인 닐이었고, 모튼사에서 이 계약을 성사시켰다고 했다.

또한 콜린이 사람을 시켜 알아본 바로는, 빅토리아가 태어나던 날 먼 친척 뻘 되는 아주머니가 엄청난 지참금을 그녀에게 물려주셨는데 만약 빅토리아가 런던으로 돌아와 돈의 소유권을 주장하지 못하면 닐 이 그 돈을 물려받게 되어 있었다.

리처즈 경이 저녁식사가 차려진 식탁에 다가와 앉았다. 그리고 콜린 이 알렉산드라가 얘기하는 내용들에 잠시 귀를 기울이더니 자기 의견을 한마디 내던졌다.

「시체가 발견되지 않으면 그 자는 보험금도 못 타고 유산도 물려 받지 못하네. 만약 그 자가 돈 때문에 범행을 저질렀다면, 일부러 수고해 가며 시체를 숨길 이유가 어디 있겠는가?」

「정말 그럴 이유가 없겠군요.」

콜린이 순순히 동의했다.

「그리고 그는 은행 계좌가 탄탄한 사람이니.」

리처즈 경이 고개를 까닥이며 맞장구를 쳤다.

「돈 욕심이 더 났을 수도 있어. 알렉산드라 공주님이 전에 말씀했듯이, 닐이 누이동생을 썩 좋아하지 않았잖아.」

리처즈는 계속 말했다.

「물론 추정하는 거지만 닐이 유죄임을 입증하는 근거가 또 있어. 알다시피, 닐은 6년 전에 로버타에게 구혼했는데 로버타가 자작을 택하면서 그의 청혼을 거절했었어. 소문에 따르면 그 자는 부인이 결혼한 후에도 계속 추근거렸다군. 게다가 부인이 그 자와 바람을 피웠다고 말하는 사람들도 있었어. 그 두 여자 사이에 연결 고리가 있잖은가.」

「닐 페리를 원하는 여자가 있을까요?」

알렉산드라가 어이가 없다는 듯 속삭였다.

「그는…… 매력이라곤 털끝만치도 없어요.」

「이제껏 딴 선물을 받은 적은 없어요?」

리처즈가 묻자 알렉산드라가 고개를 흔들었다.

「참, 네이선과 사라에게 주려고 주문한 선물이 오늘 도착했어요. 콜린은 그 배 모형을 주문했다는 사실을 깜빡 잊고, 하마터면 배를 완전히 망가뜨릴 뻔했어요. 다행이 상자만 갈기갈기 찢어놓았지만.」

「그 배가 금줄로 묶여 있다는 사실은 말하지 않았군 그래. 그걸 부셔놓으려면 사내 다섯은 덤벼들어야 할 걸.」

그때 케인이 식당으로 허둥지둥 달려오는 바람에 세 사람의 대화가 중도에서 끊겼다.

「사람들이 빅토리아의 시체를 발견했대!」

콜린이 얼른 몸을 뻗어 알렉산드라의 손을 꼭 잡으며 물었다.

「어디야?」

「여기서 한 시간쯤 말을 타고 가야 하는 거리야. 누군가 어쩌다 그 무덤에 걸려 말에서 떨어졌나봐. 늑대들이……」

케인이 말을 하다 중간에서 뚝 멈췄다. 그 얘기를 적나라하게 해서 알렉산드라의 고통을 가중시킬 필요는 없었다.

「그게 빅토리아라는 확실한 근거가 있대요?」

알렉산드라는 눈물을 글썽이며 물었으나, 이성을 잃지 않으려고 안간힘을 썼다. 빅토리아를 위해 슬퍼하는 일은 나중으로 미뤄야 했다. 그녀의 영혼이 편안히 쉴 수 있도록 기도를 올리는 일도…… 그 두 가지 일은 나중에 하리라…… 그녀에게 고통을 준 자가 잡힌 후에.

「그녀의 보석이…… 신원 파악에 도움을 줬어요.」

케인이 보충 설명을 했다.

리처즈 경이 시체가 발견된 장소를 물어보더니 의자를 뒤로 젖히고 자리에서 일어서려고 했다.

「지금은 너무 어두워서 아무것도 할 수 없습니다.」

케인이 리처즈에게 말하고 의자를 알렉산드라 옆으로 당겨 앉았다.

「내일까지 기다릴 수밖에 도리가 없어요.」

「그녀가 발견된 땅은 누구 소유지?」

「닐 페리.」

「그것 참 편리하군.」

콜린이 어이가 없다는 듯 말했다.

「좀 지나칠 정도로 편리하지.」

케인이 동생의 말에 동의했다.

「우린 주어진 사실들을 있는 그대로 받아들일 수밖에 없어.」

리처즈가 단호하게 말을 이었다.

「그런 후에 그 사실들을 분석해서 진실을 밝혀야지.」

「언제 부하들을 시켜 땅을 파실 겁니까?」

콜린이 국장에게 물었다.

「내일 해가 뜨자마자.」

「땅을 파다니요? 빅토리아는 벌써 발견됐는데, 뭐 때문에…….」

알렉산드라가 어리둥절해했다.

「그 외에 딴 것들이 있는지 확인해야 해요.」

리처즈가 설명해주었다.

「그러니까 로버타도 거기 묻혔을지 모른단 말씀이세요?」

「맞아요.」

「내 생각도 그래요.」

케인이 한마디했다.

「닐이 자기 땅에 희생자들을 묻을 정도로 어리석진 않을 거예요.」

알렉산드라의 말에 케인이 반박했다.

「그가 범인일 가능성은 믿지만, 영리하다고는 생각지 않아요.」

알렉산드라는 케인의 관심을 끌 양으로 그의 손을 움켜쥐었다.

「바로 그게 핵심이에요. 그는 이제까지 영리했잖아요, 안 그래요? 그런데 뭐 때문에 자기 땅에 여자들을 묻겠어요? 그건 도무지 이해가 되지 않아요. 게다가 모두들 잊고 있는 사실도 있어요.」

「그게 뭐죠?」

케인이 물었다.

「모두들 희생자가 둘뿐이라고 생각하지만 더 있을 수도 있어요.」

「알렉산드라 말에 일리가 있어, 형.」

콜린이 동의했다.

「알렉산드라, 형 손을 놔주는 게 어떻겠소.」

그때까지도 케인의 손을 움켜쥐고 있다는 걸 깨닫지 못한 알렉산드라는 얼른 손을 놓았다. 그리고 국장에게 시선을 돌렸다.

「그 외에 무슨 계획을 세워놓으셨나요?」

「닐은 말할 나위 없이 고발당할 겁니다.」

국장이 단호하게 말했다.

「알렉산드라, 이 일은 이제 시작일 뿐이에요. 나도 당신처럼 그 자가 범인이란 확신이 서지 않아요. 상황이 편리하게 설정된 점이 마음에 안 들거든요.」

알렉산드라는 그의 말에 나름대로 만족했다. 그녀는 실례하겠다고 말하며 자리에서 일어났다. 그러자 케인이 일어나서 의자를 뒤로 빼주었고, 그녀는 몸을 돌려 고맙다는 인사를 했다. 다음 순간, 케인이 몸을 굽혀서 뭘 하려는 건지 묻기도 전에 이마에 입을 맞췄다.

「축하해요, 알렉산드라. 제이드와 난 그 소식을 듣고 얼마나 기뻤는지 몰라요.」

「무슨 소식이죠?」

리처즈가 궁금해했으나 알렉산드라는 콜린에게 대답할 기회를 양보했다. 그리고 그녀는 케인을 보고 활짝 웃으며 나지막이 말했다.

「우리도 무척 기뻐요.」

그녀가 문을 향해 걸어가는 동안 리처즈는 콜린과 악수를 나누었다. 갑자기 무슨 생각이 퍼뜩 떠오른 그녀는 순간 걸음을 멈추었다. 그녀는 뒤돌아 서서 콜린을 쳐다보았다.

「우리 집안의 세 여자들이 특별히 선택된 이유가 아직도 궁금하지 않아요? 당신이 닐을 밖에 내동댕이쳤잖아요.」

그녀가 그때 일을 다시 떠올려주었다.

「닐이 그 일로 복수를 생각할 만큼 분노가 치밀었을까?」

콜린은 그렇게 생각하지 않았다. 알렉산드라는 그와 케인 그리고 리처즈가 자신이 던져놓은 가능성을 곰곰이 생각하도록 두고 이층으로 올라왔다. 플래네건이 서재에서 그녀를 기다렸고, 그의 여동생인 메건이 함께 있었다.

「이제야 오셨군요.」

알렉산드라가 안에 들어오자 플래네건이 반기며 외쳤다.

「알렉산드라 공주님, 이 애가 메건이에요. 공주님을 모시게 되어 무척 들떠 있답니다.」

플래네건이 동생의 옆구리를 툭 치자, 메건이 엉거주춤 걸어나오더니 어색하게 고개를 숙였다.

「마님을 모시게 돼서 참으로 기뻐요.」

「마님이 아니라, 공주님이셔.」

플래네건이 주의를 주었다.

메건이 고개를 끄덕였다. 그녀는 피부색과 웃는 모습이 플래네건과 판에 박은 듯이 닮은 소녀였다. 메건이 오빠를 올려다보는 눈빛에는 진심으로 존경하는 마음과 애정이 묻어 있었다. 소녀를 바라보는 알렉산드라의 마음이 훈훈하게 달아올랐다.

「우리가 사이좋게 지낼 수 있을 것 같구나.」

알렉산드라가 추측했다.

「이 애가 알아야 할 일들을 제가 가르치겠습니다.」

플래네건이 자신 있게 말하자 알렉산드라가 고개를 끄덕였다.

「케이트는 어디에 있죠? 내일부터 우편물 정리하는 일을 돕기로 되어 있지 않나요?」

「지금 짐을 풀고 있어요.」

플래네건이 대답하고 다시 말을 이었다.

「주인 나리께 제 동생들 얘기를 하셨습니까?」

「아뇨. 하지만 너무 걱정하지 말아요, 플래네건. 그이도 나만큼이나 좋아할 테니까.」

「이층 복도 맨 끝 방을 메건에게 줄 생각입니다. 그리고 괜찮다면, 케이트는 메건 옆방을 쓰면 되고요.」

「그럼요, 그렇게 해요.」

「방이 아주 좋아요, 마님.」

메건이 얼떨결에 말을 내뱉었다.

「그리고 제가 혼자 방을 쓰게 된 건, 이번이 처음이에요.」

「마님이 아니라 공주님이라니까.」

플래네건이 또다시 동생에게 주의를 주었다.

알렉산드라는 플래네건의 체면을 손상시키고 싶지 않아서 차마 소리 내어 웃지 못했다.

「메건, 네가 알아야 할 것들은 내일부터 시작하자꾸나. 난 이제 자러 가야겠어. 뭐 필요한 게 있으면 오빠에게 물어보도록 해. 네 오빠가 잘 돌봐줄 거야. 플래네건은 콜린과 나도 너무나 잘 돌봐주고 있단다. 네 오빠가 없으면 우린 아무것도 못 할 거야.」

플래네건은 알렉산드라의 칭찬에 얼굴을 붉혔고, 메건은 상당히 감명을 받은 듯했다.

그날 오후에 알렉산드라에게 꽃 한 다발이 도착했다. 그 꽃과 함께 친구를 잃은 비통함을 몹시 애도한다는 글을 빽빽이 적은 카드를 드레이슨이 보내온 것이다.

알렉산드라가 그 꽃을 하얀 자기 꽃병에 꽂고 있는데, 콜린이 잔뜩 찌푸린 얼굴로 카드를 들여다보았다.

「이제 뭐지?」

「알버트가 죽었어요.」

콜린이 배를 움켜쥐고 웃어댔다. 그녀는 조용히 미소를 지었다.

「당신이 기뻐하리라고 생각했어요.」

「그렇게 웃어대다니 정말 냉정하구나, 콜린.」

케인이 동생을 못마땅해하면서 식당 문 앞에 서 있었다. 그는 알렉산드라에게 조의를 표하려고 고개를 돌렸으나, 다음 순간 그녀가 웃고 있다는 걸 깨달았다.

「알버트가 절친한 친구가 아니었던가요?」

「이제는 아니야.」

콜린이 천연덕스럽게 말했다.

케인이 어이가 없다는 듯 고개를 저었다.

「알버트는 실제 인물이 아니야. 드레이슨과 주식 거래를 하려고 알렉산드라가 만들어 낸 가상의 인물이지.」

「하지만 내게 믿을 만한 충고를 해주었어. 빌어먹을, 그가 보고 싶어
질 거야. 난…….」

「알렉산드라가 형에게 믿을 만한 충고를 해준 거고, 앞으로도 도움
을 줄 거야 .」

케인은 기겁을 하며 놀랐다. 그러자 알렉산드라가 '내가 진작에 말했
잖아요.'라는 얼굴로 남편을 쳐다본 뒤, 케인에게 고개를 돌렸다.

「드레이슨은 내가 그에게 들은 얘기들을 알버트에게 전한다고 믿었
기 때문에 훨씬 적극적으로 투자 상담을 해주었어요. 이제 좋은 투자
기회가 생기면 그는 콜린에게 얘기를 하겠죠. 알버트가 실제 인물이
아니라는 걸 알면 무척 화낼 테니, 제발 이 일은 비밀로 해주세요」

「중간에 사람을 하나 끼운 이유가 뭔가요?」

케인은 아직도 그녀를 믿어야 할지 확신이 서지 않았다.

「남자들은 같은 남자들하고 얘기하길 좋아하니까요」

알렉산드라가 차근히 설명했다.

「형은 여기 왜 왔어? 뭐 새로운 소식이라도 들었어?」

콜린이 대화의 주제를 바꾸었다.

이제서야 자신이 방문한 이유가 떠오른 케인이 설명했다.

「로버타 부인의 시체를 발견했대. 빅토리아의 무덤에서 대략 50미터
떨어진 곳에서.」

「오, 하느님.」

알렉산드라가 나지막이 탄성을 질렀다.

콜린이 아내의 어깨를 팔로 감쌌다.

「다른 시체가 더 있었어?」

케인이 잠자코 고개를 흔들었다.

「아직은 찾아내지 못했지만, 지금도 수색은 계속하고 있어. 닐이 두
번째 살인 사건으로 고소당했는데, 변호사를 통해서 알렉산드라와 면
담을 요청했어.」

「말도 안 되는 소리.」

「콜린, 닐과 꼭 얘기를 해봐야겠어요.」

「안 돼.」

「제발 차분히 생각해봐요. 그가 범인인지 아닌지 확실히 알고 싶지 않아요?」

콜린이 어쩔 수 없다는 듯 한숨을 내쉬었다.

「그럼 내가 얘길 해보겠소.」

「닐은 당신을 좋아하지 않아요.」

그녀가 다시 상기시켰다.

「그가 날 좋아하든 말든 무슨 상관이오.」

콜린이 투덜댔다. 그러자 알렉산드라가 케인에게 고개를 돌렸다.

「콜린이 그를 밖으로 내던졌어요. 그는 콜린과 얘기하고 싶은 기분이 아닐 거예요.」

「뉴 게이트 감옥에 들어가면 사람이 어떻게 변하는지 짐작도 못 할 거예요. 닐은 자기를 도울 수 있겠다고 생각되면 어떤 사람이든 가리지 않고 만나려 들 겁니다.」

「알렉산드라, 당신은 가지 못한다고 했을 텐데.」

콜린이 이렇게 못박고는 그녀가 반박하려 들자 얼른 덧붙였다.

「하지만 묻고 싶은 내용들을 적어주면, 내가 당신 대신에 뭐든지 물어보겠소.」

「벌써 적어놓은 목록이 있어요.」

「그럼 가서 목록을 가져와요.」

「콜린, 내가 함께 갈게.」

케인이 말했다.

알렉산드라는 더 이상 남편과 싸워봐야 소득이 없으리란 생각이 들었다. 목록을 가지러 이층에 올라간 그녀는 몇 가지 질문을 더 적어넣고 서둘러 아래층으로 내려왔다.

「내 마차로 가자.」

케인이 동생에게 이르자 콜린이 고개를 끄덕였다. 그는 아내에게서 목록을 받아들어 호주머니에 넣은 뒤, 작별 키스를 했다.

「집에 있어. 오래 걸리지는 않을 테니.」

「알렉산드라는 집에 있을 수 없어.」

케인이 얼른 대화에 끼여들었다.

「잊고있었는데, 네이선이 한 시간 내로 모시러 올 거야.」

「무슨 일로?」

콜린이 궁금해했다.

「제이드가 사라에게 소개시키고 싶어해. 어머니와 캐서린도 집에 있을 거구.」

「네이선이 함께 있을 거란 말이지?」

콜린이 재차 확인했다.

「그래.」

알렉산드라는 곧바로 몸을 돌려 계단을 올라갔다. 서둘러 옷을 갈아입어야 했다. 가장 아름다운 모습으로 사라를 만나고 싶었다.

「준비한 선물을 가져갈까요?」

알렉산드라는 남편을 내려다보며 큰소리로 물었다.

현관을 막 나서던 콜린이 좋은 생각이라고 했으나, 어깨를 으쓱거리며 말하는 투로 보아 별 관심이 없어 보였다.

얼마 지나지 않아 네이선이 그녀를 데리러왔다. 알렉산드라는 플래네건이 새로 포장한 선물을 들고 아래층에 내려왔다. 그녀는 네이선에게 선물 상자를 맡겼으나, 내용물이 뭔지는 얘기하지 않았다.

이 콜린의 동업자는 골몰히 자기 생각에 빠져 있어 케인의 타운 하우스까지 가는 도중에 한마디도 말을 걸지 않았다.

참고 있기에 좀이 쑤신 알렉산드라가 무슨 고민이 있냐고 물었다. 그러자 네이선이 고민을 털어놓았다.

「입금액의 출처를 알아보려고 장부책을 뒤적거렸거든요. 콜린이 숫자에 밝은 편이라 장부 일을 맡고 있죠. 난 대충 근황을 파악할 작정이었는데, 그 일이 도무지 쉽지가 않네요.」

「콜린이 병이 났을 때 장부를 제가 정리했는데, 어쩌면 실수를 했나 봐요. 합계가 잘못됐나요?」

알렉산드라의 말에 네이선이 고개를 가로 저었다.

「콜린에게 한 수 가르치셨다는 말, 그에게 벌써 들었어요.」

그는 얼굴에 웃음을 머금으며 이렇게 말하더니, 다리를 쭉 뻗었다. 그녀는 그가 편하게 다리를 뻗도록 치마를 한 쪽으로 치웠다.

「그게 아니라 입금된 내역 몇 건에 대한 송장(送狀)을 찾을 수가 없었어요.」

비로소 네이선을 골치 아프게 한 문제가 무엇인지 알게 되었다. 콜린이 회사 계정에 입금시킨 금액은 보안부에서 일한 대가로 받은 보수였다.

「입금 된 구좌 네 건에 대한 영수증이 없었겠죠.」

알렉산드라가 말하자, 네이선이 고개를 끄덕여가며 동의했다.

「맞아요. 정확히 네 건이었어요. 콜린이 어디서 돈을 구했는지 알고 있나요? 난 도무지 이해가 되지 않아요. 배에서 나오는 수익금은 빤한 거고, 콜린에게 따로 들어올 소득은 없거든요.」

「이 일에 대해 그에게 물어본 적이 있으세요?」

네이선이 고개를 가로 저었다.

「오늘 아침에야 이 수수께끼 같은 일을 알아냈어요.」

「두 분은…… 어떤 일이든 함께 나누세요? 그러니까, 각자 비밀을 갖고 있지는 않으시냐고요?」

「우리는 동업자예요. 우리가 서로를 믿지 못한다면, 세상에 그 누구를 믿겠어요?」

네이선이 꿰뚫을 듯 날카로운 시선을 던졌다.

「그 돈의 출처를 알고 계시죠, 알렉산드라?」

그녀는 천천히 고개를 끄덕였다.

「콜린은 내가 아니라 당신에게 말해야 했어요.」

그녀가 큰소리로 판단을 내렸다.

「당신이 그 돈을 입금시켰나요?」

「아뇨.」

「그럼 누구죠?」

그는 이 일을 적당히 얼버무릴 의향이 없어 보였다. 네이선은 콜린의 동업자이자 가장 절친한 친구가 아닌가. 그에게 말한다 해도 남편을 배반하는 일은 아니겠지.

「케인이나 콜린의 다른 가족들에겐 절대 비밀을 지킨다고 약속하셔야 해요.」

알렉산드라가 단단히 일렀다. 고개를 끄덕이는 네이선은 당연히 호기심이 솟구쳤다.

「약속하지요.」

「콜린은 회사 재원을 늘이려고 다른 일을 하고 있어요.」

네이선이 몸을 앞으로 내밀었다.

「다른 일이라면?」

「리처즈 경을 위해.」

네이선이 우레 같이 호통을 치는 바람에 의자에 놓인 선물이 나가떨어질 뻔했다. 그다지 관심을 보이지 않았던 그가 이렇게 노발대발하자 알렉산드라는 좀 얼떨떨했다. 그녀는 놀라서 눈에 띄게 몸을 움찔했다. 그리고 그가 상스러운 욕설을 내뱉을 때는 속으로 찔끔했다.

곧 이성을 되찾은 네이선은 무례한 욕설을 지껄인 점을 사과했다. 하지만 그의 눈초리는 여전히 쌀쌀맞기 그지없었다.

「콜린에게 직접 자초지종을 물어보시는 게 좋겠어요.」

알렉산드라가 더듬거리며 말을 쏟아냈다.

「그는 이제는 리처즈 경 밑에서 일하지 않아요, 네이선.」

「확신합니까?」

알렉산드라가 고개를 끄덕였다.

「확신해요.」

네이선이 길게 한숨을 내쉬더니 뒤로 등을 기댔다.

「사실대로 말씀해주셔서 고맙습니다.」

「콜린도 말할 생각이었을 거예요, 그렇죠?」

그녀의 목소리에 근심이 역력히 배여 나왔다. 그에게 말해놓고 후회하는 기미가 느껴졌다. 그는 몰래 미소를 지었다.

「맞아요, 콜린도 제게 말할 생각이었겠죠. 사실, 없어진 송장들에 대해 오늘밤 물어보려던 참이었어요.」

네이선은 초조해하는 알렉산드라를 보고 슬쩍 화제를 돌렸다. 몇 분 후에 두 사람은 케인의 타운 하우스에 도착했다.

알렉산드라는 문을 열어주는 플래네건의 삼촌 스턴스와 대면했다. 스턴스는 완고한 얼굴의 나이 지긋한 신사였고, 거동이 빳빳이 풀을 먹인 듯 딱딱했으나, 그녀를 반기는 눈초리에선 빤짝빤짝 생기가 넘쳐흘렀다. 플래네건이 입이 닳도록 그녀의 칭송을 늘어놓은 게 틀림없었다. 또한 스턴스는, 알렉산드라의 집에 메건과 케이트가 가 있다는 말을 전해들었다는 말도 잊지 않았다.

응접실로 이어지는 문들이 활짝 열려 있었다. 케인의 딸이 처음 알렉산드라를 발견하고 현관으로 내달려왔다. 이 네 살배기 아가씨는 무릎을 살짝 굽혀 절을 할 때 비틀거리지 않으려고 스턴스의 손을 꼭 쥐었다. 하지만 꼬마의 품위 있는 행동이 그리 오래가지 않았다. 귀찮은 형식 치레를 또 한 차례 끝낸 후 스턴스의 손을 놓더니 외삼촌 네이선의 다리에 매달렸다. 삼촌이 아이를 위로 번쩍 쳐들어 모자를 던지듯 공중으로 홱 던져 올리자, 좋아서 깔깔거리며 비명을 질러댔다.

「천장이 높아서 천만 다행입니다.」

스턴스가 중얼거리듯 한마디했다.

이 말을 들은 네이선이 소리내어 웃었다. 그는 조카를 팔에 안고 알렉산드라를 따라 응접실로 들어갔다.

제이드와 캐서린이 소파에 나란히 앉아 있었고 공작부인은 딸과 며느리를 엇비슷하게 마주보는 의자에 자리를 잡고 있었다. 세 여자들은 알렉산드라를 보자 얼른 자리에서 일어나 그녀 주위를 둘러쌌다.

「그 놀라운 소식을 지금 막 들었단다.」

공작부인이 소리치자 알렉산드라가 웃음을 터뜨렸다.

「난 캐서린에게서 들었다.」

공작부인이 말했다.

「전 제이드 언니에게서 들었어요.」

캐서린이 얼른 끼여들었다.

「난 말한 적이…….」

제이드가 반박하자 캐서린이 할 수 없이 털어놓았다.

「실은 어머니와 올케가 한 말을 엿들었어요.」

「사라는 어디 있어요?」

네이선이 다그치듯 물었다.

「조안나에게 젖을 먹이고 있어요. 잠시 후면 내려올 거예요.」

제이드가 설명해주었다.

네이선은 말이 떨어지기가 무섭게 아내를 보러가기 위해, 올리비아를 내려놓으려 했으나, 그 아이는 목에 딱 매달려서 함께 가겠다고 투정을 부렸다.

알렉산드라는 보조탁자에 선물 상자를 올려놓고 식구들을 따라 소파로 걸어갔다. 그리고 시어머니 옆에 다소곳이 앉았다. 공작부인은 하얀 천 조각으로 가볍게 눈가를 훔쳤다.

「난 좋아서 춤이라도 추고 싶구나.」

공작부인이 떨리는 목소리로 말했다.

「손자를 또 보게 되다니, 이 얼마나 축복 받은 일이냐.」

알렉산드라는 행복감에 흠뻑 취했다. 몇 분간 아이들에 대한 얘기가 오고갔다. 얼마 후 캐서린이 싫증을 냈고, 이를 눈치챈 알렉산드라가 얼른 대화의 방향을 돌렸다.

「아가씨가 받은 꽃다발 얘기를 콜린에게 말해서 화가 났나요?」

「처음에는 화가 났지만 아버지에게서 다 들었어요. 그리고 나니 좀 겁이 났었어요. 하지만 이제 닐 페리가 꼼짝없이 갇혔으니 겁낼 일도 없어졌고, 아버지가 예전처럼 파티에 참석하는 것도 허락해주실 거예요. 벌써 사교 시즌이 다 끝나간다는 사실 아세요? 다시 시골로 내려가야 한다니, 난 무료해서 죽을 거예요.」

「그런 짓은 할 엄두도 내지 말거라」

어머니가 엄하게 못박았다.

「모르건 엣킨스와 오늘 사냥터에서 말을 타기로 했단 말예요.」

「캐서린, 그 남자와의 약속을 취소하고 오후 내내 가족들과 보내기로 약속했잖니.」

어머니가 딸을 꾸짖었다.

「잠깐 승마하는 것뿐이잖아요. 그리고 내가 안 가면 남들이 이상하게 여길 거예요. 게다가 가족이야 언제고 볼 수 있고요.」

「모르건이 아가씨를 데리러 여기로 오나요?」

제이드가 궁금해서 묻자 캐서린이 고개를 끄덕였다.

「그 사람은 너무 멋져요. 아버지도 그를 마음에 들어 하시고요.」

알렉산드라가 캐서린이 외출한다고 하자 영 마음이 꺼림칙했다. 물론, 모르건은 콜린의 친구이니 캐서린을 잘 돌봐주겠지만, 그래도 시누이가 집에 있기를 내심 바랐다. 닐이 범인이라는 확신은 전혀 없었지만, 그렇다고 쓸데없는 소리를 해서 식구들의 심려를 끼치고 싶진 않았다. 콜린이 여기에 있다면 얼마나 좋을까. 그라면 어떻게 처리해야 좋을지 알 텐데.

그라면 동생을 못 가게 했으리라. 알렉산드라는 즉시 이런 결론에 도달했다. 그렇긴 해도 콜린은 지나칠 정도로 신중하게 대처하겠지.

「아가씨, 내 생각엔 우리와 함께 여기 계셔야 할 것 같아요」

알렉산드라가 얼떨결에 말해버렸다.

「왜죠?」

정말 왜지? 알렉산드라의 머릿속에선 그 대답을 찾아내려고 바쁘게 움직였다. 이윽고 그녀는 도와달라는 말없는 간청을 하려고 제이드에게 고개를 돌렸다.

케인의 아내는 아주 민첩한 여자였다. 알렉산드라의 눈에서 걱정스런 기색을 읽어낸 그녀는 얼른 맞장구를 쳤다.

「그래요 아가씨, 여기에 함께 있는 편 좋겠어요. 스턴스를 시켜서, 갑자기 집에 일이 생겨 약속을 지킬 수 없다고 알리면 되잖아요.」

「하지만 난 약속을 지키고 싶어요.」

캐서린이 못마땅한 듯 투덜댔다.

「어머니, 이건 공평치 못해요. 미셀 마리도 햄프턴 백작과 승마하러 갈 약속을 했지만, 올케들이 이래라저래라 명령하지는 않아요.」

「우리가 아가씨에게 명령하려는 게 아니에요.」

알렉산드라가 곧바로 말을 받았다.

「단지 아가씨가 가지 않길 바라는 거죠.」

「왜 안 된다는 거죠?」

답답하고 짜증스런 심정에 캐서린의 목소리가 날카로워졌다. 다행히도 네이선과 그의 아내가 응접실로 들어오자 사람들의 관심이 거기로 쏠리는 바람에 알렉산드라는 그럴듯한 구실을 찾아낼 수고를 할 필요가 없어졌다.

알렉산드라는 그야말로 튀어 오르듯이 자리에서 일어났다. 그리고 잰걸음으로 방을 가로질러 사라 앞에 섰다.

네이선의 아내는 무척 아름다운 여자였다. 짙은 갈색 머리카락과 흠 하나 없는 완벽한 피부, 그리고 하늘처럼 명료한 푸른 색 눈을 가졌다. 또한 보는 사람을 완전히 끌어당기는 미소를 짓고 있었다. 그녀의 미소는 따뜻함으로 가득 차 있었다.

네이선이 아내를 소개했다. 알렉산드라는 예의를 갖춰 인사해야 할지, 가볍게 손을 잡는 정도로 끝낼지 갈피를 잡지 못했다. 하지만 오랫동안 고민하지는 않았다. 사라는 서슴없이 애정을 표현하는 성격인지라, 즉시 앞으로 걸어나와 알렉산드라를 꼭 껴안았다.

사라는 마치 옛 친구라도 만난 듯 알렉산드라에게 살갑게 대했다.

「조안나는 어디에 있어요?」

알렉산드라가 물었다.

「올리비아가 데리고 내려오고 있어요.」

사라가 대꾸했다.

「스턴스가 옆에서 거들고 있고요.」

네이선이 한마디 거들더니 아내에게 시선을 돌렸다.

「여보, 난 이층에 올라가서 장부를 마저 정리해야겠어.」

제이드가 사라를 소리쳐 부르더니 자기 옆자리를 손으로 톡톡 쳤다. 알렉산드라는 사라 뒤를 따르는 대신 네이선을 쫓아갔다. 그녀는 계단 중간쯤에서 그를 붙잡았다.

「잠깐 따로 얘기를 나눌 수 있을까요?」

「물론이죠. 서재가 괜찮으시겠어요?」

네이선이 묻자 알렉산드라가 고개를 끄덕였다. 그녀는 네이선을 따라 계단을 마저 올라 서재로 들어갔다. 네이선이 의자를 권했으나, 알렉산드라는 앉을 생각이 없었다.

「앉아요, 알렉산드라. 그리고 무슨 일인지 말해봐요.」

그녀는 권하는 자리를 다시 거절하고 얘기를 시작했다.

「잠깐이면 끝날 얘기예요. 캐서린이 모르건 엣킨스와 승마를 타러가고 싶어해요. 아가씨를 데리러 그가 곧 여기 올 거구요. 네이선, 전 캐서린을 밖에 내보내는 게 내키지 않아요. 하지만 그럴듯한 구실을 생각해낼 수가 없어요. 아가씨는 기를 쓰며 갈 각오거든요.」

「캐서린을 왜 내보내지 않으려고 하시는 거죠?」

보나마나, 장황하고도 앞뒤 안 맞는 설명을 해서 네이선을 더욱 혼란스럽게 만들고 말 거야. 알렉산드라는 쓸데없이 네이선의 시간을 낭비하게 하기 싫었다.

「왠지 그냥 좀 불안해서요.」

결국 이렇게 말했다.

「그리고 콜린이라면 동생을 결코 밖에 내보내지 않을 거예요. 콜린이나 저는 닐 페리가 범인이라는 확신이 서지 않아요. 그래서 어떤 확신이 설 때까지는 캐서린이 아무 데도 가지 않았으면 하는 거죠. 콜린이 여기 없으니 동생을 막을 수도 없고, 어머님은 딸의 뜻을 꺾지 못하세요. 제발 이 일을 좀 처리해주세요. 캐서린이 감히 당신 말을 거역하리란 생각은 안 들어요.」

네이선이 문 쪽을 향해 걸음을 옮겼다.

「그럼 콜린이 모르건이란 사람을 못 믿는군요.」

「오, 아니에요. 그런 뜻은 아니에요. 그는 콜린의 친구인 걸요.」

그리고는 낮은 목소리로 속삭였다.

「그는 보안부의 리처즈 경 밑에서 콜린의 일을 인수받아 일하고 있어요.」

「그래도 콜린이라면 동생을 내보내지 않을 거란 말씀이죠? 좋아요. 제가 알아서 처리하겠습니다.」

「아가씨에게 어떤 변명을 하실 생각이에요?」

알렉산드라는 이 거인 같은 남자를 쫓아오느라 종종걸음으로 걸으며 물었다.

「아무 말도 안 할 겁니다.」

네이선이 이렇게 대꾸하더니 피식 웃었다. 악당 같은 미소였다.

「설득할 필요는 없습니다. 그냥 여기 있으라고 말만 해도 되죠.」

「아가씨가 싫다고 하면요?」

네이선이 큰소리로 웃었다.

「그 애에게 내가 뭐라고 하는지는 중요치 않아요, 어떻게 말하느냐가 문제지. 날 믿어요, 알렉산드라. 캐서린은 대꾸하지 않을 겁니다. 이 세상에서 내게 겁먹지 않는 여자는 단 둘뿐입니다. 누이동생과 아내요. 걱정 말아요, 내가 알아서 처리하지요.」

「네이선, 실은 세 사람이에요. 당신이 겁줄 수 없는 여자는 제이드, 사라, 그리고 저도 있어요.」

알렉산드라는 그의 놀란 눈초리를 웃음으로 마주했으나, 소리내어 웃을 자신은 없었다.

공작부인이 알렉산드라와 네이선에게 작별 인사를 하려고 복도에서 기다리는 중이었다. 중요한 만찬 파티를 준비해야 한다고 했다. 부인은 알렉산드라의 볼에 입을 맞추고, 네이선에게 허리를 굽히라고 시킨 뒤 역시 입을 맞추어주었다.

알렉산드라는 캐서린이 아직 응접실에 있겠거니 생각했다. 그래서 시누이의 일에 간섭하지 않는 척 하려고 네이선보다 앞서 응접실로 들어갔다. 약속을 깨뜨려 벌써 캐서린을 짜증나게 만든 전적이 있는지라, 죄명을 하나 더 첨가하고 싶지는 않았다.

사라가 소파에 앉아 있었다. 꼬마 올리비아가 사라 옆에 앉아서 아기를 무릎 위에 올려놓았다.

「조안나가 너만큼 예쁘게 컸으면 좋겠다.」

사라가 올리비아에게 웃으며 말했다.

「머리카락이 없어서 나처럼 예쁘지 않을 거야.」

올리비아가 똑 부러지는 소리로 대꾸했다.

제이드가 위로 눈을 굴리며 어처구니없다는 표정을 지었다. 사라가 잠자코 미소를 지으며 말했다.

「조안나는 아직 어리잖아. 머리가 좀 자랄지도 모르잖니.」

「캐서린은 어디 있어요?」

알렉산드라가 방안으로 들어오면서 물었다.

「네이선이 캐서린과 할 얘기가 있대요.」

「조금 전에 떠났는걸.」

제이드가 대꾸했다. 아, 시어머니와 함께 떠났나 보다. 알렉산드라는 이렇게 단정했다. 이윽고 그녀는 올리비아 옆에 앉아서 갓난아기를 들여다보았다.

「우리가 자기 일에 참견한다고 아가씨가 몹시 화를 내던가요? 아마 지금쯤이면 어머님께 온갖 짜증을 내고 있겠군요. 오, 사라, 조안나는 정말 예뻐요. 너무나 조그맣고요.」

「곧 자랄 거야. 아기들은 자란다고 엄마가 그랬어.」

올리비아가 종알거렸다.

「알렉산드라, 아가씨는 어머님과 함께 집에 가지 않았어요. 모르건과 나갔는 걸요. 아가씨를 설득하려고 했지만, 그럴 듯한 이유도 없는데다 어머님도 나중에 가선 마음이 약해지셨어요. 캐서린 아가씨는 조금만 못 마땅하면 울음을 터뜨릴 기세였고, 어머님은 소란은 딱 질색이신 것 같았어요.」

아기가 칭얼대기 시작했다. 그러자 사라가 딸을 팔에 안으며 자리에서 일어났다.

「아기가 낮잠 잘 시간이군요. 곧바로 내려올게요. 스턴스가 바쁜 일이 끝나면 아기를 봐줄 거예요. 신생아 보는 데는 그 사람을 따라갈 이는 없을 거예요, 안 그래요, 제이드?」

「네 살배기 돌보는 일도 최고예요.」

이렇게 대꾸한 제이드는 딸에게로 관심을 돌렸다.

「올리비아, 너도 잠 잘 시간이다.」

제이드의 딸은 꼼짝도 않으려고 했다. 제이드가 계속 달래다가, 올리비아의 손을 붙들고 끌어당겼다.

「난 아기가 아니에요, 엄마.」

「나도 알고 있단다, 올리비아. 그러니까 너는 한 번만 자는 거야. 조안나는 두 번 자는 동안 말이야.」

알렉산드라는 소파에 앉아서 제이드가 딸을 밖으로 끌어내는 장면을 가만히 지켜보았다. 네이선이 문간에 서 있었다.

「캐서린을 뒤쫓아 가볼까요?」

그가 묻자 알렉산드라가 고개를 가로 저었다.

「제가 괜한 걱정을 했어요. 분명히 아무 일 없을 거예요.」

바로 그때 현관문이 활짝 열리더니 케인과 콜린이 안으로 들어왔다. 케인은 복도에 잠시 서서 네이선과 대화를 나누었고, 콜린은 즉각 아내가 있는 응접실로 들어왔다. 그는 그녀를 끌어당겨 입을 맞추었다.

「어떻게 됐어요?」

「아마 그 자가 범인일 거요.」

콜린이 덤덤히 말했다.

이때 케인과 네이선이 안으로 들어왔다. 알렉산드라는 귓불을 그만 깨물라고 남편의 옆구리를 슬쩍 쳤다. 남편은 길게 한 숨을 내 쉰 후에야 그녀에게서 떨어져 나갔다. 아내의 얼굴이 불그스레해지자 콜린이 슬쩍 미소를 지었다.

「그 자에겐 동기도 있고 기회도 있었어.」

그제서야 콜린이 추가 설명을 했다.

케인이 동생의 의견을 거들었다.

「난 말이야, 우리가 이 일을 실제보다 더 복잡하게 만들고 있다는 생각이 들어. 내 생각을 솔직히 말하면, 모든 게 딱 들어맞잖아.」

콜린이 고개를 끄덕이더니 적어둔 목록을 꺼냈다.

「좋아, 당신 질문에 대한 대답들이야. 첫째, 닐은 누이동생과 함께 숭배자라는 그 남자를 보러 가지 않았다고 말했어. 둘째는, 생명 보험 같은 건 맹세코 모르는 일이라고 하더군. 그리고 마지막으로는, 로버타 부인과의 관계에 대해선 완강히 부인했어.」

「그럴 거라고 짐작은 했어요.」

알렉산드라가 덤덤히 말했다.

「그는 빅토리아에게 신통한 오빠 노릇은 하지 않았나봐.」

케인이 한마디 거들고는, 자리에 앉아 길게 하품을 했다.

「다른 질문들은 안 했나요?」

「무슨 질문?」

콜린이 의아해했다.

「빅토리아가 거절했다던 구혼자들 이름을 알고 싶다고 했잖아요. 닐이 날 찾아왔을 때 그 얘길 했었는데, 어쩜 그 이름들이 중요할지도 몰라요. 콜린, 솔직히 말해봐요. 깜빡 잊어버렸나요?」

「아니, 잊지 않았소. 한 명은 벌크야 - 하지만 유부남이니 대상에서 제외되고 - 그리고 마절튼도 있었소.」
「그는 곧 결혼할 거야.」
케인이 불쑥 끼여들었다.
「그리고요?」
콜린이 입을 다물고 있자 알렉산드라가 추궁했다.
「세 번째 남자는 누구예요?」
「모르건 엣킨스예요.」
케인이 말하자 콜린이 고개를 끄덕였다. 알렉산드라가 네이선을 홀 깃 쳐다보았다. 그는 인상을 찌푸리고 있었다.
「콜린, 모르건이 자네 친구인가?」
「홍, 아냐.」
콜린이 가소롭다는 어투로 말했다.
「지금쯤 그는 내 목을 비틀고 싶어할 걸. 그는 자기가 엉망진창을 만들어놓은 어떤 사건 때문에 내게 불평이 이만저만 아니야.」
네이선이 즉시 몸을 앞으로 기울였다.
「자네 아내 뒤를 쫓을 정도로 자네에게 불평이 많을 것 같은가?」
콜린의 표정이 확 변했다. 그는 머리를 가로 젓다가 뚝 멈추었다.
「그럴 가능성도 있어.」
그가 속마음을 털어놓았다.
「희박하긴 하지만, 그래도…… 무슨 생각을 하는 거지, 네이선?」
그의 동업자는 고개를 돌려 알렉산드라를 쳐다보았다.
두 사람이 동시에 이렇게 말했다.
「캐서린.」

15

「우린 겁에 질리지 않았었소.」

「겁에 질렸었죠.」

알렉산드라는 남편의 말에 반박하면서도 얼굴엔 웃음을 띠었다. 그리고 지금 하고 있는 일에 관심을 돌렸다.

지금 그녀는 남편과 함께 침대에 있었다. 콜린은 베개로 머리를 받친 채 사지를 쭉 뻗고 누워 있었고, 알렉산드라는 침대맡에 무릎을 꿇고 앉아 수건 하나를 집어들고 물을 꼭 짜서 남편의 다리에 올려놓았다. 뜨거운 물에 덴 손가락이 붉게 달아올랐으나, 행복한 한숨을 내쉬는 남편을 보면 그런 사소한 불편쯤은 아무것도 아니었다.

알렉산드라가 윈터스 경의 처방을 적어둔 목록을 건네주었을 때 남편은 별로 싫은 내색을 하지 않았다. 목록을 본 그는 진통제나 술을 거절하면서도 그 이유를 친절하게 말해주었다. 그는 약물에 의존하지 않고 그냥 참아보겠다는 말을 덧붙였다.

하지만 온수 찜질을 하자 장딴지의 통증이 많이 줄어들었고, 알렉산드라가 남편의 생각을 딴 곳으로 돌려놓기만 하면, 그도 상처를 부끄러워하거나 민감하게 받아들이지 않는 듯했다.

콜린은 상처 난 다리를 제외한 몸의 딴 부위에 있어서는 전혀 수줍어하지 않았다. 도리어 자신의 몸을 과시하는 경향도 있는 편이었다. 알렉산드라가 목까지 올라오는 핑크 색과 하얀 색이 조화를 이룬 얌전한 잠옷을 입은 반면 콜린은 벌거벗은 채였다. 머리 뒤로 두 손을 깍지 끼고 편하게 숨을 내쉬는 걸로 보아, 그는 알렉산드라에게 아무 거리낌이 없는 모양이었다.

「케인 형이 여기저기 좀 뛰어다닌 건 인정해. 하지만 그건 어찌됐건 모르건이 관련되었을 가능성이 있어서였소.」

「좀 뛰어다녔다구요? 농담하지 말아요. 당신 형은 부인을 번쩍 들어 마차에 집어던지고, 곧바로 캐서린을 찾아 사격장으로 죽어라 달렸어요.」

콜린은 그 광경을 머릿속에 그려보며 피식 웃었다.

「그래 좋아, 형은 공포에 질렸었지. 하지만 난 아니오.」

「그럼 함께 쫓아가려고 마차에 펄쩍 뛰어올랐던 사람은 당신이 아니었나보죠?」

「후회하기보다는 안전한 편이 나은 거야, 알렉산드라.」

「그 결과는 아무 것도 아니었구요.」

알렉산드라가 덤덤히 말을 받았다.

「캐서린이 오빠들에게 붙잡혔다면 억울하고 분해서 펄펄 뛰었을 거예요. 오빠들 눈에 띄기 전에 모르건이 집에 바래다주어서 얼마나 다행인지 몰라요. 콜린, 이 모든 게 제 잘못이에요.」

「뭐가 당신 잘못이란 말이야?」

「내가 사람들 마음을 부추겨놓았거든요. 당신 가족들의 심려를 그토록 끼치지 말아야 했는데.」

그녀가 솔직히 털어놓았다.

「그들은 당신 가족이기도 해.」

콜린이 은근히 일러주자 알렉산드라도 고개를 끄덕였다.

「빅토리아가 모르건의 구혼을 거절했다고 생각하는 이유가 뭐죠?」

갑자기 화제가 바뀌었지만, 콜린은 그리 놀라지 않았다. 아내의 생각이 순간순간 바뀌는 데는 이미 익숙해져 있었다. 그리고 아내는 지나칠 정도로 논리적이고 영리한 여자인지라, 아내가 관심을 가지는 일이라면 이젠 쉽게 묵살하지 않았다. 아내가 닐이 범인이라는 확신을 갖지 못한다면, 콜린 역시 확신을 가질 수 없었다.

「모르건은 빚더미에 앉아 있소 남에게 영지가 넘어갈 판이었나봐.」

「그걸 어떻게 알았어요?」

「리처즈한테 들었소. 빅토리아는 딴 남자와 결혼하는 편이 낫다고 생각했을지도 모르잖소.」

「그랬군요. 그럴 수도 있겠네요.」

「이제 잠이나 잡시다.」

알렉산드라가 자리에서 일어나 물통을 창가에 놓인 의자에 올려놓고 물수건을 접어서 물통 옆에 놓았다.

「콜린, 내가 빅토리아 얘기를 꺼낼 때마다 무시한 일이 이제는 양심에 걸리나요?」

「빌어먹을, 그렇소, 양심에 걸려. 당신이 그 얘기를 꺼낼 때마다 내가 묵살했잖소.」

「잘 됐군요.」

콜린이 그녀를 쳐다보려고 눈을 떴다.

「잘 됐다니? 내가 양심의 가책을 느끼길 바라는 거요?」

알렉산드라가 방긋 웃으며 그렇다고 대꾸했다. 그리고 가운을 벗어 침대 한 쪽에 걸쳐놓고 잠옷 단추를 열기 시작했다.

「협상에 있어 우세한 위치를 차지하게 되어 기쁘다는 말이에요.」

그녀의 단어 선택과 얼굴 표정 때문에 콜린은 이를 드러내며 씩 웃었다.

알렉산드라의 표정이 너무도 진지했다.

「정확히 뭘 협상할 생각인데?」

「잠자는 문제 말예요. 난 밤새 당신 침대에서 잘 거예요, 콜린. 이 일로 나랑 다투어봤자 소용없어요.」

알렉산드라는 갑자기 잠옷을 벗던 손놀림을 멈추더니 얼른 이불 속으로 쏙 기어 들어갔다. 옆에 자리를 잡고 누운 이상, 콜린이 내 요구를 쉽게 거절하긴 어려울 걸. 그녀는 이런 생각을 하며 이불을 끌어당긴 후에, 베개를 탁탁 쳐 편편히 하고서 이렇게 말했다.

「죄책감으로도 마음이 바뀌지 않으면, 내가 임신한 몸이라는 사실을 깨우쳐주고 싶군요. 당신 아이의 엄마가 하는 부탁인데 설마 거절하진 못하겠죠.」

콜린이 껄껄대며 웃더니 옆으로 몸을 돌려서 아내를 팔에 안았다.

「당신은 노련하고 귀여운 협상가로군.」

그는 점잖게 빼면서 말했다.

「내가 당신과 자고 싶지 않은 게 아니라, 밤새 깼다 누웠다 해서 잠시도 눈을 못 붙이게 될까 염려돼서요. 당신도 쉬어야 하잖소.」

「당신 때문에 잠에서 깨진 않을 거예요.」

알렉산드라가 이렇게 대꾸하더니, 곧장 딴 얘기로 돌렸다.

「오늘 원장수녀님에게서 기분 좋은 편지가 날아왔지 뭐예요. 당신 책상에 두었으니 나중에 읽어보세요. 지금 스톤 헤븐에는, 사방에 장미꽃이 활짝 피었대요. 내년에 당신과 우리 성을 보러 갈 때쯤이면, 온갖 꽃들이 활짝 피어서 자태를 뽐내겠죠. 그건 정말 볼만한 구경거리라고요, 서방님.」

「세상에, 그럼 정말 내게 성이 생긴 거군, 그렇지?」

알렉산드라가 남편에게 더 바싹 달라붙었다.

「원장수녀님이 은행에서 돈을 용케 찾으셨나봐요. 물론 난 그분의 능력을 추호도 의심치 않았어요. 수녀님이 작정만 하시면, 그분의 말씀씨를 따라갈 사람은 없으니까요.」

콜린은 이 소식에 기분이 좋았다. 알렉산드라의 돈을 한 푼도 그 장군에게 주고 싶지 않았다.

「드레이슨도 이젠 한숨 놓겠군. 그 돈이 일단 이곳 은행에 들어오면…….」

「어머, 콜린, 설마 원장수녀님께서 그 돈을 우리에게 보내리라고 생각하는 건 아니겠죠?」

「내가 생각한 건…….」

알렉산드라가 깔깔대며 웃는 바람에 콜린이 말을 멈추었다.

「뭐가 그렇게 재미있소?」

「장군에게서 돈을 빼돌리기는 어렵지 않지만, 원장수녀님께 돈을 내놓으라고 하는 건 사실상 불가능해요.」

「왜지?」

그는 아직도 어리둥절해하며 물었다.

「왜냐면 그분은 수녀님이니까요. 수녀님들은 기금을 모으려고 안간힘을 쓰시는 분들이세요. 절대 호락호락 포기할 분들이 아니죠. 그 점에 있어 장군은 원장수녀님의 적수가 못돼요. 당신도 마찬가지고요. 돈이 수녀님 손에 돌아가는 건 신의 뜻이에요.」

알렉산드라는 이렇게 말하고 한마디 덧붙였다.

「게다가, 그건 선물이잖아요, 기억나죠? 수녀님들은 그 돈을 좋은 일에 쓰실 거예요. 드레이슨이 한참동안은 뾰로통해 있겠지만, 좀 지나면 다 잊어버릴 거예요.」

콜린이 고개를 숙여 아내에게 입을 맞추었다.

「당신을 사랑해, 알렉산드라.」

그 말이 나오기를 기다리던 알렉산드라는 기회를 놓치지 않고 계속 몰아쳤다.

「아마 날 조금은 사랑하겠죠. 하지만 사라를 향한 네이선의 사랑과는 비교도 안 될 거예요.」

그는 한쪽 팔꿈치로 얼굴을 받치고 아내의 표정을 살폈다. 웃는 기색은 전혀 없었으나, 재미있어 죽겠다는 듯이 눈을 반짝거렸다. 이 조그마한 여자는 분명히 무슨 음모를 꾸미고 있었다.

「왜 그런 말을 하는 거요?」

남편의 퉁명스런 목소리나 찡그린 얼굴은 알렉산드라에게 조금도 영향을 미치지 못했다.

「또 한 번 협상을 하는 중이에요.」

그녀가 태연히 대꾸했다.

「이번에는 또 뭘 원하는 거지?」

콜린은 얼굴을 찡그리고 있기가 여간 힘들지 않았다. 웃음이 터져 나오려 했다.

「당신과 네이선은 왕이 사라에게 하사한 선물을 쓸 생각이었잖아요. 그래서 내가 부탁하는 건 - 아니, 요구하는 건, 내 재산에서 사라의 돈과 같은 금액을 가져가라는 거예요. 그래야 공평하잖아요, 콜린.」

「알렉산드라……」

「난 무시당하기 싫어요.」

「무시라니? 세상에 어떻게 그런 괴상한 생각을 하게 됐소?」

「난 지금 너무 졸려요. 그러니 내 부탁이 공정한지 어떤지 잘 생각해보고 내일 당신 생각을 알려줘요. 잘 자요, 콜린.」

부탁이라구? 그 말에 코웃음이 나올 뿐이었다. 아내는 한마디로 당당히 요구했다. 마음은 이미 굳어져 있었고, 어떤 말로도 절대 굽히지 않을 것 같았다. 또한 이 문제를 여기서 포기할 마음도 없어 보였다. 그녀의 어투로 보아, 자기가 무시당했다고 생각하는 부분에 대해 무척이나 자존심이 상한 듯했다.

「한 번 생각해보겠소.」

콜린이 결국 약속을 했다. 하지만 잠든 알렉산드라는 그 말을 듣지 못했다.

집안 일은 아직 끝나지 않았다. 플래네건이 아래층에서 동생들이 한 일들의 마무리 작업을 하고 있었다. 동생들이 집안 일에 익숙해 질 때까지는, 동생들이 한 일을 꼼꼼히 검사할 작정이었다. 그는 항상 걱정을 달고 다니는 완벽주의자였다.

새벽 1시가 지나서야 응접실 청소를 끝낸 집사가 촛불을 끄고 막 홀로 나오는데 밖에서 현관문을 노크하는 소리가 들렸다.

워낙 늦은 시간이라 무조건 문을 열지는 않았다. 일단 창문 한쪽으로 가서 살짝 밖을 내다봤더니 주인 나리의 친구가 밖에 서 있어서 빗장을 열어주었다.

모르건 엣킨스가 허둥지둥 안으로 들어왔다. 플래네건이 콜린과 알렉산드라가 오래 전에 잠자리에 들었다는 말을 하기도 전에 모르건이 먼저 말했다.

「늦었다는 건 잘 알지만, 긴급한 일이 생겼네. 당장 콜린을 봐야겠어. 리처즈 경도 지금 오고 있는 중이야.」

「하지만 주인 나리는 오래 전에 잠자리에 드셨어요.」

플래네건이 더듬더듬 말했다.

「지금 깨우게.」

모르건이 쌀쌀맞게 말을 내뱉은 후, 좀 부드러운 어조로 덧붙였다.

「위기 상황이 발생했어. 무슨 일이 생겼는지 그도 알고 싶어할 거야. 이보게, 빨리 움직여야 해. 리처즈가 당장이라도 들이닥칠 테니.」

플래네건은 백작과 실랑이를 벌이는 대신, 곧바로 몸을 돌려 계단을 뛰어 올라갔다. 모르건이 그 뒤를 따랐다. 그러자 백작이 서재에서 기다리려나 보다라고 짐작한 플래네건은 응접실에서 기다리시라는 제안을 하려고 몸을 반쯤 돌렸다.

바로 그때 눈앞이 깜깜해지면서 머릿속에서 불꽃이 번쩍 일었다. 엄청난 고통이 온몸을 휩쓸면서 정신이 아찔해졌다. 식구들에게 위험을 알리는 고함을 지르거나 같이 붙어서 싸울 여유가 없었다. 두 번째 주먹이 뒤통수에 날아오자 그는 암흑 속으로 빠져 들어갔다.

플래네건이 뒤로 훌렁 나자빠졌다. 기절한 그가 계단 아래로 굴러 떨어지려고 하자, 소리가 날까 두려워진 모르건은 얼른 집사의 팔 안쪽을 움켜쥐더니 집사를 난간에 살며시 기대어놓았다.

집사가 가볍게 충격만 받은 게 아닌가 하여 잠시 뚫어져라 지켜보던 모르건은 집사가 한동안 깨어나지 않으리란 확신이 서자, 이젠 더 중요하고 시급한 일로 관심을 돌렸다.

그는 계단을 살금살금 올라갔다. 한 쪽 주머니 안에는 알렉산드라에게 사용할 단검을, 다른 주머니에는 콜린에게 사용할 권총을 숨겨두었다. 조바심이 난다고 해서 주의를 소홀히 하지는 않았다. 세워놓은 계획을 머릿속으로 몇 번이고 재생해보면서 조금의 실수도 없게 하려고 철저히 준비했다.

이제 생각해보니, 한시 바삐 그녀를 죽이려는 충동에 지지 않았던 게 여간 다행스럽지 않았다. 정말 마음은 굴뚝 같았다…… 오, 정말 얼마나 그러고 싶었던가. 하지만 그 충동에 넘어가지 않았다. 심지어는 모튼사에 콜린을 수령인으로 지정한 보험까지 들어놓아서, 공주의 죽음으로 유일하게 덕을 볼 사람이 남편이 되도록 함정을 파놓기까지 했다. 그랬다. 그는 자신이 하는 일에 대해 멋진 솜씨를 발휘해왔었다. 공주는 처음 만난 순간부터 그의 호기심을 한껏 자극해왔다. 왕족을 죽이면 쾌감이 훨씬 더할까?

그는 기대에 부풀어 슬그머니 웃음을 지었다. 머지않아 그 답을 알게 되겠지.

알렉산드라의 침실이 있는 위치는 이미 알고 있었다. 처음 콜린을 찾아왔던 날, 그 흥미 있는 사실을 알아냈었다. 서재 바깥 복도에서 알렉산드라와 마주쳤을 때 침실에서 뭘 가져와야겠다는 그녀의 말을 들었고, 그녀가 복도를 잰걸음으로 걸어 내려가 첫 번째 문을 지나쳐서 두 번째 문으로 들어가는 것을 놓치지 않았었다. 그는 조금도 빈틈이 없었다. 그 정보를 후에 요긴하게 쓰려고 머릿속 한구석에 저장해두었었는데, 지금 큰 도움이 되어줄 것이다.

알렉산드라를 먼저 죽이고 싶었다. 두 침실을 잇는 문이 따로 있을 게 분명했지만, 연결 문이 없으면 복도로 나 있는 문으로도 전혀 어렵지 않았다. 알렉산드라를 공포와 고통에 빠뜨려 비명을 지르게 하고 싶었고, 사랑하는 아내를 구하려고 방으로 허겁지겁 들어오는 콜린의 꼴도 보고 싶었다. 모르건은 콜린이 이 모든 상황을 완전히 인식하고 알렉산드라의 몸에서 솟구치는 피를 쳐다볼 때까지 기다릴 참이었다. 공포와 난감함으로 어쩔 줄 몰라 할 콜린의 모습을 한껏 즐긴 후에야 그의 심장을 총알 한 방으로 명중시켜 죽일 생각이었다.

콜린은 괴로워하며 천천히 아주 천천히 죽어야 마땅한 놈이었지만, 그런 모험을 할 처지가 아니었다. 콜린은 위험한 남자였기 때문에 얼른 해치워야 했다.

좀 아쉽겠지만, 그래도 아내가 죽어간다는 사실을 깨달을 때의 콜린의 표정은 마음속에 오래도록 간직되리라. 그 정도면 충분해, 그는 어두운 복도를 따라 걸어가며 속으로 중얼거렸다.

모르건은 서재를 지나 첫 번째 방문에 이르렀을 때도 부스럭거리는 소리 하나 내지 않았고, 알렉산드라가 열었던 두 번째 문에 이를 즈음엔 숨소리조차 내지 않았다.

마음도 차분해졌고 모든 준비가 끝났다…… 이제 그 무엇도 그를 저지할 수 없었다. 그런데도 여전히 기다렸다. 얼마 안 있어 자신의 독차지가 될 달콤한 보상에 대한 기대감에 좀더 젖고 싶었다. 적막감이 감도는 복도에 서서 한참을 귀기울이며…… 계속해서 기다렸다…… 흥분에 휩싸여 온몸이 달아오르며 힘이 솟구치기를.

이 부부는 둘 다 죽어 마땅했다 - 알렉산드라는 여자로 태어난 죄였고, 콜린은 보안부에서 성공가도를 달릴 자신의 기회를 망친 놈이니까. 이젠 리처즈는 더 이상 그를 신뢰하지 않게 되었고, 그가 성공하지 못한 건 전적으로 콜린의 탓이었다. 콜린이 그 임무를 수행하러 함께 갔더라면, 그 프랑스 남자의 누이동생이 눈에 띄면서부터 끓어오르던 흥분을 참아낼 자신이 있었으리라. 그녀의 살결이 얼마나 매끄러워 보이는지 생각하지 않았을 테고, 연약하고 순진해 보이는 그 표정도 눈여겨보지 않았겠지. 그랬으면, 손에 쥔 칼로 그녀의 몸을 건드리고 싶은 충동을 참아낼 수 있었으리라. 하지만 콜린은 그와 함께 가지 않았고, 그에겐 운조차 따라주지 않았다. 여자의 오빠가 예상보다 일찍 돌아온 것이었다. 엄청난 쾌감을 느끼며 칼을 푹 찔렀다 빼고 또 찔렀다 빼는,

자신만의 특유한 성관계를 하는 동안 그녀의 오빠가 곁으로 다가왔다. 그는 비명 소리를 쫓아왔었다. 정열을 부추기는 데 꼭 필요한 소름이 끼치는 섬뜩한 그 비명소리를 쫓아서…… 콜린이 옆에 있었다면, 그 오누이는 아직도 살아 있었겠지. 그리고 그 역시 스스로를 통제할 수 있었을 테고. 그래, 당연히 그랬을 거야. 하지만 오, 하느님, 여자의 몸은 너무나도 달콤했어…….

딱딱하게 솟은 자신의 살점에 닿았던 여자의 살결은 버터처럼 살살 녹아들었다. 알렉산드라의 육체도 그 여자처럼 부드럽겠지. 그 여자처럼 끈적이는 뜨거운 피가 손으로 마구 솟구치겠지…….

그는 더 이상 기다릴 자신이 없어졌다. 리처즈 경이, 콜린과 함께 내린 결론이라면서 '자네는 이런 종류의 일에 적성이 맞지 않는다'고 말했을 때 그는 좀 실망한 척 했다. 하지만 속으로는 분노가 부글부글 끓어올랐었다. 감히 나더러 제 놈들보다 못 하다는 거야? 어디 감히 나더러?

그는 한치도 빈틈없이 계획을 세워두었었다. 콜린과 리처즈가 비극적인 사고로 죽는다는 각본으로. 하지만 오늘 콜린의 여동생을 사냥터에 데려갔을 때 알렉산드라가 외출을 방해하더란 말을 듣고 즉시 계획을 변경했다.

어리석고 건방진 그 계집애가 숨김없이 조잘거려준 덕에 자기가 모든 사람들의 의심을 받기 시작했단 사실을 눈치챘다. 난 그 여자들 누구와도 연결될 만한 실마리가 없어…… 혹시 증거가 있을까? 아냐, 나처럼 빈틈없고 교활한 사내가 자신감을 잃을 이유가 없지?

그러나 모르건은 즉시 계획을 바꿔버렸다. 그리고 세부 사항들을 하나하나 다시 세웠다. 알렉산드라는 순전히 즐거움을 위해서 죽이리라. 그리고 콜린의 차례가 끝난 뒤 밖으로 나가기 전에 그 집사의 눈을 영원히 감겨놓으면 그만이었다.

그에게 의심의 화살을 꽂을 사람은 없었다. 완벽한 알리바이를 갖추어놓았으니까. 그날 밤, 그는 음탕하기로 유명한 로레인과 함께 있었는데, 그 여자는 누가 묻더라도 그와 잤다는 말을 서슴없이 하리라. 그는 이 창녀에게 아편을 잔뜩 탄 술을 마시게 한 뒤, 외따로 떨어져 있는 이 여자의 집 뒤 창문으로 몰래 빠져 나왔다. 아편에 취한 여자가 깨어날 즈음엔 그도 여자 곁으로 돌아와 있겠지.

정말 그랬다. 모든 것을 미리 생각해두었다. 그는 철저한 계획에 흐뭇해져서 빙그레 웃음을 지었다. 그리고 호주머니에서 단검을 꺼내들고 문손잡이로 손을 뻗쳤다.

콜린이 문이 삐꺽 열리는 소리를 언뜻 들었다. 벌써부터 잠에서 깬 그는 다리의 통증을 완화하려고 침대에서 일어나 걸을 참이었는데, 그 둔탁한 소리에 정신이 확 들었다.

그는 소리가 다시 날 때까지 한가하게 앉아서 기다리지 않았다. 위험하다는 경고가 직감적으로 뇌리를 스치고 있었다. 누군가가 알렉산드라의 방에 들어와 있는데, 하인이나 하녀는 아니었다. 그들이라면 허락도 받지 않고 함부로 들어오진 않았을 테니까.

콜린은 아무 소리도 내지 않고 바람같이 몸을 움직였다. 침대 옆 탁자 서랍에서 장전된 권총을 꺼낸 뒤 아내의 입을 한 손으로 틀어막고 침대에서 끌어내려고 몸을 잡아당겼다. 그런 와중에도 시선과 권총은 줄곧 연결된 문에서 떨어지지 않았다.

알렉산드라는 깜짝 놀라며 잠에서 깨어났다. 창문을 통해 새어 들어오는 달빛만으로도 콜린의 얼굴에 나타난 표정이 뚜렷이 보였다. 남편은 놀라서 혼비백산한 모습이었다. 순간 그녀의 정신이 확 들었다. 뭔가가 단단히 잘못됐어. 이제서야 아내의 입에서 손을 뗀 콜린은 아내더러 방 한쪽으로 가라고 손짓했다. 그의 시선은 아내의 침실로 통하는 문에서 한시도 떨어지지 않았다.

콜린은 그녀의 팔을 움켜쥐고 조금씩 뒷걸음질쳐서 벽과 육중한 옷장 사이의 좁다란 구석으로 아내를 밀어 넣었다. 그리고 정면 공격에서 아내를 보호할 양으로 아내 바로 앞에 섰다.

두 사람이 거기에 얼마나 서 있었을까. 알렉산드라에게는 끝없는 긴 시간처럼 여겨졌으나 실은 단 몇 분이 흘러갔을 뿐이었다.

바로 그때 문이 천천히 열렸고, 양탄자 위에 그림자 하나가 스며들었다. 다음 순간 그림자가 획 스쳐 지나갔다. 침입자가 눈 깜짝할 속도로 뛰어 들어온 것이었다.

그의 목구멍에서 울려나는 그르렁거리는 낮은 소리에 알렉산드라는 등골이 오싹해졌다. 그녀는 눈을 꼭 감고 기도하기 시작했다.

모르건은 칼을 쥔 손을 머리 위로 올리고 다른 손엔 권총을 들었다. 정신없이 뛰어 들어온 탓에, 침대가 텅 비었다는 사실을 깨닫기도 전에 침대 맡에 우뚝 서버렸다. 그의 입에서 흘러나오던, 자기 의지와는 무관한 소름끼치는 고양이 울음소리 같은 소리가 이제는 먹이를 놓친 야생 동물이 울부짖는 큰 고함소리로 돌변했다. 모르건은 콜린이 저편에서 기다리고 있다는 사실을 등을 돌리기도 전에 알아챘다. 그리고 자신의 목숨을 구하는 데 단 1초의 여유밖에 없다는 사실도 의심치 않았으나, 그는 콜린에 비해 너무도 영리하고 우월했다…… 1초면 충분한 시간이었다.

자신은 그야말로 천하무적이 아니던가. 바람을 획 가르는 한 순간, 몸을 돌리는 그의 손에 총을 쏠 준비가 되어 있었고, 그의 손가락이 방아쇠를 누르고 있었다.

모르건은 즉사했다. 콜린이 쏜 한 방이 왼쪽 이마를 지나 머리를 관통한 것이다. 그는 바닥에 털썩 쓰러졌고, 손에는 여전히 총과 칼을 움켜 쥔 채 눈을 멀뚱히 뜨고 있었다.

「움직이지마, 알렉산드라.」

콜린의 어투가 거칠고 퉁명스러웠다. 알렉산드라는 고개를 끄덕였으나, 남편의 등을 보고 서 있으니 동의하는 모습이 그에게 보일 리 없었다. 그녀는 몸의 긴장을 풀려고 애쓰고 있었다.

「조심해요.」

그녀가 나지막이 주의를 주었으나 목소리가 워낙 작아서 콜린이 들었을 성싶지 않았다.

콜린이 시체 옆으로 걸어가더니 모르건의 손에 쥐어져 있는 권총을
발로 걸어차고 한쪽 무릎을 꿇고 앉아 그의 죽음을 확인했다. 이윽고
길게 한숨을 내쉬는 그의 가슴이 미친 듯 격렬히 뛰고 있었다.

「나쁜 놈.」

그는 이렇게 내뱉으며 벌떡 일어섰다. 그리고 알렉산드라에게 몸을
돌리더니 손을 앞으로 내밀었다. 그녀는 시선을 모르건 엣킨즈에게서
떼지 못한 채 천천히 남편에게로 걸어갔다. 콜린이 아내의 시야를 막
으면서 아내를 팔에 안았다.

「죽었나요?」

「그렇소.」

「정말 죽일 생각이었나요?」

「당연하지.」

알렉산드라가 남편에게 몸을 기댔다. 온몸이 부르르 떨렸다.

「이제 끝났소. 저 자는 이제 아무도 해치지 못해.」

「그가 확실히 죽었나요?」

그녀의 목소리가 염려로 약하게 떨렸다.

「확실히 죽었소」

그는 화가 나서 여전히 거친 어투로 대꾸했다.

「왜 그렇게 화난 목소리로 말해요?」

콜린이 깊숙이 숨을 쉬더니 대꾸했다.

「그냥 나온 반응이야. 저 작자는 원대한 꿈을 갖고 왔어, 알렉산드
라. 만약 당신이 저 방에서 잤었다면…….」

그는 차마 말을 잇지 못했다. 그녀에게 일어났을지도 모를 일을 상
상만 해도 소름이 끼쳤다. 알렉산드라가 남편의 손을 붙잡고 그를 침
대로 이끌었다. 그리고 남편의 어깨를 가볍게 밀어 침대에 앉혔다.

「하지만 당신의 직감 덕택에 난 아무 변도 당하지 않았어요. 그 남
자가 저 방에 왔을 때 당신이 그 소리를 들었죠, 안 그래요?」

그녀가 다정하게 속삭였다. 아내는 그를 위로하려는 중이었다. 제길,

지금 그에겐 이 위로가 절실히 필요했다.

「가운을 걸치도록 해, 알렉산드라. 감기에라도 걸리면 어쩌려구, 당신 괜찮은 거요?」

그는 질문을 하면서 아내를 무릎에 올려놓았다.

「네, 당신은 괜찮아요?」

「알렉산드라, 당신에게 무슨 일이라도 생기는 날엔…… 당신 없는 삶이란 생각할 수도 없소.」

「당신을 사랑해요, 콜린.」

그는 아내의 사랑 고백에 마음이 한결 편안해졌다. 그는 그녀를 무릎에서 들어올려 옆에 내려놓았다. 그리고 다시 한 번 숨을 깊숙이 들이마신 후 자리에서 일어났다.

「플래네건을 리처즈 경에게 보내야겠소. 여기 앉아서…….」

그 순간 알렉산드라가 벌떡 일어나는 바람에 그는 말을 멈추었다.

「당신과 같이 가겠어요. 여기 있고 싶지 않아요..... 저 남자랑.」

콜린이 아내의 어깨에 팔을 두르고 함께 문을 향해 걸어갔다.

「모르건이 진짜 멋진 남자인 것 같다고 언젠가 말했었지?」

「그런 말을 한 적은 결코 없어요. 캐서린은 그가 멋지다고 생각했지만, 난 단 한번도 그런 생각은 하지 않았어요.」

콜린은 아무런 반박도 하지 않았다. 아내가 신랑감 목록에 모르건의 이름을 적었던 사실을 지금 들춰내서 좋은 리가 없었다.

방에서 나오려면 시체를 빙 돌아 걸어야 했는데, 이런 말로 아내의 관심을 돌렸을 뿐이었다. 그의 의도가 적중해서 알렉산드라는 모르건에는 눈길 한번 주지 않았고, 대신 남편에게 눈살을 찌푸리느라 정신이 없었다. 얼굴에는 혈색도 다시 돌아왔다.

「모르건을 만나는 순간부터 좀 의심스러웠어요.」

알렉산드라가 흥분한 듯 큰소리로 말했다.

「내 말은, 그를 만난 지 얼마 지나서부터 말이죠.」

콜린이 어이 없어하자 그녀가 얼른 말을 고쳤다.

그는 아내의 말에 트집을 잡지 않았다. 두 사람이 복도에 도착해서야, 콜린은 자신이 알몸이란 사실을 깨달았다. 그는 다시 방안에 들어가 바지를 껴입고, 옷장 위에 얹힌 이불을 내려 모르건의 몸에 획 던졌다. 알렉산드라에게 저 나쁜 놈의 얼굴을 다시 보여주고 싶지 않았다. 그 자신도 다시는 보고 싶지 않은 얼굴이었다.

플래네건은 자기 방에 없었다. 홀 근처 계단 위에 쓰러져 있는 걸 두 사람이 찾아냈다. 알렉산드라는 죽은 모르건에 비하면 극성스러울 정도로 집사의 상태를 걱정했다. 그녀가 플래네건의 손을 붙들고 옆에 매달려 엉엉 울음을 터뜨리자, 콜린이 나서서 잠시 기절하여 깊은 잠에 빠진 것뿐이라고 설득해야 했다. 플래네건이 나지막이 신음 소리를 내자 알렉산드라는 간신히 마음을 놓을 수 있었다.

한 시간이 지나자 집안이 손님들로 북적댔다. 콜린이 지나가는 전세 마차를 불러 세워, 리처즈 경과 케인 그리고 네이선을 데려오라고 마부에게 시켰다. 세 남자는 5분도 안 되어 도착했다.

리처즈가 일단 플래네건에게 질문을 한 뒤에 그를 방으로 보냈다. 알렉산드라는 소파에 앉았고, 그녀의 양 쪽 옆구리에 네이선과 케인이 각각 버티고 앉았는데, 이들은 서로 경쟁이나 하듯이 그녀를 위로하는 데 최선을 다했다. 그런 그들의 배려가 눈물겨웠던 알렉산드라는 한번 톡톡 칠 때마다 몸이 따끔거릴 정도로 거칠고 어색한 네이선의 손놀림이나, 가끔 툭 던지는 케인의 도무지 이해되지 않는 동정 어린 말들을 꾹 참아내고 있었다.

콜린이 응접실로 들어와서 이 3인조를 쳐다보며 고개를 천천히 흔들었다. 아내의 모습은 거의 보이지도 않았다. 케인과 네이선이 말 그대로 널찍한 어깨로 그녀를 소파에 꼼짝없이 묶어둔 형상이었다.

「네이선, 집사람이 숨도 못 쉬겠어. 형, 형도 좀 떨어져.」

「우리는 제수 씨가 힘드실 것 같아 위로해드리는 거야.」

케인이 변명하자 네이선도 얼른 찬성했다.

「그럼, 그랬지.」

「무척 놀라셨을 겁니다, 공주님.」

리처즈 경이 문간에서 위로의 말을 던졌다. 그리고 얼른 방을 가로질러 와서 알렉산드라를 마주보는 의자에 앉았다.

국장도 제정신이 아니었다.

「놀라다마다요.」

케인이 당연하다는 듯 큰소리로 말했다.

네이선이 그녀를 위로해줄 양으로 다시 한 번 무릎을 톡톡 쳤다. 알렉산드라가 콜린을 올려다보았다. 반짝거리는 눈으로 보아 웃음을 참고 있는 듯이 보였다. 아내가 미소를 짓고 있다는 생각이 들었으나, 케인과 네이선의 어깨에 가려 얼굴 아래쪽이 아예 보이지 않으니 장담할 수도 없었다.

「일어나게, 네이선. 집사람 옆에 앉고 싶으니.」

네이선이 다른 자리로 옮기자, 콜린이 즉시 그 자리에 앉아 아내를 바싹 당겼다.

「그 작자를 어떻게 죽였나?」

케인이 슬쩍 알렉산드라 쪽을 눈짓하더니, 네이선에게 잠자코 있으라고 고개를 흔들었다. 그녀는 두 남자 사이에 오가는 시선을 놓쳤다. 아무도 네이선의 질문에 대답할 기색이 없자 그녀가 대뜸 나섰다.

「총알 한 방으로 왼쪽 이마를 깨끗하게 관통시켰어요.」

「콜린은 무서울 정도로 정확하죠.」

리처즈가 아낌없이 칭찬을 했다.

「모르건이 범인이라서 놀라셨나요, 리처즈 경?」

그녀가 묻자 국장이 고개를 끄덕였다.

「그 자가 이런 악랄한 짓을 할 머리가 있으리라고는 꿈에도 생각 못 했어요. 세상에, 내가 그놈을 우리 부서에 집어넣었잖아요. 맡긴 임무를 섣불리 망쳐 놓길래 이런 일에 소질이 없다고 판단했죠. 한 오누이가 놈의 어리석은 소행으로 죽음을 당했거든요.」

「어쩌면 놈의 어리석음 때문이 아닐 거예요. 국장님, 그 여동생이 우연히 일을 방해했다고 하셨죠. 전 모르건이 고의로 죽인 게 아닌가 하는 생각이 들어요. 그놈이 사건 보고서를 직접 작성했죠?」

리처즈가 앞으로 몸을 기울였다.

「그 진상을 반드시 밝혀내고 말겠어.」

그가 결의에 찬 어조로 말했다.

「오늘밤엔 그놈이 뭐 때문에 열을 받았는지 궁금한데? 왜 갑자기 드러내놓고 알렉산드라를 쫓아왔을까? 다른 여자들은 외딴 곳으로 꼬셔내더니, 이번에는 여기까지 걸어 들어왔어. 점점 더 대담해졌는지도 모르지?」

「캐서린 때문에 위험을 무릅쓸 수밖에 없었던 건지도 모르죠.」

케인이 대화에 끼여들었다.

「캐서린이 제수 씨가 승마를 하러 가지 못하게 말린 일을 모르건에게 말했을 겁니다. 그 애는 알고 있는 일은 털어놓지 않으면 못 배기는 버릇이 있거든요. 모르건이 우리가 자기를 의심한다고 판단을 내렸는지도 모르죠.」

네이선이 고개를 가로 저었다.

「그 작자가 발광을 한 거야.」

콜린이 그 평가에 동의했다.

「침실로 뛰어들어올 때 지르던 고함소리를 들으니 정말 제정신이 아닌 것 같더라구.」

「놈은 이 짓에 단단히 맛을 들인 거야.」

케인이 단호한 어투로 말했다. 누군가가 딴 사람의 고통에서 즐거움을 느낀다니, 알렉산드라는 오싹 소름이 끼쳤다.

「놈이 오늘밤 알렉산드라 뒤를 쫓아오지 않았다면 진실은 결코 밝혀지지 않았겠지. 그리고 닐은 누명을 쓰고 감옥에 갇힐 뻔했고.」

네이선이 말했다.

「모르건은 로버타 부인과 어떤 관계였을까요? 아니면 닥치는 대로 고른 게 하필 부인이었을까요?」

알렉산드라가 물었다.

아무도 그녀의 질문에 얼른 대답하지 못했다. 리처즈가 나름대로 생각했던 말을 했다.

「그 자작과 부인 사이가 좀 소원했던 사실이 바깥에 알려졌는지도 모르죠. 그래서 모르건이 부인의 약점을 공략했고요. 미지의 숭배자에게서 선물과 편지를 받다보면 부인이 우쭐한 심정이 될 수도 있고」

「놈이 언젠가는 우리 손에 붙잡혔을 거야.」

케인이 말을 이었다.

「고삐가 완전히 풀렸으니, 갈수록 더 실수를 저질렀겠지.」

「캐서린은 놈이 아주 매력적이라고 생각했어.」

네이선이 험상궂은 얼굴로 말하자 케인은 동의한다는 듯 고개를 끄덕였다.

콜린이 느린 어투로 말했다.

「맞아, 놈은 귀부인 죽이는 데는 명수였어.」

16

모르건이 죽은 지 어느덧 석 달이 흘러갔으나, 알렉산드라는 최소한 하루에 한 번은 그 끔찍한 남자를 떠올렸다.

원장수녀님은 성인들보다는 죄지은 사람들이야말로 기도가 더 필요하니 그들의 영혼을 위해 기도해야 한다고 가르치셨지만, 아직은 모르건을 위해 선뜻 기도할 수가 없었다. 악몽 같았던 그날밤을 생각하지 않으려고 노력했다. 하지만 빅토리아는 단 한번도 잊은 적이 없었으며, 매일 밤 잠자리에 들기 전에 그녀를 위해 기도를 올렸다. 로버타를 위한 기도도 함께.

네이선과 사라는 고향인 섬으로 돌아갈 준비를 하고 있었다. 케인이 송별회를 위한 저녁식사에 다른 가족들과 더불어 알렉산드라와 콜린을 초대했다. 하인들이 두 번째 접시들을 날라올 때쯤, 얼굴에 핏기가 싹 가신 제이드가 식탁에서 벌떡 일어나 식당을 뛰쳐나갔지만 부인의 괴로워하는 모습에 케인은 전혀 염려하는 기색이 없었다. 도리어 남성적인 오만함을 드러내며 피식 웃고 있었다.

이렇게 냉담하게 구는 건 전혀 케인답지 않았다. 아내의 건강이 걱정되지 않냐고 알렉산드라가 묻자, 그는 웃어 보이며 아내가 임신 중이라고 말했다.

주위 사람들이 케인의 어깨를 힘껏 쳐대면서 축하의 말을 전했다. 건배도 몇 차례 오간 뒤에, 네이선과 콜린은 각자 아내들과 어깨를 나란히 하여 응접실로 자리를 옮겼다.

그때 위 층계에서 스턴스가 징징거리는 딸아이에게 젖먹일 시간이 된 것 같다며 사라를 찾았다. 알렉산드라는 남편 옆에 앉아서 동업자끼리 하는 사업 얘기에 귀를 기울였다. 회사 거래 은행의 예금 잔고에 엄청난 돈이 입금된 사실에 대해 네이선은 그 돈의 출처가 어디냐고 따져 물었으며, 콜린은 그들이 사라의 돈은 쉽게 쓰려 하면서 그녀의 돈은 거절한데 있어 알렉산드라가 무시당한 기분을 느꼈다는 말도 덧붙였다.

「입금한 그 돈은 탐욕스런 왕자가 독차지할 마음을 먹지 않았다면 사라에게 전해졌을 금액과 똑같아.」

콜린이 이렇게 설명을 끝맺자, 네이선이 고개를 가로 흔들었다.

「알렉산드라, 조안나에게 준 선물만으로도 충분해요.」

이렇게 말한 그는 벽난로 선반 중앙에 놓인, '에메랄드 호'를 그대로 축소한 금으로 된 작고 아름다운 모형 배를 흘깃 쳐다보았다.

콜린도 그 값진 선물에 시선을 두었다. 그리고 네이선이 그걸 벽난로 위에 올려놓은 사실 때문에 빙긋 웃었다.

「정말 아름답군, 안 그래?」

「이젠 눈독 들이는 것도 그만둬야 할 걸? 우린 저 배도 집에 가져갈 거야.」

네이선이 웃으며 콜린에게 말했다.

「좋아하시니 저도 기쁘네요.」

알렉산드라가 이렇게 말한 뒤 공예가를 시켜 배 하나를 더 만들면 어떻겠냐고 남편에게 물으려는데, 네이선이 불쑥 꺼낸 말에 그 생각을 잠시 잊어버렸다. 네이선이 지금 콜린이나 자신은 그녀의 유산이 필요치 않을 만큼 경제적으로 탄탄하다고 했다.

「그 돈을 콜린이 당신에게 사준 타운 하우스에 들 비용으로 쓰면 되잖아요.」

네이선이 제안을 했으나 알렉산드라는 머리를 가로 저었다.

「남편이 보험계약에서 받은 돈으로 집 값 대부분을 지불했어요, 네이선. 그리고 그 성은 별로 손볼 필요도 없고요. 두 분이 떠나시기 전에 한 번 구경하러 오세요. 지금 사는 집에서 한 블록만 가면 되니까요. 집이 아주 크답니다.」

콜린이 배를 쳐다보던 눈을 돌려 아내를 바라보았다.

「여보, 그건 성이 아니야.」

「오, 성이 맞아요. 그건 우리 집이잖아요, 콜린. 그러니 우리의 성일 수밖에 없죠.」

그는 이 헷갈리는 논리에 뭐라고 반박할 수 없었다.

「그럼 난 성을 두 채나 가지고 있군 그래. 게다가 공주님 한 분도 모시고 말야.」

콜린이 껄껄대며 말했다. 그는 다리를 쭉 뻗더니 아내의 몸에 팔을 휘감았다. 네이선은 그 돈에 대해 계속 반대하고 싶었으나, 알렉산드라가 이 일에 있어 절대 고집을 굽히지 않으리란 걸 깨닫는 데 그리 오래 걸리지 않았다.

그는 마지못해 패배를 인정했다.

「제길.」

그가 퉁명스레 내뱉었다.

「뭐가 또 못마땅해?」

콜린이 물었다.

「자네 부인의 유산을 받으리란 사실을 진작 알았더라면 주식을 팔자는 얘긴 절대 안 했을 거야. 누가 우리 주식을 샀는지 혹시 알아내지 못했어? 어쩌면 다시 살 수 있을지도 모르잖아.」

콜린이 안됐다는 표정으로 말을 했다.

「드레이슨이 입을 열지 않아. 신뢰를 저버리는 일이라면서 말야.」

「내가 얘기를 해보지.」

네이선이 이렇게 제안했다.

「드레이슨과 단 5분만 같이 있으면 분명히 말하는데, 그의 입을 열게 할 수 있어.」

알렉산드라는 네이선의 성질을 가라앉힐 행동에 즉시 착수했다.

「드레이슨은 직업윤리에 철두철미한 사람이에요. 정직하지 않았더라면 아버지께선 그와 거래할 생각도 안 하셨을 거예요. 네이선, 전 제 아버지의 딸이니, 아버지의 전철을 따라갈 수밖에 없잖아요? 게다가 드레이슨이 청렴결백한 사람이라는 데 전 추호도 의심치 않아요. 전 재산을 걸고라도 내기할 수 있어요. 아무리 설득해도, 그 사람은 절대 신용을 저버리지 않아요. 그러니 그냥 단념하시는 편이 나을 거예요.」

「콜린과 난 그 주주가 누군지 알 권리가 있어요.」

네이선이 순순히 포기할 성싶지 않았다.

콜린은 두 사람의 대화를 들으면서 눈을 감고는 크게 하품을 하다가, 방금 아내가 한 말에 번뜩 정신이 들었다.

자기 아버지의 딸이라구! 콜린은 눈을 번쩍 뜨고서 천천히 고개를 돌려 그 배를 다시 쳐다보았다.

아버지가 벽난로 위에 올려놓으신 그 성이 떠올랐다…… 그리고 알렉산드라의 아버지가 약간 속임수를 쓰셔서 증서들을 그 성안에 집어넣으신 사실도…….

그는 모든 걸 알아챘다. 그랬다. 알렉산드라는 명실공히 자기 아버지의 딸이었다. 그 주식 증서들은 그 배 안에 숨겨져 있었다. 아내에게 얼굴을 돌린 콜린의 모습에서 놀란 표정이 역력했다.

「뭐가 잘못 됐나요, 콜린?」

「내게 거짓말을 할 거요, 알렉산드라?」

「물론 거짓말은 하지 않아요.」

「어떻게 그렇게 했지?」

「뭘 말예요?」

「당신이 그 주식들을 사지 않았어. 드레이슨에게 물어봤더니, 당신이 주주가 아니라고 하더군. 당신 입으로도 그렇게 말했었고.」

「난 주주가 아니에요. 그런데 도대체 왜…….」

콜린이 손으로 배를 가리키자 그녀는 하던 말을 뚝 멈추었다. 남편이 결국 사실을 추측해내고 말았어.

알렉산드라는 이제 임신 6개월에 접어드는 몸이라 하루하루가 지날수록 움직이기가 더 불편해졌지만, 꼭 필요할 때면 여전히 몸놀림이 빨랐다. 그녀는 얼른 자리에서 일어나 문 쪽으로 걸음을 옮겼다.

「사라가 뭘 하고 있는지 가봐야겠어요. 조안나도 꼭 안아주고 싶구요. 그 애가 웃는 모습이 정말 깨물어주고 싶을 만큼 예뻐요.」

「이리로 돌아와.」

「안 그러는 편이 좋겠어요, 콜린.」

「당신하고 할 얘기가 있소. 지금 당장.」

「콜린, 부인을 화나게 하지 말게나. 원 세상에, 임신하셨잖아!」

「네이선, 저 사람을 좀 봐. 자네 눈에 저 사람이 화난 것 같이 보이나? 내가 보기엔 뭔가 양심에 찔리는 것 같으이!」

알렉산드라는 억울해 죽겠다는 표정을 지었다. 그리고 소파로 다시 걸어오자 네이선이 그녀에게 한쪽 눈을 찡긋해 보였다. 알렉산드라는 두 손을 포갠 채 오만상을 찌푸리며 남편을 노려보았다.

「화내지 않는 편이 좋을 거예요, 콜린. 우리 아기도 화가 날지 모르니까요.」

「하지만 당신은 화가 난 게 아니잖소, 안 그래, 알렉산드라?」

「그래요.」

콜린이 옆자리를 손으로 톡톡 두드리자 그녀가 거기 앉아 치맛자락을 만지작거렸다. 그녀는 바닥만 뚫어져라 쳐다보았고 그는 그녀의 얼굴을 뚫어져라 보았다.

「배 안에 있지?」

「뭐가 배 안에 있다는 말이야?」

네이선이 궁금해했다.

「주식 증서들 말야.」

콜린이 대꾸했다.

「알렉산드라, 당신에게 물었잖소. 내 말에 대답해.」

「그래요, 배 안에 들어 있어요.」

콜린의 온몸에 안도감이 쭉 뻗어나갔다. 낯선 사람에게 증권이 팔려 나가지 않았다니, 너무나 기뻐서 크게 웃고 싶어졌다.

알렉산드라의 얼굴에 희미하게 홍조가 올랐다.

「그걸 어떻게 한 거요?」

콜린이 대뜸 물었다.

「뭘 말이죠?」

「증서들을 내 이름으로 샀소? 드레이슨에게 그건 물어보지 않았는데. 내가 주주가 된 거요?」

「아니에요.」

「그럼 네이선의 이름으로 샀소?」

「아뇨.」

그는 아내가 솔직히 털어놓을 때까지 한참을 기다렸다. 그녀는 완강히 침묵을 지켰고, 네이선은 뭐가 뭔지 몰라 어리둥절해 있었다.

「알렉산드라, 난 그저 주주를 만나 얘길 좀 나누고 싶은 거 뿐이에요. 혹시 주식을 우리에게 다시 팔 의향이 있는지 알아보려구요. 협박을 하거나 그러지는 않을 겁니다.」

「주주는 당신과 얘길 할 수 없어요, 네이선. 그리고 당신이 그 주식을 사는 게 법적으로 가능하지도 않아요 - 어쨌든 지금 당장은 말이에요.」

그녀는 남편에게 고개를 돌렸다.

「내가 그 일에 약간 참견한 건 인정하겠어요. 하지만 그 당시 당신이 내 유산에 대해 워낙 고집을 부렸다는 걸 잊지 않았겠죠? 그래서 속임수를 좀 쓰지 않을 수 없었어요.」

「당신 아버지처럼 말야.」

「그래요. 우리 아버지처럼. 아버지는 제게 화를 내시진 않으실 거예요. 당신은 어때요?」

아내는 그럴 가능성에 대해 그다지 걱정하고 있지 않아 보였다. 도리어 미소를 짓고 있었다. 아내의 미소가 너무도 환해서 콜린은 목에서 뭔가 뭉클 메어왔다. 머지않아 아내는 날 미치게 만들고 말 거야. 하지만 그 보다 더 멋진 일이 어디 있겠는가!

콜린이 아내에게 입을 맞추었다.

「사라에게 가서 작별 인사를 하고 우리의 성으로 돌아가야지. 당신이 내 다리를 좀 주물러 주겠소.」

「콜린, 자네가 다리 얘기를 꺼낸 건 처음이야.」

네이선이 놀라워했다.

「이제 콜린도 썩 예민하게 반응하지 않아요. 사실 이이의 아픈 다리가 우리 두 사람의 목숨을 살렸죠. 다리가 욱신거려서 깨어났기 망정이지, 안 그랬다면 모르건이 침입한 소리도 못 들었겠죠? 원장수녀님은 모든 것에서 이유가 있다고 하셨어요. 그 말씀이 맞나봐요. 상어가 당신 다리를 뜯어먹은 것도, 나와 우리 아들의 목숨을 살리라는 뜻이었나봐요.」

「내게 아들이 생긴다구?」

콜린이 천연덕스런 알렉산드라의 어투 때문에 빙긋 웃으며 물었다.

「그럼요, 분명할 거예요.」

콜린이 어처구니없어 했다.

「그럼 아들의 이름은 지었소?」

그녀의 눈이 또 한 번 짓궂게 반짝거렸다.

「고래나 용으로 불러야겠어요. 둘 다 어울리는 이름이에요. 결국 이 아기도 제 아버지의 아들일 테니까요.」

알렉산드라의 남편의 웃음소리를 뒤로 하고 응접실을 나왔다. 그녀는 부풀어오른 배를 어루만지며 속삭였다.

「네가 방긋 웃으며 얌전하게 굴면 엄마의 고래이고, 네 뜻대로 못해서 성을 낼 때는 엄마의 용이란다. 아가야, 난 온 정성을 다해 널 사랑할거야.」

「알렉산드라가 뭐라고 중얼거리는 걸까?」

네이선이 콜린에게 물었다. 두 남자는 알렉산드라가 계단을 오르는 모습을 물끄러미 바라보았다.

「내 아들에게 말을 걸고 있어. 아기가 자기 말을 알아듣는다고 생각하는 거 같아.」

콜린이 솔직히 털어놓자 네이선이 웃음을 터뜨렸다. 이렇게 황당한 얘기는 난생 처음 들어보았다.

콜린이 자리에서 일어나 벽난로로 걸어갔다. 배 옆구리에 달려 있는 들창에 교묘하게 가려져 있는 빗장을 찾아낸 그는 문을 열었다. 둥글게 말아 감긴 주식 증서들이 분홍 리본으로 묶여 있었다.

그는 리본을 풀고 증서들을 풀어 헤친 뒤 주주의 이름을 읽었고, 그런 그를 네이선이 물끄러미 지켜보았다.

콜린이 갑자기 웃음을 터뜨렸다. 네이선이 자리에서 벌떡 일어났다. 그는 궁금해서 죽을 지경이었다.

「누가 주식을 샀나, 콜린? 이름을 알려주면 내가 말을 해봄세.」

「알렉산드라가 그 주주는 자네와 얘기하지 않을 거라고 말했지. 그 말이 맞았어. 자네는 참고 기다려야겠네.」

「얼마나 말이야?」

네이선이 물었다.

콜린이 동업자에게 증서를 건네주었다.

「자네 딸이 말을 배울 때까지. 증서들은 조안나의 이름으로 되어 있어, 네이선. 우리 중 누구도 그것들을 되살 수 없어. 우리가 공동 집행인으로 등록되어 있으니 말야.」

네이선은 소스라치게 놀랐다.

「근데 어떻게 알았을까? 알렉산드라가 사라나 조안나를 만나보기도 전에 주식들이 팔렸는데…….」

「편지에 자네 딸 이름을 써서 보냈잖은가.」

콜린이 친구에게 그때 일을 일깨워주었다.

네이선이 자리에 앉았다. 그의 얼굴에 잔잔한 웃음이 천천히 번졌다. 회사에 낯선 사람들은 침입하지 않았다.

「어디 가는 거야, 콜린?」

동업자가 객실에서 나가는 걸 본 네이선이 뒤에서 외쳤다.

「우리 성으로 가네. 내 공주님과 함께.」

콜린은 아내를 데리러 계단을 올라갔다. 깔깔대는 그녀의 웃음소리가 귀를 스치자, 아내의 즐거움을 함께 느껴보려고 잠시 멈춰 섰다.

공주가 용을 길들인 것이다.

그렇지만 그 용은 여전히 승리자였다. 왜냐하면 공주님의 사랑을 차지했으니까.

그는 더할 나위 없이 만족했다.

Elizabeth Lowell

엘리자베스 로엘

『천년의 사랑』

ENCHANTED

'충성의 사이먼'은 십자군 전쟁에서 삶과 죽음에 대한 뼈저린 교훈과 충성심을 배웠다. 바로 그것 때문에 강한 전사에게서 힘을 빼앗는 사랑은 절대로 하지 않겠다고 맹세했다.

분쟁의 땅에 평화를 가져오기 위해, 그는 하프에서 이끌어내는 슬픈 노래를 통해서만 이야기하는 차가운 노르만 상속녀와 결혼하기로 마음먹지만 결혼은 그의 의무일 뿐, 아무런 의미도 지니지 않는다.

자신의 머리카락만큼이나 검고, 자신의 노랫가락만큼이나 어두운 비밀을 간직한 여자, 희망이 없는 여자, 더 이상 어떤 것도, 심지어 사랑도 믿지 못하는 여자 애리언. 남자로부터 오직 차가움만 배운 - 그리고 그녀의 영혼을 죽일 만큼 깊은 배신을 당한 여자로서, 그것 때문에 그녀는 저항과 두려움에 싸인 채 사이먼에게 가게 된다.

그러나 아름뿐인 결혼으로 만족할 수 없었다. 사이먼은 매혹적이며 냉담한 신부를 처음 보자마자 피가 들끓는 것을 느꼈다. 그는 애리언에게 열정을 가르쳐야만 했다 - 그리고 그녀는 그에게 신뢰를 가르쳐야 했다. 그들의 심장이 사랑에 항복하지 않는다면 그들의 영혼은 말라죽고 말 것이다.

사이먼과 애리언의 마음은 마법과도 같은 무엇 - 무게로 달고, 자로 재고, 손으로 만지고, 눈에 보여지지 않는 따스함 - 에 의해 하나의 끈으로 점점 더 길어져만 가는데……

-10월 중순 <천년의 사랑>이 여러분을 유혹합니다.

아웃랜더 (Outlander) (가제)

Diana Gabaldon

끊임없이 이어지는 〈아웃랜더〉 신드롬!
전세계가 주목했던 개벌든의 작품이 마침내 한국에서 출간됩니다.

스코틀랜드의 풍부한 역사와 지식 속에 펼쳐지는
홍미진진하고 가슴 따뜻한 이야기.
--Publishers Weekly

캔버스 위에 그려놓은 열정과 모험의 대서사시.
환상과 모험, 로맨스, 그리고 성적 긴장, 이 모든 요소가 완벽하게 어우러져
한층 더 격조 높은 즐거움과 완벽한 읽을거리를 제공한다.
--San Francisco Chronicle

영국 적십자 간호사인 클레어 랜달과 역사학자인 프랭크 랜달.

2차 대전이 종식된 후 제2의 신혼의 단꿈을 안고 떠난 스코틀랜드 여행.

인버네스에서 발견한 고대 입석의 신비한 힘에 이끌려 클레어가 빨려 들어간 세계는 1743년의 스코틀랜드. 이방인의 땅에서 방향을 잃고 당황해 하는 그녀를 발견한 영국 장교 조나단 "블랙 잭" 랜달은 우연히도 프랭크의 직계조상이며, 잭은 1940년 여름 패션 차림새의 클레어를 강간하려 한다. 이때 맥킨지 일족이 그녀를 구출하여 성에 가둔다.

거슬러 온 현실 속으로 되돌아가길 갈망하는 클레어 랜달은 병사들의 병을 치료하면서 놀라울 정도로 쉽게 변화된 상황에 적응하고, 그러는 동안 또 하나의 사랑이 서서히 마음을 사로잡는다.

영국군에 의해 변절자로 낙인찍힌 스코틀랜드 전사 제이미 프레이저는 조나단 랜달의 대적. 젊은 제이미의 잘생긴 용모와 열정과 사나이다운 기질에 흠뻑 빠진 클레어는 사악한 잭에게 대항하여 새남편을 보호한다. 또한 운명에 대항하지만 결국 역사 속의 불운한 족속들로 남게 되는 사납고 용맹스러운 스코틀랜드 일족들을 지키는 데 모든 기력을 쏟아 붓는다.

양립할 수 없는 두 현실을 살게 된 클레어 랜달의 숨가쁜 모험, 그 안에서 깊어 가는 사랑의 끝은 과연 …….

$$Diana\ Gabaldon$$

작가소개: **다이아나 게벌든(Diana Gabaldon)**은 동물학을 전공한 후, 해양 생물학 석사과정을 마치고 다시 생태학 박사과정을 마쳤다. 소설과는 무관한 학문만을 섭렵한 그녀는 12년간 교수 생활을 하다가 지금은 전업 작가로 활동 중이다.

현재 애리조나 주의 스콧데일에서 가족들과 살고 있다.

*amazon.com*에 최다 독자 평이 올라온 <아웃랜더> !!

이스라엘의 독자, 1999년 8월 23일

1700년대 말 스코틀랜드로의 time-travel은 너무나 매혹적인 설정이다. 수 차례의 여름휴가를 하일랜드(The Highlands)에서 보내면서 Culloden 및 주변지역을 방문했었지만, 이 책을 읽는 동안 내가 그 지역에 대해 얼마나 모르고 있나 하는 것을 깨닫게 되었다. 이 책을 읽고 나서 스코틀랜드에 대한 관심을 새롭게 하게 되었고, 흥미로운 역사를 담고 있는 그곳을 다시 방문하고 싶은 마음 굴뚝같다. 다음 휴가를 기다리며 <아웃랜드> 후속편인 <Dragonfly in Amber>를 읽고 있다.

*편집자 주: <아웃랜더>는 총4부작인 대작으로, <Dragonfly in Amber> <Voyager> 그리고 <Drums of Autumn>으로 이어집니다.

캔사스의 독자, 1999년 8월 5일

한마디로 최고!

보통의 "로맨스" 범주를 능가하는 작품이다. 수많은 책을 가리지 않고 읽어왔지만, 이 책은 단연 으뜸이다.

흥미진진한 등장인물들, 재미를 배가시켜 주는 매혹적인 시공간적 배경, 매 페이지마다 느껴지는 작가의 의도와 이야기 전개의 속도감은 그야말로 대단했다. 뭐니뭐니 해도 다이아나 게벌든의 아름답고도 유려한 문체가 인상적이다. 두서너 문장만 읽어도 주인공들이 숨소리가 느껴지는 생소한 시간과 공간 속으로 빨려 들어가는 느낌이다.

게벌든 만큼 나의 관심과 흥미를 사로잡은 작가는 그리 많지 않았다.

다른 독자들도 읽어보시길 바란다. 역사에 대한 특별한 지식이 없어도 된다. 그저 인간이라면 누구나 재미있게 읽을 수 있을 만한 작품이다.

– 11월 출간 예정입니다.

옮긴이 김 현 아

1964년 부산 출생.
한국외국어대학교 영문과 졸업.
호주 EDITH COWAN UNI. 호텔 경영학 졸업.
번역서로는 『마법의 아침』 『잊혀진 전설』
『가을날의 연인』 『아주 특별한 연인』 등이 있다.

사랑 그 하나의 전설

지은이 | 줄리 가우드
옮긴이 | 김현아
발행처 | 현대문화센타
발행인 | 양장목
출판등록 | 1992년 11월 19일
등록번호 | 제3-448호
주소 | 경기도 고양시 일산동구 백석동 1449-5
대표전화 | (031) 907-9690~1 | 팩시밀리 | (031)813-0695
이메일 | hdpub@hanmail.net

초판 1쇄 인쇄일 | 1999년 10월 1일
초판 1쇄 발행일 | 1999년 10월 5일

값 12,000원

ISBN 89-7428-122-8(03840)